U0681874

ABSTRACTS
OF
CHINESE
LITERATURE
STUDIES
Vol.1

中国文学研究文摘

2021年第1辑　总第1辑

谷鹏飞　主　编
杨遇青　陈然兴　执行主编

编委会

发刊词

英儒斯宾塞说："文学美术者，文明之花。"一个国家的文学承载着这个共同体的历史记忆和文化密码，既是文明传承的载体，也是民族共享共有的生活方式。在当下的时代文化语境中传承好、阐释好、发展好中国文学，是所有中国文学研究工作者的职志所在。

具有现代学术意义的中国文学研究，是在西学东渐的背景下展开的。严复、章太炎、王国维等先贤筚路蓝缕，手辟鸿蒙，开创了现代学术研究的基本范式。在经历了五四新文化运动的吐故纳新、民国时期的灿烂蓬勃、新中国成立三十年的沉潜邃密、改革开放新时期的新新相融，以及21世纪以来万木争荣后，中国文学研究在学术论域和学术方法上已是根深蒂固、馥郁繁茂。

传承与弘扬中华优秀传统文化是时代赋予我们的学术使命，凝练中国问题和建构中国文学批评话语体系则是我们的历史责任。中国文学研究需要在人类五千年文明史中深植根本，在百余年来的中西学术史里培壅主干，在当下辉光日新的研究动态中把握前沿、辨识风向、培育新的知识增长点。

"登高而招，臂非加长也，而见者远；顺风而呼，声非加疾也，而闻者彰。"唯有站在历史巨人的肩膀上，我们才能登高望远；唯有充分汲收学界同人的最新成果，我们才能在学术的潮流中击楫中流，顺风扬帆。

当前的中国文学研究，研究队伍庞大，研究论域宏阔，科研成果丰硕。在宏富丰硕的年度学术成果中，略其繁博，集其清英，摘选最具问题意识与原创思想的成果汇于一刊，展现中国文学研究的最新动态和发展方向，是为本刊宗旨。

这本《中国文学研究文摘》的编撰，是一个不断学习、尝试和探索的过程。摘选时，我们力求聚焦前沿，荟萃菁藻，推送鸿文，献贶同人。辑刊设有“中国古代文学与文献学”“文艺学”“中国现当代文学”“比较文学与世界文学”“语言学”五个栏目，经过编辑部三审和专家外审，最终以“学术文摘”和“论点摘编”两种形式呈现在读者面前。呈现的成果，主要归于各位作者的卓越智慧与识见，当然也代表了我们对中国文学研究的一种理解。

是为记。

《中国文学研究文摘》编辑部

2021 年 12 月 15 日

目　录

学术文摘

中国现当代文学（栏目主持：周燕芬　姜彩燕）

比较文学与世界文学（栏目主持：雷武锋　董雯婷）

语言学（栏目主持：赵小刚　张亚蓉）

论点摘编

中国古代文学与文献学

文艺学

中国现当代文学

比较文学与世界文学

语言学

学术文摘

·中国古代文学与文献学·

（栏目主持：邵颖涛　赵阳阳）

主持人语

近年来古代文学研究的关注面向、学术方法、理论体系愈加精细化、多元化，具有学理性和探索性的成果层出不穷，呈现出积极的发展态势。本刊甄选了一年多来有代表性的学术论文，以献呈于文史研究者。

学者们从不同维度构设中国古代文学研究的新思维与新方向。梅新林的论文借鉴文学地理学与“空间批评”理论，构建了一种时空并置交融的新型中国文学史模型，借此展示中国文学版图的总体格局与演变趋势，勾勒出了重构中国文学史模型的路线图。张伯伟则通过“文本化”“技法化”“人文化”的分解，重新“激活”了“意法论”的批评传统，尝试建立一种动态平衡的研究路径。不少学者关注到了宋元明清诗学中的日常化趋向，梳理出了诗人的应用策略。侯体健通过宋代览镜诗中映现出的诗人自我形象，展现了把日常行为转化为审美自觉的内在逻辑，诠释了近世型士人生活和审美形态的建立过程。廖可斌把徐渭诗歌作为分析古今诗歌演变轨迹的典型样本，关注其创作中的世俗化、口语化趋势，从而揭橥其古典诗歌和近代诗歌艺术特征交织杂糅的状态；蒋寅则进而探讨了清人刻意摆脱日常经验的写作策略，指出了文学史演进的一般趋势和文学史书写的新颖视角。

以文学与文化相结合的研究思路，重新解释文学史的关键环节，向来是文学史研究的重要路径。如傅道彬的论文将文学研究再次引向思想本源，回到“六经”文本的历史现场，阐述了“轴心时代”的经典文本的生成过程及其艺术风貌；左东岭则聚焦易代之际的政治生态与身份转换，探寻古代文人的政治困境、人生模式与书写形态之间的逻辑联系。一些学者则拓宽视野，从华夷文化的交流中，重建文学语言的生成过程，如付林鹏以音乐制作、语言传译为中心，在中华与四夷的文化碰撞与认同中诠释中国文学生成和发展的原始动力；钱志熙认为法曲与胡部混合，亦即燕乐调的进入法曲，才是词体流行的关键条件。在域内外的文化碰撞中，新宗教的引入对文化转型的影响至为重要，《新见〈大唐安优婆姨塔铭〉汉文部分释读》《佛教文献所载往还书启的文本及其归属》《论元代全真教传记的文体功能》等论文通过细致的文本分析，展现了宗教对中国文化与文学影响的深刻性和复杂性。

通过文本细读重新诠释文本的生成过程及其文学史意义，也是深化文学史研究的根本路径。在这方面，古典诗歌的研究成果颇丰，如《〈柏梁台诗〉的文本性质、撰作时代及其文学史意义再探》《孟郊五古的比兴及其联想思路的奇变》《五句体与连章诗——杜甫〈曲江三章章五句〉体式发微》《援史学入诗学：胡应麟〈诗薮〉的诗学历史化》等，通过文本细读，为梳理和建立“文学知识的源流和体系”提供了新颖见解。此外，如李贵的论文从空间维度解读南宋行记，通过探索文本的外部联系和内部修辞，重绘了文本的“认知绘图”；李小龙通过对“义激猴王”的异文勘定，阐释文本演化的深层意义，揭示出文本与语境在传播过程中的互文性关系；等等，皆为我们提供了新鲜的认知视角。

文学史对具体作家、事件和概念的探讨也不断细化并引向深入，《论陶诗的力量》《韩愈狠重文风的形成与元和时期的文武关系》《梅尧臣、苏舜钦边塞诗的角色想象与诗史意义》《“苏辛变体”在 12—14 世纪初词坛的运行》等论文，探讨诗人个体或重点诗篇，将某一具体问题进一步明确化、翔实化。一些学者对文学史上的重要术语予以诠释和新解，如许结的论文对汉赋中“象体”的诠释，揭示出赋体艺术自身的发展与演进的一般规律；康保成以金批《西厢记》评点本中“无”字为研讨中心，逐层揭示其所蕴含的“以文说禅”“以禅说文”的意蕴，裁定它与唐以来“绮语谈禅”文学传统的一脉相承关系；孙克强则系统梳理了“清词中兴”的意涵，指出了其与南宋词学的直接关联。

事实上，文学史的书写是一种不断层累的过程，通过文本的诠释和文学记忆的书写，文学史家不断地重构着文学史的样貌。《诗经》的文本生成与诠释影响重大，程苏东的论文认为布衣士人继贵族而起，扩充与革新了《诗经》的阐释向度，深入发掘《诗经》与儒学义理之间的相关性，使其作为孔门圣典的地位得以确立；马昕则认为，元末明初文人借助《诗经》传统，建立了一套标榜风雅的诗学思想，阐释了《诗经》对明初诗学的建设性意义。清人对古典传统的梳理对建构文学史观至关重要，何宗美对《四库全书总目》中的明诗文批评加以梳理，展现了明诗史被书写的历史过程及内在动力；郭英德在清初文化语境下，分析了清初士人对唐宋古文文学典范的建构过程及其形态特征。一些个案研究也关注历史记忆与文学书写之间的逻辑联系，如李芳民探讨了家族图谱对柳宗元人文心态与文学思想形成的影响；夏丽丽聚焦文献层面建构出“太平盛世”的人为景观，探求宋人的文化记忆对北宋盛世的事后反思与理想化追述。此外，莫砺锋、朱万曙的论文从影响史、接受史的角度诠释了唐诗选本、《琵琶记》等经典文本的文学史意义；彭玉平则通过对近代“词学批评学发生期”的细致辨析，为中国文学的“三大体系”建设提供了有益的思考。

学界普遍重视对文献材料的发掘、梳理与探索，多途径窥探文献材料所隐含的文化意旨。不少论文对古典文献的版本、校勘和体例等加以梳理与考辨，如《敦煌本〈观无量寿经〉及其注疏残卷缀合研究》《〈五百家注音辩昌黎先生集〉版本考辨》《王世贞诗文集的文献学考察》《〈金瓶梅〉词话本与崇祯本关系之内证》《毛氏汲古阁本〈说文解字〉版本源流考》《〈四库全书〉提要文本系统例说》等承继朴学方法，在文献考证与文本释义等方面钩深索隐，辨章学术，为文学史写作提供了可靠的资源。有的论文则对文献学的问题域和方法论加以审慎探索，如冯国栋将文献研究的“内”与“外”结合起来，探讨了文献所具有的文本性、物质性、历史性与社会性等多重特性，尝试建立一种“活的”古典文献学研究；石祥重新考量传统中“观风望气”的版本鉴定方法，强调文献研究应考虑各种风格的起源与时空分布，调整处理材料的观念与视角，以应对古籍版刻风格的共时多样与历时多变；赵益对中国古代通俗小说中的“窜句脱文”现象进行梳理，力求构建中国古典文献学的基本原理。叶晔的论文把明代视为“经典终结”与“凝定开始”的关键时期，从读者需求（市场）、思想潮流（舆论）、物质技术（载体）三个层面，探究古典文学之文本凝定在明代的发生历程及其文学史意义。这些探索对文学史书写也有显然的启示意义。

限于篇幅，我们只能摘选部分文章，难免挂一漏万，敬请读者海涵。千里之行，始于足下，期待未来能推介更多、更精彩的学术佳作。

中国文学史模型的重构与探索

——以中国文学地理版图变迁为视角

梅新林

总结和反思20世纪以来新体中国文学史研究的成就与不足，需要重点借鉴文学地理学与“空间批评”理论，重构一种时空并置、交融的新型中国文学史模型：从先秦文学的“东—西”轴线运动，中经秦汉—南朝与隋唐—南宋文学的两次“西北—东南”对角线运动，最后归结于元明清文学“南—北”轴线运动，由此一横一纵轴线贯穿两条“西北—东南”对角线的运动方向与节律，一同展示了中国文学版图的总体格局与演变趋势，也由此画出了中国文学史模型重构与探索的路线图。我们借此可以尝试重新发现、复原囿于线性思维而导致流失与萎缩的文学史资源、能量与生态，重新审视和探索中国文学史的历史逻辑与内在规律，并为重写中国文学史提供新的思考与启示。

一 先秦文学的“东—西”轴线运动

先秦文学经历了从上古原始神话到夏商周三代文学的漫长历程，始于前2070年，终于前256年，历时1800多年，是其后各代文学的母体与渊源。其始点与上古五帝神话时代下限相衔接，主要呈现为沿着黄河流域的“东—西”轴线运动。

在三代与三代以前的文学版图之间存在着明显的区别，蒙文通《古史甄微》率先提出的“海岱—泰族”“河洛—黄族”“江汉—炎族”“三系说”，徐旭生《中国古史的传说时代》提出的华夏、东夷、蛮苗“三大集团说”，以及傅斯年《民族与古代中国史》提出的“夷夏东西说”，可证其间经历了从“三足鼎立”到“东—西”轴线运动的转换。又据张光直基于夏商周三代频繁迁都所绘该三代都城迁徙图，可知此三代都城迁徙的地域范围集中在黄河流域，大体夏族居中，商族居东，周族居西，然后商由东而西，周由西而东，相继从东西两个方向向中部移动。此即夏商周三代兴替之间文化—文学中心迁徙路线图。

西周先于文王时迁于丰，武王立国后再于丰隔岸建镐京，由此成为“双子城”的京都。另建东都洛邑为陪都，首创首都—陪都“双都轴心”，可见周代的核心区域在今陕西、河南二省。周代文学的辉煌成果是经后人整理的《诗经》，其地域分布西至陕西以及甘肃的部分区域，北至河北西南部，东至山东半岛，南至江汉流域，大致以镐京—洛邑为“双重轴心”，以黄河流域为轴线，然后向全国辐射以及向黄河中下游扩散。周平王元年（前 770）迁都于西周时期的陪都洛邑，全国文学中心也随之东迁，从春秋时期的鲁国文学中心到战国时期的齐国文学中心，既为三代文学“东—西”轴线运动画上了圆满句号，同时也是对五帝时代东夷集团神话中心的历史回应。另外，春秋后期东周景王、敬王之交，东周王室发生内乱，王子朝因争位失败而与一批文士携典籍奔楚，遂使中原文化得以快速向楚国传播，并有力激发了曾是五帝时代神话“三足鼎立”之一的荆楚文化与文学的快速发展，然后交织着楚国的盛衰之变终于结出了屈原与《楚辞》这一文学硕果。

二　秦汉—南朝文学的首次“西北—东南”对角线运动

先秦文学由“三足鼎立”转换为“东—西”轴线运动，到秦汉时期则出现了文学史上的第一次“西北—东南”对角线运动。

秦代（前 221 年至前 206 年）仅存 15 年而亡，但对西汉的长安—洛阳“双都轴心”以及“西北—东南”对角线运动具有“导夫先路”的作用。总体而论，西汉文学“双都轴心”功能大致呈现为抛物线型的发展演变历程。东汉（25～220）以洛阳为首都，又以长安为陪都，依然是首都—陪都“双都轴心”结构，但恰好与西汉作了颠倒。与西汉文学的抛物线模型不同，东汉文学的“双都轴心”则呈斜线下行之势。

在秦汉—南朝文学“西北—东南”对角线运动流程中，两晋之交的“八王之乱”无疑是一个关键转折点。东晋（317～420）建都建康后，首都自然成为200多万南迁移民的首要聚集地，也是南北文化冲突交融的核心区。从本质上说，东晋文学就是一种移民文学，或者更准确地说是南北文化交融中逐步走向本土化的移民文学，因而在文学地理版图演变上呈现为不同于以往各代崭新的面貌。南朝（420～589）宋齐梁陈四朝都延续建都建康，在继续强化建康轴心功能的同时，也进一步巩固了东晋以来南北文学轴心地位首次转换的重要成果。其中最可称道的，是南朝民歌的兴盛。现今留存于南朝宋郭茂倩所编《乐府诗集·清商曲辞》中的总数近500首的民歌里，主要有吴歌与西曲两类，前者重点汇聚于建康首都圈，后者则主要分布于江汉流域的荆（今湖北江陵）、郢（今江陵附近）、樊（今湖北襄阳）、邓（今河南邓州）等几个主要城市。

与东晋南朝文学形成南北对峙的是十六国与北朝文学。西晋末年“永嘉之乱”爆发的另一个结果是促成匈奴、羯、氐、羌、鲜卑“五胡”内迁，中华民族进入了一个前所未有的胡汉大交融时代，北方文学地理版图也因此发生了重大变化。

经过秦汉—南朝文学“西北—东南”的对角线运动之后，中国文学轴心首次实现了南北转移，然而却发生了由合而分、由刚而柔的衍变，这就迫切需要由分而合、由柔而刚的回归，于是便有了隋唐—南宋“西北—东南”新一轮对角线运动。

三　隋唐—南宋文学的再次“西北—东南”对角线运动

在秦汉“西北—东南”对角线运动以后，之所以再次演绎为隋唐—南宋文学“西北—东南”对角线运动，是因为终点建康这一新的文学轴心地位并不稳固，而起点长安这一传统文学轴心仍有强大的动力能源。第二次对角线运动始于隋唐而终于南宋，全国文学轴心从西北长安最终迁至东南临安。两次对角线运动互有异同，但都汇聚于环长江三角洲的江浙之地，从而最终奠定了江浙作为新的文学轴心的重要地位。

唐代（618～907）承继隋代，仍以长安为首都、洛阳为陪都，从而重新确立了长安—洛阳“双都轴心”地位，进一步巩固并扩大了隋代统一南北之后的全国文学版图。初唐（618～712）90余年间，长安—洛阳两都经历了主副轴心地位的变化。盛唐（713～756）40余年间，“双都轴心”渐趋稳定，唐诗也在京外大流动中迅速臻于高峰。唐玄宗天宝十四载（755）“安史之乱”的爆发，又一次引发了大批文人的南迁，隋代运河中的洛阳—余杭南线在此发挥了“生命线”的重要作用，而唐代后期的整个文学版图结构也因此而改变：一是在长安、洛阳两京之间，长安文学的弱化与洛阳文学的强化形成鲜明的对比，甚至主次倒置；二是两京文学向东南逐步转移，与时俱进。到代宗大历年间（766～779），“大历十才子”作为一个新兴诗人群体在首都长安渐已成形，这表明首都长安文学轴心初步恢复。

北宋（960～1127）文学在五代文学南北分化与轴心南移之后再次北返，以汴京、洛阳为东西两都，较之唐代长安—洛阳的“双都轴心”已经大幅东移。首先，宋初至仁宗康定元年（960～1040）80年间，北宋文学确立了汴京—洛阳的主副轴心地位。其次，仁宗庆历元年至神宗熙宁五年（1041～1072）30余年间，北宋文学在汇聚首都汴京轴心与反复遭贬流散之间互动平衡。再次，熙宁五年至元符三年（1072～1100）近30年间，北宋文学首都汴京的轴心功能逐步退化，其外流力度则日见强化，速度也随之加快。最后，徽宗、钦宗时期（1101～1127）20余年间，首都汴京轴心的“空心化”趋势在以上四代文坛领袖的代际交替过程中日益显著，京都文学向外的流动速度与力度同样与时俱增，这也意味着汴京—洛阳“双都轴心”凝聚力的逐步弱化。

两宋之交的“靖康之难”，既是南北宋之间的分界线，也是本轮文学“西北—东南”对角线运动的关键转折点。南宋建炎元年（1127），新即位的赵构定都南京应天府，至绍兴八年（1138）迁都临安府（今浙江杭州），由此确立了首都临安的文学轴心地位。500万人南迁移民再次造就了南宋移民文学本土化的高峰。

南宋文学历时150多年，同样呈现为抛物线的发展模型，但其峰巅位于前端，因而不同于北宋而与汉唐相近。高宗朝（1127～1162）为第一期，临安文学轴心地位渐趋稳定。孝宗、光宗两朝（1163～1194）为第二期，在牢固确立临安文学轴心地位中走向文学“中兴”。宁宗朝（1195～

1224）为第三期，首都临安文学轴心功能快速下降。理宗后（1225～1279）为第四期，文学出现普遍离京外流的趋势。南宋的北方有金代（1115～1234）与其对峙，较之辽代汉化程度更高，本土文学发展更快。在上述“西北—东南”两次对角线运动中，中国文学出现了移向东南与回归西北的拉锯战，其中两晋与两宋之交都是十分关键的转折点，至南宋最终奠定了文学轴心南北易位之格局。

四　元明清文学的“南—北”轴线运动

在经历秦汉—南朝文学与隋唐—南宋文学两次“西北—东南”对角线运动之后，到元明清时，中国文学终于转换为“南—北”轴线运动，这意味着起点西北的这一传统轴心动力能源消耗殆尽，终点东南这一新轴心地位牢固确立。在元明清文学历时640年的“南—北”轴线运动中，主要通过元代开通的京杭大运河贯通南北，这不仅彻底颠覆了长期形成的南北文学轴心地位，而且逐步形成了环东南沿海的“半月形”黄金文学带，并为近代的中西文学交融与古今文学演变铺平了道路。

中国文学由蒙古时期、元代前期和后期三个阶段的演变，呈现为一个相对均衡的抛物线模型。首先，蒙古时期（1206～1271）60余年间，文学活动轴心伴随蒙古都城的南迁而南迁。其次，元代前期至元八年（1271）建都大都，至仁宗皇庆二年（1313）诏行科举40余年间，为大都—杭州南北对峙时期。最后，元代后期仁宗皇庆二年至元末（1313～1368）50余年间，中国文学从大都—杭州轴心的南北互动走向南北转移。其中至元三十年（1293）八月全线开通的京杭大运河，作为直贯南北的主干通道，在消除南北对峙走向双向互动中发挥了至为重要的作用。要之，元代因京杭大运河的直接贯通形成“一线”（运河）、“两点”（大都、杭州）的主体格局，借此推进南北文学的冲突与交融。这是元代文学地理版图迥异于前代的主要特征。大都—杭州在此实际上扮演着“双都轴心”的角色。

明代（1368～1644）立国之初，建都于南京，中国文学既沿袭又加剧了元代通过运河通道向南方倾斜的总体趋势，江浙之地的文学聚集能量逐步趋于极化状态。明成祖永乐十九年（1421）迁都京师（今北京），同时又以南京为陪都，再次恢复了文学“双都轴心”结构，但其重心依然在南方江浙之地。一是明初至永乐十九年迁都京师（1368～1421）的 50 余年间，在首都南京轴心建构中文学出现长篇小说创作的第一次高峰。二是成祖永乐十九年迁都京师至孝宗弘治末（1421～1505）的 80 余年间，文学在回归首都京师轴心中作低谷徘徊。三是正德至隆庆年间（1506～1572）的 60 余年间，文学在首都—陪都“双都轴心”联动中逐步上行。四是在万历元年至明亡（1573～1644）的 70 余年间，文学在从首都京师轴心向陪都南京轴心倾斜中走向峰巅。

清代（1644～1911）是中国古代的最后一个封建王朝，兼具古代文学终结与近代文学开端的双重意义。尽管清代罢南京陪都之制，但南京不仅依然承担着隐性陪都的角色，与京师构成隐性“双都轴心”，而且承续明代文学中心南移成果并进一步趋于极化状态。总体而论，清代前、中、晚三个不同时期呈现为相对完美的抛物线模型。一是前期顺治元年至雍正十三年（1644～1735）90 余年间，中国文学从南北对峙走向南北对流。二是中期乾隆元年至道光十九年（1736～1839）100 余年间，中国文学在南北并盛格局中延续与调整。清代中期的文学版图承续前期的南北对流并盛局面，至乾隆间臻于高潮，然后伴随清王朝的由盛转衰而做出新的调整：一方面是首都文学轴心功能出现由强而弱的变化；另一方面，新的地域化趋势在同步增长，大致以南京为轴心，面向毗邻的浙江与安徽呈现为一个扇形结构，并稳固地形成南京、扬州、常州、苏州、杭州、桐城六大区域文学中心。三是后期道光二十年至清末（1840～1911）70 余年间，中国文学基于京沪新型“双都轴心”形成中西交融与古今演变。

近代文学版图结构大致可以概括为“两线”、“三圈”与“四地”。所谓“两线”，指起于首都北京、终于南方广东的东南滨海连线与由上海延伸至长江中游两湖的长江流域轴线，彼此一同交汇于上海，于是不仅原先的京师—南京变为京师—上海这一新兴“双都轴心”，而且由上海轴心将东南滨海连线延伸至广东、香港，从而构成“上海—香港走廊”；所谓“三圈”，指崛起于东南滨海连线的环渤海湾京师—天津城市圈、长三角上海—南京城市圈与珠三角广州—香港城市圈，由此三大城市圈相缀成线的东南滨海连线，成为内通内陆、外连两洋的前沿阵地，同时也是促使中国古代文学近代转型的巨大熔炉；所谓“四地”，指分布于“两线”“三圈”上的京师—天津、上海—南京、广州—香港以及长江中游的长沙—武汉，此皆为“双城记”的城市结构。

中国文学从先秦的“东—西”轴线运动，中经秦汉—南朝与隋唐—南宋的两次“西北—东南”对角线运动，最后归结于元明清的“南—北”轴线运动，由此一横一纵轴线贯彻两条“西北—东南”对角线的运动方向与节律，一同展示了中国文学版图的总体格局与演变趋势，也由此画出了中国文学史模型探索与重构的路线图。注重“时间先后”与“空间离合”的相互交融，包括在时间维度中融入空间要素，以空间维度重新划分时间段落，其目的不仅仅是重构一种时空并置交融的新型文学史研究模型，而且是借此重新发现、复原囿于线性思维而导致流失与萎缩的文学史资源、能量与生态，重新探索和阐释中国文学史的历史逻辑与内在规律。与此同时，还需要借助“地理信息系统”（GIS）与“虚拟地理环境”（VGE）的技术支持，推进中国文学史模型探索与重构成果向可视化、立体化、智能化方向发展与转化。恩格斯曾经说：“一切存在的基本形式是空间和时间，时间以外的存在和空间以外的存在，同样是非常荒诞的事情。”中国古代文学版图的变化，同样符合这一规律。

（作者单位：浙江工业大学人文学院；原刊于《文学遗产》2020 年第 5 期）

“意法论”：中国文学研究再出发的起点

张伯伟

“意法论”是一个值得激活的文学批评传统，它可以成为我们今天文学研究再出发的起点。在中国文学批评史上，“意法”作为一个完整的概念出现在明代，而从创作论转移到批评论则到清初才出现。文学是由语言构成的世界，根据现代语言学家的普遍认识，书面语言有能指（字形和字音）和所指（字义）。笼统地说，文学作品中的“意”就是由所指代表的内容，而“法”就是由能指代表的形式。在作品中，内容和形式是结合在一起的。就创作而言，诗人要透过“法”以完美地呈现“意”；就批评而言，读者要从能指把握其所指。它强调不可以将内容和形式强行割裂，尤其反对以内容为评判作品优劣的主要依据，而将形式的功能视为若有若无，这就是“意法论”的基本含义。

汉代兴起的经学，其宗旨就是寻求文本中的微言大义。古人小学“一年视离经辨志”，首先是“离经”，包括句断、句绝；进而则“辨志”，理解文本中蕴含的“心意”所指。“离经”是章句之学，重在分章析句；“辨志”是理解阐释，重在心意趋向。既“离经”又“辨志”，辞章和心意是密不可分的。赵岐说孟子倡导“以意逆志”，就是“欲使后人深求其意以解其文”，这话也可以反过来理解，就是“解其文以深求其意”，蕴含了由“怎么写”进入“写什么”，从章句进入意义。然而在后世的实践中，出现了两种不同倾向的弊端：一则“惟知章句训诂之为事，而不知复求圣人之意”；另一种则“脱略章句，陵籍训诂，坐谈空妙，展转相迷”。前者是汉代的“俗儒”，将文辞“碎片化”，也就丧失了对文意的理解；后者指魏晋玄学的“得意忘言”，也就是对于文辞的忽视乃至无视。朱熹要将两者重新结合，“非徒可以得其言，而又可以得其意；非徒可以得其意，而又可以并其所以进于此者而得之”。“所以进于此者”含体用两端，就“用”而言，是指通过什么方式使其意得到完美表达，也就是“怎么说”。我们可以他的《孟子》解读为例，对于朱熹来说，《孟子》当然是圣人经典，重心也固然是在其意，但要真正获得其“义理”，就离不开对“文法”的理解，能够从“法”到“意”。朱熹反复陈说了这个道理：“读《孟子》，非惟看它义理，熟读之，便晓作文之法：首尾照应，血脉通贯，语意反复，明白峻洁，无一字闲。人若能如此作文，便是第一等文章。”“作文之法”的获得，要以“熟读”文本为前提。读《孟子》，不仅要关注“写什么”（即“义理”），还要关注“怎么写”（即“作文之法”）。朱熹注《孟子》，特别留意其“血脉通贯处”。最著名的例子就是对《孟子·公孙丑篇》“其为气也，至大至刚以直，养而无害”的重新句读，改为“其为气也，至大至刚，以直养而无害”，就是注意到《孟子》的文本特征。只能如此断句，才符合文章的“怎么写”，也才能把握义理之“紧要”，这就是从“怎么写”归结到“写什么”。朱熹从文章学来解读《孟子》，虽然注重“文法”，却不是孤立的修辞学分析；他注重《孟子》的“义理”，也不是脱离辞章的异想天开。“义理”和“文法”的结合，也就意味着“意”和“法”的结合。这不仅影响了其后学释读《孟子》的眼光，也为中国文学批评的“意法论”建立了样板。需要补充说明的是，佛经科判之学对于“意法论”的建立也有襄助之力。

到了明清时代的诗文评中，出现了一个新概念——“意法”，并被广泛运用于批评实践。于是，人们就将“写什么”概括为“意”，将“怎么写”概括为“法”，借陈用光的表述就是“夫词依法以行，依意以立。理之不穷，何以立意；法之不具，何以属词”，一篇作品的构成，就是文字、意义和法则。意义贵深刻，法则贵圆满，一篇佳作应该是“意”与“法”的完美结合。在文学批评领域中，将“意法”由创作论转换为批评论，最早见于清初陈之壎《杜工部七言律诗注》：

> 诗，意与法相为表里，得意可以合法，持法可以测意。故诗解不合意与法者，虽名公巨手沿袭千年，必为辨正。

既然“意”与“法”是“相为表里”、互彻互溶的关系，就既可以从“写什么”看“怎么写”（即“得意可以合法”），也可以从“怎么写”看“写什么”（即“持法可以测意”）。“意法论”批评的基本原则是发人深省的。

“意法论”可以成为今日文学研究再出发的起点，它之所以值得“激活”，需要“激活”，并不仅仅因为是“传统”的一部分。如要能够充当“再出发”的起点，就要阐发其价值和意义，而这个价值和意义，必须经受 20 世纪以来种种批评模式的挑战和考验，也必须直面当下文学研究的种种不足和缺陷。

“意法论”形成之后，人们认识到一篇作品的构成包含了文字、法则、意义，对应于此，作品的研究不仅应该关注这三个方面，而且还贵在将之融合为系统。在这个意义上，传统“意法论”在批评实践中还处于“未完成”阶段，需要在理论上继续阐发并在实践中继续完善。为了便于说明，我把“意法论”包含的文字、法则、意义分解为“文本化”（文）、“技法化”（法）和“人文化”（意），并从这三方面阐发其价值和意义。需要注意的是，这种分解只是诠释上的便宜之策，在实践中应该是统一的。

其一，“文本化”。文学研究最重要和最基本的认识，就是把文学当作文学来阅读和理解。任何一篇优秀的文学作品，都是作者在文字上千锤百炼的结果。面对一篇呕心沥血之作，读者只能报之以反复阅读，这几乎是我们必须遵守的“阅读伦理”。因此，“文本化”的第一要义，就是“慢读”和“细读”。

自从 20 世纪 20 年代到 50 年代美国“新批评”的兴盛，“细读”几乎成为其专利的代名词。其实，在中国的文本解读实践中，“细读”的传统早就形成了。本文强调文学研究的“文本化”，其指向的对立面主要是中国文学研究的历史和现状。百年来的文学研究，就其主流而言，始终未有将作品“文本化”的过程，也未有强调“慢读”的过程。因此，捍卫文学的自主自律，守望文学研究的疆土以免被考据学或历史学异化，就是“文本化”的又一重意义。

其二，“技法化”。法则是“意法论”的题中应有之意，此毋庸多言。就古典诗学而言，唐代建立了技法的基本框架，也就是“规范诗学”，涉及诗的声律、对偶、句法、结构和语义。值得注意的是，唐代“规范诗学”所涉5个项目，前4项是纯粹的文学形式，而语义属于语言的所指，是内容范畴的项目，但唐人讲的“语义”，不是脱离了文学形式的独立的、孤立的抽象概念或意识形态，而是建立在与文学形式相关基础上的统一体。所以，语义与法则是具有内在统一性的。我说“意法论”是一种“未完成”的批评方法，不仅就整体而言是如此，而且即便就“技法化”来说也是如此。陈之壎提倡“意法论”，其解释距离“技法化”的要求还相当遥远。如果要对解读过程作“技法化”处理，就不妨以唐人诗格所涉略作示例。这里以对杜甫《江村》的解读为例。该诗云：

> 清江一曲抱村流，长夏江村事事幽。自去自来梁上燕，相亲相近水中鸥。老妻画纸为棋局，稚子敲针作钓钩。但有故人供禄米（一作“多病所须唯药物”），微躯此外更何求。

首先是声律。在杜甫的时代，对四声的审美效果已有相当的理解。初唐佚名《文笔式》云：“声之不等，义各随焉：平声哀而安，上声厉而举，去声清而远，入声直而促。”四声之不同，在文本中产生的审美效果和意义也就随之而异。试看首句“清江一曲抱村流”，先以“清江”二字平起，安稳前行，紧接着就是两个入声字，促迫而吞咽，形成一种压抑，接着再次爆发，用了一个响亮的“抱”字，似乎要倾泻而出，最后又是两个平声字，与首二字形成呼应，使得整句诗被“哀而安”的情绪所笼罩。仅是第一句的吞吐，就让人感受到此诗的沉郁顿挫，其情绪绝不“轻松”。

其次看对偶。此诗中二联的对偶，初看非常简单，不过是重复了两次“同类对”，即以“梁上燕”对“水中鸥”，以“老妻”对“稚子”，一赋景，一纪事。在对偶方式中，属于一种较为简单朴素者，初读时就觉得近乎“两句一意”，但细细品味之后，就不能不认同清人顾宸的意见：“燕本近人者，自去自来，偏若无情；鸥本远人者，相亲相近，偏若有情。是公诗刻画处。”体会到其中的“刻画”，即刻意求工，也就能体会到这两句诗的相反相成。

再看句法。第三联也是对偶，这里拟从句法角度剖析。以“老妻”对

"稚子"的句法看似出自杜甫。王楙指出，韩愈"已呼孺人戛鸣瑟，更遣稚子传清杯"出自杜甫之以"老妻"对"稚子"。仇兆鳌还指出，王安石《悼鄞江隐士王致》中"老妻""稚子"一联也本于此。前人注意到杜诗句法对后世的影响，却没有注意到这一句法的来源，以及这一类句法表达的"意"在何处。杜甫句法实有所本，那就是鲍照的"弄儿床前戏，看妇机中织"，以及江淹的"左对孺人，顾弄稚子"。根据"意法论"的"持法可以测意"的原则，如果我们关注上述句子的前后语境，就不难发现，这些对弄妻、子之"乐"的描写，正是仕途罢官之"恨"的反衬。韩愈以强仕之龄被投闲置散，其"孺人、稚子"之句貌似乐得悠闲，实质还是牢骚满腹。王安石对杜诗句法也有深刻理解，其"老妻""稚子"一联显然是"以乐景写哀"。

此诗的结构也很有意味。七律的通常结构不外乎起承转合，但也如王士禛所说："起承转合，章法皆是如此，不必拘定第几联第几句也。"吴乔就曾以杜诗为例，"首联为起，中二联为承，第七句为转，第八句为合，如杜诗之《江村》是也"。此诗代表了一种特殊的结构："首联为起"，这是常态；"中二联为承"，在篇幅上占了四句，看似最有分量，但在结构上"承"的位置决定了其功能只是铺叙，在诗情的推进上是平缓的；七、八二句一转一合，每一句承担了一种功能，与前面四句只承担一种功能形成鲜明对比。诗意的快速转换，也就引起了惊心动魄的效果。

最后看语义。按照唐人诗格的论述原则，语义和形式是合而为一的。这里结合结构分析继续申论，把分析重心落实在第七句的"转"上。前人有一些很好的意见可以参考，如清人朱瀚云："通首神脉，全在第七，犹云'万事具备，只欠东风'，与'厚禄故人书断绝'参看。"前六句极写江村幽事，七句笔锋一转，八句冷语作收。"但有"是如有、若有之意，字面是"但有故人供禄米"，字里却是对可能"断禄米"的不安以及凭借"供禄米"以度日的不平。言内是"微躯此外更何求"，言外却是有所求而不可能求，不甘如此而又不能不如此。然而第七句是有差别较大的异文的，原本作"多病所需唯药物"。从音律上看，此句最引人注目的是最后两个字"药物"，皆为入声。依通常的节律，此句应读成"多病/所需/惟药物"，而在反复吟哦之后，会迫使我们换成另一种读法"多病所需惟——

药物”，好不容易鼓足勇气提出要求，把平声字“惟”拉长，紧跟着两个入声字的重重阻隔，就有了难以启齿的示意作用。所以在结构上的这一“转”，与诗情上的欲说还休也是完全相配的。

在中国文学批评传统中，技法虽然在诗格、诗法类著作中反复出现，但在批评实践中的贯彻是有限的，这导致了其结论如同一种“印象式批评”。昧于法则、不讲法则、无视法则，无论是出于诗学知识的不足、审美表达的陋习或是意识形态的傲慢，都不能成为脱离技法分析的理由。只有通过“细读”，通过对某些技法的追溯，才能让我们发现一个文本和其他文本之间有着怎样的“秘密对话”。而特定的技法，总是与特定的文体形式相联系。所以这样的研究，也就必然具有从中国文学自身出发的特征，其效果绝非套用其他任何批评方法可以比拟。

其三，“人文化”。“人文化”是“意法论”在批评实践中追求的最终目的。文学研究的“人文化”，就是要承认作者的意图在作品中的呈现，而不是以什么“作者死了”为由对作品进行随心所欲的解读，强调在理解基础上的阐释。如果“人文化”能够得到真正的体现，批评家就会立志在自己的工作中找到某种或若干种特性，可以将人类区别于自然界或超自然界。我相信，中国传统人文精神中的“仁”无疑是不可或缺的一项。如果确信文学批评的原则是对话而不是自说自话，那么，就应把作品当成倾听的对象而不是审判的对象是非常重要的。

“人文化”的第二个含义是，阅读作品时的“学习并批判”，其“批判”的锋芒不仅要指向作品，而且要指向自身，透过阅读能够加深的不仅是对作品的理解，也是对自我的认识。概言之，当文学研究增进了自我认识后，它才是真正为人类所特有的能力，即自我批评的能力，并开始活跃起来。我更想指出的是，这样的阅读方式，不只是当今世界最卓越的人文学者的“特识”，还是中国人文世界的传统。

“人文化”的最后一个含义是，不以本民族文学为至高无上或无与伦比的文学，在文学的框架内研究自身文学，在文化圈的范围内研究国别文学，并且通过比较的方式，尊重在交流活动中存在的差异和产生的变异，克服固化和呆滞的观念，敞开文学研究的大门。二十多年来，我倡导并实践的“域外汉籍研究”和“作为方法的汉文化圈”，就是想通过对同一个文化单元中不同民族国家文学特色的辨析，探索并理解“同”中之“异”，养成对差异的欣赏和热爱。在“人文化”的文学研究中，既能够破除文化帝国主义的膨胀欲，又能够打开民族主义的封闭圈。

总之，“人文化”反对以“诊断”的态度对待文学，强调“倾听”和“对话”；反对以“文献”的态度对待文学，强调“感动”和“反思”；反对以“工具”的态度对待文学，强调“语境”和“理解”。

在一个令人期待的文学研究中，“意法论”可以将“文本化”、“技法化”和“人文化”三位一体地融汇起来，并且在研究实践中建立起一种动态的平衡。

（作者单位：南京大学文学院；原刊于《中国社会科学》2021 年第 5 期）

周代的文化认同与文学交流

——以音乐制作、语言传译为中心

付林鹏

近来，葛兆光提出“从周边看中国”“历史中国的内与外”等学术话题后，如何理解历史中国的形成又成为新的学术热点。不过，在早期中国，对这一话题的讨论，主要集中在华夏和四夷的关系上。一般认为，华夏族是由居住在中原地区的夏、商、周三族经过长期融合而形成的。其作为一个固定的族群名称和自觉的族群观念，在西周时就已出现，但最终完成要到春秋战国之际。而四夷体系则至迟在西周晚期就已被构建起来了，这可从《国语·郑语》中史伯之言得到印证。综观早期文献，周人在建构起以华夷五方为基本内容的天下观后，对如何处理夷夏关系，主要采取两种模式：一是强调夷夏之辨，将诸夏视为我者，将戎狄视为他者，强调两者的差异性；二是主张怀柔四夷，将四夷纳入华夏政治共同体中，重视夷夏之间的交流和融合。本文即立足于后一模式，从音乐制作和语言传译两个角度，考察周代夷夏沟通中所涉及的文化认同与文学交流，这一方面可以为“历史中国的内与外”提供一个微观的观察视角，另一方面又能把对这一问题的考量纳入当下文学的整体研究之中。

一　四夷职官的制度设计及文学职能

四夷体系被建构起来之后，夷夏之间如何进行沟通，成为周人制度设计的重要课题。因周代政教合一，知识系统由王官掌握，故要了解夷夏之间的沟通问题，需先考察周代四夷职官的设置情况。在先秦典籍中，系统记载四夷职官的要数《周礼》。尽管学界对《周礼》的成书及真伪问题，仍存在争议。但通过与铜器铭文及其他先秦文献的比勘，可以证明《周礼》很大程度上保存和整合了西周到春秋时期的职官系统。在《周礼》中，与夷夏文化交流关系最为密切的职官，当数四夷乐官和象胥。

据《周礼·春官》载，四夷乐官包括韎师、旄人、鞮鞻氏三类，隶属于大司乐。三类职官在西周铜器铭文中没有直接记载，但《周礼》乐官系统中的某些具体职官，如大司乐、籥师、钟师、乐师等却可以从西周考古资料中找到证据。据《汉书·艺文志》,《周礼·春官》中的大司乐系统作为一完整体系，曾以单本的形式流传。大量《周礼》乐官见于西周考古材料，也可以从侧面证明四夷乐官的设置，大致能代表周代某一历史时段的真实情形。

《周礼》对四夷乐官具体职守的记载较为简略，但如果放到周代礼乐文化的背景下，可以得到进一步的挖掘。一是突出了东夷乐官的特殊地位。所谓东夷乐官，即韎师。韎师掌教《韎》乐，据郑玄注，《韎》乐为东夷乐舞。韎师在四夷乐官中地位最为重要，可能跟周人最早经营东土有关。二是明确了旄人和鞮鞻氏分工的不同。据《周礼》载，两官均掌四夷之乐，但在具体职能上，却有旄人掌教“舞夷乐”和鞮鞻氏“掌四夷之乐”的区别，即旄人主要负责四夷之乐的教授和舞蹈，而鞮鞻氏主要负责四夷之乐的舞蹈和声歌的演唱。三是作为四夷之乐的演奏主体，四夷乐官还会参与周人的祭祀和宾客之礼，用于招待前来助祭和朝贡的四夷族群，其目的在于增强其政治、文化认同感。

象胥是行人系统中的译官，专门负责与四夷族群的言语沟通，故又称“舌人”。据新出的文盨铭文可知，周宣王欲殷见南邦诸侯，命器主人文深入南土，率领南邦诸侯前来朝见。故学者推测，器主人的身份很可能就是象胥，此证明了周代确有象胥之官。

象胥的人员构成和具体职能在《周礼·秋官》中有详细记载。第一，其人员设置，跟四夷方国的数量有较大关系，所谓“每翟上士一人，中士二人，下士八人，徒二十人”。翟者，乃蛮、夷、闽、貉、戎、狄之通称，故象胥是按六翟之数来安排具体职官的。第二，因每翟所掌不同，象胥的各自名称也不同。据《礼记·王制》载：“东方曰寄，南方曰象，西方曰狄鞮，北方曰译。”从字面上看，象胥的不同名称涉及异族信息的传译问题，但背后却有着文化认同的意义。第三，象胥的职责与文学相关者，主要体现在“谕言语”和“协辞命”两方面。“谕言语”是指传译周王和四夷国君、使者的言辞使双方明白。“协辞命”是指整饬、协调四夷之国的辞命。

总之，四夷乐官的设置，为四夷之乐在周代的礼乐系统中保留了一席之地，使其在周代的政治文化中发挥了重要的作用。象胥的设置，则让诸夏和四夷有了直接而有效的交流，进而促进了夷夏之间的文化融合。

二　四夷之乐与夷夏之间的文化互动

四夷之乐是伴随着四夷体系的出现而形成的，但囿于《周礼》等先秦文献之语焉不详，有关四夷之乐的众多细节并不明晰。不过，通过参考汉代文献，可以对四夷之乐的某些细节进行还原。

首先，四夷之乐的具体名称，在汉代文献中，有不同的说法，主要见于《周礼·春官·鞮鞻氏》之郑玄注、《乐纬·稽耀嘉》、《乐元语》等文献。在文献不足征的情况下，使用汉代文献属无奈之举，但也有依据，一方面汉代文献中保留了大量先秦史料，另一方面汉代经学的师法、家法之说，说明学派内部存在口耳相传情况。而通过文献比勘，可以发现郑玄注的说法最合理，即：“四夷之乐，东方曰《靺》，南方曰《任》，西方曰《株离》，北方曰《禁》。”但四夷乐名之所以存在不同异文，是因转译夷语而与汉字记音有关。

其次，四夷之乐的演奏形态，据《乐元语》载：“东夷之乐持矛舞，助时生也。南夷之乐持羽舞，助时养也。西夷之乐持戟舞，助时煞也。北夷之乐持干舞，助时藏也。”如果结合周代的乐舞形制，可以发现四夷之乐的舞具中，持矛、戟、干者均属兵舞，持羽者属于羽舞。而负责教授夷乐的职官称旄人，正说明四夷之乐也包括旄舞在内。《史记·孔子世家》载，夹谷之会时，齐国就曾演奏夷乐，其形态是“旍旄羽袚矛戟剑拨鼓噪而至”。

再次，四夷之乐的制作过程，可从《吕氏春秋·音初》中四方之音的来源及其被纳入周人音乐系统的过程得到启示。《吕氏春秋·音初》虽形成于战国晚期，但有古老的文献来源。其中，南音由涂山氏之女所创，后被周公、召公“取风”成为《诗经》“二南”之调式，而“二南”又与南夷之乐《南》关系密切；西音则起源于西狄，春秋时被秦穆公“取风”改铸为秦音，很可能在《秦风》中有所遗留；东音与东阳萯山有关，其原属东夷之地，而夏后氏孔甲所歌《破斧》，很可能是《豳风·破斧》的音声源起；北音出自有娀氏“二佚女”，有娀氏是北方戎狄的一支，北音所歌内容与《商颂·玄鸟》有关。故《吕氏春秋·音初》中“取风焉”的说法，说明周人在制作夷乐的过程中，有对四夷音调、声歌等元素的采择和转译，由此可见出四夷声歌是如何被纳入雅乐系统的，在一定程度上反映了夷夏音乐文化的交流和融合。

最后，周人将四夷之乐纳入礼乐系统，是出于政治意义上的考量，反映了夷夏之间的文化认知。第一，在周人的天下观念中，四夷作为重要的组成部分，是需要和柔的对象。正是出于这一考量，周人在制作四夷之乐的过程中，进行了两方面的设计。一是要尽量还原某些四夷元素，以加强夷狄之国的心理认同感，如鞮鞻氏之命名，就跟所穿民族舞靴有关。二是要融入某些华夏元素，以维护礼乐的威仪，如四夷之乐的舞者都是“中国”之人。第二，四夷之乐的演奏紧密地呼应着五服制的设计，体现了“内其国而外诸夏，内诸夏而外夷狄”的政治理念，如将四夷之乐的演奏场地安排于四门之外，就是这一理念的礼乐呈现。第三，在五服制的设计中，四夷在周代的朝贡体系中地位并不完全等同，其中蛮、夷是高于戎、狄的。这一差别在周代的礼乐秩序中也有所体现，如在四夷之乐中，东夷之乐《韎》和南夷之乐《任》的地位就更为重要。

三　四夷之言的传译及文本书写

先秦时期的夷夏区分，语言也是一个重要的标准。因此，在夷夏的交流沟通过程中，译官发挥着至关重要的作用。结合象胥的职责，可知当时的传译活动，至少有两种形式。一是具体场合的口语传译，如《国语·周语》中所载的戎、狄班贡“使舌人体委与之”就是其例。不过，因口语传译具有现场性和即时性，在早期文献中留下的例证不多。二是四夷文本的转译和书写。所谓四夷文本，既包括华夏文献中对四夷方言、异语进行雅译后所形成的文本及文本部件，又包括四夷族群使用汉字书写下来的文本。前者体现了华夏文化共同体对周边异质语言元素的吸纳，后者则反映了雅言书面语对周边族群具有强大的影响力。而两者的相互结合，深刻地促进了夷夏之间的文化认同和文学交流。

先讨论华夏文献中保存的四夷文本。先秦时雅言和方言并存，因方言概念出现较晚，故当时往往以具体指称代之，如“齐语”“楚言”等，还包括大量外族语言如“戎言”“夷语”等。周人有意识地采诗并整理方言夷语，将之作为考风俗、观得失的重要材料。如关于《诗经》的形成，有“迺人采诗”说。迺人精通四方言语，他们在采诗后，先要对方言异语进行转译加工，然后再献给太师配乐演唱，从而使方言歌谣进一步雅言化、整齐化和韵律化。不过，在《国风》中，仍有不少方言和方音的遗留。这些遗留正是方言声歌被转译到周代诗歌文本中的证据。

据应劭《风俗通义序》载，先秦时甚至还有专门的方言典籍存在，可惜未能流传下来。不过，先秦文献中仍有大量四夷译名的遗存，像《左传》等书中记载的四夷人物称谓，像买朱钼、廧咎如、驹支等，多据夷语音译而来。当然，对四夷译名的处理，有时也使用意译，像《春秋》三传中对“太原”“善稻”等四夷地名的翻译，就使用了意译。这说明，象胥在传译四夷名物时，还形成了一定的原则，即“有形名可正”就使用意译，“无形名可正”则使用音译。如“太原”就是因其地形高大、广平而得名，若据夷语称为“大卤”；而四夷人名等，因没有直接对应的形名，就直接使用了音译的方式。

再讨论产生于四夷族群的汉字书写文本。雅言在不断吸收四夷族群方言元素的过程中，作为一种主流语言，也开始渗入四夷族群的语言体系当中。这表现在华夏文化共同体被建构起来以后，出于对主流文化的认同，越来越多的四夷族群开始使用雅言作为书面语，形成了真正属于四夷的文本。不过，传世文献方面留存的证据不多，倒是大量四夷铭文的发现，展现了夷夏文化不断融合的过程。

四夷族群融入华夏文化圈的时间有早有晚，汉字使用的程度也有所不同。反而是那些汉字化程度不高的四夷铭文，既体现了四夷族群努力学习汉字融入华夏共同体的过程，又反映了汉字书写对不同族群和语言文化系统的跨越能力。像西周晚期的眉敖簋及春秋时期吴国的众多铜器，在使用雅言记录本文的同时，还会保存本国的语言元素，如人名、国名等都采取了音译的方式，从而使铭文这类四夷文本成为夷夏文化融合的重要见证。

在众多融入华夏文化共同体的四夷国家中，楚国最具代表性。伴随着对华夏文化认同的不断深入，楚系铭文经历了不同阶段，完成了从承继周铭到形成自身风格的发展过程。西周中晚期，楚国发现的铜器铭文较少，表明文字书写并不普及，但其所用文字与中原各国文字同属一系。进入东周后，有大量楚系铭文的发现，表明汉字书写在楚国得到了进一步发展：一是楚国主动学习华夏经典及其书面语表达方式，如王孙诰钟、王子午鼎、楚大师编钟等都自觉模仿《诗经》的表达方式；二是在文字使用及构型上逐渐形成了自身的地域风格，如铭文中不但有对楚方言的记录，还形成了一批独特的器物自名词。故从这一角度来说，楚系铭文在夷夏文化融合方面，有着典范性意义。

结　语

在早期中国政治—文明共同体的形成过程中，周人以成周为中心，规划了四夷体系，在一定程度上导致了“夷夏之辨”的产生。“夷夏之辨”的目的，在于强调夷夏之间在政治、制度和文化上的差异性。为避免“夷夏之辨”所带来的封闭性，周人专门设置了四夷职官来处理夷夏之间的关系。其中，四夷乐官与象胥的设置，不但从制度上保证了夷夏之间交流和沟通的有效进行，还在双方的互动中实现了异质文化的碰撞和融合。他们所职掌的音乐和语言，既是双方文化交流互动的重要媒介，又是考察早期华夏文化共同体得以形成的重要视角。

其一，四夷之乐对于雅乐来说是一种异质性的存在，但周人仍通过取风、采诗、雅译等方式将其纳入礼乐系统中，这主要出于政治文化方面的考量：一者，作为周礼的组成部分，四夷之乐的演奏有着“别异”的政治功能，如四夷之乐的演奏场所被设置在门外，就是这一功能的外在呈现；二者，四夷之乐的制作，还有“合同”的政治考虑，故夷乐用于礼仪，一方面是象征天下归一，四夷宾服，另一方面又能够增强四夷族群的文化认同感。

其二，四夷之言的传译和雅言书面语在四夷族群的推广，不但保证了夷夏之间保持着畅通的交流渠道，而且对于构建华夏文化共同体有重要的意义。一方面，周人针对不同的族群设置了不同的译官，他们除负责礼仪场合的现场传译外，还有意识地搜集整理四夷方言、传译四夷文本，使雅言及其书写系统不至于成为一个封闭的体系，它可以吸收来自不同文化的语言元素。另一方面，雅言作为一种公共性的书写语言，不断地渗透到其他族群的语言文化之中，成为不同文化间得以有效融合的重要媒介。四夷族群出于对主流文化的认同，积极融入汉字文化圈中，从而使雅言书面语所承载的礼乐知识、思想体系和信仰系统等，能够突破方言口语的歧异，对四夷族群形成强大的文化向心力，将其不断凝聚到华夏文化共同体当中。

（作者单位：华中师范大学文学院；原刊于《中国社会科学》2020 年第 5 期）

孟郊五古的比兴及其联想思路的奇变

葛晓音

比兴是汉魏以来乐府古诗的艺术表现要素，也是衡量诗歌是否合乎风雅传统的一个重要标准。大历贞元年间，倾力创作古诗乐府的代表作家只有元结、韦应物、顾况、孟郊等少数人，而其中运用比兴密度最高的则是孟郊，这成为孟郊诗复古的一个显著特征。但是古今研究者多将注意力集中于孟郊的造语工新、好尚奇险、风格酸寒等方面，论及其比兴特点的很少。其实孟郊的很多奇思和新创多与其比兴及联想思路的变异有关。倘能从这一角度着眼，或许能将孟郊的复古在精神实质和艺术表现方面的革新意义看得更清楚。

一　孟郊的风雅观和传统比兴的思理更新

比兴在先秦到初盛唐的诗歌中不仅是两种艺术表现手法，而且还与风雅传统的继承密切相关。在唐代复古革新的诗歌理论中，比兴的重要性得到进一步突显。从陈子昂到独孤及，其所说的比兴内涵并不局限于美刺。天宝大历年间，一些作者从理论上将比兴与古风联系起来，对比兴内涵的规范逐渐趋向美刺讽喻。到中唐时，在古风或乐府中“义存于比兴”的观念，已逐渐成为诗歌革新理念中的共识。孟郊出生于天宝年末，主要创作活动在大历到元和中，他大量创作古诗和古乐府，并使用比兴，正是在这种趋势中形成的自觉意识。

孟郊明确提出要继承《诗经》到李白、韦应物诗作的风雅传统，恢复诗歌的古风，但是他和李白所说“大雅正声”的内涵尚有区别。李白所说的“大雅正声”在理论上更偏重于赞扬盛唐太平之治的颂声，这本是以润饰王化为最高理想的儒家诗学观的反映。然而一旦王泽衰竭，诗便应以怨刺为主，这是要到韩愈和白居易的诗文理论中才得以明确的观念。孟郊作为元和诗坛的前辈人物，他的理想固然是以“补风教”为根本，但也希望李白所说的“大雅颂声”能再现于世，他的创作更多的是愁怨之声和刺世之作。除了部分同情民生疾苦和反映时局动乱的内容以外，孟郊诗作主要针对的是人心险恶、道德沦丧、风俗浇薄的世道。这种内容最适宜采用“兴而刺”的比兴体，这也是他大量运用比兴的重要原因。可见孟郊的风雅比兴观实际上在继承陈子昂、李白的同时，又发展了大历以后逐渐出现的“周道微而兴以刺”的倾向，对于韩、白等元和诗人纠正开元天宝时期片面强调颂声的理念起了先导作用。

孟郊使用比兴的数量之多，远远超出前人。其 502 首各体诗歌中（不计联句），五言古诗占 9/10，基本不用比兴的只有 176 首，运用比兴的诗歌占比 65%。按宋本的分类，其中运用比兴占比例最高的是“感兴”（83%）、“咏怀”（84.6%）、“纪赠”（85%）、“酬答”（83.4%）、“咏物”（78.6%）这 5 类。这些都是魏晋诗歌中最常见的题材。其余题材运用比兴的比例也远高于大历到元和时期其他诗人的同类诗作。他不但认真地揣摩过魏晋以来五古咏怀组诗以比兴为主的创作传统，而且为复兴这一传统极大地发挥了乐府古诗尤其是五古比兴体的创作潜力。这种自觉意识也体现在他对传统比兴意象的传承上。孟郊所使用的比兴大部分是常见意象，多数来自传统的五古咏怀类诗，加上他好用汉代谣谚的排比句式将各种美丑对立的比兴意象组合在一起，强化是非、曲直、正邪、黑白、清浊等道德伦理价值的鲜明对比，这就使他的五古在内容和形式上更接近汉魏古诗。

孟郊大量使用传统比兴的常见意象，并非简单的承袭，而是常常通过意象的重组更新联想的思理，在常见比兴中出奇创变。在孟郊的比兴中，比喻的指向大多是比较清晰的，罕见阮籍那种“厥旨渊放，归趣难求”的现象，变化主要在比象和喻指之间的思理联系上。在相当一部分比象和寓意固定的传统比兴中，他处理比象和寓意的方式不但多种多样，而且思路往往跳出前人窠臼：有的是反用常见寓意，强化正反寓意的对比；有的是对传统比象改变褒贬的态度；也有的是不用比象的常见特点，从同一比象中发掘出其他性质，或者将几种常见比象组合在一起，寄托新的寓意。这些创变既最大限度地践行了他恢复风雅古道的主张，又取得了创奇出新的效果。

二　生活逻辑的推演和场景的比附

孟郊乐府古诗中的比兴之所以新奇，除了以不同思路重组传统意象以外，还与他善于根据日常生活的经验，择取新鲜的比兴意象，或者翻新传统的旧意象有关。这类比兴的联想思路的奇变在于往往借助一个场景的想象，或将典故复原成生活场景，而其中的逻辑环节则暗含于场景之中并不明示，或直接跳过，因而出人意料又耐人琢磨。

如《古离别》暗中利用丝可织成网的生活逻辑，使柳丝直接编织别愁，比喻愁意笼罩的离别氛围；《古怨》基于咸水会腌死芙蓉花的逻辑，跳过了泪为咸水及泪水滴满池两个联想的环节，比较“妾”与“君”相思之泪的多少；等等，都是利用生活逻辑的推演产生的奇想。汉魏古诗中比兴和典故常结合在一起，因典故的使用原理和比兴相同，所以有不少比喻是将典故化成场景，孟郊的比兴有时也直接取自典故，其奇思在于往往根据典故提供的一点信息去具体地想象其前因后果，推演出新的场景。如《楚怨》推想屈原的灵魂必然会在水底手持绿荷哭泣；《闲怨》从斑竹的典故联想到竹竿上的泪痕必定早就含在未出土的笋根里，合乎情理地写出湘妃根深蒂固的烦怨之情。除了从熟典里翻出新的场景以外，一些不常用的典故也能被孟郊信手拈来，化为鲜活的场景作为比喻。如《投所知》将“所知”再三游说的效果化成一幅寒树开花的场景。孟郊诗有一些新鲜的比兴意象，也都是从日常的生活体验中得到启示，再以明确的寓意去比附具体的场景，如《寒江吟》、《秋怀》其八、《偷诗》。这类从自身生活体验中提炼出比兴的联想思路有时非常复杂。如《出东门》句中寓意相互套叠，说道路如羁旅之愁肠宛转，羁肠又如蚕丝般被抽成诗思，这类比兴皆取自日常生活而寓意深曲，须仔细体味方能解悟。

孟郊诗歌中最有特色的比兴思路是以天道喻人事，如以太行山之高耸比喻人间不平，以黄河之浊浪比喻世道不清，以出门有碍比喻人生前行之难，以天地狭窄比喻君子受世俗排挤，等等，在这类思路中，有的比兴意象虽然在日常生活中极为常见，但由于孟郊反复细致的观察，以及对物象本身的形貌、意态、性质多方面的发掘，遂使同一种比兴意象在不同的动态、情景中可以包含丰富多变的寓意，这也是孟郊的重要创新。最为典型的是《峡哀》《石淙》《寒溪》这三组诗，全都以水流为主要的比兴意象，总体思路都是以自然现象喻人事。但三峡之水、石淙之水和寒溪之水所居地势不同，形态不同，取喻的角度也各不相同。诗人善于从水性、水势的变化中发现与人性世态对应的不同特点，阐发儒家弘扬文教、提倡仁爱的基本理念，使喻体的形态翻新出奇，单一的比象也随之含义多变。

总之，孟郊诗中的比兴除了取自传统意象和典故以外，多数是日常生活中常见的事物。但无论来源如何，他都善于从这些意象中发现未经人道的特点，并且转化为合乎逻辑的生活场景，从中抽绎出深层的思考，与儒家古道相比附。由于场景的描绘便于拓展比象本身的多种形态，甚至在比中套比，这类比兴往往包含多重复杂的寓意，从而促使他的联想思路更加深曲，想象更为新奇，前人称“郊诗托兴深微”，能“翻新变故”，这也与这种使用比兴的独特方式有关。

三　印象的表现和感觉的强化

孟郊最奇特的联想思路还在于，他的不少比兴往往会以非写实的画面表现一种突出的印象，使寓意自然包含其中。这类已经带有现代意味的艺术表现，还可见于他在比拟物态声色时因运思过深而导致的感觉放大。由于对内心和身体感觉的敏锐体察和深层发掘，这类比兴的修辞构句有时也会越出古诗的语法常规，产生新奇的语感，从而使感觉的表现更加极端或夸张。

在现代诗歌和绘画中，印象的表现和感觉的强调是现代派艺术区别于古典艺术的共同特点，而且发展出多种流派。诗歌中的印象表现主要依托可视的图像，但往往突破画面的写实规则，以强调内心的某种认知或感觉。这种表现的端倪虽偶尔出现在魏晋诗歌的某些比兴之中，但到杜甫诗里，才显示出诗人自觉探索的迹象。杜甫有少数近体诗所注重的不是精确地勾勒事物的形貌特征，而是他对事物最突出的印象。孟郊对印象的表现则多在古体诗里，由于采用体式不同，表现方式也有很大差别。杜诗主要通过律句的炼字，强化画面的色彩线条，或是利用句子结构使语词的组合产生错觉。而古体诗要求句意连贯浑成的表现原理，使孟郊着重突出人物或场景的描绘，或人物与背景的对比组合，以比喻某种综合概括的印象。例如，《灞上轻薄行》以长安暮色中匆匆行走的人群为背景，突出诗人被裹挟在人群中一边疾走一边长出白发的奇特印象；《长安道》以非写实的画面概括自己在长安到处被拒的形象；两首喻指都很鲜明。魏晋古诗原有以场景对比突显抒情主人公的表现传统，孟郊只要在此基础上对背景和人物的某类特征或动态再加以提炼和强化，就很容易形成印象式的表现。

孟郊诗中也有些比兴不一定都有寄寓儒家古道的深刻含义，只是以印象的表现夸大由某些感情或者联想产生的意外效果，如《晓鹤》展现出孤月明星正在张口诉说的幻象，以突出拂晓鹤唳的孤清之感；《连州吟》其三以开缄即见白云、明月坠落衣襟的一个奇异场景，表达诗人和韩愈之间的心灵感应。二首给人之印象都很突兀。

以上诗例中印象表现的效果，不一定都是诗人自觉的追求，至少孟郊还不可能具有近代西方印象派艺术家那样的明确意识。诗人为突出或强化某种理念及感觉，刻意将人物、场景的某类特点加以夸张甚至幻化，概括提炼成非写实的图像，才会使读者因其视觉效果的鲜明或奇幻而产生强烈的印象。以印象式的图像作为喻象，与喻义之间的关系不如传统比喻那么明确单纯。传统比喻的目的是以鲜明的喻象使不易把握的喻义得到彰显。而印象类比喻的喻义往往比较明确，反而是喻象本身因图像组合的新奇和非写实性，变得耐人寻味甚至颇费猜测。

对于心理感觉的捕捉和强调是现代艺术表现的重要目的，类似的迹象在孟郊的某些比兴中也有所显露。传统比喻的原理是以切当的形象比附事理物情，喻指对象可以是人、物、事、意、理，但罕见对心理感觉和潜意识的比拟，孟郊为了强化某些深层次的感觉，有时借助于不同感觉的转换。如《寒地百姓吟》将寒冷之感转换为针砭肌肤之痛；《秋怀》其十二以干铁鸣比唧唧虫声，以孤玉响比惊兽咆哮，在听觉和视觉乃至触觉的转换中，令人从心理上强烈地感受到秋声的干硬冰冷。以有形之物比喻无形之感，使抽象的感觉、情绪或理念实体化，也是强化感觉的一种方式。如《送淡公》其九“离肠绕师足，旧忆随路延”，《楚竹吟酬卢虔端公见和湘弦怨》“欲知怨有形，愿向明月分”，《吊卢殷》其三“哭弦多煎声”，《寄张籍》中“黯然秋思来，走入志士膺”，等等。孟郊诗中还有些比喻看似借助于不合逻辑的词语搭配关系，其实也是为了强调感觉的敏锐，只是往往改变说法或省略比拟的环节，便觉新奇。如《卧病》“春色烧肌肤，时飡苦咽喉”，《秋怀》其一“老泣无涕洟，秋露为滴沥”。此外，还有一些其他的新奇思路，比如有时深入幻觉，像《秋怀》其五“竹风相戛语，幽闺暗中闻。鬼神满衰听，恍惚难自分”，《寒溪》其七“尖雪入鱼心，鱼心明愀愀。悦如罔两说，似诉割切由”，等等。

由以上种种艺术表现的奇变可以看出，诗人由于感觉的敏锐和深细，其联想思路已经探入更深的层次，包括心理感觉和潜意识的层面，加之善于以不同的方式强化和放大这类前人只能意会而难以言传的感觉，从而在比兴中萌生了不少现代诗歌中的表现因素。尽管孟郊对此未必完全自觉，但古诗中这类开创性思路可以直接影响同是以散句为主的现代诗，其中的原理是值得深究的。

余　论

是否具有比兴寄托，向来是古诗恢复风雅古道的一项重要标的。从李杜到孟郊，诗歌中已经积淀了一批含意固定的常见比兴意象。但少数诗人提倡风雅比兴的影响毕竟有限，比兴思路也主要遵循前人传统，有些奇变只是初露端倪，且诗例很少。孟郊将比兴主要用于伦理道德价值判断，具有更为明确的认识，加上他一生坚守儒家古道的理念，自不免使其多数诗歌的寓意趋同。但这种倾向也促使他不但大规模地创作乐府古诗，将比兴咏怀体运用到五古的各类题材上，而且以高度敏锐的感觉发挥了前人诗中创变的原理，进一步开拓出多样化的比兴思路，使比兴的取象从传统的常见意象深入日常生活和内心感觉。这种创变的意义在于大大丰富了比兴的表现艺术，拓展了比兴的表现功能。五言古诗和乐府经陈子昂和李白先后提倡恢复汉魏兴寄的变革之后，到中唐时再一次在学习汉魏古调中发生比兴艺术的大变，在此，孟郊的功绩是不可低估的。

（作者单位：北京大学中文系；原刊于《文学评论》2020 年第 2 期）

法曲胡部合奏与词乐、词体的产生

钱志熙

一 法曲名义

关于“法曲”之名，前人或指佛道之曲。如张世彬《中国音乐史论述稿》第四篇第一章有“法曲的渊源与内容”一节，认为法曲源于梁武帝“法乐”，梁武帝的“法乐”，则以佛曲为主。其后隋唐法曲仍然保留若干“佛曲”，只不过加入许多新曲罢了。饶宗颐《敦煌曲续论》中《〈法曲子〉论》一篇，所研究的对象是敦煌曲中的“法曲子”。作者考证其为唐代的佛曲“唐赞”：“‘法曲’二字，表面看来，似是唐梨园之法曲。观其所举曲子诸例，皆为佛子唱道赞咏之词，实际应指佛曲，故复称之曰‘唐赞’。”

窃以为法曲的本义，乃应雅合法之意。段安节《乐府杂录·雅乐部》先叙天子宫悬四面之制，言钟、磬、编钟皆依十二律排之，再叙四鼓。“次有登歌，皆奏法曲”按登歌皆奏法曲，可见法曲的原本意义是指雅乐歌曲。《汉书·礼乐志》叙汉哀帝减乐，凡乐不按“经法”者皆罢之。故知法曲之法，即“经法”之意，亦即合乎礼法雅乐，又称“法乐”，亦此义也。

二 关于法曲与胡部合奏的文献记载

《新唐书》卷二十二“礼乐十二”：

> 开元二十四年，升胡部于堂上。而天宝乐曲，皆以边地名，若

《凉州》《伊州》《甘州》之类。后又诏道调、法曲与胡部新声合作。明年，安禄山反，凉州、伊州、甘州皆陷吐蕃。

沈括《梦溪笔谈》卷五：

自唐天宝十三载，始诏法曲与胡部合奏，自此乐奏全失古法，以先王之乐为雅乐，前世新声为清乐，合胡部者为宴乐。

沈氏此说，厘分唐乐的三大部分，为历来论燕乐及词乐者所宗，并且昭示一个重要事实，即法曲与胡部合奏是唐代“宴（燕）乐”的主要内涵。这也应该是词体产生的最重要的音乐条件之一。其实先王雅乐与前世新声并为法曲。

法曲为华夏正声，唐人诗文中多有记载，如元稹《和李校书新题乐府十二首·法曲》、白居易诗《新乐府·法曲》两者。元稹从黄帝鼓清角叙起，继以舜持干羽、尧用《咸池》，以及禹之《大夏》、汤之《大濩》、周之《大武》，然后是被用作高祖原庙歌诗的《大风歌》、唐太宗时的《秦王破阵乐》，强调历来的庙堂雅乐也包括属鼓吹乐的部分。他还举唐玄宗时的《赤白桃李花》《霓裳羽衣曲》也属法曲，虽然已经变乱雅音，加进俗乐，但还没有参错胡音。白居易则仅举唐代历世君主所作之乐，从唐高宗永徽年间的《大定乐》叙起，然后继之以唐玄宗时的《霓裳羽衣曲》。结合两家所叙而言，法曲实为三代所传的固有雅乐，也包括并非三代雅乐的汉唐时代所创庙堂音乐，以及历代宫廷所传的宴乐。其内容是十分广泛的，但其中一个重要的判定标准，至少在元白时代文人看来，即是未曾杂入胡夷音乐成分的华夏固有音乐。所以白居易在诗序中说：“法曲，美列圣，正华声也。”而诗中更强调：“乃知法曲本华风，苟能审音与政通。”他其实已经将法曲扩大到华夏音乐的全部，其中包括周之雅乐与汉魏六朝以后产生的清商俗乐。这里面当然仍有先王雅乐与后世俗乐的雅正之辨，但此时音乐的基本观念已由汉魏六朝时的雅俗之辨转化为华夷之辨。

明白法曲的主要内涵是指中土固有音乐后，我们对于《旧唐书》所载的被当时乐工称为法曲的太常旧传五调歌诗，就可以有一种全新的认识。

《旧唐书》卷三十“音乐三”叙太常雅乐云：

> （贞观）二十五年，太常卿韦絛令博士韦逌、直太乐尚冲、乐正沈元福、郊社令陈虔、申怀操等，铨叙前后所行用乐章，为五卷，以付太乐、鼓吹两署，令工人习之。时太常旧相传有宫、商、角、徵、羽《宴乐》五调歌词各一卷，或云贞观中侍中杨恭仁妾赵方等所铨集，词多郑、卫，皆近代词人杂诗，至絛又令太乐令孙玄成更加整比为七卷。又自开元已来，歌者杂用胡夷里巷之曲，其孙玄成所集者，工人多不能通，相传谓为法曲。今依前史旧例，录雅乐歌词前后常行用者，附于此志。其五调法曲，词多不经，不复载之。

杨氏妾赵方当为贞观中歌人，为贵宦之妾，故能铨集五调歌诗。亦可见初唐歌曲，仍为出于清乐之五调歌诗。至开元以来，此类歌曲工人多不能通，多用胡部之音杂之。《旧唐书》所说的五调歌词，是太常旧所传，其音乐工人多不能通，仍称其为“五调法曲”。

三　太常旧传《宴乐》五调歌词的来源探讨

所谓“五调法曲”，即宫、商、角、徵、羽五调。我们现在最早能见到的是梁代沈约所作的《相和五引》，其体皆为七言三句。据《隋书·音乐上》记载，梁时三朝设乐，第一种即为《相和五引》。梁代三朝设乐制度为陈代所承，《隋书·音乐上》曰：“至太建元年，定三朝之乐，采梁故事：第一，奏《相和五引》。”隋开皇九年，获宋齐旧乐，置清商署，用陈太乐令蔡子元、于普等。梁陈《相和五引》使用于郊乐。《隋书·音乐上》曰：“古有宫、商、角、徵、羽五引，梁以三朝元会奏之。今改为五音，其声悉以宫商，不使差越。唯迎气于五郊，降神奏之，《月令》所谓‘孟春其音角’是也。”据《宋史》所载姜夔《大乐议》，此五曲又称“迎气《五引》”。姜氏认为周雅乐只有十二宫，至汉魏燕乐才有宫调之外的各调，而雅乐一直不用角徵等调，用者唯此“迎气《五引》”：“古人于十二宫又特重黄钟一宫而已。齐景公作《徵招》《角招》之乐，师涓、师旷有清商、清角、清徵之操。汉、魏以来，燕乐或用之，雅乐未闻有以商、角、徵、羽为调者，惟迎气有五引而已，《隋书》云‘梁、陈雅乐，并用宫声’是也。”姜氏所说的“迎气《五引》”，即指上述沈约、萧子云所作的《相和五引》。据姜所论，是各以宫、商、角、徵、羽为调的。所以，实亦可称为《相和五调》，“引”即“调”也。它的歌曲性质虽为雅乐，但在音律上却是汉魏俗乐即相和乐，故称《相和五引》。据姜氏之论，雅乐只用宫调，至齐景公、师涓、师旷等才有《徵招》《角招》之乐及清商、清角、清徵之操。而汉魏以来，燕乐或用之。其中最重要的就是清商乐，实为汉魏晋宋齐梁历代流传的清乐之主体。此为学者所熟知，不须赘论。

明白沈约、萧子云所作《相和五引》的音乐性质为汉魏以来流传的燕乐，并为宫、商、角、徵、羽五调。我们就可知唐初太常所传的杨仁恭妾赵方等辑集的《五调歌词》，正是来源于梁代沈约、萧子云所衍的这个系统，实梁陈以来所传雅乐中的《宴乐》部分。其歌词的内容，亦是“词多郑、卫，皆近代词人杂诗”。以为太常所存肄，故称“法曲”。可见法曲的之主体，即为中原旧有之乐。隋唐的这部分音乐主要是来自梁陈。

四　炀帝等《纪辽东》歌词与法曲可能存在的关系

《新唐书》卷二十二“礼乐十二”述隋唐法曲源流：“初，隋有法曲，其音清而近雅”，“隋炀帝厌其声澹，曲终复加解音”。“玄宗既知音律，又酷爱法曲，选坐部伎子弟三百教于梨园”，“梨园法部，更置小部音声三十余人”。此处之法曲，与梁代所传《相和五引》及初唐之“五调法曲”究竟关系如何？尚待考证。但与两者应属同一系统，或者即由《相和五引》向《五调歌词》发展中一个环节中的音乐。由《相和五引》的性质为汉魏以来的燕乐可知，隋唐之法曲，亦为汉魏相和乐（清商乐）系统的音乐。

《相和五引》梁代有沈约、萧子云两家之作。萧作原是取代沈作，但现存的却只有沈作。据史书所载，萧子云只是改了歌词，并没有改曲调。换句话，也就是依旧曲制新词。这正是一种填词的方法。贞观时赵方等整理的《宴乐·五调歌词》，即是由梁代《相和五引》繁衍出来的。其繁衍的方式，很可能是用萧子云所创的依旧曲填新词这个方式，即宫、商、角、徵、羽五调曲之下，各自繁衍出新歌词，“词多郑、卫，皆近代词人杂诗”。观察《相和五引》为的歌词文体，为七言三句，押韵的方式为句句入韵。按，汉魏晋以七言入乐歌词，如曹丕《燕歌行》、陆机《百年歌》为句句入韵之体。文人拟作《燕歌行》，在梁代之前亦皆为句句入韵式，至宋齐梁陈间才发展出隔句入韵式，但仍存在句句入韵式，或两种押韵方式相杂。由此可得一初步结论，句句入韵为汉魏相和乐的体制，而隔句入乐则为南朝吴声西曲音乐中生发出的一种新变之曲。据此亦可知《相和五引》确为旧清商乐。更由此可知，向来被视为词体繁衍的标准方式的倚乐填词，在梁陈所传的汉魏一系的相和乐中已经发生。

大业八年炀帝、王胄等所作《纪辽东》隋代新曲，其曲体为七言与五言相间之体。此组新曲从其篇有定句、句有定字、字有定声来看，应当视为填词之体。其性质为凯乐，就应属雅乐的性质。若与沈、萧《相和五引》相比较，篇体要复杂得多，但其中主要的句式为七言。我们既知萧梁时期的《相和五引》为法曲之源，而炀帝于法曲“厌其声澹，曲终复加解音”。这一组《纪辽东》极有可能即这一音乐上的改造结果。其五言部分，很可能就是“复加解音”部分的填实。如果情况真是这样，那么齐言声诗变为同曲调的长短句，在隋代就已经出现，其原因仍在音乐本身的变化。

五　法曲与云韶乐

终唐之世，法曲一直是太常乐的一种。《旧唐书》卷十七下之“本纪第十七”：“以助教李仲言为国子《周易》博士，充翰林侍讲学士。”“壬寅，翰林院宴李仲言，赐《法曲》弟子二十人奏乐以宠之。”李仲言即李训，其假儒术为君王所宠，赐宴翰林院，并奏法曲宠之。这种法曲，实为梨园法曲之遗，但由奉常掌管。

唐代宫廷又有云韶府，掌云韶乐。亦属法曲一类。见《旧唐书》卷四十三“职官二”之“内教坊”条：

> 内教坊。（武德已来，置于禁中，以按习雅乐，以中官人充使。则天改为云韶府，神龙复为教坊。）

云韶府神龙后复为内教坊，但云韶乐并未停止。文宗太和中，重取开元雅乐，定为《云韶乐》。《新唐书》卷二十二“礼乐十二”：

> 文宗好雅乐，诏太常卿冯定采开元雅乐制《云韶法曲》及《霓裳羽衣舞曲》。《云韶乐》有玉磬四虡，琴、瑟、筑、箫、篪、钥、跋膝、笙、竽皆一，登歌四人，分立堂上下，童子五人，绣衣执金莲花以导，舞者三百人，阶下设锦筵，遇内宴乃奏。

李贺乐府诗，多被云韶乐工所采。由此可见，文宗时《云韶乐》是据开元中旧雅乐所作，并且与《霓裳羽衣曲》同称法曲。事实上，《云韶乐》为开元、天宝之旧名。顾况《八月五日》诗咏明皇诗中有“梨园弟子传法曲”“云韶九奏杳然远”“唯有五陵松柏声”。从“梨园弟子传法曲”和“云韶九奏杳然远”可见两者的归属关系，“云韶”即是梨园弟子所传法曲之一种，其与赵方等所铨“五调歌诗”的法曲而杂以胡部之源流甚明。

六　法曲与胡部合奏与词体发生关系之总检讨

从大的范围来讲，源出梁陈的隋唐法曲属清商系统，实为清乐的一种。其乐律实为汉魏燕乐，不同于只用宫调的周雅乐。然唐人因为胡乐的掺入，尤其是对郑译依苏祇婆七声所作的八十四调的抵制，已将雅乐之尺度放宽到宫调之外的商、角、徵、羽诸调，以五调为主要特征的隋唐法曲，亦成为雅宗之正宗。元稹《法曲》诗并且将其追溯到先王之乐，首言“吾闻黄帝鼓清角”，即是为法曲有商、羽、角、徵诸调之溯源。

历来学者在“法曲与胡部合作”与词乐、词体发生的认识中，多侧重于“与胡部合作”的部分，而对法曲与词体产生的关系则似很少注意。我们明白了法曲即是清乐，而梁陈清乐之新变不仅导致声诗入乐，而且还产生填词体的形成。可见词体产生的最早依据乃在法曲。法曲与胡部混合，亦即燕乐调的进入法曲，才是词体流行的条件。

词史家多有认为沈约等人所制的《江南曲》等长短句歌曲为填词之始，但没有发现其实《相和五引》即后来的“五调歌诗”这个系统，很可能是以依旧曲填新词这个方式繁衍的。《五调歌词》为杨仁恭妾赵方等所铨集，本来就具有女乐之性质。至唐玄宗爱好法曲，其并置梨园弟子三百人，选坐部伎三百人教于梨园，又置宜春院，盛设女乐，则是对女乐性质的一种加强。其实，法曲起自齐梁，虽被唐人视为清雅之调，但“词多郑卫”，正是齐梁歌诗的风格，其中恐怕不乏宫体。由此可见，宫体实为词的重要起源之一，而填词之风实始于清商乐系统的法曲歌词之同调繁衍，由于炀帝、玄宗等的喜好，在清商法曲中加入了胡夷之乐的成分。由此可见，词体之产生，虽然借助法曲与胡部的结合，但恐怕法曲仍是主体因素。

（作者单位：北京大学中文系；原刊《文艺研究》2020 年第 4 期）

行道与守道：元至明初文人人生模式的生成与转换

左东岭

一

元末文人陶宗仪在其《辍耕录》中记曰："中书左丞魏国文正公鲁斋许先生衡，中统元年，应诏赴都日，道谒文靖公静修刘先生因，谓曰：'公一聘而起，毋乃太速乎？'答曰：'不如此，则道不行。'至元二十年，征刘先生至，以为赞善大夫，未几，辞去。及召为集贤学士，复以疾辞。或问之，乃曰：'不如此，则道不尊'。"陶宗仪刻意地将两件事加以拼接，显示出明确的价值取向，并准确地概括了元代文人的两种基本人生模式：行道与守道。是行道还是守道，则有赖于每位士人所处的特殊环境与自身人格，然后去选择退隐与出仕的不同人生道路。但无论是行道还是守道，在元代这一特殊境遇里，无疑都需要极大的耐心与勇气。

元代由于朝廷的实用性执政原则与政治制度的不完善，官场的风气也是历代最为腐败、混乱的，"干谒"与"索贿"在许多王朝里乃羞于启齿的话语，但在元代的许多场合却并不避讳，甚至并非负面的文辞表达。元代文人郑介夫曾在大德年间向朝廷呈奏了一篇《太平策》，分二十个方面例数朝廷种种弊端，可谓触目惊心。元朝廷可以说在上述所有方面均存在着严重问题，尤其是文人仕进无门、宦途艰难，更成为关键之要素。从世俗层面讲，入仕可以获得俸禄以解决生存之忧，并使家族的政治优势得以延续，而退隐则需忍受生活的困窘与政治的落寞。然而，入仕又必须受到官场束缚与限制，难以施展自我的政治抱负，而归隐则有利于自我尊严的保持与儒家品格的坚守。

关于元代文人的生存状况、人格修为与仕隐态度，我以为从比较的层面讲，尤其是从对文学思想与文学创作的影响角度讲，也许行道与守道最能凸显那一历史阶段的文人特征。因为行道与守道不仅可以作为考量文人政治态度的尺度，而且还牵涉仕与隐的生活模式，并进一步扩展至山林与台阁的不同创作类型，以致最终影响到文人们对文学的不同理解与写作方式。鉴于此，本文的论述逻辑也便围绕行道与守道这一对范畴，借以考察元明两代文人的不同境遇、心态与人格，以及其生成的复杂原因。

二

仕与隐本是中国古代不断重复的恒常话题，但元代则较之其他王朝更为复杂，因为它不仅表现为文人是否愿意出仕的问题，还存在有无机会出仕的问题。正是由于出仕机会甚少，遂逐渐造成元代庞大的隐士群体，并最终形成文人群体之山林与台阁的二分局面。

就出仕与归隐（也即台阁与山林）的各自状况而言，元代也有其自身的独特内涵。元代文人之困窘，非但在于入仕之艰难，而且在于行道之不易。元王朝乃一个多民族的文化共同体，无论是语言、习俗、宗教还是服饰，均有各自的传统与特色，元朝廷则始终遵从各从其俗的政策，而汉族文人借以行道的儒家学说不过是像释、道、也里可温等宗教之一种而已。元末各种笔记记载了儒学与朝廷沟通的种种困难。作为坚守道德理想的儒者，实现仁义之道无疑是其入仕为官的基本目标。但行道的前提是必须取得朝廷的信任，所以他们必须要用其能够理解的话语与认可的价值先打动皇帝。然而这种自我推销的技巧显然是以牺牲儒家之本意为代价的，尤其是与宋代以来理学重道而轻器之精神相违背。

那么，当经过不懈的努力而进入朝廷台阁之后，这些“幸运”的文人所遭遇到的是何种命运与感受呢？且不说这些文人基本没有进入元权力中心的可能，即使侥幸进入翰林执掌经筵之责而有了为皇帝进言的机会，但由于语言的障碍与权臣的阻挠，其对于朝廷政策的影响也微乎其微，他们所能够做的，也就是朝廷中一些汉文诏、诰、表、笺的撰写等文字工作，起到所谓黼黻盛朝的点缀作用而已。元代台阁文人的主要职责便是负责撰写朝廷各种实用公文，而在余暇时间则可商谈文艺或写诗作文以打发时光。元代的台阁文臣时时处于此种被动与尴尬之境地，他们不敢甚至不屑去表达自己的不满与不平，心中向往的是自己所熟悉的“杏花春雨江南”的隐居生活。他们所倡导的文学主张与撰写的诗文著作，也就必然构成一种平和稳重的体貌。这种平和乃失望之后的无奈，与明前期三杨的君臣相得的平和显然不同。研究元代的台阁文学，必须要建立在如此的认知之上，才会明了作者的心态及其文学观念之内涵。

三

通观元代历史，尽管入仕之途狭窄而艰难，尽管入仕之后时常遭遇种种的委屈与烦恼，但真正抱定始终不肯入仕的志向而高蹈远引者依然是少数，宋濂主持的《元史》“隐逸传”，有元一代仅收入 9 位隐逸之士，依然是一个值得深思的现象。其中需要注意的情况就是，元代士人或出于现实利益的考虑，或为道德理想的追求，游以求仕成为一时之潮流。在这些游士中，平庸者比比而出类拔萃者寥寥，这本是可以预料的。其中也许还存在重道与实用的价值认知错位，以及南北文化的差异等因素，但从中也可见出因科举废止而文人出仕无门的焦虑与混乱。因此，大多数元代中后期的文人均经过一个或游历干谒，或参加科举，而最终失意归隐的人生过程。元末俞桢曾如此概括其一生遭遇：“端居室者，山人俞桢读书寝處之所也。桢幼尚澹泊，于世利纷华无所嗜，尝读书，必冥思端坐以求其理趣，因叹曰：‘学所以适用也，不仕则无以及人。’乃习举子业，将以明经取科第。既而幡然改曰：‘学为己，知在人，何以投契为哉！’于是悉弃所业，潜心象彖。一室之间，左图右书，漠无外慕，乃题其颜曰‘端居’。”俞桢之由守澹泊之志到习科举制业再到“漠无外慕”，当然其间充满了复杂甚至辛酸的经历，不过当作者将这些都加以简化之后，反倒清晰地凸显出元代文人最为典型的人生模式，即从追求外在的功名到回归隐居尚志的过程。

其实，每一位元代文人的人生过程都相当复杂，他们大都经过一个从满怀希望到失望乃至绝望的经历，翻开元代文人的诗文别集，感叹仕途艰难、命运多舛的篇什可谓俯拾皆是。正是由于元代文人的归隐一般都是在出仕而不得后的无奈选择，所以大都包含着一肚子的委屈与不平。当现实将其抛出政治格局之外后，其中具有儒家身份与理学背景者便会自觉或不自觉地选择守道的角色，或著述以存道，或教书以传道，或修身以显道，或写诗作文以明道。元人将其称之为“儒隐”。“学而不仕”乃隐儒的关键要素。此类隐儒是元代一种流行的文人身份。由于宋代理学的流行及儒学的家族化，读书修身成为文人的身份认定，而宋亡之后，文人在新的社会格局中被普遍边缘化，“学而不仕”的现象便普遍存在。对于隐儒来说，不仕固然是其可贵之处，但是守道的品格与坚贞的气节才是其核心要素。隐儒之能够坚持自我的品格，关键就在于能够守住自我之志向而不为各种外在的诱惑与自我的欲望所影响，而守己也就是守道，没有道义的坚守，是很难守住自我的。只要“道明”才会“志定”，此乃儒隐之真义，也是元儒区别于其他朝代隐士的关键所在。这才是形成元代山林文学的价值依托与核心精神，也是构成山林文学思想和审美特征的关键要素。元代山林文学普遍崇尚一种高洁闲逸的体貌与境界，就与这种守道的精神以及由此构成的圣贤气象有直接的关联。

四

元明之际，天下大乱，直至朱元璋最终统一天下建立大明王朝，整个国家在三十年左右的时间里始终处于战乱动荡之中，身处其中的文人既是不幸的，同时他们又是幸运的。从元代文人的传统习惯来看，此时的文人群体依然可以用仕与隐两种类型予以区分。与此前不同的是，此刻仕与隐之内涵有所转换与变化而已。原来属于隐士群体的，此刻则纷纷或主动或被动地走出山林参加到各种政治势力之中，如宋濂、刘基等。也有一些原本属于朝廷命官与地方官员的文人，在时局动荡中弃官而归隐山林，如杨维桢、恭师泰等。

由山林而被裹挟进各地方割据势力的文人，必须面临背叛朝廷与选择新主的压力与冒险。如果是投入张士诚或方国珍的政权怀抱，或许还有一丝心理安慰，因为这些政权毕竟名义上被元朝廷所招安，文人任其官职尚可视为服务于朝廷。而投入朱元璋或陈友谅这些原红巾军政权的文人，就必须为自己的政治选择找到合理的解释。元明之际的诗人刘彦炳就是一位跨代文人。刘彦炳经历了一个由维护元朝廷政权到投奔朱明王朝的转变过程，正因为有如此经历，他对易代之际的政治选择有过许多思考与议论。其《圣贤行道说》列举古代大量改事新主及多元政治选择的实例，引出“出处去就，唯义所在”的结论，并以此反驳“后代人臣重守节”的迂腐之见，此种思路，表现了元末明初士大夫为自己弃旧归新的抉择寻找依据的努力。无独有偶，同时人陈谟也写过一篇《通塞论》，称那些只知死节者为知“塞”而不知“通”的一节之士。此种议论或许只能在具有以夏变夷的元明之际才会产生，而在宋元之际与明清之际的以夷变夏之时则很难出现。

其实，刘彦炳关于易代之际的问题还有更多的考虑。比如，他的“待时而动”的想法：“君子之穷也，耕莘钓渭，若将终身焉。其达也，相汤武而行放伐焉。穷亦是人也，达亦是人也。潜龙飞龙，随时隐见。故君子藏器于身，待时而动。子思曰：‘君子居易以俟命。’”可知在他眼中，隐居山林是暂时的，因为时机未到，一旦机遇降临，原来之“潜龙”即可变为宏图大展之“飞龙”。这并非刘彦炳一人之思，而是当时许多隐居者的共同想法。

元明之际也有一批在朝官员走向山林而隐居，其原因复杂而多样。像杨维桢那样的名士类型，由于在元末官场遭受排挤陷害，最终转向了山林市井；恭师泰这一类朝廷重臣则由于朝政混乱、地方动荡，从而无可奈何地处于亦官亦隐的状态；至于像戴良这样的所谓气节之士，则辗转于元末各方势力之间，最终未能找到符合自己理想的君主而选择了归隐山林。其中更多的还是不愿与朱明新朝合作而隐退。

但具体到隐士群体，则情况又稍有不同。其中原因当然是牵涉到夷夏关系与气节的矛盾问题。戴良在为丁鹤写传记时，在文前小序中说：“高节之士，为难遇也。《易》称君子之道，或出或处，或语或默。夫捐身以行化者，知进而不能退；嫉世以矫情者，知往而不能返。二者各得其道之一偏，恶睹所谓中哉？孔子曰：‘不得中行而与之，必也狂狷乎！’狂者又不可得，欲得不屑不洁之士而与之，是狷也，是又其次也。孔子居周之世，而其言如此，况世复多故，君子道消之时乎？于斯之时，责士以必中而不过，则天下为无士矣。君子之于人也，乐成其美而不求其备，况蹈义乘方，蝉蜕尘埃之表，时固难遇其人乎？”此处戴良强调的重点有二：一是从个人主体性上说，丁鹤年为“高节”之士；二是从周围环境来说，自身所处乃一个“世变多故、君子道消”之时，也就是天下无道的时代，仁人君子即使欲有所作为也是不可能的。然而他所称的“道消之时”，便非所有人均能予以认可。宋濂即另有看法，其《故九灵先生戴公墓志铭》之赞语的意思很清楚，“无道”之时乃元末，而有道之时则是当今，只是因为戴良年高体衰，不能有所作为而已。在明初以夏变夷的时代大潮中，戴良的“无道”谴责声音实在太微弱了，以致常常为历史所忽略。而且就其本人之情感表达看，有时确乎处于一种近于哭笑不得的尴尬状态。在此，人臣之气节于民族之大义构成了一种难以调和的矛盾。从易代之际的研究讲，戴良等元明之际的遗民文人所蕴含的丰富内涵与极具张力的复杂矛盾是应该给予特别关注的。

在元明之际的文人中，还有一个更大的逸民群体，他们对于新旧两朝均无兴趣，而是始终希望在山林度过其观赏山水与吟诗作画的一生。此类逸民大都远离世俗纷争而高蹈远举，对于各方政治势力均采取一种旁观者立场，只求自保与自乐。这些置身事外的诗人、画家、释子、医者等逸民，已没有宋末元初遗民的愤激与悲伤，也缺乏元中期逸民的失意与感慨，他们似乎一切都释然放下，尽情享受自然美景与诗画美感。但他们依然“随时以守其分”，依然坚持着儒家的道义与立身原则，“据于儒”是其共同点，至于是依于老还是逃于禅，或者是隐于医或农，则随其方便而已。这也是守道，守的是儒者的最高之道：仁者的情怀与超然的境界。

五

当大明王朝建立后，一大批隐逸士人被一次次的征召驱赶出山林而进入明初的官场，去从事自己所不熟悉、不喜欢的各种官差，不仅苦不堪言，而且饱受精神折磨。由此，他们的为官经历从行道的初衷变为颂圣的结果，并最终以集体性的覆灭终结了其历史的使命。行道与守道，这是有元一代并一直到明代初期士人群体所面临的两种选择。但从元明易代前后的情况看，其仕隐状况则存在很大的差异。元代是入仕难而归隐易，明初是归隐难而入仕易。历史就是如此的吊诡，元朝廷的粗疏颟顸使得文人的行道步履维艰而痛心疾首，却毕竟能够悠游林下以坚守自我的操守与承担文化传承的使命，当他们觉得驱逐鞑虏、再复汉统的大明王朝给了自己出仕行道的机会时，却遭到的是忧谗畏讥、动辄得咎的尴尬境遇，这不仅使得他们的政治热情迅速减退、政治理想最终归于幻灭，而且也使他们复归大雅的文学理想成为泡影。

（作者单位：首都师范大学中国文学思想研究院；原刊于《文史哲》2020年第2期）

明代：古典文学的文本凝定及其意义

叶　晔

在中国文学的发展中，汉魏六朝隋唐的文学作品作为明人复古的宗尚对象，在文献层面被不断地搜集、整理、刊印，在文学层面被有针对性地阅读、模拟，并尝试超越，成为明代文学生态中的一股重要力量。通过实在的书籍，汉唐以来的经典文学与明代文学得以交缠在一起。其中的一种表现，就是出现了大量以汉唐文学文献为本位的全录式总集。原已稳定的汉唐文学文本，进入了文本汇集的新阶段，并在文献文化史的层面，实现了断代文学的文本凝定。

文本凝定属于广义文献学的问题，它至少由两个维度构成。一个是文本稳定，既指在印本文化中，抄写、口耳等媒介因素已无法对文本的变动产生实质性的影响，也包括总集的出现、选本的多样化等，在很大程度上稀释了个别选家的擅改行为对文本稳定的负面影响。另一个是文本汇集，在印刷业渐趋繁荣的情况下，越来越多的同质文本，在体裁、类型等文学范畴的规导下被汇聚到一起。百卷以上的大型文学总集的编纂与流通，让很多中小作家的作品，得以有一个相对集中且具口碑的储藏地与展示区，从而超越于经典文本，实现“经典时代”的整体凝定。本篇将从读者需求（市场）、思想潮流（舆论）、物质技术（载体）三个层面，探究古典文学之文本凝定在明代的发生历程及其意义。

在已有的明代文学研究成果中，先明文学在明代的传播、接受情况尚非重点，由此缺少足够的空间以呈现文学家作为读者、改者、编者的诸多面相。有鉴于此，我们需要一个不断完善的明代文学世界，它至少可以分为三个维度：一个是明人的文学创作世界，即我们日常所说的明代文学；一个是明人的文学阅读世界，涉及前代文学文本在明代的受容情况，这属于阅读史、接受史的双重视域；一个是明代的文学留存世界，虽然大多数不以藏书、学问见长的明代作家，未必有机会读到这些作品，但它们确实借一些学人的编采及刊刻行为，以文本文献的形式，被较为完整地保存下来，并得以在一定的文化空间内传播。这个“文学留存世界”，在严格意义上，是明代的而非明人的，是学者视角的而非读者视角的，但它又非一蹴而就，确实由作为作者或读者的明人持续建设而成。其中所体现的全录式的文献整理精神，实得益于明代延绵持久的文学复古生态。

历代学人对明代文学的复古主张褒贬不一，但他们的关注点多在复古作家的文学创作价值上，而忽略了汉唐文学经典的文本演化对复古运动的影响。事实上，无论是经典的观念还是经典的文本，都有一个经后世崇古行为而不断凝定、升级的过程。我们不能因为作家的创造力让经典的再生乏力（这是已经知晓历史结果的我们，用全知之眼在设定批评的方向），忽略了这一时期经典发展的其他维度。

若将文学宗尚中的经典分为经典文本、经典作家、经典时代三个维度，那么，其中经典作家、经典时代二维，便涉及某一类型文本的凝定，其经典特征的形成，在很大程度上得益于书籍的刊印与传播。尤其是“经典时代”观念的强化，尤倚赖于历代学人对全录式总集的编纂。有一个文学事实尤须留意，那就是我们现在常用的全录式总集，究其源头性的整理工作，皆始于明代。

对于文本文献的有效凝定，明人的尝试既多维又渐进。首先是《文选》续编之法，《广文选》《续文选》《广广文选》等系列著述，都是这一编纂思路下的产物。在当代复古思潮的驱动下，他们的编选重点在补遗汉魏遗篇，表现出一种厚古、求全的资料性编纂倾向，以满足整个复古文坛的阅读需求。在此风气的影响下，真正的全录式总集出现了，先唐诗的整理，有冯惟讷编的《诗纪》；先唐文的整理，有梅鼎祚配《诗纪》编的《文纪》；二者皆有筚路蓝缕之功。以上二家之成果，被晚明张燮《七十二家集》、张溥《汉魏六朝百三名家集》广泛采纳。没有这些大型总集，普通读者靠居于金字塔尖的以类编排的《文选》，以及曹、陶、谢等少数名家诗集，对“经典时代”之完整面貌的认知，终究是有偏颇的。

“经典时代”的凝定效果，取决于断代总集所制造的文本集体亮相机会的多寡。而集体亮相的重要方式之一，就是对中小诗人作品的充分采集，如嘉靖十九年（1540）朱警编刻的《唐百家诗》。作为一部侧重中晚唐中小作家的唐诗丛刻，此书在对“经典时代”的扩容改造上，可谓成效显著。对普通读者来说，它打破了明中叶“近体宗盛唐”的观念导向，以及《唐音》《唐诗品汇》等偏爱“盛唐”所造成的阅读局限，给热衷复古的诗人们带来了阅读与学习上的新鲜感，有效地改善了读者的知识结构，对文学复古走向深化起到了重要的推动作用。

甚至戏曲这种仍处在上升期的俗文学样式，也出现了宗元的复古主义倾向。在戏曲文献的整理上，明后期出现的臧懋循《元曲选》、沈泰《盛明杂剧》、毛晋《六十种曲》等汇编工作，并非偶然。臧懋循、沈泰、毛晋等人，皆有职业出版人的背景。这些职业出版家的介入，为“经典时代”的文本凝定，创造了两个传统路径不具备的优势：一是通过民众喜闻乐见的通俗文体，将文学复古的理念推广至更普遍的读者群中；二是借坊本书籍在刊印数量及频次上的低成本优势，提升书籍的市场比重，消减因不同书籍之异文而造成的文本的不稳定性，进一步提升了文本凝定的效应。

明人的辑采、编刻行为，是对文学复古的一种深化与扩张。冯惟讷、梅鼎祚、张溥等人，之所以在先唐诗文的整理中投入那么多精力，与他们文学复古的身份直接相关，他们希望通过“著诗体之兴革”“罗古什之散亡”来弥补一些诗人未能深刻领会复古要旨的遗憾。而且就接受效果而言，《唐百家诗》在编纂策略上的调整，确实打开了嘉靖以后诗人的阅读范围，让他们有机会更便捷而全面地了解中晚唐诗歌的面貌，提升了明后期复古诗人对中晚唐诗的包容度。汉唐文学文本的凝定，固然是由各方面原因综合而成的，但追求“以复古为创新”的明代作家们，作为读者，他们对更大量古典文学文本的阅读需求，以及编纂者、出版者出于各自目的（推广文学思想、树立文学权威、谋取商业利益等）对这一需求的尽力满足，促使复古思想与现实利益实现联动，这是古典文学的文本凝定发生于明代的根本原因。

那么，这种古典文学的文本凝定，除了文献层面的意义外，其呈现方式对于文学观念又有着怎样的影响呢？前已论及，明人断代分体式的文本汇集是古典文学文本凝定的重要表征，而明人选择这种文本汇集方式的原因，当归结为文本汇集与辨体观念的互动。这种秉持文、诗、词、曲分体而治、各自穷极的总集编纂态度，让明后期的“文学代胜”观，衍生出有别于前代的新面相。

我们所熟悉的“唐诗、宋词、元曲”说在元人文献中已经发端，但阅读所需的文献基石，离不开明清学人对断代文学文本的全录式整理。换句话说，从虞集到王国维，这一套学说的不断完善，是通过观念的演变与文本的凝定二维相互作用并合力达成的。现存的“文学代胜”材料中，明人的说法尤为丰富。大体来说，他们的判断由两部分组成：一是明前文学部分，承接元人观点，再根据自己的阅读经历作出一些调整；二是当代文学部分，面对所处文坛的现场，对原始文献进行直接感受。二者衔接在一起，形成了明人眼中的“文学代胜”。大多数将八股文视为明代之胜的人，如李贽、袁宏道、尤侗、焦循等，都认为宋代之胜是词，而非理学。而将理学视为宋代之胜的学人，如虞集、叶子奇、郎瑛、李开先等，无一例外都是明隆庆以前人物。在八股文发展史中，我们习惯将弘治至嘉靖时期视为明代八股文的成熟期，但为何视制义为本朝文学之胜的观点，却直到万历年间才出现？究其原因，八股文不同于唐诗、宋词、元曲等音乐文学或口传文学，这一类文体严重依赖于书籍的流通，只有当出版业复苏并发展至一定的规模时，明人才有机会看到当代八股创作的整体面貌。

对明后期文人来说，他们的“文学代胜”观，较之元人有承亦有变：首先，明人进一步加固了唐诗、宋词在文献层面的文本凝定；其次，通过《元曲选》《六十种曲》等文献，将元曲从舆论层面的口碑效应，转变为文献层面的文本凝定；再次，晚明李贽、陈继儒等提出了传奇亦为“唐代之胜”的观点，这一说法与晚明古小说出版的活跃有关，尤其是嘉靖四十五年《太平广记》谈恺刻本带来的连锁效应；最后，明人将当代文学舆论中的热门文体八股文，纳入对“文学代胜”中有关“本朝之胜”的讨论中。正因为对本朝文学的批评大多停留在口碑上，尚难倚靠当代文献形成文本凝定，故对何为“本朝之胜”，作家们才有不同的看法，或坦言“不知何者”，或以为“吴歌”，或以为“制义文”。但可以看出，时代越往后，随着各类时文别集、总集被大量刊行，“明代之胜为八股”的观念越来越稳定。

综上所论，古人对“一代有一代文学”的判断，据其来源的不同，可分为四个层次：一是基于前人已形成的主流观点，通过阅读前人的文学批评文献而来；二是基于可见的古典文学之整体面貌，通过阅读断代分体总集而来；三是基于个人对古典文学演变理路的自觉思考；四是基于个人对当代文学及其舆论的现场判断。在这其中，无论旧元素的调整，还是新元素的出现，只要是明人“文学代胜”观中与前人的不同之处，皆与明人编刻断代分体总集的风气保持了同调。

在讨论了古典文学文本凝定的发生原因和思想呈现之后，还有一个问题亟待探讨，即从物质载体的层面分析文本凝定能够充分发生的条件。这需要我们从明代出版文化的视角予以考察。

在中国出版史上，元以后至明正德以前，有一个出版业的相对萧条期。不仅书籍出版的种类、数量不及南宋，就连前代已有较大发展的坊刻事业，亦遭受沉重打击。然而，自正德后期至嘉靖中期，短短的三十年间，前代经典文集被广泛编印并被迅速推广。我们以整理基础较好的六朝诗与唐诗为例，相当数量的六朝、唐代诗家在宋代有过刊集，特别是南宋书棚本的流行，让中小作家的诗集整理有了较高的起点。嘉靖年间蒋孝编刻的《六朝诗集》24 种 55 卷，“其行格与书棚本同，雕镌雅饬，尚存古式”，“实宋末坊本，嘉靖时从而覆刊”。可见在近两百年的出版业萧条后，正德、嘉靖文人最容易读到的汉魏六朝诗集，就是晚宋时期的书棚本。嘉靖十九年编刻的《唐百家诗》100 种 171 卷，算是明人翻刻宋本唐诗小集的集大成之作。朱警对晚宋商业出版成果的打捞与复原，意味着明代非官方的书籍印刷能力，基本上恢复到了晚宋时的水平，甚至有很好的提升。

嘉靖年间《六朝诗集》《唐百家诗》等对宋本小集的汇编式刊印，是一种有明代特色的大型古籍影印行为，对于宋前文学文本之保存及整体凝定有着重要的意义。建立在此“旧籍新刊”丛编行为之上的对前代文献更广泛的全录式整理，作为明人的一种创造性实践，又体现了明嘉靖以后文学出版物规模化、学术化的新兴特征。从这个角度来说，明中后期表现出的出版兴盛之势，是古典文学文本走向凝定的必经物质技术之路。

由此，明中晚期作为印本时代的第二个发展期，有责任也有能力将第一个发展期的刊印成果，用更低的成本、以更新的形式，大批量地保存下来。而且，由于之前出版业的萧条时间太长，在嘉靖时期，从文物角度收藏宋本的文人风气开始形成，江南地区出现了一批将宋本视为赏鉴对象的新型藏书家，这进一步减缓了宋版书籍在后世的流通速度。嘉靖年间作为翻刻宋版的重要时期，其出版事业亦是对先前出版业大萧条、当下宋本文物化之双重压力下的书籍流通危机的一种回应。

如果将“经典的终结”衔接以“凝定的开始”，那么，我们的关注对象，就是“古典文学”从鲜活的生长者转变为稳定的宗法对象的过程。有关“经典的终结”与“凝定的开始”的话题，明代并不具有唯一性。在某种程度上，汉代同样是一个“经典的终结”与“凝定的开始”的时代。无论《诗经》《楚辞》，还是各种经部、子部著述，我们看到的都是经过西汉学人重新编定后的文本，这深刻地影响了先秦学术在后世的传播与研究。而事实上，集部文献在明代的文本凝定，对汉唐文学之批评系统的建设与完善，也起到了至关重要的作用，我们理应看到凝定背后更深层的批评追求，即通过对已凝定的古典文本的模拟学习，以复古为手段，探索出一条创新之路，这是古人经学思维方式在文学上的一种自然投射。包括后来清人的“注诗”潮流，此亦是“以注疏实现思想发明”在文学领域的一种变体。

综上而论，作为复古时代、辨体时代、印本时代的三重叠加之明代，其文学有庶民文学特征之外的另一重要面相，即中国古典文学文本的整体凝定。汉代和明代，作为中国古典文本凝定的两个重要时代，有其独特的文化史意义。它们分别借国家图书管理、印刷业繁荣这两次人类文明发展的契机，促成了中华文明在文本文献上的整体凝定。这种凝定，不只是通过文献层面的全面整理，维系中华文明的宝贵精神遗产，而且还要以回溯文献的方式，推进相关部类的学术研究，达至面向未来的创新。在此比较的视野下，明代文学与汉唐经学，是中华文明发展在文献史、观念史上的两个重要节点。

（作者单位：浙江大学中文系；原刊于《文史哲》2020 年第 2 期）

《金瓶梅》词话本与崇祯本关系之内证

周兴陆

词话本与崇祯本的关系，是《金瓶梅》版本研究的一个基本问题，也是争议最大的一个问题。香港的梅节在校勘《金瓶梅词话》后提出词话本刊行是在崇祯本之后，而黄霖和王汝梅撰著多篇论文给予辨正。黄霖认为，崇祯本是词话本的评改本。王汝梅列举崇祯本与词话本之间有同有异、有异又相关联的十个方面得出结论："崇祯本刊印在后，词话本刊印在前。"在目前没有发现更早的母本的情况下，考察词话本与崇祯本的关系，主要还是应该依据二者的版式特点和文字关系等内证，才有说服力。事实上，我们可以找出黄霖所谓"活化石"、王汝梅所谓"脐带"等更多的内证材料，以足确证两种本子之间是父子关系。

首先须要澄清的是，词话本不可能作于清初。这只要看看第十七回西门庆亲家陈洪给他的信中出现了所谓"北虏犯边"和东京文书邸报中所谓"夷狄之祸""夷狄之患""虏患""夷虏之患""金虏背盟，凭陵中夏""夷虏犯顺"等大量在清朝有严重违碍的字眼，就知道词话本不可能刊行于清代。这些违碍文字，在张竹坡《第一奇书》本里通通作了删改，如果词话本作于清代，一定须对这些会招致横祸的字眼作出处理。从避讳的角度考证词话本作于天启年间，其实并没有可靠的依据。词话本的刊刻时间，还是应该根据古人的记载，框定在万历末年。崇祯本的刊刻时间则更在其后。

一　在语音、语气上，词话本还残留说唱本的标志，崇祯本均作订正

至于词话本与崇祯本的文字关系，梅节先生认定词话本后出，并推论

出一个已经不存在的原本，崇祯本是在这个原本的基础上修改而成的，《新刻金瓶梅词话》大量校入见诸崇祯本的改文。他的结论是，崇祯本并非改自词话本，而是词话本参考了崇祯本。梅节先生举的这些例子，黄霖先生已经辩驳，说这是“沿着一种既定的思维定式所推论出来的结论”。其实梅节先生的那些例子都可以作相反的理解。

版本的比较研究，我们不能凭空设想一个理想的原本。从版本学角度说，小说戏曲和诗文的版本流传情形迥异，诗文版本往往是以古本为珍贵，越远古越接近本相，故有所谓“佞宋”心态；而小说戏曲的版本，为了适应演出和商业需要，不断地变化出新，求新适俗，像金圣叹评《水浒传》、毛宗岗批《三国演义》时所谓“古本”，都是莫须有的托古改制。明清时期诗文刊刻有所谓“影宋本”，努力恢复古本原样；而小说戏曲则起初多用俗体、简体，从新从俗，至改为案头读本时，才逐步规范。因此按实际情况来说，小说版本流变应该是先粗后精，最初的稿抄本可能会字迹潦草，形体不规范，上下勾乙涂抹；刊刻时往往还不能完全矫正稿抄本的这些问题，在文字上残存稿抄本的特征；在进一步修改订正之后，才逐步产生出精良的刊刻定本。如果要设想有一个原本的话，这个原本应该就是《金瓶梅词话》据之而刊刻的那个传抄本。

大家都知道《金瓶梅词话》文字讹误颇多。产生这些文字讹误的原因，在于词话刻本所依据的是一种带有记音性质的说唱记录本或底本。这是根据文字考察，对于《金瓶梅词话》属性的一个基本认知。梅节先生也承认《新刻金瓶梅词话》“更接近评话底本”。

说唱底本或记录本的标志之一，是存在大量的同音字、近音字、借音表字，词话本这种现象比比皆是；到了崇祯本则均改为正字。这里仅列举数例，以见一斑，如以下两例。

（1）词话本第一回“那着条扁担”，崇祯本在第二回，“那”改作“拿”；

（2）词话本第二回“惯细风情的贼眼”，“细”崇祯本作“觑”。

这类同音字的例子，在词话本里不胜枚举，说明词话本所依据的底本是一个记录本，在记录时多采用同音字，刊刻的时候没有纠正过来，导致词话本出现太多的同音字。到了崇祯本，文人对词话本加以修改时，均改为正字。

说唱底本或记录本的标志之二，是存在许多指代不清的现象。说唱时，人物的身份可以通过说唱者的声情变化得到表现，不需要直接点明人物身份；但照直记录时，容易出现指代不清的现象，词话本这类指代不清的例子非常多，正说明它根据的是说唱底本或记录本，仅示两例。

（1）词话本第六十八回《郑月儿卖俏透密意》中西门庆与郑爱月儿的对话：

> 西门庆道："不打紧，我明日使小厮再送一罐来你吃。"又问："爹连日会桂姐来没有？"

"又问"的主语显然不是西门庆，崇祯本补上"爱月又问"，文意才清晰。

（2）词话本第七十八回《西门庆贪欲得病》：

> 西门庆苏省了一回，方言："我头目森森然，莫知所矣。""你今日怎的流出恁许多？"更不说他用的药多了。

"你今日"句不是西门庆的话，而是潘金莲的问话，崇祯本补入"金莲问"，文意才顺畅。如果按梅节先生的说法《新刻金瓶梅词话》大量校入见诸崇祯本的改文，那么词话本这些地方都应该补足对话的人物，文意才顺畅。这些指代不清的对话，正是由说唱文学的书面化而造成的。到崇祯本时，才一一补足，成为文意清晰的案头文学。

说唱记录本的标志之三，是一些语句存在前后颠倒的现象。说唱者的口头表演，不可能完全像书面文字一样通顺，会有不少前后颠倒、重复的现象。记录誊清时，修改得不彻底，也会残存这种颠倒、重复的语句，甚至在誊清时还会造成前后的颠倒。一般来说，文人创作很少会出现语句前后颠倒的现象。词话本前后颠倒误植之处甚多，如以下两例。

（1）词话本第四十回：

> （a）到明日咱家发柬，十四日也请她娘子，并周守备娘子、荆都监娘子、夏大人娘子、张亲家母。大妗子也不必家去了，教贲四叫将

花儿匠来，做几架烟火。王皇亲家一起扮戏的小厮每来扮《西厢记》的。你每往院中，再把吴银儿、李桂儿接了来。(b) 西门庆看毕说道："明早叫来兴儿买四样肴品、一坛南酒送了去就是了。(c) 你们在家看灯吃酒。"

词话本这段文字意思不顺，崇祯本调整为 (b) (a) (c)，通通为西门庆的言辞，意思才顺畅。

(2) 词话本第四十三回：

> (应二嫂) 向月娘拜了又拜，说："俺家的，常时打搅这里，多蒙看顾。"良久，只闻喝道之声渐近，月娘道："姑娘好说，常时累你二爹。"前厅鼓乐响动。

叙述句隔开了对话，导致前后不呼应。崇祯本改作：

> (应二嫂) 向月娘拜了又拜，说："俺家的，常时打搅这里，多蒙看顾。"月娘道："姑娘好说，常时累你二爹。"良久，只闻喝道之声渐近，前厅鼓乐响动。

显然，崇祯本的修改更为通顺合理。

文字勾乙是写本、抄本常见的情况，刊刻时若未注意到勾乙的标识，顺着误抄的文字排版，就会造成语句的前后颠倒。《金瓶梅词话》里这种情况非常普遍，而崇祯本多是不增删一字，就将文字理顺。崇祯本的调整，应该是根据文意纠正词话本的讹误。如果说它有参考的话，参考的也应该就是词话本系统的抄写本。否则的话，两种不同的文本系统怎可能弥缝得如此贴切呢？

上述几个方面，都是因为词话本依据原初的说唱底本或记录本而造成了文字的讹误，崇祯本经过文人加工，对这些讹误之处通通加以修改。

问题是，崇祯本是直接据词话本修改，还是另有所据呢？上面所列的例子，有的似乎也可以理解为崇祯本是根据另外一种本子，而并非根据词话本作的修改。但是，从同音字角度看，有些例子可以确证崇祯本就是根据的词话本，而不是另有所据，试举一例。

西门庆的女婿在词话本里叫“陈经济”，在崇祯本里通通作“陈敬济”，唯独第七十八回有一处作“陈经济”，文曰：

> 西门庆随即教陈经济写了书，又封了十两叶子黄金在书帕内，与春鸿、来爵二人。

这是崇祯本根据于词话本的一个确凿证据，可谓“活化石”或“脐带”。如果不是依据词话本，怎么会这里突然冒出一个“陈经济”呢？哪有这么巧合的笔误？

二　在字迹上，词话本还残留写本的特征，崇祯本多作了修正

《金瓶梅词话》词话本所依据的是一种说唱评话的写本，且是一种行草字迹的写本。在词话本里还保留了写本字迹上的特点，表现为两点：一是存在大量的形近字；二是存在一些由于行草字迹辨认造成的讹词。先看形近字。

（1）词话本第七回：“话说西门庆家中赏翠花儿的薛嫂儿。”据前后文，“赏”字当是“賣（卖）”字，形近而讹。崇祯本改作“賣（卖）”字。

（2）词话本第六十八回，西门庆思念李瓶儿，对吴银儿说：“前日在书房中，白日要见他，哭的我要不的。”要，崇祯本作“梦”。

这类例子非常之多，举不胜举，它们共同的特点是形近字讹误。从写本到刻本的转变过程中，因为字形相近而产生辨识上的错讹。这些讹字，到了崇祯本，都做了订正。那么，会不会是崇祯本根据其他本子，而不是直接根据词话本做出的订正呢？不会的，因为有词话本讹误而崇祯本跟着讹误的例子，也就是王汝梅先生所谓的“脐带”，试举两例。

（1）词话本第五十一回：西门庆道：“我说正月里都摽着他走，这里谁人家银子，那里谁人家银子。”

崇祯本同。但两个“谁”字意思不通，张竹坡《第一奇书》中据文意

改为“借”。今人白维国校本、王清和校本改为“诓”是对的，两个“谁”字应是“诓”形近而讹，词话本错了，崇祯本跟着错。

（2）词话本第一百回：普静师荐拔群冤，最后“言毕，各恍然都见”，崇祯本同，张竹坡本才改为“言毕，各恍然不见”。这也是崇祯本跟着词话本发生的讹误。

词话本错字，崇祯本改为正字，或许可以理解为崇祯本另有所本；词话本错字，崇祯本跟着错了，不正说明二者之间是“父子关系”吗？这正是“崇祯本修改词话本的活化石”。

再看词话本由于行草书辨认而产生的讹词。

（1）词话本第四十九回：“陕西巡按御史宋盘就是学士蔡攸之妇兄。”崇祯本同。“宋盤就”，据《宋史》等，当是“宋聖（圣）寵（宠）”。“圣宠”“盘就”，草书字形相近，词话本所根据的写本应该是行草字体的“宋圣宠”，词话本刊刻者将“圣宠”讹误为“盘就”，崇祯本跟着讹误。

（2）词话本第七十一回，提到西门庆自京城回来，经过“八角镇”，第七十二回词话本再次提到“八角镇”时，把它误作“公用镇”。“八”“角”草书连写，很容易误认为是“公用”，崇祯本第七十一回是“八角镇”，第七十二回则跟着词话本误作“公用镇”。

这两个例子，足以证明崇祯本就是在词话本的基础上加工的，崇祯本上还残留着词话本讹误的痕迹。很难想象崇祯本根据的是另外一个本子，而这个本子在这两个地方的讹误与词话本完全一样。

词话本据行草书而发生的这些讹误，有的讹误崇祯本可以恢复为正确的本字，有的讹误崇祯本无法恢复，只能臆改。

恢复的，如第六十九回“比及个并头交股”。“比及”二字为“两”字草书的误释，崇祯本改为“两个并头交股”，从字形和上下文意，这里都比较容易还原为“两”字。

臆改的，如下。

词话本第一百回：诗句“将军一恕天下自心”，8个字，显然“自心”是“息”字一分为二，张竹坡本就改为“将军一怒天下息”。崇祯本则改为“将军一怒天下安”，其实改为“安”并不妥当，因为这里须是一个仄声字，如果崇祯本另有依据的话，应该改为“将军一怒天下息”才是。

就像接榫总有缝隙一样，删改总会留下痕迹。崇祯本删改词话本留下的痕迹，细细纠察，还有数处，兹举两例。

（1）第六十二回李瓶儿死了，请阴阳徐先生来：

词话本：这徐先生向灯下打开青囊，取出万年历通书来观看，问了姓氏并生时八字。

崇祯本：徐先生向灯下问了姓氏并生辰八字。

崇祯本删去了 14 字，导致意思不顺，因为“问”是不须要“向灯下”的。词话本的“向灯下”是因为打开青囊，取历书来“观看”。现在崇祯本把这 14 字删去，直接作“向灯下问”，显然不妥。这正是崇祯本删节词话本的痕迹。如果崇祯本另有所据，就不会写出这类句子来。

（2）词话本第五十一回：伯爵道：“你只说成日图饮酒快肉，前架虫，好容易吃的果子儿。”

崇祯本作：伯爵道：“你只说成日图饮酒吃肉，好容易吃的果子儿。”

“前架虫，好容易吃的果子儿”是一句歇后语，可解释为：蔬果架上的虫儿，平时吃得快活，一朝被捉，便是绝路。意谓胡作非为者终没有好下场。崇祯本的编者可能不理解这是歇后语，把前面谜面“前架虫”三字删了，导致前后文意衔接不上。这显然是崇祯本修改词话本的“活化石”。如果不是建立在词话本的基础上，崇祯本怎么可能会出现像“你只说成日图饮酒吃肉，好容易吃的果子儿”如此不伦不类的句子呢？

结　语

小说版本演变存在一些与诗文版本不一样的特点，如上文说的说唱评话的底本或记录本，在记录和传抄过程中使用同音词、形近字、行草书体，以及对话、俗语等，如抓住这些特点，便可以考察出小说文本从写本、抄本到刻本，再到文人加工润色本的过程。对于《金瓶梅》版本来说，上述的这些例子，多数都是不可逆推的。这些内证揭示出的崇祯本对词话本文字的修正，足以证明崇祯本是在对词话本进行修改和加工的基础上产生的。

（作者单位：北京大学中文系；原刊于《文学遗产》2021 年第 1 期）

生活在别处

——清诗的写作困境及其应对策略

蒋　寅

一　清诗面临的写作困境

古典诗歌在盛唐达到艺术巅峰后，便面临推陈出新的困难。愈益显豁的日常生活审美化倾向在不断开拓诗歌表现疆域的同时，也将其带入琐屑平庸的境地。到明清时代，诗歌内容的日常化和创作艺术的平庸化已成为不同于前代诗写作的最大特点。日常化意味着写作活动成为士大夫生活的重要内容，日常生活的各方面都成为诗歌书写的内容，甚至作诗本身也成为诗歌创作的素材。最终孕育出一个非常极端的说法——以诗为性命，表层意思是将写诗作为日常生活的主要内容，深层意思则是视写诗为生命意义的寄托。对写作日常化状态的体认还意味着写作的一个困境：诗歌将如何抵抗日常经验的风蚀而保持新鲜感？尤其到了清王朝江山稳固，亡国之思、薙发之辱不再盘踞个人情感的中心，以及王朝政治及文化认同完成之后，日常化的写作和日常生活的平庸成了扼杀诗歌新鲜生命的同谋。

此外，明代以后的人口增长和教育普及导致科举竞争更加激烈，这也在一定程度上造成诗歌写作的冗余境况。乾隆以后，进士中式人数占总人口的比例大概仅及宋代的三分之一，士人进身之途狭窄，大量冗余生员浮游于世成为清代醒目的社会现象。这批冗余文士流入写作市场，造成诗歌的“通货膨胀”——写诗的人更多，作品更丰富，但诗歌的价值却不断下滑。

由于艺术目标不同，明清两代人对这种情形的感觉不太一样。明人独宗盛唐，只要写出唐人格调就达目的，既无创新的焦虑也无模仿、因袭的惭愧。但清人不同，立足于对明代诗歌整体失败的判断，力求革去陈言、写出具有真性情和真面目的新诗。清代诗人形成了一个共识：只有才华与境遇相匹配才能产生佳作。经历丰富的作者如赵翼就成为“近时一大宗哉”，经历平淡无奇的士人则不然。对他们来说，选取日常题材是无可选择的选择。可写作一旦沉溺于日常生活的庸常就是自我超越的绝对障碍，如何抵抗日常经验对诗歌创作的风蚀，就成为摆在诗人面前的首要问题。到古典诗歌的夕阳时代，由于日常生活中感觉经验的老化，作者所遭遇的写作困境全面呈现为题材枯竭、构思落套、意象陈旧、语言老化等衰落状态。

从理论上说，创新之径有三：更新写作素材，改变写作方式，提高写作难度。其共同追求可用“生”和“新”来概括，“生”“新”的实质就是摆脱日常经验的陈熟。虽然我们都置身于日常生活，但对诗歌来说有价值的生活却在别处。摆脱日常经验也有三个途径：离开久居环境去往异地，如旅行、游览，改变现实中的经验空间；脱离现在穿越到过去，即咏史、怀古，以超现实的方式改变经验的时间和空间；离开现有角色，如拟古、拟代，以虚拟方式在特殊时空中重构经验。

二　空间移换：以旅行排除日常经验的可能

征行和游览在《文选》中就被区分为两类，征行偏重于叙述旅途所历和跋涉之劳，游览偏重于记述眼中风光和心中愉悦，后世则往往相混。到清代，不仅游览诗更加专门化、规模化，征行诗也常带有游览色彩。凡有应试、游幕、出使经历的作者，集中无不留下这样的写作痕迹。前代作者或许只写几个感兴趣的地方，清人却将游历地点全都记载下来，表现为一种群体性的倾向。

乔亿《剑溪说诗》中“词人于役，但经过处必题诗……不特抒怀，亦云纪异也”告诉我们，这种行旅正是他们有意识地摆脱日常经验的一种方式。像王渔洋、方象瑛、洪亮吉、钱大昕、张问陶这样长年在朝为官的诗人，每逢出使、典试就进入诗歌创作的旺盛期，他们的诗集几乎都以旅行诗为骨干。王渔洋的第一部合集《阮亭诗选》就是顺治十七年（1660）出仕后据众多游览小集所编的。

诗人们也都清楚行旅专集在创作中的分量，编别集时经常会保留原貌，如洪亮吉《卷施阁诗》卷二《凭轼西行集》、卷五《太华凌门集》、卷六《中条太行集》，《更生斋诗》卷一《万里荷戈集》、卷二《百日赐环集》等。最典型的游览诗集还有清晰的纪日，如洪亮吉的《更生斋诗续集》。如此不厌琐屑的记录意味着一种崭新的写作状态，意味着作者远离惯常居处的场所而进入一个新异空间，时时被新鲜的感觉经验所包围、所刺激。

三　时间穿越：以怀古咏史远离日常经验的必要

地域总是和特定的历史联系在一起的，旅人在欣赏新鲜景致时还会凭吊古迹、追寻历史。怀古的核心要素是临场感，和征行、游览经常分不开，因而衍生出大量吟咏人文地理的风土诗，这在《竹枝词》一体中发展到极致。清代以组诗吟咏风土的规模空前，像王渔洋《秦淮杂诗》这样传诵一时的作品不少，如张笃庆《阅三辅黄图述古杂诗》这样题咏一地古迹的诗作更是多不胜记。风土诗以猎奇纪异为职志，往往附有自注，与地方文献志相表里，如《河沽杂咏》的作者蒋秋吟偶客长芦，“采掇轶事，证以图史”，成诗百首，并“摭拾旧文以注之”。纪昀称“其考核精到，足补地志之遗；其俯仰淋漓，芒情四溢，有刘郎《竹枝》之遗韵焉”，道出风土组诗与《竹枝词》的文体渊源。《竹枝词》自刘禹锡仿拟之后，由宋至明仍以记录土风民俗为主，到清代渐与地方文史结合，带有鲜明的咏史色彩，数量之大远过前代。

旅行游览虽是作诗的良好契机，但不是谁都有这样的机遇和经历的。对许多足不出户、老死里闬的乡曲之士来说，溪山卧游是填补阅历空白的唯一方式，左图右史的阅读也是间接感知历史的有限形式，这种封闭性使咏史诗格外发达。咏史诗的非临场性和鲜明的史论品格给书斋文人提供了纵横议论的空间，铺设了一条逃离日常经验的路径。清代咏史诗的吟咏素材和范围丰富、广泛，咏史专集即有 280 余种。除常见的五七言古近体外还有六言专集。短则为绝句，长则如任道镕《读史六百韵》。仅以乐府名篇的就有王士禛《咏史小乐府》、万斯同《新乐府》、洪亮吉《魏晋南北史乐府》等，据说数量不下 90 种。到学术昌盛的乾隆时代，赵翼、钱大昕、杭世骏、洪亮吉等知识渊博的史学家集中，所收咏史诗从数十首到百余首不等，清末学者罗惇衍的《集义轩咏史诗》竟收七律 1600 首。

四　制造事件：日常经验的装饰和点缀

礼法世道、人情社会需要仪式化典礼和客套化应酬，这些日常经验无法弃捐和取代，只能赋予它们有意味的主题，化俗为雅。最典型的莫过于祭祀前代名诗人或为古代名贤庆祝生辰，其中最引人瞩目的是祝苏东坡生日，宋荦、翁方纲这样的文坛大德连年邀集朋侪聚会赋诗，毕沅、王昶等人在幕府中也曾举行此类活动。纪念古贤的实质就是制造风雅事件以装饰平庸的日常社集，洗刷日常经验。

清代诗坛制造风雅事件的方式，与自古相传的好事者的风雅传统不无关系，且愈演愈烈。如清初诗坛的一唱百和之风，如顺治十四年（1657）王士禛在大明湖社集，赋《秋柳》四章，远近人士自顾炎武、曹溶以降和者 500 余家，后来追和者一直不绝，仅闺秀就可举出郑镜蓉、苏世璋、何佩珠、何佩芬等。

征题咏图卷图册也是清代才盛行的风气，文人借各种因由征求时流题咏是很普遍的事，如钱陆灿六十初度以王概所绘小像索亲故题诗，金俊明年六十乞人作生挽诗，汪懋麟以《少壮三好图》征同人题诗，后人敬慕陈维崧的风雅才情而竞相题咏《陈检讨填词图》。

乾隆以后自觉扮演“好事者”的人越发增多，如唐仲冕修苏州唐伯虎墓、陈文述修西湖冯小青墓都曾引发全国性的题咏活动。诗人在这类事件里实际上是介入了他人的生活，无形中拓展了自身的经验范围，获得了新异的体验。

五　日常生活情景的经典化

清诗还倾向于在现实题材中实现日常经验的过滤。张赓谟《空斋寂坐万感俱来爰作消闲十二事诗以自遣时丁巳初夏也》组诗，分别写评史、论诗、读画、仿帖、莳花、看竹、听鸟、观鱼、品香、试茗、问酒、弹棋。诗题明言“空斋寂坐”，此十二事不过是一时悬想，并非实境。但它们又不是虚构，实质上是过滤掉日常生活的庸琐部分，提炼出若干精雅情境，剪辑成一套文士家居生活的精致图景，或可称为日常生活情境的经典化。

前代诗歌中不是没有类似的作品，但绝不像清诗中这么普遍和醒目。像鲍俊瑞《十春吟》咏春信、春光、春色、春梦、春痕、春声、春嬉、春祭、春尘、春愁；钱孟钿《秋窗六咏》咏残荷、风叶、吟蛩、客燕、凉檠、霜杵；这样的组诗在清人别集中俯拾皆是。明白了它们对家居生活的意义，也就不难理解黄爵滋《十驿诗》咏驿柳、驿花、驿夫、驿马、驿馆、驿渡、驿火、驿爨、驿梦、驿诗，以及斌良《车上四咏》咏篷、幔、旗、鞭，《道旁八咏》咏驿、铺、市、寺、柳、草、辙、尘，《旅食八咏》咏饼、粥、腐、火酒、葱、韭、鸡卵、大头菜，《店中四咏》咏床、灯、柝、槽，对于写行旅生活的意义。它们都是某类生活情景的典型化表现，再上升到抽象层面，就像秦臻《杂感》咏有生之劳、知遇之难、生离之悲、死葬之苦那样，变成对人生某种情境的吟味。这种意趣正是清诗特有的开拓，它更关注人与自然环境、社会生活的关系，试图揭示其间具有典型意味的普遍性。

六　咏物：特殊经验的设定和虚拟

主题化的组诗写作，当范围和规模达到一定程度，就必然超出直接经验的界限，迫使作者进入运用间接经验的虚拟性写作中。如果说陈恭尹、梁佩兰同作的《十放诗》《九边诗》中，放驴、放鹤、放鹰、放牛、放猿、放萤、放蝶、放鸭、放鱼或许还有直接经验可依据，那么放云就是难得一遇的奇事；至于边月、边雪、边柳、边笛、边马、边雁、边烽、边草、边尘之类，没有出塞经历的两位岭南作家只能出以想象虚构，纯粹是一种特殊经验的虚拟，这种虚拟化的写作正可以发展成一种摆脱日常经验的重要形式。

历史地看，虚拟化的写作确有不少形式与去日常经验相关，最简单的是依据设定的经验内容即角色化的抒情方式来写作。可以沿用传统的虚拟形式，有赋得旧题——包括乐府旧题在内的拟代体一类，如顺治十六年（1659）被流放宁古塔的方拱乾在寂寞中尝试了 82 个乐府题。与此相仿，一些角色化的题材同样也构成被设定的虚拟经验，如南宋刘克庄的《十老诗》咏老将、老马、老伎、老儒、老僧、老医、老吏、老奴、老妾、老兵，这组作品因被方回选入《瀛奎律髓》而被后人不断仿效，乔于泂、董元度、吴本锡、陆隽东、吴之馨、邓蓉镜、周衣德、张曾望等均有续作，方濬颐扩展为 16 首，祝应焘《宦游草堂诗钞》更广为 24 题。至于萧德宣咏老成、老健、老明、老慧、老练、老辣、老拙、老饕、老福的《九老吟》则属于另辟蹊径，是咏老境的性情。像这类组诗，某人偶然涉笔不算什么，许多作者群起而赓和则情况就不同了，就像《竹枝词》在清代的层出不穷绝不能视为偶然现象，背后一定有诗坛的共同意志，指向一个力求突破陈熟的日常经验而以新的经验模式开拓诗境的方向。

从本质上说，咏物其实是另一种形式的虚拟人生经验。唐代发展出一种特殊的咏物体式，专咏特定状态或情境中的物，因而不能不带有某种寓言色彩。历宋元明而至清，几乎无物不入诗，无物不可咏，但最具时代特色的倾向还是咏物的情境化。如张贞的一组咏船诗，这是古来罕见的咏物趣作，所咏 26 种船包括漕船、钦差官船、现任官船、新任官船、去任官船、假归官船、遣归官船、巡河官船、武官船、龙衣船、商客船、抽丰客船、游客船、汛兵船、盐船、进香船、渡船、渔船、柴船、酒船、月船、雪船、顺风船、避风船、冰船、雨船。其中不仅有不同乘客、不同用途、各种气候条件下的船，还有各种官员乘的船。船作为一个特殊的场，呈现了不同境遇下官员的不同姿态，折射出风波不定的官场、世态炎凉的现实。这是真正意义上的寓言之作，也是有意识结撰、有整体构思的讽世之作。

七　清诗摆脱日常经验的努力及其意义

可以肯定地说，刻意摆脱日常经验是清诗写作中非常鲜明的倾向，诗人们对此有着清楚的自觉，而且时间越往后，这种意识越强烈。对急于摆脱日常经验的清诗来说，生活总在别处。这意味着一种超越个体感觉而探索异己经验的欲求，会不断扩大诗歌的感受与表现范围，从而突破个人抒情传统的局限。而且，生活在别处不只包括一般经验的亲历，还包括特殊经验的虚拟，这意味着诗歌在对普遍人性加以深入开掘的同时，更致力于提高艺术感受和表现难度，在古典诗歌的夕阳时代开拓了较前代更为广阔的情感表现空间。虚拟经验对角色的设定，强化了拟代体在诗歌传统中的地位，聊以弥补古来剧诗薄弱的遗憾。这就是清诗面对日常写作的困境时所采取的应对策略及其文学史意义。

（作者单位：华南师范大学文学院；原刊于《文学评论》2020 年第 5 期）

“观风望气”、类型学与文史考证：版本学的方法论问题

石　祥

鉴定古籍的写印时代，地域乃至主事机构或人物，是版本学研究最基础亦是最核心的课题。无论研究者是否持有方法自觉，他在鉴定实践中必然都遵循某种方法而作出判断，尽管其方法及其运用有正确、妥当与否之别。然则，版本鉴定的方法是什么，其赖以成立的学理基础又是什么，就成为无法回避的方法论问题。

在当代版本学著作的方法论阐述中，普遍指出内容与形式是版本鉴定的两大考察基点。学者承认二者“互相联系，缺一不可”，但论及主次关系时，意见便大相径庭。黄永年、昌彼得等人强调形式，李致忠、曹之等人强调内容。批评侧重形式可能“导致从纸墨行款观风望气的邪路”。无论是批评者还是支持者，均将考察形式追溯到了“观风望气”。一旦当措辞由形式转为“观风望气”，随之而来的就是反对方的猛烈批评。在批评者看来，“观风望气”是经验的、玄学式的、不可靠的，是“狭隘的”“形式主义”的“邪路”，缺乏“坚实的真正的科学基础”；更致命的是，它还会阻碍版本学科学体系的建构。反之，序跋、刻工、牌记、讳字等可以提供年代、地域的切实证据或线索，是准确而可靠的。在他们看来，版本学的科学性和理论深度显然主要是由考察内容所支撑的。

在这种批判的背后，可以清晰地感受到学术共同体对于版本学科学性的关注乃至焦虑。20 世纪 70 年代末至今，呼吁加强理论建设、构建版本学理论体系的声音不绝于耳，期待“迈入更为坚实的理论科学时代”，潜台词便是版本学“尚不够科学”。针对“观风望气”的批评，正是由它不符合批评者所理解的科学所致。

那么，究竟什么是"观风望气"？它是经验的、科学的，还是反科学的？它与考察内容之间的逻辑关系是什么？若有主次之分，谁主谁次？版本学的方法论必须因应研究对象（古籍版本）的特质，这是不言自明之理。要解答上述问题，就必须回到版本的实质本身。

在"阅读—接受—演绎"的层面，书籍可被抽象地视为纯粹的文本，但当书籍以具体版本呈现时，它就成为了"混合物"——附着于某一特定载体的文本。这一逻辑关系，可用以下公式表达：版本 =（文本∶载体）。既然版本是文本与载体的结合，版本学就必须同时处理文本与载体。明确上述意谓之后，才能进而讨论什么是版本鉴定的内证与外证。

作为物理实物的载体，是版面要素（字体、行款、版框、栏线、鱼尾、书口）、刷印效果（墨色、断版）、纸张、装帧等物质形态特征的总和。所谓"物质形态特征"，是指排除一切文字内容之后的纯粹器物性。将载体作为证据的处理方法有两类：一是科技方法，如科学测年、纸张成分分析等；二是观察物质形态特征，以判断时代地域。受技术水平所限，目前科技方法只能得出纸张年代"有 95% 的可能在 1024 ~ 1189 年之间"这样的结论，无力解答更为细化的年代与地域范围，而这正是版本学所希望解明的。加之很少有版本学者具备相应的科学训练与所需器材等现实因素，科技方法的广泛运用存在很大困难。版本学者实际可用的考察载体的方法，仍基本限于观察物质形态特征。

关于版本中的文本，可以借鉴法国学者热奈特的"副文本"（paratext）的概念。考虑中国古籍实物的特质，以特定的版本为观察单位，将其所有文字内容视为该版本文本的全体，再根据功能、性质与呈现形式的不同，在形式逻辑的框架内，可细分为核心文本、孳生文本、衍生文本。其逻辑关系可用以下公式表达：文本 =（核心文本∶孳生文本∶衍生文本）。

核心文本是指版本生产制作时意欲统括的书籍原文。核心文本可能是单一文本，也可能是多个文本复合而成的。如《史记》及三家注是不同时代形成的层次不同（本文与注释）的文本，或者说原是四种相关而独立的书籍，但在版本意义下，四者可能会以不同的组合形式，成为某一版本的核心文本。孳生文本是版本制作过程中伴生的文字内容，如封面与书耳文字、刻书序跋、牌记、刊语、刻工姓名等，功能性是其基本属性。衍生文本是指版本进入流通收藏阶段之后附着于其上的文本，如题跋、批校、题签、藏印等；它在本质上不是某一版本的固有组成部分，而是后人的添加物。

将观察视角转换至不同版本之间，上述三种文本的关系更为复杂，大体来说，有差异、沿袭、转化三种情况。差异，普遍存在于三种文本中。即便不同版本的核心文本相同，亦会因无心疏失或有意改动而出现异文，即通常所说的脱文、衍文、倒文、讹误、改易。又如，甲本据乙本翻刻，二者的孳生文本往往有异，如增删刻书/抄书序跋、牌记、刊语，改易封面文字与版心处的室名堂号等。沿袭同样普遍见于三者。例如，同一版本系统下的不同版本，其核心文本虽会有异文，但大体一致，则无疑问。翻刻本往往保留原刻本的某些面貌，如明清民国时翻刻的宋刻本，往往照刻宋刻本的刻工姓名、书耳乃至卷末刊语。转化则指时代较早版本的孳生文本、衍生文本成为较晚版本的核心文本。最常见的情况是，较晚版本照刻较早版本的刻书序跋。

至于版本学中对于文本证据的考察，本质是文史考证。如利用序跋、牌记、刊语、刻工姓名等所提示的线索，与其他文献史料勾连印证，这些版本鉴定的惯常做法，在手法和思路上与文史其他领域的考证研究并无二致。在一般的文史研究中，若史料充足、辨析得当，考证可得出令人信服的结论。这是某些版本学者认为通过文本考证可获得“具体而可靠”之鉴定结论的自信根源。与此同时，这些学者指摘版本的物质形态特征是“表面的”。这很容易推导出如下认识：文本是版本固有的内在证据，“表面的”物质形态特征似乎应是外证。那么，是否的确如此呢？

在某一具体版本中，文本与载体不可分离，无法独存，否则即无法构成版本。从这一角度来说，文本的确是版本所固有的部分，但从历时性维度来看，文本与载体是可以分离且不断重组的，这恰是不同版本赖以产生的逻辑前提。随着一次次的传抄、刻印，文本不断附着于新的载体，作为文本与载体相结合的物质性结果，就是面目各异的不同版本。文本与载体之可重组，即意味着两者存在时空疏离的可能性，如新本照刻旧本序跋、刻工姓名等，就是时空疏离的典型表现。与之对应，版本的物质形态特征——无论是主事者所规划的版式行款、写样人与刻工共同造就的字体，乃至用以刷印的纸墨，皆是该版本所处的特定时空的产物。基于上述逻辑关系，可做出以下判断：相较于文本，看似“表面的”物质形态特征才是版本不可剥离的独有内证（internal evidence）。

缘是，版本鉴定的实质是判断文本与载体的某一次重组的发生时代与地域，或者更直接地说，是判断载体的制作时代与地域。任何文本皆不能构成直接指向载体制作时代与地域的证据，即使文本条件极为理想，皆指向某时某地，亦仅能表明历史上曾有某本产生于某时某地，而无法证明眼前的这个本子必是前者。按照文史研究的通则，考证必须以严格的史料批判为基础。在版本学意义下，文本是有待检验的史料，而不能自证。只有通过批判，才能发挥证据效力。版本鉴定中的史料批判，不能止于从文本到文本的互证，还必须得到物质形态特征层面的验证。所以，“观风望气”与其说是“获得对该版本的一个初步印象”，毋宁说是基于物质形态特征的史料批判，是展开版本学意义下文史考证的前提。只有依据前者确定版本产生的时空范围，才能进行有意义的文史考证；否则，所谓考证就不过是文本的形式主义。

上述史料批判得以成立的逻辑前提是：作为一种方法，观察物质形态特征以确定版本产生的时空范围是可行的，具有科学性的。这种方法就是前人所谓“观风望气”，或者现代学术语言所称之类型学。

研究者业已指出，“观风望气”是前人依据观察版本的物质形态特征以作出判断的指称。这种做法至晚在明代已有，清中期以来，此法风行。考察物质形态特征，有时不免偏向艺术鉴赏。但正如其他人文科学研究那样，版本学既是科学的，也是艺术的。艺术鉴赏是版本的器物性所决定的、无可避免的结果。“观风望气”引发鉴赏，并不意味着它与严肃的研究扞格难容。大量实例证明，前人“观风望气”更多是观察版刻风貌以判定版本时代、地域，观察重点不外乎版式、字体、刀法、纸张等项。通过接触大量版本实物，他们观察其物质形态特征，将其抽象归纳，形成了对于不同时代、地域版刻的格、风范、风气的体认，进而用以鉴别版本。其学理逻辑与操作手法，与下文将要论述的类型学是相符的。

在考古学中，类型学是研究器物形态变化、演变规律和序列的方法。其学理逻辑如下：人工制品的物质形态取决于人类所掌握的工艺方法、技术能力、功能需求与审美心理等因素；在某一时段某一地域内，上述要素往往相近或相同，因此同类器物便具有形态特征上的趋同性。所谓“风格”，就是排除个体的细微差异后，将同类器物可辨识的、强烈的共有特征抽象化，“是指个体或团体艺术中的恒常形式——有时指恒常的元素、质量和表现”。“标准器”则是鲜明地具有某种风格且绝对年代可知的典型性器物。随着各种要素的影响，器物的形态特征或曰风格会发生变化。而风格发生变化后，同样可辨识、可归纳。在时间序列上相邻的前后类型之间，后者在异于前者的同时，又残留有前者乃至更早类型的某些特征。正是通过此类形制上的延续与差异，人们得以构建类型的序列。一旦序列得以确立，就建立起了器物类型的相对年代学框架，就可将新发现的器物与各类型的标准器相比照，以确定它的所属。综言之，类型学将器物的物质形态特征转化为可供人们阅读的、广义上的文本。

考古类型学的原理之所以适用于版本鉴定，是因为古籍版本亦是人类制作的器物，是具有形态的物理实在，是所处时代的人类活动之产物，它们自然也会受到“个体的经验、个人成功或失败的结果会在社会成员之间交流，并且被他们所接受和重复”的影响而趋同。

将类型学这一不依赖文本的方法运用于版本学，绝不意味着版本学排斥文本或文史考证。古籍版本是历史时代的器物，而且是必定具有文本的器物。这决定了版本学研究不可能脱离文史考证而进行。与此同时，类型学只能解决相对年代即孰先孰后的问题，欲探明绝对年代，则须结合科学测年等手段。而如前述，现有技术能力所能达到的精度，无法满足版本学研究的需求。

职是之故，欲赋予类型学分析所建立的版本类型的相对年代框架以绝对年代，或是确定某一具体版本的绝对年代与地域，文本就将起到类似于地层学或科学测年的作用。从历史实践来看，版本类型的绝对年代与地域框架，实际是这样建立起来的：设使某一版本实物流传有绪可信，具有某类型的鲜明风格（标准器），且可凭借书中文本（如序跋、牌记等）或其他文献考出刊印的具体年份与地点，那么它所从属之类型的绝对年代与地域便可获得初步结论。又或者，若干版本实物在风格上属于同一类型，且这些实物的文本证据指向同一时代与地域，则该类型的绝对年代与地域可由此大致确定。随着上述工作的不断进行，足够数量的不同类型的绝对年代与地域得以确定，一个初步可用的版本类型序列及其绝对年代与空间的框架就自然而然地呈现出来。一旦上述序列与框架建立起来，在之后的鉴定实践中，就可通过比对鉴定对象与标准器（类型学分析）来确定所属的类型，由此得出其绝对年代与地域。

但在上述工作中，类型学分析是第一义的，有意义的文本考证得以展开的前提是：必须首先得到类型学分析的验证。即便在鉴定含有明确时地标识的文本证据的版本时，也必须先以类型学方法审查之，验证文本证据所指向的时代、地域是否符合类型学分析所指示。若文本证据与类型学分析的结果存在冲突，应首先凭信后者，除非有同类的多个样本均出现上述问题。当后一种情况发生时，则应考虑修正现有的绝对年代与地域框架。

在版本学中，运用类型学分析的另一前提，是拥有可信的类型学序列的绝对年代与地域框架。尽管版本学对于历朝历代版刻风格的现有归纳描述，且已经构建出一个大体可用的基本框架，但远未充分，且在思路上亦有应予调整之处。

类型学框架的不断细化与修正，是它在版本学研究中发挥更大作用的基本前提。而在版本学的场合中，有利的一点是：不仅可以通过观察不同特征的流变来划分，而且还可以配合文本中的时代、地域标识使上述划分更为明晰，确定这些“分组”“亚型”的绝对年代与地域范围。

修正和细化类型学框架，不仅需要拥有丰富的样本（这是不言自明的），同时思路的调整也是必需的。对于南宋、元代刻本，现行的版本学论著尚能区分不同地域的不同风格（南宋的浙、闽、蜀，元代的浙、闽及山西平阳），作分别论述，及至明代尤其是嘉靖之后，大多数论著就将实际相当多元而复杂的版刻风格简化为一元化的单线叙事，遮蔽了对于同时段多元版刻风格的考察视野。这是亟待改善的一点。

一种版刻风格必然存在于一定的时空范围内。而在版本学研究中，存在着一种倾向：习惯将某种风格与其最流行的时空范围相联系，同时又习惯将时空范围与朝代年号、行政区划建置粘在一起。这容易导致“某风格等于某朝某代”的思维定式，一旦在实践中落入其拘囿中，就会人为地导致“特例”的出现，这些“特例”又引发了人们对“观风望气”的怀疑。

突破上述思维惯性，正是理解类型学分析的科学性的必要前提。严肃的类型学工作所得出的结论，必然不会与特定的政治史层面的时段、行政区划完全契合。只要明确了这一点，就可以理解为什么某些正德刻本呈现出最常见于嘉靖时期的刻书风格，并且不应被视为特例；此类实物对于研究该种风格的时空边界，是最具意义的史料。

（作者单位：复旦大学古籍整理研究所；原刊于《文史》2020 年第 4 辑）

· 文艺学 ·

（栏目主持：高　翔　杨新平）

主持人语

由于时代社会情态、文化语境的深刻变化，分析文学基础理论，重构当代文学研究的范式与框架成为了重要领域。这种研究可以分为若干思路。一是打破学术间隔。在《视域融合、形式建构与阐释的当下性》中，张江教授深化其阐释学思想，将数学、物理学与心理学知识运用到阐释之中；而周宪、丁帆等人则从人文科学与自然科学、批评与阐释的融通等视角予以呼应。二是追溯学术源流。南帆从文化、审美和现代性视角，将文学置于更宽广的时间和历史视野中进行分析，建立更为动态、多元和辩证的文学分析谱系，并使得文学研究与文化、审美、思想史等各种相关元素进行结合。林岗则从中国传统文论特质出发，开掘中国文艺批评的“偏正结构”，开辟出新的理论视野。三是重构学科脉络。赖大仁从整体层面，对当代中国文论的发展方向的相关问题进行了辨析和整理，从研究对象、研究向度、研究基点、研究路径、方法论五个核心视角提炼了当代中国文论的核心矛盾。成中英从文学与哲学的关系出发，侧重文学性与世界性的互构。张伯江发掘文艺批评的学术基础，推动哲学体系、学科体系和话语体系的交融，建构文论与本土经验和话语的紧密联系。

马克思主义是当代文艺的重要理论。冯宪光从当代中国化马克思文艺理论出发，研究了“艺术制作”的唯物主义思想源流和审美呈现。姚文放从马克思思想中“艺术生产”的概念入手，深入挖掘了马克思对于资本主义艺术生产的看法，并延伸到对于马克思文艺观的深入分析。郗戈通过研究《资本论》中的文学引用所发挥的隐喻作用，分析了马克思融合政治经济学、哲学和文学的文体特质及其显现的思想内涵。此外，对西方马克思主义（简称“西马”）的研究亦是文艺前沿的热点。曾军、汪一辰研究了“西马”在新中国初期的引入历史及其引发的理论问题，呈现了那一时期的知识与文化情态。耿幼壮考察了伊格尔顿后期的神学转向，表明了其文学和神学相交互的理论特质。汪尧翀分析了当代法兰克福学派从系统美学到语言范式的转变，分析了其建构新异化理论的理想路径。王曦通过分析朗西埃历史观中的“年代错位”和“诗学程序”，显现了朗西埃对传统历史叙事的重构，并显示出其革命性意义。

中国古代文论的研究中，对于阐释理论的相关成果较为突出。张隆溪从中西方的文学史论出发，将“讽寓”和“比兴”结合在一起进行考察，通过其在历史当中的复杂境遇，侧重考察其所凸显的阐释的边界与合理性问题。李春青通过对于中国传统诗文评的考察，发掘出“趣味阐释”这一独特的阐释方式，并从可能、形成、实践、特征、意义等视角进行了阐发，凸显其生产性特质。谷鹏飞挖掘了《文心雕龙》20 世纪中叶以来在美国汉学界的翻译与传播，并从“中国性”和“世界性”两个视角出发，研究了海外汉学中《文心雕龙》相关阐释的独特路径。除此以外，党圣元则从汉字与中国文学的关系出发，系统考察了《文心雕龙》的文字发展观，分析了历史上汉字对文学的影响，以及其所导致的审美范式与趣味。韩经太主张从个体与公共精神、田园诗意与主体智慧等视角，重新阐发古代原典文献，赋予传统经典以当代的创新形式。沙红兵认为中国古代文论并非直观感悟，而是具有显著的分析性思维，这种思维方式有着显著的历史迁延线索，并表现出与西式思维不同的方式。

西方文论主要在于对西方思想家的深度挖掘和对西方文论一些新领域的研究。方维规深入研究了伽达默尔的阐释学理论，在对伽达默尔所处时代知识语境的分析中，指出了伽达默尔将概念史研究作为哲学研究基本内容的内在理路。马元龙考察了从霍克海默、阿多诺到拉康，以及将康德与萨德进行对比分析的思想源流，深刻揭示了康德伦理学与萨德著作中伦理意味的关联性，并显现了拉康从欲望出发，在这一视野中对于康德伦理学的重新阐发。常培杰深入分析了本雅明理论中“辩证意象”的产生历程、内涵与知识源流，展现了本雅明的基于辩证唯物主义的思想转向及后期批评艺术观。王嘉军从列维纳斯伦理学对电影艺术的影响出发，分析了电影

《索尔之子》基于“表现禁令”“父子关系”等列维纳斯式命题所呈现出的伦理内涵。此外，王峰从后人类状况、后人类身体、后人类社会想象力、后人类伦理等视角，全面探讨了后人类相关概念与影响力，表明了这一现象对于文学所带来的深刻影响。李健研究了大众文化中的声音问题，指出了其基于现代性的景观特质，在装置层面与视觉文化的交互性，以及试听空间作为整体的再生产，表明了声音研究的社会性与整体性。殷曼楟从当代视觉研究出发，考察了直觉心理学家赫姆霍茨为代表的间接知觉论解释模式，并延伸到贝克莱、维特根斯坦等人对于间接直觉论的相关运用，呈现了这一完整的知识脉络。

文艺学前沿理论主要关注新媒介理论与文化现象。单小曦立足于当下广泛的新媒介文艺现实，梳理马克思主义文艺生产媒介理论资源，聚焦于各种新媒介文化现象，提出了文艺的媒介系统生产思想。欧阳友权、邓祯关注了“二次元”这一重要的亚文化领域，分析了其生成的路径和模式，社会力量对其的影响和塑造，在此基础上展望了“二次元”文化的发展方向与空间。周志强分析了当代的“算法社会”，指出算法营造了一种“算法正义”，呈现出表观合理性与内在荒谬性相结合的“荒谬合理”，并用“剩余快感”来对大众进行规训。金惠敏分析了“没有文学的文学理论”这一引发广泛探讨的现象，从历史层面以及更为广泛的阐释学、美学视角出发，解读了这一现象的合理性以及建构交往诗学和间在解释学的合理性。曾一果、时静从加速社会和普遍焦虑这一整体社会语境出发，分析了李子柒“田园生活”所具有的心理按摩机制以及大众“新情感结构”的塑造。邵燕君从马斯洛的“消遣”和“爱欲”理论出发，分析了当代网络文学的爽文的正当性问题，试图将网络 YY 文学理解为“爱欲生产力”的释放，从而具有了积极的解放意义。

视域融合、形式建构与阐释的当下性

张　江　周　宪　朱立元　丁　帆
邓安庆　曾　军　成祖明　李红岩

一　阐释的冲突：合理破除人文与科学的研究方法樊篱

张江：我尝试借鉴自然科学中的理论与方法，探讨在当代阐释学理论和实践中阐释本身是否开放的问题，对阐释的有限与无限这一精神科学领域的问题进行说明。

阐释的对象可以是人，可以是现象，可以是文本。作为阐释的主体，人们对人、现象、文本是否可以作任意阐释，或者说，任意阐释是否“合法”？我的基本看法是：文本的开放与阐释的开放其实是两件事情，具有各不相同的内涵，两者不能混为一谈。

文本本身的意义是有限的。试想，如果某个确定的文本所包含的意义是无限的，为什么会有无穷无尽的文本继续出现呢？这说明某一具体文本不可能包含无限的意义。如果人类对于现象、世界、自我的认识通过一个文本就能够表达，那么就不会有无数的文本世世代代传承下来，进入人类的知识体系和认识体系。而文本是开放的这一事实，又使文本本身允许他人进行无限的阐释，也就是说，文本自身并不能约束别人的阐释。所谓阐释的开放，意指阐释者对文本的阐释是无限的，阐释者有权利也完全可以进行无限的阐释，文本、作者、他人都无法约束阐释者这样做。但是，应该强调的是，不能把阐释的无限当作文本的无限，或者说，阐释者对于文本的理解和阐释又是受约束的，即受文本本身有限意义的约束。

退一步讲，无论哪一个文本都可任由阐释，亦即阐释可以无限，但无限的阐释不一定有效，阐释的有效性需要得到公共理性的承认。如果公共理性承认某一阐释，该阐释就是有效的。阐释者从文本中阐释出来的东西，他人是否会同意？被同意的阐释就是有效的，不被同意的阐释就是无效的。

我的观点可概括为这样四句话：第一，文本本身的意义是有限的，如果一个文本的意义无限，便不再需要其他的文本出现；第二，人的阐释是无限的，阐释者可以对文本进行无限阐释；第三，阐释不一定有效；第四，阐释的有效与否由公共理性决定，而公共理性的发展和变化也决定其未来有效与否。

我期望找到一种不同于自然现象认知的精神现象认知。精神现象确有其不同于自然现象的独特之处，尤其是因为它具有的那种变幻性、不确定性、不可试验性，所以不可能得出一元性的结论。这是它的本质，但是，我们不能因此就放弃对于确定性即对于精神现象认知确定性的追求。人们常说“有一千个读者，就有一千个哈姆雷特”，道理似乎很明确，即不可能有确定性的追求，不可能有确定性的结果。但是，我们应该反过来质问：为什么有一千个读者就会有一千个哈姆雷特呢？是不是每一个人都在内心里追求他自己的那个哈姆雷特呢？事实上，每个读者都认为自己对哈姆雷特的解读或认识是对的，难道这不是一种对于确定性的追求吗？

许多自然科学的方法是可以被借鉴运用到精神现象或精神科学的阐释中来的。在精神科学领域运用自然科学的方法，这种努力不应被放弃，尤其不应把精神科学和自然科学在认知方法上同一的、相同方面的东西以及对目标的追求对立起来。随着当代科技的发展与进步，有越来越多精神科学或人文科学领域的问题，必须借助自然科学和技术科学的方法（如科学实验）才能得到解决。同样，也有越来越多自然科学领域的问题（如人工智能的发展）需要精神科学或人文科学的介入才能得到解决。或者说，精神科学或人文科学的方法与自然科学或技术科学的方法既有不可借鉴、不相融合的一面，也有可以相互借鉴、相互融合的一面，而且在精神科学或人文科学与自然科学或技术科学各自的研究范围内，各学科的相互借鉴也是非常重要的。

从自然科学等其他学科（如心理学）借鉴有益的研究成果和研究方

法，以丰富和构建当代中国阐释学，是非常必要的。在阐释学研究中，在当代中国阐释学的建构中，应该把心理学等学科方法论的优势、特点等结合起来、综合起来。

周宪：自然科学与精神科学或人文科学的关系问题，一直是学界热议的难题。斯诺的《两种文化》在 20 世纪中叶挑起了这一话题，至今仍有许多悬而未决的问题需要探究。今天我们所面临的是一个科学技术导向的社会，知识生产的方方面面都受到科技范式的重构。

目前，科学对人文学科产生着非常大的影响，甚至是革命性的影响。人文学科面临自然科学高度发达或科学导向的新形势，但是，我们也不能忽略两个学科之间的根本差别。有一些核心问题需要我们进行更深入的思考和探索。

第一，自然科学的原理和方法是否可以直接进入人文学科研究？自然科学的原理和研究方法是针对自然现象而出现的，转到人文学科领域中是否适用就是一个问题，因为研究对象有很大差异。尽管我们不能否认自然现象与人文现象之间有很多相似性，但就知识的有效性和具体性而言，注意到同中之异是很重要的。就阐释学问题来说，引入自然科学的原理和方法是否需要有一些中间、过渡、转换环节？是否需要做一定程度上的修正和调适？与人文学科的知识系统及其话语概念如何对接？有很多问题需要琢磨和分析。

第二，我们要重视自然科学与人文学科之间存在的根本差异，是对自身学术传统的不同态度。相较自然科学，人文学科具有显而易见的历史性和传统，这是人文学科的基本范式。但自然科学则有所不同，根据托马斯·库恩的看法，科学是没有历史的，这是因为科学永远追求最新的唯一正确的答案，科学没有第二个答案。这个最新的唯一正确的答案一旦出现，其他的解答便“作废”了。所以，科学总是面向未来而非过去。这样就带来了自然科学与人文学科的一个根本分歧，自然科学追求唯一正确的最新答案，而人文学科则由于学科研究对象和观念方法的多元性，并不存在着科学那样的唯一正确的答案。这就导致了人文学科阐释的多元性和复杂性。

第三，人文学科区别于自然科学的最重要的特质在于它关心的焦点问题是意义，即生命的意义、历史的意义、文本的意义等。对意义论证和分析需要通过理解和阐释两个路径来展开。更重要的是，意义的理解和阐释又和价值论相纠结即人文学科是关于价值的讨论，是一门规范性的学科，而不是自然科学那样经验的或描述的科学。

所以，我的看法是，人文学科一方面要把自然科学中有用的东西引进来，另一方面在一个科学导向的社会中，还要做一些同科学完全不一样的事情。

朱立元：自然科学的方法可以借鉴，可以在有限范围内有条件地应用，但是应用于人文学科和社会科学（包括阐释学）时应该谨慎。有不少人文领域的问题，特别是精神现象，包括许多思想、文化领域的现象，只能做定性的分析，很难做数学化的定量分析。有许多心理现象，包括潜意识、直觉、顿悟等，如简单地套用自然科学的理论和定量分析的方法是很难解释得通的。不过，我并不排斥数学、自然科学方法有条件、合理地应用于人文学科包括文学的研究中。

张江先生主张阐释学引进和应用心理学方法，我很赞成，但是，心理学也包括偏重于人文、精神现象分析的部分和偏重数学、自然科学理论的部分，对于后一部分也不宜简单地直接“拿来”用于阐释许多微妙多变的心理现象。这从新时期以来我国文艺心理学、审美心理学的创立和发展历程可以得到证明。为了论述文艺创作、鉴赏活动的心理过程、结构、机制及各种心理构成要素的互动、综合作用等，国内许多文艺心理学、审美心理学的著述主要借鉴了心理学的若干重要术语，结合创作与鉴赏活动的大量实践例证，作经验性、描述性的论述和概括，很少或者没有真正采用心理学中自然科学的或者科学实验的方法，因为这些方法难以直接和科学地解释创作、鉴赏中许多微妙乃至神秘的心理现象。当然，现代心理学有很多新的突破和发展，其中不少内容对于阐释学的理论建构是大有启发的。

这里面实际上也涉及张江先生提出的公共理性的问题。我觉得对公共理性应该有更为深入、全面的分析和阐释。公共理性有不同的层次与范围，不同时间或时代的公共理性都存在区别。有些公共理性，从人类进入文明时代或有人际交流时便已产生。马克思在《巴黎手稿》中明确指出，人类与动物的根本区别在于他的生命活动是自由自觉的，是有意识的。我认为这就是人类形成公共理性的基础和前提。但是，公共理性也在发展、变化。没有公共理性是不可思议的，否则任何阐释都没有意义。不过，有时公共理性也是有限度的，这个限度主要是指不同时期（时代）不同利益或范围的群体或共同体中，公共理性的内涵是不同的；同一时代的不同共同体，或者不同范围的共同体中，其公共理性也不会完全一样，有时甚至是相互抵触和冲突的。这就是在大的公共理性下许多较小群体的公共理性及其对某些问题的阐释存在差异甚至对立、冲突的原因所在。不承认公共理性则阐释学立不起来，但是承认这一点要有条件，需要对不同时期、不同层次、不同群体（共同体）的公共理性做进一步的分析。

对文学、艺术、审美的阐释，不同于一般的理论阐释，也不同于一般的人文阐释。在公共理性的构成方面要进行更细化的处理。比如，文学中有些东西特别是情感活动，是很难通过理性直接感受到的。文学艺术创作过程中的许多心理现象，不仅情感，还有直觉、体验、灵感、通感、梦幻、联想、想象等现象，都不能简单地用公共理性来解释。此外，有的审美经验需要通过“悟”的方式才能感受到。但是，我们决不能因此而完全摒弃理性的引导或制约，因为理性发挥着基础性作用。感性的很多活动、作用、内涵也应纳入公共理性的范畴加以考察。创作与鉴赏过程中，不一定处处有理论推演的逻辑、思辨或概念推理，但会有情感发展的内在逻辑。在不少作品中存在很多的情绪波动，它们往往很难直接用理性概念来解释。总之，这些文艺创作和鉴赏中的精神现象是阐释学无法回避也不应该回避的。

二　寻找共识：中国阐释学如何阐释分裂的现实世界

丁帆：我们无法用一个自洽性的理论去阐释现实世界的突变现象，人类面临的是无法从以往的文化理论中寻找对这个分裂现实世界的阐释。各种意识形态的背离与抵牾，让人类从社会关系的总和中找不到归属感。解决这个文化命题，从文学创作和文学评论角度去建构当代性的阐释理论，应该是我们义不容辞的职责。

倘若阐释学仅仅成为一种空悬着的理论模式，而不能积极地参与到当下的文学活动中来，具体指导和实践文学文本的解析，那么不能进入实验现场的阐释学就是一台废弃的机器而已。当下的批评与阐释亟待解决的问题是什么呢?

第一，批评与阐释必须在明白易懂的语言表述下才能进入接受美学的语境，我们不能用“名词轰炸”去吓唬人。我们不能只提出概念与口号，一定要在一个宽松、和谐的学术环境中展开“百家争鸣”式的辩论，使我们的批评与阐释走向一个新的境界。就文风而言，我们既要打破“学院派”高头讲章式的批评与阐释文风，也要革除没有哲思的纯粹“印象派”的文风，只有两者有机地结合，才能使我们当下的文学批评和阐释进入一个高屋建瓴的有序程序之中。

第二，批评与阐释应该追求个人的艺术趣味和审美情趣。作为文学艺术的批评和阐释，如果对自己批评与阐释的文本对象都没有丝毫的艺术感觉，那么就无法真正进入文本的批评与阐释之中，也就不能切中要害地做出准确的艺术判断。批评与阐释也是需要调动主体的艺术情趣和才华的一项工作。

第三，批评与阐释的本质就在于它们是建立在哲学层面上的对文学的审视。一个没有哲学思考与创建的文本及图像艺术分析和阐释，应该不属于真正的学术批评与阐释。那些只凭借着在中国古代文论中寻章觅句后，对相应文本和图像做出拾人牙慧的言说和图解者，是缺乏创建的中介性批评与阐释；而那些只在西方文论关键词里抠出理论、条文进行放大、夸张、铺陈者，则未能在大量的理论比照阅读当中建构起一个升华的自洽性新理论，从而解决中国当下文学批评和阐释中许许多多的实际问题。所谓创新，就是需要我们的批评与阐释者从哲学思考的角度去看待文本的内涵，这就是文本批评与阐释的“第三只眼”，没有哲学的支撑，我们的批评与阐释一定是流于肤浅的，是一种千篇一律的模式化解读。

第四，消除以作家论说为批评与阐释中心的低端文本图像艺术解析，是当下批评与阐释的一项重要任务。显而易见，这种批评来自中外古典阐释学的范式，它深深地影响了中国百年文学批评与阐释，只有当批评摆脱了作家给定的阐释内涵范畴，同时也不受某种指令性的意识控制，它才能在独立自由的语境中进行公允的批评和合理的阐释。

第五，批评的属性是用真理去公允地阐释文本，使其朝着人类精神健康发展的道路前行，这虽然只是一个常识，但是一个由不同价值观的批评家掌控的文学艺术阐释学的要害问题。谁来发言，如何发言，这才是批评与阐释的关键问题。我们希望的是，中国当下文学艺术批评不要总是在违反常识的基础上来展开有限和无限的“伪批评”与“伪阐释”。

邓安庆：伽达默尔创立的哲学阐释学建立在存在论的基础之上，这一关键点是我们在创建中国阐释学时必须特别重视的。否则，我们既不能保证我们的阐释具有哲学性，也不能保证我们是在进行有效的讨论。伽达默尔使阐释学成为一门“实践哲学”，且形成了“当代实践哲学”的一种基本模型：经典文本具有理解与阐释的需要意味着时代（存在）提出了有待解决的问题；带着这个时代的问题我们向经典文本的作者提问，要求他/她来解答，于是在作者与读者（阐释者）之间形成阐释学对话，如果在对话中能达成共识，那么文本的意义就生成出来，产生有效的效果，这意味着对时代的问题给出了有意义的回答。这种效果既不是我们主观阐释的效果，也不完全是作者文本的原意，而是文本蕴含的无限意义在当下的呈现，因而是以有限、有效且确定的形式实现其自身意义生成的存在方式。文本之空洞的无限意义不断地在每一个时代产生其确定的有意义影响，这就构成经典本身的“效果历史”，即其精神意义的发生史，这也就是阐释的有效性要求的存在论基础。

文本和阐释的有限性与无限性，都是指语言所表达的既有限也无限的意义。而语言共同体，本质上是一个精神共同体，塑造着具有共识性的理解和阐释。如果达成了相互理解，任何阐释的意义就一定是在某种精神共同体中实现的，也只有在精神共同体中达成的相互承认的意义理解，才具有规范的有效性。

三　构建当代中国阐释学的核心问题与关键思路

曾军：在缺乏明确的内涵性定义的情况下，我们可以先给“阐释”做一个描述性定义，以便圈定讨论问题的范围。我把“阐释”首先描述为“人对意义的一种追求活动”。这里面包含了三个概念：一个是意义，一个是人，一个是活动；或者说，这里涉及对三个核心问题的解释。

一是意义。需要把文学阐释与其他类型的阐释区分开来。从追求意义的角度而言，可以把阐释区分成：以追求真理为目标的哲学阐释学；以追求事实为目标的历史阐释学（历史追求事实本身的真实性，以事实为最高判断标准）；而文学阐释学则是具有追求审美、追求情感、追求价值等维度的阐释学。如果这样区分，可能会衍生出不同类型的阐释学意义。

二是人。这里存在两种不同的区分：一是个人主义的人；二是马克思主义所说的社会关系总和之中的人。如果讨论阐释学及相关阐释问题的话，就应该把阐释问题定位在作为社会关系总和的人的基础之上。这样，阐释问题可能会更加具体，我们才能够直接面对文学活动中关涉的主体，进行阐释者与作者、读者、现实之间以及与文本之间关系的讨论，也才能把个人、群体中不同主体的优势纳入我们讨论阐释学的范围。

三是活动本身。人只要追求意义，就要展开各种阐释活动，而阐释活动有多种路径，比如纯粹体验性的、想象性的、经验性的、自然科学实验性的等。从阐释方式的角度看，自然科学和精神科学的融合不存在问题。如果我们只是将其作为人获得意义的一种手段或路径的话，不管是人文科学还是自然科学，其实都是获得意义的一种方式。

构建当代中国阐释学，我个人的建议思路是：首先需要有一个直面阐释问题本身、超越不同类型阐释的“元阐释学”的基本判断；然后，可以进一步扩展不同类型的阐释学，比如哲学阐释学、文学阐释学、历史阐释学，等等。这可能成为中国阐释学的一个骨架。我们需要立足于作为社会关系总和的人，同时兼顾作为个体的人和作为民族、种族意义上的人的不同层面，进入人类意义阐释的一个历史公共性、具体性和文明复杂性的过程中进行讨论。

成祖明：现代阐释学开辟了一条追求科学阐释对象及文本的不同路径。现代阐释学从一开始就是现代科学认识论的一部分，狄尔泰将之称为“精神科学”。阐释学也是精神科学展开的方法和路径。虽然阐释学重点旨在对意义的理解，而自然科学研究方法的重点旨在对规律的说明，但在主体科学意识、起点和原则上则是相通的，都是主体从寻求一个自明或坚实起点出发对对象或存在的科学认知和阐释活动。

因此，尽管存在复杂的情境，按照科学原则建立、发展阐释学方法和理论依然是现代阐释学的应有之义。阐释学需要发展出自己的科学理论，也需要与其他学科的理论进行交叉和融合，其他学科的一些科学方法也可以运用到阐释学中来。未来的中国阐释学就是一个从中国视域出发，遵循科学原则，不断创新，多学科共建的阐释科学理论体系。

李红岩：在阐释学讨论过程中，我们必须始终明确阐释学的属性，即阐释学是一种思想形式研究，不是思想内容研究。

在我国丰富的思想史遗产当中，古代阐释学以经学为主干与主脉，艺术阐释、历史阐释均须宗经，相关的义理内容极其丰富，但是，有关阐释形式方面的遗产就相对缺乏。这样阐释学研究在当代话语体系建设方面的重要性就凸显出来了。很明显，它具有弥补思想形式研究缺乏的功能。建构当代中国阐释学，应坚持形式化研究的路径。只有建构形式化的路径，才既符合阐释学的基本属性，也符合我们的现实需要。

而如果我们在思想形式研究原本就缺乏的情形下贸然把阐释学建构引向内容方面，特别是引向形而下的应用性建构方面，引向实学与实际应用的层面，恐怕就会既违反阐释学的属性，也不符合阐释学建构的现实需要，很可能会把阐释学研究引向弱化理论思维、减损思想含量而最终不了了之的尴尬境地。在建构当代中国阐释学的过程中，我们切不可犯方向性的错误。

（原刊于《探索与争鸣》2020 年第 12 期）

伊格尔顿的神学－文学符号学

耿幼壮

伊格尔顿学术生涯后期的神学转向可以从化身谬误、符号学和文学哲学三个方面集中讨论其文学－理论与神学思想之间的关系。伊格尔顿的文学思想自始至终具有某种神学的维度，反过来说，在其神学思想中也一直蕴含一些文学理论的内容。这可能是伊格尔顿文学－理论中最为重要也最为有趣的一个方面。把握住这一点，可以更加准确地理解伊格尔顿的文学思想。由于伊格尔顿的西方马克思主义者身份和一以贯之的左翼立场，这或许是迄今为止几乎被忽视的一个问题。

一　化身谬误

伊格尔顿在《如何读诗》中提出“化身谬误”概念，指出：“诗的语言以某种方式成了意义的‘化身’……就像上帝之道是肉身做成的天父，同样，诗不单是谈论事物，而是在某种神秘的方式上‘成为’事物。”在伊格尔顿后期的纯文学－理论著作中，他也常使用类似神学术语或事件讨论文学问题。而这种隐含的宗教观念和神学思想构成了理解伊格尔顿文学思想的一个维度，甚至从中隐约可见一种神学－文学符号学。

先来看伊格尔顿学术生涯的神学转向或者说神学回归。伊格尔顿在《神圣的恐怖》“前言”中说道：“本书可以被归入在我近年来的著述中似乎出现的形而上学转向或神学转向（或回归）。这一转向（或回归）得到了一些人的欢迎，同时也引起了另一些人的警觉或恼怒。”一方面，“回归”说明伊格尔顿围绕神学问题的写作是对旧论题的重新思考。另一方面，伊格尔顿早期和后期关注神学或宗教研究问题并未与其中期的文学创作和文化研究出现思想断裂。换言之，其文学思想自始至终具有神学维度，其神学思想中也一直蕴含着文学理论内容。伊格尔顿曾回忆天主教神学对其学术生涯深远的影响："回顾过去，我知道了围绕《斜向》发生的运动正是我把自己的宗教背景和新的学术世界结合起来所需要的。"更重要的是，伊格尔顿对于神学问题的探讨大都夹杂关于文学与政治问题的讨论。在《新左派教会》开篇的第一句话即宣称："此书中的所有文章都涉及教会、文学与政治。"这样做的目的是"通过基督教洞见深化我们对于政治的理解，而这依靠文学而实现"。伊格尔顿所谓"神学转向"后的著作也都具有这样的特点：将神学、文学和政治搅在一起。

澳大利亚学者罗兰·玻尔将伊格尔顿神学著作的这一特点看作纯粹的写作风格问题，即"在严肃的神学与论战的机智之间的巨大鸿沟，连同与之形成强烈反差的引证堆积"。进而指出，"机智"与激进左翼政治论战的现实需要相关，严肃和引证堆积则来自伊格尔顿的神学传统——罗马天主教传统。而且，在《守门人》中，伊格尔顿从两方面谈及天主教的影响。其一，"天主教教义是这样一个世界，它把严谨的思维与感官象征主义相结合，将分析与审美相结合，因此，我在后来成为一个文学理论家或许也就并非偶然了。"其二，他声称："一个人可以相当自由地从天主教教义转移到马克思主义，而无须经由自由主义。"把握住这两点，就可能对伊格尔顿的精神世界和思想脉络、著述风格和特点以及其神学 - 文学符号学做出较为全面的理解。不仅如此，玻尔指出伊格尔顿全部神学思想可以被概括为"激进基督论"，而且这是其神学思考和文学思想中最有趣的一部分。玻尔认为："伊格尔顿的种种神学思考，从对于恶与历史的那些思考，经由对以罪为未言明核心的一组术语，包括忏悔、宽恕、悔过、救赎和转变以及对禁欲和殉道的思考，一直到对自我牺牲和悲剧的思考，都开启了基督论的问题。"这些术语不少涉及当代西方左翼思想家关注的问题；有一些本身就属于文学和文学理论问题。因此，抓住以基督为中心的激进观点，就可以对其神学思想与西方马克思主义的左翼立场，以及神学思想与文学理论和文化研究之间的关联，做出准确的理解和说明。

二　符号学

伊格尔顿的第一部著作《新左派教会》从语言进入，围绕耶稣的身体展开对基督教圣事或圣礼的讨论。伊格尔顿表示："我已经做好了准备，通过'符号'这一极不寻常的路径进入文学理论问题。"这说明，在伊格尔顿的神学思考和文学思考之间的连接点就是符号或符号学，而且是以"身体"和"语言"为关键概念的神学－文学符号学。这一点在《作为语言的身体》中更加明显，语言和身体构成了伊格尔顿后来文学思想中的两条主要进路。伊格尔顿指出："人的身体是他的族类－生命，是他在一个公共社群中的客体呈现和行动的象征，其是可见的具象存在，有限而明确。人的语言同样也是他的族类－存在的构成部分；但它同时也是一种个人的、自由形成的意识，部分地脱离此时此地的限制，可以超越实际的想象和投射。"也就是说，人类交往的局限性和可能性存在于人同时作为一种身体存在和语言存在的前提下，而基督教认为这两者完美地统一在基督身上："在耶稣中，我们可以于身体结合中获取一种完全属于人的、富有意味的和普遍的交流；在耶稣那里，语言和身体最终合为一个生命。"

伊格尔顿提出的圣餐仪式思想指向了两个方向：从想象领域的终极现实角度来看，它指向了神学－文学符号学，属于文学理论；从真实世界的历史现实角度来看，它指向了神学－政治符号学，属于政治神学。两种指向都集中体现在耶稣之死的象征意义和圣餐仪式的符号学性质上。可以说，伊格尔顿赋予了圣餐仪式全新的政治神学意义。他在《与陌生者的麻烦：伦理学研究》中说："上帝之道，是带有一种语言的所有普遍有效性的人的身体……于是，圣餐欢庆一种会饮式的与他人同在，就像一种爱的节庆，预示着一个和平与正义的未来王国；不过，它建立在死亡、暴力和革命性反转之上。"神学－文学符号学的关键在于："如果要使论证的全部神学含义得以显现，似乎有必要更为明晰地确定语言与感官生活之间的关系。"为此，伊格尔顿进一步阐发了语言的两重性："语言将动物的感官直接性，一种前语言的世界，重新整理为'句法'，以使意识得以不停地涌入意义的象征性相互关联，并进而脱离了实用的直接性。……但充满歧义的是，语言是一种将世界带到我们周围的途径。”

《如何读诗》中，伊格尔顿以利维斯对济慈《秋颂》短句“mossed cottage trees（茅屋前青苔覆盖的老树）”的评论为例，对化身谬误的问题进行阐发。利维斯认为其中“拥挤的辅音”，“暗示着硬而脆的啃咬和汁液的流淌，就像牙齿咬进成熟的苹果一样”。而伊格尔顿认为这过于简单地看待诗歌语言，在《批评家的任务》中，他做进一步讨论：“在诗中似乎有一种在语言和现实之间的完全同一——语言不仅指代现实，而且‘上演’或‘具象化’现实，成为现实的圣像。……使我们想起事物的实体性，并因而产生了一种错觉，即词语以某种方式使事物具象化。”我们看到，伊格尔顿不仅使用了神学术语，而且将对圣事的理解运用到对诗性的阐发中，阐明了化身谬误问题和诗歌语言的复杂性质。他在《如何阅读文学》中曾评价济慈的诗句“Season of mists and mellow fruitfulness”，认为该诗句在编排和密度上“像交响和弦一样，充满了窸窣的 s 和呢喃的 m……在不至过于甜腻的前提下挤入尽可能多的音节”。声音效果“丰饶华美”，让人“忆起秋季的圆熟”。表面看，伊格尔顿和利维斯的讨论没有什么区别，实际却反映了天主教与新教在圣餐神学方面的重大不同。

借用神学语汇或概念分析具体的文学作品相对容易，将背后的神学思想运用于更复杂、更广阔的文学理论问题则不是那么容易。伊格尔顿也意识到了这一点，并想做出尝试，即此后面世的《文学事件》。

三　文学哲学

在《文学事件》中，伊格尔顿试图将圣事或圣像的美学与符号的美学统一，发展出他自己的文学哲学。因为这一哲学的来源和依据是神学和哲学混合为一的天主教 - 经院哲学，所以我认为更恰当的说法是神学 - 文学符号学。伊格尔顿曾在书中指出化身谬误：“将艺术作品看作得救或者复活的身体，词语道成肉身，其物质性存在物则被视为意义的透明表达”，并以呈现“破碎的身体”的现代主义或后现代主义作品作为反证：“意义与物质性如今分道扬镳，因为事物之中已经不再暗藏意义。极端的现代主义作品强烈地意识到自己的物质性身体，它强迫我们思考一个问题，即纸上那些卑微的黑色符号如何承载像意义这样重大的事物。”而且，他指出诗歌语言的内在性（物质性）和其外在性（意义）构成了相互深化的关系：“意义与物质性共生正是‘诗意’的真正含义之一。就此而言，诗的物身得以向自身以外的世界敞开恰恰归功于它的内部运作。”但诗歌或广义的文学如何能做到这一点呢？伊格尔顿通过某些神学思想获得了这一问题的启发。

对于《文学事件》第一章“唯实论者与唯名论者”以中世纪后期经院哲学家们的论争作为开篇，伊格尔顿认为二者之间的争论：“主要在于如何严肃看待感觉特殊物。”而文学就是一种“感觉特殊物”，因此，他提出人们对于文学的看法和相关论争都可以被划入唯实论和唯名论的阵营。而他本人在许多问题上倾向于唯实论者托马斯·阿奎那：“理解个别事物是实践智慧的功能，这种智慧包含着一种非智性的、有关具体事物的知识，它是所有美德的房角石。这是一种对现实的感官化或身体化理解。”而且，伊格尔顿认同“某物的本质就是它存在的原理，它通过存在参与上帝的生命。对唯实论神学家而言，在存在物的核心深处可以发现神的印迹。以这种方式，事物通过分享这种神的无限性自反式地成为自身”。

正是为了以自己的方式统一唯实论和唯名论，伊格尔顿谈到言语行为理论：“文学的言语行为属于一种范围更大的言语行动，即所谓的述行行为……意义在行动中肉身化，就像它在词语中肉身化一样。”伊格尔顿再次用天主教圣餐仪式作为例证：“认为符号可以实现其意指的东西这种观念有一个古老的神学名称，即圣事。圣事是一种言语行为，只需通过言说行为即能达成其目的。……和所有述行句一样，它们行其所言，既是行动也是话语。符号和现实是等同的，就像在天主教的圣餐神学中。”伊格尔顿指出天主教圣餐神学说明了文学语言与意指对象之间的关系，即无论道/词语如何完美地呈现了其普遍意义，肉身/符号也仍然在发挥其不可替代的作用。

在讨论了“诗的物身”之后，伊格尔顿随即转向了“人的身体”，他说：“身体最基本的存在就是一种实践形式。实践是身体的生命。”伊格尔顿在《文学事件》中一开始就指出文学理论“这个措辞本身几乎是自相矛盾的”，作为感觉特殊物的文学与作为抽象普遍物的理论，是无法直接连接在一起的，这也是何以本文使用文学－理论这样的写法。因此，伊格尔顿在《文学事件》中拒绝谈论文学的本质，并提出“文学作品是一种策略”，“为了实现某些目的而组织自身”。当然，身体同时也是客体的对象、感性的存在。伊格尔顿再次引证了阿奎那的观点：“探讨精神层面的真理问题，隐喻是最恰当的语言，因为隐喻是感官性的，最为契合我们的肉身化本质。”

伊格尔顿认为对于身体的认识可以用于对于文学－理论的认识。其一，我们可以看到利维斯等人的问题在于他们错误地认为，当一个所指呈现出了所指的意义时，其自身便不再有任何意义了。伊格尔顿最近在《文学事件》中探讨身体问题时指出：“就像词语是意义的表达一样，构成词语的材料是内在的也是意义的表达。”其二，伊格尔顿认为，文学的本质和身体一样，“悬置在事实与行动、结构与实践、材料与语义之间”，而且“身体和文本都是自我决定的”，这种自我决定的活动也离不开“它们处理周围环境的方式”。在《如何阅读文学》的开篇讨论“文学性”时，伊格尔顿就指出：“文学是一种书写，与其中内容与呈现内容的语言密不可分。语言不仅是呈现现实或经验的媒介，它同时也构造现实或经验。”当然，“在有些情况下，形式和内容之间会出现有趣的龃龉。……这两相抵触之处或许正是作品意义所在”。如果说文学的语言形式与其表达内容可能是这样的关系，身体和语言之间的关系应该也是如此。

结　语

《文学事件》一书最后讨论了弗洛伊德的精神分析理论，伊格尔顿认为沿着身体的线索继续探讨，精神分析与文学理论之间的关联或许是最为直接的。因为“精神分析在某种意义上将身体视为一个文本。……批评把这种行动颠倒过来，将一个文本视为一种物质性身体”。在这两种活动之中，共同存在的一种内在驱动力就是欲望。“语言和身体之间无休止争斗的战场正是欲望不可抑止、喷涌而出的泉眼。所有人类肉身都必须被嵌入意义的某一象征秩序之中，但这又意味着我们在余生之年会因这个创伤性事件而难以平息。”因此，无论就圣事而言还是就文学而言，身体和语言将永远处于一种含糊不清的暧昧关系之中。这正是文学或者语言的真正性质所在。文学如是，理论如是，文学－理论亦如是。

（原刊于《文艺研究》2020 年第 5 期）

西方马克思主义在新中国初期的理论旅行*

曾　军　汪一辰

作为中国马克思主义形成和发展过程中不断参与、持续对话的“西方同行”（Western Contemporaries），西方马克思主义进入中国已将近一个世纪。这一接受过程大约发端于20世纪30年代的译介，并在新中国初期形成较大规模，进而在20世纪80年代之后形成热潮。中西之间的学术旅行既包括“西学东渐”，也包括“中学西传”。在这个双向交流的过程中，原基于中西各自思想文化土壤而产生出来的问题，通过旅行、移植、接受而内化为新的思想文化语境中的问题。因此，当我们讨论西方马克思主义的中国接受问题时，不能简单地将西方马克思主义视为纯粹的“外在的他者”，而应该视为“内化的他者”。只有这样，才能更深入地探讨西方马克思主义是如何成为中国问题的。本文拟对西方马克思主义在新中国初期（1949年至1965年前后）的接受情况做一个考察，看看这一时期中国学者以什么样的方式接受了哪些西方马克思主义理论家？西方理论与“中国问题”的交汇中是如何被阐释（乃至误读）的，它对新中国文论的知识体系建构有何意义？

一　国际共运背景中的“西马东渐”

马克思主义在20世纪的全球流变，构成“马克思以后的马克思主义”的世界性图谱。“西马东渐”得以发生的基本历史契机是西方马克思主义、

* 本文原题为《“西方马克思主义”在新中国初期的理论旅行及其引发的理论问题》，此处只摘录文章的前部分内容。

俄苏马克思主义和中国马克思主义三足鼎立态势的形成。西方马克思主义是欧美发达资本主义语境下马克思主义传播的一个重要分支。与西方马克思主义不断学院化的姿态相比，经典马克思主义理论中强调革命实践的传统在俄苏和中国等其他地区得以延续。俄国“十月革命”的胜利给予正在寻求救亡图存的中国知识分子极大鼓励，马克思主义也开始在中国大规模传播。尽管中国马克思主义、俄苏马克思主义和西方马克思主义都共享同一个思想资源，但是不同的社会土壤和形成的不同问题意识，决定他们对马克思主义做出了不同的发展。与此同时，中国、俄苏和欧美又因二战、冷战以及彼此之间的竞争和合作，导致全球马克思主义内部的复杂关系，如俄苏马克思主义与西方马克思主义围绕《1844 年经济学哲学手稿》而产生的“两个马克思”之争，西方马克思主义（包括东欧马克思主义）在苏共“二十大”后对苏联教条模式的反思及批判，以及中苏关系从蜜月期到 20 世纪 60 年代“中苏大论战”爆发，等等，所有这些都成为“西马东渐”时富有张力的思想背景。

新中国初期对西方马克思主义文论的接受方式主要有三种。第一种方式是以俄苏为中介。很多西方马克思主义理论的中译本是直接对照俄译本进行翻译的，俄译本中“前言”表达的观点同时成为中国学者对待西方马克思主义理论的重要评说标准。这也形成了这一时期西方马克思主义文论中国接受的一道独特景观：在中苏关系蜜月期，中国学者往往引用苏联学者的观点批判西方马克思主义；在中苏关系交恶时，中国学界则会间接借西方马克思主义来批判苏联（或称为“苏修”）。第二种方式是中国学者直接从俄苏以外其他国家进行译介。有的是直接从西方马克思主义理论的原产国进行翻译，有的则是通过他国进行转译。一般这些翻译的文章或资料汇编多会以“编者按”（或“出版说明”“编后记”等）的方式表明立场，提醒阅读者注意警惕其中的“资产阶级思想”。第三种方式是在国际统战背景下，对国际共产主义运动中的重要学者的介绍和对欧美国家中同情和支持社会主义革命或有左翼思想倾向的学者的推荐。这一译介形式以葛兰西、萨特、布莱希特的译介为代表。

二　新中国初期“西马东渐”的学术地图

布莱希特对新中国初期的戏剧理论研究产生了重要影响。1962 年，黄佐临在《漫谈“戏剧观”》一文集中强调布莱希特的“间离效果”，提出用布莱希特的戏剧理论激活中国写意戏剧观，完成中国戏剧辩证化、日常化改造。围绕戏剧观问题学界展开激烈讨论，布莱希特研究借助此次讨论不断深化。其实，黄佐临的阐释是极具策略性的，因为他挑战的对象是作为社会主义现实主义代表的斯坦尼斯拉夫斯基体系，而“间离效果”则具有强调形式的表现主义倾向。他一方面利用了布莱希特“现实主义大师”的身份，声称“布莱希特和资产阶级唯心主义艺术肯定是对立的”；另一方面他认为这种重形式的戏剧方式可以使中国戏剧的写意传统得到延续。

与布莱希特在中国所受到的正面接受不同，卢卡奇在新中国初期一直是作为被批判的对象。不过，正是这些此起彼伏的批判让卢卡奇的著作得以更多地以“供批判用”的方式被译介到中国。在 20 世纪 60 年出版的《有关修正主义者卢卡契资料索引》中，作者不仅简要列举了以英、德、俄、中四种语言发行的卢卡奇的主要论文、专著，也将卢卡奇理论划分为哲学、政治・社会、美学、文学四大类型，这间接说明 20 世纪 60 年代的卢卡奇研究已经具备一定的体系性，同时也呈现出初步的世界性视野。从文论的角度来看，现实主义一直是中国批判卢卡奇的焦点问题，对卢卡奇的批判可以视为社会主义现实主义在新中国初期确立过程中的必要环节。

新中国初期也对葛兰西做了一定程度的译介，但是葛兰西文论和美学方面的思想还没有得到足够的重视。这一时期他更多被视为意大利共产党领袖而作党史或生平传记式的介绍。比较值得关注的是弗兰尼茨基《马克思主义史》对葛兰西的论述已经初步显示出问题化意识。他简要展现了葛兰西在政治、哲学、文艺等方面对经典马克思主义的发展，并对葛兰西的文艺思想进行高度评价。

1954 年萨特与其伴侣波伏娃受邀对苏联进行了访问；次年受中国政府之邀开启中国之行。不过，正如柳鸣九所指出的，萨特是当时“国际统战的对象”，在意识形态和思想上还对他“保持怀疑、警惕”。因此萨特的身份象征意义（自觉向社会主义看齐的“进步案例”）大于存在主义哲学家形象。新中国初期对萨特的译介已涉及其哲学、文学创作和文学理论等多个方面。与此同时，萨特是存在主义者还是马克思主义者的问题也引发了争议，如有学者就认为萨特是“借马克思主义的外衣贩卖资产阶级的观点”。

现在因空间理论而享誉中国的列斐伏尔，其实在新中国初期也曾受到密切关注。1957 年，列斐伏尔的《美学概论》作为美学大讨论中的西方知识补充进来。它最重要的意义在于该书的第二章“马克思、恩格斯论美学”是以《1844 年经济学哲学手稿》为理论资源建构的马克思主义美学。

1958 年中国学者译介的关于加洛蒂的两篇文章《反对修正主义的斗争》《法国现代资产阶级哲学的主要派别》体现出鲜明的政治立场。加洛蒂对中国文论和美学的影响主要体现在两个方面：其一，是他的“无边的现实主义”理论；其二，是他对“异华”的阐释。在对“无边的现实主义”进行译介的过程中，与其相类似的奥地利共产党中央委员费歇尔的一些关于现实主义论述也译介进入中国。值得注意的是，在《现代艺术中的真实问题》一文中，费歇尔引用了本雅明的一段评论来展示当代资本主义社会中艺术家历史自觉的丧失，艺术再现成为怀疑的对象。

1963 年中国科学院哲学研究所西方哲学史组编写的《存在主义哲学》一书，收录了梅洛·庞蒂《知觉现象学》和《辩证法的历险》相关节选片段。值得重视的是，《辩证法的历险》一书摘译的第二章为“‘西方的’马克思主义”，文中高度评价了卢卡奇的《历史与阶级意识》对马克思主义的创新。从这个角度上说，新中国初期中国学者已经对“西方马克思主义”有了基本概念。

新中国初期对东欧马克思主义理论表现出比较积极的关注态度。这一时期有两本来自东欧马克思主义理论著作的译介值得注意。一是弗兰尼茨基的《马克思主义史》，该书从经典马克思主义一直叙述到 20 世纪中叶全球范围内的马克思主义发展，这对中国学者从世界范围内理解马克思主义传播有着重要意义。另一本书是沙夫撰写的《人的哲学：马克思主义与存在主义》。该书是对苏联教条化的马克思主义的反思，借助存在主义哲学系统思考了马克思主义人学问题。

在译介苏联学者对马克思《1844 年经济学哲学手稿》的阐释过程中，

一些被批判的西方马克思主义理论家间接地进入中国。1963 年内部发行的《马克思早期思想研究》一书摘录了苏联学者列・巴日特诺夫的文章《经济学－哲学手稿（1844）》。此文强烈批判了社会民主党与资产阶级对《1844 年经济学哲学手稿》的“歪曲”，其中的典型人物包括马尔库塞和布洛赫（阿多诺也被简单提及）。这种看似“意外的收获”，其实契合了当时学界对“人道主义”的批判。可以说，这一阶段西方马克思主义人本主义倾向虽然没有得到系统化的认知，但是已经散点化地呈现在中国学界，这构成 20 世纪 80 年代中国学者借助《1844 年经济学哲学手稿》与西方马克思主义对话的先声。

三　“西马东渐”与新中国初期文论话语建构

本文对新中国初期西方马克思主义文论接受状况的梳理，其实是一种沿波讨源式的逆向追溯行为。因此，在对新中国初期西方马克思主义的理论旅行进行系统梳理的过程中，我们既要发现西方马克思主义独特的理论形态和问题意识，同时也要将其放在“新中国文论”的整体视域中进行考察，进而力求完整地呈现出新中国初期“西马东渐”的文论史意义。

首先，新中国初期的“西马东渐”呈现出三个显著特点。其一，译介多，研究少。这一译介有很多都是“二手译介”，即大多是从俄苏或东欧学者对西方马克思主义理论的批判性论述中间接获得的；即便是对西方马克思主义理论家的原著译介，也多以单篇文章或者摘译其中重要章节的方式居多。其二，重思想，轻文论。新中国初期对这些西方马克思主义理论家的介绍，主要是从马克思主义理论和哲学思想角度进行的，与文论和美学相关的问题还没引起重视。其三，受中苏关系影响较大。新中国初期中国学界对西方马克思主义的态度受中苏关系的影响而呈现出不同的态度。

其次，新中国初期“西马东渐”已部分参与新中国文论话语建设。尽管这一时期西方马克思主义文论总体处于一种被批判的态势，但正是这种“批判性接受”成为西方马克思主义文论中国化的第一个阶段。

最后，新中国初期的“西马东渐”为新时期对西方马克思主义文论的大规模译介做了相应的准备。现实主义诗学、《1844 年经济学哲学手稿》

阐释以及具有马克思主义倾向的存在主义美学，是新中国初期西方马克思主义文论译介中比较重要的理论遗产。这也成为新时期西方马克思主义研究的先声。20 世纪 80 年代西方马克思主义文论、美学知识建构在具体理论文本上也部分与新中国初期译介文本存在对话关系。例如，在 80 年代对西方马克思主义知识中国建构发挥了极为重要作用的《西方马克思主义美学文选》一书中，对费歇尔、列斐伏尔的一些文章译介都直接参考了新中国初期的译本；有的论文虽然是至 80 年代第一次被译介而进入中国，但在问题意识上却是对新中国初期一些文本的回应。

西方马克思主义的中国旅行，彰显了中国马克思主义与域外文论的密切联系。无可否认，新中国初期对西方马克思主义文论的译介，在批判资产阶级的社会语境中引发了一些误读、存在着诸多问题，但是这一接受现象构成了新中国初期与 80 年代初期文论话语建设的内在联系，并在改革开放新时期以及进入 21 世纪新时代不断推进“新中国文论”话语体系的建构。

（作者单位：上海大学文学院；原刊于《文艺争鸣》2020 年第 5 期）

略论“讽寓”和“比兴”

张隆溪

文学语言意蕴丰富，在字面意义之外，往往还有更深远的含义需要阐释。但作为理论概念的“讽寓”则非一般的文学阐释，而与经典及其权威有关。公元前5世纪，随着哲学在希腊的兴起，不少哲学家对古老而具权威的“荷马史诗”提出挑战，质疑荷马描绘诸神类似凡人，亵渎神明。柏拉图建构理想的城邦时，就不容许诗人存在。但又有一些哲学家为荷马辩护，提出“讽寓”概念，认为“荷马史诗”不能按字面直解，而在字面意义之外或之下，有另一层更为深刻、完全符合道德和理性的精神意义。可见“讽寓”之产生，就是为证明经典文本的正当性和权威性。当一个文本被奉为经典时，它就负载着为某一社会和文化传统提供典范和基本文化价值的重任。当文本不足以担此重任，不能提供这样的典范和基本价值时，其作为经典的正当性和权威性就会受到质疑，而维护经典的人就作出“讽寓”解释，说经典文本在字面意义之外别有寄托，另含深意，由此来提供符合要求与经典的典范和价值。

在西方，不仅荷马，“圣经”里的《雅歌》也应用过这种解释。《雅歌》从字面看来完全是一首情歌，其中描述一位女子思念情人，又从情人眼里看他所爱的女子，措辞旖旎缠绵，很多地方似乎在写性爱，却始终没有提到神或上帝。在整个“圣经”充满严肃宗教气氛的语境中，《雅歌》这一特出的性质明显需要解释。宗教强调精神和灵魂，表现性爱和肉欲的文字对宗教教义就构成亵渎，如何处理《雅歌》的性爱描写，无论在犹太拉比或基督教的教父那里，都成为一个难题，一种挑战。公元1世纪末，犹太拉比在以色列西海岸的迦姆尼亚举行宗教会议，就有拉比质疑《雅歌》和《传道书》的经典地位，其中拉比阿克巴（Rabbi Aquiba）则极力维护《雅歌》的权威，说：“以色列从来没有人对《雅歌》提出异议，怀疑它是否神圣。整个世界都不如以色列被赐予《雅歌》的那一天有价值，因为虽然全部经文都是神圣的，但《雅歌》是神圣中之神圣。”同样，基督教神父中也有人质疑《雅歌》的经典地位，认为那是所罗门国王因为娶一位埃及公主为妻遭到国人非议，作《雅歌》以回应，所以《雅歌》只涉及人间情爱，毫无神圣性可言。“圣经”本来是被教徒们视为神圣的经典，具有崇高的地位，但《雅歌》以其优美和性感的语言在“圣经”中的确很特出，但也因此被奉行禁欲的宗教家怀疑甚至批判。

正如“荷马史诗”的权威受到质疑和挑战时，“讽寓”解释可以为之作出辩护一样，《雅歌》的权威受到质疑和挑战时，“讽寓”解释也可以为之辩护。在犹太传统中，《雅歌》被解读为表现上帝与以色列之爱，于是经文中具体的意象都和上帝、以色列的历史或历史人物相联系，也由此而完全抹去了经文香艳性感的字面意义。例如经文（4.5）说“你的两乳好像百合花中吃草的一对小鹿，就是母鹿双生的”，古犹太的解释（Midrash）却说：“就像两乳是女人之美和装饰一样，摩西和阿伦也正是以色列之美和装饰。”用古犹太人的领袖和族长摩西（Moses）和阿伦（Aaron）这两位老人来解读年轻女人的“两乳”，实在匪夷所思。经文（7.2）说：“你的肚脐如圆杯，不缺调和的酒。”按某些现代学者解释，这带有极强的性暗示，但古犹太的解释却说这圆形的“肚脐”指古犹太公会（Sanhedrin），因为这犹太公会由几十位长老组成，他们聚会时坐在一起，组成一个半圆形，在犹太社群中起着重要作用，“就像胚胎在母体中依靠肚脐才能生存一样，以色列如果没有公会，就会一事无成”。这样的解释把描绘女人身体各部分十分具体的意象，替换成犹太历史上重要的机构或人物，消除了原文情色的成分。

基督教教父对《雅歌》的解释，也大多如此。早期基督教神学家奥里根是一个极端的禁欲主义者，自宫以绝欲。他把《雅歌》定义为“婚礼之歌”，但绝非世俗男女的婚礼，而是上帝与基督教教会之爱，新娘就是基督教教会，她“心中燃烧着对新郎圣洁之爱，而那新郎就是上帝之道”。奥里根认为，描述身体之美那些性感的词句“绝不可能指可见的躯体，而必定指不可见的灵魂之各部分及其力量”。他又说：“正如人有肉体、灵魂和精神，上帝为拯救人类所设的《圣经》亦如是。”他认为，“全部经文都必有精神意义，但并非全部经文都有实体意义。事实上，有很多地方全然不可能有实体的意义”。他告诫读者说，如果没有受过适当的精神教育而做好充分准备，贸然去读《雅歌》，就会有“不小的伤害和危险”，因为不知道经文的精神意义，只从字面去理解《雅歌》的词句，就会误以为神圣的经文容许他去放纵自己，满足自己的色欲。在此我们可以明显感觉到他很担心有人把《雅歌》视为鼓励色欲和淫荡的情诗，而对一个禁欲主义者说来，任何引向肉体和情欲的东西都是邪恶的，于是他要尽力用“讽寓”解释去消解《雅歌》原文的字面意义，排除质疑《雅歌》精神价值的任何可能。

在奥里根的“讽寓”解释中，所谓“婚礼之歌”仅仅是这篇经文的具体形式，其精神意义则是表现上帝与教会或上帝与灵魂神秘的结合。经文（1.13）按和合本中译是“我以我的良人为一袋没药，常在我怀中”，但这译文已经减少了原文更为性感的措辞，因为在詹姆斯王钦定本英文“圣经”里，这句话的译文很清楚：“A bundle of myrrh is my well - beloved unto me; he shall lie all night betwixt my breasts”；在简易英文译本（*Bible* in Basic English）里，这句话也很明白：“As a bag of myrrh is my well - loved one to me, when he is at rest all night between my breasts”。依据这两个英译本，这句话应是“我以我的良人为一袋没药，他整夜都躺在我的两乳之间”。奥里根评论此句说，读者应把“两乳”理解为“心之地，在那里教会拥抱上帝，或灵魂拥抱上帝之道”。经文（2.6）说，“他的左手在我头下，他的右手将我抱住”，奥里根急切地敦促读者不要按字面去理解，“你绝不能因为上帝被称为新郎，那是男性的称呼，就在肉体的意义上去理解上帝的左手和右手。你也绝不能因为‘新娘’是女性的称呼，就在那种意义上去理解新娘的拥抱”。这种“讽寓”解释把《雅歌》描述的爱完全和男女之情剥离开，用完全不同于字面意义的人物或概念来取代经文具体的意象，这就完全消除了《雅歌》经文香艳性感的情色成分。

从上面的讨论可以总结出重要的两点。第一，“讽寓”和“讽寓”解释不是一般的修辞手段和文学批评，而是和某一文化传统的经典有关，是在经典的正当性和权威性受到质疑和挑战时，为维护经典的地位产生的阐释方法。第二，讽寓解释的基本原则是认为经典文本都“意在言外”，于是把原文有争议、受到质疑的词句和意象（言）代之以符合宗教、伦理、政治等要求的另一些词句和意象（意），如用摩西和阿伦来代替女人的“两乳”，以犹太公会来代替女人的“肚脐”，以上帝来代替“新郎”等，最后的结果是用符合某一意识形态（无论是宗教、伦理还是政治）的意义取代文本字面的意义。我认为这种“替换”或“取代”（displacement），就是“讽寓”解释中一个特别的阐释方法。

在中国文化传统中，儒家经典中的《诗经》，尤其是“十五国风”里许多从字面看来是言情之作的，也需要通过历代评注，才可能确立这些诗作的经典性和权威性地位。汉唐儒者注《诗经》一再强调“美刺讽谏”，就类似西方的“讽寓”解释传统。《毛诗序》说诗有六义，孔颖达疏云“风、雅、颂者，诗篇之异体；赋、比、兴者，诗文之异辞也”；又说“比之与兴，虽同是附托外物，比显而兴隐”。换言之，“比兴”是诗的修辞手法，用明喻或暗喻来间接表达诗人之志，所谓“诗言志”。美刺讽谏则是另一层次的问题，是对诗之意义和功用作出判断，在《诗经》的传统注疏中，这不是探讨诗之构成，而是判定诗的性质和意义，并引导读者去理解这意义。

让我从《毛诗正义》里举几个例子，看儒者经生解经使用的美刺讽谏是如何在字面意义之外，给经文加上与本意全然不同但能够符合儒家观念的一层言外之意的。如《召南·野有死麕》，从字面看来，是一首优美的情诗，前面两节写一位“吉士”把林中猎物用茅草包起来，送给那位春情萌动、颜美“如玉”的少女，以此“诱之”；后面一节以少女的口吻，娇嗔她的情人动作轻一点，不要扯动她的围裙，不要惊动了躺在近旁的狗，语言尤为真切生动。然而《毛诗正义》在诗前面有一段小序，指引读者如何去理解诗意，说：“《野有死麕》，恶无礼也。天下大乱，强暴相陵，遂成淫风。被文王之化，虽当乱世，犹恶无礼也。”这样一来，这首诗就不是书写男女之间调笑偷情，而是赞美那位受过“文王之化”的女子，断然拒绝和谴责非礼的男子。再如《郑风·将仲子》，此诗全以女子的口吻，对名叫“仲子”的情人说，不要翻墙过来，不要折断园里的树枝，不是我爱惜这些，而是怕父母兄弟知道了受责骂，或是邻居会说些流言蜚语。但诗序却完全改变了这一理解："《将仲子》，刺庄公也。不胜其母，以害其弟。弟叔失道而公弗制，祭仲谏而公弗听，小不忍以致大乱焉。"这是将《左传》隐公元年一段历史记载套在经文上，根本改变了理解这首诗的语境。据《左传》，郑武公娶武姜，生庄公和叔段。武姜生庄公时难产，颇感痛苦，所以她讨厌庄公而偏爱小儿子叔段。她想让武公立叔段，武公不同意，后来庄公继位，因为尊重母亲，对叔段一味姑息。朝臣祭仲劝庄公除掉叔段，但庄公不同意。叔段聚集了军队准备攻打郑时，武姜打算为叔段做内应，为他打开城门，此时，庄公才不得不派兵击败了叔段。孔颖达疏："此叔于未乱之前，失为弟之道，而公不禁制，令之奢僭。有臣祭仲者，谏公，令早为之所，而公不听用。于事之小，不忍治之，以致大乱国焉，故刺之。经三章，皆陈拒谏之辞。"所以从郑玄到孔颖达，汉唐注疏都往往用历史，尤其用《左传》的记载，来理解《诗经》中这类按字面看来好像是表现男女之情的作品，而一旦把诗里说话的人替换为一个历史人物，也就根本改变了诗的意义。就像用摩西和阿伦来取代年轻女子的"两乳"一样，用进谏的朝臣祭仲来取代读者以为是情人的"仲子"，这首诗就完全不是一个女子在对她的情人说话，而是郑庄公在对祭仲说，你别来管我家里的事吧！所以郑玄笺云："祭仲骤谏，庄公不能用其言。……'无逾我里'，喻言无干我亲戚也。'无折我树杞'，喻言无伤害我兄弟也。"读者满以为这是一个女子在对情人说话，一旦解释为庄公对臣下说话，这诗的意义就完全改变，与情爱无关了。

再看只有两章的短诗《郑风·狡童》，按经文字面看来，这像是一个失恋的女子在抱怨，说因为那个负心的"狡童"不跟她说话，也不跟她一起吃饭，弄得她吃也吃不好，睡也睡不好。但诗序当然另有说法："《狡童》，刺忽也。不能与贤人图事，权臣擅命也。"郑玄笺云："权臣擅命，祭仲专也。"这又是用《左传》桓公十一年的记载来作此诗的背景。孔颖达疏更是说郑忽让祭仲专权，不听从贤人的劝告，此诗就是那位忠心耿耿却得不到君主信任的贤人，在那里表达他忧国忧民的惆怅："不与我言者，贤者欲与忽图国之政事，而忽不能受之，故云然。"在这里，注经者采用的手法，也是"替换"和"取代"，即用历史的情境和人物给经文的理解提供一个完全不同的语境。而一旦语境改变，理解也就不同，于是此诗根本不是一位女子在抱怨情人，而是一位不能得到君主赏识的贤者在发牢骚。经文字面言情的意义被完全抹掉时，也被赋予合于儒家政治伦理观念的意义，这就可以让此诗起到美刺讽谏的作用。

这种脱离文本原义的过度阐释，在中国传统中不是没有人批评，在宋代尤其明显。欧阳修著《诗本义》发其端，朱熹著《诗集传》集其大成，当中还有郑樵《诗辨妄》等诸作。《诗集传》序明确肯定“凡诗之所谓风者，多出于里巷歌谣之作，所谓男女相与咏歌，各言其情者也”。朱熹既然认定国风里的诗篇大多是“男女相与咏歌，各言其情者”，他对诗的理解就比较注重文本原意，去掉汉唐注疏里过度的阐释。例如，上面所引《郑风·狡童》一诗，诗序说是“刺忽也”，朱熹就大不以为然。他批评说：“将许多诗尽为刺忽而作。考之于忽，所谓淫昏暴虐之类，皆无其实。至遂目为‘狡童’，岂诗人爱君之意？况其所以失国，正坐柔懦阔疏，亦何狡之有？”他明确指出，“《诗序》实不足信。向见郑渔仲有《诗辨妄》，力诋《诗序》，其间言语太甚，以为皆是村野妄人所作。始亦疑之，后来子细看一两篇，因质之《史记》《国语》，然后知诗序之果不足信”。他又批评有人“不以诗解诗，却以序解诗，是以委屈牵合，必欲如序者之意，宁失诗人之本意不恤也。此是序者大害处！”对诗序非美即刺的“讽寓”解释，他也批评得十分中肯。他说：“大率古人作诗，与今人作诗一般，其间亦自有感物道情，吟咏情性，几时尽是讥刺他人？只缘序者立例，篇篇要作美刺说，将诗人之意思尽穿凿坏了！且如今人见人才做事，便作一诗歌美之，或讥刺之，是甚么道理？”这是以理性平常之心态、以己及人去推论诗人作诗，皆有感而发，吟咏性情，不可尽数解读为美刺讽谏。这种理性的心态在经典解释方面，可以说是现代学术的发端，所以顾颉刚在编辑《古史辨》讨论《周易》和《诗经》的第三册时，就明确把怀疑和批判汉唐注疏的观点追溯到宋代，尤其是追溯至朱熹的《诗集传》和《朱子语类》里许多合乎情理的看法上。

在维护经典的正当性和权威性这一点上，“讽寓”解释有其功用，值得肯定，但超出文本字面意义，把另一层完全不同的意义强加在文本上面，就往往会变成一种不合理的过度阐释。从秦时赵高的“指鹿为马”到宋代苏东坡的“乌台诗案”，从清代康、雍、乾三朝的文字狱到20世纪60

年代发起的对吴晗《评新编历史剧〈海瑞罢官〉》的批判，我们可以看到太多这种歪曲原义、深文周纳、以言入罪的例子。这和经典的“讽寓”解释没有直接关联，但与“讽寓”解释的过度阐释又密切相关，可以说是“讽寓”解释的政治化，往往对作家和诗人造成极大伤害。这是值得我们注意、深思和永远警惕的问题。在此我就以东坡“乌台诗案”为例，看看这种危害极大的政治化“讽寓”解释如何运作。苏轼有一首诗《咏王复秀才门前双桧》：“凛然相对敢相欺，直干凌云未要奇。根到九泉无曲处，世间惟有蛰龙知。”与苏轼同时代的宋人叶梦得《石林诗话》记载，时相王圭就抓住此诗后面两句，在神宗皇帝面前诬告苏轼“有不臣意”说：“陛下飞龙在天，轼以为不知己，而求之地下之蛰龙，非不臣而何?”幸好神宗并没有接受这太过明显的过度阐释，反而说：“诗人之词，安可如此论，彼自咏桧，何预朕事!”东坡此诗当然不止咏桧，还有言外之意，即通过描绘如此挺拔的桧树来赞美一个人（也许就是王复秀才）刚直不阿的性格。但王圭作为苏轼的政敌，一心要构陷罪名，置东坡于死地，便抓住“蜇龙”两个字大做文章。东坡虽然逃过一死，却被贬为黄州团练副使，开始了长年受贬谪而流寓天涯的生活。由此可见，“讽寓”或“比兴”固然是文学本身性质所必有，也就是说，文学作品都不是停留在文本表面的意义上，总可以通过解释呈现超出字面之比喻或象征的意义，但过度的强制阐释，尤其是政治化的“讽寓”解释，对文学、对作家和诗人，乃至对整个文化传统都有极大的危害。这是我们应该永远记取的教训。

（作者单位：香港城市大学中文系；原刊于《文艺理论研究》2021年第1期）

论趣味阐释

——兼谈中国古代诗文评的生产性问题

李春青

阐释活动是重要的，也是复杂的。本文仅对中国古代文学阐释主要表现在诗歌阐释中的一种比较独特的阐释方式展开讨论。这种阐释方式我们称为“趣味阐释”。

一　趣味阐释之可能

法国哲学家兼汉学家弗朗索瓦·朱利安（于连）在《圣人无意——或哲学的他者》一书中，阐释王维的五言绝句《鸟鸣涧》时就提出：“这里根本没有什么特殊的东西，……其价值也在于它和现实的所指不再有局限性，其意义也用不着深化、挖掘（以便在“观念”的层面上去发展），……一切意义都从这背景中流露出来，这背景是一切意义的没有分别的‘本’源——是‘平等的’本源，是内在性之‘本’。”

朱利安认为这首诗是无法阐释的，没有深层意义可以揭示，但它是内在性的自然显现或流露，其价值正在于此。朱利安所谓“内在性”为事物自身内部蕴含的生成演化的无限可能性，它使事物自我生成，自我呈现，无所依傍。在朱利安看来，中国古代智慧最主要的特征就是对事物这种内在性的高度尊重，不用主观概念和逻辑重构现实世界，而使其自然流露或呈现。《鸟鸣涧》是用不着阐释的，让事物自然显现便是诗的全部。但实际上他已经在阐释了：这首诗的价值就在于使人、花、山、月、鸟、涧等空间存在与夜、春等时间存在的存在自然涌现出来。这种阐释虽然很有深度、有新意，但与中国古代文人趣味相去甚远。我们再来看看中国人的解读："太白五言绝，自是天仙口语。右丞却入禅宗，如'人闲桂花落'云云，'木末芙蓉花'云云，读之身世两忘，万念皆寂，不谓声律之中，有此妙诠。"（胡应麟《诗薮》）胡应麟认为王维这首诗是禅宗思想的体现，是用诗的形式对禅意的诠释，在诗歌文本看得见的语词与意象背后隐含着看不见的意味，这种意味不是事物内在性的流露，而是来自佛禅之学。他并不是说这些景物本身就有禅学意味，而是指这些景物的组合所构成的情态能够激起人们近似于禅学的感受与体验。诗人就是借助自然景物设置出一种情态，使之成为禅味之表征。诗意和禅意不存在于任何具体概念和意象之中，而是弥漫于整首诗之上的一种氛围。优秀的诗人就是善于制造一种语言组合来表达一种意象状态或情态，并通过这种意象状态显现出，或在读者心里激发起"气象""滋味"。这种"气象"或"滋味"是作品与接受者共有的，是一种整体性感受，不仅相关于人的精神与身体感觉，而且呈现一种具有普遍性的、包含人的心灵生命状态并同时包孕人对这种心灵生命状态的反思和体认的存在。因此《鸟鸣涧》有着丰富的精神意义与心灵意涵，这都需要阐释方能彰显。

对这样蕴含着"气象""滋味"的诗歌的阐释，不同于一般意义上的阐释，只有深入中国古代诗文评的传统中，才能寻找适应此类阐释对象的阐释方法，即趣味阐释。

二　趣味阐释之形成

从孔、孟到两汉经学家，他们引诗、说诗几乎都是从政教伦理角度出发的。但孔子的"兴观群怨"说、孟子的"以意逆志""知人论世"说所蕴含的意义丰富性，在阐发政教伦理的同时，为后世的趣味阐释提供了理论基础。东汉中叶以后，文人趣味渐渐成为诗文评价的主要标准。魏晋以降，文人趣味日益丰富，诗文书画的创作与评论相互生发，渐渐形成一套精微无比的文人趣味系统，即趣味阐释。

趣味阐释是将阐释对象视为某种趣味的载体，通过某种独特的言说方法将这种趣味呈现出来的阐释，其首要特征是把阐释对象理解为趣味，这与西方传统阐释学与哲学阐释学都不同。以哲学阐释学为例，同为意义建构，对于海德格尔的“存在”“真理”“澄明”等核心概念来说，“被关注”或“被观照”是关键。文人趣味的核心则是此物在“被观照”过程显现的特殊表现性，即“味外之旨”“韵外之致”，即趣味。

趣味阐释与经学阐释也有根本性差异，经学阐释把一切阐释对象都理解为政治伦理意义，趣味阐释之对象的文人趣味则不是能够用概念和逻辑推演的“理”（仁义礼智），也不是能清楚描述的“情”（喜怒哀乐），更不是可以直观的现实存在物，而是一种难以言说的“滋味”。这种“滋味”既不是文本自身的因素，也不是阐释者加上去的东西，而是阐释者面对文本时产生的一种独特体验。它来自特定文本的独一无二的触发，却无法从文本的字里行间分析出来；它产生于阐释者的内心深处，却不能说是阐释者自家固有和独有的东西。它是文本与阐释者相互作用的产物，是当下生成之物，既有个体性又有普遍性。

趣味阐释产生于汉末，曹丕在《典论·论文》中使用的评价性语词，都是从东汉后期逐渐形成的人物品评中借来的。东汉中期以前，人物评价侧重道德品质与才能，标准是儒家的名教伦理，所用语词大都来自儒家经典。东汉中后期，人物品评开始关注人的个性气质与神采风度，一批原本意指自然现象的词语开始进入人物品评之中，那些能够标志生命状态与精神特性的语词就被选择进来。诸如风、气、清、远、高、骨、神、器、韵、简、秀、令，等等，在汉末魏晋的人物品评中成了重要的评价性概念，被赋予了审美价值。拥有相近的文人趣味评价者与被评价者，共同创造了表征文人趣味内涵的系列概念。某个社会阶层、社会集团或身份相近的一批人，他们共同或者相近的趣味会形成某种具有普遍性的文化氛围，这种文化氛围又进而强化那种依然处于生成过程中的趣味，并使之获得合法性，最终形成一种趣味共同体。

趣味共同体是分有层级的，由多个同心圆组成，里层的人不拥有外层的趣味，由于文化传承，外层的人可能会拥有里层的趣味。处于里层趣味共同体中的人面对来自外层趣味共同体的文本时，不断调整自己当下趣味共同体的审美标准，从更外层的，即与阐释对象相吻合的趣味共同体中寻找评价标准来进行阐释。在具体的阐释实践中，它们都构成所谓“前理解”的因素。这些因素绝不是同时和同等力度地发挥作用的，它们有主次之分，但关于主次的分别与排列不是固定的，由阐释者与阐释对象的互动关系来决定。阐释者可以根据阐释的需求、阐释对象的不同而调用“前理解”，但这种选择往往是不自觉的，并非刻意。文化传统就是由这样无数个“同心圆”构成的，具体到个人，则总是处于“同心圆”中的某个特定位置，这个位置对于他的趣味的形成具有决定性作用。

三　趣味阐释之实践

在具体的阐释过程中，趣味阐释是如何运作的呢？来看具体例子：“其体源出于《国风》。陆机所拟十四首。文温以丽，意悲而远。惊心动魄，可谓几乎一字千金！”（钟嵘《诗品·古诗》）钟嵘对“古诗”的阐释可分为三个层次：“文温以丽，意悲而远”是诗歌的风格特征，“惊心动魄”是对诗歌的阅读效果，“一字千金”是对诗歌价值的评价。三个层次的阐释相互呼应，共同构成了对“古诗”的意义建构。“温”与“丽”是西汉后期乃至整个东汉时期为士大夫所推重的审美价值，是儒家君子人格的体现。汉代以来被衍化为诗文上的审美价值，指不激不厉、含蓄蕴藉的风格。“丽”自西汉后期成为判断辞赋基本审美特征的标准，即辞藻华美。中国古代有以悲为美的传统，阅读“古诗”，确实很容易感受到弥漫于字里行间的伤感、忧愁情调。“远”是一个具有超越色彩的概念，“远”淡化了“悲”的哀伤程度，并为之赋予一种深刻性。

钟嵘所依据的评价标准来自两方面：一是从古代传统继承下来的审美趣味；二是从他所处的趣味共同体中得来的新的审美趣味——“远”。“远”有“清远”之意，为六朝时新的审美趣味。因此钟嵘对“古诗”的阐释乃传统趣味与当下趣味的重新组合。

四　趣味阐释之特征

趣味阐释的基本特征是“自得”与“涵泳”，“自得”是结果，“涵泳”是手段，所谓“涵泳”就是直觉体验。

直觉体验是趣味阐释的基本运思方式。趣味不是有关是非曲直的道理，也不是喜怒哀乐的情感，而是一种情调、味道，不需要分析和论证，只需要体验和品味。这种情调和味道包括对自然物之色彩、形状、姿态产生的瞬间美感，由某些事物引起的新奇感，闲居时生出的淡淡惆怅、莫名失落与孤独、寂寞等，这种诗歌情调与味道乃文人趣味之显现。文人运用词语笔墨设置出某种情境，使接受者不知不觉进入其中并生出与作者相通的体验，再用某种可以喻指此种情调与味道的语词将其呈现出来，趣味阐释即告完成。因此，趣味阐释的过程实际上是通过涵泳、体认而达于“自得”的。中国古代诗文不以世界之客观性为鹄的，主要是玩味自家内心体验，所以趣味阐释也必须以体验为主要手段。

作为中国古代文人趣味阐释基本手段的体验，与狄尔泰标举的“体验”及海德格尔的“领悟”虽然有其相通处，却并不能等量齐观。东西方二者间的差异，最主要的是体验的内涵不同。中国古代诗歌所蕴含的体验精微无比，但也没有任何实际的意义可言。“体物”的目的不是客观揭示事物的本来面目，不是追问真相，而是展示诗人体察的细致精微与文字的准确巧妙，诗人“体物”的目的不是呈现事物本身的情状，也不是探寻事物本身的意义，而是展现一种情趣和体验，即文人趣味。

“神”或者某种“精神实体”或者某种形而上学概念，在西方文化传统中有着根深蒂固的影响力。中国传统文化则大异于是，在中国古代文人看来，一切的意义都是当下的、现实的，只要自己的心灵充实完满，世界就会显示出它灿烂的光辉；只要能够持有一颗纯一无伪之心，一言一行都会体现出价值与意义。因此中国古代哲人，无论儒家还是道家，都主张在自家心灵上下功夫，而不是把人生的价值和意义寄托于虚无缥缈的彼岸或未来。以这种文化传统为依托，古代诗人也只是关注瞬间的感受和体验，并通过细致入微的品味和描写使这种感受和体验得以长存。表面看来，似乎是中国文化世俗而浅薄，西方传统博大而精深，实际上中国文化与人的现实境遇的联系更直接，更紧密，也更具有实际意义；中国诗人对当下瞬间感受的高度重视更契合人的生命存在。否则我们就很难理解，两千多年前的《诗经》《楚辞》等上古谣谚为什么至今还是那样能够拨动人的心弦，为什么一千八百年前的《古诗十九首》就像是描写我们今天的感受一样。对于中国古代文人来说，现实即是超越，当下便是永恒，此岸就是彼岸，人性蕴含神性。

五　趣味阐释之意义

中国古代诗学阐释的对象是诗歌中凝固下来的诗人的瞬间感受与体验，是对一种情趣的玩味，西方诗学阐释力求从表面的景物描写中解读出超越的、形而上学的或者某种神秘的意义来。

中国古代文人驻足于趣味之中而自得其乐，这既是一种高超的生存智慧表现，又是人生弥足珍贵的精神价值。这是对自然规律之生老病死与世俗价值之功名利禄的双重超越，是只有达到很高人生境界的人才可以享受到的精神愉悦。从社会学角度看，这种文人趣味固然有阶级区隔的功能，是知识阶层自我精英化的方式，但从人类精神文化发展的历史来看，这种文人趣味是一种境界文化的表征，是对人的精神世界的极大拓展，具有重要的文化史意义。中国古代文人在诗歌中将这种包含着生命体验的审美趣味蕴含于对日常生活中随处可见的景物描写之中，只有通过有效阐释才能将其展示出来。

除了阐释对象具有重要差异之外，在阐释方式上中西方之间也同样存在诸多差异。以狄尔泰为例，他认为一个人的“生活价值”由其自身状况决定，存在于他的个体体验之中，文学作品表现的正是存在于作者个人体验中的生活价值而非现实生活本身。读者的阐释是对作者体验中存在的那些生活价值的重新体验。而中国古代文人诗歌蕴含的乃极细微、极朦胧的瞬间感受与体验，用理性思考根本无法把握，必须细细品味、体察方可捕捉到。捕捉到并不意味着在理智上明白了某种道理或者诗人意图，而是在心中产生出那种瞬间的感受与体验，使诗的意涵不是作为对象被理解，而是成为阐释者当下的审美情境。这正是趣味阐释的奥妙所在。这种阐释不是揭示什么，而是产生什么；不是理解某种道理，而是产生某种体验；不是把握诗人意图，而是将自己的心灵提升至某一境界。诗歌文本作为阐释对象不是全部的意义来源，阐释者的知识储备、趣味指向、心理状态同样参与到意义的生成过程之中。诗歌文本的作用就在于设置出一种能够激发读者产生某种心理状态的语词组合。

趣味阐释从根本上说是一种具有生产性的精神活动，这种生产性首先表现在使文字、韵律转变为活泼泼的当下体验，这种体验也许与诗人写诗时曾经的体验相近，也许相去甚远，关键不在于二者的一致性，而在于阐释者的体验可以在阐释的共同体中得到某种认同，从而获得普遍性。趣味既是阐释的出发点，也是阐释的结果，趣味阐释的生产性就蕴含其中了。

（作者单位：华南师范大学文学院；原刊于《社会科学战线》2020 年第 5 期）

《文心雕龙》在美国汉学界的“中国性”与“世界性”问题

谷鹏飞

《文心雕龙》于20世纪中叶以来在美国汉学界的翻译传播，构成了海外“龙学”研究的重要内容。对于这种内容，学术界已经从翻译批评、后殖民主义、汉学与中国学等角度作出重要研究。本文从比较研究阐释学的角度，将《文心雕龙》在美国的传播与研究，理解为中国文学理论由民族性走向世界性，并在世界文学理论空间中获享“世界性”经典身份的重要步骤。基于此一视角，本文讨论的问题虽归属于美国汉学界的中国文学理论研究，但讨论的指向并非“西方中心”或“中国中心”的，而是“去中心化”的，亦即指向一种阐释学的视域融合与重叠认同，它在具体的发展中表现为两个相互关联的逻辑问题。其一，美国汉学界如何对《文心雕龙》文本进行阐释学意义上的互视与互释，以肯认其区别于世界文学批评的“中国性”身份？其二，美国汉学界如何阐释《文心雕龙》文本在当代的“世界性”价值，并将这种“世界性”价值带进世界文学批评的内在脉络？

为了解决这两个问题，我们在观念上必须首先跳出汉学研究中惯常使用的“侵入－抵抗”模式，对作为世界主流文学批评话语的美国文学批评，与尚处于世界文学批评边缘的《文心雕龙》之关系，进行阐释学意义上的三重“反写”，既强调主流话语对边缘话语走向中心的贡献，又重视边缘话语对主流话语的积极认同与借鉴，还认可边缘话语与主流话语由于意义阐释与共识重叠而搭建全新“世界性”话语的可能。

沿此思路，我们观察半个世纪以来美国汉学界的《文心雕龙》批评研究，会发现其主旨是对《文心雕龙》进行特定语境与空间的经典化阐释，它一方面通过对文本含义的时间性回溯，唤回《文心雕龙》在中国文学批评语境中荣享“中国性”经典的阐释记忆；另一方面又通过文本意义的空间性创造，重拾《文心雕龙》在美国文学批评空间中衔配“世界性”经典的阐释技艺。

一 《文心雕龙》在美国文学批评中的阐释空间

与任何文学文本一样，《文心雕龙》所荣享的“中国性”经典身份，其有效性源于特定的阐释空间，一俟源文本移入新的阐释空间，其原本凝结的阐释经验，便难以再上升为层叠性的共识观念，因而要认定《文心雕龙》文本在进入美国文学批评后的身份，就必须首先重建源文本与新阐释空间的符契关系。

美国在20世纪50年代后逐渐成为国际汉学的研究中心，美国文学研究在20世纪四五十年代后逐渐强化世界文学的价值身份，美国文学批评在20世纪60年代后对阐释学的格外倚重，都为《文心雕龙》在美国重建自我身份提供了新的阐释契机。

一方面，美国在20世纪50年代后出现的众多带有解构色彩的文学现象与文学批评，其首要目的在于对欧洲文学作为世界文学中心地位的消解与对美国文学作为新的世界文学中心地位的肯认，虽然这种肯认并没有取得立竿见影的效果，但它却在理论上催生了一种阐释学结果：文学与文学批评经典实为阐释学的建构；任何跨文化语境中文学与文学批评经典地位的获得，都需要阐释学意义上的枳化为橘，这样，美国文学与文学批评作为新的世界文学与文学批评经典之地位的获得，必须援引美国文学与文学批评之外的非经典才有可能。在这样一种观念意识下，《文心雕龙》作为边缘文学文本于20世纪50年代正式进入美国文学批评空间，这实际也是美国文学通过非我的交流肯诺，建构异域空间的经典自我，获得象征性的经典身份表达的结果。

另一方面，《文心雕龙》在20世纪70年代后能够持续受到美国文学批评界的关注，亦是美国文学批评建构世界文学批评的需要。重视文学研究的背景与历史，而非对文本作单纯的新批评，成为其时美国文学批评的一股洪流。这一方法论的转型使得包括《文心雕龙》在内的那些具备深厚历史与文化背景，具有多样政治与道德关切，却由于诸多原因而被排挤出西方主流文学批评文本之外的边缘文学批评文本，重新受到关注。

二　阐释的记忆：美国文学批评想象空间中《文心雕龙》的“中国性”问题

与美国文学批评“世界性”身份建构相伴的，是从 20 世纪 60 年代起，一种将美国文学批评置于阐释学的基础上，将文学文本的理解置于文本的历史语境中，强调回到文本发生现场，而非视文学批评为单纯地去西方中心方法的工具，正逐渐成为美国文学批评的重心。受此影响，以文学批评为主业的美国汉学家们，也在研究取向上转而强调汉学文本的历史语境与文学现场，凸显在汉学研究中，“什么是我们不可遗忘的”（扬·阿斯曼语）问题的重要性。对于这些汉学家而言，为了寻回那“不可遗忘的”东西，在理论上和现实上都要求汉学研究对文本的历史现场作想象性的回忆，以确保那“不可遗忘的”东西在文本阐释中的意义。对于《文心雕龙》文本而言，汉学家们需要做的，就是重新回忆《文心雕龙》文本的历史与文化语境，重置《文心雕龙》作者的想象空间，清理隐蔽于历史尘埃中的源文本身份，让《文心雕龙》曾经的“中国性”身份自然显露出来。

其一，在这一过程中，汉学家通过对《文心雕龙》作者刘勰所处文学空间的阐释记忆，重置刘勰在中国文学批评中的经典身份地位。汉学家赖明（Lai Ming）就通过对刘勰所处文学空间的阐释记忆，彰显了刘勰不流俗于其时的经典作家身份，凭此身份，刘勰便可与千余年后持有文学经典立场的阐释者形成一个阐释共同体；而有了这个共同体，即使作者隐没于原有的文本空间，阐释者也能够通过阐释共同体的记忆来廓清作者原赋的经典身份。而李又安（Adele Austin Rickett）也通过将刘勰还原至中国文学批评的历史空间来肯认其“中国性”的经典身份。

其二，汉学界通过语境还原与互文诠证，重建《文心雕龙》的“中国性”文学身份。

从 20 世纪 60 年代开始，美国汉学界的《文心雕龙》研究格外强调通过对源文本作语境还原的方式，建构与西方主流文学批评的互文关系，以此凸显《文心雕龙》文本的“中国性”文学批评身份。汉学家海陶玮（James Robert Hightower）、叶扬（Yang Ye）、阮思德（Bruce Rusk）所做的工作正是这一点。还有一些汉学家，如费威廉（William Craig Fisk）等人运用文本细读法，将《文心雕龙》与中国文学史、文学批评史、文学批评范畴史的互文诠证，突出了刘勰《文心雕龙》在宋之前对中国文学批评诸多重要问题的影响，从而指证了刘勰《文心雕龙》在中国文学批评中的典范意义。

语境还原与互文诠证的阐释，最终目的是形成一种关于文学文本、文学批评文本与文学时代社会语境的共同体意识。有了这样一种共同体意识，《文心雕龙》作为中国文学批评典范的“中国性”身份，才能在历史流传物的多重阐释中，保持清晰的身份记忆。而为了铭刻这种记忆，又常需要对《文心雕龙》源文本细节进行比勘还原与阐释记忆。汉学家宇文所安所做的工作，正体现了这一优长。另一位汉学家余宝琳（Pauline Yu），还将《文心雕龙》中的“意象”问题与西方文学中的“意象”（Image）进行比勘互释，以重拾《文心雕龙》“意象”话语的“中国性”身份记忆。

诸位汉学家通过对《文心雕龙》“中国性”文学批评身份的阐释记忆，印证了一条基本的阐释学原理：在阐释活动中，阐释总会唤起情境记忆并赋予文本以经典意义，文本就在每一次的意义赋予中回到自身。通过阐释记忆，阐释者不仅揭示了尘封于文本中的时间过往，而且赋予文本以现时的空间眼光，使文本在“冷”记忆（扬·阿斯曼语）中获得了省思自我的力量。

三　阐释的技艺：美国文学批评现实空间中《文心雕龙》的“世界性”问题

如果说《文心雕龙》在美国阐释记忆中的“中国性”身份建构，是通过身份还原的“冷”记忆，将作者与流传文本还原至源语文化的想象空间中，扯去尘封于文本上的层层历史迷障来彰显流传文本的“中国性”身份的话，那么，其“世界性”身份建构，则是通过“热”的技艺，亦即将

《文心雕龙》置于美国当代的现实文学批评空间中，通过抹平阐释者与源文本的时空间距，实现源文本与美国文学批评的互文阐释，从而开启《文心雕龙》的“世界性”身份。

首先对其做出重要贡献的，是汉学家吉布斯（Donald Arthur Gibbs），他通过对《文心雕龙》文本身份与作者身份的复义阐释，实现了对《文心雕龙》文本“世界性”身份的重叠认同。吉布斯对《文心雕龙》文本的“世界性”身份阐释，实际上是运用“文本接触”的阐释技艺，对不同文化空间中的文本进行文化挪用，以重新协商源语文学文本的经典性。

但文本阐释的技艺并不止于文本语义的跨文化重叠互释，它同时还要求对文本进行精神现象学的观察，将文本的意义理解视为文本后继者的辩证阐释运动，阐释的技艺因而更多地表现为阐释的辩证法；经由阐释的辩证法，文本的初始语境意义才拓展为新的空间意义。刘若愚（James J. Y. Liu）就运用阐释的辩证法，在美国文学理论的现实空间中重构《文心雕龙》的“世界性”身份。其他一些汉学家也多站在美国当代文学批评空间中，通过引入阐释学的解经技艺，对《文心雕龙》进行“世界性”的身份重构。比如，邵耀成、怀碧德、宇文所安、蔡宗齐、顾明栋等人，就站在世界性文学批评立场上，重构《文心雕龙》的“世界性”身份。

上述汉学家在美国文学批评的现实空间内，对《文心雕龙》文本的辩证阐释表明，中国文学批评的经典性，并不就一定镶嵌在民族国家的疆界内，它常有其异域空间中的飞地。当文本的阐释空间发生了转捩，《文心雕龙》原本的身份意义也必然发生衍变。

四　阐释记忆与技艺的互文：《文心雕龙》的“中国性”与“世界性”身份

通过对《文心雕龙》在美国文学批评想象空间与现实空间的综合分析，我们可以得出如下基本结论。

（1）文本阐释中的记忆常以语境回溯的形式出现，正是通过语境回溯，《文心雕龙》才展露了其尘封的文本记忆；而与之对应的文本意义，也并不取决于过去，而是取决于将来，因为阐释者意欲如何开辟将来，他就会如何回溯过去，虽然经由阐释记忆而拾回的文本意义，可能并不就是原始的文本本义，而只是本义的延宕、层叠与分歧。

（2）文本阐释的技艺，其意义也并不在于它在多大程度上符合文本本义，而在于技艺行为本身产生多大的超文本意义。文本阐释的记忆与技艺，因而便成为几种互文共证的意义重叠关系：其一，历史文本由于历史积淀记忆而使文本获得空间性重现；其二，历史文本由于持存经验记忆而使文本获得时间性呈现；其三，当下文本由于时间性阐释技艺而使文本获得空间性理解；其四，当下文本由于空间性理解技艺而使文本成为指向未来的时间性形态。

上述文本阐释的记忆与技艺逻辑关系表明，文本意义的留存需要基于文本记忆的阐释技艺。当过去文本的记忆不再能保留其原有面目，持续向前的当下便会催生出新的记忆框架。正是这个记忆框架，为阐释的技艺提供了效果历史的辩证结构。借此结构，源文本的意义创造才持续性地敞开。

这样看来，虽然目前华裔汉学家的美国《文心雕龙》研究，多为对中华民族文化身份的记忆阐释与民族文学特殊性价值的肯认阐扬，其主要目的还在于传葵晔之芬芳于域外，而比较文学所追求的那种超越民族文学特殊性之上的文学价值与世界宗教立场，还未构成他们的首要目标；但是，当另一部分美籍汉学家弥纶群言、综合诸说，利用现代西方文学批评的研究框架与阐释技艺来对《文心雕龙》进行阐释，就不能简单理解为后殖民主义式的削足适履，也不能理解为西方中心主义的强制修辞策略，而应理解为本土文本在跨文化传播中进行身份重估与经典重构的必要技艺，理解为中国文学经典在中西与古今当口重新走向世界的一种阐释学遭遇。因为正是在西方文学批评的“世界主义”普遍性理解框架中，《文心雕龙》的比较阐释才实现了“世界性”经典的等值兑换；正是在比较阐释的现代性知识生产技艺中，《文心雕龙》作为源语文化的民族性身份才暂时退场，而作为跨文化的世界文学批评知识性身份才会出场。

虽然目前我们还难以肯定《文心雕龙》在美国的文本阐释，是否就必然催生出汉学研究中的“冲击－回应”正反馈效果，抑或必然催生出文化研究意义上的“影响－焦虑”逆反馈后果，但它至少提醒我们注意世界文学批评内部互动的复杂性与模糊性，注意适应文学现代性的潮流，在《文心雕龙》所处的中国文学批评与世界文学批评双向空间中，发掘其“中国性”与“世界性”双重价值。毕竟，阐释学意义上的《文心雕龙》比较研究所能揭示的始终是一种语境化的文本生存。正是在语境化的观念生存里，《文心雕龙》文本才发现了自身的多重样态。而《文心雕龙》在比较阐释中的“中国性”与“世界性”，也正是行进在阐释学路途上的文本不同现身情态，而非两种文本存在。文本阐释的记忆与技艺，表面上是文本经典化的不同形式，实质上是民族文化认同理念变革的结果。

（作者单位：西北大学文学院；原刊于《文学评论》2020 年第 1 期）

伽达默尔："作为哲学的概念史"

方维规

概念史是当代较多受到国际学界推崇和借鉴的少数德国人文科学方法之一，其标志性成就首先体现为政治、社会、哲学等学科的大型辞书，最著名者为三大巨著：十三卷《哲学历史辞典》、八卷《历史基本概念——德国政治/社会语言历史辞典》[①]，以及已出二十一册的《法国政治/社会基本概念工具书（1680—1820）》。此外，科塞雷克的史学概念史模式也在国际上受到不少学者的关注，他领衔编撰的《历史基本概念》是概念史的代表作。德国的相关研究成果名曰"辞典"，其实宛如专业"百科全书"，收录的"条目"为论文，且常常是长篇大论。

就哲学概念史研究而言，其先驱可追溯至数理逻辑和分析哲学的奠基人弗雷格和诺贝尔文学奖得主倭铿，以及倭铿的老师、哲学家特伦德伦伯格和泰希穆勒，后二者是概念史初创时的关键人物。概念史研究的机制化和真正突破，发生在二战后的西德。罗特哈克尔于 1955 年创办著名年刊《概念史文库》，旨在为一部工具书建立（如该刊的副标题所示）"哲学历史辞典的基石"，这部工具书就是里特尔等人在《概念史文库》基础上主编的《哲学历史辞典》（筹备于 20 世纪 50 年代末）。1960 年前后，围绕哲学概念史的讨论在西德学界达到高潮。伽达默尔的《真理与方法》和布卢门贝格《论隐喻学的几个范式》这两部方法论的指导性著作于 1960 年问世。

若说概念史在 1960 年前后成为西德人文社会科学中的跨界范式，很大

① 以下简称《历史基本概念》。

程度上缘于那些本来与概念史传统关系不大的研究成果。例如，阿伦特在其《人的境况》中，探讨了行动、制造、工作等范畴自古至近代的巨变，既有观念史也有概念史。阿多诺于 1962 年在法兰克福大学的“哲学术语”讲座中指出，哲学问题说到底是语言问题，概念是“问题的纪念碑”，再现过去的问题，显示社会论争及其特定结构，我们要在交替的概念含义中提炼历史认识。哈贝马斯运用词语史和概念史材料，查考“公共领域”这一具有历史时代特性的范畴，分析特定的社会结构，尤其在《公共领域的结构转型》的第一章中，他大量援引了以往的概念史资料。

二战后西德三位最有影响力的哲学家和概念史领军人物罗特哈克尔、伽达默尔和里特尔，都在很大程度上直接继承了二战前德国人文科学的传统，很难摆脱其思想史源流，但他们在概念史研究体制上发挥了很大作用。1964 年，《哲学历史辞典》和《历史基本概念》的编纂方针最终定案，伽达默尔同时参与这两个大型项目。二战后德国的概念史项目上，伽氏给人的印象是无所不在；他是几个专业委员会的领衔者，组织过不少概念史学术活动。《概念史文库》创刊主编罗特哈克尔去世以后，伽氏成为该刊的三大主编之一。

《真理与方法》是西方现代诠释学的经典之作，而概念史分析正是该著最具特色的方法之一，伽达默尔成功地在概念史框架中展开其哲学诠释学运思。这部伽氏最重要的著作的丰富内容和要旨，在很大程度上是借助一系列概念查考来展开的。在他看来，既然哲学与概念的系统运用有关，哲学研究便离不开概念史研究；哲学只有走上语言之路，概念史研究才会有新的天地。《真理与方法》极大地推进了概念史的发展。在这之前，概念史的方法论思考并不充分；伽氏著作的问世，为这一研究方向奠定了异乎寻常的理论基石。尤其是该著第三部分“以语言为主线的诠释学本体论转向”，呈现出伽氏所促进的“语言论转向”与概念史范式的关系，倡导哲学须从概念梳理和语义分析入手。

概念史曾被看作人文科学和阐释学的基础研究，但在伽达默尔把概念史纳入普通诠释学亦即理解理论之前，从未有人赋予其如此宽广的哲学意义。在他看来，概念史不只应当在哲学层面为人文科学提供必要的根基，而且还要从诠释学传统中汲纳养分。如此，概念史便不再扮演辅助研究的角色，而是如同伽氏论文《作为哲学的概念史》（1970）所指出的那样，成为哲学的践履形式；它不应被看作哲学史研究的新方法，而是哲学思想运动本身的有机成分；换言之，概念史研究不纯粹是哲学研究的补充工作，而应完全融入哲学肌体。在一个由科学理论、逻辑和语言分析主导哲学的时代，哲学当有自己明确的研究对象，那就是概念本身，也就是将概念史上升为哲学本身，或曰哲学的本质。这是哲学这门学科本身的要求所致，并且，哲学概念史研究本身就是诠释学实践。《哲学历史辞典》在很大程度上就是受到这种诠释学浸润的概念史研究成果，从诠释学立场出发解析概念，厘清当代哲学体系中的概念同其历史起源和发展的关系，观照概念的历史多样性。

在《真理与方法》的"导言"中，伽达默尔就已强调概念史的核心地位，从厘清概念的源流切入哲学研究，并将概念分析与论题研究结合起来。他认为当代哲学与他所要接续的古典哲学之间的历史距离，"首先在其变化了的概念关系中表现出来"。而要消除哲学中的语言困惑，寻求合理而有根据的理解，就"必须面对整个一堆词语史和概念史的问题"。而要真正把握概念，必须对早先发展、前见和前理解具有敏感性，这是哲学训练的重中之重，伽达默尔说他自己"在概念史上所下的苦功就是这样一种训练"。鉴于"我们借以表述思想的概念好像一堵黑暗的墙"，哲学的任务就是概念史研究，或曰哲学即概念考察，追问思想的真实表述和意图。

被融入《真理与方法》的概念史，正是其论证的组成部分，是诠释学实践和诠释学经验的操作方式。该书第一部分的概念探讨，包括教化、共通感、判断力、趣味、天才、风格、体验、譬喻、象征、游戏、节日、悲剧、怜悯、恐惧、形象、表现、绘画、文学等；第二部分查考的概念有：理解、前见、效果历史、经验、问题、辩证法、视域等；第三部分中对"'语言'概念在西方思想史上的发展"做细密分析，包含"语言和逻各斯""语言和话语""语言和概念构成"等论述。此外，伽达默尔在该书中对艺术、历史、创造性、世界观等概念的精到分析，很容易见出这些概念同他的弟子科塞雷克后来在其概念史理论中所说的"复合单数"的相通之处。其实在许多方面，科塞雷克的概念史理论旨在把伽达默尔的哲学诠释学从本体论和认识论带到实践层面，即与史学践行相结合，在语言和概念介质中挖掘历史。

伽达默尔把概念史研究看作负责任的批判性哲学活动的前提。他重视语言的历史清理和概念史分析，直接受到狄尔泰、胡塞尔和海德格尔的影响。在这三位哲人中，虽然注重概念的海德格尔对他的影响更大、更直接，但伽氏却比海德格尔更彻底地转向语言，且更注重历时分析。在他那里，论题与概念史的结合，不仅被看作重要的哲学方法，而且不是外在的，人们能在哲学概念的历史变迁中把握其内在精神。他认为“传承物的本质就在于通过语言的媒介而存在”。语言，特别是概念，成为哲学的媒介。那是“一种经常的概念构成过程，语言的意义生命就通过这种过程而使自身继续发展”，“能被理解的存在就是语言”。受到海德格尔的影响，伽达默尔认为语言绝不像工具那样，要用就可捡起，不用就可弃置一旁。“我们通过学着讲话而长大成人、认识世界、认识人类并最终认识我们自己。学着说话并不是指学着使用一种早已存在的工具去表明我们已熟悉和认识的世界，而只是指赢得对世界的熟悉和了解……”

伽达默尔总是自觉地走在从词语到概念的路上，通过与诠释学的融合，在更宽阔的方法联系中推动概念史的发展。当然，他也相信，“通过文字固定下来的东西已经同它的起源和原作者的关联相脱离，并向新的关系积极地开放”。哲学概念总在不断适应新的时代，流传使之具有丰富的历史内涵。伽氏一贯重视语言经验，强调理解本身在于应用，亦即概念的运用；人们并不总是一仍旧贯地使用概念，理解过程也包含概念的不断塑造。“哲学概念词乃产生于发生在语言中的人解释世界的交往活动”，因此，伽氏的概念史研究亦善于追问语言的习惯意义和流行意义，旨在破除对概念的固定化理解，这在他眼里尤其不适合精神科学。伽达默尔认为，概念史说到底是一种语言批判。他在《概念史与哲学语言》（1971）中指出：“哲学概念的确定含义并非来自任意的表述选择，而是见诸历史源流和概念本身的含义生成，哲学思想展开于其中，并总是在语言形态中兑现的。”概念史研究不仅在于对概念的整体把握，还要揭示被遮蔽或曲解的含义。哲学概念史的正当性，正在于考察含义的历史生成，以批判的目光去审视概念的含义。

尽管伽达默尔认为概念史研究乃思想的现实运动，但他极力克服在他看来理解历史的不当做法：要么不假思索地用往昔未有的概念来理解某个历史时期，要么用那个时期的特有概念进行思考。他认为："所谓历史地思维实际上就是说，如果我们试图用过去的概念进行思维，我们就必须进行那种在过去的概念身上所发生过的转化。历史的思维总是已经包含着过去的概念和我们自己的思想之间的一种中介。企图在解释时避免运用自己的概念，这不仅是不可能的，而且显然也是一种妄想。"此处正体现出伽氏的一个中心思想，即古今视域融合："在理解中所发生的视域交融乃是语言的真正成就。"同样在此时，我们可以看到他和海德格尔对于历史性的不同理解：海德格尔（如同尼采）所理解的历史性是超验的，实际上是立足当今的思维；伽氏则在见重古今统一的同时，强调历史的优先地位。在他看来，人的思想受制于语汇和概念，但思想又常会偏离语言的惯常用法，从而偏离词义的原初语境和范畴，出现词义的扩展、收缩和改变。在此思想的指导下，哲学概念史注重哲思的运动轨迹，对之进行比较、区分、澄清，查考哲学概念的历史多样性，拒绝非历史的分析性定义，这也使伽氏思想更具历史感。换言之，关注概念的历史演变，是批判意识与历史意识的结合。《哲学历史辞典》在很大程度上就是受到这种诠释学浸润的概念史研究。

德国哲学概念史的倡导者和领军人物对概念史的认识视角或处理方式不尽相同，但都对其重要性坚信不疑，且不认为它的研究是哲学的辅助方法，而是哲学研究的核心领域。这一理念影响深远，迄今还激荡着不少学者的思绪。而此时的一个时有争议的问题是哲学概念史与其他研究方法的关系。它同诠释学的密切牵连，自然有其后果，有容受也有排斥，比如言语行为理论中的言语生成视角便被排除在外，它与隐喻学的关系也是一个棘手的话题。按照布卢门贝格的说法，隐喻拒绝概念；而概念史依托伽达默尔"能被理解的存在就是语言"之信条，倚重可用语言表述的东西，从而屏蔽了那些不可言传的存在。这当然又是另外一个复杂的话题。《哲学历史辞典》竣工之后，相关讨论还在继续，例如，它同话语史、隐喻学等其他研究取径的对话和融合问题，即超越自己的方法和视野，借鉴他人的长处。

与《历史基本概念》不同，《哲学历史辞典》全然排除了概念嬗变的社会史视角，主要关注见诸各种经典哲学理论的概念，所以时常受到那些注重政治和社会之维的史学研究的质疑。不过，我们不能不顾该著的性质做出判断，不少哲学概念史的研究者似乎也不在乎外来批评，他们坚信许多哲学概念或理论的形成，并不受到理论之外因素的左右，亦无须诉诸社会史和心态史研究等史学方法。对他们而言，哲学概念史研究的旨趣，并不在于重构过去的哲学家进行理论思考时的历史和社会背景，而是如何借助概念，在过去和现在的哲思之间建立联系，在一个概念的当代定义与历史起源之间考察思想的发展。

堪称人文学科辞书典范的《哲学历史辞典》，虽在其学科内无出其右，但它所发展的哲学概念史研究方向，是德国概念史研究的一个较为传统的形式，即二战后德国哲学领域的“三驾马车”罗特哈克尔、伽达默尔和里特尔所代表的概念史理念。然而，里特尔在《哲学历史辞典》第一卷“前言”中的一种说法，在很大程度上为那些并非笃信概念史的同仁提供了一个依据。他说：把这套辞书看作概念史辞典，实为误解；叙写概念史，既不是这套辞书的任务，也不是它能胜任的。辞书编者更愿把哲学概念史视为学科史或问题史。在有关这部辞典的诸多论争中，甚至有人主张放弃使用“概念史”称谓，正是这个标签使得《哲学历史辞典》一再蒙受不必要的批评。批评也缘于该著之驳杂的方法。可是，《哲学历史辞典》之无可争辩的成就，或许正在于编者从实际写作出发，在很大程度上放弃了统一的理论和方法。正因为此，这一颇受青睐的工具书不像《历史基本概念》对史学所产生的影响那样，没有在系统哲学上显示出创新意义；又因这套辞典缺乏一般社会、政治的历史观照，在德语区之外几乎未产生任何影响，不像《历史基本概念》那样在国际上备受推崇。尽管如此，《哲学历史辞典》终究是德国辞书类概念史工程的蓝本之一，后继者接二连三，如九卷本《修辞学历史辞典》、七卷本《美学基本概念》、三卷本《德国文学研究全书》、《马克思主义历史批评辞典》（计划十五卷，已出九卷），都在各自领域取得了突出成就。

（作者单位：北京师范大学文学院；原刊于《中国社会科学评价》2020 年第 1 期）

作为面容的影像与回归过去的未来：列维纳斯与《索尔之子》

王嘉军

《索尔之子》（*Son of Saul*）是匈牙利导演拉斯洛·奈迈施上映于2015年的电影作品，至今已斩获多项国际大奖。主角索尔是1944年奥斯威辛－比尔克瑙集中营"特遣队"——部分协助纳粹分子管理并因此享有些许"特权"的犹太人囚徒——的一员，负责清理尸体。某次清理时，索尔发现一个一息尚存的男孩，但男孩很快被纳粹分子再次杀害；索尔冒生命危险找回并私藏了尸体，力图找到犹太教士为男孩祷告和下葬，但最终都未完成仪式；为此，索尔耽误了同伴的越狱计划，面对不解和愤怒，索尔坚持称男孩是他的"儿子"，但实际上男孩并不是他的儿子；而后，索尔带着"儿子"的尸体和他找到的第三名教士随越狱者逃离，讽刺的是，这位教士却是假的；追兵将至，索尔逃入河中，几乎溺亡，"儿子"的尸体也被冲走；上岸后，越狱者在木屋中休息，被一个波兰男孩意外发现，早已绝望且麻木的索尔第一次露出笑容；男孩迅速离开，纳粹分子追上逃犯，随后传来枪响，伴随枪声，男孩惊恐地逃到丛林之中，最后画面仅剩一片并不葱郁的绿色。

这是一个有关犹太人、大屠杀、幸存者的故事；一个有关死亡、希望、救赎、伦理和宗教，也即关乎自我和他者的故事——这些恰是犹太哲学家列维纳斯毕生关注的主题。基于此关联，我们试对本片作一列维纳斯式解读，以呈现这位思想家何以深刻影响了战后的电影理论和创作。

一 "表现禁令"与作为面容的影像：列维纳斯与大屠杀电影

列维纳斯对大屠杀题材电影的深刻影响体现为二：其一，将伦理议题和伦理关系更有力度地置入了电影研究和实践中；其二，其反主体优先性、反视觉中心主义的主张及对犹太教“偶像禁令”的持守，带动了电影界对视觉表现方式的重思。之于电影，一种列维纳斯式追问是：如何将电影图像呈现为一种面容？如何超越观众和电影间的主客模式，塑造一种二者间的照面关系，甚至一种“亲近”（proximity）关系？

《电影与伦理：被取消的冲突》一书借反映大屠杀纪录片《浩劫》（*Shoah*，1985）与列维纳斯思想的互释。基于《浩劫》导演朗兹曼对图像和表现禁令的尊奉，本书将列维纳斯的“面容”概念与《浩劫》勾连。列维纳斯将面容定义为“同时给予并遮蔽他人”，《浩劫》由此可被视作由幸存者、作恶者和旁观者们的面容、口述与对屠杀现场及场景的重访构成。在作恶者接受采访时，他们的脸仅是表层的，是信息媒介的面容。继续凝视，面容呈现的内容就变成了“反内容”，从那些面无表情的幸存者脸上并不能轻易领会其遭遇和痛苦，相反，面容将其遮蔽并不断刺激我们重访其创伤。此时，“这些脸拒绝被简约成可视现象、知识源泉、审美思考对象的各种方式”，“通过这种方式，可见的脸表现了不可见的事”。在列维纳斯哲学中，面容正作为一种语言显现并开启了首要的表达——一种无保留的真诚袒露。列维纳斯认为，最为裸露而脆弱的他人面容预定了我对他人的伦理责任，面容首先是一种语言而非图像，它抵抗那种把捉甚至享受性的凝视，抵抗自身被视为景观。它不断发出难以被固化为确切内容的言说，从而不断激发主体的倾听以及对他者的责任，并逃避着被图像化的命运。

因此，面容本身就暗含了表现禁令，其作为语言对视觉的抗拒或超越，本身即一种对表现的废止。《浩劫》特殊的题材和表达方式使电影中幸存者的脸甚至银幕本身都显现为一种质询且需观众“回应”（response）和负责的面容，而将注意力导向影像无法复原的他者性。这一他者性既指向幸存者们所遭受的无法被复原的创伤，也指向幸存者面容背后的无数张面容，也就是那些不再能说话、不再能显现、已死的受害者面容。但表现禁令带来并不是对所有表现的废止，而是要让我们把图像、影像从被固化为纯粹客体或景观的命运中解救出来，如马里翁所言：让图像从“作为事物之规范的影像的现代专制”中解放而变为“圣像”。与其说列维纳斯的伦理学限制了视觉表现，不如说它激发我们以另一种眼光看待和创造影像。如 D. N. 罗多维克（D. N. Rodowick）所说："面容的先验力量作为伦理学对本体论的优先权，它呼吁着一种尊重他者的响应（responsiveness），这种响应要求我放弃我的控制权、主宰权或将他者作为影像来占有。"因此，列维纳斯式电影哲学在"面容"概念中寻求的，是一种通过影像来遭遇他者的方式，既不映照他者，也不在他者之上投射我们自我－概念对他们的偏见。

这种视角不再把图像仅视为供主体把捉的客体或享受的景观，而是还将其作为他者之踪迹，从而让电影呈现不可见之物或永远解构可见之物，即他异性。在此意义上，列维纳斯的伦理学"激励我们用不同的眼光看待银幕上的影像……不再把影像当作利用的工具……不再把他者降格为自我的投影；设想一种伦理的光学（optic），同时照亮可见与不可见"。

二　《索尔之子》：见证黑暗与图像的力量

"见证"往往指向一个已然消逝、难被再现的事件，大屠杀题材影片因此往往被归入"见证电影"范畴。在大屠杀见证题材的内部谱系上，朗兹曼认为，《索尔之子》与《浩劫》一脉相承，而悖于《辛德勒的名单》式表现主义。

《辛德勒的名单》与《索尔之子》有诸多共性，如对集中营、铁丝网、毒气室、焚尸炉、成堆尸体等意象的沿袭，又如在胶片选择上对质感的相似追求；此外，两部电影也都在某种程度上遵循了表现禁令，几乎没有直接呈现屠杀本身的残酷画面。然在叙事模式和视觉手段等技术层面，两部电影大相径庭。其一，《索尔之子》虽然采用线性叙事，但由于索尔的行动似乎缺乏逻辑，整部电影显得支离破碎。通过不断切换、倒错、摇摆的视觉呈现，影片讲述了具有"真实"质感的故事，却又比遵从好莱坞戏剧模式的《辛德勒的名单》更戏剧化：于贝尔曼指出，影片情节近似寓言——一个人发现了奇迹（即"儿子"的幸存）之后，尝试去做一件不可能的事。在传统寓言中，三次之后，故事的结局会发生实质变化，但索尔三次寻找教士的遭遇似乎只为进一步剥夺其希望。同时，尽管电影极力渲染出真实与沉浸感，但索尔一次次深入险境后的脱险，又都依赖诸种“巧合”甚至“奇迹”。其二，从拍摄技术上看，《辛德勒的名单》的拍摄机位与人物和场景保持着“客观”的距离，而《索尔之子》的机位常紧随索尔运动，营造出紧迫而又疏离之感，从而不再是一种令观众享有足够适宜距离的观看。

大屠杀的难于表现甚至不可表现，使于贝尔曼称其为“黑洞”。常见策略是“让这个‘黑洞’变成一个不可靠近、无法接触、难以想象、不可描绘的幽灵空间”，即“禁止表现”。这一策略也在阿多诺和利奥塔的美学中延续。阿多诺“把他观察的‘完美的黑’优先变成所谓‘激进’艺术的标签”，并认为这种“完美的黑”艺术是对大屠杀的一种可能的视觉回答。但《索尔之子》继承并超越了此模式。言其继承，是因为它依旧秉持大屠杀本身不可直接表现的原则：以静默之黑暗开场，随后转入虚化画面，伴随呻吟声、哨声和脚步声，最后也以一片如黑暗般沉寂的丛林作结；言其超越，在于影片“展现的这个地狱是有色彩的地狱：有刚刚死去的人的色彩，有索尔面孔的色彩……而且不要忘记炉火中煤的黑色，当然还有被关闭的大门的黑色”。若说阿多诺或利奥塔所推崇的否定式表现是以黑暗或抽象（即不表现）来表现不可表现者，那么《索尔之子》则以对黑暗的否定——色彩和光——让人看到黑暗，并引向黑暗后的不可见之物。黑暗不能与不可见等同，黑暗与光亮的区分已经依赖于一种可见性。要将黑暗引向其背后的不可见性，我们就需要先看到黑暗——这必然通过光。诚然，利奥塔欣赏的抽象表现主义等流派对于大屠杀的表现确有其价值，然而过度抽象已经只能让我们看到抽象而看不到黑暗。因之，我们需要以一种更直观的方式看到黑暗，并透过黑暗看向其背后的不可见者。

在影片中，黑暗同时也指向由奥斯威辛集中营五号焚尸炉的某位不知名的纳粹特遣队员在 1944 年 8 月拍摄的四张照片。于贝尔曼称，照片“给我们留下了双重的证据：黑暗的证据，或者阴影的证据，它建构了一个封闭的死亡空间……一种光的证据”。图像因而从被列维纳斯贬低为偶像的定位中挣脱，不再是应被禁止之物，而是打破禁忌之物。《索尔之子》正试图展现这样一种见证的诉求和图像的力量，一种来自影像与观众建立的触觉性关系的力量。这种触觉性关系既来自影像的质感或“调性”，也来自视觉表现的肉身性的内容——索尔的追求、行动及身体，尤其是那张苍白、疲惫、麻木、惊恐，时刻让人担忧、时而显露希望的面容。虚化环境迫近人物的表现风格放大了人物的肉身性，而在影像建立的触觉性关联中，影像本身也具有了肉身性。观众与影像的关系由此从主客关系转换成主体间的情感和伦理关系。列维纳斯对于图像尤其是艺术中图像的贬低，在于其隔绝了现实，尤其是隔绝了人际伦理关系，成为一种冰冷的偶像，而当图像回归真实和人性，与观者建立伦理情感联系时，它也就变成一种具有生命力的伦理话语，作为一种感性的触发和触摸在自我和他者间发生。面容的言说那种真诚的袒露和示意，就像“向他者致意，握手”，就像一种不含戒备的触摸。我们在这种可触的亲近中才能接近那个性化而不可取代的他者。而身体的任何部分只要激起了人们的伦理情感，或者作为一种伦理话语表达自身，就可被视为“面容”。面对面容时，我们变得脆弱和“易感”（susceptible），因此才会随时为他人揪心，为他人的责任所感发、纠缠，成为他人的“人质”，哪怕仅仅是影像中的他人。“他人之人质”正是列维纳斯晚期哲学中阐述的伦理主体。当《索尔之子》把我们变成这样的主体时，电影也就变成了面容。

三　别样的父性与希望

《索尔之子》表现的主题——死亡、见证、幸存、责任、宗教、希望和救赎等列维纳斯哲学主题的表现，都基于“父子关系”这一线索。整个故事都围绕索尔为“儿子”下葬展开。那么，索尔为什么要为“儿子”下葬？进言之，索尔为何需要借此获得拯救？他要拯救的又是什么？

列维纳斯指出，所有活人都应对死人负有一种幸存的负罪感。正是这种负罪感显明了人性，并通过向那些活着的邻人——将死之人上转移，变换为某种伦理。幸存者的负罪感不仅来自独生，而且来自“我”某种程度上导致了别人的死亡。因此，“儿子”存活的奇迹哪怕稍纵即逝，也让索尔希望重燃、良知复苏。纳粹试图证明犹太人是为生存不择手段的“劣等种族”，而索尔既在通过个体另类的抗争来寻回人性尊严，也在重塑民族精神。若说其他队员通过暴力越狱争取自由是一种面向未来的抵抗，索尔则选择一种面向过去的抵抗。他要寻回犹太人的传统，这也是寻回犹太人的尊严、信仰和精神，那些包括索尔在内的“已死之人”和“将死之人”也就重新有了灵魂归宿。诚然，索尔失败了，尸体消失在河水中。但索尔之行动的发起本身已经代表了一种承担、一种自由、一种对“可能性”的超逾。通过行动，索尔为自己创造了一种“父子关系”，无论结局如何，这种关系已彻底改变和升华了索尔的精神，甚至使他获得了希望和拯救。

“父子关系”或“父性”（paternité）在列维纳斯哲学中指涉一种自我出离自身或超越自身的关系，通过生育创造的儿子既来自又超离于“我”，儿子的诞生令自我与自身的关系变成了自我与他者的关系。儿子作为来自“我”的他者，将“我”从自身的束缚中解放，为“我”带来了一种真正未来的时间，也带来了真正的希望。通过生育和儿子，自我不再是注定回归自身的自我，自我变得异于自身，进而自由。表面上看，“索尔之子”既非通过生育获得，也已然死去，但在晚期列维纳斯对“父性”概念的反思中，父子关系不再被局限于狭义的“生育”概念中，因为这意味着儿子所给出的可能性和超越性依然停留在父亲也即主体或自我处。晚期列维纳斯开始思考另一种可能性：“非 - 漠然/非 - 无差别”（non - indifférence，亦译为“虽异不疏”）的可能性。列维纳斯将该词从存在论层面的“非 - 无差别”转换成伦理层面的“非 - 漠然”。作为“一种通过儿子超逾可能的可能性”，“这一非 - 漠然的超逾”“并不来自主导亲缘关系的社会规则，却很可能创立了这些规则”。换言之，父性、父子关系首先是伦理层面的，是伦理创立的亲缘关系和社会规则。此时的超逾不再依赖于生育和亲缘关系，而是依赖于“非 - 漠然”的伦理，亲缘关系是有来由的，而伦理在列维纳斯那里则是“无端的”（an - archic）——为他者之责任的无需缘由和无可回避。

索尔“儿子”的到来恰基于对这个孩子无缘由的“非 - 漠然”、非无动于衷、非视而不见。尽管孩子很快死去，但索尔还抱持着对这个孩子和邻人的无限责任。海德格尔把死亡理解为“最本己的无所关联的、不可逾越的可能性”，“向死而生”意味着朝向死亡而筹划生命、把握可能性，索尔则已超逾了这种可能。他并非没有筹划，他一直在筹划为“儿子”下葬，但这一筹划的期限不是索尔个人的死亡，而是“为他人下葬”或“拯救”。这一目标也指向回归犹太传统与信仰、犹太人自己的谱系和时间。通过这一行动与伦理，索尔以个人的方式重新接合了犹太人的谱系，回归了犹太人的精神，寻回了人性。因此，在这一“非－漠然”的为他者下葬的行动中，毋宁说索尔秉承的是一种“母性”。列维纳斯后期哲学中，“母性”隐喻着妊娠中的母亲虽时刻为腹中的孩子/他者所搅扰、撕裂，但对其怀有无法回避的责任。索尔抱持为他者的“非－漠然”和无限责任，无端地“怀上”了一个儿子，这种生育已经完全超越了作为亲缘的父子关系。

这种创造方式不是把儿子置于未来，而是置于过去，让他在向过去的回归中获得拯救、找到希望。在电影中，希望不再指向未来而是过去，或说是通过回归过去而指向未来。以此方式，索尔在极端的黑暗和灾难中，在对于犹太人之未来（孩子）的灭绝中，将“未来的死去”转变成了“死去的未来”。“死去的未来”在与过去的连接中变成了可哀悼和可祷告的未来，而在哀悼和祷告中，这一未来似乎又复活了。

（作者单位：华东师范大学中文系；原刊于《文艺研究》2021 年第 4 期）

中国二次元文化的缘起、形塑与进路

欧阳友权　邓　祯

“二次元”概念最早起源于日本，指代动画、漫画、游戏等二维平面媒介及其所营造的虚拟世界及文化空间，后来扩展到轻小说、动画电影及其周边衍生领域。在进入中国文化语境的传播过程中，二次元吸引了大量青少年群体。众多迷恋二次元文化的受众，借助互联网，围绕二次元文化产品的生产、传播、消费展开对话、交流等文化实践活动，由此催生出独特的审美趣味、文化思维、活动方式及价值观念，由此便形成了中国化的二次元文化（以下“二次元”，如无特明说明，均为“中国二次元”）。中国二次元文化作为青少年亚文化的重要代表，在鲜明的个性风格、独特的符号系统与社会主流价值体系之间形成若即若离的文化关联。

一　二次元文化的时代缘起

1. 从历史动因看，二次元文化肇始于社会转型期青少年族群的“逃避式抗争”

中国二次元文化诞生之初，便身处改革开放的历史变迁及其社会文化的博弈场域。作为社会转型滋长起来的文化“副产品”，它甫一产生，便以“边缘”的姿态与社会主流意识形态形成对视并受到质疑，但它悄然成长于主流文化特别是成年文化规制下青少年的逃避式抗争过程中。在外来文化和视听传媒影响下，众多二次元爱好者在逃避来自主流成年文化的霸权时，借助互联网虚拟空间，以“趣缘”为纽带，营造了一个个属于二次元群体的亚文化部落，组成二次元文化与主流文化的区隔。这种空间和区隔的建立是处于弱势地位的二次元文化群体以宣誓存在的方式对于主流文化的一种抵抗与调适，是社会转型期特别需要关注的青少年亚文化。青少年借助网络新媒介的力量，特别是利用线上二次元文化虚拟社区，寻找到“志同道合”的二次元爱好者，“群”以“缘”结、“缘”以“群”分成为他们寻找、聚合二次元用户的引力，他们不断吸纳散落在赛博空间各角落里的二次元文化爱好者，组成一个成人文化世界之外的“文化赛博格”。自此二次元文化爱好者便在逃避式抗争中，逐步建立起属于自己的文化部落，衍生出一种不可小觑的青少年亚文化现象。

2. 从现实表征上说，二次元文化彰显于“趣缘型”区隔的“仪式性狂欢”

二次元人群大多是我国早期的“数码原住民”，网络为他们营造了一个几乎零成本的匿名世界和一个消解中心与权威的虚拟空间。在这个空间里，他们自认为摆脱了家长、老师等说教者的把控，远离了现实的规矩和秩序，达成乌托邦式的平等交流，投缘而聚的狂欢广场成为他们的精神家园。二次元群体首先建立了一套狂欢的话语，这套有着鲜明后现代主义文化特质的话语，生成于青少年群体的交流之中，并服务于“趣缘圈”的群体狂欢。他们据此远离成人世界，并试图构筑起颠覆话语特权的乌托邦，对二次元以外的东西冷漠以对，甚或“吐槽”和“恶搞”，彰显出文化学意义上的二次元症候。二次元群体还形成了一套以特定符号话语构成的狂欢仪式，以此构成网络空间集体化的行动方式。可以说，仪式性狂欢是二次元个体文化认同的建构仪式，二次元族群正是通过对“文化记忆”的温习来表征这一亚文化的存在与力量。

3. 从媒介语境看，二次元文化归依于以“部落化”文化维系与加持的“族群忠诚”

二次元群体多为“Z世代”的“网络原居民”，是一个有着鲜明群体意识的社会部落，以“网”择群，以“趣”结缘、以“缘”站位是他们的基本立场。这些处于边缘地位的文化族群往往要通过虚拟交往和符号消费，强化着彼此间的认同感，感知个体存在的价值。对于“惺惺相惜”的族群成员以及给予他们归属感的社群，他们都会表现出很高的忠诚度，而对非部落成员则会保持一定的警惕甚至敌意，因此他们对二次元文化的坚定守护常常表现出一种“族群忠诚”。由于二次元的个体在精神上获得源自社群成员的互动与互惠，因而这种互动与互惠强化了二次元成员间的相互依赖性。二次元社群可以让成员在情感认同方面持续地得到满足，成员间的良性互动，使得二次元个体忠于他们的“趣缘”群体，同时赋予个体维护社群及其成员利益的责任感。当群体成员或社群利益受到损害时，二次元爱好者会主动维护“我群”利益，甚至联合社群成员对抗损害群体利益者。这种二次元文化的“族群忠诚”是源于弱势地位的二次元群体自我保护的需要，目的是通过排斥异己以忠诚自己的族群。其忠诚的意义在于获取二次元精神世界的身份认同，标榜二次元族群独特的亚文化属性，并维系其体系的稳定性。然而，随着二次元文化的逐渐盛行，这一群体的“族群忠诚”在维系亚文化生态稳定的同时，也愈发加深了与主流成人文化的隔膜。

二　二次元文化的社会形塑

1. 从失范到规范：社会语境对二次元文化的约束性规训

在诞生初期，孕育二次元文化的消费市场实际上处于“野蛮生长”状态，这一文化的消费品从内容到形式，都镌刻着外来文化的烙印。一些来自非正规途径的轻小说、漫画书夹杂着各种低俗、暴力、血腥、色情、颓废等内容，这对中国的文化建设和二次元文化自身的健康发展都非常不利。针对这些问题，政府部门从版权管理入手，打击盗版及非法出版的低俗刊物，并加大对相关责任主体的问责力度，以规范漫画出版市场。在政策规制下，从 20 世纪 90 年代开始，以《画书大王》为代表的非法期刊被勒令停刊。针对境外动画泛滥于中国荧屏，未经审查的外片存在导向错误、格调低下，影响青少年价值观念和民族精神等问题，国家广电总局相继出台了一系列政策，严格对境外动画的管制，“重新定义”电视动画市场，这无疑让发展中的二次元文化迎来转型的机遇。然而“禁”“停”令并未完全限制那些能熟练使用互联网二次元文化的爱好者，他们中的一些“忠粉”转战网络等新媒体，甚至违规自主“翻墙”获取国外、境外未经审查的二次元文化内容资源，并逐渐养成了一套足不出户便能自我满足的日常文化消费方式。制度层面的规制与形塑一定程度上限制了外来文化对本土二次元文化的影响，但未能从根本上改变二次元文化群体消费外来动漫和轻小说的习惯，对二次元文化的规训与形塑还需要从“供给侧”壮大民族产业，提供有养分、有“钙质”又适合青少年特点的文化产品。

2. 从亚文化到泛文化：商业资本对二次元文化的市场化改造

中国的二次元文化虽然形成于个体的文化消费中，但早期的二次元文化并不包含太多的商业色彩，也没有被大规模的商业化，无论是二次元群体早期的自组织性文化生产，还是二次元虚拟社区 Acfun、Bilibili 初期源于“文化情怀”的产品经营，都具有明显的非功利性。随着二次元文化的发展及其群体规模的不断扩大，嗅觉灵敏的商业资本及时发现了这个未被开发的场域，商业资本对亚文化收编的基本逻辑是让商品化的亚文化从小众扩展到大众，从二次元文化群体扩大至主流文化人群。原本在二次元文化场域外的文化产品，如脱胎于动漫作品的真人电影，包含二次元虚拟想象的网络文学，夹杂二次元元素的综艺、低幼动漫等，也被贴上了二次元的标签，与人们日常生活息息相关的衣、食、住、行、娱、购、游等大众消费品也“漫灌”出二次元文化元素，让普通大众通过消费泛二次元文化商品，突破横亘在二次元与三次元之间的交流壁垒，实现与二次元文化的对话。随着腾讯、阿里、网易、百度等巨头的竞相布局，商业资本对二次元文化的商业化改造不断升级，原来的二次元逐渐被修订为泛二次元、准二次元，或新二次元，被大范围纳入产业体系槽模，与分散、零碎的大众文化共同融入由商业资本所控制的泛娱乐产品生产、分配和消费机制中。于是，二次元文化在接受商业改造中不断被修改和加入新的元素，并逐渐与消费文化与大众文化融合，其娱乐精神和消费意义被一步步放大。随之便被形塑为一种大众化、商品化消费符号，二次元文化与原本情境相互分离，变成了一种普及化、边界模糊、不设层级的时代泛文化。

3. 从个性表达到价值观建构：主流意识形态对二次元文化的精神引渡

社会主流意识形态约束和规范了二次元文化，也引领和形塑这一文化，调适和规制二次元社群的文化走向，力图以正确的价值范式促使其成为社会文化建构的潜在资源，让时代的核心价值观成为二次元文化引渡的精神靶的。近年来，在商业资本的介入下，主流意识形态从二次元文化与市场主体的互动中不断寻找二次元与主流意识的结合点。其基本策略是让主流意识形态观念与二次元市场主体合谋，将主流文化和二次元文化融入文化消费中，让青少年群体用于个性表达、寄托个人幻想的二次元文化转化成传播群体共识、具有正向价值观建构和富有人文教化意义的消费文化，以寓教于乐的方式，借助“二次元叙事”，让目标受众卸下对于价值观传输的心理防卫，通过文化消费品的选择、接受与消费，潜移默化地影响这一群体，有序引导他们的亚文化意识向主流意识形态靠拢，以实现对二次元文化的有效改造和提升，终而达成对二次元文化受众的价值观念转型和精神品质提升。

三　未来二次元文化的历史进路

1. 把脉问题导向，培育刚健有为的二次元文化生态

有统计表明，2018 年中国核心二次元用户规模已突破 1.1 亿人，泛二次元用户规模达到 3.5 亿人，“90 后”用户、“00 后”用户分别占比 65.27%、19.02%，这意味着二次元文化已步入“后亚文化”时代，成为能辐射亿万中国青少年文化生活，影响他们文化接受力、审美品位和民族认同的文化存在。在这一背景下，培育一个刚健有为的文化生态和健全的管理体系对日渐归依为主流的二次元文化显得尤为重要。从近年来的“剑网行动”和网站清查披露的情况看，一些二次元动漫、漫画、游戏、轻小说等作品，以及以青少年为主要消费对象的直播文化、网红文化、弹幕文化、“佛系”文化、“死宅”文化、“鬼畜”文化等，其影响不可小觑。一些二次元作品中夹杂的导向不正、暴力、色情、低俗、颓废、幼稚的元素时有所见，已经成为影响文化价值观建设、社会舆情导向和青少年成长的重大社会问题。对此，既要有得力举措强化引导而避免误导，还网络一个净朗的文化空间，以刚健有为的精神为二次元文化“补钙”，同时也需要打破次元壁，让更多的三次元群体了解和影响二次元，将二次元真正融入社会整体文化之中，实现不同次元文化的破壁交融，促进青少年在成长成熟中实现对二次元文化负面性的自觉“脱敏”。

2. 植根民族传统文化自信，实现对二次元文化的“精神赋魂”

在接受资本力量和行政规制的形塑后，我国的二次元文化需要熔铸民

族化基因，持续推进其本土化质变。在文化价值观层面，应该用丰富的文化产品和卓有成效的教育，倡导文化自信和民族自强，以新时代的核心价值观为二次元群体实施“精神赋魂”，用富于精神质地的代际担当感构建起青少年正确的人生观、世界观和价值观。一方面注意吸纳中华民族丰沛的优质文化资源，重建与伟大传统的血脉联系，重视民族文化的传承和借鉴，用民族文化血缘弘扬中华传统文化精神，促使二次元从业者与消费者对外来二次元文化的目视从仰视走向平视，从意识层面的文化自信转化成行为层面的文化自觉；另一方面，以时代的责任感让二次元文化融入中国风格和中国气派中，阐释和表征当代社会的正面价值，形成二次元文化的“中国特色”。尤其要从青少年成长方面坚守我们这个时代的主流价值，积极引导二次元文化走向主流文化，让二次元社群对中国当代文化的核心价值产生主体认同与归属感，增强价值观导向在促进青少年个体成长、身份构建、社会交往、文化理解等方面的引领作用，为健全人格的养成注入新的时代内涵。

3. 打造本土化产业链，开启二次元产业的进阶之路

在文化产业层面，需要做好二次元文化产业的前置规划和布局，培养和打造出从产业前端漫画、轻小说创作，到中端二次元 IP 的动漫化、影视化、游戏化，再到社交、直播、Cosplay 形式的体验打造及手伴制作等周边产品衍生开发的二次元产业链。为此，国产二次元产品需从三个方面寻求突破：一是融入优秀传统文化，让产品不仅覆盖最潮流的内容，也覆盖最富于人文价值内涵的内容；二是立足现实，靠生活质感打动观众，以时代的热流引发共鸣，而不是靠玄幻仙侠、神鬼妖魔制造噱头，吸引眼球；三是从注意力经济转向情感力经济。

总之，中国二次元文化建设是一个历史过程，也是一个从他律走向自律的过程。只有以更加积极的姿态树立文化自信，导入刚健有为的价值导向，并真正建立起具有民族特色的二次元工业及产品体系，矫正并重塑二次元用户的审美习惯和增强去浊纳新能力，才能逐步实现二次元文化格局的正向拓展和生态优化，达成积极健康的二次元文化的中国本土化逆袭。

（作者单位：中南大学文学院；原刊于《学术月刊》2020 年第 3 期）

算法社会的文化逻辑

——算法正义、“荒谬合理”与抽象性压抑

周志强

一　算法正义

“算法”（algorithm）不是指计算本身，而是指计算的程序，即计算的形式化过程。复杂社会必须借助于各种各样的算法，才能实现其内在的组织化职能，这就有了算法社会。

算法社会显然不能等同于有算法的社会。算法社会确立了一种算法正义的文化逻辑。2019 年开始启动的新税法，提高了起征点，也实行了免税额度，同时采用年终总计的方式征缴个人所得税。这与旧的税法的算法不同，目的在于让中高收入者缴纳更多的税费；同时，因为中高收入者占据个人所得税的份额相对较少，从而减少了总的税收量。这样的算法起到了部分消除收入不均衡所带来的社会怨恨的效果，并呈现出“算法正义”的内涵：一方面，税收不仅是政府资金的来源，还是情绪政治潜在杠杆，无形地实现社会资源的合理法分配；另一方面，它通过算法的科学性逻辑，令政策的执行获得毋庸置疑的合法性。

在这里，算法的逻辑呈现出简明的悖论性质：算法的目的乃“使自动化”（automate），于是，自动化本身产生了正义自动化效果。当我因为个人所得税不同的征收点问题向税务部门质疑的时候，工作人员的答复是：只要算法没错，这件事情就无可置疑；只有不符合算法的事件，才值得讨论。算法正义由此构成了算法社会的意识形态幻象：因为算法面前人人平

等，所以，尊重算法成为潜在的无意识律令。

尊重算法，变成了新的科学道德，也是无奈的结局。复杂社会中，对于算法的检讨变得非常艰难：就像 Windows 一样，每个局部的算法都是清晰的，但是，却没有人——包括专业人员和决策团队——能完全掌控千百万个算法集合在一起的复杂状况；最终的结果就是，只有算法本身可以控制算法：除非借助于高速运转的芯片，人类的能力已经无法了知计算机自身发生了什么。股票、汇兑、基金、人口流动、城市病、防疫、就业、行业扩张、电子商贸、物联网、高铁时刻表、物流效率……不同的算法交织在一起，形成了自动化社会，也构成算法正义的社会基础。

在算法社会中，当只有借助于算法才能感知其他算法的内涵时，算法正义就变成了无法撼动的铁律：除了尊重算法，我们已经别无选择。

二 算法悖论

那么算法是否真的可靠？这种科学性的活动背后，隐藏了何种玄机？

算法起源于公元 9 世纪左右，代数的出现诞生了算法。波斯数学家也是代数之祖花剌子密（拉丁语名字即为 Algorism）提出算法范畴，用来描绘一个输入端和输出端之间的可控变量关系。算法的功能是可以形成一定的预测性的，它的出现就使得数学的地位发生了改变。

斐波那契找到了黄金分割的基本公式：每一个数值第 3 项和第 2 项的和等于第 4 项的和。即使人类还没有进入算法社会的时代，黄金分割律的出现也已经成为社会支配性的算法。无处不在的黄金分割律，并非宇宙之神的数学化，而是人类行为对于算法的内在遵循。直到今天，电影当中的主人公的位置，一个建筑物的基本的标线，以及人体美的基本标准，都是按照黄金分割律来计量。0.618 貌似是一个外在的数字汇率，却蕴含着人类思想发展的逻辑：人类对理性和秩序现实的稳定化诉求。

显然，黄金分割律这种算法的确立，已经是独立于数学之外的关于世界的形而上学的思考活动。恰如莱布尼茨所说，数学已经获得了哲学的意义。他认为，哲学上具有两条绝对真理：一个是神；一个是虚无（也就是说，哲学的绝对真理无外乎空无一物与为天地立心）。于是，0 代表虚无，

1 代表神，莱布尼茨发明的二进制是其哲学理念基础上的“创生”，而非科学的发现。

今天我们讲算法，指的是二进制基础上的智能程序。但是，这种算法的背后隐含的并非世界的科学伦理，而恰恰是哲学伦理。恰如维特根斯坦所说，数学家是发明者而非发现者。按照莱布尼兹的设想，复杂的问题可以通过简单的运算来呈现和解决，任何社会和人的行为，包括人的伦理冲动，都可以通过二进制的方法进行精确的计算，从而实现对人的控制和对人的未来的预测。如果二进制“创生”来自哲学的两个绝对真理，那么，二进制算法对于人类社会的推演，则是坚信“无序可以创生有序”的形而上学理念的体现。

这种算法理念，潜移默化地与欧洲的理性主义传统紧密关联。莱布尼茨的理论不仅仅直接影响了人工智能时代的算法语汇，还为算法伦理确立了基本的逻辑：一切都是可控的。弗洛伊德即使认为存在独立于生理之外的心理领域，但是，他依旧坚信心理问题最应该用生理学解决。一切神秘的心灵和精神世界，皆是可以用可计算的医学与生理学来揭秘的。弗洛伊德忘记了补充莱布尼茨的算法伦理：人的行为本身，也可以通过行为的数据化计量而成为揭秘其精神状况与心灵活动的依据。在今天，人的生活越来越变成用数字计算出来的生活，人的一生不再呈现为精神性的活动，而日益变成算法的记录或集合：充满了算法结果的历史。

19 世纪初，高斯联结相依函数出现，这种算法是一种理想型的模型。高斯尝试建立预测的数据化方式。他发现，可测量的事物，大部分的数据点都会集中在中间值附近，这就有了“正态分布”：中间值总是数据量大，远离中间值则数据量小，如同森林中的树木，最高的与最矮的树总是少数，绝大多数树木成中间高度状态。高斯函数为算法社会提供了科学性的合法保障：那些看似无序的世界，潜存相关性。韦伯在股票的上下波动当中取一个平均数，从而确定股票价格走向，此种方式被看作“价值中立”思想的基础——这样的观念，恰恰体现了算法社会合法化与合理性相互维系的结果。事实上，即使存在股票的中间值，也无法说明存在一种思想和精神的价值中立。

高斯函数正是在这里体现出算法悖论的：算法来自一种科学性的观

察，却忘记了价值中立不过是理想的幻象。南开大学毕业的李祥林用于测量风险债务的相依函数公式，被华尔街视为唯一的风险测量风向标。2007年华尔街金融危机引爆全球金融动荡。我们看到了算法的内在悖论：它是一种哲学意义上的理想设定，却要求现实按照它的方式运转。

这就必然引出“疯狂理性”的问题：近代欧洲的科学主义传统的确立，拆碎了古典的现实，令“机械的世界图像取代了有机的世界图像”，笛卡尔把人的身体比照为机器，斯宾诺莎把上帝看作万物的单一性物质、牛顿确立了一旦运动起来就不需要神的理念……种种迹象表明，算法的诞生，不正是理性疯狂地扫荡新现实的必然结果吗？

三 “荒谬合理现象”：一种疯狂理性的困境

众所周知，费希特把人类的理性发展史分成5个时代，我们人类目前正处在第4个时代，就是理性和科学的时代，最终，我们将进入“理性艺术”的时代。费希特描述说，在“理性艺术”的时代，人类以正确无误的步伐准确无误地实现了理性。从算法社会的角度来说，这显然是可能的：当人类变成算法社会的潜行者的时候，“守法”和“违法”的概念都可以变成遵守算法程序或者违背算法程序；生活早已经被算法预置了命运，人生的程序不再是精神、行为和社会的违和或矛盾，而是自始至终的协调统一。无数严密的逻辑和同样多的荒谬理论，和谐共存在同一个矛盾体中，这不正是我们今天所谓的理性时代社会的特性吗？

在这里，算法社会严密的逻辑中，每一个数值环环相扣，但是可以导致“荒谬合理现象”，恰如“新股市坍塌效应”：建立在各种严密算法基础之上的股市，一秒钟之内股市价格会上升到一个高度，然后另一秒钟再进入一个低谷，形成严格计算条件下的“荒谬合理现象”。

斯坦纳尔举过一个“天价书”的案例。亚马逊网站上两个书商销售同一本几乎绝版的图书。他们采用了算法定价：一个商家把自己图书的价格设定为另一个商家图书价格的0.9983倍，而另一个商家则要求自己的图书价格设定为对方价格的1.2759倍。于是，一旦有买家出价，这本图书就可进入自动化升值状况。最终，这本书竟然卖到了23698655.93美元。

显然，“荒谬合理现象”可以说是算法社会的典型症候：一切都是理性的，一切都要靠着理性去解决，而这个理性却导向一种总体荒谬。

齐泽克曾经引用布莱希特的一句话：抢银行和建银行，哪一个更疯狂？即“与理性自身的疯狂相比，丧失理性的疯狂算得了什么？”一般来说，人们会认为抢银行是疯狂的，但布莱希特却认为，相对于建设一个银行来说，抢银行真是理性多了。不妨这样设想建银行的疯狂：如果有一天，所有的储户一起去银行取钱，任何银行都会崩塌。我们发现，银行是建立在这样一种“合理性的疯狂”基础之上的：只要不来算总账，则万事大吉。这不正是我所说的“荒谬合理现象”的逻辑吗？银行的任何算法都是科学的、秩序的，却遮蔽了算法正义的疯狂性：我们只能看到局部的合理性法则，并相信这是科学的形态，却无法认知到算法本身乃一种“哲学性的创造”，它终归不是现实本身。

四　算法社会中的剩余快感规划与抽象性压抑

如果把银行系统看作算法的典型化形态的话，那么它就体现了算法社会的快感延迟机制。作为算法社会中的“存储+投资+汇兑”的系统设置机构，银行把当下个人生活看作无利可图的时间，回报是经由特定的算法才以可预期的形式存在。于是，这种快感延迟机制，把算法社会中人的处境完整描画了出来：人的生活被规划为可支配的时间程序（算法程序）；人，不再是个人生活的支配者，而是算法社会的剩余物或说残余。与之相应，算法社会中的人，在各种各样的算法面前，只能以剩余物的形式享受由算法程序执行的快感（存钱的回报）。人的快感经由算法——一种客体化的欲望过程——才能实现。这就有了算法社会中的剩余快感问题。

在这里，算法社会的核心特征就在于，它不断地以生活剩余快感来实现其科学性的预测，即剩余快感早已成为算法社会的内在规划。

“剩余快感”（surplus - enjoyment，法语 plus - de - jouir，英译有时也译作 surplus - jouissance）本来是拉康的概念，来自拉康第17次研讨班“The Other Side of Psychoanalysis（1969 - 1970）”。这一概念受马克思剩余价值理论的启发：拉康认为作为剩余快感之化身的对象a，是快感的过度，它没有使用价值，只为快感而存在。在齐泽克那里，“剩余快感，指客体的实证、经验属性所带来的满足的盈余”。算法社会颠覆和控制了我们的快感效应，使得我们只有把所有的生活捆绑在剩余快感的时候，个人才会获得相应的价值，就像马克思说的一样，如果剩余价值去掉了，那么价值就没有了；同样，算法社会把主体的欲望客体化了，即除非在算法社会的客体程序中获得满足，否则就再也没有满足的可能性了。

今天我们所有的快感都来自算法社会提供的这种剩余性。就像一个人买一个杯子，不再是为了喝水，而是它的价格（一种算法的结果）所指向的奢侈感。在这里，欲望的满足变成了可以计算的情况：1000 元价格的杯子与 100 元价格的杯子，即使都用于喝水，也有了不同的欲望满足量；前者带来的快感尤其充分，后者则可能更加纯粹地指向杯子饮水的快感。

于是，算法社会中的文化逻辑清晰地表露出来：算法置身于人们的生活体验之外，却承担了欲望客体的执行者功能；人们的经验（快感）必须借助于算法才能按部就班地得以实现。

在这里，算法社会就呈现出一种快感错位的状态。一篇新闻稿通过算法可以得知哪些情节和关键词可以引发关注度；一部电视剧本来旨在对美学和社会内涵的生产，事实却是制作者通过计算明星的流量，把观众的快感生产作为核心指标。齐泽克认为，剩余价值是启动资本主义生产过程的“成因”（cause），剩余快感是欲望的客体 - 成因（object - cause of desire）。显然，拉康和齐泽克所说的剩余快感问题，在算法社会中变得更加典型：剩余快感不仅仅是实在界的残余，而且还越来越成为算法社会的内在成因。

由此来看，算法社会构造了一种“寓言社会”，也就是大维·哈维所说的一个“表面和意义错位”的社会：任何事物都不是表面看起来的那个样子，因为拜物教的文化在扭曲、改造和伪装现实。换个说法，算法社会是这样一种社会：我们的生活本身，不是我们的生活本身；生活所建立的和主导生活的东西，在这里已经彻底分裂。生存和意义彻底分裂。人们在算法社会中得到的欲望满足，是被规划和预定的；算法社会对于可测定性的诉求，令生命的意义变成了衍生物（剩余物）。

简言之，算法社会作为一种“寓言式社会”，呈现出意义剩余的特点。

恰如寓言中，意义是无法在其内部自我实现的，算法社会中，意义也是无法在社会内部自我实现的。人们阅读一则寓言，获得寓言之外的启示；如同人们观看一部电视剧，获得电视剧本身之外的快感（如流量明星满足观众的快感）。在这里，算法社会对剩余快感的精妙规划，让主体陷入抽象性压抑之中。

什么叫抽象性压抑？即主体所欲望的东西，是剩余快感的凝结物，是无法现实化的东西；于是，主体处在不明方向的焦虑之中。如同凝望星空而“怆然涕下”，无论何种现实的事物也无法消除这种悲伤。

换言之，算法社会将欲望客体化，而不再受主体的感性诉求支配；而算法社会对于欲望的规划，并不是一种满足性机制，而是一种匮乏性机制，即只有不断创造剩余快感，才能不断生产可计算的利润。人们想要的越多，得到的却越少；生产出来的欲望越精致，满足的方式却越粗鄙不堪，如同男性面对封面杂志上的漂亮女郎——封面杂志女郎是一个空洞洞的欲望客体，如算法社会所要使用的各种空洞洞的数据——把所有男性的欲望都给撩拨起来了，但实际上谁也不能娶到这个女孩。

算法社会提供的剩余快感空无一物，却令人念兹在兹。在这里，封面女郎成为算法社会的典型标志物：她符合黄金分割率，她符合所有的欲望算法，并有效创生欲望；同时，她把主体变成了“除不尽的余数”，成为再也无法有效组织自身意义——哪怕是快感——的残余物。

最美的汉堡包在海报上，最好的生活在算法中。今天，我们处在算法社会的抽象压抑中，也就必然处于内卷化的焦虑中。如何认识、反思和处置这一困境，则是算法社会中主体构造的关键性命题。

（作者单位：南开大学文学院；原刊于《探索与争鸣》2021 年第 3 期）

（栏目主持：周燕芬　姜彩燕）

主持人语

近年来，现当代文学研究在文献史料的发掘、学术理念的更新与研究方法的探索方面，都呈现出异常活跃的局面。本刊从2020年以来的各大学术期刊中选取部分论文，其中既有学术名家的最新力作，也有青年学者的代表成果，虽是挂一漏万，仍可从中窥见目前现当代文学研究领域的若干趋向。

洪子诚《红、黄、蓝：色彩的“政治学”——1958年“红色文学史”的编写》，通过一部文学史的创生及改版，透视一个时代文学与政治的纠葛及共振关系，这无疑是一个巧妙的以小见大的方式。1958年的北京大学中文系1955级学生集体编写的《中国文学史》教材，无论从集体编写形式还是从文学评价的意识形态标尺来讲，都是“拔白旗，插红旗”政治运动的组成部分。其后的迅速改版也随着时代的政治形势而摆荡。“红、黄、蓝”不仅仅是教材的封面颜色，还象征其“阶级品格”。这是特殊历史阶段的独特现象，有一定历史必然性，亦有可供我们反思的深刻教训与丰富经验。

丁帆的长文《现代性的延展与中国文论的“当代性”建构》，在对“现代性”概念进行词源学追溯的基础之上，探究了西方文论中的“当代性”概念，阐释了“现代性”和“当代性”在中国理论界和文学艺术创作领域使用过程中所自然形成的两者之间的错位问题，以及理论与实践脱节的现象，具有重要的理论价值和实践意义。其认为：必须从“现代性的过渡”与“当代性”的“入场”入手，找到一种“现代性”和“当代性”语词在文艺理论、文学史和文学批评中正确使用的规范模式，在中介的批评立场上打通理论与实践之间的互证关联性，从而凸显“当代性”的建构，这样才能使它们成为一种行之有效的理论、逻辑、概念与方法，以达到对“当代性”理论体系的完美构建。

陈思和的《巴金晚年著述中的信仰初探》提出“巴金晚年著述”这一概念，并以《随想录》《再思录》为中心，探讨了巴金晚年多次讲到的“理想”与其终生信奉的无政府主义“信仰”之间的对应关系。全文从回答巴金晚年著述中的隐秘激情入手，回顾了巴金一生所经历无政府主义信仰的沉浮及其理想主义幻灭的种种因素，最终得出巴金“面对暮云，依然不忘理想”的结论。文章思路在作家心理与文本写作之间穿梭，人、文互证，揭示了巴金这位文学老人“创作的秘密”，具有典范意义，为此类文章的写作做出了有效探索。

自“二十世纪中国文学与区域文化丛书”问世以来，区域文化与文学研究一直是现当代文学研究中一个重要的领域。2019 年 11 月，在“东北文学与文化国际研讨会”（大连）上，王德威首倡“东北学”概念并讨论其可能性。相较已成大观的其他中国区域研究，与中国（文学）“现代性”、现代经验等同频共振的东北研究却显得步履蹒跚。“东北学”研究不应局限于地方性经验和边缘视角，而应将东北放置于中国、东亚乃至世界的“时空坐标”中加以重新考察。这其中，无论萧红、萧军、端木蕻良、迟子建，还是不为普通读者乃至专业读者所熟知的作家作品，皆处在此一流动的历史、文学 - 文化、族群和政经版图等关系运作与意义言说之中。所谓“讲好东北故事”，便是于这“想象的共同体”之外，重新激活历史、政治与文学的内在生命力。李怡《成都与中国现代文学发生的地方路径问题》则认为，中国现代文学研究有必要改变沿袭多年的冲击/回应模式，进一步发掘和梳理中国社会与文化自我演变的内部事实。作者以李劼人、郭沫若等四川作家为切入点，以成都这一区域的地方性知识为背景，探索出与风姿多彩的“上海路径”“北平路径”不同的“成都路径”，由此呈现出中国文学走向现代的丰富性。沿着这一方向，我们有望打开现代文学研究的新视域。近来李怡在《当代文坛》上主持专栏《地方路径与文学中国》，所推出的系列文章已初步呈现出这一“地方路径”所具有的巨大学术潜力。

鲁迅研究一直是现当代文学研究中引人注目、颇为活跃的一个领域。在既往研究中，关于鲁迅与儒家、道家以及佛教等关系，都已有非常深入的探讨，但对鲁迅与墨家的研究还较为薄弱，孙郁《晚年鲁迅文本的墨学之影》弥补了这一不足。他系统梳理了鲁迅文本中与墨学相关的内容，称赞鲁迅小说《非攻》“提供的是一个朗健的英雄者的形象”，并指出鲁迅晚年对于墨子的推重，既着眼于其在逻辑谨严基础上的论辩精神，又回应禹墨埋头苦干的远古中国文化精神。近两年，王彬彬发表了多篇文章，系统研究鲁迅与抗日问题，在《启蒙即救亡——九一八事变后鲁迅关于抗日问题的社会批判》中，作者指出在九一八事变后，鲁迅关于抗日问题发表过许多言论，并非如很多传言所说从未提过抗日。鲁迅对国民党政府在日本侵略者面前的妥协、退让，常常进行尖锐的嘲讽，对中国社会在国难声中表现出的种种丑恶、荒谬现象，也进行了持续的批评。在鲁迅思想中，启蒙与救亡其实并不冲突。他对20世纪30年代中国社会出现的种种丑陋现象进行批判，既是为了抗日救亡，也是为了延续五四时期的启蒙事业。论文以扎实的史料和鲜明的观点澄清了学界在这一问题上所存在的误解。张洁宇《从体制人到革命人：鲁迅与“弃教从文”》，结合鲁迅20世纪20年代后期思想和经历，重审“弃教从文”的原因及意义，关注其与“左转”的联系，分析鲁迅对“文”的观念和对“从文”方式的新认识。作者认为鲁迅正是认识到了现代知识分子阵营的分化，反思了知识分子与体制及权力间的依附关系，并对1927年前后政治环境做出新的观察和判断后，才做出了“弃教从文”选择的，他远离学院、脱离体制，在上海的半租界与商业出版的新环境中坚持做一个独立批判的“革命人”。鲁迅的选择也指向了对于革命与体制之间张力的思考。

近几年来，围绕“社会史视野下中国现当代文学研究”问题的讨论，已然为学界热点，不少学者都发表了诸多新见与锐解，普遍认为，在中国现当代文学研究中引入社会史视野，能够让文学研究回到历史现场，呈现彼时历史的原初景观。倪伟这篇《社会史视野与文学研究的历史化》论文的独特之处在于：以社会史视野来研究文学，不是简单地把文学实践放在它得以产生的一种固化的社会历史背景中作二元论式的考察，而是需要清醒认识到文学实践本身既是社会历史运动的一部分，亦是政治和历史场域的建构性力量。同时，倪伟还特别提醒我们，社会史视野容易出现的问题在于，往往预设某种历史认知框架，把文学视作客观历史的投射之镜，而忽略了文学生产的主体、经验和形式，积极介入了社会历史意义的生产与流通。

关于五四的研究始终是现当代文学研究领域中的热门，张武军《五四新文化的"运动"逻辑》一文，在"层累的"五四运动研究史中新意迭出，史料细读辩证有力。作者通过爬梳原始报刊来触摸历史和进入五四。作者首先辨析了以胡适等为代表的新文化派建构的历史叙述，认为他们有意模糊五四的真正"运动"逻辑，又从关键词的角度考辨了"五四运动""新文化运动""国民运动"等在五四时期报刊中的流变史。其次从看似"旧文化旧文学"代表的《国民》杂志和同人出发，给我们描绘了一幅区别于新文化派描述的新的"运动"图景，并指出五四运动和新文化运动的关键之处在于"运动"，一场由学生主导的走出校园的国民运动。最后揭示新文化运动是在国民运动基础上继续社会和国家改造运动的"真正的革命"。可以说，作者在对五四新文化运动的历史考察中，未因循前人的视角，尤其是对国民运动背后的政党组织力量的辨析，有力地佐证了既往五四新文化运动研究史缺失的重要一环。

红、黄、蓝：色彩的“政治学”

——1958年“红色文学史”的编写

洪子诚

20世纪50年代北京大学中文系1955级学生集体编写《中国文学史》（以下简称“55级文学史”）教材的事件，典型反映了当代文学“经典”评定与政治潮流的紧密关系。因此有必要将其作为当代中国的文化事件进行回顾：追溯它发生的社会政治背景，表达的政治/学术目标，编写依据的理念和作为群众性集体学术研究的组织、运行方式，以加深对当代中国知识生产与权力、主流意识形态建构的关系，以及历史事件背后的思想、政治、人事脉络的了解。

一

“55级文学史”的编写，是1958年开展的“拔白旗，插红旗”运动的组成部分。这一运动在高校，主要是批判代表性学者的“资产阶级学术思想”，并组织以青年学生为主体的集体教材编写。中文系在一个月的时间里，师生撰写的批判文章就有近一百篇，批判对象既有在本系任教的文学史家、语言学家，也有系、校外的专家。被批判的游国恩、林庚、王瑶、王力等先生，是当时有影响力、在50年代也非常活跃的学者。没想到转眼之间，他们就成了批判对象，成了“资产阶级学术思想”的代表人物。

在运动中，北京大学中文系的这些先生的学问，被批判为“伪科学”。他们的文学史著作被认为是从资产阶级观点出发，对于古典作家和作品进行歪曲的解释。在时势的激荡下，学生们确立了超越他们的勇气，并将这一关系定性为对立阶级之间的取代，“决心跟历代的封建学者和资产阶级专家的文学研究的错误观点彻底决裂”，用集体的智慧撰写“内容全新，体制全新”的论著。于是，中文系三年级学生仅用一个月时间就编写了长达 75 万字的《中国文学史》，即“55 级文学史”。

二

1958 年是“人有多大胆，地有多大产”的年头，但几十人在短时间内完成几十万字的中国文学史编写，还是会遇到来自内部和外部的怀疑，这包括编写者的学术资历、拟定的编写完成时间以及编写的方式。对于人文学科的研究、写作，可否采用集体大协作方式的质疑，北大中文系 1955 级学生认为“不但是可能的，而且是一个新的方向”。

集体协作的首要问题，是如何将分散的个人组成一个思想、步调统一的整体，如何处理统一思想和个人经验之间的关系。“55 级文学史”编写者显然从现代工业生产的理念和组织方式上获得灵感：不仅使用“大协作”“机器”等字眼来描述这一科研活动，还把他们的工作直接与 1958 年工业生产“蚂蚁啃骨头”的典型相提并论。在“55 级文学史”编写者那里，探索从个人思考、写作变为集体写作的方式，就不只是具体方法上的意义。文学史出版后，编写者总结了下面几条经验。

首先是标准、指导思想。这主要是学习马列主义、毛泽东的论著，以之作为指导思想。具体做法上：一是参加者的思想正确、工作态度端正，确立个人无条件服从集体的原则；二是制定历史叙述和作家作品评价、分析的理论根据和标准；三是发现、建构中国文学史的“规律”，作为统御整部文学史叙述的基本框架。这里体现的理念和方法，在当时的史学界被概括为“以论带史”的方法。

其次是“严密的机构、制度”。成立了以党的支委会为核心的编委会，党支部书记挂帅当主编；四个副主编分工负责协助主编进行政治思想工作、业务工作、对外联系、秘书事务工作；每组都配备了坚强的党员领导骨干，还建立了一整套的会议、汇报制度，并规定了工作时间、工作纪律。

最后是生产过程、产品检验。“机器”进入了正式生产后，党领导编委会把整个“生产过程”规划为几个阶段：个人和小小组阅读材料，写出详细的有论点、有论据的提纲，小组讨论、修改提纲，编委会审查提纲，个人写初稿、小组讨论、修改初稿（或二稿），编委会审查、修改、定稿……业务工作的每一步骤，都必须紧紧地加以掌握。

在这个“脑力劳动大协作的机器”中，组装进“机器”的个体可能因此获得超越一己的智慧、力量，但个人也可能被集体孤立、碎片化，灵感和想象力在“集体的正确意见”的压力下被磨损、被抑制。然而，排除了差异性经验，排除个体的奇想、偶然性的集体，它的“正确”有时候也难免走向空洞、僵硬和公式化。“55 级文学史”的制度和科研方式，后来虽然不再有完整的复现，但其中某些理念和工作方法，在当代中国学术生产中有深远影响。

三

1958 年，全国各地高校学生的科研活动遍地开花，编写的教材、文学史自然也不止北京大学中文系编写的这一部。较知名的还有北京师范大学中文系 1955 级学生编写的《中国民间文学史》、复旦大学中文系古典文学组学生集体编著的三卷本《中国文学史》，华中师范学院（现在的华中师范大学）中文系以学生为主体编写的《中国当代文学》，等等。在这些文学史中，“55 级文学史”受到更广泛的关注，成为产生影响的学术、文化事件。

“55 级文学史”面世就获得“红色文学史”的称号。“红色”主要不是指封面颜色，而是指它的“插红旗”的“阶级品格”，它激进的立论和分析方法，以及集体编写的方式。书出版的当月，《光明日报》社论称它是“一部真正的红色文学史”。北京大学中文系主任杨晦等人的相关文章标题也用了“红色”字眼。一年多的时间里，发表在《光明日报》《人民日报》《文汇报》《中国青年报》《北京日报》《文艺报》《人民文学》等报刊上的赞扬这部书（包括修订本）或介绍编写经验的文章多达二十余篇。1959 年 11 月，时任中央文教小组副组长的康生在给 1955 级同学的信中，对“红色”的含义也有联系“反右倾”问题的发挥。

四

1958 年“大跃进”轰轰烈烈，但年底热度开始减弱，国家对出现的偏差、错误采取调整、纠正的各种措施，这也包括教育领域的偏差、错误。1959 年 1 月，中共中央在北京召开教育工作会议，在肯定 1958 年教育革命、学术批判“成绩很大”的同时，指出存在“批判得过多，打击面太广，比较粗暴”的倾向。会议提出，学校应该以教学为主，发挥教师在教学中的主导作用，建立正常的师生关系，纠正“宁左勿右”的思想倾向。

这就出现了不同意见得以发表的气候。1959 年上半年，京沪两地的学者围绕北京大学、复旦大学学生编写的两部文学史展开讨论。京沪两地的讨论集中在三个问题上：现实主义与反现实主义斗争是否中国文学史的规律，民间文学是否中国文学的主流，以及具体作家、作品的评价是否准确。

6 月 17 日的讨论会上，刚担任中国科学院文学研究所所长不久的何其芳，做了题为《文学史讨论中的几个问题》的长篇发言。该发言具有讨论总结性质。在开头和结尾，何其芳肯定“55 级文学史”的优点、成就是“主导”的，称赞“年轻同志”宝贵的革命精神，表扬这部文学史具有鲜明的阶级立场。但在偏于笼统的赞扬之后，批评、质询就具体、尖锐且全面：不仅指向具体的论述，也涉及所依据的理论和论述方式。

何其芳首先批评了轻易发现“规律”的冲动。说“北大的文学史”提出的“现实主义与反现实主义斗争”和“民间文学主流”的“规律”，“在理论和事实上都是讲不通的”。民间文学主流论，来自高尔基的论述——人民不但是创造一切物质财富的力量，同时也是创造精神财富的唯一无穷的泉源。“现实主义与反现实主义的斗争”，则源于苏联文艺理论家涅陀希文（也译作聂托希文或涅多希文）在 1953 年出版的《艺术概论》的观点：现实主义在艺术史上是在与各种脱离现实或至少是片面地、歪曲地反映现实的倾向和流派的斗争中发展的，所以，艺术史也就是现实主义派别与各种反现实主义流派的斗争史。

何其芳的看法相信会得到众多学者的首肯，但在当时，这样的批评却不是谁都可以做的，眼界、才情等不说，还需要相应的身份和资格。

五

在强调对立、极端，将一切思想、事物一分为二的时代，如何让检查古代作家、作品对人民的态度这一标尺不致过度侵害人们心爱的作家、作品，是那些在遗产中浸染过的学者的焦虑。为此，何其芳在发言中提出“中间性”概念，来构筑一个保护的屏障，即在文学史上，在同情人民和反对人民之间，在明显的进步和明显的反动之间，还有大量带有中间性的作品。

“中间性”提法的前身，可以追溯到1955～1956年的李煜词讨论。何其芳在1956年6月13日、6月20日北京大学文学研究所李煜词讨论会上的发言，以及毛星撰写的论文《关于李煜的词》《评关于李煜的词的讨论》，都提出古代文学中存在既没有人民性，但也不是反人民的作品。这个没有人民性也不是反人民的说法，1959年由何其芳提炼为“中间性”的概念，并引发了1959～1960年有关“中间作品”的争论；这个争论也关联到“无害文艺”、文学欣赏的“共鸣”等问题。“中间性”的概念，后来也被“55级文学史”编写者接纳，运用到修订本的作品分析之中。

“中间性”概念的提出，是企图释放被挤压在两端的作家、作品，拉伸分析的光谱，扩大灰色的地带。关于这一“当代”难题，钱谷融此前在他的《论“文学是人学”》中提出的方案是，对王维、李煜、李清照等作家，应该用“人道主义”的原则来解释这一现象；“人民性”是最高标准，而“人道主义”是最低标准。由于这样的策略性背景，“中间性”以及“人道主义”都包含暧昧、脆弱的成分。在当代中国，“中间”（中间作品、中间人物、中间立场）多数时间处于可疑、尴尬的处境：既没有独立的位置，也没有获得应有的尊严，因为据说“中间状态是一种暂时的，表面的，不确定的状态”——这是1964年对“写中间人物”的批判语。

六

由于形势的变化，学术界开展的讨论和批评，使“55级文学史”编写者在 1959 年意识到他们还是处在学习与摸索的过程中，承认“正确处理”丰富的文学遗产，是一件非常复杂艰巨的工作，检讨他们曾有的教条主义观念和工作方法：不能期望以几个简单的原则来解决一切问题。于是，这部出版不足半年的文学史，就启动了大范围的修订。

修订仍然采取集体大协作的方式进行，与写作“红皮本”相比，发生的重要变化是师生关系。在修订进行的 1959 年，部分教师和学生原先设定的对立的阶级关系已被淡化。古代文学教研室的教师游国恩、林庚、吴组缃、季镇淮、冯钟芸、彭兰、吴同宝（小如）、陈贻焮、沈天佑、吕乃岩、周强等都参加了编写工作，新的编委会也有六位教师加入。游国恩、林庚等先生地位、身份的这种变化，并非他们个人所能选择，大体反映了当时政治运动的走向，由政治运动的诉求和策略所支配、推动。因而，这里的师生关系就不是一种“自然人性”的关系。

修订后的“黄皮本”扩展到四卷，共 120 万字的规模，资料性、学术性等方面确实大大增强。民间文学主流论、现实主义与反现实主义斗争等“规律”被放弃，几乎百分之九十以上的章节都经过重写和改动。不过，编写者没有想到的是，修订本出版前一个月，中共八届八中全会在庐山召开，形势开始从纠正“左”的倾向转为批判“右倾机会主义”，思想文化领域也开始展开对修正主义、人性论、人道主义的批判。“55 级文学史”编写者在这种无法预判的情势下，对他们的修订开始反悔，转而检讨修订本的问题，并于 1960 年春天，他们打算利用毕业前的半年时间，启动对修订本的再修订。再修订的第三版并没有完成，原因有多个方面，如毕业后许多同学已离校等，但其中主要原因之一应该是受到来北京大学听课的周扬的劝阻。

七

从 1960 年冬天开始，政治经济开始进行全面调整，高等教育领域也在调整方针下试行制定的“高校六十条”。在中央书记处和中央文教小组的策划、领导下，包括文科教材在内的高校教材编写工作启动。在中国文学史古代部分的编写上，整体的编选方针建立在检讨 1958 年“大跃进”集体科研错误、偏差的基础上。

一个重要的改变就是由集体编写改为专家主编负责制。由周扬提议，《中国文学史》由游国恩担任主编，游国恩提出王起、萧涤非、季镇淮等也一起担任，而费振刚任主编也是周扬直接提出的。另一个重要变化是检讨1958年历史编纂中盛行的“以论带史”的研究方式。

最后完成的四卷本教材，1963年7月由人民文学出版社出版，封面是蓝色的，被称为“蓝皮本”。而作为配套教材的《中国历代诗歌选》，则由林庚、冯沅君主编。“蓝皮本”在“文革”后又做了三次较大幅度的修订。

八

1960年8月，北京大学中文系1955级毕业时，编辑了《战斗的集体——北京大学中文系1955级毕业纪念》（自印，未正式出版）的纪念册。该书辑录了陈毅、康生等人的来信，以及1958~1960年报刊上发表的有关“55级文学史”的社论、文章，还包括编写者介绍、总结经验的文章和会议发言。纪念册前面有谢冕执笔的题词：“革命斗争中成长/群众运动里开花/我们五五级/走的是红专道/骑的是跃进马/听的是党和毛主席的话/此去扬鞭万里/ 一生为祖国画最新最美的图画。”

四十年后的2000年夏天，该年级的部分同学重聚学校，也出版了毕业四十周年纪念册。最后题目确定为《开花或不开花的年代》（谢冕、费振刚主编，北京大学出版社，2001）。从“群众运动里开花”到“开花或不开花的年代”，这里蕴含着回望逝去的那些时日时的难以言说的思绪：欢乐和痛苦、纯真和复杂、获得和失落、自责和醒悟。

（原刊于《文艺研究》2020年第11期）

现代性的延展与中国文论的“当代性”建构

丁　帆

引　言

“现代性”一词伴随着新文化运动和新文学运动走过了百年，尤其是近40年来，这个语词作为一种“强制阐释”被频频导入中国的文艺理论、文艺批评和文艺评论的话语体系之中，解决了人文学科许多理论的难题，让我们在现代化的进程中打开了重重门禁，走过了它辉煌的历史进程。如今，这一语词的所指和能指是否还能解决当下（“后现代”后）的许多世界性的人文难题，尤其是包括中国文艺理论面临的种种它不能覆盖的问题？这是一个需要产生“当代性”语词内涵的时代。

我试图从语词层面来论述“现代性”的历史使用，以及“当代性”新的生成问题。从另一个角度切入，来探讨西方理论术语中的“未完成的现代性”（亦即“开始死亡的现代性”）与“正在成长的当代性”在中国文学艺术批评和理论界的使用转换过程中所带来的种种问题，从而进一步探究和阐释西方文论中的“当代性”概念，分析“现代性”和“当代性”在中国理论界和文学艺术创作领域使用过程中所自然形成的两者之间的错位现象，以及理论与实践脱节的现象，以期从中介的批评立场上来打通理论与实践之间的互证关联性。

一　“现代性”阐释的疏离

对于文化与文学艺术领域“现代性”概念的磨合，我们经历了一百多年的探讨，虽然有各式各样的阐释，但是原则性的分歧似乎不是很大，基本都将“现代性”与中国新文化的核心观念启蒙主义画上了等号。但是，随着时间的推移，这个等式逐渐发生了变化。

20世纪80年代以来，我们在“现代主义”、“现代派”和“现代性”的讨论中，已经耗费了大量的精力，由于讨论各方持有各种各样的理论观念，最终没能形成统一的标准答案，但这并不妨碍“现代性”语词在广义范畴的使用。然而，始料未及的是，“现在”“当下”，即涵盖所有“现代主义”与“后现代主义”的“现代性”，又被20年后兴起的“当代性”所替代。

进入21世纪之后，“后现代主义”的狂潮突然来临，中国理论界虽然准备不足，但对“后现代主义”理论进行了同步追踪，表现出极大的热情。所有问题的关键之处就在于我们所需求的“后现代主义”的观念在某种程度上是与“当代性”叠合的。在中国“现代”、“后现代”和“当代”处于一种共时胶着状态的情况下，三种性质的理论也纠缠在一起，就让人难以做出可信而可靠的判断与选择了。而最为重要的问题在于：我们需要解决的是这些理论在人文领域和文学艺术领域的许多实际问题。但毫无疑问的是，“后现代主义”为我们提出“当代性”概念提供了一个可资借鉴的理论基础，让我们在探索如何克服它的片面性的过程中去寻觅建构逻辑周延的“当代性”的理路。

二 从“现代性”过渡到“当代性”

40年来，我们在汗牛充栋的西方文论中寻找关于“现代性”的答案，试图借鉴其合理成分，进而发展出一套自己的理论话语体系，以此来阐释和引导中国的文学艺术创作和文学批评。20世纪末，我们在“现代主义”的语词中狂欢之后，便开始冷静思考究竟什么是“现代性”的基本理论问题。

如果从学理性、学术性，以及对中国文学艺术理论的指导性和实践性角度来看，我以为21世纪初卡林内斯库的《现代性的五副面孔：现代主义、先锋派、颓废、媚俗艺术、后现代主义》是影响最大的著述，自其被译介到中国后，其所讨论的“现代性”的内涵与外延得到了进一步的拓展和阐释，这正是促使我们考虑从“现代性”向“当代性”过渡的理论滥觞。

中国使用的“当代性”与西方文论的“当代性”有较大的差异，因此，将中国文学艺术的“现代性”“当代性”和西方理论家的观念进行比照，梳理出一条中国“现代性”与“当代性”的历史演进图式，澄清文学艺术中这两种语词交替混用的误区，是一个亟待解决的迫切任务。需要强调的是，我所论述的重心在于对“当代性”的阐释，而对仍然在使用的“现代性”语词只是作为一个学术前置性的过渡来观照的，意在纠正当下对“当代性”的误读及由此造成的非理性、非学理、非学术的阐释和运用。当代性也不是对现代性的彻底颠覆，而是在新的时代条件下对现代性的延展和修正。

当然，自打“现代性”闯进国门之后的一百多年来，我们对其内涵与外延界定的争论就从来没有停息过，其实这也并不奇怪，即使是在西方，也有像恩维佐那样的学者将“现代性”分为四个等级，即：（1）“超级现代性”（“是一个权力范畴”，即“世界资本主义体系”）；（2）“发展中的现代性”（亦即“现代性的杂交形式”）；（3）“形似现代性”（“意指从未被现代化的那些社会”）；（4）“落后现代性”（“对超级现代性的劝说最难理解”的社会）。这四种切分并不能够完全概括出各国“现代性”的本质，但是，其中等级差的排列是有一定道理的。回顾我们在 20 世纪 80 年代对“现代性”的讨论，有些问题应当就是由于离开了这些有效的差序坐标造成的，倘若我们从这个“现代性”的理论框架中跳出来，用一个“当代性”语词进行切换，那么许多问题就能得以进行有效的阐释了。

三 “当代性”的错位与缝合

“现代性”让位于“当代性”的理由何在呢？英美学者认为 20 世纪大多数时间，尤其是 60 年代“现代主义”走红的时候，“当代这个词作为艺术话语只在‘另处’起作用……然而，在 80 年代，当现代主义日渐式微的时候，大量的当代艺术家们重新定义生存的价值，认识到当下在场的力量，他们倾向于把当代看成是‘当前多元性的温柔能指’”。由此看来，我们在80年代如火如荼地引进“现代派艺术”的时候，西方的这种“当代性”的阐释并没有及时地翻译和传导进那时的文学艺术领域内，我们仍然是在使用中国新文化运动中阐释的原初意义上的“现代性”术语，以此来规避中国当代文学艺术中一些纠缠不清的问题，并用一些生搬硬套的西方理论与方法来解析一切“现代主义”和“后现代主义”的文学艺术现象与事件。

从另一个角度来说，就使用“当代”这个语词的时间节点来说，西方世界要比中国晚20多年，但是，我们没有意识到他们的“当代”与“当代性”的内涵与外延和我们之间是两个绝不相同的话语体系。西方使用的“当代性”语词的含义，与我们自1949年以后在“当代文学”中使用的“当代性”是有本质区别的。在一定程度上，我们的当代文学艺术的发展有时只有悬空着的“当代”，而缺少实质性的“当代性”。用安德森（S. C. Anderson）等学者的观点来说，就是“当代性”概念“既指审视作者生活时代语境中作者的创作各方面特征，又指让读者意识到作品与当前知性关注的相关性”；也即“当代性”所暗含的所指和能指应该指向文学史和文学理论在当下的“在场真理性”建构问题，同时也指向当代作家作品的创作方法问题。“当代性”强调的是一种符合人类发展的“真理性”的凸显。反观我们的当代文学史，无论是文学艺术创作，还是文学理论建构，或是文艺批评，可能有时缺失的恰恰都是这种“超越现代性”的“当代性”意识。当然，“从文学史流行的观念来看”，“当代性”也是涵盖“我们时代性”的，但是，它无法脱离的是其四个悖论，即“延续变异性悖论”“相互背反性悖论”“自我指涉悖论”“自我消散性悖论”。

“当代性”正是在对“现代性”的延展与修正中不断完善自身理论体系与模式的，它是走进历史现场的语词结构。这两个不同的语词无论在哲学的还是在美学的范畴中，次序都是不可颠倒的，虽不能完全说它们之间是时间维度上的递进关系，但具有“现时”和“瞬间性”特征的“当代性”，却包含着历史、现在和未来三个时间维度，也具有全景式“在场”的特征。这就是它超越“现代性”的所在。

我们只有将“现代性”作为一个“背景”来阐释在我国当代文学艺术

领域发生的一切“当代性”问题，才能找到一把解锁的钥匙。所以，在“超越现代性”的理论批评中，我们看到的是五个条件的阈定，即“当代性用‘在场存在性’超越现代性的‘刚刚过去性’”“现代性让位于当代性”“当代性用生存本体性超越现代性的机械性”“当代性用多元共存性超越现代性的单一等级性”“当代性用主客共存性超越现代性的主客悖论性”。

四　“当代性”对历史、当下和未来的阐释

在这里，我还是要强调“当代性”阐释中一个不能回避的问题，即“当前共存性”对“当代性”的意义。它的四个理论维度的阈定，即“经典的当代性”“作家的时代性”“异质的并列性”“瞬时的结构性”，是可以用来解释当下中国面临的许多理论批评现象的方法，并在文学艺术批评中发挥阐释作用，为文学史重估提供评价标准。

人们总以为经典是依靠长期的历史积淀就可以鉴别的，但我以为这只是其中一个元素而已。作家作品，尤其是长篇小说，活在未来的时间里更应该是一条至关重要的评价标准，但更重要的则是它必须活在“历史”之中，活在“当下”之中。也就是说，历史、当下和未来这三个时间维度是衡量作品是否经典化缺一不可的三个审美元素，但在这三个属概念之上的种概念则是“真理性”。用西方文论中的“当代性”概念来说，“当前共存性”是前面所提到的“使历史、现在甚至未来并存于当下，并存于我们活着的当下”的“超越时间”的哲学概念。这个“当下”既是一个时间概念，也是表示作品内涵和审美的终极指向存活时间长度的概念。也就是说，活在当下的时空当中，它应有作者掌握“真理性”的主体意识。

无疑，有些作品只能活在历史中，有些作品只能活在当下，有些作品可能会活在未来（这是死去作家的荣幸），还有的作品能够活在其中两个时间维度之中，那就是了不起的作家作品了：抑或活在历史和当下之中，抑或活在当下和未来之中，抑或活在历史和未来之中。以此来衡量中国一百多年来的文学创作，尤其是长篇小说创作，也许会显得十分残酷。因为能够全面符合表层（时间维度上的）和深层（作品内涵维度上的）双重标

准的作家作品，就十分难以遴选了。如果不用那么严格的标准来衡量，也许有许多已经进入文学史教科书序列的作家作品就要重新分类、分等级了，无疑，那些拥有“超越时间”自觉意识的作家作品就要往前排列了，那些想把历史、当下和未来的时间在作品中串联起来，以求达到将“历史的必然”的“真理性”融入对当下解读的作家就要力拔头筹了。因为他们的终极目标就是想让自己的作品永远活着，活在历史和未来的世界之中，活在“超越时间”的“真理性”之中。

五 “当代性”理论模式的建构

在中国当下的理论界，我们仍然在使用着那个“未完成的现代性”的语词作为解释许多文化和文学现象的既定术语，“现代性”仍然起着十分重要的阐释作用，尤其是对近百年来已然成为历史固态的文本的解析、作家作品的分析、艺术作品的鉴赏，以及创作中许多历史现象的解释，都可在“现代性”的历史图景中得到一种合乎情理的释义。然而，理论的进化是不以人的意志为转移的，当时代需要一种新的理论术语去覆盖“未完成的现代性”不能企及的理论半径的时候，我们提出建构一种根植于中国文学艺术实践的“当代性”理论模式和模型，就显得十分必要，也十分迫切了。尤其是在一个“后现代”的消费文化很大程度上影响着世界（包括中国）市场，当然也囊括文学艺术的创作和文化与文学批评市场的时候，我们的“当代性”与“时代性”的理论体系建构必须坚守其“在场的真理性”，意在克服消费文化给文学艺术带来的本质上的戕害，并引导人类文化发展运行在正确的轨道上。

“当代性”是一个学术前沿话题。在西方文论中，“当代性”试图成为一种超越“现代性”的理论范式，用《西方文论关键词》第 2 卷“当代性”词条编者的话来概括，那就是具有“当代性”特质的文本应有三个特点：(1) “当代性”具有“我们时代性”，也就是作者出生以来的这一个时代的独特性质；(2) 各个时代的意识形态共同存在于“当下”，并一起进入读者视野；(3) 具有不同时代的作家作品共同的永恒特性，即“生命存在性”。如果对照这三个元素来检视中国当代文学艺术的“当代性”，或许得出的结果并不怎么乐观，但是，恰恰就是在这个时间的窗口之中重新厘定“当代性”的内涵与外延，却给我们提供了有利的思考空间和充分修正的契机。这就需要我们在进一步厘清和思考“当代性”语词后，对理论模式建构、创作方法建构、批评方法建构等一系列问题做出全方位的设计，充分预想到一切可能产生的结果，当然也包括负面的后果。唯此，我们才能更好地运用它的合理性，以此来推动文学理论的演进。

在一个“现代性”尚未终结的时代里，我们启用“当代性”的语词概念并不是要完全消解对“现代性”的理论阐释和相应的文本解读方法，而是要在新的语词“当代性”的建构中，进一步纠正“现代性”在当下遭遇的误读，同时弥补其理论内涵上的不足。

（作者单位：南京大学新文学研究中心；原刊于《中国社会科学》2020 年第 7 期）

巴金晚年著述中的信仰初探

陈思和

巴金先生曾经是一个有信仰的人。但是在他的晚年，这个信仰是否还在悄悄地起着作用？这个问题巴金生前没有给予准确的回应。在他晚年著述中，取而代之的是一再出现的“理想”“理想主义”“理想主义者”等说法，核心词是“理想”。那么，巴金早年的信仰与晚年的理想是否可以重叠？理想在巴金晚年构成什么样的意义？

要清晰地回答这个问题并不容易。因为巴金在他晚年著述里所努力表达的，不是社会上普遍认同的现象，而是属于他个人的“这一个”所面对的精神困扰和危机。他无法用卢梭式的坦率来表述自己内心痛苦。这里有很多障碍。首先作家是一个无神论者，他的忏悔没有明确的倾诉对象，他常常把对象内化为对自身的谴责和惩罚。其次是作家对这种越来越汹涌地浮现出来的忏悔之情或许没有足够准备，因此《随想录》文本内涵前后是有变化的，前面部分主要还是回应社会上各种引起争议的文化现象，而越到后面，他的关注点越接近自己的内心，尤其在完成《随想录》以后的各种文字里，与他早年信仰有关的话题越来越多。也就是说，越接近生命的终点，巴金越想把埋藏在内心深处的话倾吐出来，这也就是他为什么一再说要把《随想录》当作“遗嘱”的深层含义。最后是巴金晚年经历了“文革”时期的精神危机和“文革”以后的觉醒，他又理性地意识到自己身处的文化生态远没有可能自由讨论其信仰，这是他在态度上犹犹豫豫、修辞上吞吞吐吐的主要原因。

归纳种种迹象，《随想录》是一个未完成的文本，它并没有把巴金想说的话毫无保留地表达出来。与其说巴金在犹豫，不如说他是在等待和寻找。在这个类似等待戈多的漫长过程里，巴金一再祭起“讲真话”的旗帜，不仅向人们提倡要讲真话，还可能是作家对自我信心的一种鞭策。

一　巴金晚年著述中最隐秘的激情是什么？

“巴金晚年著述”，是本文所拟的一个概念。包括巴金先生在“文革”后的所有著述以及编辑活动，如他翻译赫尔岑的《往事与随想》，写作五卷本的《随想录》以及《再思录》、《创作回忆录》，编辑《巴金全集》《巴金译文全集》等工作。其中《随想录》和《再思录》最为重要。

《随想录》是一部思想内容极为丰富的著作。它既是对刚过去不久的民族灾难的深刻反思，提醒人们不要忘记历史的惨痛教训，同时也真实记录了作家本人直接参与 20 世纪 80 年代思想解放运动中各种论争的全过程，成为一部真实保留时代信息的百科全书式的文献。此外还有更加隐秘的含义。那就是《随想录》的书写，是巴金重塑自己的人格，重新呼唤已经失落的理想的努力；写作过程也是巴金的主体不断提升和超越的过程。《随想录》要表达这层含义，远比揭开前两层意义更为艰难。巴金开始写《随想录》的时候，已经是一个七十多岁的老人，人生七十古来稀，在政治迫害中坚持到高龄已属不易，但是在七十多岁以后还要重新反省自己的人生道路，还要追求一种对自我的否定之否定，应该说，这是他所面对的最大挑战。

巴金为什么要选择这样痛苦的写作生活？他晚年究竟是被怎样的一种激情所支配？

社会一般舆论都认为这种痛苦来自巴金对历史浩劫的念念不忘，然而本文试图从另外一个角度来解释：外在磨难以及对磨难的抗衡，都不可能是巴金晚年写作最根本的动力；只有来自他内心的巨大冲动，他自己觉得有些深藏在心底里的话不得不说出来，同时又不能让深藏在心底的话随随便便地说出来而受到误解，这才是巴金晚年的最大困境。巴金在晚年著述里反复地宣告：“我有话要说。”在《随想录》最后一卷《无题集》的“后记”里，他动情地说：

> ……我的“随想”真是一字一字地拼凑起来的。我不是为了病中

消遣才写出它们；我发表它们也并不是在装饰自己。我写因为我有话要说，我发表因为我欠债要还。十年浩劫教会一些人习惯于沉默，但十年的血债又压得平时沉默的人发出连声的呼喊。我有一肚皮的话，也有一肚皮的火，还有在油锅里反复煎了十年的一身骨头。火不熄灭，话被烧成灰，在心头越积越多，我不把它们倾吐出来，清除干净，就无法不做噩梦，就不能平静地度过我晚年的最后日子，甚至可以说我永远闭不了眼睛。

这段话清清楚楚地表明，写作《随想录》的真正驱动力来自作家内心，巴金的心里有许许多多难以言说的话需要倾吐。在这一系列被艰难挑选出来的词组所形容的内心斗争过程，指向了巴金最终要表达的意思。他心中有一个最宝贵的东西，想说出来，但又不想轻易说出来，这个东西肯定不是一般的反思“文革”，也不是一般的思想文化斗争，因为这些都是思想解放运动中必须解决的问题，是当时推行改革开放路线的中共中央坚定不移的意志，如果没有这些前提，要推行经济改革路线是不可能的。正因为如此，关于巴金在晚年著述中最隐秘的写作激情，我们还要从另外的维度去找，那就是他曾经失落的理想，这与他一生的奋斗与信仰有关。

二　巴金无政府主义信仰的浮沉

现在学界已经有了定论：巴金早年是一个无政府主义者。这个结论既是对的又不完全准确。从中国无政府主义运动的发展史来看，巴金作为一个无政府主义者是不够完整的。晚清民国期间，中国无政府主义运动有几个影响较大的派系：参加同盟会从事暗杀活动的刘师复一系，偏重于社会政治实践与个人道德修养；与法国勤工俭学运动密切相关的吴稚晖、李石曾一系，偏重于走上层政治路线；有北京大学等高校背景的黄凌霜等人，偏重于无政府主义理论研究；此外，还有一些分散在广东、湖南、汉口等工人集中区域从事工运的无政府主义者，如区声白、黄爱、庞人铨、施洋等。后三派系的无政府主义者后来在实践中逐渐被分化，其中有许多人转变为早期共产党人，牺牲了生命。然而巴金不属于这四个派系的成员，他与他的同志们从成都到上海、南京积极办刊和从事宣传等工作，都属于边缘性的自发活动，一直没有进入无政府主义运动的核心层。

事实上，我们在判断“巴金早年是一个无政府主义者”时，就已经排除了巴金与无政府主义运动构成的关系。巴金个人的无政府主义的经历有几个明显的特点。第一，他是通过与国际无政府主义大师的思想交流，建构起自己的理想世界的。他阅读克鲁泡特金、巴枯宁、蒲鲁东等著名无政府主义理论家的著述，阅读廖抗夫、斯捷普尼雅克、赫尔岑、妃格念尔等作家的创作与回忆录等，直接从西方接受了无政府主义的理想及其理论。第二，他是通过与国际无政府主义活动家如高德曼、柏克曼、凡宰特等人的私人通信，直接感受到他们的人格魅力，从而在精神品格上得到提升。第三，鉴于前两个特点，巴金作为无政府主义者从一开始就有相当高的精神站位，他的无政府主义理论思想基本上来自西方，是通过与西方大师们、偶像们、先烈们的精神对话来武装自己的，而不是从中国政治运动的实际状况出发来总结经验教训，提升自己的理论的。因此他对于中国实际的无政府主义运动是生疏的，也是脱节脱离的。第四，即便如此，也并不表明巴金不关心或拒绝无政府主义的实际运动。1928 年底，已经获得成熟理论装备的巴金回到中国，他是有心在无政府主义运动实践中发挥指导作用的，但在 1929 年，国民党政权已经建立了一党专制的社会体制，无政府主义运动风流云散，难起波澜。

20 世纪 20 年代末，中国的无政府主义运动发生分化。一些头面人物走上了与国民党政权合作的道路，实际上已经放弃了无政府理想；一部分激进的青年无政府主义者转向了共产党领导的革命实践；更有大部分怀有无政府主义理想的人转向了民间岗位，他们办教育、办农场、组织工会、从事出版，不再空谈无政府主义，而是把无政府的社会理想转化为一种伦理情感，熔铸于具体的工作中，成为岗位型的知识分子。巴金后来多有接触的，主要就是这样一批无政府主义者。在转型过程中，巴金的生活道路也开始发生变化，他走上了文学写作的道路。

巴金具有写作天才，他的写作很快就取得了成功。他想做一个政治革命家没有做成，却无意间成为一名优秀的小说家。但是巴金以文学事业来取代理想主义的革命事业，与大多数无政府主义者——他们将理想激情转化为伦理情感与道德修养，落实在具体的岗位上，努力把工作做得尽善尽美——还是不一样的。他的写作目标仍然是通过文学来宣传自己的理想，鼓动读者接受他的文学煽情，间接达到献身理想的目的。他对文学艺术本身的价值并没有太多考量，更没有因为自己创作获得市场成功而沾沾自喜，反而文学事业的成功对他构成了一种精神压力。巴金本能地意识到，他似乎离自己的理想越来越远了。20 世纪 30 年代如火如荼的写作生活，在别人看来是巴金创作的黄金时期，而对作为无政府主义者的巴金本人来说，却似乎是一场炼狱式的煎熬。即使到了晚年，巴金心间也仍然被这样一种失败感苦苦缠绕得难以排遣。

三　理想主义者的沉沦

巴金从一个理想型的无政府主义战士（1920 ~ 1930）到一个充满失败感的作家（1930 ~ 1935），再转而成为民间岗位知识分子（1935 ~ 1949），是三个时间节点，他的转变是在日常生活环境的影响下逐渐发生的。巴金与信仰的浮沉关系非常隐秘。正如前文所说的，巴金早年是一个无政府主义者，但不是一个完整的无政府主义者。说他不够“完整”：一是指他仅仅在理论层面上接受了西方的无政府主义，但并没有与中国实际的无政府主义运动发生太多的联系（国内环境使然）；二是指巴金在 20 世纪 40 年代很快转型为一个作家、一个出版家，在民间岗位上做出了许多贡献，但是在日常生活的消磨中，巴金逐渐离开早年的信仰所带来的激情，无政府主义理想就像一个失去的梦，再也寻不回来了。

这样我们就能理解巴金在 1949 年为什么顺理成章地留在大陆，并且很快就参与了新政权的建设。从巴金与当时中国政治环境的关系来看：第一，他对国民党政权一向采取不合作态度，与吴稚晖、李石曾等无政府主义头面人物也保持了若即若离的冷淡关系；第二，除了与一些极端的左翼作家发生过口水战外，他基本上是站在以鲁迅为核心的左翼文学立场上进行活动的；第三，更重要的是，巴金与其他作为第三种力量出现的民主党派人士不同，他既无具体的政治主张和政治行为，也没有参与新政权分一杯羹的野心，作为一个民间岗位型的知识分子，巴金始终把自己的理想与热情局限在民间的岗位上，就像张元济、张伯苓等社会贤达一样，对新政权来说非但没有威胁，而且是一种团结、统战的资源；第四，即使从无政府主义立场而言，对于经历革命而建立的新型国家政权，他有理由亲眼看一下工农联盟的新政权如何实践其理想蓝图，这也是克鲁泡特金、高德曼、柏克曼等无政府主义者对待“十月革命”的态度。巴金的无政府主义社会理想主要来自克鲁泡特金，所以，他有较充分的理由超越具体的党派政治偏见，从建设层面上关注并有限度地参与新政权的建构。

尽管如此，巴金的作品依然受到了一次又一次的批判，巴金为此不得不多次做了违心的检讨。一个人，对自己曾经为之立誓献身的政治理想公开否定，且不讨论这个理想本身是否正确，对于信仰者来说，内心是痛苦的，时间久了就成为一种自我折磨。这种痛苦局外人很难体会。巴金是一个真诚的人，他对自己的内心痛苦，既能直面相对，又苦于无法准确表达，为此他一直忍受着内心煎熬。

四　巴金晚年著述：面对暮云，仍然不忘理想

巴金在《随想录》里并没有真正说出他心里最想说的话。《随想录》里主要贯穿了三条线索。第一条线索是参与 20 世纪 80 年代思想解放运动发生的思想文化、文学领域的各种论争，包括对于“十年浩劫”的反思和批判。从“总序”开始，到第 149 篇《老化》收官，是最完整的一条线索。第二条线索是反思自己在历次政治运动中的软弱表现，进行自我批判。这条线索从第 29 篇《纪念雪峰》开始，到最后一篇（第 150 篇）《怀念胡风》收官，也是比较完整地清算了自己屈服于权势、对受难者落井下石的行为，对此进行忏悔。第三条线索则是巴金对信仰问题的表述。如果说，第一、二条线索是巴金重塑自己外在形象的过程，那么第三条线索则是他重塑自己灵魂的过程，这是从第 147 篇《怀念叶非英兄》开始的，也就是说，在《随想录》将近结束的时候，巴金才涉及这个难以启齿的话题。

第三条线索在《随想录》里仅仅才开了一个头，虽然《随想录》已经完工，评论界对《随想录》的解读也就定格在第一、二条线索上，但巴金

要说的话还是没有全部说完。他还要写作《再思录》，还要用自己的行动来证明自己究竟“是一个怎样的人”，这也是本文要完整地提出“巴金晚年著述”这个概念的依据。只有把包括《随想录》、《再思录》以及巴金编辑的《巴金全集》、《巴金译文全集》等综合起来，才能把握这个伟大而丰富的心灵所能够达到的境界。

（作者单位：复旦大学图书馆；原刊于《南方文坛》2020 年第 1 期）

文学东北与中国现代性

——“东北学”研究刍议

王德威

东北作为中国现代经验的辐辏点，具有多重意义。作为地理概念，有“东三省”“关外”甚至“满洲”之谓。作为历史和政治概念，“东北”自古被视为中原文化与政治的外围。1644 年满族入主中原，开启所谓“华夷变态”——“华”与“夷”地位颠倒——的契机，特别是晚清以降，东北在中国的政治经济、军事战略乃至世界霸权博弈中的位置、地位在中国近现代史脉络中无可比拟。而 1949 年后，这一地位更以“共和国的长子”之名闻名。从文学与文化研究的角度视之，东北亦不乏故事：从“流人文学”到“闯关东”垦荒冒险传奇，从萧红到迟子建，从《八月的乡村》到《林海雪原》，从电视剧《闯关东》到纪录片《铁西区》。同时，东北还因近现代历史、政治的汇聚与扭结，形成了自己独特且复杂的文化。如此这般林林总总的线索都在在提醒我们：东北叙事是否有其可能？尝试突破当下东北文学和文化研究中的边缘意识，或者海外的满洲和伪满洲国研究的视野，以“东北学”为名来讲述东北是否有其可能？

在本文所论范围内，“东北”的定义至少包含三个层次：第一，一个地理所在，包容独特的社会人文与自然生态；第二，一个流动的文化、族群、政经脉络，启动关内与关外各种关系运作；第三，一个“时空坐标”(chronotope)，投射、建构有关东北的想象、言说、论述和演绎。此一意义上的文学所指不仅限于书面文章，还具有社会意义的象征活动。因之，东北既是一种历史的经验累积，也是一种“感觉结构”——因器物、事件、风景、情怀、行动所体现的“人同此心”的想象、信念甚至意识形态的结晶。作为初步的尝试，本文将从东北的（文学）现代性与空间政治的关联、东北与满洲叙事线索的辩证、东北的跨区域及跨文化属性、讲好东北故事的方法四个角度切入。

一　地理就是历史

尽管东北文明可以上溯至四千年前，东北的文学与文化却必须与近现代挂钩。有清以降的谪民书写，形成了独特的“流人文学”传统。19 世纪以后因大批垦殖者涌进东北，每每因时因地激发出歌谣传奇。1907 年，设立的“东三省”，恰恰置于中国和东洋与西洋，以及封建王朝与革命势力冲突的“核心现场”。东北此时浮出历史地表，是帝国命运急转直下的标记，也是新世界发生的起源。也因东北，“现代”有了地理意义，进入文学视野。东北文学于世纪之交兴起，从无到有，本身就是现代经验的表征。

相对于中原各个文学区域所根植的历史“谱系学”（genealogy）传承，我强调文学东北最重要的依归是对地理“测绘学”（topography）——空间的符号学——的指认和铭刻。现代文学滥觞时刻，梁启超的《新中国未来记》中即有两位留欧青年通过西伯利亚铁路，经山海关回到中国，在激辩新中国的未来时，放眼望去的是殖民者蚕食鲸吞的东北大地。在《呐喊》自序中，鲁迅提到他的弃医从文肇因于在仙台所见日俄战争的砍头幻灯片。一般所论多集中在中国罪犯和中国看客上，少有论及砍头的地点。日俄战争的主战场在辽东半岛。鲁迅追述中国现代性创伤，而那创伤的发生地就是东北。

纵观 20 世纪，东北一再成为现代经验——与叙事——首开其端的节点。九一八之后，流亡关内的东北作家，以他们肉身与笔锋形塑民族叙事。40 年代末的国共内战中，长春战场的激烈令人触目惊心。50 年代朝鲜战争中，百万志愿军从这里开赴杨朔笔下的“三千里江山”。《鞍钢宪法》树立社会主义生产模式的样板，而草明以《乘风破浪》为题，写出“工业版本的《创业史》”。30 多年后，中国社会结构剧变，下岗工人艰难转业，小说《逍遥游》（班宇）和电影《钢的琴》（张猛）的废墟日常纪实成为国家工业体制落幕的见证。

东北的“白山黑水”一再成为现代中国想象共同体的场景。抗战爆发之际，《松花江上》（张寒晖）的歌声传遍中国，为战时中国人的国仇与家恨所系。从小说《林海雪原》（曲波）到样板戏电影《智取威虎山》更是一代人集体记忆的结晶。正是在这样的意义下，萧红的《生死场》《呼兰河传》、端木蕻良的《科尔沁旗草原》、萧军的《八月的乡村》、梁山丁的《绿色的谷》无不以地缘景观召唤东北最生动的庶民生活和感觉结构。乡土中国与乡土文学无法忽略东北元素，时至当代，刘庆的《唇典》依然回溯早年东北草莽与神秘的民间文化。

1948 年辽沈战役后，第一批转业军人即赴东北垦荒。之后，志愿学生、下放干部和知识分子前赴后继，其中以 1958 年 10 万转业官兵转赴东北最为典型。“文革”期间来自关内的知青来到东北，人数高达 45 万。“国营农场”“建设兵团”等成为多少人刻骨铭心的“北大荒”经验。粗粝艰难的生活使人脱胎换骨，资深作家如丁玲、艾青、聂绀弩、吴祖光，动心忍性、发愤为文，立场不论，自然恺切动人。知青作家如梁晓声、肖复兴、陆星儿等都在此留下了他们的生命轨迹，成为了新时期文学之先声。

东北的地理现代性也表现在城市与殖民文化上。始建于 1897 年的东北铁路带来商机、现代化文明和殖民势力。19 世纪末的哈尔滨仍是村落，而到了 20 世纪 20 年代时已经是远东欧洲人口最多的城市，西方音乐舞蹈与“中华巴洛克”建筑并存。哈尔滨的从无到有就是“现代”神话的最佳例证。沈阳是大清旧京，更是工业重镇，20 世纪 20 年代末时便已是东亚最大的工业城市。长春因缘际会，成为伪满“新京”，市政规划领先亚洲，而“满洲映画协会”这个亚洲最大电影片厂带来了新奇色彩。大连开埠极早，兼具日俄风情，日本作家在此成立现代风格诗社。然而，东北“摩登”之下或之后总是暗潮汹涌。早在 1929 年的哈尔滨，青年诗人冯至就写下《北游》组诗，发出艾略特《荒原》般的叹息。伪满时代，作家爵青看出了这座城市的颓靡与虚无。到了当代，作家金仁顺、双雪涛和导演刁亦男、胡波等讲述着东北的浮世、奇景或创伤。

二　“东北”还是“满洲”？

“东北学”不能规避“满洲”问题。作为地名的“满洲”最早见诸日本学者高桥景保的《日本边海略图》。19 世纪末，西方列强尤其是俄国，势力延伸至此，此后更因俄国和日本对这一地区的争夺而为世界所熟知。如前所述，“东北”“东三省”等说起于 20 世纪之后，不无与“满洲”区隔之意。五四之后，有识之士鉴于日本侵华野心日盛，开始提倡东北研究，傅斯年等学者写下《东北史纲》即是明证。在 21 世纪的今天谈东北文学，我们或不必如傅斯年等般焦虑，但面对全球方兴未艾的满洲和伪满洲国研究，如何提出不同说法，值得深切思考。放大历史语境，满洲叙事和东北叙事此消彼长，两者的关系其实反映从殖民主义到后殖民主义的全球化论述，以及从晚清到共和国的国家论述。对东北话语权的纠缠，与现代政治的关系不言而喻。

近年来，伪满洲国文学与文化研究有较大发展。学者如刘晓丽等指出，奉殖民或反殖民之名的研究固然点出敌我政治的紧张性，但“解殖”文学现象同样不容忽略。在高压情况下，文人的“隐匿书写”（esoteric writing）——从微言大义到口是心非，从地下书写到境外发表——总是复杂的现象。如以《绿色的谷》知名的梁山丁、以“南玲北梅”闻名的梅娘、以女性写作见长的但娣（田琳）、自我耽溺的爵青，以及亲“满”亲日的古丁等。

“文革”以后伪满作为文学话题逐渐解禁。不少老作家纷纷著书回忆往事、表态自清。李克异（袁犀）《历史的回声》、刘迟（疑迟）《新民胡同》等的小说或传记都属是类作品。他们的文字是历史时差的产物，却值得作为与伪满文学史料“参差对照”的文本。另一世代的作家如何面对这段历史是另一种考验，王阿成、全勇先，特别是迟子建的《伪满洲国》，思考命运对中国人和日本人的意义，为前所鲜见。在历史光谱另一端，东北作家群研究仍有扩充余地，有如金剑啸、王光逖等留驻东北，有如二萧、舒群等流亡关内，他们的生命故事足以动人心魄。

跨越壁垒分明的界限，至少有三位 20 世纪三四十年代作家值得注意。爵青白描伪满生活的苦闷与浮动，阴郁的题材、跳跃的叙述，颓废的风格，是上海“新感觉派”最不可思议的对话者。袁犀的作品更指向进步青年也难以摆脱的生命困境，因而有了寓言向度。爵青与袁犀政治立场也许相对，但在文学立场上都绽露东北版现代主义倾向。骆宾基以故乡珲春为背景，写童年往事、写中俄日朝族群经验，充满抒情的笔触，绝不亚于萧红或端木蕻良。

更应强调的是，当伪满文学随“满洲国”结束之后，东北文学继续展开。如逄增玉教授曾提出东北文化与文学三次“亮丽登场”。一是抗日沦陷时期，萧军在哈尔滨的文化活动；内战时期，穆旦写下《时感》《荒村》等见证诗歌。二是20世纪50年代前后，杨振声、废名等五四作家、学人因院系整合来到东北，他们接受农村改造运动在文学上的反映（马加、周立波等）；草明的工业小说和长春电影制片厂的共和国电影，佳作频出。三是20世纪80年代以来，东北文艺的丰富性远不止“二人转”“东北风”等民间风情，还有刘宾雁的报告文学以及马原、洪峰创作的崛起，在21世纪第二个十年，双雪涛、班宇等人的创作随东北的重获关注而异军突起。

三　跨越“核心现场”

从中原角度看，东北地处边陲。但从东亚角度看，东北成为日本、朝鲜半岛、俄苏以及中国大陆之间的枢纽地带。这也是为何东北成为近现代国际军事、垦殖及经济发展的必争之地。韩国白永瑞教授研究东亚政治生态，曾以朝鲜半岛、琉球、中国台湾为“核心现场”。“核心现场”不仅是地理名词，而且还指向空间的辐辏关系，其中种种矛盾一触即发。唯此，东北见证中、日、俄苏、朝鲜和其他文明相互冲击，成为现代东亚巨变牵一发而动全身的“核心现场”，影响至今不息。

在“核心现场”里，不同文化、势力你来我往，充满动态能量。青年学者王欣睿在近现代东北人文现象研究中，以辗转漂泊的“流”和冲刺横逆的“闯”为关键词，恰可作为附注，两者甚至互为表里。我以为“流”与“闯”之外，东北作为“核心现场”更有意义的关键词是“跨”：不仅是边界与时代的跨越，也是文化、民族、政治、礼法力量的跨越。东北学研究也必须涉及族群、语言、文化、政治之间的连接和跨界、融合和交杂。

“流”“闯”“跨”的经验激起一代又一代的离散书写。1938年，客家青年钟理和只身从台湾来到奉天（沈阳），进入满洲自动车学校寻求一技之长。之后携妻再度前往满洲他处。《泰东旅馆》《门》《地球之霉》等作记述了初抵东北的见闻以及与其他族裔互动的心情，笔调抑郁而感伤。1946年，钟理和举家迁台，日后成为台湾战后一代最为重要的乡土作家。1947年，年轻的齐邦媛离开大陆到台湾。齐邦媛出生于辽宁铁岭，6岁随家人流亡关内，抗战期间跋涉到四川就学。她的自传《巨流河》堪称是近年来最受注目的传记文学作品之一，记述一生漂流、最后落脚台湾的生命历程。巨流河就是辽河，东北南部最大的河流，一句“跨不过的巨流河”，道尽一个世纪多少东北人的感喟。早于《巨流河》之前的1947年，纪刚即有《葬故人》记述自己出生入死的经验，22年以后《滚滚辽河》问世，轰动一时。1957年日本东京，旅日的司马桑敦（王光逖）埋头完成《野马传》，叙述中国东北从20世纪30年代到40年代的沧桑。其他具有东北背景的叙述有女作家潘人木的《莲漪表妹》、于纫兰的《圣地花》、孙陵的《大风雪》、陈纪滢的《荻村传》以及李辉英和司马长风的书写。三位当代海外女性作家对东北经验的描述亦值得关注，有钟晓阳的《停车暂借问》、萧飒的《返乡札记》和严歌苓的《小姨多鹤》。

当代中国作家对东北跨族群文化的描摹也不乏有心人，如迟子建的《北极村的童话》和《晚安玫瑰》，而真正展开跨界叙事，是其《额尔古纳河右岸》。迟子建所思考的不仅是大历史所划定的边界，也不仅是一个少数族裔或文化的终末，而是从东北视角对内与外、华与夷、我者与他者不断变迁的反省。

也因此，文学东北的“核心现场”具有比较文学特质。俄国拜阔夫曾参与日俄战争，日后数次进出东北，竟以东北生态与土地叙事享誉西方；阿尔谢尼·涅斯梅洛夫的小说、诗歌享有远东第一的美誉。中国台湾学者柳书琴曾提出“东亚左翼文化走廊”的概念，强调20世纪三四十年代从哈尔滨到上海，从上海到东京，左翼论述自有互通有无的管道，这一脉络上还有韩雪野、李箕永、鹿地亘、矢崎弹、夏目漱石、与谢野晶子、张赫宙和林房雄等。日本文学的满洲书写延续到战后，最著名者当属安部公房，其中《终点的道标》《野兽们向往故乡》等都以东北为背景。

最后必须一提满族写作。现代满族写作基本是汉语写作，作者族群身份或创作内容，甚至创作意识，往往成为识别的因素。但更有意义的问题是，在什么样的语境里，满族立场得以凸现，并传达什么样的信息。20世纪 30 年代以来，李辉英、端木蕻良、马加、金剑啸、舒群等都因为作者的族群背景入列满族创作。但在叙事表现上这些作品基本已经融入新文学的现实主义模式，并以国族主义（汉族主义）为底线。反而是像穆儒丐这类通俗作家更能带出独特的民族风格，他的《北京》《香粉夜叉》《福昭创业史》似从来难入主流，但以满族立场而言，更添一层感慨。

四　讲好东北故事

本文强调东北对当代中国的关键意义，并以“东北学”作为研究号召。相对于已成气候的上海学、北京学、江南学、西北学等论述，东北研究的丰富性和现代性有过之而无不及。

我认为，如何讲好东北故事是东北学研究的起点。借用汉娜·阿伦特（Hannah Arendt）的说法，说故事——叙事——是构成社会群体意义的根本动力。故事作为一种行动总是在公共场合发生的。借由对过去的回顾我们凝聚记忆，借由对未来的愿景我们分享共识。讲故事绝不是由上而下，而应是相互言说、多音复调。在说故事的过程中，形成言与思的辩证：言说创生无限叙事可能，思考形塑、盘整行动方向。而在这一过程中，我们学习宽宥过去，承诺未来。宽宥过去并不意味毫无底线的遗忘，承诺未来也并不意味上纲上线的坚持。只有经过不断的思辨过程，我们才能赋予这一行动一种伦理责任的承担。

在新时代里我们要如何把故事继续说下去？以下三点权充本文的结论。

第一，“东北”作为地理名词和文学表征，同时迸发在 20 世纪之初，因此任何叙事必须把握其所代表的时代意义。东北学的论述必须有文学的情怀。因此，东北学里的东北从地缘坐标的指认开始，却必须诉诸感觉结构的描绘与解析。召唤东北也同时召唤了希望与忧惧、赞叹与创伤。

第二，东北学既以科际整合为研究方向，即无须局限于断代史或单一的主题学、方法学，而应延长战线，抽出千丝万缕，才能做全面反思。据此，如何叙说关内与关外、东北与东亚、移民与殖民、遗民与夷民、革命与后革命等种种交错的线索，是极有潜力的话题。在这层意义上，我强调东北的动态存在，而不斤斤计较实证的在地性。

第三，东北学研究不仅着眼现代东北的英雄演义或史诗事件，而更诚实面对种种阴暗、因循与困厄。自鲁迅自述他的现代文学启蒙时刻始，到40年代萧红写下《生死场》、60年代聂绀弩写下《北荒草》，再到21世纪迟子建的书写，这些文学揭示东北作为群体或个体所经历的挫折与困惑，而有了鲁迅所谓“自在暗中，看一切暗”的警醒与自觉。东北故事不再追求表象的五光十色，而应致力发现潜藏的现实暗流，错过的历史机遇，以及更重要的“豹变虎跃”的关键时刻。在当代回顾东北所来之路，正是我们反省中国现代性的节点。鲁迅为萧军《八月的乡村》所写的序言中的话语到今天仍然铿锵有力：东北“显示着中国的一份和全部，现在和将来，死路与活路。”这是东北学的开始。

（作者单位：哈佛大学东亚系；原刊于《小说评论》2021年第1期）

成都与中国现代文学发生的地方路径问题

李　怡

五四新文化运动发生的根本原因，是近代西方世界的入侵给我们造成的生存危机，中外文化的冲突与结合构成了新文化的重要内涵，这一运动首先在北京、上海等近代文化的中心城市展开，然后又逐渐传播、扩散到其他中国区域，这都是我们长期以来的共识。然而，随着观察的日益深入，我们发现了新的问题：新文学的出现是不是都是外来文化牵引的结果？是不是所有区域的嬗变都只能得益于京沪中心的转运？本文尝试以李劼人等四川作家为切入点，以成都这一区域的地方性知识为背景作进一步的探究，以期对中国现代文学发生的多重路径问题有所揭示。

1915年7月，李劼人在《四川公报》增刊《娱闲录》第2卷第1期上开始连载《儿时影》，这可以说是现代中国最早的白话小说。从明清至民初，中国的白话小说都不脱说书人的语言特点与叙述模式，这在李劼人创作之前或几乎同时的白话文学作品中可见一斑。与大多数晚清民初的小说不同，《儿时影》一开篇就不落凡俗：

> 啊呀，打五更了！急忙睁眼一着，纸窗上已微微有些白色，心想尚早尚早，隔壁灵官庙里还不曾打早钟！……朦胧之间，忽又惊醒，再举眼向窗纸一看，觉得比适才又光明了许多，果然天已大明！

这几乎就是朴素的大白话，再没有用文白间杂、骈散交替的"语言炫技"来展示自己的学养，显然是一种"走出古典白话"的新式写作。虽然《儿时影》不属于鲁迅《狂人日记》式的复杂的人生感受和深刻的思想追问，但它鲜明的儿童视角和对传统教育、知识分子文明的反思和批判都显示了一种迈向未来的姿态。鲁迅说："我所取法的，大抵是外国的作家。"比照鲁迅，创作《儿时影》的李劼人当时尚未脱离中国内陆腹地的生存环境，他的文学资源也主要来自晚清文学。他感受到的域外文化信息都经过了晚清的中国化包装与重构，在李劼人的回忆中，他最早的小说尝试来自林译小说或谴责小说的启发，例如："我平时爱看林琴南的小说，看多了就引起写作兴趣……"这是李劼人取自晚清的混杂心态，与我们所熟悉的新/旧、文/白、中/外对立的五四主流思维区别明显。直到1935年，他还托舒新城自上海代购包括晚清的狎邪小说在内的多种古典小说："何以必看此等书？此中有至理，缓当详论。"

1919年11月，李劼人踏上了留法勤工俭学的旅程，接受了自然主义文学的创作理念，被人称作"中国的左拉""东方的福楼拜"，但1937年，郭沫若读了"大波"三部曲后，他获得的艺术感受依然是：旧式。

内陆成都更像是物质欲望被初步激活的近代城市，对于这样的初步近代化的城市，吸引人们的并不是先锋的思想与文化，而是朴素的物欲和被解放的人生享乐。在这里，新生的欲望和传统的积习并存，或者说，对新的生活的向往所带来的革命性意义与种种旧时代的积习混杂相生，难以辨析。蔡大嫂以生活享乐为目标的自由追求，不大可能为五四主流知识女性所认同，但是实实在在地体现了内陆腹地正在发生的社会文化的演变：人们不顾"品行太差"的世俗评价，悄然瓦解着旧的生活模式。

成都，优越的自然条件让这里长期成为中国经济最繁荣的地区之一，除农业外，其手工业、商业也较中国许多其他地区更为发达，至民国时，更是"丘田顷刻变繁华，开出商场几百家。酒肆茶寮陈列处，大家棚搭篾笆笆"。尤其是女性，她们对时尚的追逐，以及在伦理道德观方面的蜕变都格外引人注目，成都竹枝词中随处可见招摇过市的成都女性："轻衫薄履窄衣裳，女界争趋时世装。""奢风大启斗时装，妇女矜奇竟若狂。"成都郊外的蔡大嫂，成都城里的伍大嫂、黄澜生太太，她们共同的功利主义的人生态度、享乐主义的趣味，与其说是西方文化的东移，是外国资本主义文明的烙印，不如说是近代化、城市化的共同特点。李劼人为我们奉献的是中国自己的近代文化蜕变的故事。

《大波》讲述了成都跨出封建帝制走向现代共和的进化故事，然而，在李劼人“几十年来所生活过，所切感过，所体验过”的故事中，这历史却变得不那么“进化、进步”了，在初版的《大波》中，保路同志运动的“革命”其实又演变成了诡异“乱事”：“变乱性质业已渐渐变为与争路与蒲罗不大有关的匪乱。”

初版《大波》融历史叙述于日常风俗故事之中，宏大的历史进程混杂着多种多样的偶然与琐碎，这就是李劼人的历史趣味与曾经占据我们思想主潮的线性历史“进步”观念的差异。这种日常生活的特征构成了我们所谓的“市民文化”的基本内容，它固然是优劣并存的，但也的确能够消解宏大历史叙事及历史目的论的僵硬，在一种不无趣味的旁观中敞开历史过程的多重面相。不仅形成了某种人生趣味，也是一种讲述的形式，这就是“龙门阵”式的历史演绎。这种演绎方式在李劼人小说中时时可见，这种基于日常生活立场的对国家社会宏大历史的无主题聊天，很自然地淡化了原有的严肃性，放大了其中的世俗性和趣味性，也“散打”出了各种价值评判的方向。“龙门阵”场景中的个人小叙事巧妙地改编甚至消解了历史的大叙事。

“龙门阵”也是一种多样化的价值观：人各不同，看取人生社会的眼光也千差万别，在“李劼人周边”，在四川高等学堂分设中学堂，在成都外语专门学校，活跃着一大批五四青年。其中既有未来中国的国家主义者，又有无政府主义者；既有三民主义者，又有共产主义者。至于如何看待中外文化、古今文化，我们常见的五四主流（激进主义或反主流的保守主义）都不能概括成都知识人的态度，一如“龙门阵”总是百花齐放、兼容并包一样，四川近现代知识分子也经常秉持多元并生的姿态。例如，在中国诗歌由古典传统至现代白话的历史转折中，新旧冲突的激烈有目共睹。唯有几位过渡时期的四川诗人——郭沫若、叶伯和、吴芳吉古今中外并举，从各自的立场提出了兼容传统与现代的设计，在中国新诗史上可谓独树一帜。叶伯和是中国最早的白话诗人之一，他主张“学理无中外，文化贵交通”，文言与白话不再尖锐对立，现代不再是对古典的挑战。吴芳吉则是五四时期著名的新旧体诗歌融合论者。一方面，他主张文学与诗歌必须与时俱进；另一方面，又坚持认为中外古今的语言文化遗产都可以并存、融合，由此，不今不古、亦今亦古，不新不旧、亦新亦旧的

“白屋体”诗歌就成了五四诗坛的一种另类式的存在。郭沫若是中国新诗的开拓者，《女神》的出现大幅度地拉开了新诗与古典诗歌的距离。但是《女神》本身却照样是多种诗风并存的，这里既有惠特曼式的激情与浪漫，也有泰戈尔式的清幽与玄远，还有王维、陶渊明式的平和与宁静，古今中外资源的兼容是郭沫若自觉追求的目标。《女神》时期的郭沫若，既醉心于新诗，也没有放弃旧诗创作，他与田汉、宗白华热烈讨论新诗与西洋文化，同时也将“不新不旧”的吴芳吉视为知己，赞赏着“婉容词”的风采。他汇入新文化建设的大潮，却热烈赞扬孔子是“人中的至人”，视孔子思想为中国先秦文化“澎湃城”中最优秀的宝藏，流淌着近代蜀学的精神血脉。近代蜀学产生自晚清至民国的动荡时代，是传统学术资源如何应对近代变革的结果。因此，保存国粹又托古改制，坚守国学又维新改良，承袭传统又面向西方就成了它的显著特点，这也就是我们所谓多元并生的文化态度。五四前后的四川作家也都可以被纳入这样一条知识分子的蜀学脉络当中。

一般认为，我们习惯已久的“冲击/回应”的阐释来源于“西方中心观”的强大影响。这种观念认为“19～20 世纪中国所可能经历的一切有历史意义的变化只能是西方式的变化，而且只有在西方冲击下才能引起这些变化，这样就堵塞了从中国内部来探索中国近代社会自身变化的途径，把中国近代史研究引入狭窄的死胡同”。在影响李劼人及其他现代四川作家的属于成都的“地方路径”之外，中国现代文学自然也可以继续找到来自其他区域经验的多姿多彩的现代化路径，例如，张爱玲与上海近现代文化的区域路径，老舍与北平文化的区域路径，等等。

上海是中国近代化进程中步履最快的区域，在这里，西方文化的裹挟、浸染，包括殖民地文化的重造等都显而易见，不过，“当这种情况发生时，西方冲击和中国的各种人物与政治斗争搅成一团，构成一个难解难分的网络”。换句话说，一切外来的重塑也不能掩盖中国近现代经济最发达的区域自身在社会、人情、风俗等方面的巨大演变，张爱玲的人生体验和文学表达不是扎根在西方现代文学的土壤，而是深植于“摩登上海”的世态人情与文学源流之中。北平总被我们称作“都市里的乡村”，就是说它虽然曾贵为“首善之区”，但是与上海这样高速发展的近现代都市相比，北平却有着自己独特的市民阶层——例如，以旗人和知识分子群体为特色的独立的城市居民，而这些结束农牧的市民阶层同样是近现代文化发展的基础，在这个意义上，它也存在着值得我们仔细辨析的近现代的地方路径，作为旗人群体，同时也作为知识分子群体一员的“北平人”老舍的感受，也具有重新分析的价值。

过去的张爱玲研究一直困扰于“精英/通俗”的二元对立的阐释，过去的张爱玲研究的问题在于我们对“现代性”成果的理解过分集中于受西方冲击而生的一些文学阵营（如五四启蒙文学、革命文学等），在很大程度上忽略了以市民生存为基础的日常生活的变化，其实也属于另外的一种“现代性”，张爱玲的小说以日常生活的“现代性”为陈述主体，不时糅入知识分子人性探索与精神拷问的主流取向。如果我们能够更宽容地阅读张爱玲的市民生活书写，包括阅读那些对张爱玲影响甚大的鸳鸯蝴蝶派文学，我们就会承认，上海市民生活的每一个生活细节的变化就如同这座城市的变化一样，理所当然地属于上海近现代文化的发展表现。

有历史学家在剖析北京如何以自己的传统来接合现代之时，提出了一个“传统的回收”概念。“给予民国北京活力的不是城市居民对以新事物代替旧事物、现代征服传统的消极接受；相反，正是人们积极的创造性赋予了他们当下生活以新的意义。”我们曾经批评老舍小说有时因“市民情调”太重而削弱了他作为知识分子的批判立场，叹息老舍在描绘他笔下的小人物命运之时，时时流露出含混、暧昧的态度，而非力透纸背般的犀利与深刻。这里其实也是对老舍所置身的市民世界缺乏“理解之同情”，依然是站在知识精英的思想立场上提出的削足适履般的要求。不妨设想，难道不存在这样一种可能：基于自己独特的市民生存体验，老舍在情感倾向上也进一步认同了底层市民的生存逻辑和原则，愿意站在他们的逻辑方向上提出问题，寻找未来，老舍基于生存体验所表现出来的对市民命运的暧昧的同情，本身就是一种对近现代市民生态的深刻认知和表现，所谓“北平路径”的内涵就在其中。

总之，只要我们能将中国社会自身的近现代变动纳入视野，就有可能发现更多类似的区域演变的“地方路径”，或者更小群体所形成的“知识”，理解了各种“知识”和“路径”的特殊性，将更能体谅和把握中国现代作家抒情达志的具体内涵。中国现代文学其实就是基于“主体间性”的对话，具有多姿多彩的精神格局。

（作者单位：四川大学文学与新闻学院；原刊于《文学评论》2020年第4期）

晚年鲁迅文本的墨学之影

孙　郁

晚年的鲁迅，讥讽自己躲在租界里的文章，有时候不免逃逸者语，那效力是有限的。后来的集子取名《且介亭杂文》，也有文字游戏和自嘲的意味。1934 年，他创作了小说《非攻》，故事并不出奇，墨子与其时代的关系被演绎得饶有趣味。小说后来收入《故事新编》，成了古代人物系列中特别的一篇，且风格上与同时期别的作品比，“油滑”较少，显得有些雅正。与清末民初学人对于墨子关注角度不同，鲁迅把时代语境带入叙述文字里，出发点不是解释墨学，而是由墨子反观现实，追慕一个英雄的存在。鲁迅一生对墨子的看法都不系统，杂文里折射的也仅仅是枝叶性的话题。不过这篇小说看得出对于墨子遗产的基本态度，内中也不乏左翼作家的一种理想，恰如高远东所说，“在墨家人物身上，找到了个人道德完整性和社会责任感、个人的内在自由和社会使命承担之间的统一点”。翻检鲁迅的诸多小说，类似的主题极为少见。

显而易见，刻画这位古人时，鲁迅的笔墨颇多节制，内中不乏互感的目光。墨子的思想，在一些地方引来自己的共鸣，相似之处也显现出来。他曾说中国好的青年都在走探索的路，行比说更重要。认为在抵御敌人时，不能以“气”为之，要有的是勇与谋。上海时期，在与绅士们论战的时候，常常揭露对方的破绽，使其露出马脚来。这都是墨子实践过的思路，并加上了自己的经验。对于鲁迅而言，墨子是陌生的熟悉人。描绘其行迹，唤起了自己的某些记忆也是可能的。这个被淹没的历史人物，乃现实最缺少的逆俗者。说《非攻》有招魂的意味，也并非没有道理。

与鲁迅同代的学者对于墨子有兴趣者很多，这大概与学术转型有关。胡适《中国古代哲学史》认为墨子是“一个实行非攻主义的救世家”，但胡适过于看重墨子的哲学方法，讨论的是应用主义之类的话题。他与章士钊、章太炎讨论墨学的时候，还在朴学与实验主义之间，目光并不在社会实践的层面。鲁迅在回望古人留下的遗迹的时候，更重视现实改造者行动的方式。在他眼里，墨学发展的结果倘不能与现实难题发生碰撞，象牙塔的沉思则是远远不够的。不妨说，相比于胡适的“述”，鲁迅更致力于“作”。他觉得晚清以来具有这种品格的学人不多，但他认为章太炎早期就能够很好处理“述”与“作”，可是后来京派与海派一些文人则没有这样的气象。倘细细观察鲁迅创作《非攻》前后对于各类文人的批评，当更能深解此篇小说的弦外之音。

鲁迅描写墨子，其实未尝不是在与空谈救国的文人的对话。小说明显把笔墨偏于那些脚踏实地的人们，对于务虚者的讥讽都藏在笔底。通篇没有士大夫式的儒雅之气，文字显得旷野式的苍凉。作者刻画墨子时，词语简约传神，对于其尴尬和无奈也有非同寻常的表述。我们从叙述的语态可以看出对于儒家语境与道家语境的揶揄。救世而不做救世主，爱民而不期民所爱，在精神哲学上多了儒、道所无的东西，很有“在而不属于”的风范。这个远离说教，对自身苦楚的选择和智慧高扬的主人公，无疑也被赋予了现代人的某些思想。

与《非攻》不同的《出关》，写到孔子与老子的会面，语言不多，各自的玄机都在，一个谦逊里的沉默，一个悟道后的遁逸，似乎只在观念里觅道，全无现实的躬行。作品对于那些道德话语的无力感，是有所显示的。老子出关时的那种空言，不过是语言的游戏，深则深矣，却多在空幻之间。所以老子与人对话，是智能的比拼，全在云里雾里。按照传统说法，孔子的思想，得之老子的地方很多，不过滑入道德之境，却不能切入智慧深处，因而觉得并不亲切。

墨子是果敢的行动者，没有老子的贵族气和孔子的儒雅意味。《出关》中的老子住宅，俨然贵人之所，而《非攻》的墨子，清贫有之，寒苦亦多。鲁迅把他们置于不同的环境里描写，不妨说也画出了精神背景的不同。把老子、孔子置于同一个空间表现，有意地将思想虚无化处理，其实是对于逃逸哲学的批评。墨子的形象恰恰相反，我们在《非攻》里看不到一丝贵族的影子，也没有故作高明的样子。但寒士般的目光却有坚毅的力量。鲁迅作品很少出现这样的人物，较之过去一些文人的孱弱性和农民的愚钝性，《非攻》提供的是一个朗健的英雄形象。

鲁迅如此钟情墨子，或许也因了墨子传统演化的侠义精神。他曾说："孔子之徒为儒，墨子之徒为侠。'儒者，柔也'，当然不会危险的。惟侠老实，所以墨者的末流，至于以'死'为终极的目的"。鲁迅年轻时期对于摩罗诗人"求索而无止期，猛进而不退转"的礼赞，看重的是他们"指归在动作"的选择。北京时期"痛打落水狗"，就有一种斗士风采，那时候创作的小说《铸剑》，侠义之气弥漫，血腥里的豪气卷走了死亡的阴冷。20 世纪 30 年代，他推荐裴得菲《勇敢的约翰》，欣赏的是那干预现实的勇猛形象，延续的依然是青年时期的梦。在"且介亭"时期与青年交往的时候，他欣赏的是一些左翼青年身上的"野性"，厌恶北平绅士一味作家的儒雅和自恋。他介绍的艺术品，几乎没有宋元山水画里的隐逸和安宁，珂勒惠支惨烈之气缭绕，比亚兹莱的鬼气中蒸腾着人性之光，麦绥莱勒则散出普罗艺术的灵魂。这些都没有儒家与道家的空泛之思，流动着超越感觉阈限的现实忧患。他的辩才，技艺、苦行之思，倒是与墨子的形影颇多叠合。越到后来，越注意到行比言更为重要，但那行，不是放弃言，而是力戒空谈，以智慧的方法处理世间难题。这也是墨子曾有的思想，在士大夫文化传统里，不易见到此类遗存。我们参照彼时鲁迅的各种文章，大致可以看到他们精神的交叉，而欣赏墨子的原因，也无非以下几种。

一是墨子的苦行之思，在他看来是可取的。而自己身上的隐忍、自虐、持之以恒的寻路，都与墨子精神有所重合。庄子就看到墨子礼赞"日夜不休，以自苦为极"的背后，有一般儒生没有的坚毅气。但这苦行不是自我的折磨，是其间通往的智性之路。

二是底层意识，《墨子·尚贤》云："官无常贵而民无终贱。"其实是从官本位的反面思考问题的。他的兼爱、非攻理念都是民本意识的一种。小说《非攻》对于墨子的描述，就很有平民之态：清贫、寒苦、低调。五四新文人主张平民的文学，其实不是新的发现，它既有域外思想的启示，又是古已有之的存在。

三是革命性。在鲁迅眼里，儒家思想覆盖知识界的时候，墨子的选择能够与之不同，且直陈其弊，也是不易的。敢于非孔，则定然有智有勇，非他人可比。民国知识人中有许多人指出墨子思想的进步性，有学者早已发现："孔子之思想学术，视当时之官学，虽有进步，而因依附政府，'温温无所试'，则非其所堪，弊亦中于此矣。墨子则不然，己既为贱人，而其所讲求者，亦终为贱人之学。故孔子尊周王鲁，墨子则背周道；若仅就此点言之，则孔子似清末之康圣人，墨子则一革命家也。"沿着这个思路看中国文化的走向，墨子属于少数，不在主流世界，但他催促新精神的内力，是别的遗产不能代替的。

《非攻》里墨子精神也主要集中在上述三点上。鲁迅塑造这个人物，是有所选择的，这位远古思想者的尚同、名鬼诸思想，都没有体现。墨学中关于经学的考释，也省略掉了。鲁迅在自己的小说里只取两种主要元素衬托人物的形象：一是忘我的牺牲意识，二是辩才。忘我需要自我牺牲，于是方能兼爱，而反战才能成立。辩才则可扫荡庸见，自然能改写认知路径。我们在此分明也看出其精神期待，他自己的立身之道，也含有这几种元素。在战云纷扰的年月，墨子早就替人间思考了止战的方略。这些不是儒家的道德说教，而是爱意下的智慧、技能的汇总。勇、智、谋兼而有之，去腐儒的陈词甚远，精神便有了异样的光彩。

从古人世界重新发现今人的思想资源，是鲁迅一直做的工作。先前是业余的默默劳作，在白话文写作中不易看到，可说是一种"暗功夫"。小说集《故事新编》则让读者听到古风里的新曲，读者恍然悟出，自己还在历史的进程中。有趣的是，《故事新编》乃杂体系列的小说，一些篇章毋宁说有一丝《史记》影子。司马迁的简约、传神之笔也传染了他，除了人物命运的描述颇可一赞外，描写人物的对话也生龙活现。《故事新编》里的孔子对话，有点刻板，《论语》里的风趣却被略掉了。老子的会客之语，也不见得高明，谈吐间是一副不太情愿的样子，幽玄是有了，那背后不免有孤寂和无奈之影，日常的举止中无趣的地方殊多。《采薇》里写伯夷与齐叔，词语迂腐不堪，听了往往要发笑。小说以此写出人物的魂来，对白里见性格，也是古小说一贯的技巧。鲁迅对此熟练于心，从话语方式来塑造人物性格，也有司马迁未曾运用的另类手法。

《墨经》里充满了论辩智慧，比儒家道德话语要切实有力，且多的是逻辑的力量。有学者认为"墨子之学，出发于《尚书》，孔子之学，出发于《易》”。《尚书》里的古朴之气，在墨子思维里显得颇为重要。王夫之《尚书引义》谈的“知、行”问题，也恰是墨子思想的延伸，对于空泛的伪道学是一种矫正。墨子价值，也在此间无疑。比如讨论问题时，不从先验性出发，就能够捕捉到存在的难点。这里，墨子形成的论辩逻辑，对于后人颇有启示。善于对于概念、大前提、小前提都有界定，拒绝儒士的模式，从人的感知出发，辨别流行话语的虚妄。他不仅反驳儒家思想，对于道家、名家的思想亦多驳诘。公孙龙与人辩论时，有诡辩的地方，墨子以自己逻辑思维直指其弊，思想颇为鲜活。比如，言及“目不见”的话题时，公孙龙说：“且犹白以目、以火见，则火与目不见。”而墨子驳之曰：“智以目见，而目以火见，而火不见。”意谓：“不能以光线不能见物为理由，而说眼睛不能见物。”这种论辩视角，鲁迅杂文何尝不见？他与形形色色文人论战时的概念表述与逻辑推演，以及对于诡辩家的颠覆，都比墨子有过之。墨子批驳道家思想，看到的是对象世界里的虚妄，自己则以现实感与大义精神直陈对手的瑕疵。比如，老子说语言都有悖谬，墨子则认为以此推之，老子之言也有悖论。这种反驳的逻辑，鲁迅著作中处处可见。晚年所作《名人和名言》，他以章太炎的言论为例，强调了“博识家的话多浅”，名人与名言并非等号。对于神秘话题的消解，于他是一种常有的事。至于对于“新月派”文人的讥讽，类似的逻辑运用得更为得体。由此也暗示读者，鲁迅的思维方式有传统的基因，这些与尼采、陀思妥耶夫斯基认知理念汇于一体，遂有了通透、广远的气象。

当鲁迅引用墨子的经典词语演绎小说的时候，他的叙述语态显得有些得意。因为自己批驳左翼青年简化革命话题的语句，也有类似的风格，只是更为现代一点。比如，创造社、太阳社青年认为革命文学都是宣传，但鲁迅却说：“一切宣传却并非全是文艺。”大前提与小前提以及结论都不一样。再比如，关于文学的阶级性的思考，他反驳梁实秋的超阶级的理论，就用了归谬法。他在批判国民党政客的时候，显示出异常深切的智慧。像《友邦惊诧论》就有墨子的某些方式，只是更具有攻击性罢了。而我们看他反驳张春桥对于《八月的乡村》的攻击，对手的理论被各个击破，道理显得清清楚楚。这是新文学里罕见的辞章演绎。不消说，这除了作者自身的天赋之外，还有对于苏格拉底与墨子的呼应。带着这些叙述智慧审视墨子的时候，可以想见他内心的亲近之感是何等强烈。

比起晚清学人笔下的墨子，鲁迅的《非攻》有些溢出学术疆域，多了存在的不可测性。作品描述先秦人物，其实小心翼翼，因为衣食住行的表现都不能造次，心理的真实是必不可少的。于先秦诸子中取墨学思想为自己的精神参照，不始于鲁迅。晚明以来，有见识的学人对于墨子的重新发现，都是脱离儒家惯性的一种努力。傅山、顾炎武对于墨子的理解，其实加速了他们和世俗社会疏离的过程，而晚清梁启超为墨子辩诬，乃思想进化的理念使然。吕思勉也为墨子正名，以为古代“诸家之攻击墨子者，尤多不中理”，这可看出现代史学家立场的变迁。墨学的兴盛，是学术转向的一个象征。鲁迅与上述诸人有相似的地方，但他已经由学理转入自我的人生实践中去了。他的表达里，多了墨学中所稀有的现代革命者的语境。

但是鲁迅对于墨子这类天才的表现，也并非朝圣般的庄重。《非攻》的结尾并未显示墨子的得意和快慰，返乡之后没有鲜花与笑语，反而陷入苦楚，被拯救的宋国百姓不仅木然于他的恩德，而且还受到官民的骚扰和欺辱。小说的短短几句话，也写出世间苍凉：

> 墨子在归途上，是走得较慢了，一则力乏，二则脚痛，三则干粮已经吃完，难免觉得肚子饿，四则事情已经办妥，不像来时的匆忙。然而比起来时更晦气：一进宋国界，就被搜检了两回；走进都城，又遇到募捐救国队，募去了破包袱；到得南关外，又遭着大雨，到城门下想避避雨，被两个执戈的巡兵赶开了，淋得一身湿，从此鼻子塞了十多天。

英雄的结局不过如此，确如鲁迅左联成立时的讲话：革命胜利后，不是“坐特等车，吃特等饭”，有功于世者，未必得荣耀与光环，寂寞才是常有的事。墨子传统后来中断，与官僚统治颇有关系。鲁迅在民间气氛和国家结构性的缝隙中，看到这类英雄遭受磨难的不可避免性。中国社会的逆淘汰机制，是文化不得畅达的原因，而人间悲剧也由此变得长而久，这是无可奈何的历史。

（作者单位：中国人民大学文学院；原刊于《北京大学学报》2020 年第 6 期）

启蒙即救亡

——九一八事变后鲁迅关于抗日问题的社会批判

王彬彬

1931 年的九一八之后，鲁迅发表了许多关于抗日问题的言论。这些言论大多是批判性的。批判的对象主要有两种：一是国民政府对待日本侵略的策略、态度；一是社会上在国难声中表现出的种种荒谬、丑恶的现象。前者可以称之为政治批判，后者则不妨叫作社会批判。

国难当前，社会上表现出各种不合理、不健康的现象。这些现象本质上是有害于抗日的。对社会病态异常敏感的鲁迅，在这种时候，面对这些现象，自然也不会无动于衷。从九一八到生命的终结，鲁迅持续地对这些国难声中的丑恶现象进行批判。这些现象，本质上有害于抗日，是鲁迅批判它们的原因，但又不是全部原因。国难声中的丑恶现象，都是某种社会心理的表现。而这些社会心理，并非因国难而产生，而是长期存在于国人身上的，只不过借国难之机又一次表现出来，或者是，在国难时期有一种特别的表现而已。鲁迅对这些现象的批判，就是在国难时期延续了他一贯的国民性批判。对这些现象的批判，有利于抗日，因而可以说是以一种特有的方式参与救亡。对这些现象的批判，又是对大众精神痼疾的针砭，因而可以说是鲁迅长期坚持的启蒙事业在国难时期的继续。我一向认为，启蒙与救亡，在鲁迅那里并不是水火不容的，甚至可以说，在鲁迅的认知中，启蒙即救亡。

1931 年 10 月 29 日，鲁迅写了杂文《沉滓的泛起》，列举了九一八后上海滩上出现的诸多丑恶现象。借国难之机，趁抗日浪潮，推销本来卖不出去的存货，当然对抗日是一种破坏。但要说此类鸡鸣狗盗的行为对抗日能构成多么严重的损害，却又未免高估了这些人。人们会在抗日热情驱使下受骗于一时，但不会长久地被此种伎俩所迷惑。既然如此，鲁迅为何又要花费时间精力批判这种现象呢？这就因为此种现象下面隐藏着的，是一种极其顽固的精神病灶。许寿裳曾说，鲁迅在日本留学时，常与他探讨这样的问题：中国国民性最大的问题是什么？造成中国国民性的病根何在？探讨的结果，是中国国民性最大的问题是缺乏“诚和爱”，“换句话说，便是深中了诈伪无耻和猜疑相贼的毛病”。至于病根，“当然要在历史上去探究，因缘虽多，而两次奴于异族，认为是最大最深的病根。做奴隶的人还有什么地方可以说诚说爱呢?”九一八之后出现在上海的这些现象，当然在中国其他地方也会有。这些现象，仍然是性格中缺乏“诚与爱”的表现。缺乏“诚与爱”，作为一种精神上的病患，可以在日常生活的各种场合表现其症候，而发国难财，不过是特殊时期的特殊症候而已。对这种国民性格中的病患，鲁迅本来就以小说、杂文等多种方式进行着批判，这也是鲁迅执着地进行着的启蒙的题中应有之义。因缺乏“诚与爱”而在国难时期大发其国难财，更有理由引起鲁迅的警觉和悲愤，因为缺乏“诚与爱”的病根，恰与元和清两次少数民族入侵有深切关系。而现在，中国正面临异族入侵的危险。因历史上少数民族入侵导致的民族性格中的缺陷，在异族这次入侵时，表现出其鲜活的症候。而如果中国奴于大和民族这种异族，中华民族性格中的这种病患一定会更加深重。启蒙的事业虽然艰难地进行了十几年，但还没看到什么成效，却面临“奴于异族”的危险，这怎能不令鲁迅忧虑、痛苦？批判因缺乏“诚与爱”而在异族入侵时大发国难财的行为，是在救亡，更是在坚持启蒙。正是在这个意义上，可以说启蒙与救亡在鲁迅那里并不冲突。

国难时期的各种丑恶现象，都是精神上的老病在特定情境下的新症而已。以做戏的态度做事，也是长期存在的现象，在国难时期则有十分普遍的表现。鲁迅晚年，对以做戏的姿态进行抗日表演，深恶痛绝，而对这种现象的批判也特别多。

鲁迅多次强调，认真是日本人特别重要的精神特征。事无巨细，日本人都以十分认真的态度对待。即便是在九一八之后，鲁迅也不惜背上“汉奸”的骂名而主张中国人应该学习日本人的认真精神。而与日本人相反，凡事不认真，事无巨细都当作游戏，是中国人特别突出的精神特征。现在，是一个极其认真的民族在侵略一个人民凡事极其不认真的国家，那差距便不仅表现在军事力量上。九一八之后不久，鲁迅在《北斗》杂志上发表了杂文《新的“女将”》。在同一期刊物上，鲁迅还发表了杂文《宣传与做戏》。《宣传与做戏》仍然是兼有政治批判和社会批判的，对官方和民间的做戏般的抗日表现都进行了针砭。“离前敌很远的将军，他偏要大打电报，说要‘为国前驱’。连体操班也不愿意上的学生少爷，他偏要穿上军装，说是‘灭此朝食’。”连体操班都不愿意上，却偏要做出抗日的姿态，这是在演戏。糟糕的是，由于做戏已成习性，他们时时处处以天地为戏场却不自知。倘若军民普遍以这样一种态度对待日本的侵略，那结果自然是极其悲惨的。

发表于 1932 年 1 月 20 日《北斗》第三卷第一期的《中华民国的新“堂·吉诃德”们》，批判的是九一八之后上海的“青年援马团”。九一八之后，日军在几个月的时间内几乎占领了整个东北，但黑龙江省代主席马占山却率部坚持抵抗，受到全国人民的敬仰和支持。全国各地都有青年人组成“援马团”，要奔赴黑龙江加入马占山的队伍。上海也有一支数百人的“青年援马团”，声称要步行到黑龙江，援助马占山。在鲁迅眼里，这无疑是在做戏。鲁迅批判了“青年援马团”的游戏般的抗日行为，更批判了这种游戏般的抗日行为产生的社会土壤。既然是做戏，就需有观众。任何戏剧表演都是演员和观众共同完成的。“青年援马团”能够组成，能够从上海走到常州，是因为受到了广大民众的支持。从上海出发，有民众欢呼着送他们“出征”，还甚至热泪盈眶；到了常州，则有常州的民众欢呼着迎接他们，也许也热泪盈眶。广大民众认同这种做戏，欣赏这种做戏，才有此种做戏般的抗日行为发生。说“青年援马团”和欢呼着送迎他们的民众，都完全不知道此种行为的违反常理，肯定是不符合实情的。凭简单的常识和生活经验，就知道这种行为是荒谬的。说“青年援马团”和欢呼着送迎他们的民众，都是在有意识地装腔作势，也一定是过于武断的。以天地为戏场，有时候是有意识地做戏。借抗日救亡之势发国难财，便是在有意识地做戏。而以天地为戏场，有时候是无意识地做戏，是虽在做戏而不自知。在以天地为戏场的文化氛围中出生、成长，人在某些时候便会有抑制不住的做戏冲动。这种做戏冲动会战胜常识、压倒生活经验，而使人做出种种只该在戏台上发生的事情来。

以天地为戏场，习惯于在现实生活中以做戏的心态和姿态面对各种问题，还因为受小说和戏剧的影响太深，以至于在现实生活中不知不觉地模仿小说和戏剧中的言行。也是在《马上支日记》里，鲁迅说："但我们国民的学问，大多数却实在靠着小说，甚至于还靠着从小说编出来的戏文。"鲁迅举例说，即使是崇拜关公、岳飞的有文化的大人先生，如果问他们心目中的这两位"武圣"是何种形象，那关公一定是细眼而赤面的大汉，而岳飞则一定是五络长须的白面书生，或者再穿着绣金的缎甲，背后插着尖角的小旗，当然一共四面。这形象从哪里得来的呢？从小说上得来的，更大程度上则是从戏台上得来的。而在九一八后出现的"青年援马团"的身上，鲁迅也发现了小说、戏剧对他们的影响。他们做戏般的抗日姿态，一定程度上也出于无意识地模仿了小说、戏剧。

中国人抗日抗得轻浮，而日本人杀人却杀得切实，这是令鲁迅特别担忧和痛心之事。1932 年 6 月 18 日，上海的"一·二八"战事消停不久，鲁迅在致台静农信中说，自己能否以"一·二八"题材写点东西，还不能决定，因为听说的事情，一调查则大半是说谎，连寻人广告也有本人去登而以此扬名的。鲁迅无限感慨地写道："中国人将办事和做戏太混为一谈，而别人却很切实。"这里的"别人"当然指日本人。鲁迅又举了当天《申报·自由谈》里说到的一段话："密斯张，纪念国耻，特地在银楼里定打一只镌着抗日救国四个字的纹银匣子；伊是爱吃仁丹的，每逢花前，月下，……伊总在抗日救国的银匣子里，摇出几粒仁丹来，慢慢地咀嚼。在嚼，在说：'女同胞听者！休忘了九一八和一二八，须得抗日救国。"鲁迅说，在"一·二八"以前，如此行事者还真不少。在"一·二八"的时候，如果生活器具、日常用品上有"抗日"字样，就可能付出生命的代价。许多人，仅仅只是弄了一个有着"抗日"字样的徽章一类东西放在身上，自己可能早就忘了，被日本人查获，那也会被杀。所以鲁迅说："'抗'得轻浮，杀得切实，这事情似乎至今许多人也还是没有悟。"做戏般地抗日，当然抗得轻浮。而习惯于做戏的人，是很难自觉自己是在做戏的。鲁迅对这种现象一再尖锐批判，无非想唤醒戏中人。

1932 年 11 月下旬，鲁迅北上省母期间，曾在辅仁大学发表演讲，后讲演内容以《今春的两种感想》为题发表于 11 月 30 日北平《世界日报》。鲁迅又说到了“一·二八”战争期间许多中国人莫名其妙地被捉、被杀之事。鲁迅说，他亲眼见到许多中国青年被日军捉去，都是有去无回。这些青年被捉去的原因，是因为日军从他们身上发现了抗日的证据。九一八之后，上海出现好多抗日团体，如“抗日十人团”之类，每一个团体都有一种徽章。每人发一个徽章，然而并不真的抗日，只是把徽章放在口袋里，自己可能都不记得了。但一旦被日军搜出，便必死无疑。九一八之后，很多大学、中学成立了抗日义勇军，一开始还是天天操练的，后来渐渐就不练了，但戎装的照片还保留着，上操时的衣服也还放在家里，自己也早已忘记了，这些一旦被日军找到，也是要送命的。像这样的并未真抗日，只是做戏般地开过几次会、上过几次操的青年人被杀，大家往往认为日本人太残忍，“其实这完全是因为脾气不同的缘故，日人太认真，而中国人却太不认真。中国的事情往往是招牌一挂就算成功了。日本则不然。他们不像中国这样只是作戏似的。日本人一看见有徽章，有操衣的，便以为一定是真在抗日的人，当然要认为是劲敌。这样不认真的同认真的碰在一起，倒霉是必然的”。

一听说日本侵占了东北，便揎拳捋袖、目眦尽裂，恨不得立即奔赴战场拼个死活，这感情是强烈的，但往往也是肤浅的，因而也就必然是短暂的，一如不经烧的东西着了火，一时间烈焰冲天，但瞬间即熄灭。不能说这样的情感不真诚，虽强烈却肤浅而短暂的情感表现，常常也不过是在真诚地做戏。鲁迅所希望于当时的中国人的，是具有深沉、坚毅的爱国精神，是以无比的韧性持续地、百折不挠地进行着抗日的工作。抗日是这样，其他事情也是这样。中国要真正强大起来从而永久地摆脱受欺侮的命运，就必须普遍清除做戏习性，就必须确立凡事以踏踏实实的精神去做的品格。所以，对做戏般抗日表现的批判，是在救亡，也是在启蒙。

1934 年 8 月，鲁迅创作了以墨子为主人公的历史小说《非攻》，这篇作品有着明显的现实针对性，是在借墨子助弱宋抗强楚的故事，说明中国要抵抗日本的侵略，只有靠实力、智慧和韧性，指望用口舌等其他方式去救亡，是虚妄的。《非攻》还对煽动所谓民气并企图以此抗拒外敌的做法，进行了否定和嘲讽。对所谓民气本身也是否定的。当时，面对日寇的侵凌，有些人主张利用民气以御敌。主张煽动民气者，有官方人物，也有民间人士。所以，对煽动民气和民气本身的批判，都可以视作兼具了政治批判与社会批判。

鸦片战争后，每遇外侮，必有人主张利用民气抗敌，结果都是祸国殃民而已。在没有实力的情形下，民气本身不可恃。主张依靠民气制胜，会陷入不务实际的泥坑中，在正义感和口号声中陶醉，以为凭着广大民众的一腔怒火便可把外敌焚毁。这其实还是一种精神胜利法。所谓民气，往往是煽动者和广大民众在合演着大戏。而真遇外敌的真刀实枪，民气就如巨大的气球，瞬间一声巨响，破成碎片，这样的悲剧，近代以来多次上演过。当中国又一次面临亡国之险时，又有人鼓噪着民气的重要。鲁迅唯恐悲剧重演，所以对“民气论”又一次予以批判。

鲁迅晚年写下了大量社会批判的文章，大多数与抗日救亡没有直接关系，而是鲁迅五四时期开始的启蒙事业的继续。而那些与抗日救亡有直接关系的社会批判，也同样没有偏离启蒙的范畴。在鲁迅那里，启蒙与救亡是从来不矛盾的。只有中国人普遍在精神上觉醒了，只有中国人普遍实现了人的现代化，国家才会真正强大。因此，救亡，最终需要通过启蒙来实现。这并不是说，启蒙与救亡在任何时候、任何人那里都是并不冲突的。在有些人那里，在许多时候，救亡的确压制、否定着启蒙。而这也是晚年鲁迅异常担忧的。鲁迅在去世前不久写下过这样的话：“用笔和舌，将沦为异族的奴隶之苦告诉大家，自然是不错的，但要十分小心，不可使大家得着这样的结论：‘那么，到底还不如我们似的做自己人的奴隶好。’”这表达的便是对救亡压倒启蒙的担忧，便是对以笔和舌向大众发言者的警醒。

（作者单位：南京大学中国新文学研究中心；原刊于《文艺研究》2020 年第 7 期）

从体制人到革命人：鲁迅与“弃教从文”

张洁宇

一 引言：从“弃医从文”到“弃教从文”

鲁迅一生“走异路，逃异地”，在“本没有路”的地方孤独求索，其路必多阻难和曲折。但正如毛泽东所说，“鲁迅的方向，就是中华民族新文化的方向”。鲁迅的道路——无论是通途、弯路还是转折——也是现代中国知识分子道路的代表，即便在不同的历史阶段、不同的现实环境中，始终具有反思和借鉴的意义。

关于鲁迅一生中的转折与选择，无论是他本人还是研究者，都非常看重1906年的“弃医从文”事件。但是，前些年就有研究者指出：“在鲁迅一生中，还有一个重大的转折，那就是在文学与教育之间的徘徊与抉择。”姜彩燕在《从“弃文从教”到“弃教从文”——试析鲁迅对教育与文学的思考和抉择》一文中提出：“从1909年鲁迅迫于生计‘弃文从教’，到新文化运动开始文教两栖，再到1927年的‘弃教从文’，鲁迅终于彻底回归了青年时期立下的志向：文学。”这个回归，既体现了他对中国教育历史与现状的失望和批判，同时也说明了他“始终把写作看作‘志业’，而教书只是‘职业’”。该文对鲁迅“人的文学”与“人的教育”观念的相互渗透分析得甚为深入，呈现出鲁迅文学启蒙思想与现代教育理念之间的关系。遗憾的是，该文发表后至今，对于鲁迅“弃教从文”的关注和进一步研究仍不多见。本文重拾这一话题，意在结合鲁迅20世纪20年代中后期的经历与思想，重审“弃教从文”的原因和意义，尤其关注其与鲁迅

“左转”之间的关联。在我看来，“弃教从文”与“左转”确需放在一起讨论，前者是生活和斗争方式的选择，后者是思想立场的变化，两者之间是一种相伴相辅、互不可分的关系。换句话说，生活与斗争方式上的“弃教从文”为思想上“左转”的完成提供了准备，而思想上的逐步“左转”又为“弃教从文”的过程提供了动因与推力。

从“弃医从文”到“弃教从文”，看似同归，其实殊途。因为当我们提出两次“从文”的说法时，就意味着它们之间存在差异。正如“人不能两次踏入同一条河流”一样，两次“从文”其实意味着在从事了18年的教育和20余年的文艺之后，鲁迅对于“文”的观念和理解、对于“从文”的方式和道路，以及对于“文”与现实历史的关系、与其理想抱负之间的关系，等等，都生出了不一样的认识。换句话说，“弃教从文”并不是对于“弃医从文”的重复或回归，恰恰相反，与第一次相比，这更是一次调整和转变。这一次重新出发，也蕴含着对于“从文”之路本身的新的理解和探索。

二　从“文教结合”到离职教育部

鲁迅1906年“从文”之后，于1909年归国即开始任教，曾先后在杭州浙江两级师范学校、绍兴府学堂、绍兴山会初级师范学堂担任教师、监学及校长；1912年应蔡元培之邀任职教育部，曾为社会教育司科长、佥事；随部从南京迁至北京后，又在北京大学、北京高等师范学校、北京女子高等师范学校任兼职国文系讲师。其间，尤自1918年起，他的小说、杂文、散文诗以及各种翻译和学术文章大量问世，其作为文学家和翻译家的影响也得到了广泛的接受和承认。1926年离京后，鲁迅先后在厦门大学和中山大学任文科教授、文学系主任及教务长等职，最终于1927年10月辞职离去，从此未再涉足教育界。从1909年到1927年，鲁迅不间断地在教育界任职长达18年之久，此间他几乎始终是身兼文教，两种身份角色互补互进，共同构成了他在新文化运动中的文化形象。这种文教结合的状态至1927年结束，离开中山大学之后，鲁迅定居上海，成为“且介亭”中的独立思想家与自由文化人，直到走完他人生的最后十年。可以说，从“弃医从文”到身兼文教，再到“弃教从文”，鲁迅的道路不仅体现了他本人的思想转变，同时也折射出从辛亥革命到五四运动直至后五四时代中国知识分子的现实处境，这构成了现代中国知识分子精神史上的重要话题之一。

“幻灯片事件”与“弃医从文”的故事已无须重复，值得关注的是，鲁迅在那时对文学道路的选择和对文学的理解，体现了从辛亥到五四的代表性观点。虽然他的“从文”早在辛亥革命之前，但他对于此事的追叙却是在五四之后，其中表达出来的思想观念必然带有言说时的时代特征。因此，在五四时期的启蒙语境中，鲁迅的“从文”思想体现着典型的启蒙姿态。他说：“我们的第一要著，是在改变他们的精神，而善于改变精神的是，我那时以为当然要推文艺，于是想提倡文艺运动了。”由此可见，“那时”鲁迅“想提倡”的“文艺运动”是一种含义比较广泛，以改变人的精神为“第一要著”的启蒙主义文艺运动。在这个思想基础上，他开始了最初的论文编译、文学翻译、办刊和写作。1906 年他编写《中国矿产志》，翻译凡尔纳的科幻小说《地底旅行》；1907 年筹备文艺杂志《新生》未成之后，写作数篇文言论文，翌年发表于《河南》杂志；1909 年携周作人一起翻译出版《域外小说集》；直至 1913 年，他的第一篇小说《怀旧》方才刊于《小说月报》。可见，从“弃医”到回国，鲁迅的“从文”之路的确是从提倡和从事文艺运动开始的，相比于个人的文学创作，他在那个时候更加看重的是翻译、编书和办刊，其目的则直接指向现代思想的启蒙。而在那个时候，他那支文学家的如椽巨笔还未真正发动，他的思想与情绪都是围绕着这个广义的“文”而展开的。

这就很容易理解为什么鲁迅自归国开始就一直在教育界任职，除了留学生归国的义务和经济的因素之外，更重要的是在他“提倡文艺运动”的观念中，现代教育正是内在于这个宏大的启蒙与文艺的系统之中的，甚而就是“文艺运动”的一个组成部分。鲁迅的师友章太炎和蔡元培在 1902 年发起中国教育会时，就曾明确提出“教育救国”的主张，对此，鲁迅必然是了解和认同的。事实上，在新文化运动的提倡与实践者看来，文艺运动与社会教育都是思想启蒙的题中应有之义，因此，文教并重，让现代文艺与现代教育相辅相成，这本就是新文化运动的理想和策略之一。“弃医从文”的鲁迅秉持这一思想认识，投身文艺运动，以编书、办刊、翻译、写作的方式开启民智、实现社会教育和思想启蒙的理念，是非常自然和必然的。因而他此时所理解的文艺，也就自然而必然地包含了现代意义上的文学、艺术、教育，甚至学术研究等多个方面。

1909 年到 1927 年间，鲁迅在职业身份和具体实践上都很好地结合了文艺与教育两个方面，尤其是在 1918 年开始白话小说和以“随感录”为代表的杂文写作之后，其文艺道路的重心也明确为新文学的写作实践。他的写作既是他枯燥的教育部工作与兼职授课之余的一种调剂与补充，也是受到《新青年》及新文化运动的激发后的一种自觉与新文化界呼应、互动的方式和结果，就连作为大学课堂副产品的《中国小说史略》，也成为现代学术的重要成果之一。可以说，文教之间的和谐相成，不仅切实体现出鲁迅本人统一宏观的文艺和文教思想，同时，从鲁迅的个案也可看出五四新文化运动大背景下的文艺运动的整体性和关联性。五四时期，在教育部、现代高校和以《新青年》为核心的现代知识界和文坛之间，曾经有较为和谐、默契的良性互动关系，鲁迅等人正是在这样的关系中将文艺开展为一种运动，在一定程度上实现了现代中国的新文化革命。但是，这种关系在“女师大风潮”和“三一八事件”前后发生了剧变，鲁迅的道路也由此出现转折。

三　闽粤经验与“学院”的反动

1926 年 8 月至 1927 年 10 月，鲁迅先后在厦门大学和中山大学执教。闽粤时期是他的“低产”期，但也是重要的转折期。这段时间，鲁迅更深入地观察和反思了“学院政治”，并对教育界感到幻灭和绝望。在新的历史条件下，思想和写作如何与革命和时代相呼应？在大时代的面前，“写什么”“怎么写”，乃至“怎么活”都变成需要重新思考和选择的问题。这不仅是鲁迅与空洞无聊、不敢或无力介入现实的“正人君子”之间的决裂，同时也是他对于自己曾经的——但是可能已经失效的——写作和斗争方式的反思和调整。

1927 年 5 ~6 月，鲁迅连续密集地翻译了鹤见祐辅的《读的文章和听的文字》《书斋生活与其危险》《专门以外的工作》等七篇论文，从内容看，他对篇章的选择正应和了他自己的思考，或者说他也是借助翻译来清理自己的想法，并以译文的方式发出自己的声音。对于空谈和实践的取舍、对于书斋与街头的选择，这是鲁迅一直极为关注的问题。1925 年借“青年必读书”之题加以发挥的就正是这个问题，而在 1927 年广州更为严峻的现实状况下，他对此无疑更有深切体会。让鲁迅忧虑和警惕的是，在日益高压的专制统治下，会有更多的知识分子遁入独善其身的书斋，他们的冷嘲也必然早晚沦为空洞的“废话”。因而，身处广州“大夜弥天”之际，鲁迅更意识到重提介入“实生活”“实世间”的必要性。为了防止各种因恐惧或绝望而导致的消极逃避，必须重提实践斗争的重要性并重振投入革命的勇气，愈是在残酷的革命低潮期，这样的提醒和鼓舞才愈是重要的。

究竟是“闭户读书”还是“出了象牙之塔”？这不是鲁迅一个人的问题，甚至也不仅是鲁迅那一代知识分子的问题。鲁迅的思考看似是个人性的，但实际上具有代表性和启发性。鲁迅自己也是身体力行做出选择的。他不做学院派，最终选择以自由写作的方式与“实世间”短兵相接；不在校园里与青年们师生相称，而是以自由平等的身份与青年们一同“寻路”，甚至是一同彷徨。

从参与“女师大”的斗争到亲历四一五的这段时间里，鲁迅对原有的文艺运动之路不断做出反思，在他的认识中逐渐形成了一个知识分子生存形态的认识层次，大致可归纳为：书斋—学院—体制—政治的四重结构。这个结构不仅包含了从传统文人到现代知识分子存在方式的不同层面，也指示出某种发展变化的道路和方向。事实上，这也就是鲁迅自己走过的道路。从绍兴会馆的书斋式生活到投身于新文化运动并在以现代高校为中心的教育界中从文从教，这是 1912 年到 1927 年鲁迅的道路，这里包含了传统书斋到现代学院的独善与启蒙的两种形态。但是，这两种形态在 1927 年这个“大时代”来临之际，被鲁迅彻底舍弃了，其原因就在于他曾认同的现代学院式生活也随着党国体制的建立与强化而失去了其应有的独立性与革命性。鲁迅由此转向批判教育界之外的更大的体制。总而言之，鲁迅的“弃教从文”看似出于一些具体的人事因素，但其深层却蕴含了一个大革命时代知识分子道路选择的大问题。自“三一八”到“四一五”的过程中，鲁迅从血泊中得来教训，对于北京和广州两种体制的真相有了深刻的洞察。于是，在对知识分子独立精神的进一步自觉和强调中，他选择了上海。

四 “且介亭杂文”与“革命人”

上海之所以能为“弃教从文”的鲁迅提供可能的空间，首先就是因为其有租界半租界的特殊环境。鲁迅考虑定居上海，确实有对于自身和家庭的安全考虑，但同时更有其对于斗争之便的考虑。上海的租界不仅提供相对的安全和回旋的余地，同时也因其文化市场的商业化程度，提供了报刊出版的便利。鲁迅在上海期间，程度不同地参与了《语丝》《莽原》《奔流》《萌芽》《新地》《朝花周刊》《朝花旬刊》《前哨》《北斗》《十字街头》《申报·自由谈》等报刊的编撰，他的大量杂文分别发表在不同刊物上，造成了极大影响。此外，他翻译的《小约翰》《思想·山水·人物》《近代美术史潮论》《壁下译丛》《现代新兴文学的诸问题》《艺术论》《文艺与批评》《毁灭》《表》《死魂灵》等，也都获得了出版的机会，既为他提供了“饭碗”，也继续了五四以来的思想传播。因而可以说，鲁迅之定居上海绝非出于胆怯或退避，而是一种“壕堑战”，是他对于生存与斗争方式的新选择。诚然，包含租界和现代出版等因素在内的上海文化环境也是一种体制，但与鲁迅企图脱离的党国体制相比，起码在那个阶段确实提供了一种新的可能性。上海不是世外桃源，事实恰恰相反，上海是斗争的前沿，鲁迅自己就曾说：“沪上实危地，杀机甚多，商业之种类又甚多，人头亦系货色之一。”但鲁迅选择了新的斗争方式，这个方式既是直接的也是策略的，既是智慧的也是勇敢的，既是有所依托的也是极为独立的。

如果把“弃医从文”之后的“文”归纳为“文艺运动”的话，那么，“弃教从文”之后的“文”则不妨直接称为“且介亭杂文”。因为，鲁迅新的生活与斗争方式正是依托上海的租界与商业出版之便而进行的以杂文写作为中心的革命实践。从 1919 年的“随感录”系列到 1934 年的“且介亭杂文”，鲁迅逐渐在摸索和反省中建立了一种新的“从文”的自觉。正是通过杂文，鲁迅将文学写作变成了一种更真实、更直接、更具行动力的战斗方式。通过杂文，他保持了知识分子的批判性和独立性。杂文的写作和发表，为他提供了生存的依托和行动的方式。杂文以其高度的现实关联性和巨大的艺术涵容性，令鲁迅在那个“大时代”中，从一个体制人变为一个自觉的独立的批判的思想家。随后不久，现实与命运就逼迫并成全他，完成了“弃教从文”这一重大的人生抉择，成为一个更符合其自身要求的“革命人”。

五　余论：“革命”与“体制”的张力

事实上，革命与体制之间的张力是必然存在的，革命也正意味着一种对既有体制的反抗。鲁迅在自身的斗争生涯中——正如他所认同的孙中山一样——秉持着“永远革命”的信念，以行动性的写作作为革命的方式，并进而探索以革命人群体为行动主体的新体制的建构，在革命与体制之间，尝试创造一种新的历史可能性。他的选择或许并不能真正解决革命人与体制之间的矛盾，但是，作为中国知识分子的代表，鲁迅的道路始终具有发人深省的力量。

（作者单位：中国人民大学文学院；《中国现代文学研究丛刊》2020 年第 4 期）

社会史视野与文学研究的历史化

倪　伟

文学研究必须贯彻历史化的原则，即把研究对象放在其得以产生的社会历史背景中来考察，这似乎已经成为某种共识。对于那些自觉地秉承马克思主义思想传统的文学研究者来说，它更是必须遵循的第一原则。詹姆逊就提出了“永远都要历史化”的口号，并认为这是一切辩证思想的一个绝对的甚至可以说是“超越历史”的命令。但怎样才算做到了历史化，却仍然是一个争辩不休、难有定论的问题。很多时候，历史化甚至会被挪用为一种意识形态化的策略，用来颠覆既有的关于历史的权威叙述。这些策略性的做法恰好可以用来印证后结构主义的观点：历史不是超越文本表征的真实的、客观的现实，而只是在特定的话语系统中被建构起来的叙述。

我们当然不能接受这种说法。历史虽说的确通过各种叙述来呈现，但它不能被还原、被等同于叙述本身，在关于历史的各种各样的叙述背后还是有一种作为事实而存在的真实。正是各种不同叙述之间的彼此竞争和互相辩驳，使我们得以在某种程度上触摸到那个真实。如果不存在这种可以作为试金石来检验和甄别各种叙述所自称真理性的真实，那么包括历史和文学在内的所有叙述，在原则上就是等值的，其结果必然是一切理性的辩论都变得毫无意义了。在我看来，重提社会史作为文学研究的一个必要的视野，实际上是在重申并捍卫这种真实的存在。当然，不能说这是返回到了历史与文学的二元论模式，并重新确认了它们之间的价值等级秩序。恰恰相反，我们强调文学实践本身即构成历史的一部分，因此就必须历史地来研究文学。正如托尼·本尼特所言，历史地研究文学的各种形式及作用，就是要以它们与同时并存的其他社会实践之间的变化不定的关系为背景，研究它们自身的独特性、偶然性和可变性。需要指出的是，文学研究以社会史为视野，并非经由社会史的通道最终又回到对文学形式自身独特性的关注。文学形式的这种自身独特性，其意义在于它为我们更深入地认识那些关乎社会历史的运作方式及进程的重大的、根本性的问题，提供了一条独特的、不可替代的理解路径，这些问题当然也是诸如政治史和法律史等其他历史研究领域所要探究的。所以，以社会史为视野首先要破除的正是那种在文学研究中始终挥之不去的纯粹审美的文学观。

社会史的视野固然可以使文学史研究突破原先相对狭隘的范围，但社会史本身遗留的问题也会带来一些麻烦。汪晖曾指出社会史的方法容易陷入两个困境："一是社会史方法本身是某种特定的现代世界观的产物，从这个方法论视野中观察到的社会变化并不能准确地揭示这些变化在它得以发生的视野中的意义；二是社会史方法在建立思想与社会之间的关系时易于落入决定论的框架，忽略观念作为一种构成性力量的作用。"这的确是社会史方法常常为人诟病的两点。社会史的方法预先假定了社会是某种自主存在的客观结构，它统合了政治、经济、文化等诸多人类活动领域，其中经济领域起着决定性的作用，在其基础上确立着各种制度、组织、观念和习俗，并且形成由纵向排列的各阶层所构成的社会空间。因此，社会作为一个结构严密的整体，内在包含着一种因果决定的机制。然而这种意义上的"社会"范畴本身就是某种观念构造的产物，是在 19 世纪后的西方才形成的一种关于我们所生活其中的世界的认知框架。虽然我们不能把"社会"完全看作来自西方的想象性知识，但在使用与"社会"相关的概念范畴和分析手段时，仍需要保持足够的反思性。特别是在思考与中国革命相关的一系列问题时，不能拘泥于西方社会的分析框架来探讨革命的起源、动力和组织发动方式。中国革命与其说是一个自组织的社会自身内在危机的爆发以及克服的一种手段，不如说是在世界史背景中构造现代社会的一种方式和路径。在这个意义上，社会与其说是一个先在的带有规限性的结构，不如说是各种实践活动得以具体展开的一个开放场域以及在此基础上逐渐整合而成的统合体。这意味着我们需要更多地关注行动者主体在此过程中所发挥的创造性作用，把主体的实践而不是客观的结构作为社会分析的起点。从结构向实践的重心转移可以有效地突破社会/个体、结构/行动、实在/观念等二元论模式，以及与之相应的社会因果性的束缚，社会结构以及主体所占据的社会位置并不能完全决定其行为，主体的主观意愿和选择及其凭借的话语资源，同样也是不容忽视的重要因素。这提醒我们必须充分关注那些引导主体的实践，并在一定程度上决定了其展开方式和过程的中介，即由一系列的概念、范畴和陈述所组成的话语，正是借助这些话语，主体才得以理解和表征其生活世界，并界定自身以及与他人的关系。对话语中介的强调对于文学研究有着重要的意义，因为文学既是基于特定话语的对于社会现实的想象性建构，同时它本身也可视为一种话语形态或指意实践，不仅能充当主体与社会实在之间的中介，而且还能起到影响和塑造主体的作用。因此，在社会史的视野中来研究文学，不能简单地把对象放在它得以产生的社会历史背景中来考察，好像这样就能更好地理解和阐释文学作品。反过来，把文学看作一种能够帮助我们接近和进入社会历史的知识形式，同样也有失简单。认为文学和社会历史是可以彼此求证的，这实际上还是假定了文学是对社会实在的反映。在摆脱了机械决定论框架的修正了的社会史视野中，社会实在的客观存在及其最终决定作用虽然不容否认，但它仍然需要通过某种观念架构或话语体系才能得以把握，并被赋予意义，构成主体实践的具体对象和条件。一旦破除了实在与观念的简单二元论，那么文学和历史就不能截然分割开来。文学作为一种话语或指意实践，本身就是社会历史运动的一个重要组成部分。在此意义上，文学研究也可以说是历史研究的一种，只不过它有着区别于其他历史研究领域的独特的方法和进路。

基于这种认识，文学史研究需要关注的是文学实践与其他社会实践之间的接合方式。从文学的制度和组织切入，固然更直接，但对作品的研究，同样需要贯彻这一思路。这里姑且只从主体、经验、形式这三个概念入手来略作探讨。主体的概念关涉到文学创作的一个核心问题，即文学形象的塑造。文学通过塑造人物形象来刻画特定社会时代中的各种类型的主体，特别是那种能够代表时代前进方向的主体，即通常所谓的英雄人物形象，并唤问人们去认同这样的主体。创造并唤问社会时代所需要的主体，正是文学发挥其文化政治作用的重要方式之一。这样的主体何以产生？显然，它不是现成地来自生活。特定的社会位置提供了产生与之相应的主体的现实土壤，但这仍然还只是一种潜在的可能。只有当个体对自身所处的社会位置获得一种自觉的认识，据此构想整个社会世界并赋予自己在其中所处的位置以某种意义时，他才能成为自觉自为的主体。换言之，个体需要经过一个认同的过程才能获得自身的主体性。而认同本身就是一个意义选择的过程，个体选择什么样的意义系统来理解自身和社会世界，这决定了他会成为什么样的主体。正是在这里，观念或意识形态显现了其作为构成性力量的重要作用。文学需要创造可供人们认同的主体形象，同时又要揭示这种主体本身所包含的历史和现实的合理性，以及其得以生成的具体过程。用现实主义的传统术语来表达，这样的主体形象应该达到“典型”的高度。而要创造出这样的“典型”，观察生活显然还不够，还需要有强大的思想武器帮助作家去穿透生活的表象，把握到社会历史发展的趋向。但思想本身同样有待于在生活的斗争实践中不断得到提炼和修正，才不会游离于生活之外成为抽象的原则。这意味着思想和生活的接合不可能一次性完成，而要经历一个不断往复的过程。这种接合又不能还原为作家个人的天才和努力，时代思潮、意识形态话语乃至具体的政策纲领和社会运动等，都会在其中起到不容低估的作用。因此，通过文学中的主体和主体性问题，可以把握到文学与其他社会实践之间复杂多变的关系，以及它积极介入社会意义生产的方式和过程。

与主体相关的概念是经验。文学是对人类生活经验的书写，这种经验通常被认为是最生动、最鲜活的。但经验不能被直接还原为事实本身。人们往往误以为经验就是主体目击身历的事情，具有不容辩驳的真实性，可以作为证据来使用。但事实上经验从来都不是客观社会情境直接作用于人类心智的结果，它不是消极地获得的，而总是行动者主体通过特定的知识和话语去介入并把握社会世界的结果。因此，经验不能被简化为个人对外在社会情境的被动接受，而应视为主体对有关世界图景的一种积极创造。意大利女性主义批评家特丽莎·德·劳莱蒂斯（Teresa de Lauretis）指出：“对于所有社会个体来说，（经验）都是主体性得以建构的过程。通过那个过程，人们把自己放置在或是被放置在社会现实中，从而将那些物质的、经济的、人际的关系理解为、领会为个人主体的（指向自身，源于自身），这些关系实际上却是社会的，而在更大的视野中看，则是历史的。”可见经验并非纯粹个人性的东西，作为主体接合社会世界的过程和结果，它是社会性的，也是历史性的。本雅明早就指出，真正的经验不是那种在文明化大众的标准化的、非自然的生活中自我呈现的经验，恰恰相反，真正的经验是与这种通过媒体信息而获得的经验相对立的，在集体存在和私人生活中，经验的确都与传统有关。本雅明强调经验与传统以及记忆的关联，实际上是指出了经验本身包含有社会的、历史的内容。如果说文学研究的任务是分析和理解文学作品所传达、所表现的经验，那么同样需要把这种经验历史化。所谓历史化包含着两层意思：其一是说这种经验含有超出个人生活之外的社会的、历史的内容，是特定的社会状况和历史情境的折射；其二，也许更为重要的是，这种经验的建构和表达方式本身也是在历史中形成的，是以特定的观念和话语为中介的。因此，对经验的分析必须揭示其得以构造为经验的话语运作方式。文学研究就是要通过作品所表达的具体经验来把握观念和意识在历史中的变动，同时揭示文学是如何通过对经验的构造和表达参与了社会意义的生产和流通。

最后就是形式的问题。文学研究与其他门类的历史研究相区别的一个重要特征是，它始终将形式作为一个核心问题来探讨。用卢卡奇的话来说，文学就是为世界赋形。为世界赋形就是赋予世界以意义，在这里形式本身即是意义。塑造主体、书写经验，当然也可以看作为世界赋形的方式。但除此之外，那些最直接意义上的形式因素，如文体、风格、叙事方式等，也应该得到应有的重视。对文学形式的分析不能被封闭在审美的领域里，不能把作品在形式上的特征只看作作家个人的审美创造。詹姆逊强调“没有一种文体分析不最终具有政治的或历史的特征”，那么也可以说任何一种形式分析最终都必须指向政治的或历史的场域。这不是说要用政治分析或历史分析来取代形式分析，而只是强调文学形式本身具有特定的政治的和历史的意涵。用詹姆逊的话说，是包含有“意识形态素”（ideologeme）。意识形态素是“本质上相对抗的社会各阶级的集体话语的最小的可理解单位”，它不能被简单地看作一种意识形态口号，而是内在于文本形式及其语言结构之中，我们必须把它“作为一种社会实践形式，也就是作为对具体的历史状况的一种象征性解决来把握”。事实上，文学研究最具有挑战性的工作正在于如何从形式分析入手通向政治的和历史的场域，如果没有这种自觉的意识，那么文学研究就不可能真正发现文学与其他社会实践紧密关联、彼此贯通的具体方式，同样也无从界定文学作为一种社会实践和意义生产方式所具有的特殊性。在这方面，我们现有的文学研究显然做得还远远不够，特别是在面对那些因为承载了多种观念和话语而显得很特别的形式时，我们常常感到力不从心，束手无策。显然，文学研究的历史化不应忽视将文学形式本身历史化，缺少了这个环节，所谓的历史化就很可能无法真正落到实处。

总之，社会史视野的引入可以打开很多富有生产性的问题领域。虽然我们不必把社会史的方法当作文学研究唯一的、终极的视野，但它无疑可以为文学研究注入新的活力。

（作者单位：复旦大学中文系；原刊于《文学评论》2020 年第 5 期）

五四新文化的"运动"逻辑

张武军

历经百年的历史变迁和风云激荡，五四始终是一个绕不开、说不尽的话题。具体到1919年5月4日那天的上街游行及其后一系列抗议示威活动，被后人推崇为新文化运动主将的《新青年》同人，几乎少有参与。不过，原本和五四游行示威较为疏离的胡适等人，参与了后来成为运动的五四的诸多纪念和历史诠释，建构了他们与五四运动的因果关系，这也是今天学界普遍认可的历史叙述。先有以《新青年》或者"一校一刊"结合为标志的新文化运动和潮流，启发了学生的新思想、新观念的产生，老师影响了学生，继而觉醒的学生投入之后的五四运动，即新文化的"运动"之前因和五四的"运动"之后果，这一因果关系的背后更深层的逻辑则是新旧文化叙事。然而，作为"运动"的新文化和五四，孰先孰后，是我们讨论彼此因果关系的基本前提。

首先来看"五四运动"这一概念的出现和流行。根据笔者的搜寻，"五四运动"一词最早公开见诸报刊，是1919年5月16日《晨报》上的《来函照登》，这封函件是北京中等以上学校学生联合会所呈，写作日期为5月15日，是一封公开澄清函。"日内北京发现一种单，内以鄙会名义，鼓吹无政府主义，阅之殊深诧异，查无政府主义，以世界为旨归，首先破除国家界限，鄙会发端于'五四运动'之后，为外交之声援，作政府之后盾，实寄托国家主义精神之中……"这封来函，不仅是"五四运动"这一语词最早见诸报刊的证明，也明确传达了五四运动和国家主义紧密相连的精神。从五四事件进展到五四运动，起主导作用的只能是学生自己，因为这个时间点恰恰是各高校陷入混乱的时刻，五四运动既是学生针对"骚乱"和"暴动"的自我辩护，也是未来继续动起来的自我打气。

五四一开始是什么样的运动？仅以一部分人的事后反思来界定，显然很是偏片。因此，有必要回到当时的舆论现场，看看社会各界究竟是怎样看待和定位五四的。5 月 6 日，《晨报》刊登了涵庐（高一涵）的评论文章《市民运动的研究》，这是最早将五四定性为“市民运动”“国民运动”并从理论上进行分析的文章。顾孟余 5 月 9 日在《晨报》发表评论文章《一九一九年五月四日北京学生之示威运动与国民精神的潮流》，将五四定性为国民运动的同时，还用“国民精神”来概括五四精神。“国民运动”也是《每周评论》对五四事件的定位和报道，五四之后即 5 月 11 日那一期《每周评论》整整两版综合报道的题目就是《一周中北京的公民大活动》。只要我们稍微查阅五四期间的各种宣言、电报、公开书、呈文、演讲，“国民”是出现频率最高的语词之一。

相较“五四运动”，“新文化运动”这一概念的出现则晚了很多。周策纵指出：“‘新文化运动’这一名词，在 1919 年 5 月 4 日以后的半年内逐渐得以流行。”最近，学者郑师渠和周月峰对“新文化运动”一词的出现和流行进行了非常细致的考察，郑师渠认为“至少在 1919 年 9 月傅斯年、李大钊与戴季陶已分别使用了这一概念”。综合这两人的考察和我们目前所能搜寻到的史料，大致在 1919 年 8 月底至 9 月初，“新文化运动”这一专有名称才开始出现。

“新文化运动”以“新”来标识，望文生义，那么之前应该有“文化运动”或者与之完全相对的“旧文化运动”。事实上，还真有“文化运动”这么一个名词，它出现的时间点恰好是在“五四运动”和“新文化运动”中间，这一关键词非常重要，它上承由学生们创造的“五四运动”，下接“新文化运动”。但是，大多数研究者都没有仔细辨析“文化运动”这一概念的意义和作用，只是笼统地把它置于“新文化运动”的范畴中来理解。

为了恢复教育秩序，蔡元培和胡适等北京大学教师，极力把学生从国民定位拉回到学生身份，把向外的“国民运动”扭转到向内的文化事业和学术研究上来。蔡元培、蒋梦麟和胡适等对“文化运动”尚且存有疑虑，对“新文化运动”更是激烈否定，极尽挖苦讽刺之能。这无疑表明，和五四运动一样，新文化运动起初亦非蔡、胡等北京大学教师所倡导，或者说，和他们后来所重新叙述的新文化运动有很大差别。1920 年是五四一周年，“新文化运动”已经甚为流行，然而，《晨报》上北京大学师生的一系列纪念文章，似乎刻意回避了这一称谓的使用，有些也只是选用“文化运动”。这再一次表明，“新文化运动”这一概念的发明和使用，起初和胡适、蔡元培等北京大学教师关联不大，和学生群体中新潮社的关系也不大。同时也表明，新文化运动和向内转文化运动之间有着一条清晰的界线，但很显然，这一界线并非新文化与旧文化的区分。实际上，五四之后“运动”才是中心语，“运动”的走向才是焦点议题，新旧最多是个副题。“新文化运动”并非“新文化”的“运动”这样的定中关系，而是“新”的“文化运动”这样的偏正结构，或可直接简化为“新”的“运动”。时人和后人对“新文化运动”的误解正在于此，把“国民运动”和“文化运动”向外向内的不同走向，导向了新旧文化思潮之别，把原本倡导向内转的“文化运动”等同为“新文化运动”。

基于新旧文化之别的叙述逻辑，国民杂志社和《国民》实在不值得一提，但从运动的角度，尤其是从国民运动的层面，怎么强调其重要性都不为过。过去，把国民杂志社视为北京大学学生社团，把《国民》杂志视为北京大学学生刊物，这本是极大的误解，《国民》杂志乃当时全国性的学生团体学生救国会的机关刊物。《国民》杂志的国民性批判、国民性改造，其目的都是现实国民政治动员，是总结“五二一”请愿活动失败教训的反思，为下一场国民政治运动做准备。可以说，五四之前，以全国救国会为依托的国民杂志社和京沪报刊界、中华革命党人、江苏省教育会等政治团体有着密切的互动关系，广泛联络和动员了以京津沪高校为主的全国各地中等以上学校学生，积极策划和动员国民运动的展开，因此具备了领导和发动五四的能力。

1919 年 5 月 2 日“‘国民杂志社’循例举行社务会议”，“议程也只是讨论杂志的出版事物”，但会上学生谈到巴黎和会失败时就越说越气愤，于是决议由国民杂志社发起一次游行示威活动，并决定第二天邀请各校学生代表前来商议。5 月 3 日在国民杂志社廖书仓、黄日葵、许德珩、易克嶷等组织动员下，各大高校 1000 名学生齐聚北京大学开会，布置了第二天游行的方案，五四运动由此而发，罗家伦在《北京大学与五四运动》中也证实了国民杂志社发动了这场运动。陈独秀之后也称赞说"'五四'运动诸君出力独多"，"独多"的评价可见国民杂志社实乃五四运动的发动者和领导者。

从五四之后的《国民》《北京大学学生周刊》来看，学生整体上依然坚持五四国民运动的方向，并希望把这场运动持续推进，从事跨出校园的国家和社会改造运动，而这种运动正是胡适所说的"外面"的"新文化运动"。近些年，通过对"新文化运动"这一语词的考察和梳理，学界逐渐认可这一概念最早是由国民党人和江苏省教育会使用的。确切地说，1919 年 8 月底，当时还是未改名称的中华革命党人，在其新创办的刊物《星期评论》和《建设》上开始整齐地使用"新文化运动"这一专有名称。到了 1919 年 10 月下旬，江苏省教育会亦组织开展"新文化运动"的演讲和宣传，推动了这一概念的流行。

把五四运动视为一场"国民运动"的陈独秀，成为《新青年》同人中率先回应和倡导新文化运动的人，和北京大学其他教师群体强调回归校园和学理研究不同，陈独秀号召以"国民""市民"身份积极向外运动，他也亲自走上街头，散发、传播他自己起草的《北京市民宣言》，并因此被捕。9 月 16 日，陈独秀出狱后敏锐觉察到，先前参与《新青年》的北京大学教师群体和五四之后"运动"方向的背离，以及他们对新起的文化运动的漠视和疏离，"包括胡适、李大钊、钱玄同、周氏兄弟在内，都没有留意到新文化运动的兴起可能对中国未来产生怎样的影响"。出狱后的陈独秀开始努力扭转《新青年》的办刊方向，以响应和宣传新文化运动。12 月 1 日，续刊的《新青年》第 7 卷第 1 号刊登了《本志宣言》，"我们主张的是民众运动社会改造"，宣言虽以杂志同人名义发出，但更像是陈独秀的个人投身新文化运动洪流的宣言书。正是在这一期的《新青年》上，陈独秀特意使用了"新文化运动"这一名词，如他的三篇"随感录"《调和论与旧道德》《留学生》《段派曹陆安福俱乐部》。之后不久，他又接连发表《告新文化运动的诸同志》《新文化运动是什么?》，系统而又全面地阐释新文化运动。由此可见，学界过去所谓的《新青年》移刊北京以及"一校一刊"相结合为新文化运动的起源，其实站不住脚。恰恰相反，陈独秀和《新青年》脱离北京大学，加入上海新文化运动的"同志诸君"阵营，才使得他和《新青年》汇入新文化运动的滚滚洪流中。而后，《新青年》移刊上海又到广州，这正是作为革命方法和革命内容的新文化运动的轨迹，陈独秀也逐渐成为这场运动的弄潮儿。

通过对新文化运动的历史考察而非依循后来人视角的改写，我们不难发现这样一个规律：但凡坚持以五四为国民运动定位和方向的，后来都成了新文化运动的积极倡导者，如上海国民党人、江苏省教育会、陈独秀以及北京的学生群团，这并非偶然和巧合。新文化运动兴起后，社会上也有诸多类似的认知。1919 年 11 月 7、8 日，署名“进之”的《新文化运动》中提道：“国民运动的倾向，已从消极的而变为积极的，已从浮泛的而变为根本的，是政治运动已变为新文化运动了。现在各地所办的义务教育、学术演讲会、注音字母、白话文和那各种出版物，提倡社会解放和改造等等，岂不是新文化运动的起点么?”正如当时有人所描述那样，五四国民运动唤醒了各界，“今天此处开国民大会，明天彼处开国民大会，都如大梦初醒，不似以前那种冷静的头脑了”，“现在中国的名称叫‘民国’，那么，他的政治自然是‘民治’”，“而远大的目的，确在改革国内全部的政治，使符合于真正的民治精神，乃由外交运动更进为政治运动”，“这些举动皆属于文化运动的范围，于是更由政治运动，再进为文化运动了”。

长期以来，新旧文化之别主导着我们有关五四运动和新文化运动的历史叙述，认为提出新文化、新文学的老师影响了学生，从而有了新文化运动和五四运动，它们是新文化传播逐步演化而成的运动。然而从看似“旧文化旧文学”代表的《国民》杂志和同人出发，我们看到了一幅不一样的新的“运动”图景。“五四”是个“意外”的日期，“新文化”也并非当时的焦点语词，“运动”才是“五四运动”和“新文化运动”中的关键所在和共同之处。从“运动”的逻辑来看，五四运动是由学生主导的走出校园的国民运动，目的是唤醒和再造国民，塑造符合中华民国的国民，五四运动也的确是中华民国“名实相近”的一场国民运动。新文化运动则是在国民运动基础上，坚持向外运动方向而非回到学术和思想文化层面，继续社会和国家改造运动的“真正的革命”。“改造”和“革命”，都意味着重新再造一个国家的指向，正是在五四国民运动的基础上，经由作为革命方法和革命内容的新文化运动，再造民国这一伟大的国民革命才得以展开并最终获得成功。正如毛泽东所评价："没有五四运动，第一次大革命是没有可能的。五四运动的的确确给第一次大革命准备了舆论，准备了人心，准备了思想，准备了干部。"中国台湾学者吕芳上用"革命之再起"来概括五四新文化运动的这一时段，亦可谓经典论断。

（作者单位：西南大学文学院；原刊于《现代中文学刊》2020 年第 2 期）

·比较文学与世界文学·

（栏目主持：雷武锋　董雯婷）

主持人语

进入21世纪的第三个十年，国内外国文学研究的发展延续了近二十年的基本趋势，表现在四个方面。其一，许多学者以超越国界的批评视野，聚焦于作家作品的体系性研究，表现出广阔的学术视野和敏锐的学术观察力，强调了作家通过创作承载具体地域的社会历史内涵，以及参与本国族乃至人类文明建设的重要作用。其二，由于新历史主义、后殖民主义、生态主义和种族批评研究在国内学界的热度提升，不少论者将关注的焦点投向欧洲经典文学的再阐释，利用文学符号学研究的手法，完成了经典文学研究的伦理转向、空间转向和历史转向。其三，关注当代民族和国家文学中人与环境、人与文化、人与自然的关系，强调世界范围内文学文本的传播与跨文化的影响，以及在新的历史阶段，重塑文学批评的价值。其四，战后文学的余波依然荡漾，晚期资本主义带来的消费文化以及视觉文化和性别、政治问题，不仅深深影响了当代外国文学的创作和评论，也吸引了国内许多研究者审视的目光。总之，如何在新的时期，重新发现和塑造文学批评与研究的价值，唤起文学创作和批评的主体性，拓展和彰显一种文学的外部研究，是目前国内外国文学研究界主要思考的问题。

本期所选的文章，既有早已蜚声学界的著名学者多年研究的结晶，也有初出茅庐的新锐崭露头角的力作。其中，关注欧洲经典作家作品的学人们，带来了对这些传统名家名著基于独特视角和观念的解读。刘淳在《从潘多拉的“盒子”到“游走”的子宫——古希腊人观念中的女性身体》一文中，参考古希腊医学对女性身体和子宫的解释，并联系其他古希腊文本中记载的神话故事及实物材料，详细剖析了古希腊社会中关于性别和生育的观念。钟碧莉的《跛行的脚：但丁和彼特拉克的爱欲和语言》，以“跛脚”这一意象切入，比较分析但丁《神曲》和彼特拉克《歌集》中对于欲望、爱情和语言的态度。尹兰曦的《“悲伤的时辰似乎如此漫长”——〈罗密欧与朱丽叶〉中的“钟表时间”》，考察了莎士比亚如何用“钟表时间”来象征个体主义意识、信息的高度精确性及科学自信力，以及如何超脱“机械隐喻”以之对抗理性时代对人的异化。郭方云的《欲海狂涛中的导航图——〈仙后〉的节制伦理与宗教地图学探究》，分析斯宾塞所构建的骑士精神图腾、开放精神与“克己复礼”的伦理诉求之间的冲突，以及航海、航图、航向三位一体的空间奇喻。

一些学者则针对外国文论家及其思想理论进行了深入分析，如王志耕《巴赫金：圣愚文化与狂欢化理论》，探讨了巴赫金狂欢化理论与俄罗斯本土文化的联系。陈影《土星、新天使与本雅明的忧郁》，借由“土星”和“新天使”两个意象中的辩证维度，在犹太神秘主义语境中，解读本雅明的“忧郁”思想。

也有学者聚焦于外国文学创作的趋势与动态，如陈俊松《“介入的文学”：政治、政治小说和美国政治书写》，强调政治书写在美国文学史上的地位，以及美国文学与政治之间对话和互动的关系。

还有学者致力于针对作家作品的深入阐释和分析，如张琦《虚假的力量：兼论艾柯小说的主题》，阐释了艾柯反复书写的“假与真”主题。张治超在《〈尤利西斯〉的数字诗学》中，指出乔伊斯小说的形式和细节设计，是对基督教神学、数字命理学和古典文学的数字象征传统的继承。王元陆《约克纳帕塔法世系故事中的毯包客》，梳理了毯包客的形象变迁及约克纳帕塔法世系故事中的毯包客形象，并认为这体现了福克纳鲜明的南方立场。程弋洋《“纯正西班牙式的我”：乌纳穆诺的巴斯克民族观》，分析了乌纳穆诺对巴斯克精神的辨析，并以此引出他对西班牙超越地区分离主义、走上现代民族之路的思考。孙倩雯的《重复与同一：论克尔凯郭尔的小说〈重复〉》，指出克氏的“重复”学说实质上是将古老的存在与思维之同一问题以新的方式呈现出来，作为克服虚无主义的尝试。

外国文学、文化圈内的中国问题与汉学研究，一直为国内比较文学界所关注。本期所选篇目如侯铁军《瓷盘里的中国——十九世纪英国柳树图案瓷器故事的中国缘起及其早期演变》，汪小玲、李星星《羞耻的能动性：〈无声告白〉中的情感书写与华裔主体性建构》，杨莉馨《论汉学家之于英美现代主义运动的意义——以阿瑟·韦利为例》，代表了这一领域的最新进展。

同时，国内学界的亚非文学研究发展迅速，已成为文学研究领域较为显著的学术增长极。日本文学研究方面成果丰硕，尤其是日本美学和诗学研究获得较大发展。王向远教授的系列论著中的最新文章《日本歌道的传统与流变》，就是此方面的代表性成果，显示了日本古典文学研究的深入程度。日本现代文学研究不断取得进展，代表性文章有解璞的《“打破镜来，与汝相见”——夏目漱石〈门〉中的镜子意象与禅宗救赎》等。任洁的文章《论村上春树〈挪威的森林〉中的身份困惑与伦理思考》，则显示了伦理学批评在日本文学研究方面的拓展。印度文学研究稳步发展，北京大学姜景奎教授在《南亚东南亚研究》杂志所主持的研究专栏值得关注，“印度神话之历史性解读”系列文章是其中的代表性成果。欧阳灿灿的文章《〈薄伽梵歌〉中的身体思想》可谓印度古典之现代解读的可贵探索。印度英语文学研究方面有尹晶的《民族主义的祛魅——印度布克奖小说的人文主义反思》等成果问世。魏然的文章《“他加禄的哈姆雷特”的抉择：何塞·黎萨尔的去殖民与亚洲问题》昭示了东南亚文学研究的广阔前景。阿拉伯文学研究方面的代表性成果有林丰民教授的《〈一千零一夜〉的中国形象与文化误读》等。黎跃进和玛依努尔·玉奴斯的文章《“哈米沙”现象：丝路文学交流个案研究》，梳理了中亚和西亚诸民族文学中的“哈米沙”现象，显示了亚洲民族文学关系研究的新进展。宋志明的《索因卡〈反常的季节〉中的社会政治想象》等非洲文学研究新著迭出。收录大量非洲文学批评文章的大部头译著《非洲文学批评史稿》由华东师范大学出版社出版，显示非洲文学在我国越来越受到重视。

“他加禄的哈姆雷特”的抉择：何塞·黎萨尔的去殖民与亚洲问题

魏　然

一　西海同渡

1903 年，广西籍留日学生马君武在东京酒肆里与菲律宾流亡学生宴饮，对方纵声歌吟菲律宾作家何塞·黎萨尔（José Rizal）的绝命诗《临终之感想》，这情景让马君武慨然振奋，遂将此诗由日文移译为中文，刊载于梁启超主持的《新民丛报》上。译文描述了菲律宾在亚洲的地缘意义："去矣，我所最爱之国，别离兮在须臾；国乎，汝为亚洲最乐之埃田兮，太平洋之新真珠。"倘若不将这段译文放置在 19、20 世纪之交亚洲知识分子普遍分享的"亚洲一体"的感觉中，则很难理解马君武的振奋之情。19 世纪以降，亚洲知识分子面临一次次外来危机，在将自身相对化的过程中，逐渐形成了以反对欧洲殖民世界体系为宗旨的临时性的"亚洲"概念。为应对西方文明主导的近代世界结构重整中的强势话语，各色亚洲主义顺势而生。

不过，直到 1899 年 6 月以前，中国知识分子大多未曾留意过黎萨尔这位用西班牙语写作的亚洲诗人和小说家。直至 1899 年第 24 期《清议报》登载《非律宾独立一周年》一文，引述菲律宾革命军关于"脱西班牙之羁绊，昂头于世界而为自由独立之宣言"等言论，中国知识分子才憬然发觉，非律宾人为亚洲的亡国民提供了参与现代世界政治实践的新模式，即反殖民革命。恰在同一年，梁启超也赞誉菲律宾人是"我亚洲倡独立之先锋，我黄种与民权之初祖"。瑞贝卡·卡尔评述说，这类话语呈现了"在早期中国把种族定义为全球性的黄、白冲突时，菲律宾的中心性位置”。在识别反殖民革命的意义上，才能理解为何马君武特别看重黎萨尔的爱国诗章，对这批中国知识分子而言，此时不是已沦为霸道的日本，而是在殖民时代挺身捍卫亚洲独立的菲律宾才堪称亚洲的先锋，黎萨尔因而被视为争取亚洲独立的知识分子乃至全体黄种亚洲人的典范。

黎萨尔的小说《不许犯我》和《叛乱》无疑提供了反对欧洲殖民的激进图景，但也应当注意到，反殖民立场未必一定构成清晰的亚洲主义表述。黎萨尔的极端挑战是用貌似温和的媒介完成的：他使用欧洲殖民者的语言卡斯蒂利亚语（即西班牙语，以下或简称“西语”）写作，也从未直陈倡导黄种亚洲人的联合。那么黎萨尔是否明确提出了来自菲律宾视角的亚洲叙述？以西语写作及其对族裔的甄别，是否已经取消了黎萨尔的菲律宾民族主义中的亚洲主义空间？本文即试图将黎萨尔的叙述放置在种种亚洲主义话语网络中，通过复原黎萨尔所属的菲律宾启蒙派论述与西班牙帝国、民族话语的扭结关系来探讨上述问题。

19、20 世纪之交的“亚洲”概念，至少包括两种不同的含义：一种是以孙中山的“大亚洲主义”为代表的亚洲被压迫民族的民族自觉要求；另一种则联系日本在明治维新后以亚洲版本的门罗主义而展开的“大亚细亚主义”乃至其后的东亚殖民计划。有意味的是，上述两种亚洲主义都曾与黎萨尔代表的菲律宾民族主义发生关联。如前文所述，1899 年菲律宾转而抵抗美国殖民后，旅日中国知识分子将黎萨尔引为同路人，而日本“兴亚论”的倡导者早在此前十年就已开始营造日菲连带的话语，并直接将他征用为日本亚洲主义的想象资源。活跃于《朝野新闻》等刊物的自由民权派报人、明治时期政治小说家末广铁肠曾考察美英两国，1888 年 4 月他登上从横滨驶向旧金山的轮船，未久便在甲板上结识了同行的黎萨尔。这场短暂的交往没能给黎萨尔带来菲日团结的期许，在友谊的另一端，末广铁肠却从这位亚洲旅伴身上汲取了不少灵感，撰写了一部以“马尼拉绅士”为主要人物之一的趣味游记《哑之旅行》和多部以菲律宾为主题的政治幻想小说，包括以黎萨尔为原型的《大海原》。《大海原》让末广本人合纵亚洲各国的同情心获得更广泛的接受，但也应承认这部小说符合当时日本读者的集体幻想，呼应了彼时日本向南方拓殖的普遍期待，因而具有浓厚的

“南进论”味道。

黎萨尔殁后，其生前战友庞塞受命于革命领袖阿吉纳尔多，赴横滨为卡蒂普南起义购置弹药，为祖国独立做宣传，客居日本 4 年。1901 年庞塞编纂了《南洋之风云》一书，译成日文并在该书附录“志士列传”中收录了黎萨尔绝命诗的西文版与日译文，为这首原本无题的诗作添加了《临终之感想》的标题，马君武读到的日文译文即源于此。庞塞以为是自己首度将菲律宾革命殉道士介绍到日本，殊不知末广已在 7 年前书写过他与黎萨尔同渡西海时的交谊——庞塞、末广和马君武分别占据着亚洲革命交涉网络的某一点，彼此互不识却桴鼓相应，从各自立场描述着各自版本的亚洲主义愿景。

虽然从黎萨尔的书写档案中找不到更多证据，但“比利时人号”的日菲交往逸事甚至在二战后仍有回响。1961 年适逢黎萨尔百年诞辰，菲日双方均有评述黎萨尔与日本关联的文献面世，这些回忆文章的基调“与冷战框架下的自由（即非共产主义）亚洲国家联盟相互契合”。但冷战时代复返并被虚构的历史经验已与黎萨尔叙述的本来面目相距甚远，返回 19、20 世纪之交菲律宾启蒙派、西班牙知识界以及欧洲东方学等要素构成的互为他者、互为背景的横向时间，更有助于勾勒黎萨尔所理解的亚洲问题及其所欲完成的去殖民使命。

二　帝国之末

1907 年，西班牙学者雷塔纳出版了黎萨尔身后的第一部传记并邀请“98 年一代”的代表人物乌纳穆诺为该书撰写跋语。在传记里，雷塔纳将黎萨尔比作“东方的堂吉诃德”，乌纳穆诺则修正说，黎萨尔应是“堂吉诃德与哈姆雷特的双重身”，与现实的不相容让黎萨尔无法直接与西班牙帝国相对抗，最终因僭越地使用宗主国语言来思想和写作而受戮。乌纳穆诺观察到的在帝国之末仍使用西班牙语书写的问题，揭示了一个饶有意味的现象，那就是黎萨尔这位“他加禄的哈姆雷特”在西班牙统治末期依然重视菲律宾在帝国文化政治中的地位，且关注程度明显超出了联合菲律宾和亚洲诸国的愿望，例证之一便是《不许犯我》《叛乱》两部小说特别关注菲律宾本土的西班牙语教育问题。

《不许犯我》的主人公、旅欧归来的伊瓦拉继承父亲遗志的方式是，在故乡圣地亚哥耗费家财建设一座以西语教学的现代小学；刊印于 4 年之后的《叛乱》的主线之一则是马尼拉大学生团体向政府请愿，呼吁筹建一所摆脱教权控制的西班牙语学院，两次争夺语言权力的计划均被教会势力击败了。对语言权力的争夺如此激烈，是因为自殖民初期西班牙教会就独享在菲律宾的跨语际阐释权，而且这种垄断的强度更甚于西语美洲。《叛乱》中的本土精英、大学生们联名上书呼吁创建西班牙语学院时，不论这项动议表面上受宗主国同化的意愿多么强烈，它仍被教会高层视为挑衅。

与此同时，虽然菲律宾启蒙派众口一词地责难马尼拉陈旧的经院哲学课程，但毕竟借由在这里习得的西班牙文、希腊文、拉丁文，他们日后才能前往马德里、巴黎、柏林和伦敦，聚首于 19 世纪末的欧洲都市。虽然西班牙在 19 世纪经济一蹶不振，但卡斯蒂利亚语毕竟还是一门与欧洲对接的语言。构成菲律宾的 7000 座岛屿上分布着 100 余种方言，启蒙派由此考虑将西语作为通用语，期待未来的普通国民都能分享这一与欧洲接轨的现代性语言。实际上，19 世纪上半叶独立的西班牙语美洲国家统一选择西语作为官方语言，这一做法并没有遭到太多质疑，直到 20 世纪六七十年代，古巴作家费尔南德斯·雷塔玛尔才在名篇《卡列班》（1971）当中借莎士比亚《暴风雨》反思了西班牙语在后殖民境遇下延续的问题。与之相似，菲律宾启蒙派不得不像拉美思想者那样面对“卡列班窘境”，即沿用西班牙语并借用这门语言提供的概念工具，以谋求在马德里和巴塞罗那赢得宗主国知识阶层的理解和共鸣，同时为本国人保留引进欧洲现代性的通道。

正因为如此，在黎萨尔那里并没有出现一个把亚洲作为摆脱危机、建立新世界关系的选项，因为“亚洲不是自足的地域概念，而是必须以‘欧洲’作为对立面的意识形态概念”。即便是对西班牙的批评，黎萨尔也无须构想一个亚洲联合体，而是借用以德国为代表的北欧对以西班牙为代表的南欧进行审视和制衡。

熟谙多门外语的黎萨尔也曾犹豫，是否该用德语或法语写政治小说。最终让他决心用西班牙语写作小说的重要动力，是启蒙派在宣传运动时期的集体诉求。19 世纪八九十年代，启蒙派旅欧人士的主要精力放在争取西班牙议会的菲律宾代表席位上。这项动议的理据来自 1812 年的《加迪斯宪法》，这部修纂于拿破仑入侵之后的自由主义宪法，名义上承诺了帝国海外殖民地与半岛各省的平等代表权。由此才能理解《不许犯我》第一章里的那个著名表达——“你，正捧读此书的读者，无论朋友抑或敌人”，黎萨尔遣词造句时，既想着朋友，也不忘敌人，因为他深知在他的时代，西班牙语是敌我共享的语言。

倘若说《不许犯我》多少还透露出受宗主国“同化”的期待，保留了让本土精英在西班牙母国的护航下修习治理艺术的期许，那么作为“同化”失败、宣传运动返回菲律宾时期的产物，《叛乱》与西班牙母国决裂的姿态就要激烈得多。《叛乱》的主人公西蒙夹杂着南美口音和英语腔的卡斯蒂利亚语，已变成宗主国和殖民地之间的一个危险中介，这种卡斯蒂利亚语已疏远了小说家黎萨尔在马德里中央大学与乌纳穆诺一道研习的温良言语，而更像是卡列班对殖民者的那一声诅咒——“愿红瘟病要你的命”。

三　东方幻术

凭借丰富的欧游经验和多门欧洲语言修养，黎萨尔早已俯视宗主国的制度与文化，启蒙派的其他代表人物，如德尔·比拉、帕特诺、塔维拉、德洛斯·雷耶斯、拉克陶及庞塞等人，游学欧洲时纷纷瞩目于西欧关于东方最新的知识体系和概念工具，各自在文学、史学、政治学、语言学、民族学等领域与欧洲东方学家频繁互动，正是在这些互动中，他们习得了一种具有去殖民功能的策略性的东方主义。

启蒙派普遍认为，钩沉史料还不能澄清西班牙征服之前的本土民族构成，为此只有求助于其他欧洲国家的最新科学来重塑本土历史记忆。1886 年访问德国海德堡期间，黎萨尔得知波西米亚民族学家布鲁门特里特对菲律宾种族形成颇有研究，因此登门访问。布鲁门特里特的学说倾向于认为菲律宾的多民族构成是历史上不同类属人种迁徙的结果，而第三批移民（即第二批马来移民）对 19 世纪菲律宾种族的形成最关键，这批移民创造了鼎盛时期的古菲律宾文明。布鲁门特里特仅仅提出了一种科学假说，作为启蒙派核心人物的黎萨尔却通过注释西班牙古籍，试图传达在西班牙殖民前曾存在一个古文明“黄金时代”的信念，民族学被演绎为关于“失落的伊甸园”的民族记忆。在1896年前后“失落的伊甸园”成了卡蒂普南运动脱离西班牙的革命理论之一，虽然黎萨尔本人并未直接投身于反殖战斗。需要指出的是，虽然中菲两国学者都同意黎萨尔父亲一系的祖籍为福建晋江这一说法，但黎萨尔并没有因华裔背景而回应黄种亚洲联合的倡议，这主要是因为对华裔和马来人的甄别关系到启蒙派将何种族裔视为未来菲律宾民族的主体。

《不许犯我》当中便有一位本土知识分子从事与启蒙派旨趣相似的东方学工作。小说主人公伊瓦拉走入哲人塔西奥家中时，讶异地发现这位老者正在撰写象形文字。当被询问为何用象形文字写作时，塔西奥答道：“就因为现在谁也看不懂。”稍后伊瓦拉才领悟到塔西奥选择的意味：这位老者不仅是一位反西班牙殖民的知识分子，还是主张文化去殖民的本土学者。借由塔西奥之口，黎萨尔颠倒了自文艺复兴以来拼音文字和象形文字之间的等级秩序，明示了一种再东方化的可能性，即将来的菲律宾有可能再度使用象形文字书写他加禄语，以之作为主要的学术和思想载体。在此，东方学知识可能未必如萨义德强调的那样，仅仅是“根据东方在欧洲西方经验中的位置而处理、协调东方的方式”，在新旧帝国霸权交替的力学关系中，殖民地知识分子也能在某些时刻将东方学转化成去殖民的思想资源。

四 回心亚洲

不同于末广铁肠所体认的抵抗英俄诸国的急迫感，黎萨尔选取站在欧洲内部所谓更进步、更代表普世精神的舞台上，尽管此处“欧洲”指的是更加开明的柏林或巴黎，而非比利牛斯山以南纷乱的马德里，但无论如何，黎萨尔都无须从战略上明确构造一处亚洲舞台。按照研究者的统计，黎萨尔基本不谈亚洲，遑论“亚洲的团结”，行文中他更多地使用“东方”及其变体“远东”，他更乐意强调已覆亡的古马来文明是东南亚的共同文化根源之一。在黎萨尔心目中东亚儒学文化圈不是东方文化唯一的中心，历史上南洋交通网络及其在当代的重要继承者他加禄文明同样占据着重要位置。

虽则黎萨尔没有在 19 世纪末呼吁亚洲各国间的连带和团结，但《不许犯我》没有忽略菲律宾将长久置于东方诸国之间的处境。黎萨尔期待在充分利用西班牙语及西欧现代性的优势之后，菲律宾能在未来回归自己的亚洲本质。《不许犯我》当中，塔西奥透露给伊瓦拉，除了书写象形文字，他最大的消遣是接待“中国和日本客人”，而所谓客人是指从中国和日本归来的燕子；塔西奥在燕子脚上绑缚汉字字条来问候远方不知名的朋友，而且他也一次次获得了来自远方的用汉字写下的祝福。借着燕子的飞行范围，小说诗意地还原了亚洲语言的地理学。虽然此时菲律宾还使用拉丁字母书写的西班牙语，周边又被英语殖民地环绕，但一旦超越英语殖民地的包围，便能发现亚洲更广阔的地方是汉字的世界。黎萨尔深谙汉字长久以来是东亚的“笔谈”工具，这段稀见的色调明丽的文字甚至隐隐地预言，在未来时刻，汉字或许能重新成为区域的通用文字。考虑到塔西奥本人正尝试用象形文字重新发明他加禄语的书写体系，以之作为与汉字呼应的亚洲共同属性，那么小说已然将先后使用西班牙语、英语为官方语言的菲律宾还原到了亚洲的地缘现实和历史世界之中。

在早期现代制图学中，菲律宾群岛原属西语美洲的延伸部分，但到了 19 世纪下半叶，随着现代海上交通的便利和苏伊士运河的开通，特别是亚洲意识的出现，菲律宾逐渐从欧洲的远西之地变成了远东的一员。菲律宾启蒙派的工作乃至菲律宾自身的历史位置，都挑战着东西并举的二元对立。在抵抗西班牙帝国殖民体制的意义上，新兴帝国殖民者的东方学知识还曾构成了某种助力。何塞·黎萨尔虽未能像同仁庞塞那样从事与别国革命者联动的实际工作，甚至连同航西海的亚洲友人也无暇深谈，但他的写作已提示了菲律宾民族文化回归亚洲的可能：他预言在民智开启、平等交往的未来世代，菲律宾或许能在与多元的东方文明的对谈中找回自己的亚洲性。

（作者单位：中国社会科学院外国文学研究所；原刊于《外国文学评论》2020 年第 1 期）

约克纳帕塔法世系故事中的毯包客

王元陆

约克纳帕塔法（下称“约克”）世系故事，主要是关于南方和南方人的叙事，然而在这个史诗般的南方书写中，福克纳也在多个文本中写了“毯包客”（carpetbagger）这群移民到前邦联州的北方人。毯包客是约克世系故事系统书写的唯一群北方人，有重要的文化-文学意义。

福克纳笔下的毯包客可分为两类：一类系泛指；另一类有清晰的面孔。第一类毯包客在文本中常常只是寥寥数语，本文重点讨论出现在《喧哗与骚动》、《押沙龙，押沙龙！》以及《去吧，摩西》之中的毯包客群体。第二类毯包客是个性鲜明的人物，是出现在《八月之光》、《没有被征服的》与《尘土中的旗帜》中的伯顿一家。本文梳理了毯包客在美国历史叙事中的形象变迁，在此基础上细读约克世系故事中的毯包客形象，借此分析福克纳在南北冲突、种族矛盾、传统与变革、农业文明与工业文明之间的紧张关系等重大议题上所持的立场。

一　毯包客的来龙去脉

毯包客在南方重建中发挥了重要作用，但同时也受到颇多诟病与攻击，前邦联州的白人政客和媒体指责毯包客及其政府腐败滥权。这种实中带虚的指控是导致重建虎头蛇尾、匆匆结束的重要原因。在积极和消极意义上，毯包客的作为及名声都直接影响了重建进程的走向，因此，毯包客形象是由重建叙事决定的。

重建叙事可被分成两个阶段：19 世纪 60 年代到 20 世纪中叶为第一阶

段；20 世纪中叶以后为第二阶段。在前 90～100 年里，重建叙事被南方白人史观主导。重建被描述成了美国历史中的灾变性事件，毯包客当然也被定义成了北方来的投机者。20 世纪中叶以后，重建被定义成了一次伟大的社会变革的努力。正是在重建时期，1865 年的宪法第 13 条修正案在全合众国范围内永久性地解放了所有黑人，1866 年的第 14 条修正案赋予了黑人以公民权，1870 年的第 15 条修正案赋予了黑人与白人平等的选举权和担任公职权。尽管宪法原则在长达百年的时间里被肆意践踏，但以第 13、14、15 条修正案为代表的重要的重建原则依然保留了下来，为 20 世纪下半叶的民权和平权运动打下了基础。在这样的重建叙事中，毯包客成了不完美的英雄。

在 carpetbagger（毯包客）作为一个重要的政治词语的诞生过程中，亚拉巴马的《每日邮报》扮演了重要角色。从 1867 年上半年开始，随着前邦联州的重建，该报登载大量文章，攻击拎着毯子包的北方移民。1867 年 11 月 30 日，在该报的新闻头条中，正式出现了 carpetbagger 的说法。到了 1868 年初，carpetbagger（毯包客）一词不仅被充满了意识形态偏见的南方媒体广泛使用，而且不久纽约的新闻界也照搬了该词，这说明南方白人对北方移民的污名化彻底成功了。进入 20 世纪，对重建的诋毁和对毯包客的偏见在佩奇（Thomas Nelson Page）、迪克逊（Thomas Dixon）和哈里斯（Joel Chandler Harris）等人那里得到延续，并在邓宁（William A. Dunning）及其学生那里被体系化。南方媒体、小说家和历史学家对重建和毯包客的评价充满了偏见和谬误，但这类观点在重建及后重建岁月中有巨大的影响力。在重建叙事的第一阶段，当然也存在不同于南方白人种族主义史观的叙事，但这种声音基本被压制了。

大致而言，系统修正重建史的工作是在 20 世纪中叶与民权运动同步兴起的，出现了伍德沃德（C. Vann Woodward）、富兰克林（John Hope Franklin）、斯坦普（Kenneth Stampp）、麦克弗森（James McPherson）以及方纳（Eric Foner）等史学大家的修正性重建史。同时，影响巨大的美国通史类著作的内战及重建章节基本也采纳了修正性立场和观点，对毯包客做出了积极正面的评价。

第二阶段的重建叙事大幅改写了前近一个世纪的重建叙事，毯包客形象也随之反转。在这一阶段更为平衡的叙事中，毯包客变成了富有现代精神的进步力量。与南方重建史观下的野心家形象不同，大部分毯包客不过是在寻找赚钱机会，而且实际上也受到了南方人的欢迎，因为他们给南方带来了资本。同时，也的确有一些热心政治的理想主义毯包客，正是在他们的影响乃至主导之下，重建政府修建的公立学校，给贫苦的白人和黑人自由民提供教育机会，并通过了相对开明的州宪法。然而在所谓“救赎”（redemption）、“和解”（reconciliation）及“地方自治”（home rule）阶段，重建进程被废止。近百年后，在民权运动时期，由重建所开启的“美国未竟的革命”才得以全面、深入地推进。

在美国史学界，毯包客形象在过去一个半世纪多的时间里经历了巨大变化，从投机分子变成了有悲剧色彩的理想主义者，从掠夺者变成了重建中有缺陷的实干家。毯包客是重建这一历史事件的产物，症候性地反映了内战后的美国在南北整合过程中的矛盾冲突，是北方 - 联邦和南方 - 邦联严重对立的重建叙事时争夺的一个焦点。在毯包客书写中，约克世系故事延续南方立场，深度参与了邦联的重建叙事构建。

二　福克纳的毯包客书写

在自己所有的作品中，福克纳最满意的是《喧哗与骚动》，但同时认为这部作品是“最豪侠、最壮观”、“最辉煌”及“最精彩”的失败。之所以如此，是因为福克纳在该小说中将同一个故事写了五遍，但依然觉得不完美。最后一遍是 1945 年写的附录，这篇文字写了康普生家族数百年的历史，其中的关键节点是内战和重建，因为作为约克县的名门望族，康普生家族由盛转衰的一个标志就是，康普生二世变卖田产给了毯包客。南方的旧秩序经过内战的消磨已处在崩坍的边缘，重建时期从新英格兰来的毯包客适时出现，在土地贵族摇摇欲坠的腐朽大厦上挖了一铲子，它就逐渐开裂并最终垮塌了。在《押沙龙，押沙龙!》中，毯包客意味着颠覆性的政治力量。罗沙・科德菲尔德在 1910 年代告诉昆丁・康普生说，就在 1865 年内战结束的那年冬天，杰弗生镇上的白人“开始懂得什么叫毯包客了，人们——我是说女人——入夜后就把门窗都锁好，用黑人造反的故事来吓唬彼此”。白人大小姐科德菲尔德用一句话就把毯包客与黑人造反联系在了一起，高度还原了重建时期南方州的白人所营造的社会气氛。

在《去吧，摩西》中，读者对毯包客群体有了较为具体的了解。一些毯包客是投机客，在南方赚个盆满钵满后就溜之大吉。另一些则在南方落地生根。到了儿女辈上，毯包客第二代开始在荒地般的小农场上刨食。到了第三代，重建时期毯包客的孙辈们开始领导用私刑、暴徒攻击他们的祖先曾努力去帮助的黑人种族。福克纳曾说重建时期的 3K 党和其他白人组织具有天然的正义性，而 1920 年代死灰复燃的 3K 党和类似的社团则是恐怖组织。在福克纳笔下，1860 年代的 3K 党是奉行侠义精神的白人自救组织，他们打击的主要对象是毯包客；1920 年代的 3K 党则是个邪恶的集团，其核心骨干是重建时期移民南方的毯包客孙辈：这一神奇的翻转与其说体现了历史的讽刺，不如说是体现了邦联后代福克纳对毯包客及其后代的深深敌意。

在约克世系故事中，毯包客群体是北方入侵力量的象征，福克纳对他们的态度是不信任和敌意。然而在对毯包客个体的书写中，福克纳则呈现了他们的多面相和丰富性。约克世系故事中重要的毯包客人物是出现在多部作品之中的伯顿一家，他们的故事被讲述了三遍，让读者得以从南方白人的角度全面了解伯顿祖孙俩被杀事件。从乔安娜·伯顿的叙述中我们得知，1874 年加尔文·伯顿祖孙俩因为组织黑人投票而被前奴隶主和邦联老兵约翰·沙多里斯射杀。福尔斯的讲述强调指出，毯包客为了其自身的政治利益而组织黑人投票。巴耶德的叙事表明，沙多里斯射杀伯顿祖孙俩的事件是历史力量的博弈和交锋。

沙多里斯射杀重建政府的选举官员伯顿祖孙俩，操纵选举流程和结果，在象征意义上，这就等同于邦联对北方的军事胜利。杰弗生的白人共同体不能容忍北方移民掺和南方政治，作为毯包客的伯顿祖孙俩被杀当然也就是咎由自取。正因为对当地人的仇恨有清醒的认识，纳撒尼尔·伯顿在把自己横尸街头的父亲和儿子的尸体运回之后，只是偷偷下葬，连坟头都不敢立，害怕被当地人掘坟鞭尸。他的担心并非多余。辱尸是战后南方一种普遍的复仇行为。重建时期，散落在南方州的联邦士兵坟墓大量被毁，遗骸遭到羞辱。到了 1930 年代，乔安娜被杀、房子被烧的时候，镇上的白人还在说这是对伯顿一家的报应。

伯顿一家三代都被当地白人排斥，一个重要的原因是这家人跟黑人过从甚密，在种族关系问题上，他们全都展现出了可贵的品质，冒着巨大风险帮助黑人。内战之前，新英格兰的普通民众中就已经有不少人谋求废除奴隶制；重建时期，他们改造南方的冲动更是无可抑制。一些新英格兰人在战前战后都有颠覆南方旧秩序，对之进行改造的愿望，他们受到南方社会的敌视也是理所当然的。理解了这一点，我们也就能够理解约克世系故事为何要从宗教信仰、政治立场、言谈举止、外貌到说话口音等各个方面来格外强调伯顿一家的新英格兰背景。南方对新英格兰的不信任由来已久，除了该地区盛行的废奴传统外，还有一点就是新英格兰凌驾于南方州之上的文化优越感。早在南方州脱离联邦之前，许多新英格兰人早就出于道德和文化优越感而厌恶与南方州在同一个国度里生存了。然而让南方白人感到格外屈辱的是，当他们真的选择退出联邦的时候，合众国用铁蹄和火炮否决了他们的选择。毯包客在南方土地上的大量出现，不断地提醒着南方的失败和屈辱。作为邦联后代，福克纳用伯顿一家的失败解构了毯包客的努力及其意义。

三　毯包客书写中展示的福克纳的立场

毯包客处在南方与北方、黑人与白人的交汇点上，见证了多重政治、经济和文化力量的交锋，参与了美国由农业文明向工业文明转变的历史进程，其身份中天然的复杂性和争议性蕴含了巨大的文学可能，被福克纳一遍遍书写，构成了其家庭传奇和国族寓言的重要部分。

约翰·沙多里斯一世是约克世系故事的核心人物，是福克纳按照曾祖父老上校来塑造的。就毯包客形象的书写和阅读而言，最直接相关的是老上校在和平时期的杀人，以及他被杀的事件。老上校分别于 1849 年与 1851 年因琐事而杀死了蒂帕县大富之家辛德曼的儿子和朋友，而他自己也在 1889 年被早年的生意伙伴和当时的竞争对手瑟蒙德射杀。老上校及其生活经历改头换面地出现在了约克世系故事之中。将文与史互文阅读，我们发现：(1) 老上校的杀人（1849 年和 1851 年）和被杀（在 1889 年）与重建（1865～1877 年）在时间坐标上并不重合；（2）老上校所杀之人和杀老上校之人同毯包客都毫无关系。然而到了约克世系故事中：（1）沙多里斯射杀的人变成了毯包客伯顿祖孙俩，射杀沙多里斯的人也变成了毯包客雷德蒙；（2）沙多里斯的杀人和被杀都发生在重建时期。在对曾祖父生平故事的改编中，福克纳将本来跟重建毫无关系的事件挤压在了重建时期，将杀人和被杀都与毯包客联系在了一起：毯包客背负了福克纳作为邦联后代所感受到的家仇国恨。

其一，家仇。福克纳筛选历史事件进行文学加工，将老上校诛杀对手的私仇变成了沙多里斯射杀毯包客的公义，从而在心灵的纪念碑上铭刻了祖父辈的功业。而与此同时，福克纳家族的仇人瑟蒙德变成了杰弗生镇上毯包客的原型雷德蒙（《修女安魂曲》）。在对雷德蒙的塑造中，福克纳延续了对家族仇人的敌意，通过将瑟蒙德改写为毯包客，从根本上质疑了瑟蒙德家族出现在蒂帕县里普利镇的合法性。对福克纳而言，毯包客身份就是原罪。其二，国恨。在福克纳的历史观中，内战中北方征服者侵占了南方人的家园，后者不仅因战场失利而备受摧残，而且也在重建过程中遭到进一步的羞辱和挤压。军事失败标志着南方的国家梦碎，随之而来的重建更是让南方传统和生活方式崩塌。

当然，约克世系故事远比谴责北方和浪漫化战前的南方来得复杂。实际上《押沙龙，押沙龙！》中施里夫在听完昆丁的南方故事后得出结论认为昆丁痛恨南方；而昆丁争辩说自己热爱南方，尽管他知道南方远不完美。施里夫从根本上误读了昆丁对南方的认知与情感，其中的原因之一是他并没有用昆丁的逻辑来理解南方的故事。福克纳用施里夫的偏颇和他对南方故事的误读提醒南方文化的阐释者，也提醒约克世系故事的读者，不能独断地用外来的框架和标尺去评价南方的历史传统和文化价值体系。

福克纳固然是个冷峻、深刻的批判者，矛头主要指向了南方；但同时，南方立场是福克纳观察和思考的基点。具体到毯包客故事，福克纳通过它不仅书写了邦联后代的怨念，而且重要的是，通过毯包客故事，福克纳表达了对工业主义和进步原则的质疑，同时还批判了北方社会基于这些本身带有缺陷的主义和原则对南方进行干涉和改造的冲动。与重农主义者和诗人兼评论大家 T. S. 艾略特一样，福克纳也忧虑狂飙突进的工业主义侵蚀了以农业文明为底色的南方传统。工业主义所奉行的“伟大的进步原则”（the Great Progressive Principle）要将南方纳入其体系之中：在福克纳看来，这正是重建期间北方毯包客所做的事。同时，与泰特（Allen Tate）相类似，福克纳也认为需要重视历史的具体性和细节性，而不能把历史看成“观念”、“抽象物”和“概念”。在福克纳看来，北方不仅用抽象原则解说南方的历史，而且还要用抽象概念来塑造南方，然而这种仅基于抽象原则、通过简单粗暴的治理术对南方社会所进行的改造，基本上逃不出失败的命运。

结　语

福克纳巨大的文学成就主要源自他对南方历史和现实的深刻剖析。然而通过对其毯包客书写的阅读，我们也意识到，福克纳固然严厉地批判南方，但他同时也以鲜明的南方立场，质疑和挑战了北方力量针对南方社会的征服和改造。在福克纳看来，这样的做法罔顾南方传统自身的运行机理和逻辑，无视南方传统的具体性和差异性，破坏了其有机完整性，不仅在实际效果上可能会适得其反，而且在道德和价值层面也有缺陷。

（作者单位：北京外国语大学英语学院；原刊于《外国文学评论》2021 年第 1 期）

“纯正西班牙式的我”：乌纳穆诺的巴斯克民族观

程弋洋

19世纪末的西班牙刚经历了漫长的内战即卡洛斯战争，旋即便在1898年的美西战争中失去了最后的海外殖民地，严峻的民族危机就此降临。在这一情景下登场的思想家乌纳穆诺恰好来自一个知名的分离主义地区——巴斯克地区。本文通过乌纳穆诺对巴斯克精神的辨析来观照19世纪末20世纪初一代知识分子所共享的“西班牙的问题”。乌纳穆诺从语言观、历史叙事等维度与巴斯克民族分离主义者进行了辩论，提出了堂吉诃德和圣徒罗耀拉的精神统一性，从中可以窥见他对西班牙应如何超越地区分离主义而走上现代民族之路的思考。

一

西班牙思想家米格尔·德·乌纳穆诺大概是20世纪最知名的巴斯克人。1864年9月，乌纳穆诺出生在巴斯克地区的毕尔巴鄂，没有长居故土，十六岁时即赴马德里求学，并在1900年至1924年以及1930年至1936年期间两度出任萨拉曼卡大学校长，深刻影响了20世纪初的西班牙知识分子。乌纳穆诺以维护西班牙民族统一性、反对激进的巴斯克民族分离主义而著称。这种立场给乌纳穆诺招来了不少巴斯克民族主义者的敌视。乌纳穆诺从未对巴斯克精神怀有任何鄙弃之意，相反，他总是骄傲于自己的巴斯克出身；他对巴斯克人身份的高度自觉与他对西班牙文化、语言的深耕之间产生了耐人寻味的张力。乌纳穆诺是卡洛斯战争尾声的亲历者，对故乡利益的关切以及对历史和文学的强烈兴趣贯穿了他的一生。

1876 年巴斯克财税特许权被中央政府取缔后，年仅十二岁的乌纳穆诺匿名给国王阿方索十二发去了一封抗议信；而 1897 年完成的第一部小说《战争中的和平》也题献给了巴斯克人民和巴斯克语。

由此可见，乌纳穆诺终生对故乡怀有眷眷之情，但他对巴斯克精神的体认与民族分离主义者保持着鲜明差别。乌纳穆诺同巴斯克民族主义者之间的论争始于 1886 年，这一年乌纳穆诺发表了一篇名为《正字法》的文章，指出了巴斯克语的一些固有缺陷，该文旋即遭到巴斯克民族主义创始人萨比诺·阿拉纳的攻击。萨比诺·阿拉纳是乌纳穆诺的同乡和同代人，生于 1865 年 1 月，仅比乌纳穆诺小四个月。阿拉纳来自一个有着虔诚天主教信仰的资产阶级家庭，其家族曾积极介入卡洛斯党的活动。阿拉纳的父亲曾深度参与了 1872 年卡洛斯党人组织的军事叛乱，1876 年卡洛斯党溃败后，阿拉纳家族避居毕尔巴鄂家乡。萨比诺·阿拉纳曾就读于当地一所耶稣会主管的中学，1882 年十七岁时他放弃了卡洛斯主义，转化为一名巴斯克民族主义者。几乎在乌纳穆诺前往马德里求学的同时，阿拉纳放弃了大学深造，开始自修巴斯克语言和历史。1892 年，阿拉纳出版了代表作《比斯开重返独立》，书中详述了中世纪比斯开人抗击莱昂王国和卡斯蒂利亚王国入侵的四场战役。此书后来成为巴斯克民族叙事的开端。1893 年，萨比诺·阿拉纳在公开政治演讲中阐明他主导的政治运动核心信念是“上帝与旧法”，即推崇天主教宗教信仰并谋求恢复“再征服战争”以来的财税特许权。不久，他创建了第一份报纸《比斯开土地》，并在创刊号上声明自己“反对自由派也反对西班牙”的政治立场。1893 年到 1903 年的十年间，萨比诺·阿拉纳进行了高强度的政治活动，并撰写了集中论述民族分离主义的宣传小册《卡洛斯党和巴斯克——许权》。乌纳穆诺多次在致友人的信中表示，尽管自己深爱故土，但不希望这种民族主义和地方主义的情绪影响自己语文学研究的科学性和严谨性，也同样不希望因恪守巴斯克语而遏制了毕尔巴鄂这座西班牙工商业都市的发展。1901 年 8 月 26 日，在毕尔巴鄂群贤毕至的花卉雅集上，乌纳穆诺发表了一场后来被称为“花卉雅集演讲”的公开发言，接续他对巴斯克语固有缺陷的批判，宣告巴斯克语的“限定性死亡”，并称这一死亡恰是巴斯克自身的发展需要。乌纳穆诺断言，“巴斯克语同一个现代化的毕尔巴鄂并不匹配”。此演讲刚一结束，萨比诺·阿拉纳便激烈抨击演讲人背弃和侮辱故乡，并“想要把同乡埋葬在废墟中”；同时，阿拉纳还逐条反击乌纳穆诺对巴斯克历史和语言的研究结论，例如，乌纳穆诺一贯强调巴斯克民族主义者对巴斯克历史的叙述都是毫无根据的传闻，阿拉纳则认为那些传说众所周知，虽然没有被考古证实，却是民间知识的一部分。语言观和历史叙事自此成为乌纳穆诺与分离主义者论辩的两大话题。

二

在语言观上，乌纳穆诺同巴斯克民族主义者的主要分歧在于，他相信巴斯克语同现代性之间不可兼容，语言学是乌纳穆诺的学术专长，他在语言学方面的研究涉猎广泛，受到诸多语言学家的影响，如保罗·赫尔曼·穆勒、麦克斯·缪勒和埃尔瓦斯等。乌纳穆诺认为，相较其他标准，语言更易于用以区别不同的民族。须注意，乌纳穆诺所强调的语言和民族的对应关系，不是一种历史性和地域性的问题，而是一种精神性的关系，即通过使用同一种语言来培育国民精神。

同时，乌纳穆诺对西班牙语在美洲的传播和国际化极感兴趣。在他看来，伴随着西班牙语的传播，西班牙性这一民族身份也得到了传播。乌纳穆诺幻想着西班牙语能成为国际语言、世界第一大语言。相对而言，巴斯克语则没有太多的文化优势，不仅未能在全球传播中展现优势，而且在各个领域都已逐步被西班牙语替代，因而走向灭绝是历史的必然。巴斯克语语法复杂，和简化的欧洲语言相比是一种落后的表现。尽管没有必要刻意保存巴斯克语，却有必要对这门语言进行科学的研究。乌纳穆诺并不倡导主动放弃巴斯克语，而是主张伴随着人类社会的发展和语言发展的自然规律，让巴斯克语自己消失。

讨论语言与西班牙地方民族主义问题，加泰罗尼亚及其语言是不容略过的问题。就此，乌纳穆诺指出加泰罗尼亚在 15 世纪以前便有着悠久的文化传统，毫不逊色于西班牙语文化，而且在 18 世纪以后，这一文化传统又在巴塞罗那和瓦伦西亚复兴。与之相比，巴斯克语从未能建立起这样的文化传统，因而没有显现出旺盛的活力，也不能凝聚巴斯克的人心，不能让他们以此建立起身份认同。对于加泰罗尼亚语，乌纳穆诺认为应鼓励加泰罗尼亚人使用母语进行沟通、交流和书写，这比使用西班牙语更为便捷，也更能够保存加泰罗尼亚文化的独特性。乌纳穆诺表示，加泰罗尼亚语的使用人群无论在数量还是在社会等级上，都高于西班牙其他地区语言，因而应当谨慎处理加泰罗尼亚语问题。强行向加泰罗尼亚人普及西班牙语并无助于西班牙语的传播，也无助于帮助加泰罗尼亚人培养起西班牙国家意识，只会导致两败俱伤。

巴斯克民族主义政治思想的起源和卡洛斯战争前后关于财税特许权的拥护主义运动有密切联系，与中央政府的经济纷争实则大于文化或种族之争。巴斯克分离运动的根源，可以追溯到卡斯蒂利亚王国为恢复基督徒半岛统治权的“再征服战争”。为扩大支持基础，居于半岛北方的基督教势力开始对依附于它的地区授予财税特许权，这是卡斯蒂利亚王室扩充权力和扩大势力范围的政治手段，即通过授予自治城市、领地、教会、骑士团甚至贵族权力，以换取忠诚。财税特许权甚至包括独立的铸币权。财税特许权之中最核心的部分是对税收的豁免，这保证了当地居民更好的生活质量和工商业的顺利发展。基督教双王在各区域松散自治、统一管理的基础上缔造了西班牙帝国。1700 年，他们的直系后裔——哈布斯堡王朝的卡洛斯二世无嗣而逝，他的两个堂表兄弟——法国波旁家族的费利佩和奥地利哈布斯堡家族的卡洛斯各自宣布了自己对西班牙王位的继承权，西班牙就此陷入了王位继承战争，直到 1714 年《乌德勒支和约》的签订方才告终。巴斯克地区和加泰罗尼亚地区正因为在战争中坚定地支持了哈布斯堡家族，战争结束后被波旁家族取消了部分财税特许权。这两个地区同西班牙中央政府之间的离心之势就此开启，并延续至 19 世纪的三次卡洛斯战争。

针对财税特许权拥护者和巴斯克民族主义者的神话叙事，乌纳穆诺的研究诉诸社会与经济观察。自青年时期起，乌纳穆诺便已开始以实证性研究反驳和批判此类文学作品：在 1884 年完成答辩的博士论文中，他深刻剖析并探讨了财税特许权拥护者文学，如何以神话传说代替巴斯克文化根源的做法，认为这是一种缺乏实证性与方法论的行径。他所抨击的作家当中，包括巴斯克浪漫主义文学的开创者沙厄。尽管在阿拉纳的《比斯开重返独立》出版时，乌纳穆诺并未在第一时间公开表达看法或评价，但在该书出版后的第三年，即 1895 年巴斯克民族主义党成立时，乌纳穆诺表露了他对巴斯克地区日益增长的反西班牙情绪和排外情绪的看法。乌纳穆诺从社会经济观察的视角指出，巴斯克外来移民的聚集是该地区矿业快速发展的直接结果。这些从西班牙各地汇聚而来的人口，被当地人贬称为“马克托”，是 19 世纪巴斯克工业化浪潮中的主要劳动力。然而随着经济增长与资本积累，剩余劳动力规模也逐渐扩大，此时，那些昔日依靠“马克托”发财致富的巴斯克人，摇身一变成为排斥外来人口的主力军。这一具有马克思主义色彩的解读方式反映出一个事实，那就是在乌纳穆诺眼中，巴斯克民族主义的意识形态体现于它的“反马克托主义”，而这种意识形态的理论根基正是建立在财税特许权拥护者们所创造的巴斯克浪漫主义文学之上的。在他看来，萨比诺·阿拉纳所塑造的巴斯克民族叙事，不仅将矛头直接指向西班牙，而且也将这种仇外情绪推向了新的高度。由此，一场起源于旧制度拥护者的政治——文化运动，演变成为一种具有强烈民族主义色彩的政治斗争。

三

除去从语言观和历史叙事角度批驳巴斯克分离主义，乌纳穆诺也对巴斯克精神亦有自己的阐发。在他看来，分离主义窄化了巴斯克精神，在早期现代西班牙民族的经验中，巴斯克人的主要特性是全球性，而不是民族主义者所追求的地方性。这种全球性即体现为在征服拉丁美洲过程中，巴斯克人所充分展现出来的冒险精神和对未知事物的好奇心。而堪称这一全球性的巴斯克精神之化身者，恰恰是民族分离主义者引以为傲的耶稣会创始人罗耀拉。经历了西班牙在古巴和菲律宾的军事惨败后，在国家政治危机和自身的存在主义危机中，乌纳穆诺质疑占据时代主流的实利主义意识形态，渴望回归到基督教的怀抱中，尝试让西班牙人民获得新的信仰，而罗耀拉即是他复兴信仰的重要资源。然而，乌纳穆诺并未局限于耶稣会教派立场，而是将罗耀拉代表的巴斯克精神投射到他所归纳的天主教色彩鲜明的堂吉诃德精神或“吉诃德主义”上，正如研究者莫拉所说：“西班牙精神、人文主义精神和吉诃德精神是乌纳穆诺的新三位一体。”西班牙早期的民族意识出现在与北非穆斯林争夺伊比利亚半岛的过程中，但正如乌纳穆诺观察到的，完成“再征服运动”的基督教双王“缔造了帝国，却没有将其焊接为一个整体。从那时起，中央集权还是地区分治，统一还是联邦，是一个长期困扰西班牙的繁杂问题……从费利佩五世时代的加泰罗尼亚起义开始，到绵延整个十九世纪的卡洛斯战争，所有的内战都源于此症结”。面对美西战争中帝国的溃败，乌纳穆诺思考的是“西班牙的问题”，这也是“98 年一代”知识分子所分享的核心问题。自 1900 年起，乌纳穆诺逐渐失去对现代化以及欧化的热情，转而关注起西班牙自身独有的特质。1905 年面世的《堂吉诃德和桑丘的生活》将堂吉诃德树为西班牙民族主义的圣像。乌纳穆诺在其中表示要将“欧洲西班牙化”；科学与理性救不了西班牙，这个国度需要的是信仰。正如他所言“马尼拉湾战役溃败，古巴的圣地亚哥之战溃败，《巴黎协定》签署，让我们关于历史的梦想彻底破碎。在惊愕与麻木中，更准确地说，在普遍的愚昧中，我们这些被称为‘98 年一代’的人，轮到我们，去感受灵魂，发现自我，同时开始仰慕自我。譬如，我刚刚在《堂吉诃德》中发现了那个纯正的西班牙式的我”。为此，这位始终深爱着巴斯克的毕尔巴鄂人才如是自白：“我是西班牙人。从出生到受到的教育、身体和灵魂、语言乃至职业都是西班牙式的。我首先是西班牙人，特别是西班牙人，西班牙主义是我的宗教。我想信仰的是天堂般完美永恒的西班牙。我只崇拜一个上帝：堂吉诃德。他用西班牙语思考，用西班牙语说话。”

（作者单位：复旦大学西班牙语言文学系；原刊于《外国文学评论》2021 年第 1 期）

重复与同一：论克尔凯郭尔的小说《重复》

孙倩雯

“重复”是克尔凯郭尔最重要的哲学概念之一。关于“重复”的信仰学说的首次提出和阐释，是在1843年的小说《重复》中。这篇具有自传性质的书信式日记体小说围绕着两位主人公关于“回忆之爱”的主题展开：年轻人的爱欲因具有柏拉图的回忆性质而陷入困境，康斯坦丁则以德国观念论的同一律试图解决此困境。两人均以失败告终。最后，年轻人以约伯式的信仰行动重新赢得了自身存在之统一。克氏的“重复”学说看似与“古希腊回忆”说、“德国观念”论一脉相承，实质上却是将古老的问题（存在与思维之同一）以新的方式呈现出来，作为一种克服虚无主义的尝试。

一

克尔凯郭尔的哲学概念往往复杂变换且寿命短暂，“重复”也不例外。克尔凯郭尔首次提出“重复”是在1843年小说《重复》中，他在消耗大半篇幅对“重复”的意义和可能性进行“相对性的阐释”之后，却在最后称之为一场玩笑。小说标题旁附加的一句话揭示了作者的意图：献给真正的读者。克尔凯郭尔有意效仿亚历山大里亚的克莱门主教，以一种异教徒无法明白的方式写作。他对读者感到抱歉，由于重复的个体性，他不得不以戏谑的方式将重复的真实含义委托给能够理解它的人。因此，克尔凯郭尔要传达的、关于重复的真正含义在小说后半部分才初步展露。《重复》的故事情节在两个人物（康斯坦丁和年轻人）之间、围绕着“回忆之爱”展开。小说后来揭示出两个角色实为同一个人，即“年轻的我”和“年老的我”在梦中相遇和对谈。这是一本具有自传性质的书信式日记体小说，克尔凯郭尔的思想命运与一场退婚事件密切相关。在此后的假名著作时期，他不断地变换着叙述和体裁，反复地讲述同一个故事、相似的主人公和女性形象。在克氏对“重复”学说的首次传达中，小说《重复》是否言明了此学说的核心问题？本文以思维与存在之同一性问题为视角，从小说虚构人物对重复的追求与尝试，揭示出现代人的基本处境（人与整体现实之间的断裂），从而指出重复的信仰学说是克氏对这一基本处境之克服的尝试。当一个人说“我在论证同一的学说”，或说“我在谈论关于重复的学说”，敏锐的人马上就可以听出这是两种截然不同的学说。“重复”学说有其迷惑性，它看似与“古希腊回忆”说、“德国观念”论的同一律一脉相承。但康斯坦丁指出，重复与同一不同，重复来自形而上学的兴趣，也是形而上学的兴趣遭受溃败之处。他甚至预言“重复”将成为全新的、属于未来哲学的范畴。那么，何谓“重复”？我们先来细读这篇带有戏谑性的小说文本，初步理解它何种意义上亦是一部哲学著作，竟能够触动形而上学的根基。

何谓“回忆之爱”？我们先来看它的表现形式：年轻人在恋爱之初就进入回忆。在回忆中，年轻人为自己的恋情画上了句号。女孩对于年轻人而言，是他诗性创作的审美客体。她唤醒他身上诗性的机缘，却不是一个具体的、活生生的人。他虽然整日思慕着她，却看不到她。对他而言，“这女孩在明天死去与否，不会招致任何本质的变化”。因此，“她就在自己的死亡判决书上签下了名字”。年轻人在一种阴郁的情绪中越陷越深，却依然掩饰自己并竭力讨好恋人。直到有一天，他终于失控，开始诅咒存在、诅咒爱情，也诅咒他的恋人。康斯坦丁认为这种回忆性质的爱是一种错误，很可能会将年轻人引向最终的毁灭。“回忆之爱”的原型是柏拉图的理念论。在灵魂不朽的论证中，柏拉图将灵魂从身体中分离出来，作为一个独立的存在；正如他将物的性质从物中分离出来，称之为“理型”。如果理型是绝对存在的，那么它们就将与感觉事物的领域构成双重世界。我们在《理想国》第六卷洞穴的比喻中，就可以看到柏拉图是如何表述“可见世界”与“理智世界”的。这里不再赘述。

此外，《会饮篇》揭示出了爱欲的另一个特征：爱者总是盼望所爱者。

这也意味着，爱者尚未拥有其对象。即便是现在拥有，他也希望在未来的时间里能够一直拥有所爱者。爱总是在一个未来的视野之中。由此可得出“回忆之爱”的哲学疑难：其一，年轻人的爱欲对象是理念的摹本，而不是具有个体性的人，但个体之人才是非同一的差异；其二，爱欲的回忆性质造成年轻人之此在生命的错反倒置。由于过去拥有过去的实在性，将来拥有将来的实在性，如果一个人仅仅活在回忆中，或者活在希望中，就是对自身的缺席。他的生命既不是向后，也不是向前，而是双向的错反倒置——他在回忆中希望着，在希望中回忆着。过去、现在、未来不但没有实在性，而且连同它们的可能性都被耗尽了。他所期待的爱欲对象在过去已经出现过了，但无意中擦身而过——他的希望就这样被过渡到了回忆中；而那个他所回忆的爱欲对象，却在他的希望中被持衡地想象，而这本来是他应该去希望的。这样，他所期待的已经被置于他的身后，而他所回忆的却被远远地置于他的前方。这就是克尔凯郭尔在《非此即彼》中描述的“最不幸的人”。康斯坦丁在小说的第一部分向我们证明，柏拉图的“回忆”说和爱欲哲学运用在个体身上会造成怎样可怕的灾难。他为年轻人惋惜道：“我的年轻朋友不懂得重复，他不相信重复，并且不是竭尽全力地去想要重复。”

二

为解决“回忆之爱”的哲学疑难，康斯坦丁提出“重复”。如何解释“已存在的现实再次进入实在”，康斯坦丁没有做出进一步阐述。他动身前往柏林，为重复的意义和可能性做了一次探险的旅行。他想看看，若按照曾经柏林之行的顺序和路线，是否所有的事情会和原来一样分毫不差地再进入实存”。康斯坦丁想要的重复到底是什么？或许是最初的心境和恋人的剪影。就像普鲁斯特《追忆似水年华》中熟悉的饼干味道打开一段童年的记忆空间一样。一个人记忆中不可磨灭的经历总是期待被再一次体验。康斯坦丁想让具有唯一性的事件再次进入实存。这可能吗？康斯坦丁在柏林之行后意识到，他的高谈阔论只是纸上谈兵。现实生活不会给出他想要的重复。他感到羞愧，他曾那样满怀信心地向年轻人论证他的学说，似乎只要年轻人懂得何谓重复，就可以跳出的困境。而现在他被推到了与年轻人一样的处境。这两个人物在康斯坦丁的睡梦中成为同一个人："我仿佛就是那个年轻人，我的高谈阔论只是一场梦，我从这场梦里醒来，让生活没有休止而变幻莫测地重新夺走它所给出的一切，却不给出一个重复来。"康斯坦丁追求的重复不是自然规律的循环往复，也不是一旦启动就自行运转的机械运动，更不是生活中安排的单调日程。它是例外的再次上演。它涉及的是主体的意志和自由：凭借自由行动开启一个新的事件序列，让某物再次进入实存。他想要的重复是存在与思维之同一，而同一性必须在人之实存的意义上实现。他失败的原因也就可以解释了：他对于此在生命的理解是观察性和阐释性的，他无法实现"存在与思维"的同一。虽然在反思中，生活可以向后回溯，但生活本身则是向前运动的。在哲学著作里表现为一位天才思想家是一回事，在他的此在生命中重复他的思想又是另一回事。康斯坦丁意识到，若沉思者无法在其生活中重演他思想中的辩证法，就会不断产生新的幻觉。

但不可否认，康斯坦丁对重复的理解不自觉地包含了现代"实存"论的含义。当他说"已存在的现实正在进入实存"时，古典"存在"论中的"实存"概念之含义出现了两个转变：其一，拉丁语 existentia 原先意指最广义上的存在者的存在方式，而在小说中的实存（拉丁语 Tilværelse）专指人之此在生命；其二，那描述存在者整体（世界）之存在的"实存"概念从实现转变为现实。实现与现实有何不同？实现的结构是运动的功能性结构，而现实的结构则是客观世界的认识结构。在亚里士多德哲学中，从潜能到实现是运动的过程。因此，实现是运动最终的结果。但现实则失去了运动的含义，它对于我们而言是非意愿或筹划的既定事实与处境。以海德格尔的术语来描述，即在世之"被抛"。在世界中人之此在的偶然，是近代之后才有的体验。这段文字使我们想起 17 世纪帕斯卡的一段话颇为相似："当我想到我短暂的生命被此前和此后的永恒所吞没，我所能看到的、被我填补的狭小空间，被我所不知道的广袤无垠的空间淹没，它却不认识我，我被吓坏了〔……〕无限的空间之永恒沉默令我恐惧。"他在思考宇宙，宇宙却不认识他。世界作为整体超越了人的经验视域，对于人之此在而言，世界是陌生的；对于世界而言，人之此在是异化的。世界存在与人之实存之间既没有作为创造者的上帝概念，也没有创造的秩序。因此，世界及其秩序与人之此在一样，都成为偶然的。人迷失在冷漠、广袤而无目的的宇宙中，世界存在与人之实存的分裂作为一个现代人之基本的精神处境，即虚无主义。年轻人之爱欲陷入古希腊式回忆的困境，康斯坦丁关于思维与存在之同一尝试，其冲动就来自人与整体现实之断裂的基本处境。

三

在第三部分，“重复”作为一个超验的范畴首次在小说中崭露。对于康斯坦丁而言，重复的意义和可能性在于如何修复与恋人的关系，重新赢得那位女孩；对于年轻人而言，如何从异化的自我中得到救赎，将分裂的存在重新统一起来，这才是重复的实质意义。这就意味着，只有年轻人才能最终找到出路。康斯坦丁是一个太过理性的人，无法做出与他天性相违的宗教运动。但他依然可以通过苏格拉底式的“助产术”催化年轻人的转变，而他本人则是一个“不断消逝的人物”，以便聚光灯打在他的年轻朋友身上。

我们或许可以从克尔凯郭尔与海博格关于小说的探讨中找到线索。在《重复》出版后不久，克尔凯郭尔收到海博格的来信批评。在书信中，我们可以看到克尔凯郭尔和海博格教授的交锋呈现出传统思维和现代思维的差异。海博格认为重复只存在于自然世界，它的意义在于开启一个人对自然规律的感知，让内在精神适应自然规律。实际上，他只读了小说的前半部分，并没有理解了作者的真实意图。对于克尔凯郭尔而言，重复不是星辰运转和四季节令交替之中的自然法则，也不是偶在的复归——人之此在生命中同样的厄运、同样的风景、同样的处境一再重来。重复是一个决断性的行动：一个人不再重蹈覆辙，往前走，重新开始。在此之前，他必须作出决断：斩断先前内在性的继续，中断之前的轨迹，以便开辟一条全新的路径。在此意义上，重复是自由。而在自然世界中，没有这样的自由可言。一个人的内在性包括理性思维，也有非理性的倾向、习惯、情绪和欲望。它们影响着个体的选择和判断。因此，斩断先前内在性的继续是可能的吗？在《畏的概念》的注脚中，我们找到一段关于“重复”学说的论述，或许对此给出了解答："整个生命和实存重新开始，不是通过那对于那先前的内在继续，而是借助于一种超越。""借助一种超越"，意味着在信仰中开始。"看，一切都是崭新的"，"若有人在基督里，他就是新造的——旧事已过，都变成新的了"。在基督教信仰的意义上，重复意味着重生。重复的前提是出自信仰的决断，而不是理性的反思。古典"存在"论中，对原因序列的追溯是无穷尽的；"德国观念"论中我思构造的镜像折射也是无穷尽的。小说《重复》是克尔凯郭尔重复信仰学说的首次提出和阐释。在1843年之后的涉及"自由"主题的三部著作中，克尔凯郭尔才逐步完善关于重复的信仰学说。但如何阐释小说《重复》仍然是不可绕开的、关键性的一步。结合《畏的概念》和《致死的病症》，我们完全有理由将重复的信仰学说解释为一个关于自我生成的决断性行动。在克尔凯郭尔那里，自我总是处于"尚未是自我"且"正在成为自我"的生成过程。自我作为尚未决断的存在，包含着有限与无限、灵魂与肉身、时间与永恒的综合形式。这种关于自我生成的理论在《重复》中表现为年轻人借助信仰的决断使得自我之内分裂的存在整合起来，并且重新赢得了自我。但与此同时，世界对于他而言也变得不再有效。

结　论

至此，我们已经将小说分为三部分解读：第一部分讲述年轻人"回忆之爱"所面临的哲学疑难；第二部分讲述康斯坦丁为重复的意义和可能性做了一次冒险的尝试，却以失败告终；第三部分，"重复"才作为超验范畴才被正式提出。与此相应，小说《重复》中出现了三种不同含义的"重复"概念：其一，在年轻人的"回忆之爱"中，重复作为"表象自我"和"被表象自我"之间的双向复制；其二，在康斯坦丁那里，重复作为"存在与思维"之叠合；其三，重复作为一个超验的范畴被正式提出，通过年轻人以约伯式的信仰行动得以实现。它的丹麦语为 gjentagelsen，也是小说的名字，英语译为 repetition，德语译为 wiederholung。前两种含义的"重复"是克尔凯郭尔在希腊哲学与"德国观念"论的背景下提出，只有第三种含义的"重复"才是他真正想要传达的。信仰与理性之不可跨越的鸿沟面前，他借助信仰纵身一跃，期待神恩之手可以接住他。一个人期待奇迹并且作出冒险地尝试，但奇迹的出现却不是依赖他自身的意愿，而是作为他者的上帝之意愿。因此，决断的后果就有不确定性。或许会出现奇迹，或许什么都没有出现。从这个意义上，克尔凯郭尔在理性与信仰的边界上进行关于可能性的尝试与约伯的精神一脉相承。但他对信仰的要求太高，以至于大多数基督徒也难以做到。他本人似乎也不是一个真正意义上的基督徒，但他做了一个决断，他愿意相信基督教是真的，并以此式来安排自己的人生。克尔凯郭尔之后，人与世界之二元论以及如何重获失落的世界，依然是悬而未决的问题。

（作者单位：同济大学人文学院；原刊于《外国文学研究》2020 年第 6 期）

日本歌道的传统与流变

王向远

和歌是日本民族诗歌的独特样式。“歌道”即“和歌之道”，是日本艺道包括茶道、画道、俳谐道、能乐道、花道、书道等中的一种，经历了上千年的发展流变，形成了一种传统，是一代代歌人、和歌理论家关于和歌的创作、理论与学问研究的整体化、系统化的形态。而且歌道作为较早形成的一种艺道，是其他艺道的基础与美学底蕴，诸道都是歌道直接或间接的表现或延伸，因而理解歌道是理解艺道的前提。对歌道的理解，也是我们中国读者了解日本文化、理解日本人、认识日本民族审美文化精神的一个重要层面。

一　歌道的形成及其家学化

公元8世纪编纂问世的日本最早的和歌总集《万叶集》是歌道的源头，10世纪初编纂的第一部敕选和歌集《古今和歌集》标志着歌道的自觉。“歌道”（歌の道）一词较早见于纪贯之的《古今和歌集·假名序》(905)。此文被公认为日本和歌理论的奠基之文，同样也是“歌道”论的滥觞。纪贯之认为，和歌本来属于道，而不是华丽、虚饰、梦幻、好色之言，强调和歌非雕虫小技。

在纪贯之后，歌人源俊赖在《俊赖髓脑》一书提出，和歌之道在于能够掌握和歌体式，懂得八病，区分九品，领年少者入门，使愚钝者领悟。倘若不加传授，难以自悟；若不勤奋钻研，学会者少；强调歌道传承中和歌学习的重要性。源俊赖的“歌道”论本身，是继承了此前三百多年间日本歌论传统的。他在政治生活中郁郁不得志，而将和歌之道作为精神寄托，反映出当时许多宫廷贵族的心理状态。当不久日本社会由平安王朝时代进入武士幕府主政的镰仓时代之后，宫廷贵族在政治上失去的权力，只有在歌学、歌道等审美活动中得以补偿和慰藉了。

源俊赖感叹并深恐“和歌之道不继”，但实则后继有人。藤原俊成自小跟随源俊赖学习和歌。在当时的宫廷歌人中，藤原俊成被认为是“深谙歌道”的人，他自己也当仁不让地承认这一点。这里的“歌道”，不仅仅是纪贯之所指的和歌传统，也不仅仅是源俊赖《俊赖髓脑》中所指的和歌体式、技巧等艺术层面上的东西，而且还是一个包含着道与艺在内的完整的统括性概念。藤原俊成为和歌之道找到了更为高远的道作为依托，那就是佛道。表面看起来，佛道“博大精深”，和歌则是“浮言绮语”，是“游戏之作”，两者显然有道与器之分，然而藤原俊成见出两者的相通，认为两者的目的都是“解除烦恼、助人开悟”。而且，他认为和歌与佛法佛经一样，“可表达深意”，可以具有道的深度。和歌要有深度，歌人须有道之心。和歌要怎样才能与佛道相通呢？他提出“幽玄”这一概念，认为和歌之“心”（内容）与和歌之“姿”（亦称“词”）都要“幽玄”。他每每使用“幽玄”“幽玄之体”“入幽玄之境”等用语，对当时著名的歌人西行、慈圆、寂莲、实定等人的作品加以高度评价。“幽玄”在歌中的主要体现就是“心深”。藤原俊成推崇源通俊的一句话：“辞藻要像刺绣一样华美，歌心要比大海还深。”

在源俊赖所处的平安王朝末期，歌学崇信权威，歌道也出现了以家学为核心、为单元的若干宗派。源俊赖继承其父源经信的歌学，其子女俊重、俊惠等被称为“六条源家”；而以藤原显辅为源头、其儿孙辈一脉相承的歌学流派，以歌学的学问性、知识性、资料性的研究见长，被称为“六条藤家”；以藤原道长—藤原长家—藤原忠家—藤原俊忠—藤原俊成—藤原定家历代相传的和歌家学，被称为“御子左家”，以理论上的建树见长。较之六条两家的保守态度，“御子左家”对和歌创作采取的是开放、前瞻的姿态。

最终，“御子左家”一家独大，这与藤原俊成之子藤原定家的能力与影响力密切相关。藤原定家继承并发挥俊成以“幽玄”为中心的歌道思想。他强调歌人要有历史的纵深感，提出了一种以学习古人—所谓“稽古”——为主要途径的复古的、古典主义的“新的歌风”。在和歌创作方法上则提出所谓“本歌取”，“本歌取”亦即“取自本歌”的意思，主张将古人的和歌（本歌）的词语、立意、意境等各种要素加以借用和改造，从而化旧为新，以收新旧相成、古今相通之效，形成一种特殊的审美张力，别具一番美感。

藤原定家的歌学产生了深远影响。二百多年后，歌人正彻把定家的歌道传统视为神圣，视为“上道”，表明定家已经完全成为歌道的守护神式的人物，其独一无二的歌道权威已经确立，成为歌道的象征、歌学的偶像。在这种情况下，一些和歌理论著作都被冠以“定家”之名而流行于世。这些书虽基本可以确定并非出自定家之手，但确实是对定家歌道思想的一种发挥与延伸，特别是在“幽玄”“有心”的审美意识方面，有更为细致的阐发。

在某种意义上说，从俊成、定家活跃的 12 世纪后期一直到 16 世纪，在长达三四百年间，定家的孙辈、重孙辈形成的“二条派”（以藤原为世为代表）、“京极派”（以藤原为谦为代表）、“冷泉派”（以藤原为成、藤原为秀为代表）三派，他们各从不同角度与侧面，几乎完全把持了和歌从理论到创作的话语权，日本的歌学实际上成为了定家一族的家学。正因为有了这样的家学，古代歌道有了明确的、众所公认的传承人、责任人，歌道的传承也落到实处，有了保障。

二　从歌道到连歌道

和歌不仅是一种个人的创作活动，也被广泛运用于社交活动，于是古代的两人对咏，到了平安时代后期逐渐成为贵族社会的一种风气，并发展到多人联合吟咏的连歌。连歌既然是一种集体活动，就必然要求有一定的规矩规则，这叫作“连歌式目”。

藤原定家的后人们在“连歌式目”的制定上仍然具有权威性，其中，以京都为中心的所谓“京连歌”以“二条派”的藤原为氏（定家之孙）为权威，而幕府所在地镰仓的“连歌式目”，则奉“冷泉派”的藤原为相（定家之孙）为圭臬，各自制定了自己的“连歌式目”，相互竞争。到了室町时代，时任关白太政大臣的二条良基凭借政治上的高位及和歌连歌的修养，将两派统一起来。二条良基写了一系列连歌论的文章与书籍，包括《僻连抄》《连理秘抄》《击蒙抄》等，对连歌各方面的知识做了整理概括，提出了包括连歌创作、吟咏、唱和、欣赏等一整套式目，成为日本连歌道最重要的奠基人和建构者。此后，饭尾宗祇写了《吾妻问答》、心敬写了《私语》等著作，于是由歌道而生发出了连歌道。

连歌道的出现，标志着日本歌道的一种延伸、分化与转折，标志着和歌的个人性转换为连歌的集体性，和歌的抒发个人感情转换为连歌的联络集体感情，和歌的尊重个人内心感受转换为连歌顾及歌会上的气氛养成，和歌的审美目的转换为连歌的社交目的，和歌的“物哀”“幽玄”转换为连歌对趣味性乃至滑稽性的偏重。所以在这个意义上，后世也有人认为连歌不是艺术而只是一种社交游戏。不过，二条良基、心敬等连歌理论家，都是把连歌道与歌道视为同道的，认为两者都需要追求“心”与“姿”的“幽玄”。关于和歌、连歌之间的密切关系，心敬以佛道作比，认为和歌、连歌都通于佛法，犹如佛之“法”“报”“应”三身。这是从高层面上的“道通为一”而发出的议论。

和歌与连歌有相通之处，也有不同之处。二条良基认为，连歌之道重在临场的即兴性，还要注意“不违世道”，即尊重当时一般人的常识与感受。这样一来，歌道的家传秘传就显得无关紧要了。所以他强调和歌之道有家传秘传，而连歌原本就不靠祖上秘传”，这就从根本上否定了以往的歌道的家学式的垄断。可以说，连歌道的崛起，特别是二条良基连歌理论的出现，使得藤原俊成—藤原定家一脉的“御子左家”的歌道，从此走向了衰微。

三　歌的国歌化、歌道的国学化

进入江户时代后，特别是进入江户时代中期，即公元 18 世纪以后，传统的歌道发生了根本的转折。歌道的传承者由此前的贵族阶层转到了以町人（工商业者）出身为主的学者手里。这些人面对当时鼎盛的汉学与儒学，面对刚刚从欧洲传入的“洋学”，逐渐形成了与之对立的“国学”的观念意识，产生了日本的特殊学问形态国学，出现了一批阐释日本文化独特性的国学家。这些国学家继承了此前关于歌道的遗产，极为珍视从《万叶集》到《古今和歌集》再到《新古今和歌集》的和歌传统。但是，他们对此前将歌学作为家学、将歌道作为私道的做法，一般都持明确否定态度，特别是对15世纪以后对《古今和歌集》进行私家传授、秘不示人的所谓“古今传授”，都不表赞同。他们不主张把和歌之学搞成此前那种家学，而是普遍地将歌学作为国学来看待。这样，歌学就成为国学的最早形态，日本的国学即发源于歌学。于是，歌学的发展传承之道即歌道，就由日本宫廷贵族的审美意识形态，逐渐地普泛化、国民化，成为日本人所特有的文化形态与审美形态了。

较早明确宣布歌道这一转换的，是国学家荷田在满。在轰动一时的名文《国歌八论》（1742）中，他主张和歌与政治、与道德无关，推崇和歌的辞藻与语言美，流露出娱情主义、唯美主义倾向，并把《新古今和歌集》的“新风”和歌作为和歌的典范。尤其值得注意的是，他明确地把和歌称为“国歌”，不承认有所谓“堂上”（贵族）之歌与“地下”（庶民）之歌的分别。站在这样的立场上，荷田在满对当时公卿贵族的和歌创作与理论痛加抨击，对于中世以来的歌道权威与偶像藤原定家也加以大胆的批判，并极力推崇同时代的国学家契冲等人的《万叶集》及和歌研究的成果。

另一位国学家贺茂真渊也发表了《歌意考》等文章，其中心思想是将日本固有的思想文化称为“国意”，将儒、佛等外来文化思想称为“汉意”。他认为“汉意”不符合日本的政道与现实。他认为，日本固有的歌道虽然看似无用，但可以成为治世之理。他反对拘泥于儒家义理，强调根植于天地自然的日本固有之“古道”亦即“神皇之道”。他还指出，长期以来，外来的儒、佛之道遮蔽、歪曲了“古道”，因而必须加以排斥，回归纯粹的日本“古道”。为此他推崇《万叶集》中的上古和歌，认为学习万叶古歌，不仅可掌握歌道，而且还会学到“真心”，而万叶古歌的“真心”正是天地自然的“真心”，亦即“大和魂”，从而将日本的歌学从“汉意”、从儒家朱子学的劝善惩恶的观念中解放出来。这些观点为他的学生本居宣长所继承光大。

国学的集大成者本居宣长毕生都在研究日本之道。在本居宣长看来，歌道是日本之道的重要组成部分。他在《石上私淑言》一书中认为，汉诗虽有风雅，但为中国风俗习气所染，不免自命圣贤、装腔作势，偶尔有感物兴叹之趣，仍不免显得刻意而为。他强调和歌不同于汉诗的载道言志，可以表达一种纯朴的自然人性，表现“物哀”并使人“知物哀”，这才是和歌的本质。在本居宣长看来，歌道也仅仅是日本之道的一种表现而已。他写道：“因历代学者受中国书之迷惑，以儒学的生硬说教解释我‘神道’，遂至牵强附会、强词夺理。于是，大御神之光遭到掩蔽，率直优雅的神国之心也岌岌乎丧失殆尽，岂不可悲可叹！但另一方面，在歌道中却未失神代之心，则又殊为可喜。”说来说去，就是把歌道作为日本之道的一种载体。

“歌道”论发展到江户时代末期、明治维新前夕时，开始由传统向近代的转型，而代表这个转型的人物是香川景树。香川景树反对贺茂真渊、本居宣长、平田笃胤等“古学派”的复古主义，体现了由传统向近代转型时期的某些特点。他指出，和歌是不同时代人的感情的自然而然的率直表现，具有不可重复与不可模仿性；认为《万叶集》的阳刚歌风与《古今和歌集》的阴柔歌风，都是时代使然，各有千秋，不能厚此薄彼。他还进一步强调，歌道必须顺应时代、反映时代，而不能模仿古人之歌，主张一个时代有一个时代之歌，把和歌看成时代的产物。

四　传统歌道的近代颠覆

进入明治时代以后，西方文学的价值观，特别是浪漫主义文学观影响日本歌坛，人们要以浪漫主义的个性张扬与个性解放来要求文学风格上的豪放与雄阔，以此来看待传统和歌，则歌道传承下来以“物哀”“幽玄”为核心的美学观，受到怎样的质疑与挑战，是可想而知的。

最早对歌道传统提出挑战的是与谢野宽。他反抗当时歌坛的陈腐气息，推动和歌的革新，与其妻与谢野晶子一起，成为和歌领域浪漫主义革新运动的急先锋。他的和歌创作一扫古风，风格激昂、雄壮、粗犷有力。他批判“宫内省派”和歌的文弱纤细，抨击格局狭小的、女人气的和歌风格，主张格局宏大的有“大丈夫”气的和歌，从现代浪漫主义精神的高度，对传统和歌的审美趣味做了彻底否定。他把一直以来的和歌表现风花雪月、男女私情、“物哀”“幽玄”的和歌，称为“亡国之音”。与谢野宽与香山景树一样反对复古主义，主张师法自然，尊重个性，把历来被奉为不刊之论的歌道理论和传统价值观都给否定了。

但是，从另一个角度看，这也标志着和歌的近代转型与浴火重生。从此，和歌不再是贵族的雅玩，而成为民众之歌。此前歌道的一切清规戒律都只被作为历史遗产来看待。进入现代社会后，和歌这种日本民族诗歌的独特样式也和汉诗、外来的自由体诗一样，可以广泛表现自然、社会、人生，百无禁忌。于是连传统和歌的外在体式也可以突破，并且产生了口语体的和歌、自由律短歌等体式。日本战败后一度出现过“人民短歌（和歌）运动”，它将和歌与社会政治密切关联起来，彻底超越了和歌的“脱政治”的纯美性质，和歌甚至还受到来自西方的现代派的冲击洗礼，出现了现代派的和歌。

当然，在这些与时代共进退的和歌的起伏兴衰背后，还有一个似乎超越时代的歌道传统，它也一直默默地、低调地存在。同时也有不少人坚持以传统的、怀古的风格来吟咏和歌，维系着歌道永续的宫廷歌会也年年召开，并为大众媒体所关注。传统歌道在现代条件下并未断绝，并且成为日本审美文化传统中的重要部分。

（作者单位：北京师范大学文学院；原刊于《广东社会科学》2020 年第 3 期）

论村上春树《挪威的森林》中的身份困惑与伦理思考

任　洁

《挪威的森林》是日本作家村上春树的经典之作，先后被译介到三十多个国家及地区，其接受主体亦呈现出跨国别、跨文化、跨性别、跨年龄层的特点。与小说热销相呼应，学界也表现出高度关注热情。一经发表，《群像》《新潮》《文学界》等日本知名刊物旋即做出反应，普遍认为这部小说是“考察村上春树时不可不论及的对象”。倘若立足当下伦理语境重新审视这部经典小说，可以发现，在结尾处村上借主人公渡边之口发出的伦理诘问“我现在在哪里”，为我们从伦理的视角理解小说的被接受过程提供启示。之所以会发出“我现在在哪里”的问话，是因为发问者无法确定位置，而这里的位置不仅指地理位置，还隐喻了个体在伦理社会中所处的位置。就如同地理位置的确定需要以身外之物为参照一样，个体在伦理社会中位置的确定也需要一定参照。这表现为几组关系，即：人与人、人与社会、人与自然之间的关系，而维系这些关系的根本纽带就是身份。因而，“我现在在哪里”实际反映的是一个有关伦理身份困惑的问题。这不仅是渡边的困惑，也是小说中其他人物，乃至生存于后现代社会中人们普遍存在的困惑。

一　伦理身份的困惑与选择

《挪威的森林》扉页上献词“献给许许多多的祭日”，就是对小说主人公直子的悲剧性预言。直子为何选择“勒紧了自己的脖子”？这是因为她无法解决遭遇的伦理身份危机。

首先，直子在同木月恋爱中无法对自己的身份进行确认，从而陷入身份困惑之中。木月的恋人——是直子所认可的最为重要的身份。然而，由于无法同木月完成性爱，直子开始质疑自己的这一身份。在直子看来，完成性爱是对自己恋人身份的确认，不能完成性爱则是对自己恋人身份的否定。由此，直子开始陷入自己是不是木月恋人的伦理困惑之中。在大多数人的理解中，恋人关系应当以独立个体存在为前提，是男人和女人之间的相互爱慕的关系。这种关系的形成需要以当事人的恋人意识为前提，即性别意识、情侣意识、婚恋意识等。但直子是缺乏这些意识的。她认为自己与木月“就像在无人岛上长大的光屁股孩子”。因为可以“光屁股”，所以性别意识尚未形成。这造成她同木月性交障碍，造成她质疑自身木月恋人身份的伦理困惑。然而，直子始终未意识到这一点，不能做出正确的伦理选择，而是采取变相安慰的方式来掩盖自己的困惑。结果适得其反，不仅加快了生性懦弱的木月的自杀，而且也为自己的人生埋下悲剧的种子。

其次，直子试图重构自身伦理身份，但仍无法摆脱身份困境。木月以自杀的方式结束了与直子之间的“恋人关系”。在木月自杀之前，直子是作为木月的恋人而活着的；在木月自杀之后，直子丧失了作为木月恋人的伦理身份，不能再作为谁的谁而活着。所以，想要重新获得身份，她就必须再次成为谁的谁。对直子而言，渡边是她与外部相通的唯一链条。她需要重构自己的伦理身份，因此毫不犹豫地选择依附渡边，做他的恋人。但是，通过依附他人重构自我伦理身份的方法果真有效？伴随着二人关系的日益密切，直子的病情反而不断恶化。诚然，直子做出了努力，但未能实现重构伦理身份的目标。一方面，始终活在木月的阴影里，这不仅阻碍了她对自己和渡边恋人关系的确认，而且还导致她陷入精神危机；另一方面，直子得知了绿子的存在，将要失去渡边的危机感加剧了直子的病情。显然，在同木月和渡边的交往中，直子既不能确认身份也无法重构身份，因此失去了进行伦理选择的前提，无法摆脱伦理困境。

最后，直子无法解决身份危机，原因在于她缺乏明确的身份意识以及无法做出正确选择。直子先后经历了三次身份危机。第一次是在木月自杀之后。身份的改变容易导致伦理混乱。然而，面对恋人离世以及自己的身份的改变，直子并未表现出特别的痛苦。拥有身份意味着人需要承担身份所赋予的责任与义务，而失去身份则意味着这些责任与义务消失。木月自杀后，他们之间的伦理结或者说直子的心结由此得以化解。第二次身份危机是在直子与渡边发生性关系之后。事情过后，让直子感到痛苦的原因并非在于与死去男友的朋友发生性关系，而在于直子不理解在木月面前自己的身体为何无法做出反应，而在她不爱的渡边面前却渴求被拥抱。在与渡边顺利发生性关系之前，如果说尚且存在因生理原因导致性障碍的可能性的话，那么与渡边发生性关系之后，这种可能性就被彻底消除，从而迫使直子从主观方面否定了自己的木月恋人身份。第三次身份危机是与渡边再次尝试发生性关系失败之后。为鼓励直子，渡边热情邀请她共同生活。然而，一方面是身体上和精神上的双重病态，另一方面是渡边的过分乐观与热忱期待，直子的精神不堪重负，最终选择了最不理性的解决方式——自杀。

二　理性意识的启示

如果将绿子、玲子、渡边的人生经验与直子相对照的话，就可以发现，他们三人身上体现出来的理性意识可以为解决直子的伦理困惑提供启示。

首先是绿子体现的有关身份的理性意识。绿子这个人物之所以能够在历经诸多不幸之后仍呈现“蓬勃生机”，最重要的一点在于她能够正确认识自己的伦理身份以及与之相对应的伦理责任。绿子最先拥有的是作为父母女儿的伦理身份。尽管父母的冷漠未能使绿子产生与其伦理关系相符合的伦理情感，然而在父母病重时，绿子仍然选择履行作为女儿的义务。绿子还有一个某男校学生女友的身份。纵然喜欢渡边，但与男友分手之前，绿子能够恪守道德底线，未与渡边发生越轨行为。不论是对父母尽孝，还是对男友忠贞，均是符合绿子伦理身份的行为，是正确的伦理选择。直子同绿子有所不同。由于长时间疏离外部世界，直子缺少解决外部问题以及应对内部危机的能力，无法正确把握自己与他人、与纷繁世界之间的伦理关系，无法确认自己在这些伦理关系中的伦理身份，自然也就无法解决有关伦理身份的困惑。

其次是玲子在进行伦理选择过程中体现的理性意识。玲子与直子的人生有许多相似之处。一是他们都面对一个预设的伦理结。生活中“除了琴还是琴”的玲子小指突然失灵，直子则无法与深爱的木月完成性爱，这使二人双双陷入伦理身份的确认危机中。二是面对伦理身份危机，她们都曾试图通过依附他人来重构自我伦理身份，玲子选择嫁为人妻，直子则选择与渡边发展成恋人关系。三是他们重获身份后又都再次失去了身份。玲子因与同性恋女孩发生不伦关系而丧失了为人妻的伦理身份，甚至开始质疑自己作为女性的性别身份，而直子也因无法与渡边再次发生性关系而丧失了作为渡边恋人的伦理身份。无论是玲子视钢琴为“一切”，以及深信只要与丈夫在一起“就不至于旧病复发”，还是直子最初依附木月而后又依附渡边，都是缺乏理性意识的表现。理性意识的缺乏使得她们习惯于将身份的确认托付给他者。然而，进入精神疗养院后，她们的人生开始朝着不同方向发展。玲子积极发挥特长教授音乐，帮忙处理事务，逐渐领悟到：每个人都是具有独特价值的存在，应做出能够体现自己价值的选择，并通过主动帮助他人、关爱他人实现自我价值。在给予和付出的过程中，曾经的需求主体逐渐转变成被需求的对象，并由此建立起自我与他者之间的联系，建构起体现自己社会价值的伦理身份。

最后是渡边体现的理性意识。渡边的人生并非一帆风顺，但痛苦未将其击倒，促使他做出正确选择并超越痛苦的是什么？是理性意识。一方面，他能够坚持做出符合理性的选择并对自己进行道德约束。对渡边而言，如何在不违背伦理准则的前提下最大限度获得个体自由，是他理性成熟的表现。例如，渡边与直子对性爱有着不同理解。在直子看来，爱必然导致性，而渡边则认为，当性在日常生活中只是作为性需要存在时，它与爱无关，因此无关乎道德。但一旦涉及爱，这种由性本能而产生的自由意志的释放就不再是随心所欲的了，必须遵从道德规范要求。因此，在确认自己爱上直子之后直到直子自杀之前，渡边凭借理性意志进行伦理选择并对自己进行道德约束，没有与包括绿子在内的任何一位女性发生性关系。另一方面，在遭受精神危机时，渡边能够在哲学引导下将理性意识转化为理性意志，抑制非理性意志，阻止非理性行为的发生。面对木月的死，消沉数月后他恍然大悟，“死并非生的对立面，而作为生的一部分永存”；得知直子的死信后，他选择游荡，但最终想通：“木月，还是把直子归还给你吧。”每每遇到精神危机，渡边总会采取与自己、与他人对话的方式，唤醒内心中的理性意识，以此说服自己放下非理性的念头。

三　自我选择的伦理思考

村上采用对比叙事手法，通过关照直子等人物在自我选择中建构伦理身份方面的诸多尝试，暗示如何运用理性意识解决身份困惑的正确路径。那么，村上将目光聚焦于“伦理身份困惑”，其伦理旨归在何处？日本战后持续十余年的学生运动是引发村上一系列伦理思考的重要源头之一。面对战后满目疮痍的日本，村上认为该为此做些什么。但对于运动中弥漫的暴力气息以及随处可以听见的暴力话语，村上又极为反感。1986 年，村上选择旅居南欧。距离上的疏离给予了他旁观者的视角，从而使他能够更加客观地审视运动始末，并获得反思战后日本民族发展史的契机。因而，透过这部小说，村上力图表达的绝非只是对某一体命运的伦理关怀，其中必然饱含了他对历史及现实的深刻伦理反思。

其一，通过直子建构伦理身份的失败案例，映射战后日本建构本民族伦理身份的失败。作为战败国的日本，在战后未对战争原因及战争责任进行反思与清算，就半主动半被动地接受了占领国美国的非军事化和民主化改革。这种历史进程带来三方面后果。一是日本民众根深蒂固的传统政教观、价值观受到了极大冲击，从而使得他们在战后的几年时间里一直处于伦理身份不确定状态。如同直子一样，无法对自己的伦理身份进行确认。二是战后日本在重构本民族伦理身份时依附美国，未对本民族实际加以理性思考就接受了美国赋予的崭新民族伦理身份。如同直子一样，因缺乏理性意识而选择将伦理身份的建构依托于他人。三是在短短几年时间里，曾经生活在东方伦理思想浸润下的天皇子民，骤然转变成了受西方民主主义思想与价值观统辖的日本民众，伦理身份与伦理环境的突变，无疑在战后日本看似祥和的民主主义氛围之中埋下了民族精神危机的种子。一方面是日本民众心中的理想国与残酷的社会现实之间的巨大落差，另一方面是涌动于日本民众血液中的传统价值观念与现行民主主义价值观之间的冲突。在这两方面原因共同作用下，战后日本民族精神危机终以学生运动形式爆发出来。如同直子一样，因缺乏理性意识而走向人生悲剧。

其二，通过小说中其他人物建构伦理身份的成功案例，寻找解决后现代社会中人们普遍存在的伦理身份困惑的方法，这就是理性的伦理选择。伴随着学生运动偃旗息鼓，人们逐渐失去了对民主主义等集体伦理价值的信任，然而个体伦理复归的时代并未到来，这无疑加剧了日本民众自战败以来就存在的伦理身份困惑。在小说中，村上借直子之口吐露出日本民众的心声——像是“在茂密的森林中迷了路”，提出战后日本应如何进行伦理选择的问题，即该如何走出“森林”，继而使用“井”这一隐喻揭示走出“森林”的方法。这是“位于草地与杂木林的交界处”的一口井，“黑洞洞的井口”还被“青草不动声色地遮掩住了”，倘若掉进去，便是必死无疑的，但只要不“偏离正道”，掉入井中的人少之又少。“正道”实际上指的是在特定伦理环境下形成的伦理道德规范，“偏离正道”则意味着偏离或违背了伦理道德规范。所以，“井”就是因违背伦理道德规范而不得不接受惩罚的隐喻。但是，只要做出“不偏离正道”的选择，就会有好的结果。那么，如何“不偏离正道”？小说中的人物以他们的人生选择经验提供了答案：加强自我伦理意识，以确认自己的伦理身份，并承担道德责任与义务。当伦理身份遭到破坏时，应做出的选择是主动建立自我与外部世界的联系，重构自己的伦理身份，实现自我价值，并依靠理性的力量，解决由伦理身份的改变引起的诸多伦理问题，从而做出符合理性的伦理选择。

在后记中，村上提到要将小说“献给我离开人世的几位朋友”。这与扉页上的“献给许许多多的祭日”首尾呼应，使整部小说饱含了镇魂的意味。然而，镇魂的过程亦是反思历史、反思现在的过程，体现了村上鲜明的伦理意图：通过揭示日本社会个体和群体在新的社会文化语境下的伦理身份追求与建构，寻找解决当下日本民众伦理身份困惑的正确路径，促使日本民众能够做出正确的伦理选择。这显示了小说丰富的伦理价值与时代意义，亦开辟了村上在此后相当长时期内持久探索的伦理主题，体现了他作为一个作家应有的良知与责任感。

（作者单位：浙江大学外国语言文化与国际交流学院；原刊于《当代外国文学》2020 年第 3 期）

土星、新天使与本雅明的忧郁

陈　影

1913 年夏，还在读大学的瓦尔特·本雅明与母亲参观了巴尔塞博物馆，在那里本雅明第一次看到了丢勒（Albrecht Dürer）的画作，其中的《忧郁》带给他极大的震撼。他写道："直到现在我才对丢勒的力量有了概念；在所有的作品中，《忧郁》具有一种无法言说的深邃与雄辩。"丢勒的这幅画形象地彰显了"忧郁"这一概念的多重面相，其中蕴含的某种神秘的超验性维度吸引着本雅明并成为本雅明自身性格的组成部分。对本雅明而言，忧郁不但是贯穿其一生的个人气质，也是一种与历史关联的情感和批判视角，因为忧郁的历史便是哲学的历史。"忧郁"作为西方思想史中的一个重要概念，在本雅明生活与思想中占据着举足轻重的地位，学术界在某种程度上将忧郁作为本雅明的名片，用来理解本雅明的思想，但无论是国内学界还是国外学界，对本雅明忧郁思想的论说大都沿袭希腊传统，这在很大程度上源于本雅明在《德意志悲苦剧的起源》一书中对"忧郁"的论述。而关注犹太传统，特别是犹太神秘主义对本雅明忧郁思想影响的研究实属不多。本文建基学界对本雅明忧郁思想的论说语境，从土星和新天使两个角度阐释本雅明的忧郁思想，挖掘犹太神秘主义在其中的体现与影响。

"忧郁"如同本雅明在《认识—批判序言》中所言的"概念"一样，无法直接界定，只能借由他物勾勒。在这一过程中，忧郁作为一种机遇，强化了主体意识，提升了主体思想。本雅明在《德意志悲苦剧的起源》中把忧郁视为一种话语，这种话语关乎知识，是一种审视世界的独特视角，借由作为知识的忧郁，封闭的元主体形式向冥思的主体敞开。换言之，忧郁成为天才的源头，是因为它整合了人类经验中的内在性与超验性，形成一种认知上的能产性，这使忧郁在政治和文化领域成为创造性的源泉。对本雅明而言，“忧郁”并非弗洛伊德意义上的心理病态范畴，而是一种哲学上的情绪，它直接关联着哲学本身对本雅明产生的意义基础。换言之，对本雅明来说，对忧郁的理解就是对哲学本身的理解。

勾勒忧郁的中介首推星相学。本雅明眼中的星相学并非仅仅是一种展现命运的神秘途径，而是一种避开命运的模仿训练。在他身上，这种以星相学为中介的阐释模式，势必是镌刻在犹太传统之上的。犹太文化禁止以占卜的方式窥探未来，犹太人在很大程度上只能缅怀过去，通过恪守律法体验上帝的临在。本雅明深谙这一传统。在阅读本雅明的作品时，我们会发现，犹太神秘主义传统对星相学，特别是对土星星座的解读与本雅明的忧郁思想具有诸多契合之处。土星作为古代犹太人所了解的第七颗行星，在希伯来语中为“שבתאי”（Sabbatai），这很自然地与犹太的安息日“שבת”（Sabbath，即犹太历一周的第七天）关联到了一起。此处我们可以参考奥古斯丁写给摩尼教徒浮士德的一封信：

> 我们不会畏惧去面对你们在安息日问题上的指责，即你们认为安息日是土星的束缚。这种表述既愚蠢又无意义。你们有这样的想法，因为你们习惯敬拜太阳，你们称为周日（Sunday），你们的周日，我们称之为主日。在主日，我们不崇拜太阳，而是敬拜主的复活。同样地，教父们恪守不劳作的安息日，并非因为他们崇拜土星，因为那时土星当令，它是即将来临之事的影子……

奥古斯丁这里并非着意为犹太人谨守安息日辩护，而是强调一个事实，即在奥古斯丁的时代，非基督徒世界已经将安息日与土星结合在一起认识了。这一观点在中世纪犹太人群体中尤为盛行，当时的星相学“成为一种阐释犹太人本性及其在宇宙秩序中位置的方法”。亚伯拉罕·以斯拉（Abraham Ezra）认为，在所有的民族中，犹太人是被土星管辖的，这主要体现在犹太人的“寡言诚实，与他人隔绝”，却拥有战胜这些人的力量。仔细思考犹太人安息日与土星之间的关系，我们会发现，严格来说，安息日始于周五太阳落山后，终于周六太阳落山前，即包括周五的夜间与周六的白日。周五为火星管辖，周六受土星控制。这里面体现出受土星当令影响的安息日亦具有些许火星的特质——能量、尚武与动态。忧郁的辩证品格在犹太传统的语境中便找到了阐释的立足点。此外，安息日不可劳作的诫命依据“圣经”经文，源自对神性创世行为的模仿，而从星相学的角度看，这与火星和土星，特别是与具有倦怠与停滞特质的土星有关。犹太传统甚至将遵守安息日视为一种辟邪行为，通过谨守相关律法规避土星的负面能量对人类的影响。

这里涉及一个非常有意思的问题——土星与魔鬼的关联。在中世纪的欧洲，人们普遍把犹太人与土星并置审视的一个主要原因，便是反犹思想，当时的人们认为犹太人的血液与土星一样，是黑色且有毒；人们躲避犹太人如同他们就是魔鬼的代言人抑或就是魔鬼本身。在《德意志悲苦剧的起源》中，本雅明曾表示“在众星体中，唯有最恐怖的土星才掌握忧郁性情”。盖希（Rodolphe Gasché）曾经说：

> 土星是本雅明出生时的星座，这个星座所象征的恶魔力量在于它们将任何种类的存在都限定在世俗和现世的范围内，然而，这样一种产生于最具泥土味的星座下的眼光在由命运的恶魔力量密织的罗网上所制造的最小的裂缝、最不起眼的瓦解，正是因为它……预示了“隐秘的统一”的存在，或正如德文原文所说，是“真理的完整无损的统一”。

正因如此，本雅明明确表示“只有在这位王子的身上，忧郁的沉迷才能转变为基督教精神”，哈姆雷特的悲伤才能转化为“赐福的存在”，“忧郁才会通过与自己相遇而赎出自身”。这种忧郁品格中与土星的魔鬼维度关联在一起的现象，可以从犹太神秘主义传统内与天使有关的理论进行解释，这一点在很大程度上呼应了本雅明的“新天使”。

本雅明的忧郁思想始终伴随着神秘的天使意象。他对这种天使意象的讨论集中体现在《阿格西劳斯·桑坦德》（Agesilaus Santande）和《历史哲学论纲》第九纲两个文本中，而保尔·克利（paul klee）的画作《新天使》是理解这两个文本的关键。本雅明非常看重这幅画，拿到这幅画的时候，他一直在与肖勒姆探讨“犹太教天使学”，本雅明自杀前，在遗言中明确表明将克利的《新天使》赠送给肖勒姆，可见谈论本雅明忧郁思想与新天使的关联，肖勒姆是一个不可忽视的重要参照。

在《瓦尔特·本雅明和他的天使》一文中，肖勒姆对本雅明《阿格西劳斯·桑坦德》的两个版本进行了对比，并指出在两个版本中，本雅明都提到了自己生于土星星座，这是本雅明在所有的著作中，唯一论及自己具有土星气质的文章。在本雅明看来，新天使对自己土星气质的了解绝不亚于对他的"忧郁性格的了解"。因为这个天使是本雅明"自我的神秘现实"，本雅明在遇到天使时经历了自身的参悟，这种参悟按本雅明自己的话说就是"对神秘的、超现实的、幻影般的天才和现象进行的严肃思考"，历史中的辩证维度是这种思考的前提，"我们探讨神秘只不过是为了在日常生活中重新发现神秘"。把这种神秘性放置到历史哲学的语境中，便是本雅明对《新天使》这幅画进行的阐释：

> 保罗·克利的《新天使》画的是一个天使看上去正要从他入神地注视的事物旁离去。他凝视着前方，他的嘴微张，他的翅膀展开了。人们就是这样描绘历史天使的。他的脸朝着过去。在我们认为是一连串事件的地方，他看到的是一场单一的灾难。这样灾难堆积着尸骸，将它们抛弃在他的面前。天使想停下来唤醒死者，把破碎的世界修补完整。可是从天堂吹来了一阵风暴，它猛烈地吹击着天使的翅膀，以至他再也无法把它们收拢。这风暴无可抗拒地把天使刮向他背对着的未来，而他面前的残垣断壁却越堆越高直逼天际。这场风暴就是我们所称的进步。

本雅明对新天使的描绘始终伴随着忧郁的口吻，无论是天使微张的嘴角、展开的翅膀还是向前的凝视，都在表征一种与忧郁关联的渴望。天使作为上帝的信使，是内在性与超越性之间的中介，本雅明将天使放置到历史的视域去审视，产生了一种具有弥赛亚属性的差异；换言之，新天使就是本雅明忧郁版本的弥赛亚主义的表征。肖勒姆认为，本雅明的这一新天使意象中"最感人、最令人忧郁的地方是他走进了未来"，这个未来是他未曾见，也不会见到的，同时历史在天使的眼中成了灾难性的废墟。新天使被称为历史的天使便根源于他对过去投去的忧郁凝视，这种凝视是主体性的一瞥，他看到的是累积的废墟与忧郁化的历史，同时这种凝视也带来了对传统碎片进行修复、对灾难带来的缺失进行填补的渴望。因为“任何历史的东西，只要未得拯救，本质上就都是破碎的”。在本雅明的世界里，这种破碎与遗忘和衰败一样，在其自身中便预设了救赎的可能，忧郁思想作为一种携带辩证品格的主体性意识（或言弥赛亚意识），直接触及了犹太神秘主义传统中的修复世界（tikkun o'lam）思想。

这种深植于犹太喀巴拉神秘主义中的修复世界思想，不但与本雅明忧郁思想的辩证品格相关联，同时也被新天使的魔鬼维度所表征，这一点集中体现在新天使的女性特质上。本雅明在《德意志悲苦剧的起源》中提及了忧郁与女性之间的关联，本雅明认为西方的医学与哲学传统把视为疾病的忧郁与女性形象相关联，忧郁这种常常呈现的模糊与矛盾性特征的症候便被置于一种受到操控的状态，即被动性的女性地位。在《阿格西劳斯·桑坦德》的第二个版本中，本雅明表示自己生于土星星座，这是“旋转最慢的星宿，表示迂回和延宕的行星——为了利用这个条件，他通过最漫长、最致命的迂回先在画中再造了男性形体，然后又派来了女性形体，并将他们最紧密地相邻起来——不过他们并不相识”。在新天使具有女性特质这一基础上，本雅明继续描述新天使的特征：“长着爪和尖尖的、刀一样锋利的翅膀。”这种描述无疑让人联想到魔鬼撒旦在犹太和基督教传统中都被视为象征堕落的天使，因为“只有撒旦……才拥有爪和魔爪”。肖勒姆认为，本雅明对新天使的思考“掺入了堕落前的撒旦因素”。撒旦身上彰显出的邪恶与毁灭能力与前文对土星特质的解读是契合的，而新天使的女性维度在犹太神秘主义传统中指向了舍金纳（Shechinah），舍金那丰富了撒旦天使的意蕴，使之成为一种寄托弥赛亚力量的象征。

在犹太神秘主义传统中，舍金纳作为一种伴随犹太人流散数千年的神性在场，处于超验性与内在性之间的过渡位置，既是上帝自身的彰显，又是进入历史维度，与犹太人同在的救赎力量。据说只要超过两个犹太人在一起研读托拉，舍金纳便在他们中间运行。在喀巴拉文献中，舍金纳经常被描述为具有接受性和被动性的女性特质，但舍金纳并不能简单地等同于神性特质中的被动维度，舍金纳中也不乏主动的男性因素。舍金纳这种雌雄同体特质体现在《创世记》（48：16）中的“救赎天使”身上。《佐哈尔》（Zohar）是这样描述这位救赎天使的：“这位天使有时是男性，有时是女性。当他向世界施与祝福的时候，他是男性，被称作男性；正如男性向女性施与祝福（使之受孕），他也向世界施与祝福。但当他与世界的关系是审判性的（即当他作为法官在自己的束缚力中彰显自身的时候），他就被称作女性。正如女性孕育着胚胎，他孕育着审判，被称作女性。”新天使这种具有弥撒亚特质的审判能力，借由舍金纳，指向了一种历史化的神学进路。当然，新天使已经退去了传统神学意义上的魔鬼与天使的内涵，其“新”便体现它以一种辩证的方式，携带了毁灭与救赎、世俗与神圣的弥赛亚品格。对本雅明而言，新天使象征着一切他不得不离开的东西，同时新天使的一切也无时无刻不在吸引着本雅明，让他不愿离开。新天使就是本雅明，本雅明的忧郁就是新天使的忧郁。忧郁的新天使渴望着幸福，这种幸福就是一种冲突，是“‘独一的’、‘新的’和‘尚未产生’的喜悦与经历更多、再次拥有和已然生活的经历恩赐相结合”的产物；只有在归家之旅中，他携带一个新人同行的时候，才能产生新的希望，因为“正像我自己一样，当我第一次见到你的时候，我就跟着你回到了我来的地方”。

本雅明在形而上学与本体论的层面思考忧郁，借由犹太神秘主义传统，寻找一种具有内在性与超越性的辩证救赎力量，在这一过程中，本雅明将犹太传统视为一种理论，特别是方法论层面的构型，他像犹太教拉比研读律法一样寻觅和解读现实的碎片，挖掘其中蕴含的救赎希望。“创造”与“毁灭”、“运动”与“静止”、“狂喜”与“悲伤”，这些概念在本雅明看来都与土星有关，其中所蕴含的辩证法也被新天使的魔鬼品格所表征。本雅明思想中的忧郁具有一种创造性的辩证维度，这种创造性在上帝退去了其“创造性的在场后”，被期待的弥赛亚所彰显出的“毁灭－救赎力量”形塑为一种乌托邦的渴望。需要注意的是，作为20世纪最具原创思想的文人之一，本雅明不会在正统宗教的语境中去言说犹太传统。他对犹太教知识（特别是对犹太神秘主义知识）缺乏系统的了解，但凭借自己的睿智与寻求犹太身份属性的愿望，他通过引用与犹太神秘主义思想有关的文献，创造性挪用了与犹太传统神学呼应的、具有现代性理论观照的象征符号，如土星和新天使。利用隐而不现的犹太传统，本雅明丰富了这些文化符号，以诗性的方式言说不可言的忧郁，并以辩证视角去思考如何修复碎片化的传统。

（作者单位：中国人民大学外国语学院；原刊于《外国文学》2020 年第 5 期）

“介入的文学”：政治、政治小说和美国政治书写

陈俊松

在当代西方文化研究的语境中，涉及阶级、性别、移民身份和弱势群体等方面的文学作品，在某种程度上都具有一定的政治性。学术界认为，政治小说最早诞生于19世纪40年代的英国，“政治小说”（the political novel）是个不容易定义且类别繁杂的概念，它是借虚构（或部分虚构）的故事来表达作家的政治思想和态度，并以引发公众关注、推动社会变革的一种文学体裁，政治小说的独特之处主要体现在它“内在的张力”。

“政治书写”（political writing）的范畴要宽泛得多，凡是与现实政治生活相关，并在作品中包含作家政治态度和立场的作品，都可以被称为政治书写。在美国文学的发展历程中，政治书写可以说是一条贯穿始终的主线，而“政治小说”与“政治书写”实为两个既重合又有区别的概念。在理想的状态下，文学与政治之间应该是一种对话和互动的关系。

一　“政治”的定义及其显性和隐性范畴

在英语里，politics这个词既可以指描述性的和中性的观念（如治理的艺术或科学、政治原则等），又可以指带有某种负面意义的行为（如不诚实的政治斗争或党派政治等）。对于“什么是政治”这个问题，20世纪曾出现学者们所谓的“政治定义的混乱期”。因此，我们有必要对“政治”一词从词源上和意义演变上进行梳理，把握其核心要义。

英语权威词典对politics的释义几乎包含了“政府”、“公共权力”和“公共事务”这几个核心要素。在历史上，曾有不少思想家、哲学家和政

治理论家对“政治”的概念展开过论述，亚里士多德指出“城邦”（polis）与“政治”（politik）之间具有十分紧密的关系，后者实际上是从前者派生出来的。意大利政治思想家尼可洛·马基亚维利（Niccolò Machiavelli）因在《君主论》中对政治与道德的关系进行了深刻的探讨，被许多学者称为近代政治哲学传统的开创者。英国政治学家托马斯·霍布斯（Thomas Hobbes）的《利维坦》（*Leviathan*）对人性、社会契约论以及国家的本质和功能进行了深刻的论述，成为一部有关政治哲学的具有划时代意义的著作。

早期学者倾向于将“国家”等同于“政治”，这种过于笼统和简单化的定义对国家中的公共事务部分不加区分，陷入了认为一切社会生活都具有政治性的倾向中。当然，政治也绝不仅限于“敌我矛盾”“党派政治”，其他社会活动在一定情况下也可以转化为政治，“任何宗教、道德、经济、种族或其它领域的对立，当其尖锐到足以有效地把人类按照敌友划分成阵营时，便转化成了政治对立”。

事实上“政治”一词的涵盖面十分广泛，而且政治学家们对它的定义也不尽相同。本文将“政治”理解为既包括国家治理、政府的公共事务、党派斗争和国际上意识形态对立等显性政治范畴，也包括宗教、阶级、性别和种族身份差异引起冲突的隐性政治范畴。

二　政治小说及其“内在的张力”

学术界将两度担任英国首相的本杰明·迪斯雷利（Benjamin Disraeli）视为政治小说的首创者。他的《柯宁斯比》（*Coningsby*）、《西比尔》（*Sybil*）和《唐克雷德》（或《新十字军》，*Tancred*）等小说被认为是政治小说的滥觞。最早对政治小说进行专门深入研究的也许是莫里斯·埃德蒙德·斯皮尔（Morris Edmund Speare）的《政治小说及其在英国和美国的发展》（*The Political Novel: Its Development in England and in America*）。对政治小说进行深入研究的代表作是欧文·豪（Irving Howe）的《政治与小说》（*Politics and the Novel*）。本书写于冷战序幕开启的 20 世纪 50 年代，全书围绕的中心问题是作为形式的小说和作为意识形态的政治二者相遇会发生什么。豪将政治视为严肃文学作品中不可或缺的部分，强调作品中政治思想的重要性，提出政治小说指的是作品中政治思想占主导地位，或者政治环境是其中关键背景的小说。豪指出政治小说与社会小说的区别在于：社会小说往往假定社会的稳定性。因此，当作家在描述社会风貌或者以现实主义手法“切下生活的一个横截面”时，社会不会感到不安。但这种稳定性不是永久的，当作家的聚焦从社会渐变为其命运时，政治小说就从此诞生了。他认为政治小说的独特之处在于它是“具有内在张力的作品”：在政治小说中，冲突是不可避免的，小说试图用紧迫性和亲密感来面对生活经历，而意识天然就是宏观的和无所不包的。但正是在这种冲突中，政治小说变得有趣并带有戏剧性的光环。

作为一个特殊的文学类别，政治小说的发展向来与社会的政治氛围、社会矛盾和时局发展等紧密相连，对社会变革和进步有重要的推动作用。20 世纪美国政治小说的兴衰也呈现出了清晰的轨迹。以一战、大萧条、法西斯主义、西班牙内战和二战为题材的政治小说，在 20 世纪三四十年代兴盛起来，造就了美国政治小说最伟大的时代。而到了 50 年代，随着和平的恢复、战后的经济繁荣、意识形态的对立和麦卡锡主义的甚嚣尘上，美国进入了“沉默的一代”。在五六十年代美国经济的“黄金时期”，由于政治上的歇斯底里和现实的生存压力使得人们避谈政治，政治小说的发展也陷入低谷。随着民权运动、新左派学生运动的兴起，以及 1967 年反越战游行的爆发，六七十年代美国虽然在政治经济上陷入困境，但政治小说却迎来了又一个高峰。可见，优秀的政治小说能紧扣时代脉搏，兼顾了政治和审美两方面的原则，充分发挥其“内在的张力”而追求一种“介入的诗学”。

三　政治书写及其在美国文学史上的地位

相比于“政治小说”，“政治书写”是个宽泛得多的概念。凡是与现实政治生活（如政党、种族、性别和族裔等）相关的出版物，无论是文学作品，还是宪法和法律、政治文献、宣传册和纪实性著作，都可以称为“政治书写”。纵观美国不长的历史，政治书写可谓与美利坚民族身份的建构密切相关，在各类写作中占有独特的地位。例如，1620 年的《五月花公约》，随后的《独立宣言》《美国宪法》，美国独立革命时期最著名的政治宣传册托马斯·潘恩（Thomas Paine）的《常识》（*Common Sense*），林肯1863 年在宾夕法尼亚州葛底斯堡发表的演讲，著名废奴运动领袖弗雷德里克·道格拉斯（Fredrich Douglass）的回忆录《弗雷德里克·道格拉斯：一个美国奴隶的生平自述》（*Narrative of the Life of Frederick Douglass*，*An American Slave*），哈丽叶特·比切·斯托（Harriet Beecher Stowe）的《汤姆叔叔的小屋》（*Uncle Tom's Cabin*），“美国现代女权运动之母”贝蒂·弗里丹（Betty Friedan）的《女性的奥秘》（*Feminine Mystique*），当代非裔美国作家科尔森·怀特海德（Colson Whitehead）的《地下铁道》（*Underground Railroad*），20 世纪 70 年代以报道“水门事件”闻名的记者鲍勃·伍德沃德（Bob Woodward）2018 年出版的《恐惧：白宫中的特朗普》（*Fear*：*Trump in the White House*），等等。一般而言，作为一种特殊的文学体裁，政治小说属于政治书写的范畴，而有些政治书写虽然本身并不属于文学，但因其具有较高的审美价值，则可当作文学作品来读。例如，潘恩的《常识》和杰斐逊的《独立宣言》等，因其重要的历史地位、独特的审美价值和艺术感染力而被收入权威的《诺顿美国文学选集》。

西方很多批评家对政治小说抱有偏见，认为一部作品的价值在于其艺术上的独特成就，而不是迎合社会主流的政治倾向。例如，乔治·奥威尔（George Orwell）曾公开将斯托的《汤姆叔叔的小屋》称为一本“不错的坏书”，而他本人的《一九八四》则被米兰·昆德拉斥为“伪装成小说的政治思想”。文学史上一些优秀的政治小说，如杰克·伦敦（John Griffith London）的《铁蹄》（*Iron Heel*）、约翰·斯坦贝克（John Steinbeck）的《愤怒的葡萄》（*The Grapes of Wrath*）、罗伯特·潘·沃伦（Robert Penn Warren）的《国王的人马》（*All the King's Men*）、哈泼·李（Harper Lee）的《杀死一只知更鸟》（*To Kill a Mockingbird*）和约瑟夫·海勒（Joseph Heller）的《第二十二条军规》（*Catch－22*）等，都是既蕴含政治思想又具有强烈的艺术感染力的作品。与此同时，也有一些仅为政治信仰服务、艺术性较差的政治小说，他们在文学史上只是昙花一现。因此，作家和批评家都倾向于把那些以表达政治思想为主旨的小说称为政治书写，而避免用“政治小说”这个容易引发负面联想的名称。

四 "介入的文学"：文学与政治的互动

文学是介入现实生活的，过去，我们强调较多的是政治对文学的影响，认为文学虽具有一定的独立性，但不能脱离政治而存在。而对于文学对政治的影响，当下政治家们普遍对政治小说不感兴趣，作家们也不再相信其作品能直接影响政治。然而，历史上不少美国作家用优秀的作品揭露了社会的阴暗面，深刻地介入和影响了政治生活。作为19世纪最畅销的小说，《汤姆叔叔的小屋》无疑对废除蓄奴制的进程起到了重要的推动作用。厄普顿·辛克莱（Upton Sinclair）的《丛林》（又译《屠场》，*The Jungle*）深刻揭露了肉类加工业中触目惊心的阴暗面和工人不堪忍受的恶劣条件。小说出版后引发了美国社会对食品安全和卫生问题的强烈关注，直接推动《肉类检验法》和《纯净食品和药品法》这两个法案的制定。著名民权运动领袖马丁·路德·金（Martin Luther King）的《从伯明翰市监狱发出的信》（Letter from a Birmingham Jail）和著名演说《我有一个梦想》（I Have a Dream）深刻揭露了美国南方的种族隔离，美国黑人长期受到种族歧视的沉痛事实，对《1964年民权法》《选举权法》的通过产生了重要的影响。

2015年2月20日，《纽约时报书评》（*The New York Times Book Review*）发表了两位作者围绕"小说是否有力量影响政治"展开的讨论。"大多数小说不会被直接认为具有引发战争的力量"，然而，小说仍然能激发变革。它能公开地说出用别的方式不能言说的东西，与被迫的沉默——那些当权者惯用的一种武器作斗争，"政治是由人决定的，而人有时是由他们阅读的小说决定的"（Hamid and Prose）。在理想的状态下，文学和政治之间应该是一种对话性和互动性的关系。文学对于政治的影响应该不只限于表现政治题材，它还能通过对虚构性的政治书写介入、参与并推动现实的政治生活。

结　语

美国文学史上各个时期都涌现出不少挑战主流观念、批判社会痼疾和推动社会变革的作品，政治书写成为作家表达政治态度的重要途径。针对罪恶的蓄奴制、沉重的种族压迫和意识形态上的偏执等社会弊病，不少作家坚持良知、勇担重责，对这些社会问题进行了严肃的批判和反思，激发了公众的变革意识。文学积极介入政治生活是当代美国文学中一个引人注目的景观。以《地下铁道》为代表的当代美国文学，延续了早期美国文学观照现实、批判不公并引领变革的传统，积极地介入了现实的政治生活。

（作者单位：华东师范大学外语学院英语系；原刊于《当代外国文学》2021 年第 1 期）

《薄伽梵歌》中的身体思想

欧阳灿灿

有关《薄伽梵歌》的主旨意蕴，前贤时俊或指出其中蕴含着苦行哲学与有为哲学、命运与自由意志的冲突，或认为以解脱为最终目的与最高境界。我们认为，无论是从史诗情节发展的逻辑要求来看，还是从其思想内容来看，《薄伽梵歌》都在利用数论思想重新定义人的身体的前提之下，力图通过梵化的身体行动，把人的自然肉身转变成梵化的身体，以协调世俗生活要求与宗教教条之间的矛盾，使两者臻于和谐统一。

一 弱化以血缘伦理为最终导向的关系性存在

《毗湿摩篇》中第23~40章是著名的宗教哲学插话《薄伽梵歌》，以黑天为阿周那答疑解惑的对话形式展开。两人的对话发生在般度族和俱卢族开战之前。两支军队在俱卢之野对阵，残酷血腥的大战一触即发。以勇武无敌著称的阿周那却在此时考虑到交战双方的亲属关系而产生了退却之意。

史诗以阿周那所面临的存在困境为《薄伽梵歌》展开的起点，是很有深意的。个体与亲族因血缘肉身的关联而存在着一体化的关系，对血脉亲缘关系的重视，其实就是承认物质肉身的客观性，并以此为基础建构人的社会性关系，体现的是在日常世俗生活的维度中追求存在的意义。杀死亲族，也就是毁灭了自己存在的意义，因此阿周那宁愿自己被对方杀死。在第一章的第32、33、36、37诗节，阿周那反复提到杀死亲族，毫无幸福可言。他所用的sukhāni、bhogās、prītis等梵文词语都是指“快乐”和“幸福”（pleasures、delight、happy）。

人以肉身为凭借生存于世，物质肉身向我们展示了生存的现实，构建了人类最自然密切的血缘关联与伦理责任，人们也往往以血亲联系聚族而居。如何处理物质身体，弱化以肉身为基点建立的族群关系，突出人的精神性存在和超验存在，是犹太教、基督教和印度教共同面临的问题。犹太教和基督教是通过《旧约》中上帝用尘土和生气造人而突出肉身中灵的存在，并反复强调人要离开故土的话语叙事实现的。《薄伽梵歌》则是通过数论（sāṃkhya）重新界定人的身体来完成的。听闻阿周那的忧惧，黑天所做的第一步，便是宣扬印度教数论智慧，告知阿周那人的身体分为肉身和灵魂，并声称肉身有限，而灵魂不灭，灵魂抛弃死亡的身体进入另外新生的身体，犹如换上新衣裳，这彻底打消了阿周那将人的存在等同于自然肉身的想法。

在数论的理论框架中，宇宙是由精神性的“神我”（puruṣa，又可译成“原人”）和物质性的“自性”（prakṛti，或译成“原质”）构成的。“神我”是宇宙的最高原理和根源，是无形的存在，同时又构成每一生命体的内在灵魂，即“自我”（ātman）。“神我”帮助“自性”变化生成万物。对于个体来说，精神性的“神我”若寄存于物质性的身体之中，身体即有作用；神我若离开了身体，身体则不能作用。黑天对阿周那讲述数论智慧，目的是让他明白物质肉身的短暂性和寄存性，而灵魂则是永恒的，能舍弃身体获得重生，从而不必为肉身的毁灭忧伤，更不应被血缘关系所羁绊。

在讲述了数论的身体观之后，黑天开始向阿周那宣讲“瑜伽”（yoga）哲学。从数论转向瑜伽，不仅因为数论的宗教理论中并未预设创造万物的最高神祇，与随后黑天宣扬的黑天崇拜相悖，而且出于故事情节自然发展的需要。在《薄伽梵歌》之后，就是两军 18 天的血腥战争。阿周那不管是出于血亲伦理还是出于世俗道德的考虑，都不可能在战争中理直气壮地杀死自己的老师、亲族和朋友。虽然黑天洞察到阿周那的忧惧，借助数论身体观缓解了阿周那对死亡的拒斥，但仍然缺乏鼓动他以武士姿态投入与亲族的战斗的理由。从故事情节上看，其实也就是从世俗经验层面上看，史诗叙述者十分有必要通过《薄伽梵歌》18 章篇幅，在宣扬宗教哲学思想的同时，圆满地处理这一日常生活伦理及现实经验层面上令人极度不安的难题：阿周那兄弟为何要投入这场战斗，从而令情节的发展妥帖自然。

史诗在处理这一棘手的难题，协调宗教层面终极的超脱精神和世俗需要的矛盾时，主要是通过黑天所阐述的瑜伽思想达成的。瑜伽哲学把万事万物的真正起因归因于行动（或“业”，karma、action），现时的世界是此前世界的果，个体必须面对并承受此前的生活中由自己的言行播种生成的果。瑜伽哲学提出“业”理论的根本目的，是强调个体在生活中有选择某种积极行动从而跳出生死轮回获得解脱的自由。与此相应的是，瑜伽哲学中含有冥想和调整呼吸等修炼身心的方法，凭借这些方法人能够从不完美和有限的状态中解脱出来。一般认为 yoga 的词根是指“联合”或“连接”。“轭具”（yoke）是控制牛马的工具，这可能影响到 yoga 的词义转变为控制感觉和思想的工具或方法。因此，“瑜伽”的基本含义是修炼身体与控制身体行动的方法。

二　从自然肉身到梵化的身体

《薄伽梵歌》中，黑天对阿周那宣讲的瑜伽思想包括智瑜伽、业瑜伽与信瑜伽，目的是通过瑜伽思想控制身体欲望及行为，把物质性肉身转变成与梵同一的梵化身体，从而既能在现实世界中以现实的方式超越个体身体的束缚，又能协调个体的宗教超脱追求与现实责任之间的矛盾。

智瑜伽的主要内容既包括前文所述的数论身体观，也包括在此基础上控制感官、摆脱感官对象束缚的观点。《薄伽梵歌》要求控制感官的目的是不受感官对象束缚，体现了古印度人认为身体因感官关联外物而易受外物迷惑、控制的警醒。

身体及其欲望是导致我们堕落的根源，但只要合理地加以控制，身体则会成为超越现实的凭借。黑天对业瑜伽的阐述表明，按照业瑜伽的要求控制身体，是我们在现实生活中超越现实的主要方式和途径。“业”即行动。狭义的“行动”是指包括祭祀和控制呼吸、睡眠、饮食等在内的行为实践，广义的“行动”则指宇宙变化不息的运行和创造。黑天特别指出行动是必要的，比弃绝行动更好，这表明虽然印度教的终极追求是超越世俗生活，但并不是完全弃绝尘世，而是以身体实践的方式在生活中超越现实。

既然世人都在行动之中，那么通过何种行动人才能摆脱“自性”、领悟“自我”呢？《薄伽梵歌》并未全面列出行动的具体内容，而是反复强调行动要受到某种控制与约束：行动时要摆脱欲望和企图；摒弃对行动成果的执着；超越个人的好恶。从现实的角度看，这样做确实能够最大限度地摆脱迷恋、失望、执拗、疑惧、嫉妒等情绪对人的干扰，使人平静而专注地投入行动，集中释放最大的力量与潜能，从而尽可能地使行动取得成功，让潜能变成现实。从宗教思想层面上看，这一观点与前文所述智瑜伽控制感官不受外在世界束缚的逻辑思路是一致的。欲望是对某事物的欲望，行动成果也具体地表现为某种事物或某个状态，个人的好恶等更是与外在世界相关，在行动中避免这几种性质状态，也就是避免物质身体与外在世界相关而产生种种束缚。所以我们说，《薄伽梵歌》敏锐地看到并发挥了活生生身体最富力量的一面，即身体的行动性，同时又尽可能避开物质身体因关联世界而产生的消极影响与妨碍，使人既在现实生活中最有可能取得成功，又在宗教层面体现对超验世界的精神追求。

《薄伽梵歌》并未突出个体因物质身体而生发的与世界的横向关联，但这并不意味着它不重视维持人际关系的秩序，也不是要完全摒弃个体与外在世界的关系。黑天指出，一切众生都要热爱自己的工作，履行自己的职责。这无疑表达了印度教的“达摩”（dharma）思想。“达摩”的基本含义是指事物的内在本质、固有秩序、维持世界的基本运行规律或法则等。其中履行种姓职责和义务、遵守个人本分，可以说是达摩思想的核心内容。达摩思想表明了印度教主要依据种姓而划定个人的工作和职责，以及将物质肉身纳入社会体系与秩序中的印度特色：人与人之间主要因社会角色和职业职责而生发关系。个人在家庭生活中履行家庭角色的责任，但是即使“对妻儿和家庭”，也“不迷恋，不执著，称心或不称心，永远平等看待”；在工作中要依据职业本分行使工作职责。这就使人在与他人打交道时排除了个人好恶及个人利益目的，尽量保持超然与冷静的态度，体现了行动利他的一面。由此《薄伽梵歌》既弘扬了印度教达摩思想的社会世俗伦理规范，又从超脱的宗教精神要求出发而非现实实践伦理的角度，把印度教阐发成了极富献身精神与参与精神的社会意识形态。

一般认为，无论是智瑜伽控制感官的要求，还是业瑜伽对行为性质的规范，其终极的宗教目的都是达到至高的平静，与“梵”（brahman）同一，但这个问题还需进一步分析。梵是不灭的至高存在，梵生成万物但又不是万物，我们无法直接详尽地描述梵的基本内容，也无法归纳梵的本质性的、独立性的内容。《薄伽梵歌》对梵的描绘也都是在梵与人或世界的结构性关系中进行的，而且它言说梵的最终目的还是引导人们追求“梵我一如”。在此不能忽视的是，“梵我一如”本身也是对“我”与梵的结构性关系的表述，仍未指明梵的实质。我们认为，《薄伽梵歌》所宣扬的梵并不必然地具有某种明确的实质性含义，而更多的是起到把人与世界纳入某种文化系统中进行阐述的叙事符号的结构功能。更明确地说，“梵我一如”这一无法具体描述的终极宗教目的，其实就是倡导个体在现实生活中超越世俗，即个体应该在生活实践中超越物质身体的有限性。如果说认为万事万物都具有“自我”、个体应该控制感官的智瑜伽，体现了以身体的梵化为目的控制身体的第一步，即否定了个体存在本质上的独特性和区别性，并且将思考的重心从以血缘肉身为根基的人与他人、世界的横向关系转向个体与梵的纵向关系，那么业瑜伽则是凭借有限的身体真正实现“梵我一如”的关键环节，即以某种性质与状态的身体实践在尘世中超越物质功利及个体利益的限制，也就是说身体成为梵化的身体，个体才能摆脱物质性肉身带给存在的局限。

因此我们认为，《薄伽梵歌》倡导的“梵我一如”最终实现的效果还是对现实生活的想象和规范。《薄伽梵歌》所思考的根本问题是，在此生此世中生活的人如何既依凭物质肉身又超越个体肉身的局限，既实现入世的追求又获得远离现实的精神自由。

三　超然的生活

如前所述，智瑜伽弱化了以身体感官关联外物为基础、以物质现实或血缘伦理为最终导向的社会关系，业瑜伽是从知识和理性的角度，对人们如何在现实生活中遵循以职责为核心既完成世俗义务，又超然于外物的行为规范，信瑜伽则是从情感和信仰的角度对人与梵的垂直关系的深化和强调。黑天把自己等同于梵，向阿周那显示了他作为神的神奇伟大、不可测度的力量和形象，让阿周那彻悟到人的渺小，人所能做的唯有全心全意地信奉神，即“奉爱”（bhakti）。

《薄伽梵歌》中的黑天神虽然化身为人，但他本质上还是非人格化的神的形象。黑天创造世界并不是出于对人的垂爱或赐福，毁灭世界也不是对人的惩罚。他展现的神的形象是不以人的意志和情感为转移的，更接近于古印度人对无法解释、无法改变和无法违抗的现实世界规律的认识。黑天自称是“毁灭世界的成熟时神”，即“时间”（kālas）。更明确地说，黑天形象传达了古印度人对以肉身为代表的物质世界的短暂性和有限性的客观认识。时间无情地流逝，鲜明地体现为身体所必然遭遇的衰老和死亡。毁灭是世界万物必然遭遇、不可违抗的客观规律，黑天显示毁灭世界的形象意在使阿周那从直觉和情感上接受它，从而自愿选择遵从神意即客观规律，投入战争中去。《薄伽梵歌》中的黑天神形象体现了古印度人对世界客观规律的理解，人的渺小与有限仍是源自物质肉身相对于无始无终的茫茫宇宙而言的局限，黑天宣扬全心全意信奉神的信瑜伽，其目的还是要求人在现实生活的行动中追求“梵我一如”。

如果说信瑜伽建构人与梵的垂直关系，本质上仍在强调现实生活中既投入又超然的行为实践，说明史诗叙事者一直在寻求现实世界需求与宗教要求之间的协调和结合，那么战争之后阿周那兄弟的态度则说明了史诗情节所代表的世俗生活维度一直在起着作用。俱卢之野战争之后，触目皆是死亡和痛苦。究竟该如何看待这场战争呢？

对此，英国威尔士卡迪夫大学的学者约翰逊认为，战争是婆罗门教祭祀活动的象征，战争是公正的，因为它是一种献祭。在婆罗门教教义中，祭祀并不会无故牺牲祭品，而是能让人获得的宗教途径，比如《原人歌》就表明通过作为牺牲的“原人”，产生了印度的四大种姓，所以约翰逊从祭祀的角度解释战争具有合理性。他认为参战的个体自视为祭品，无论战争胜败，个体都从献祭仪式中获得了想要的结果，从而消解了宗教和世俗有关战争意义的矛盾。但如果双方都从战争中有所获得，又该如何解释坚战胜利后表现出的悔恨和痛苦的心情呢？

如前所述，《薄伽梵歌》阐述的瑜伽思想力图通过梵化的身体行动，即行动着但同时又超然于行动的身体实践使宗教要求和现实需求相统一。

从这个角度来看,《薄伽梵歌》之后的战争可视为梵化的身体杀死自然身体的一种隐喻。史诗以血亲相残的极端方式,进行了一场身体的梵化示例。被杀死的不仅是俱卢族,还有阿周那兄弟们的自然肉身状态,俱卢族则象征着他们自然身体维度的社会性关联。在战争中,阿周那兄弟超越了个人的情感和好恶,发挥了武士的职责;不惧生死,摒弃了对行动成果的执着;最大限度地体现了瑜伽思想控制身体的要求,表现出从自然肉身到梵化的身体的转变。战争是瑜伽思想的鲜活例证,而非对战争的讴歌。战后坚战的反思和对阵亡者的祭祀活动也表明,即使般度族有参战理由并且取得了胜利,也不意味着战争是值得鼓励和肯定的。因此,战争的意义不仅如约翰逊所言,体现为宇宙秩序的更新和维护,也体现为身体梵化的隐喻,史诗意在通过这一极端的身体梵化示例,宣扬协调现实需求和宗教超然精神的瑜伽思想。

综上所述,我们认为,《薄伽梵歌》借助对阿周那是否应该参战这一问题的思考,力图以梵化的身体实践弥合世俗生活要求与宗教超脱精神的矛盾,使人以超凡脱俗的宗教态度度过凡俗的一生。《薄伽梵歌》所表述的瑜伽思想体现了它的理论特色,即把宗教超然精神与现实生活实践面向巧妙结合,最大限度地发挥实践的力量,规范并满足人们的现实生活需求。

(作者单位:杭州师范大学人文学院文艺批评研究院;原刊于《外国文学研究》2020 年第 6 期)

跛行的脚：但丁和彼特拉克的爱欲和语言

钟碧莉

“跛脚”是诗人彼特拉克非常喜爱的一个意象，它尤其频繁地出现在《歌集》当中。《歌集》中的“跛脚”直指受到爱欲伤害的灵魂，而语言则是让爱欲不断滋生的力量。但丁的语言只是他迈向上帝的工具，最后必将被舍去；而彼特拉克相信语言本身的力量，并试图将他的诗歌塑造为某种类似上帝的实体。

一　彼特拉克“跛脚”中的但丁元素

彼特拉克宣称自己刻意避免阅读但丁的作品，事实上，他这种行为已经在某种程度上揭示了诗人对这位中世纪前辈的暧昧态度。彼特拉克学者如福斯科勒（Ugo Foscolo）、诺瓦迪（Francesco Novati）和西格勒（Cesare Segré）在对但丁和彼特拉克的文本做了详细比较后，都认为彼特拉克并不像自己所宣称的那样不受但丁的影响。相反，在前辈的诗学光环的笼罩下，彼特拉克试图去掩盖或者刻意地拉开与但丁的距离。在《歌集》借用的众多的但丁元素当中，“跛脚”这个意象最能突出彼特拉克对但丁既远又近的暧昧态度：一方面，彼特拉克借用但丁的“跛脚”意象来刻画受到情欲伤害的灵魂；另一方面，他利用“跛脚”的意象刻画出一个不愿皈依、留恋尘世荣誉的诗人形象。这和但丁《神曲》中不断前进的朝圣者形象大相径庭。

在《神曲》中，但丁利用“跛脚”来指涉受到不正常欲望伤害的灵魂，他在地狱开篇就指出自己的脚受伤了。同样，彼特拉克在《歌集》中也塑造了一个跛脚的人。不仅诗歌的场景相似，而且彼特拉克所用的词语、语境几乎和但丁《地狱篇》的第一歌如出一辙。彼特拉克在模仿但丁描述自己被娇艳的花朵诱惑走进森林时，更是直接化用了但丁诗句中的句子“那只较低的脚”。彼特拉克还模仿但丁用了“游泳”的意象，他将自己比喻为在一个既不知多深也不知何处是岸的大海里游泳者。因此，彼特拉克的“跛脚”意象借鉴了但丁的《神曲》，但两者的结局是不同，但丁最终逃过了“那道从来不让人生还的关口”，随着维吉尔踏上了朝圣之旅，彼特拉克却发现自己徒劳地追逐着永远无法实现的爱情。

二　但丁的跛脚 VS. 彼特拉克的跛脚

但丁和彼得拉克都利用“跛脚”意象来暗喻受伤的灵魂，最终却得到相反的结局：随着旅途的展开，但丁的跛脚所带来的痛苦慢慢地消失，最后在炼狱山顶痊愈；然而彼特拉克的跛脚伤痛却一直持续，似乎失去了好转的希望。两种截然不同的结局恰好揭示了彼特拉克和但丁对于爱欲的不同态度：前者深陷爱欲泥沼不愿迈步；后者超越了对恋人的尘世之爱，升华至对上帝的永恒之爱。在中世纪基督教的语境中“跛脚”时常是灵魂受伤的象征。圣奥古斯丁（Sant’ Agostino d’Ippona）在《诗篇阐释》（*Enarrationes in Psalmos*）中解释道，灵魂的脚指的就是爱。圣托马斯的神学传统则进一步说明，左脚代表的是意志或者爱，而右脚则代表着理智。因此，受伤的脚背后揭示的神学含义正是人类始祖亚当堕落后灵魂所受的伤。

但丁的“跛脚”正是爱之过，《地狱篇》开篇要治疗的是“爱之伤”。由于左脚受伤，但丁无法绕过凶猛的母狼而不得不退回森林，并遇见了维吉尔。这位古罗马诗人解释说，自己由于贝雅特丽齐对但丁的爱被派来拯救他，并引导他穿越地府。在向导维吉尔的带领下，朝圣者但丁前往了地狱，而在之后的诗歌中，他再也没有提到自己的跛脚，他那受到“爱之伤”的左脚似乎在某种程度上被治愈了。即使这只脚没有被完全治愈，它也没有像在《地狱篇》开始时那样，成为但丁身体上的负担而阻碍他前行。由此可以看出，贝雅特丽齐的爱缓解了朝圣者的跛脚之痛。在《神曲》中，神圣的爱欲和神圣的正义是同源的，贝雅特丽齐作为神圣的正义的代表，同时也象征着神圣的爱。爱让她从天国降临到地狱，并推动她去找维吉尔以拯救堕落在肉体森林中的但丁。但丁的跛脚最终被治愈是在炼狱之旅的结尾，在《炼狱篇》第 27 首歌中，当朝圣者穿过火墙时，维吉尔为他加冕并宣布道："你的意志已经自由、正直（dritto）、健全（sano）。"在此，dritto 也有直立、站直的意思，维吉尔的话预示了但丁灵魂的伤口——脚伤——已经痊愈了。他的自由意志不再受原罪污染，能够自由地支配自己。紧接着，《炼狱篇》第 28 首歌给读者展示的是一双轻盈健康的脚，它们的主人是漫步在花路上的少女玛苔尔达（Matelda）。当但丁看到这位跳舞的圣女时，他着重描写了她轻盈、健康的双脚，这也预示着但丁那跛脚的灵魂即将得到的救赎。和但丁总落在身后的左脚不同，玛苔尔达的左脚与右脚是紧贴的，甚至移动时都不会分开，可见她的双脚总是直立的。但丁每一个细节中都加入了"脚"的元素，层层递进地向读者展示他即将可以用双脚站立的灵魂。就这样，但丁克服了往日情欲的力量，成为了新的亚当。

和但丁受伤的左脚一样，彼特拉克也强调左边是他最易受到伤害的一侧。在意大利语中，"左侧"（manco）和"缺失"（mancare）有共同词源，因此，把左边看作更易受到攻击、更为脆弱的一侧并非毫无道理。与代表爱的左侧相比，右侧往往象征着抗衡并试图控制着爱欲的理性。在第 264 首长诗中，彼特拉克将右侧的路视为通向上帝的正确道路，也就是回到那条可以引"我"回到天国的正道。与此同时，他也指出了左侧道路将通向堕落。和但丁在朝圣旅途所表现出来的坚定不同，彼特拉克在面对左右两条道路的选择时一直犹豫不决。例如，在长诗第 214 首的末尾，彼特拉克仍在思考："吾灵魂已自由或留林间?"象征堕落的左侧给他带来尘世的欢愉，而这种欢愉甚至能让他忘记了死亡所带来的恐惧。在彼特拉克另一部作品《秘密》（*Secretum*）中，他的主角弗兰切斯科（Francesco）也展示了同样的犹豫。《秘密》是彼特拉克的拉丁语作品，它以对话体的形式记录了两个虚构人物——奥古斯丁和弗兰切斯科——在真理女神见证下所进行的一场心灵对话。在这场长达三天三夜的漫长对话中，奥古斯丁向弗兰切斯科揭示了他自身的错误和弱点，并规劝他放弃爱欲和尘世的荣耀，尽快皈依上帝。然而，面对圣人的劝说，弗兰切斯科却无限推迟自己的皈依。与弗兰切斯科自愿推迟皈依不同，但丁的"爱之伤"来自无可选择的原罪，正如他在《地狱篇》中写到的从未作恶的婴儿。他们因为一出生就沾染的原罪，死后只能困在“灵泊”（Limbo）中。但是，彼特拉克在爱欲上的堕落却是自己的选择，或者说，是他迟迟不肯在两条相冲突的道路做出最终选择所带来的后果。同时，彼特拉克的跛脚似乎从没被治愈过。

《神曲》中但丁的脚康复了，他随着贝雅特丽齐走向天国，游历众天；《歌集》里的彼特拉克却一直被受伤的跛脚拖累，在肉欲的森林迷宫中走不出来。

三　贝雅特丽齐 VS. 劳拉

贝雅特丽齐和劳拉这两位女子，分别以但丁和彼特拉克的世俗爱人身份为人所知。她们作为诗歌主角出现在《神曲》和《歌集》中，象征的是爱本身。跛脚归根到底是源于“不正确的爱”，也就是说，爱造物胜于爱造物主。对于但丁而言，这意味着爱自己——骄傲；对于彼特拉克而言，这意味着沉溺于凡人劳拉之爱和对自己才华的自恋。

《神曲》的情节再现了完整的爱的秩序，它书写了爱从有缺陷到被修正，最后到达完满的过程。贝雅特丽齐代表的最高的神圣之爱和世俗的、旧日的爱是相对立的。贝雅特丽齐为了让但丁意识到他错误的爱情，在炼狱山顶对他进行了严厉的批评。她谴责但丁仅留恋她的肉体，却忽视她所象征的精神。巨大的悔罪情绪使但丁昏倒，但当他恢复意识之时却发现自己已经被浸泡到忘川的水中，被圣女拖拽着走过河面并终于到达了“幸福之岸”。

然而，爱的修正并没有出现在彼特拉克的《歌集》中，他的爱人劳拉也没有引领他到达天国的彼岸。第 359 首长诗刻画了死后的劳拉出现在诗人梦中，她同样严厉地批评了彼特拉克，谴责他“错误的爱”。然而，这番谴责并没有带来任何实质性改变，彼特拉克依然在不断哭泣。劳拉就此离去，彼特拉克也没有因为她的谴责改正错误或实现皈依。在诗歌的末尾，诗人没有交代自己是否已经从往日错误的爱情中觉醒，反而讽刺性地写到自己仍在哭泣，这使得劳拉“现愠色”。彼特拉克对劳拉的错误爱欲并没有得到修正，自然他那因爱而瘸的腿也无法得到治愈。

在《神曲》中，贝雅特丽齐作为圣女出现并最终治愈了但丁的跛脚，而彼特拉克笔下的劳拉则是造成他跛脚且久瘸不愈的原因。两位世俗爱人的区别代表了两位诗人对于爱欲的截然不同的态度：不同于但丁的超凡入圣，彼特拉克似乎更情愿停留在尘世的爱情之中。但爱不是《神曲》或《歌集》的唯一主题，我们发现诗人的爱作为一种欲望最终指向的是文字和诗学本身，诗人对于世俗恋人的爱正是推动他们书写的首要原因。

四　但丁的语言 VS. 彼特拉克的语言

爱作为人类灵魂中栖息的一种欲望，同时也是一种言说。在但丁和彼特拉克的作品中，爱欲和语言是不可分离的。作为一枚硬币的两面，正确的爱欲自然指向歌颂上帝的语言，而错误的爱欲则指向人类的凡俗的语言，其中揭示的恰是对人类语言所感到的“渎神式”的骄傲。诗人的骄傲往往就是错误地将人类语言放到一个不合适的、和上帝之言持平的位置，他并没有意识到人类的语言只是符号，它最终无法代替“实体”（substance），唯有上帝之言本身才是“实在”。

《神曲》中人类的原罪归根到底是一种“不正确的爱”，也就是爱自身多于爱上帝，其本质就是“骄傲”——错误地以自己“受造物”的身份为傲。他的朝圣之旅处处体现了唯有谦卑者才能见到上帝的道理，例如，为了上升，但丁必须先下降到地狱——下降，正是谦卑的象征。在炼狱入口，守卫卡图也告诉他们得用灯芯草这种谦卑的植物来给但丁束腰。所幸的是，朝圣者最终克服了骄傲之罪，消除了自我膨胀。和朝圣者的谦卑相反，但丁在地狱的角色中创造了有着高超语言技巧的尤利西斯。在地狱中遇到以沉船终其一生的尤利西斯时，朝圣者不断告诫自己要避免像尤利西斯那样犯下狂妄自大的错误。但丁对美德和天才区分的坚持和尤利西斯的过于激昂、毫无节制的华丽演说形成了鲜明的对比：这位史诗英雄的“疯狂的飞行”（folle volo）和朝圣者的自我节制截然相反。由于骄傲，尤利西斯回到家人怀抱的神话被彻底改写：他的船“船头下沉，直到大海把我们吞没”。但丁在炼狱入口再一次想起了尤利西斯失败的命运，并庆幸自己保有谦卑：“我的天才的小船把那样残酷的大海抛在后面。”但丁在致斯卡拉大亲王的书信中明确说明《神曲》的写作方式是有多重“含义”（polysemos）的，正如“圣经”的写作语言那样，《神曲》的诗歌也包括四层含义：字面意义、譬喻意义、道德意义和寓言意义。但丁的诗歌语言是为揭示最终的寓言意义而服务的，作为能指符号的人类语言最终应当指向上帝之言。对于但丁而言，语言是到达至善的工具，承认人类语言的失效正是承认上帝之言的永恒。因此，承认语言的失败非但没有弱化但丁的诗人魅力，而且确认了他的“上帝诗人”身份。

然而，彼特拉克却不愿意抛弃自己的诗歌，他对自己的天才和语言有着异常的执着和迷恋。彼特拉克似乎并不赞同但丁在致斯卡拉大亲王的信中所提到的写作风格，他认为作品的道德价值的确非常重要，但作品风格之“多样”（variety）、形式之“华丽”（glitter）也必须得到作者重视，因此，彼特拉克希望他的作品在表现基督教美德的同时也不失语言的绚丽和丰富。他更希望读者将注意力放在他自身的爱情故事上，聆听他用不同风格的语言和诗歌格律来书写爱的叹息。在这一点上，彼特拉克对语言的态度更接近于尤利西斯，他认为语言的华丽和美感非常重要，甚至把自己的文字比喻为“黄金碟子”，并讽刺那些故意唾弃黄金的“卫道士”。和但丁最终否定、超越人类语言的做法不同，彼特拉克一直相信自己语言的力量。其一，彼特拉克认为自己的诗歌能够帮助罗马重拾辉煌。彼特拉克在其《加冕演说》中列出自己从事诗歌创作的三个原因，其首要原因就是宣扬罗马共和国的荣耀。其二，彼特拉克把诗歌看作革命的有力辅助力量。彼特拉克将自己的天才和语言视为可以记录甚至改变历史的重要力量。他的语言并不需要指向外部的更高的上帝，它的意义就在于它本身。

正因为对语言的执着，彼特拉克的爱欲从未真正熄灭。《神曲》是展现上帝之爱从缺失到完满的言说，但《歌集》却是展现彼特拉克对劳拉之爱生生不息的言说。他的欲望推动他不断书写，而这些书写又不断地滋养着他对尘世爱情、诗歌荣誉的追求。“跛脚”是灵魂受到“爱之伤”的象征，但正是这伤痛成就了彼特拉克这位桂冠诗人。对于但丁而言，他的语言已被上帝之言所取代，尘世之爱也让位于神圣之爱。他的脚伤得以治愈，灵魂也变得愈发完满。但彼特拉克的语言却催生出了早期人文主义的萌芽：在他对自己的语言、自己的天赋所表现出来的迷恋中，读者看到了现代个人主义的雏形。彼特拉克的“跛脚”意象不仅折射了诗人对爱情、对尘世荣誉、对诗人身份、对文学的种种欲望和内心挣扎，也让读者看到了他作为意大利早期人文主义者更为真实的一面。

（作者单位：中山大学博雅学院；原刊于《外国文学》2020 年第 3 期）

·语言学·

（栏目主持：赵小刚　张亚蓉）

主持人语

长时期内，中国语言学的研究以现代汉语、古代汉语、语音学、方言学等学科为主要内容。近数十年间，语言学理论和方法的探索十分活跃，尤其对汉语特点的求索一直未有间断。最近两年，学者们将自己的研究与西方现代语言学理论和方法相结合，获得了丰硕成果。

语法研究方面，面对看似简单实则复杂的汉语语法现象，当代学者用新视角对有关问题加以解释，阐释其本质，揭示其规律，尝试建立符合汉语实际的语法体系。如陆俭明《"施—受—动"主谓谓语句"功能—认知"探究》一文，讨论现代汉语中"名$_1$—名$_2$—动"这种陈述关系层层套叠的句法格式。文章指出，由于汉语属于"非形态语言"，因此汉语里的"主谓结构"这一术语，实质上"只是一种比附的说法"，与印欧语里的主谓结构迥然不同。因为汉语里的主谓结构不仅可以作主语、宾语、修饰语，也可以作谓语，所以与一般述宾、述补、偏正等结构地位平等。在这种句子中，"名$_1$"和"名$_2$"均为"动"的某种语义角色。"名$_1$—名$_2$—动"句法格式中，有一种不含周遍意义也不隐含"连"字且表极性推衍义的"施—受—动"主谓谓语句，它与"受—施—动"主谓谓语句相比，使用频率要低得多，以至于一般现代汉语语法专著和现代汉语教材都对它不关注。对此种主谓谓语句，前人虽有所谈及，但对于"为什么少用"都缺乏必要的理论上的解释说明。该文从语言信息结构的视角，对此种句式"为什么少用"作出了回答，显示了汉语特点，更新了研究成果。

21世纪以来，我国学者先后提出了韵律句法、语体语法、糅合语法等涉及汉语本质的标识性概念。这些概念远承古代辞章学传统，近接吕叔湘、朱德熙等现代学术大师的学说，同时，在当代语言类型学视角下，经过与西方当代语言理论中的形式句法、生成语法和认知语法的系统结合，形成了兼具当代学术特色和中国传统文化特色的汉语话语体系。如冯胜利、施春宏《韵律语法学的构建历程、理论架构与学理意义》一文指出，韵律语法学是从韵律的角度研究人类语言语法的一个新领域，是当代形式语言学的一个分支领域。经过20余年的研究和开发，韵律语法学形成了一套具有自身特色的学理原则和特征。文章从该领域的建立和发展的角度，发掘和总结其学理建构的原则与概念，包括（但不限于）相对轻重的生理性、节奏单位的异等性、松紧概念的待定性等，以及作为学理系统的几个重要标准，如发明新原理、提出新概念、发掘新现象、破解老难题、提供新解释、创用新方法。文章指出，上述标准不仅是韵律语法学的学理原则和特点，而且也可作为考察学术理论的学理标准及鉴定方法。

语音研究方面，无论古代语音的构拟，还是现代方音的探究，抑或共同语语音的分析，都取得了长足进展。如游汝杰《文读音、白读音和旁读音》一文，通过分析历史语音在上海话、温州话、闽南话、苏州话、北京话等方言中的变化，讨论文白异读现象的性质和特点，推考文读音产生的原因，进而提出了可以与文读音、白读音并列的新概念“旁读音”。文章认为，旁读音是方言接触的结果，大多来自当地的权威方言，因而不符合本地语音演变规律。旁读音在有的方言中可能是个别字音，在有的方言中则可能成系统。因此，方言字音具有三个层次：白读音是本地音，可称为“内源层”；文读音来自标准语，可称为“外源 1 层”；旁读音来自非标准语的外地方言，可称为“外源 2 层”。由此可见，语音的变化既显示历时传递过程，又呈现共时接触结果，因而造成了语音的多样性和复杂性。

方言研究方面，近年来学者们在对汉语方言特征进行一般性描写的同时，也引入普通语言学的新方法与新理论，对种种特征加以详细解释和辨析，既深化了方言学研究，又加强了汉语研究同其他语言研究之间的联系。如邢向东《晋语的时制标记及其功能与特点——晋语时制范畴研究之三》一文，考察晋语表达事件的时间关系现象，认为晋语方言中存在时制范畴，且有明显标记。文章指出晋语的过去时标记是“来”等，现在时标记是“了”“嘞”，将来时标记是“也”。这些标记在句法地位上高于“体”

标记，低于纯粹的语气词，一律位于句末（语气词前）。晋语没有表曾然、将然的副词，时制标记与相应的时间名词共现频率较高，但不完全对应，因此它的使用具有一定的强制性。晋语时制标记可用于补语、宾语从句和有限的状语、定语从句。肯定句中，时制标记可用于动作动词谓语句子和“有”字句、“是”字句、名词谓语句、形容词谓语句。否定句中，“没”可与“来”“嘞”或“来嘞”共现，“不”可与“来”“了”“嘞”“也”共现。晋语“时—体—情态”之间既有区别又有纠葛。

语用研究方面，面向社会实际的语言研究把目光投向语言教学、语言规划、语言信息处理等领域，力求为语言实践提供直接服务，从而实现语言学研究的当代社会价值。如徐大明《城市语言管理与城市语言文明建设》一文，通过梳理21世纪以来语言文字工作和语言生活研究所取得的成果，指出我国城市语言文字工作在制定和落实语言文字规范方面取得巨大成果的同时，也开始转向全方位的语言生活管理。在此基础上，将语言管理理论与语言生活研究相结合。文章提出了建设城市语言文明的新目标。城市语言管理可以结合创建文明城市的工作，开展建设城市语言文明的活动。城市公共空间的语言情况需要调查研究，言语互动规范可以成为语言文明建设的重点目标。此研究努力将研究成果转化为城市文明建设的指导性建议，体现了语言学研究的现实意义。

语言跟文字关系研究方面，从汉语汉字实际出发，客观分析语言和文字之间的关系，重新审视“后者（文字）唯一存在的理由在于表现前者（语言）”（索绪尔《普通语言学教程》）的观点，已经是学者们的共识。李运富、孙倩《论汉语词汇语法化与用字变化的互动关系》一文，通过深入分析汉语字词关系，指出了语言和文字相互影响的事实。文章认为，尽管汉语字词之间存在比较固定的对应关系，但是如果一方发生变化，另一方往往会受到影响。汉语词汇语法化与用字变化就具有这样的互动关系。语法化对词语用字变化的影响表现在如下几个方面：词汇意义的磨损可使记录字形的表义成分逐渐赘余，从而发生减省或音化现象；语音弱化可能引起词语用字的更换调整；语法意义的增强可滋生具有别词作用的专用字。用字变化对词汇语法化也有促进或促退的作用，包括促使词义或读音弱化、推动新词新义派生、凸显和固化语法化功能、导致反向词汇化等。

用字变也可能掩盖语法化真相，给文本解读和语法化研究带来干扰。因此，研究汉语词汇语法化相关问题，应该适当重视有关词语的用字变化。

汉语国际教育方面，随着“汉语热”趋势的走高，汉语作为第二语言教学的研究成果日益增多。如李泉《新时代对外汉语教学研究：取向与问题》一文指出，在新时代、新节点，对外汉语教学界比以往任何时候都应更加关注对外汉语教学自身的问题，更加坚定探索汉语独特的教学理论与方法的自信，努力为世界汉语教学提供更多适合的理念和理论、模式和方法。西方“二语”教学理论和方法是基于欧美语言和拼音文字而建构与形成的，不宜径直视为对外汉语教学研究的标准和依据，应有所吸收、有所扬弃，现有某些教学理念和做法需要反思与更新。邵滨、富聪《世界少儿汉语教学研究：回顾与展望》一文指出，汉语学习低龄化已成为世界汉语教学未来发展的重要趋势。文章总结了世界少儿汉语教学研究的特点，并提出世界少儿汉语教学研究应重视培养符合各国基础教育标准的少儿汉语教师，开发适合少儿学习心理特点的教材及配套资源，探索符合少儿语言学习特点尤其是汉语学习特点的教法、模式，开展与心理学、心理语言学、“二语”习得领域相关的跨学科研究，针对具有典型性的案例开展研究，探索世界少儿汉语网络及在线平台教学，深入研究世界少儿汉语传播规律。

栏目组衷心希望中国语言学能立足于中国语言实际，在继承传统语言学研究成果的基础上，吸收当代语言学思想和理论，不断取得新进展。本栏目将在新时代、新理论、新方法、新观点的背景下，推介更多的学术成果。

“施—受—动”主谓谓语句“功能—认知”探究

陆俭明

一

本文只关注“名$_1$（施事）+名$_2$（受事）+谓语动词”的主谓谓语句。如下面（1）是“受—施—动”主谓谓语句，（2）是“施—受—动”主谓谓语句。例如：

（1）眼镜儿老王已经买来了。

（2）老王眼镜儿已经买来了。

本文说的“施—受—动”主谓谓语句式，不包括下面两类：（一）小主语“名$_2$”为周遍性成分的主谓谓语句，如例（3）。（二）小主语“名$_2$”含极性推衍的隐含“连”字的主谓谓语句，如例（4）。因为这两类主谓谓语句学界研究讨论已较多了。例如：

（3）a. 小王一个字也不认识。

b. 小张什么电视都喜欢看。

（4）a. 汪霖老鼠肉都敢吃。

b. 赵雯她水都没有喝一口。

二

本文之所以只对这种主谓谓语句感兴趣，原因有三。

第一，这类“施—受—动”主谓谓语句客观存在。下面是《围城》中的实例：

（5）a. 你行李不必带走。（28 页）
　　b. 他头发没烫。（48 页）

第二，这类“施—受—动”主谓谓语句一般仅用于口语，且使用的频率极低。如《围城》仅两例，《子夜》仅一例，而《龙须沟》《茶馆》《雷雨》《日出》则均无此类句子。

第三，更重要的原因，迄今所有影响较大的语法论著和现代汉语教材，如黎锦熙《新著国语文法》（1924），王力《中国现代语法》（1943，1994），高铭凯《汉语语法论》（1948），吕叔湘、朱德熙《语法修辞讲话》（1952），张志公《汉语语法常识》（1953），徐仲华《主语和谓语》（1958），丁声树等《现代汉语语法讲话》（1961），赵元任《中国话的文法》（1968，丁邦新译本 1980），吕叔湘主编《现代汉语八百词》（1980，1999），李临定《现代汉语句型》（1986），刘月华等《实用现代汉语语法》（2001），以及胡裕树主编《现代汉语》（1962，1979，1981，1987），黄伯荣、廖序东合著《现代汉语》（1991，2003）等，都没有谈及这类主谓谓语句。

吕叔湘《中国文法要略》（1942）谈到“起—止—动”句式时曾举“你这个孩子，书不念，专门淘气”一例，但未加论述。吕叔湘《从主语、宾语的分别谈国语句子的分析》（1946），没有提到这种句子。后来《主谓谓语句举例》（1986）虽谈到过这类句子，但仅指出这类句子少，要受限制，至于为什么少，为什么要受限制，没做说明。

北京大学中文系汉语教研室《现代汉语》（1958）“语法”一章（朱德熙执笔）只是在行文中对“他精神很好”这样的主谓谓语句作解释时顺

带提到。范继淹《多项 NP 句式》（1984）一文谈论过这种句子，也只是承认少，没进一步说明为什么。

马真《简明实用汉语语法》（1981）谈到了这类主谓谓语句，但由于该书是一本简明实用的语法教材，对这类句子并没有展开讨论。书中的例子是：

（6）a. 小王英语说得很流利。

b. 你报纸给我还了吗？

陈平在《试论汉语中三种句子成分与予以成分的配位原则》（1994）和《汉语双项名词句与话题 - 陈述结构》（2004）中讨论过这种句子，也承认这类句子少，并用“配位规律”解释其中需遵循两条原则：其一，充任主语的语义角色优先序列是：“施事 > 感事 > 工具 > 系事 > 地点 > 对象 > 受事”；其二，充任话题/主题的语义角色优先序列是：“系事 > 地点 > 工具 > 对象 > 感事 > 受事 > 施事”。而“施—受—动”句子显然不符合这一常规的配位原则。但既然如此，为什么还会有这种特殊的主谓谓语句存在呢？陈平说是“其主要功能是标明受事成分一定是该句的焦点信息”，但这个解释显然缺乏说服力。

方梅《汉语对比焦点的句法表现手段》（1995）同意陈平那两条配位原则，并确认“施—受—动”句子属于非常规句子。但她考察发现，“一些‘非常规配位’作为中性的句子是不能说的，但是带上对比焦点（用重音“ˈ”表示）后却是合格的句子”。例如：

（7）a. *我妈短款衣服不喜欢。

b. 我妈ˈ短款衣服不喜欢。

（8）a. *上级房改方案已经批准了。

b. 上级ˈ房改方案已经批准了。

张斌《汉语语法学》（1998）提及这种“施—受—动”句子格式，但未加论述。张斌《现代汉语描写语法》（2010）也谈到这类句子，并注意到这类“施—受—动”主谓谓语句比“受—施—动”主谓谓语句范围

“狭窄”，使用频率“低得多”，而且多用于“对比”。但只举了一个例子，也没有加以论述：该例是：

（9）你课文已经背出了，可是作业还没做呢。

上述情况值得我们思考与探究：为什么这类“施—受—动”主谓谓语句在现代汉语里使用面如此之窄、使用频率如此之低，以致汉语语法学研究对它不怎么关注？

三

本文试运用语言信息结构理论来对上文提出的问题做出回答和解释。

就汉语来说，按照“施—动—受”语序形成的句子，其价值是传递一个事件结构中的行为动作与所关涉的事物（论元）之间关系的基本信息。如果出于信息传递的需要，要求“施—动—受”语序（如“她做完了今天的练习”）里的“受”往前移，只有两种可能的格式：

（10）a. 今天的练习她做完了。（A 格式：受 + 施 + 动）
b. 她今天的练习做完了。（B 格式：施 + 受 + 动）

从信息传递的视角看，采用 A 格式，目的是要让受动者“今天的练习”作话题，让行为方式及结果“做完了”作为信息焦点，同时要求动作者“她”在句子中出现。采用 B 格式，则为的是让施动者“她”作话题，让行为方式及其结果“做完了”作为信息焦点，同时要让受动者“今天的练习”也在句中出现。“受—施—动”句式在使用上不怎么受限制，因此使用频率较高；而“施—受—动”句式，要受到以下诸方面的限制。

受限之一，受事小主语“名$_2$”不能是指人的名词语。下面的例子不能说：

（11）a. *老师王晓琳狠狠批评了一顿。（指老师批评王晓琳）

b. *姐姐小红都骂哭了。(指姐姐骂小红)

方梅在《汉语对比焦点的句法表现手段》(1995)里曾举了下面(12)这个例子并指出,"这个例子里 NP_1 和 NP_2 同为指人名词性成分,但人们一般把 NP_1 '你'理解为受事者,把 NP_2 '我'理解为施事者,颠倒过来的可能性几乎没有"。例如:

(12)你我接管了。

受限之二,受事小主语"名$_2$"即使是指物,也还要求"名$_2$"不能是一个领属性偏正词组。下面的例子不能说:

(13)*姐姐弟弟的衣服洗干净了。

这并不是因为"衣服"前有一个"名+的"的"的"字结构作定语。下面例子中"衣服"前也有一个"名+的"的"的"字结构作定语,但都可以说,因为并不是领属词组。例如:

(14)a. 姐姐<u>棉布的</u>衣服洗干净了

b. 姐姐<u>白色的</u>衣服洗干净了。

c. 姐姐<u>方格儿</u>的衣服洗干净了。

受限之三,受事小主语"名$_2$"也不能是由"名$_{【施事】}$+动"主谓词组带"的"作定语的偏正词组。下面的例子不能说:

(15)a. *王老师张平英写的论文反复地看了好几遍。

b. *妈妈朱自清写的散文很爱看。

受限之四,受事小主语"名$_2$",即使不属于上述情况,还要受到长度的制约,即"名$_2$"的语形不能太长。比较:

（16）a. 姐姐衣服洗干净了。

b. 姐姐棉布的衣服洗干净了。

c. 姐姐脏的衣服洗干净了。

d. ? 姐姐全是油腻脏的衣服洗干净了。

e. * 姐姐全是油腻脏得不得了的衣服洗干净了。

（17）a. 老王杯子打破了。

b. 老王搪瓷杯子打破了。

c. 老王白色搪瓷杯子打破了。

d. ? 老王白色的专门用来喝咖啡的搪瓷杯子打破了。

e. * 老王白色的是他女儿给他买的专门用来喝咖啡的搪瓷杯子打破了。

此外，还有一个受限因素，那就是这种句式很容易形成两种歧义句。一种可称之为“永久性歧义句”，即句子如果脱离上下文可以作为两种结构理解。例如“张三眼镜打破了”，既可以理解为以“张三”为话题的“施—受—动”主谓谓语句，意思是“张三打破了眼镜”；也可以理解为以“张三眼镜”为话题的普通的主谓句，意思是“张三的眼镜打破了”。另一种是“暂时性准歧义句”。例如“? 姐姐脏得不得了的衣服洗干净了”。受话者一开始很容易解码为“姐姐脏得不得了”，听到或看到“的衣服”三个字，才恍然大悟，“脏得不得了”是来修饰“衣服”的。语言学界将这种语言现象称为“花园小径现象”（garden path phenomena），将这样的句子称为“花园小径句”（garden path sentence）。

“施—受—动”主谓谓语句“多方受限”，正是这类句子使用频率低的原因。

四

那么“施—受—动”主谓谓语句为什么会受限？如何解释这种受限？这需要从语言信息结构的视角做出解释。

语言最本质的功能是传递信息。人凭借语言这一载体所传递的信息会形成一个"信息流"(information flow)。为防止信息流受"污染"或受"阻隔",所以信息传递得遵守以下四个原则:一是清晰性;二是连贯性;三是顺畅性;四是稳定性。这就要求句子在词语组织上必须力求防止和避免下面两种影响信息传递的状况:一种是因邻近信息干扰而造成信息混淆(可视为"信息流受污染"),从而违反信息传递的清晰性原则;另一种是阻隔话题与所传递的新信息亦即句子焦点之间的联系(可视为"信息流受阻"),从而违反信息传递连贯性原则和顺畅性原则。

语言事实告诉我们,"施—受—动"主谓谓语句,它所受到的每一种限制都会成为影响信息传递清晰性、连贯性、顺畅性的不良因素。

上述第一种限制,即"名$_2$"受事小主语不能是指人的名词。因为如果"名$_2$"是指人名词,就很容易跟相邻的作为施事大主语的"名$_1$"相混而受干扰(听话人会误以为"名$_1$ + 名$_2$"是联合结构或偏正结构),致使信息混淆。

上述第二、第三种限制,也是因为如果"名$_2$"开头是指人的名词语,也很容易跟相邻的作为施事大主语的"名$_1$"相混而受干扰,致使信息混淆。

上述第四种限制,即"名$_2$"语形不能太长,因为如果"名$_2$"的语形太长,就会在信息流的话题和信息焦点之间造成阻隔的负面效应,致使信息传递不具连贯性和顺畅性。

五

现在有个问题:如果受事小主语"名$_2$"是指人的名词语,即一个领属性偏正词组,一个由"名$_{(施事)}$ + 动"主谓词组带"的"作定语的偏正词组,或者需要用比较长的语言形式来表达,那怎么办?有办法。一个办法是在"名$_2$"受事成分前加介词,上面举过的那些不能说的句子,在"名$_2$"前加一个介词就都能说了,如下面(18)的例子;另一个办法是在"名$_1$"加停顿(包括带上语气词),如下面(19)的例子。比较如下:

(18) a. 姐姐把小红都骂哭了。

b. 姐姐把弟弟的衣服洗干净了。

c. 王老师把张平英写的论文反复地看了好几遍。

d. 姐姐把全是油腻脏的衣服洗干净了。

e. 姐姐把全是油腻脏得不得了的衣服洗干净了。

f. 老王把白色的专门用来喝咖啡的搪瓷杯子打破了。

g. 老王把白色的是他女儿给他买的专门用来喝咖啡的搪瓷杯子打破了。

（19）a. 姐姐（呀/呢），小红都骂哭了。

b. 姐姐（呀/呢），弟弟的衣服洗干净了。

c. 王老师（呀/呢），张平英写的论文反复地看了好几遍。

d. 姐姐（呀/呢），全是油腻脏的衣服洗干净了。

e. 姐姐（呀/呢），全是油腻脏得不得了的衣服洗干净了。

f. 老王（呀/呢），白色的专门用来喝咖啡的搪瓷杯子打破了。

g. 老王（呀/呢），白色的是他女儿给他买的专门用来喝咖啡的搪瓷杯打破了。

这样做会起到三种作用。一是分隔作用。让小主语“名$_2$”可以跟施事主语“名$_1$”隔开来，二者便不会混淆。二是“打包”作用。加介词实际是给小主语“名$_2$”打成一个包，停顿实际为施事主语“名$_1$”打了个包，这样也可以使二者明显地隔开来，不至于混淆。三是标记作用。加介词也好，加停顿也好，实际都是给“施—受—动”主谓谓语句加上了个标记。打包、加标记、将相邻两个成分明显隔开，这都为信息传递所欢迎，可以确保信息传递的清晰性、连贯性、顺畅性、稳定性，也遵守了缪勒（George A. Miller）的记忆法则。

六

本文旨在探究为什么“施—受—动”主谓谓语句会受限的问题。其实这类“施—受—动”句式，还有很多问题值得进一步研究。

第一，受限问题还有研究的空间。比如，下面例（20）中“名$_2$”并非指人名词语，可是（20）a 接受程度很小，（20）b 则多数人认可。例（21）中“这个人”虽属于指人的名词语，可是（21）b 例大家能接受。这为什么？比较如下：

（20）a. ? 小李这种式样很喜欢。

b. 我这种式样很喜欢。

（21）a. * 张三这个人不认识。（指“张三不认识这个人”）

b. 我这个人不认识。（指“我不认识这个人”）

第二，消除受限的办法也还有研究的空间。例（20）a 和（21）a，如果在受事小主语头上加一点东西变成疑问句，就能接受。这又为什么？比较如下：

（20’）a. 小李为什么这种式样很喜欢？我可不知道。

（21’）a. 张三难道这个人不认识？

第三，“你我接管了”这个例子也很值得玩味儿，无论在“我”前加介词，或者在“你”后加停顿，还是在“我”加重音，都无法改变原先的理解（理解为“受—施—动”句子）。这又为什么？

第四，上文指出“施—受—动”句子如果脱离上下文可以有歧义：或理解为主谓谓语句，或理解为以偏正词组作主语的普通主谓句。其实也不完全如此，有的“施—受—动”句子只能理解为主谓谓语句。下例（22）中的“你报纸”不可能理解为领属性偏正结构，此句并没有歧义。这又为什么？例如：

（22）你报纸给我还了吗？

（作者单位：北京大学中国语言学研究中心/中文系；原刊于《中国语文》2020 年第 4 期）

韵律语法学的构建历程、理论架构与学理意义

冯胜利　施春宏

韵律语法学是从韵律的角度研究人类语言语法的一门新学科，它是中国传统学术（中的结构与生成观）与当代语言学（中的结构与生成观）相互结合的产物，也可以说是在中国语言的土壤里，受国内外“结构生成”思想的雨露滋润而发展出来的一门具有原创性的当代语言学分支学科。

本文通过对韵律语法学学科建设中的一些元语言学问题做些思考，以重新审视韵律语法学的理论架构，探讨其作为一门新创学科的学理意义。

一　韵律语法学理论建构历程与学理反思

韵律语法学的理论建构过程伴随着学界从“无音句法”到“韵律制约句法”理念的变迁和韵律制约语法方面的事实挖掘而成长发展，其中蕴含关于韵律和语法相互作用的学理发见与反思。

自20世纪八九十年代至今，韵律语法研究的发展经历了发轫阶段、理论初创阶段、基础构架阶段、领域拓新阶段和体系建构阶段。与此同时，韵律语法的研究成果也逐渐地走向国际，并引发了国际语言学界关于韵律语法的反思。基于汉语事实而建构起来的韵律语法学的基本观念和研究路径也逐渐产生了具有普遍性意义的影响。由此可见，韵律语法研究所面对的现状是，尽管起步不早，但韵律－句法同步互动的思想、原理和理论渐为学界认知和理解，西方学者也已经开始参与研究，助推其向深入发展，并为之提供逻辑的推演和技术的证明。韵律语法学已经渐渐成为一门独立的学科性领域而呈现出特定的理论价值和实践意义。

有关对韵律语法学的历史和现状的详细梳理，请参看原文，此不赘述。

二　韵律语法学的概念基础和单位层级

没有韵律就没有韵律语法。因此研究韵律语法首先要了解什么是韵律。在音系学里，韵律研究的对象是超音段成分的。超音段成分指的是语言中那些具有对立关系但又不能分析成对立音段的音节或词句中的成分，如调（声调、语调、句调等）、重音（强调、对比）、边界、停延（停断、延宕）、节律等。有的学者把鼻音以及元音的和谐也看成超音段成分。

当代韵律学以著名的“相对凸显投射律”（relative prominence projection rule）为基础：“任何一个具有强弱关系的组合成分，其下属单位中标记强的终端成分在节律上要相对地强于标记弱的终端成分。”这是有史以来第一次揭示节律音系学中最基础、最原始的科学原则，故可称之为首要基本原则。人类语言的节律受制于“相对凸显投射律”，是由节律决定的；而节律是以节奏为特征的语音表现。节奏指的是规则性定期出现的运动，是一种机械性的周期性反复。节律不等于节奏，节律是根据两两相异的原则来创造节奏的，于是才有“相对凸显投射律”规则。基于节律和载体（重音、音节、韵素等）实现的音步可以看作人类语言韵律的最基本成分，它可以组成（或实现为）更大的韵律单位，同时和语言中其他韵律单位构成韵律层级。研究人类语言的节律学和韵律语法，均需从这些基本概念开始。

基于目前韵律音系学、韵律构词学和韵律句法学中关于韵律层级的认识，韵律系统中的单位及其层级关系由低到高为：韵素→音节→音步→韵律词→韵律黏附组→韵律短语→语调短语→句调短语→话语。

不仅如此，根据韵律语法近年的研究和发展，我们还发现，韵律语法的体系是通过“韵律－句法层级对应模式”建立起来的，如下图所示：

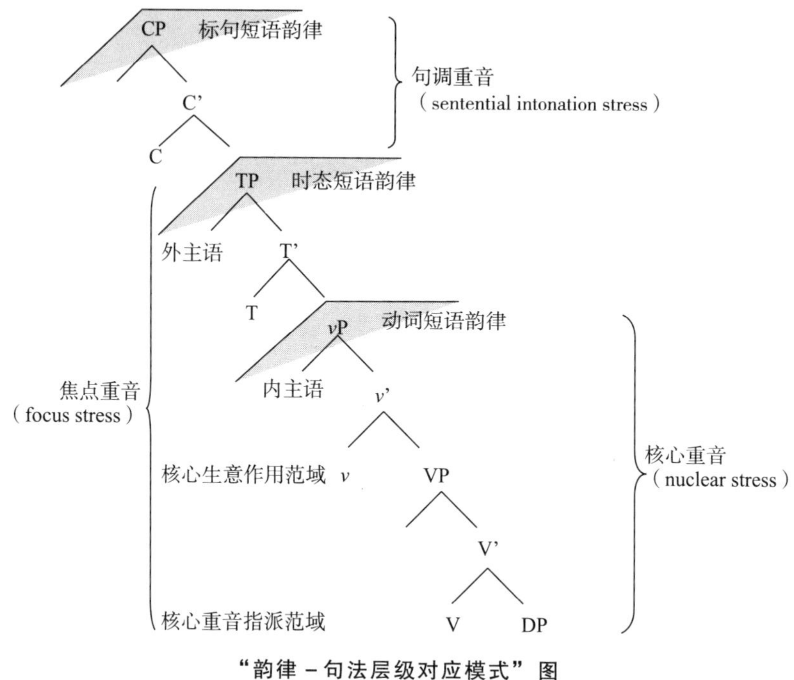

“韵律－句法层级对应模式”图

三　韵律语法学的建构原则

汉语韵律语法的理论之所以为今天形式句法前沿学说所接纳、证明和推演，是因为在长期逆境下生存和发展的韵律语法学，形成了一套赋有自己特色的学术原则和方法。

一是基于恪守逻辑的理性分析。韵律语法学对语言事实的挖掘和对韵律语法现象生成机制的建构，主要基于严格的“证明—证伪”“假说—演绎”式的理性分析。这是韵律语法学区分于传统韵律研究、恪守当代学术科学性的重要特征。韵律语法学以“结构核心公理”及“节律的生理原则”、“相对凸显投射律”、“韵律－句法层级对应模式”为理论原理和基础，运用严格的逻辑推理（归纳，尤其是演绎）去辨明概念、发现事实、发明原理，进而建构韵律语法的新体系。

二是以探寻原理、挖掘事实为突破目标。韵律语法学根据事实及其所以然的原理，跨越或突破已有理论的框架，创造以再现“事＋理”为基础的新理论或新观点。比如韵律语法先突破了“无音句法”的樊篱，再突破了韵律是过滤器的局限，构建了一个“韵律-语法双向互动”的模式。

三是从生物和生理属性上探究语言机制的本原。比如，如不从生理属性入手，“相对凸显投射律”就是一条“认为的规定”，但“节律的生理原则”让“相对凸显投射律”赋有了生理属性。这不仅可以清楚地解释节奏和节律的不同，同时也可以解释节律中的等长既不等于定速器的等长，又不等于钟表嘀声的等长的原因。

四是韵律语法研究方法论的哲学思考。韵律语法是吸收了西方学术精髓后，在自己学术独立的基础上发明学理，创建学科的。其一，韵律语法的原则和规律的发现及其突破，得益于伽利略的方法论（也叫“伽利略-牛顿风格”），即根据现实存在的现象和条件建立系统性原则与规则（模式），不能因为存在某些例外而受到阻碍。其二，我们得益于以赛亚·伯林的“理论重于事实”的学术价值说。

四　韵律语法学的学理意义

韵律语法学不仅有了自己独立的研究对象，而且也创造出自己的一套研究方法，同时还在研究观念上对其他学科有所启迪。因此，韵律语法学的学理价值就赋有了很现实的语言学意义，而它对新的研究领域的开拓，如语言学和文学的关系、文学体式的发展、语体研究的新体系、语言类型的新视角、对传统认识价值的新定位等，则更具原创性。这就不仅是语言学上的意义，还具有了方法论上的意义；在汉语语言研究的历史和中国学术史上，也会对相关领域的研究者有所启发。换言之，韵律语法学本身就足以构成将来语言学史和学术史研究的对象。这里我们只聚焦在它在学理上所呈现的语言学意义的讨论，以下从六个方面展开论述。

一是发明新原理。能否发明新原理，是鉴定一个学科语言学意义的试金石。韵律语法学提出了一个具有普遍性的结构化原理，即“结构核心公理”：“任何一个结构均有且仅有一个核心。”“结构核心公理”是韵律语法系统中所有规则的基本前提。任何现象和事实，都可以经由这个基本公理（原理）来推导、解释与预测。也就是说，“结构核心公理”之所以成为公理，最重要的一点是：它具有推出其他定理的能力。如通过这个公理我们可以很自然地推导出“任何结构皆双分支”的普适定理。

二是提出新概念。以赛亚·伯林说：一个学科的真正价值在于它所创造的概念和理论。韵律语法学首先提出的是汉语的“韵律词”（prosodic word），它今天已经成为非常普及性的概念和术语。与此类似的是“韵素”（mora）、“核心重音”（nucler stress）这类术语的翻译、定义和证明，它们迄今为汉语音系学和古代音韵学所普遍接受。在核心“重音”这一概念的基础上，提出了汉语“管辖式核心重音”（government - based nuclear stress，简作“辖重”）的新概念。如今，“管辖式核心重音”已经成为讨论汉语韵律句法的基本概念。

三是发掘新现象。韵律语法学不仅有固定的对象，而且还开采出大量从未引起注意和讨论的、可供其他领域协同研究的语法现象。如上古韵“素音步”和“句调转化为句末语气词”的提出，不仅是上古韵律节律学的重要发现，而且对整个古代韵律音韵学也有重要的启示。富有句法含义和潜力的语言现象，在韵律语法学里俯拾皆是，这是它所具语言学意义的一个重要方面。

四是破解老难题。作为科学的语言学的最高境界，应该具有破解语言疑难之能、之功。韵律语法学所以能够成为一门独立的新兴学科，重要原因是它破解了很多汉语史上的疑难问题。西方汉学家葛瑞汉早在 1969 年就提出古代汉语诗律曾经有“韵律上的两次革命”（two revolutions in prosody）：一次是东汉以前的革命（纯粹音节分量的变化），一次是声调建立以后发生在唐代前后的革命。这两次革命从何而来，迄无的解。韵律语法的研究从理论上回答了葛瑞汉的问题：第一次革命是由音步转型引起的，上古汉语属于韵素“音步型语言”（mora - foot language），后来汉语的音步型逐渐由韵素音步型变为音节音步型，而导致音步型转变的原因是汉语音节结构逐渐简化。第二次革命是由诗歌构造的半逗律和后来兴起的雅正律相互结合而产生的。从汉语为什么走上双音化道路的韵律答案，也可见出它难题破解中所展示的理论效应。

五是提供新解释。韵律语法学给汉语语法提供的具有最高学术价值的新解释，莫过于吕叔湘先生和赵元任先生都关注到但都没有解决的有关

“词”的问题。没有“韵律词”的概念，赵元任说的“韵律成分”、吕叔湘说的“不太长不太复杂的语音语义单位”就很难获得语言学原理的根据。更严重的是，没有韵律，赵元任的“介乎音节词和句子之间的那级单位”就要么理解成“那些”音节词或“那些”短语，要么就只能空悬在那里而无人（实际也无法）问津。“韵律词”这一概念的提出，从根本上解决了这些问题。换言之，吕叔湘先生的“大小之限”、赵元任先生的“那级之谜”，在韵律构词学理论的解释下，全都焕然得释。

六是创用新方法。韵律语法研究使用和创造了一些新方法，展示出其具有普遍价值的语言学意义。韵律语法对“最小对立对”概念进行了严格的定义：“在其他一切条件相同的情况下，由单个要素的有无或不同决定的两个形式之间的对立及其表现出合法与非法的两个形式，叫作最小对立对（minimal pair）。”并对此新创了“排他式对立”的方法，即排除了不合基本原理和规则的情况，凸显具有“最小对立对”的语言现象。在此基础上，韵律语法学提出“推寻法”，即推断新事实，寻找新证据。韵律语法学的理论告诉我们，语言现象是观察的结果，但语言事实则是预测的产物。

提出和发现新原理、新概念、新现象、新破解、新解释和新方法这六个方面展示了韵律语法学作为一门新兴学科的学科特点。这些特点也可作为观察所有学科是否独立的标准，成为验证某一门学科是否具备语言学意义的观察角度和鉴定方法。

结　语

在当代语言学结构和生成两大基本原则的指导下，韵律语法学经过了20多年的探索，已经成为一门正在日见成熟而又不断拓展的新兴分支学科。目前韵律语法学正处于新的发展时期，很有必要对学科发展过程中的得与失、探索与争鸣做出总结和反思，并借此对学科的理论基础和方法及方法论原则做出系统的概括和建构。本文便是在此背景下所做的理论思考。

本文根据韵律语法学的实践基础和探索路径，将韵律语法学的形成和发展过程概括为五个阶段：发轫阶段、理论初创阶段、基础构架阶段、领域拓新阶段、体系建构阶段，并阐释了韵律语法学得以确立的概念基础和韵律语法学赖以建构的韵律单位系统及其层级关系。在这一系列的拓展过程中，韵律语法学逐渐呈现出新创学科所具有的一些学理原则，如坚持以逻辑推演为基础的当代科学精神，在事实和理论的互动中突破固有的观念和领域，并从生物属性和生理属性方面探究韵律语法运作机制的本原，同时将学科所蕴含的观念和方法提升到哲学层面来思考。作为一门新兴学科，韵律语法学必然带有解题和立题这样的双重使命，因此韵律语法学既需要破解老难题，提供新解释，还需要发明新原理、提出新概念、发掘新现象。无论是解题还是立题，都需要开创出新方法。除了充分发挥“最小对立对”分析法这一基础方法的效用外，韵律语法学还尝试了一些新的分析方法，如“排他式对立”分析法、“推寻法”等。我们希望这样的基于学科基础理论和方法的元语言学思考，不但对韵律语法学的理论探讨、现象挖掘、学科建设具有重要的现实意义，同时也对相关学科和领域的研究具有参考价值。

（作者单位：北京语言大学语言科学院；原刊于《语言科学》2021 年第 1 期）

距离象似性

——句法结构最基本的性质

陆丙甫　陈　平

一　距离象似性的起源和简介

语言成分的形式与意义（包括功能表现）之间的关系，自柏拉图的《对话录》“Cratylus”篇以来，一直是个充满争议而又极具理论意义的话题。主要有两种对立的观点。一种认为形式本身没有意义，意义对语言成分以何种形式出现也不起任何作用，两者之间完全是由任意的、无规则可循的方式联系在一起。另一种认为意义对形式起决定作用，形式象似于它表现的意义，因此可以从形式推求意义。

几十年来，许多语言学家开始从另外一个角度审视这个历久弥新的问题。本文的主要目的就是探讨语言形式由象似性原则支配的一些方面。

在种种象似性特征中，“距离象似性”（distance iconicity）可以说是最重要的一条。

这条象似性原则的起源很早，较早的文献有 Behaghel（1932），被称为“Behaghel 定律”（Behaghel's Law）。关于这个象似性的一种当代表达是“表达式之间的语言距离对应于它们之间的概念距离”（Haiman，1983：782）。Haiman（1985：237－238）又将其表达为“紧密相连的观念倾向安置在一起”。类似的提法后来有“相关标准”（Relevance Criterion；Bybee，1985）、“相近原则”（Proximity Principle；Givón，1991）以及“距离象似性”（Distance Iconicity；Givón，1994）等。本文根据 Behaghel（1932）的提法和 Givón（1994）后期采用的术语，称之为“距离象似性”。

二　距离象似性是语言单位组块的根本基础

科学理论是个从简单到复杂的推导体系。任何科学理论，都要从有关现象的最简方面开始。语言作为交际工具，牵涉编码（说话、写作）和解码（听话、阅读）两个过程。相对而言，解码比编码简单。比起“编码—生成”，“解码—理解”更适合作为语言结构研究的起点。

解码过程主要就是“组块”过程（组音位成音节/语素，再组语素成词，组词成短语……组句子成片段、章节等）。除了“组音位成音节/语素”外，别的组块都跟语义概念距离有关，即把语义上密切相关的成分组成更大的成分。

语言组块是距离象似性最基本的运用，其结果就是导致人类语言中生成相对连续成分和非连续成分。

三　形式方面

1.“联系项居中”原则

“联系项居中”原则（Dik，1997：406），即“联系项倾向于出现在其所联系的两项之间”。既然联系项同时联系两项，自然是居于同两项都靠近的位置为最好，而这就是居中位置，因为这个位置使核心跟两个从属语的距离之和为最小。

“联系项居中”这个原则可以解释许多语法现象。如 VO 语言和 OV 语言分别倾向于使用前置词和后置词这条类型学中的重要相关性，就是因为两种搭配中作为联系项的旁置词，都处于动词与其从属语之间的中介位置上。VO 语言的宾语和状语通常后置于动词，如 Put on the table，前置词 on 正好处于动词跟其对象的中间。相反，在 OV 语言中，使用后置词才能确保它处于有关两个成分的中间。如日语中就是：“某处 - ni 放置”（放到某处）。其中 - ni 是表示方位的后置词，也起到了居中联系“处所”和“放置”间联系项的作用。

2. 从虚词性联系项到实词性联系项：词根，被联系项从两项到多项

真正能联系两项或更多项成分的是“实性”（lexical）“核心”（head）。

我们首先来看作为复合词内部核心的词根。联系项一旦延伸到实性单位，有趣的就是，联系项的位置倾向不再是居中，而是倾向于出现在边缘一侧，即其各个被联系项都居于其同一侧。这正如以下 Greenberg（1966）两条共性中“都后置于或前置于”所暗示的：词缀跟联系项词根的距离的近远，而不是词缀本身的位置。事实上，不同词缀出现在词根同一侧太常见了，可以说是优势位置。

共性 28：如果派生词缀和屈折词缀都后置于或都前置于词根，派生词缀总在词根和屈折词缀之间。

共性 39：如果表示数和格的语素一起出现，并且都后置于或前置于名词，那么表示数的成分总在名词词根和表示格的成分之间。

这种近远关系反映了联系项跟两个被联系项之间不同语义的紧密度、稳定性，如词根跟派生词缀之间的关系显然比跟屈折词缀的关系更加稳定和密切。

这类关系可以超越词根和词缀，扩大到一般的自由单位及其附缀之间。

值得注意的是，联系项是实词性单位时，被联系项的数目就完全可以超过两个，如 Bybee（1985：197）。

Baker（1985）还注意到，依存于词汇核心的种种功能成分，其语言表现形式可以是语缀性助词或自由语素，在某些语言中出现在词汇核心的左边，某些语言中出现在词汇核心的右面。无论是出现在左边还是右边，它们相对于词汇核心的远近语序都是固定的，在两类语言中的分布呈镜像排列。Baker 的这个发现，成了 20 世纪 90 年代句法结构“制图研究”（cartography）的关键经验证据之一。

Dirven 和 Verspoor（1998：96）把这种“镜像”（mirror image）排列比喻为“句子洋葱层次”（sentence onion），进一步把有关从属成分扩大到包括表达“事件定位”（event grounding，即将事件跟现实语境联系起来）因素的功能词项（见下图）。

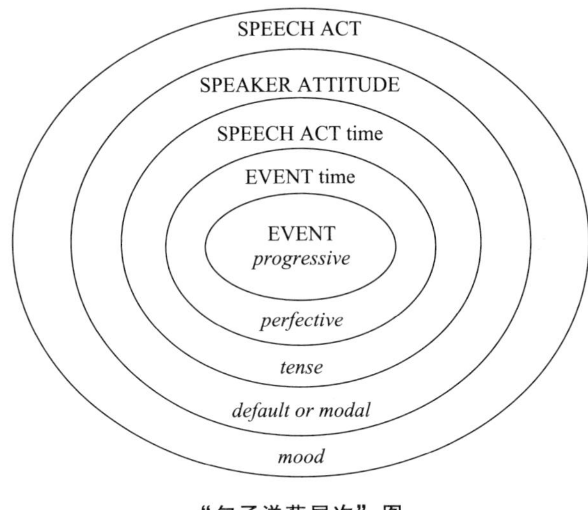

“句子洋葱层次” 图

由此可见，对“结构距离”的理解依赖于句法结构分析的描写方法。

3. 联系项和被联系项皆为实词

我们可以进一步把联系项和被联系项的范畴扩展到更多的独立的句法单位，扩展到短语中的核心词和所有“从属语”（dependents）之间，其中核心词可看作联系项，而从属语可看作被联系项。换言之，上一节所说的距离关系也存在于一般的动词短语和名词短语中。

（1）a. [他 [上星期 [[在实验室 [用计算机 [连续地 [工作了]]]] 三天]]]

b. [He [[[[[[worked] continually] with computers] in the lab] for three days] last week]]

根据“尽量减少异质干扰因素”的原则，不妨把问题简化一下，只保留状语而排除差别较大的主语，结果是“时位”（T，time）、“时量”（D，duration）、“处所”（L，location）、“工具”（I，instrument）、“方式”（M，manner）和动词核心这样六个成分。六个成分数学上可能的排列有 6 ×5 ×4 ×3 ×2 = 720 种。但是据初步调查，目前找到的只有六个排列，其中使用最多的是英语、葡萄牙语、越南语、约鲁巴语那样将所有状语都后置于动词的［V　M　I　L　D　T］和日语、韩语、巴斯克语那样将所有状语都前置于动词的［T　D　L　I　M　V］，并且这两种排列互为“镜像”。（陆丙甫，1993）

由此可见，实词性单位作为核心和联系项所构成的结构体，其从属语可以包括虚词和作为实词性单位的短语，具有最大的结构容量，能最大限度反映人类语言结构的丰富性。

4.“核心靠近”原则

以上强调了运用距离象似性时“结构核心”的作用。这个方法还可以进一步扩大为“核心靠近”原理（the principle of head proximity，HP；Dik，1997：402）。这里的“核心”是复数意义，即整个结构的“全句核心”要跟从属语中的“局部核心”靠近。

（2）a. 乌云［吞没了］［差不多一百层高的皇家银行顶端那巨大的怪兽形的银行徽记］。

b. 乌云［把差不多一百层高的皇家银行顶端那巨大的怪兽形的银行徽记］［吞没了］。

其中（2）b的核心动词“吞没了”跟宾语的核心“徽记”比较接近，就比（2）a容易理解。由于核心是“主要信息携带单位”（primary information - bearing unit，PIBU；Croft，2001：241 - 282），“核心靠近”的认知效果也是显而易见的。整个宾语之所以能跟全句核心“吞没了”发生关系，主要是宾语内部的核心“徽记”在起作用。

5. 从简单的距离比较到总距离比较

纯粹由语义关系决定的语序，可以看作底层的抽象语序，在具体语言中绝大多数落实为无标记的基本语序。这属于一种战略性编码。在具体运用中，战略性编码会受到其他因素的干扰而发生临时应变性的派生语序。决定这类派生语序的动因可看作权宜性的“战术性”编码规则。其中一个重要因素就是成分的大小，具体落实为“内轻外重”（陆丙甫，1993：111 - 113；Temperley，2008；Liu，2008；Futrell 等，2015），即短小、简单的成分倾向于出现在靠近核心的内层。“内轻外重”中，“内”“外”同样是以核心词作为定位参照点的。

四　功能方面

1. 距离近远和作用强弱

Lakoff 和 Johnson（1980/2003：94 – 102）提出“距离近即作用强”（closeness is strength of effect）。一个经典的例子就是否定词跟否定对象之间的距离跟否定强度的关系。下例中随着否定词离否定对象 happy 越来越近，否定强度也逐渐增强。

（3）a. She does not think that he is happy.

她不认为他幸福。

b. She thinks that he is not happy.

她认为他并不幸福。

c. She thinks that he is unhappy.

她认为他很不幸。

2. 作用强弱与非典型宾语

典型的宾语通常是受事，但英语双宾结构中的“间接宾语”，很多来源于“受惠者”（benefactive）。“受惠者”因生命度高而很容易升级为间接宾语，如：

（4）a. I found a place for John.

b. I found John a place.

（5）a. I found a place for the tree.

b. ?? I found the tree a place.

生命度高意味着更能感受到事件的后果，因此可说是增强了行为的作用力。（5）b 如果使用的话，可以说其中 tree 是拟人化用法，也就是说增加了 tree 的生命度。

不仅高生命度的受惠者可以升级为宾语，其他旁格成分也可以。

3. 共时性与宾补结构

显示双宾语结构里间接宾语的一个来源是“受惠者”，双宾语结构中间接宾语的另一个重要来源是“目标”（goal）。目标升级为间接宾语的动因除了生命度高而导致的作用力强外，还因为内部两个“子事件”（行为和结果）在时间上的零距离合并。

（6） a. He threw the ball to her, but she didn't notice it.

b. He threw her the ball, * but she didn't notice it.

（7） a. I taught Chinese to him, but he didn't want to learn.

b. I taught him Chinese, * but he didn't want to learn.

动作接受者编码为动词宾语时，表示行为同时达成效果；而编码为介词宾语时则不一定，这从后继句的限制中可以看出。

这里，接受者距离动词近远的差别表达了动词对接受者影响的大小。具体地说，这里影响的大小表现为整个事件是否完整结束，而事件的完整则反映了一种共时性。

这种距离近远、作用强弱跟共时性的关系，广泛存在于动词之后另一个述谓成分的结构中，即“动词 - 宾语 - 伴随述谓”。

4. 引申到认知距离的近远

共时性指两个相关事件发生时间的差异，也就是先发事件跟后发事件之间的过程长短。这种过程长短还可以进一步引申到认知过程的长短上。

Langacker（1991）也举过一个例子说明形式的复杂程度同可能的暗示意义之间的关系：形式连接越直接和简单，反映推理过程越简单。

句子的合格不合格，是语法问题。但处于中间阶段的自然不自然这一程度问题，那就可算消极修辞的问题了。人类语言中最基本的那些结构规律，应该是贯穿语法和消极修辞的。

余　论

1. 走向语用

以上我们从距离象似性在同步组块这一解码基本过程中的作用谈起，把距离象似性从概念距离一直引申到认知距离的近远。后者已经带有语用的性质。甚至像信息结构中的新旧这种传统语用学的基本概念，也跟距离象似性有密切的相关性。

所谓“旧信息”，所指往往是上文中直接提到过或间接激活过的信息。这样，旧信息前置实际上也就是使之跟上文中的先行成分更靠近了。如“把”字结构所提前的宾语，往往也是前文提到过的（金立鑫，1997）。人称代词有极大前置倾向，原因之一是作为回指成分尽量靠前才能接近其先行语。

2. 什么是结构距离？

距离象似性最初的基本思想就是概念距离跟结构距离之间的某种对应性。对这个对应性的理解和应用的发展，都依赖于我们对概念距离和结构距离的理解的扩大和深化。暂且不谈概念距离，我们先问一下，结构距离是什么？

词语之间有两种主要的结构关系。一是横向线性关系，即在语流中的前后关系，表现为前后语序。另一种是纵向层次关系。语言成分根据关系的疏密，组成不同的单位，小单位再组成较大的单位，按层次由低到高排列，低层次成分与高层次成分是部分和整体的关系。这种距离较难描写和量化。

概念距离之间有极大的一致性、象似性。

本文分析的具体现象，都是在同一种距离的基础上比较的。深入的分析必然会牵涉不同类的距离的互动问题。

3. 进入其他领域

距离象似性的本质简单，如同数学公理。如代数的传递性公理，“若 $a>b$，且 $b>c$，则 $a>c$”，因为只能如此，没有其他选择。“若 $a>b$，且 $b>c$，则 $a<c$ 或 $a=c$”显然不可能，用逻辑矛盾律就可以排除。同样，如果概念距离跟结构距离相关，只能是这样象似（概念距离越近结构距离

也越近)，而不可能是相反（概念距离越近，结构距离越远）。从最近（零距离，直接相邻）开始有个起点，而从远处算起没有起点，因此也就无以明确比较近远。

如同自然科学中的一切规律，越简单的理应越基本，发挥作用的范围也就越大。

自然语言处理领域所讲的“N - gram”（N 元语言模型)，就是语义靠近原理的直接落实及运用。

4. 回到形式 - 功能的关系上

句法学研究的主要宗旨，就是揭示编码形式和表意功能的相关性。

本文研究语言成分的形式和表意功能两者之间的关系问题，侧重探讨表意功能对形式有无塑造或制约作用，也就是说，象似性原则在两者关系问题上是否起作用？起什么样的作用？本文的研究结果说明，象似性原则在决定语言成分形式这个问题上，所起的作用超过我们以往的认识。

（作者单位：复旦大学中文系；原刊于《中国语文》2020 年第 6 期）

文读音、白读音和旁读音

游汝杰

对各地方言文白异读现象的调查和记录成果丰硕，但缺少比较和综合研究。本文略谈文白异读现象的性质和特点，探讨文读音产生的原因，并提出可以与文读音、白读音并列的新概念“旁读音”。本文还以若干种方言为例，讨论旁读音的性质和特点。

一　文白异读现象的几个特点

（1）文白异读现象是指同一个字有文读和白读两种读音。在同一种方言里，一个字一般都有一个白读音，即本地原有的读音，只有少数字既有白读音，又有文读音。一般认为白读音是本地原有的读音，文读音则来自标准语。文读音最初用于读书，后来也渗透到口语中的文理词，即较文的词汇。例如，上海话“大学、大会、大概”中的“大”即用文读音［da^6］，“大门、大风、大碗”中的“大”则用白读音［du^6］。故文读音并非仅仅用于读书，口语也用。表1是厦门话文读音和白读音的应用实例，文读音用于文理词，白读音用于土白词。

表1　厦门话若干例字文读音和白读音与文理词和土白词匹配（节录）

字	文读音	白读音	文理词	土白词
学	hak^8	$oʔ^8$	学生	学堂
公	$kɔŋ^1$	$kaŋ^1$	公共	狗公公狗
配	pue^5	p^he^5	配合	物配下饭菜

（2）文白读是语音层次上的现象，用在不同词汇或场合的白读音和文读音在理性语义上是相同的，只是读音不同、风格不同而已。如果两音所表示的语义不同，即不构成文白异读。例如，温州方言的“毒”字有两音两义：[dɤu⁸]，名词，毒物；[dau⁶]，动词，用毒药毒死。有“声调别义”的字，在《切韵》里，往往本来就有两个不同的读音。“声调别义”也见于古汉语和现代普通话中，不是方言的特点，与方言的文白异读无关。

（3）训读音的性质与白读音不同，不宜与文读音匹配构成文白异读。如闽南方言借用“帆”字记录“篷”这个词。“篷”字即是原字，“帆”字即是训读字，其读音仍按原字读作［pʰaŋ¹］，不按“帆”的本音读作［huan²］，［pʰaŋ¹］即是训读音。“帆”和“篷”是两个不同的字，虽然有两个不同的读音，但不像文白异读那样是一个字的两个音，故不能构成文白异读。

（4）有文白异读的字在不同方言的常用字中所占的比例不同。如在闽南话里几乎占一半，在吴语里则占不到十分之一。

（5）有的方言白读音和文读音的语音系统不同，文读系统用于读书。例如，江苏丹阳方言，“并”“定”“群”等全浊声母平声字有文白两种读音，文读音近官话，白读音近周边吴语。

（6）文白异读是有对应规律的。除了个别字以外，哪些字有文白异读，是有规律可循的。以下用上海话举例。

①见母开口二等声母文读为［tɕ］；白读为［k］：

家［tɕia¹/kɕ¹］：家庭、家长；人家、百家姓

交［tɕiɔ¹/kɔ¹］：交通、交际；交代、交白卷

②见系合口三等韵母文读为［ue］韵；白读为［y］韵：

贵［kue⁵/tɕy⁵］：宝贵、贵宾；价钱忒贵

围［ɦue⁶/ɦy⁶］：包围、围棋；围巾、围身

③日母（除止摄外）开口三等字声母文读为［z］；白读为舌面鼻音：

人［zəŋ⁶/ȵiŋ⁶］：人才、人事；人家、乡下人

日［zəʔ⁸/ȵiɪʔ⁸］：日记、日历；日脚、日里向

（7）各地文白异读的规律不甚相同。温州方言有 186 个字有文白异读，见表 2，其中有 122 个字（右上角带星号者）在苏州方言无文白异读。

表 2　吴语温州方言有文白异读的字（节录）

果摄	阿大何*蛾*饿*波*菠*簸*破*摩*拖螺*左搓*梭*琐*茄
假摄	妈*吓架　丫也
遇摄	铺*蒲*浦*模*肤*麸*符*扶*赴*徒*途*奴锄础*梳薯*梧*雾*女滤*锯蛆*去许
蟹摄	解剂*戴来*在*才*腮*鳃*赛*怀*罪*最*
止摄	刺*赐*驶*耳鼻几*宜*疑*蚁义*议*肥累*泪醉*髓*蕊规*归*贵亏挥*威*委*尾未畏*

（8）文白异读反映字音产生的历史层次不同。方言中的文读音借自官话，较晚近白读音是本地音，较古老。如温州方言，“拖”字（歌韵透母）白读是［t^ha^1］，韵母读［a］，与中古音相符，用于“鞋拖、拖田、耕田”等；文读是［$t^hɤu^1$］，韵母读［ɤu］，与近代音相近，用于“拖拉机、地拖”等。

二　文读音形成的主要原因

太学是汉代最高教育机构，始于汉武帝时期。此后历代皆有太学制度，学生来自全国各地。太学生学业期满后很多返回乡里从事教学工作。学生的方言母语不同，老师授课使用何种方言没有文献记载，最大的可能是使用当时的“雅言”。回到家乡的博士子弟应该就是把最早的文读音带到各地的人。

文读音产生的直接原因是唐宋时代产生的科举制度。更深刻的文化背景则是各地方言中的文读音更加接近北方话，而北方话向来是民族共同语或标准语的基础方言。

唐代创设新的科举制度，押韵和平仄的准确与否是评判考卷的重要标准。诗赋讲究平仄，有种种韵律限制，因此读书人普遍重视字音。诗赋的音韵标准是《切韵》音系，而字音的规范自然是帝都所在的中原音或北方音。以北方话为基础的文读音因而在各地方言里越来越发达。各地文读音的形成、稳定和发展大多得益于官方和民间的教育事业，即由教师传承，然后进入民间。

太学是官办的，古代的书院则多是民办的。各地书院的教学语言未必是标准的官话，因为教师的籍贯五花八门，但是即使是用方言教课，也应该是尽量使用文理词和读书音（即文读音）教学的。

近代在各地流行的地方戏，如京剧、越剧、黄梅戏等，其语言特点之一是书面语化，即多采用文理词和文读音，在旧时代听戏是一般民众主要的休闲活动，地方戏对文读音在民间的传布显然也能起不小作用。

至于当代铺天盖地的普通话，更是大大促使方言产生大量新的文读音。

三 旁读音

1. “旁读音”的概念

外源音除了有来自标准语的文读音之外，还有来自外地方言的旁读音。旁读音大多来自当地的权威方言。旁读音的形成是方言接触的结果。温州话的“卸”有两读［sei^5/$çia^5$］，后一音来自上海话。旁读音不符合本地语音演变规律，如温州话麻韵开口三等（章组）按规律应读［ei］，但“卸”的韵母又读［ia］。

“旁读音”这个概念或术语可以与文读音和白读音并列，成为汉语方言字音三足鼎立的第三个层次。这个概念对于方言历史层次和方言接触研究都是很有用的。

2. 旁读音个案分析

（1）杭州话的旁读音。老派杭州话字音没有文白异读现象，只有极少数所谓白读音是例外。但近年来由于大量周边吴语区民众移居杭州，一般吴语的白读音也输入杭州话，例如，戒［ka^5］、江［$kaŋ^1$］。对于杭州话来说，这两个新的字音即是旁读音。

老派杭州话罕见文白异读现象，例如，“晚米、晚稻”的“晚”字读［mᴇ˦］。这是白读音，文读音是［uɛ˦］，如“晚上、晚娘后母”的“晚”。因为杭州城里人不种庄稼，这个白读音显然是从种植稻米、说吴语的乡下人那儿学来的。

杭州近年来产生的白读音，应是来自周边吴语，不同于一般所说的白读音。特别是 1958 年起，大批农民进城做工，这些农民即来自周边吴语区。改革开放以来，外来人口大增，其中也有一小部分来自周边吴语区。其他吴语的使用者与杭州人的交流日益频繁，也加强了其他吴语对杭州话异读现象的影响，见表 3。

表 3　杭州话里的旁读音与邻近吴语白读音比较

	戒	尾	热	破	生	去	外	也	
杭州	tɕiɛ^{5}	ʔʋi^{3}	zʮəʔ^{8}	p^{h}ou^{5}	səŋ^{1}	tɕy^{5}	ɦuɛ^{6}	ɦia^{6}	白读
	ka^{5}	mi^{3}	ȵiəʔ^{8}	p^{h}a^{5}	saŋ^{1}	tɕ^{h}i^{5}	ŋa^{6}/ɦa^{6}	ɦa^{6}	旁读
绍兴	tɕia^{5}	vi^{4}	zəʔ^{8}	p^{h}u^{5}	sɤŋ^{1}	tɕy^{5}	va^{6}	ɦia^{6}	文读
	ka^{5}	mi^{4}	ȵieʔ^{8}	p^{h}a^{5}	saŋ^{1}	tɕ^{h}i^{5}	ŋa^{6}	ɦa^{6}	白读
嘉兴	tɕia^{5}	vi^{4}		p^{h}u^{5}		tɕy^{5}	ɦuɛ^{6}	ie^{5}	文读
	ka^{5}	mi^{4}	ȵiɪʔ^{8}		sã^{1}	tɕ^{h}i^{5}	ɦa^{6}	ɦa^{6}	白读

（2）温州话的旁读音。温州话麻韵开口三等（除见系外）原读［ei］，没有例外，今“车”又读［o］韵，“卸”又读［ia］韵。［o］和［ia］即是来自上海话的旁读音。“车”的［tso^{1}］的读法仅用于从上海输入的新事物“汽车、脚踏车、裁缝车、缝纫车”等，原有的“车”，如“水车”“徛车儿”“童车”等，读［ts^{h}ei^{1}］。“卸”字原读［sei^{5}］，后因上海至温州的海轮航线开通，上海来的水手卸货时，带来“卸”的上海音［ɕia^{5}］，从而“卸”字有了新的读音，见表 4 和表 5。

表 4　温州话麻开三精组的音变规律及“车”字的旁读音

麻开三精组	遮	车	蛇	赊	社	蔗	射	舍	
温州	tsei^{1}	ts^{h}ei^{1}	zei^{2}	sei^{1}	zei^{4}	tsei^{5}	zei^{6}	sei^{3}	白读
		ts^{h}o^{1}							旁读
上海	tso^{1}	ta^{h}o^{1}	zo^{6}	so^{1}	zo^{6}	tso^{5}	zo^{6}	so^{5}	

表 5　温州话麻开三章组的音变规律及“卸”字的旁读音

麻开三章组	斜	邪	写	借	笪	泻	卸	谢	
温州	zei^{2}	zei^{2}	sei^{3}	tsei^{5}	ts^{h}ei^{1}	sei^{5}	sei^{5}	zei^{6}	白读
							ɕia^{5}		旁读
上海	ʑia^{6}	ʑia^{6}	ɕia^{5}	tɕia^{5}	ts^{h}ia^{5}	ɕia^{5}	ɕia^{5}	ʑia^{6}	

（3）北京话的旁读音。北京话（普通话）里有一个来自上海话和广东话的旁读音，即［k^{h}a］。现代汉语有许多外来词最初是从上海话或广东话翻译的。如，卡片（card）、卡车（car）。普通话不但吸收了这些外来词，同时吸收了上海话和广东话的一个音节［k^{h}a］。普通话本来没有［k^{h}a］这个音节，“卡住喉咙”的“卡”字原读［tɕ^{h}ia˨˩˦］。普通话从此多一个音节［k^{h}a˨˩˦］。这是语言接触改变一种语言音系结构的实例，见表 6。

表 6　北京话的一个旁读音

卡	tɕhia˨˩˦	本地音	哨卡	发卡	卡脖子
	k^{h}a˨˩˦	旁读音	卡车	卡片	卡宾枪

3. 旁读音有几个特点

（1）旁读音来自外地方言。这里所谓“外地方言”，一般都是当地的优势方言。例如，金山县（今称金山区）方言从上海市区方言借入旁读音声母［ʑ］，见表 7。

表 7　金山话旁读音［ʑ］声母字

后接 i 韵母	钱前泉全徐齐脐钱，践贱饯
后接 y 韵母	厨橱殊，竖树
后接 ia 韵母	邪斜，谢
后接 iɪʔ 韵母	截绝席

（2）旁读音不符合本地方言语音演变规律。从本地语音演变的规律来看，旁读音是语音演变的例外字音，见表 8。

表 8　上海话不符合音变规律的旁读音举例

仙合三精平	霁开四精去
宣 ɕi^{1}/ɕyø^{1}	婿 ɕi^{5}/ɕy^{5}
全 ʑi^{6}	济 tɕi^{5}
泉 ʑi^{6}	砌 tɕhi^{5}
旋 ʑi^{6}	剂 tɕi^{5}
	细 ɕi^{5}
来自浙北	来自苏南

（3）旁读音可能是个别字音，也可能是成系统的。各种方言中的旁读音，可能是个别零散的字音，但数量达到一定程度时也可能形成系统的。例如，现代上海话中来自苏州话的声母旁读音。老上海话的邪母和从母皆读［z］，今部分字今读［ʑ］，即来自苏州话，例如表 9 所列字音。

表 9　上海话旁读音［ʑ］声母的系统性

ʑ˩˧	齐脐蛴荠鲚刀～，鱼徐潜钱前渐践贱饯羡痊泉全旋漩璇
ʑy˩˧	序叙绪聚
ʑia˩˧	邪斜谢
ʑiɔ˩˧	樵谯憔～ 悴剿巢

成系统的旁读音有可能反客为主，取而代之，成为主流。上海的［ʑ］声母便是如此。

4. *旁读音中方言字音的三大层次*

有了旁读音这个概念，一般方言的字音就都应有三大层次，即文读音、白读音、旁读音（见下图）。就来源来说，白读音是本地音，可称为“内源层”；文读音来自标准语，可称为“外源 1 层”；旁读音来自非标准语的外地方言，可称为“外源 2 层”。

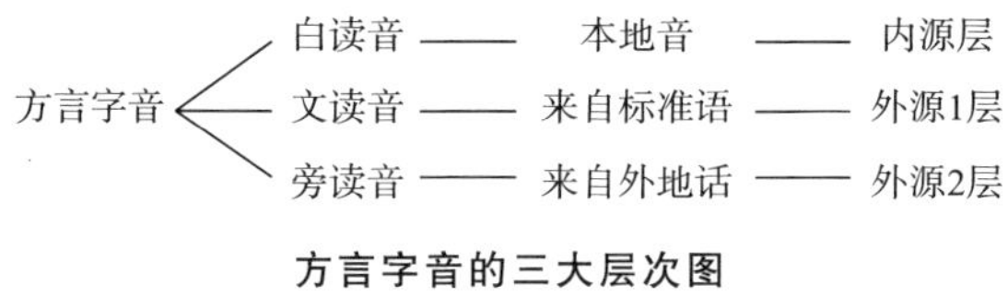

方言字音的三大层次图

但是杭州话只有白读音和旁读音，据本文的思路，传统观念上杭州话的文读音实际上是白读音。杭州话里的所谓“白读音”，如“戒”［ka^{5}］，实际上是旁读音。“戒”原读［$tɕiɛ^{5}$］，即是白读音。

广义的外源层还有可以包括基层（来自基层语言，substratum）和外语层。不过因为方言里的基层音和外语音往往是零星的现象，不成系统的，其重要性不可与旁读音相提并论，只有旁读音才能与文读音和白读音鼎足而立。况且方言里的基层音和外语音来自别的语言，不是方言之间互相接触的结果，可以另行讨论。

社会语言学上，还有所谓“傍层语言”（adstratum）。基层语言和上层语言在互相交融时或交融后，另有第三种语言对它产生影响。这第三种语言即为傍层语言，它可以没有民族学的前提，即在地理上并没有侵占过基层语言。这个概念是 Edwin Bryant 在研究吠陀语词汇输入达罗毗荼语（dravidian）问题时提出来的。日语从西方语言输入大量外来词，西方语言对于日语来说就是傍层语言。汉语对于日语来说也是傍层语言，日语里的吴音、汉音和唐音对于日语来说，也可以说是广义的旁读音。

结　语

各地方言普遍有文白异读现象，白读音是本地原有的读音，文读音则来自标准语。文白异读是语音层次上的现象，文白只是读音不同，字义是相同的。文白异读在数量和字音分布上因方言不同而不同。就读音的来源而言，白读音是内源音，文读音是外源音。古代教育制度和科举制度是文读音产生的主要原因。笔者认为外源音除了有来自标准语的文读音之外，还有来自外地方言的旁读音。旁读音的形成是方言接触的结果。各种方言中的旁读音，可能是个别的字音，也可能是成系统的。旁读音来自别的方言——大都是本地区的强势方言——是通过口头接触形成的。笔者主张确立“旁读音”这个概念或术语，将它与文读音和白读音并列，成为汉语方言字音三足鼎立的三大层次。旁读音对于方言接触、方言演变和历史层次研究都将是很有用的概念和术语。

（作者单位：复旦大学中国语言文学系；原刊于《方言》2020 年第 2 期）

传统汉语音韵学研究之得失衡估

张玉来　尹　瑀

汉语音韵学是一门极富民族特色的学科，也是传统汉语语言学的重要部分。传统音韵学属于“小学”的一个分支，研究对象是文字（词的书面符号）的音读，研究目的是辨正字音和疏通文献的音读。传统汉语音韵学的研究范式到清代乾嘉诸大师时达到了顶峰。清末民初的章太炎、黄侃等承其余绪，虽有所创新，但终难突破。随着西方语言学思想和研究方法——历史语言学和历史比较法传入我国，汉语音韵学开始了新的研究阶段，走进了现代音韵学时期。我们在现代音韵学的道路上奋勇开拓了一百多年后，也应找个间隙，回顾传统音韵学的优良传统和成就，总结不足和梳理弊端，可以帮助我们认识过往研究的得失、成败，从中获取丰富的历史经验，使现代音韵学行稳致远。

一　传统汉语音韵学的简要历史回顾

我们的先民对语音的认识一开始是不自觉的，在文字创制之初，就有形声、假借等造字与用字的方法，例如：[illegible]（霾）字，上从雨，下貍声。到了周秦时代，人们开始运用词的声音关系训释语词，如《易·序卦》里有“蒙者，蒙也”。

汉代学者继承了前人用字的声音关系训释语词的声训方法，同时还创制了许多描述字音的注音方式，如读若、读如、读似、读与某同等，例多不赘。东汉时期的学者甚至有了探讨语音历史变化的论述，如《毛诗·风·豳·东山》中的“烝在桑野”，《毛传》曰“烝，窴也”，郑玄笺“古者声‘窴、填、塵’同也”。

东汉末年出现的反切，可能是在梵文拼合理论影响下产生的。反切注音方法的问世，意味着人们对汉字的声韵调系统具有了切分能力，这是音韵学产生的关键性标志。

汉末之后，人们对声韵调体系也有了进一步的体认，沈约等人发现了汉语存在四声的事实，编制韵书成为一种时尚，著名的有吕静《韵集》、阳休之《韵略》、周思言《音韵》等。为历史典籍注音，在知识界成为一种时髦，著名的有裴骃的《史记集解》、裴松之的《三国志注》等。魏晋南北朝时期还问世了一批字书，如吕忱的《字林》、顾野王的《玉篇》等，它们都有了注音。

隋唐时期，陆法言在颜之推等人讨论的纲目基础上，参考前代经验，编制成《切韵》，成为后世音韵学研究的经典文献，是中古汉语音系的重要体现。唐代人还大规模为前代典籍进行注释，给许多字加注音读，问世了陆德明的《经典释文》、玄应及慧琳分别撰写的《一切经音义》、孔颖达的《五经正义》等，这些音注材料极大丰富了音韵研究的内容。

至迟到晚唐五代时期，三十字母开始在社会上流行，宋代时完善为著名的三十六字母。在认知声母类别的同时，人们还认识到韵母也可以进行分类和描述。在上述研究的基础上，编制音节表也就成为历史的必然，《韵镜》《七音略》等早期韵图应运而生，韵图的编制极大方便了人们从系统的角度认识语音。

宋代与前代相比，编制韵书的规模更大，不但出现了增广《切韵》而成的《广韵》，而且还问世了创新型的《集韵》。宋代比较关注现实语音，像邵雍的《皇极经世书·声音唱和图》就成了宋代时音研究的典范。宋人在研究前代典籍的过程中，特别注意语音的研究，郑庠、吴棫等都有古音研究著作传世，他们的成果虽算不上严谨的科学论著，但确是古音研究的滥觞。

遗憾的是，唐宋时期的学者在认识语音变化时缺乏历史观念，此时形成的“叶音”理论是音韵学史上值得后人警惕的学术认识偏误。

金元时期，汉民族文化传统的权威地位也有所下降，此时的音韵学研究不太受传统的束缚，表现出较强的创新意识。这一时期音韵学的主要成就有：（1）韵书接受了等韵图的音节排列的方法，在编纂韵书时加注声母，成为等韵化的韵书，如《五音集韵》《古今韵会举要》等；（2）关注现实语音，摆脱传统韵书的束缚，产生了《中州乐府音韵类编》《中原音韵》等划时代的韵书；（3）产生了用八思巴字注音的韵书，如《蒙古字韵》；（4）韵学有了一定的新发展，问世了刘鉴的《经史正音切韵指南》。

明代音韵学研究别具风格，主要有以下几个特点。（1）赓续宋元音韵学研究传统，努力研究现实语音，同时也受到前代文献的束缚。（2）以《中原音韵》或《中州乐府音韵类编》（卓从之）为代表的戏曲音韵系统影响了明初的舞台戏曲语言。（3）古音研究曙光乍现，明末的陈第和顾炎武的古音研究，如闪电划破天空，开创了古音研究的新范式。（4）语音学有了长足进步，到了明末，四呼分析体系已经形成。（5）问世了一大批反映时音的韵书、韵图和杂论语音的学术著作。（6）问世了一批用字母体系注音的汉语韵书，有朝鲜学者地编写了朝汉对音韵书，也有西方传教士利玛窦、金尼阁等创造了一套罗马注音字母体系，这些注音文献改变了以往韵书的面貌，成了汉字拼音的先声。

清人一改明人学术传统，在文献考论上做出了巨大贡献。清代的上古音研究走向成熟，由顾炎武开创，经众多学者接续，构建起了上古音韵部系统的基本框架，并自觉将上古音的研究成果运用到文献的解读中；关注隋唐时期的中古音研究，江永的《四声切韵表》是极具系统性的中古音节表；韵学有了新的名著，问世了一批韵书，如《音韵阐微》《钦定同文韵统》等，留下了丰富的历史文献。

清末民初，音韵学的学术风貌为之大变，走进了现代音韵学的殿堂。首先是问世了一批介绍西方普通语音学方面的著作，代表性的有张世禄的《语音学概要》（1934）和《语音学纲要》（1935）等；其次是创造性地发展出了国语学和国音学，有胡以鲁的《国语学草创》（1913）、易作霖的《国音学讲义》等；最后是发展出了新型的音韵学研究体系，高本汉的《中国音韵学研究》（1915）、钱玄同的《文字学音篇》（1918）和赵元任的《现代吴语的研究》（1928）等代表了这一时期研究范式的转变。

清末民国时期音韵学研究最重要的成果就是制定了注音字母体系（1913），并产生了多种反映时音的传统形式的韵书、韵图，以及几百种有影响的方言同音字表和数百种各地方言拼音方案（含传教士方案），这些成果最终推动了现代汉民族共同语语音系统走向规范，这些材料也是研究民国时期共同语语音和方音的重要依据。

二　传统音韵学研究的成就

综观民初以前近两千年传统音韵学的研究历程，可以发现，前人取得了巨大成就，形成了丰厚的学术积淀，留下了一份极为宝贵的学术遗产，值得我们继承和发扬。

1. 善于接受新事物，创建了富有汉语特色的分析范畴

在汉语传统音韵学的产生和发展的过程中，外来文化起了很重要的作用。东汉佛教文化的输入，带来了梵文的拼合体系；明末基督教文化的传播，带来了罗马拼音文字体系；清末以来西方语音学和历史比较语言学的传入，改变了传统音韵学的研究范式，使之转型为现代语言学的一个部门。

2. 构建了汉语音韵学研究的基本范式并影响到域外的汉语语音研究

自唐代等韵学兴起后形成了各类语音分析范畴，它们是音韵学研究的重要学术基础，以此为依据形成的汉语语音分析体系、研究框架以及声韵调三分的观念深入人心。这些分析范式构成了汉语音韵研究的底色，使之历经千年而弥新，成为语言学各部门中少有的走向世界的极富民族特色的学科。

3. 具有编制韵书、韵图的优良传统

反切产生以后，分析语音、编制韵书成为潮流。韵书是汉语音韵学独有的表现音系结构的形式，将汉语声韵调系统化，将同音汉字框架化。韵图以图表的方式表现汉语某一韵书的音节或作者自己想表现的音系的音节。韵图跟韵书在体制上虽有不同，但其目的同样是要表现音系的音节。

4. 初步形成了音变的历史观念

学者们很早就注意到古今语音存在不同，如陆法言《切韵·序》里就指出："以古今声调既自有别，诸家取舍亦复不同。"虽然唐宋时期出现过"叶音说"，但明清时代又回到了历史音变的正确轨道上。

5. 对音理有了较深入的认识

古人已有朴素的语言学思想，具备了初步的分析音系与音位结构的能

力，虽然没有运用现代意义上的音标标音法，但古人力求用语言来描述语音的各种不同的性质和区别。

6. 具有辨析通语、正音与方言、方音的传统

汉语向来存在通语与方言的不同，传统音韵学家很清楚汉语中不同体系的语音区别。颜之推认为："古今言语，时俗不同，著述之人，楚夏各异。"颜之推的这一思想落实到陆法言的《切韵》中就形成了"论南北是非、古今通塞"的审音原则。

7. 具有通经致用的优良传统

传统汉语音韵学是为经学及相关学科服务的：音注为明经服务，韵书、韵图为正音服务，通俗韵书为启蒙服务。历代音韵研究大都跟文献解读相关，任何时代的音韵研究成果都具有一定的实用价值。

8. 具备了一定的系统性观念

历史上许多音韵学家在分析语音时有一定的系统观念，在讨论音韵问题时，常常会从发音、声、韵、调、音节结构等全局展开音韵分析，顾炎武《音论》、江永《古韵标准》、黄侃《音略》等都是优秀的理论著作。传统音韵学研究中的系统性观念还充分表现在各韵书、韵图中。

9. 取得了丰硕的成果

传统音韵学取得了丰硕的成果，丰富了民族文化宝库，推动了汉语音韵研究的进步，为现代音韵学的发展奠定了深厚的学术基础。这些学术成果，大致可以分成以下几个大类。一是描写音系的韵书、韵图类论著。二是探究等韵及音理类论著。三是历史语音研究类论著，此类又可具体细分为：（1）上古音类；（2）中古音类；（3）方音类；（4）音注类；（5）译音类；（6）音韵学史类；等等。

10. 留存了大量有语音史价值的音系材料

传统音韵学不仅留存了《切韵》《中原音韵》等代表共同语的语音系统，还有数量可观的各种方言音系，这些音系构成了汉语语音史研究的基础材料。

三　传统音韵学研究的不足

我们在肯定传统音韵学取得巨大成就和拥有优良学术传统的同时，也

必须指出前人的学术认知中存在种种疏忽，甚至是严重的谬误。我们应当实事求是地指出前人在研究方法、学术观念及材料运用等方面存在的不足，目的不是苛求前人，而是更好地检视历史，正确把握学术的发展方向，促进学术的健康发展。

1. 有厚古薄今的学术倾向

中国传统语言学的研究目的决定了古代学者存有厚古薄今的倾向，这是因为历史经典都是前人留下的著作，醉心解读前代经典的学者自然就容易忽视对现实语言问题的研究，对现实语言的描写和解析向来不是中国语言学传统的主流。

2. 有重书面语轻口语的倾向

中国方言分歧大，统一的口语体系难以维系。自汉武帝“罢黜百家，独尊儒术”的文化一统意识形成后，书面语独大，以先秦口语为基础的文言文占据了中国文化的核心，俗语、方言、口头文化始终不登大雅之堂。

同时，汉字的特点是语音、语义是隐藏在字形之后的，所谓“形音义”都是围绕文字说的，因此汉字研究强化了人们重视书面语的意识。

3. 学术体系不够统一

传统音韵学没有形成系统、清晰的研究规范，学术术语体系混杂不一，影响了研究的学术水准和知识的传播范围，不利于学术评价和学术共识的形成。

4. 有唯心主义倾向

中国古代语言学实证性研究不足，对语言现象的解释有时缺乏历史变化的观念，存在形而上的唯心主义弊端，有如邵雍《皇极经世书·声音唱和图》这类著作含有的许多虚位音系流风影响了很多明代学者，其著作中就或多或少地存在一些语音由理数构成的唯心理念。

5. 有时地模糊的倾向

在历史上，前人常常有时地模糊的倾向，没有明晰的时地观念，在处理音系、注释字音的时候，会模糊音系的单一性，自觉或不自觉地给语音系统掺入一些异质成分。如在古音学研究上，吴棫等不辨韵文材料的时空，大大降低了其研究的学术价值。

6. 存在轻视抽绎系统理论的倾向

前人并没有总结出语音构造规则及其发展演变的机制、系统，没有抽绎出具有音变规则的历史语言学理论。到了 18 世纪，我国的音韵学家仍停留在文献考据上，以考据音类为目的，难以搭建起语音演变史的框架。

7. 研究方法缺乏有效提升

传统音韵学没有形成系统的研究方法和研究程式，研究过程不规范，学者之间常常各行一套，彼此之间很难有共同的研究范式。已经行之有效的研究手段，如反切系联法、韵脚串联法、谐声系联法等，很少有人予以总结、提升并使之成为学界遵循的研究程式。

8. 没有产生系统的语音分析法，缺乏有效的标音工具

传统音韵学一直没有产生成系统的语音学，不能从声学、生理学和社会学上分析语音本质、发音机制，也就不能正确辨析语音类别。又由于汉字不是表音文字，词的读音不能显现在文字本身上，因此前人一直缺乏有效的标音符号（明清时期传教士设计的符号除外），他们在描写音读时，常常事倍功半，用尽心力，却难以达到描述的目的。因为没有语音分析工具，传统音韵学在阐述音类区别时常常左支右绌，无能为力。

以上，我们总结了传统音韵学的成就和不足，难免挂一漏万，也难免一叶障目。

（作者单位：南京大学文学院；原刊于《吉林大学社会科学学报》2021 年第 3 期）

晋语的时制标记及其功能与特点

——晋语时制范畴研究之三

邢向东

一　晋语时制标记的句法表现

1. 晋语时制标记简况

"时制"（tense）反映的是事件表达中"说话时"（speech time，简称 ST）、"事件发生时"（event time，简称 ET）、句中的"时间参照点"（reference time，简称 RT）之间的不同关系，其中 ST 是无标记的参照时间。晋语的时制标记，可以分为过去时、现在时、将来时三个子类，其使用具有一定的强制性，要明确表达事件的时间关系时，就需要运用时制标记。

过去时表示 ET 在 ST 之前，其标记词是"来"［lᴇ^{44}］（神木音，下同），具体包括"来、来了、来来、去来、来该"等形式。现在时的特点是 ET 与 ST 相重叠，又可分为"已然"和"正然"两个小类：表已然的标记是"了"［lɛ^{0}］，表正然的是"嘞"［ləʔ^{0}］。将来时表示 ET 在 ST 之后，大多数方言用"也"［ia^{0}/ɛ^{0}］作标记。

2. 晋语时制标记的句法地位

晋语的"来、了、嘞、也"等，在句法地位上高于体标记和趋向补语，低于纯粹的语气词。

"来"等与体标记共现的情况很多，只要语义相容即可共现，分别表达时、体意义（邢向东 2006：121－126；黑维强 2016：452－453）。

如神木话中持续体标记"着"、实现体标记"了"与时制标记的组合：

（1）我原先在高家堡窝着来了（我过去住在高家堡）。

（2）我而真⁼不在高家堡窝着了（我现在不在高家堡住了）。

（3）我还在高家堡窝着嘞（我现在还在高家堡住）。

（4）我就在高家堡窝着也（我要在高家堡住下去）。

（5）我倒［$tsɔ^{53}$］（就）忌了烟来了（我本来已经戒过烟）。这二年心情不好又吃开了。

（6）我忌了烟了（我戒烟了）。

（7）我还没忌了烟来嘞（我还没戒烟呢）。

（8）我快忌了烟也（我快要戒烟了）。

时制标记如果同语气词连用，位置一定在前，例略。朱德熙（1982）的分析证明，普通话中也存在句法地位高于体标记又低于纯粹语气词的表时成分。

3. 时制标记同时间名词、时间副词的共现关系

晋语的“来”常与时间名词搭配。其中时间名词的作用是指明事件发生的时点、时段，提供 RT。它不能代替时制标记的作用，两者之间是搭配关系，而不是互补关系。

同过去时标记“来”共现的时间名词主要是表过去时间的。“来”不能同表未来的时间名词搭配，但可以同表当日的“今儿”等共现。晋语没有表曾然义的副词，完全靠“来”和体标记“过”表达曾经的意义。

同表现在时的“了、嘞”共现的时间名词主要是表示当下时间的词，不过也可同表过去的词共现，可见，“了、嘞”所表的“现在”与绝对的“现在”并不一致。同“了”搭配的时间副词是表已然的“倒、已经”；与“嘞”共现的时间副词是“正”“还”。

“也”同表未来时间的名词共现最普遍，但也可同表当下的词共现。与表从前的词共现多出现在从句中，提供主句的背景信息。如丰镇话：“三点钟我们正走也，我爹来了。”可见，“也”表达的“将来”也不是绝对的将来。晋语方言没有表将然的时间副词。

由于晋语的时间副词很不发达，所以表达时制关系的主要任务就落在句末的时制标记上，多数情况下时制标记不可缺少。这是晋语同普通话及

其他北方方言的重要区别之一。

4. 晋语时制标记的特点

一是所有晋语方言都用时制标记给事件发生的时间定位，几乎没有例外。

二是时制助词的使用是强制性的，一般不能不用。

三是时制标记的位置在体标记之后，或单独位于句末，或在纯粹的语气词之前。

四是从 ST、RT、ET 的关系看，ST 一般与 RT 可能重合，少数情况下也可能不一致。ST 是无标记的参照点，但有时参照时间也会因时制标记的不同出现转移。

二　晋语的时制标记在肯定句中的用法

1. 过去时

晋语表过去的时制标记有“来、来了、来来、去来、来该”等形式。“来”单用的分布范围最广，五台片、并州片、吕梁片、上党片、张呼片都有。例如：

(9) 老张出国以前在移动公司工作着来［$zəʔ^{0}$ $læ^{0}$］（老张出国以前在移动公司工作）。（浑源）

(10) 问：谁开门来（谁开的门）？答：我开来（我开的）。（静乐）

“来了”［lE^{44} $lɛ^{0}$］“来来”［lE^{44} lE^{0}］分布在五台片、并州片、吕梁片、志延片，例如：

(11) 我在杨家伙盘插队着来了（我那时在杨家伙盘插队）。（神木）

(12) 今天早上下雨来来。（志丹）

“去来”目前所见有吕梁片延川、清涧等少数方言，是中原官话汾河片部分方言的“去”与晋语的“来”在吕梁片接触后叠加的结果（邢向东 2014）。“来该”多出现在吕梁片，例如：

（13）他恨我去来（他曾经恨过我）。（延川）

（14）年时腊月我还见你爹去来。（延川）

（15）我在西安见你爹来该（见你父亲了）。（吴堡）

（16）你夜来来来该没啦（你昨天来了吗）？——来来该（来了）。（临县）

2. 现在时

现在时又可分为两小类：已然态和正然态。已然态表示目前事态已经发生变化，正然态表示目前事态正在继续。

表已然的句子，陈述事件已经发生，状态已经改变。各片普遍用句末助词“了”，例如：

（17）下将雨来了［li^{0}］（下雨了）。（静乐）

（18）耽们去咾［lɔ^{0}］桑（我们去的时候），小偷儿早跑了［liʌʔ^{0}］。（文水）

（19）这事儿我知道了［la^{0}］（这事儿我知道了）。（丰镇）

表正然的句子，说明事情正在发生，状态正在持续。句末助词用“嘞”，一般要与进行体、持续体标记“着（的）”共现。例如：

（20）外头唱戏嘞（外面唱着戏呢）。（静乐）

（21）他瞧书嘞［lei^{0}］——他正瞧书嘞［lei^{0}］——他瞧书的嘞［lei^{0}］。（长治）

（22）这阵儿正热的嘞，一会儿再走哇。（丰镇）

3. 将来时

大多数方言用“也”［ia^{0}/E^{0}］，但延川方言用“去也”，清涧话形容词谓语句用“去也”，绥德话否定句中用“去也”。肯定句中，各片方言用法比较一致。例如：

(23) 我到地儿去也（我要到地里去了）。(娄烦)

(24) 那家就快有孩儿也（他们就快有孩子了）。(吴堡)

(25) 老人身体慢慢好去也（慢慢会好起来）。(延川)

(26) 你就这下儿疯吃二喝也胖也（你就这么乱吃也会胖起来）。(志丹)

(27) 眼看就腊月也。(府谷)

4. 晋语时制标记在肯定句中的运用特点

晋语的时制标记全部能和活动类、状态类情状搭配，可用于动作句、“有”字句、“是”字句、名词谓语句、形容词谓语句，包括状态形容词谓语句。除此之外，各个时制标记所能搭配的情状类型和动词的语义特点不完全相同。

三　晋语的时制标记在否定句中的用法

1. 过去时标记与否定词的共现

吕梁片延川、并州片文水等方言，“不”可与“来、去来”等共现，表示过去不做某件事或不存在某种状态。还有用过去和当下比较的用法，以及说明造成某一后果的原因不是某人或某事。例如：

(28) 我不打篮球去来（我过去不打篮球）。(延川)

(29) 俺外甥子以前不肉来（我外甥以前不胖）。(文水)

(30)（这个窟窿）原先不大来了，后来叫漩大了（被冲刷变大了）。(神木)

(31) 小张本来不想去来了，叫那个说得又去也（小张本来不想去，让他说得又要去了）。(神木)

(32) 踏饥荒欠账反正不是我来来（欠债反正不是我造成的）。(黑维强 2016：450)

部分并州片、吕梁片、五台片方言中“没”可与“来”共现，构成

“没 + VP/AP + 来” 格式，对已然事态加以否定。例如（张崇 1990：109）：

（33）苹果没红去来（苹果还没有红呢）。（延川）

（34）衣裳也没洗来来。（绥德）

（35）老王还没啦唱完了戏来。（榆次）

（36）今天的麦子还没割完（了）来，倒下张雨来了。（榆次）

2. 现在时标记与否定词的共现

文水、祁县、丰镇、呼和浩特等，表示事情尚未发生和完成，用“没 VP/AP + 嘞” 格式。句末的“嘞” 表达现在时的正然态，兼表确认语气。例如：

（37）这娃娃还没啦念书嘞。（祁县）

（38）这茇树儿还没啦结果子嘞。（祁县）

另一些方言，如神木、吴堡等，则构成“没 + VP/AP + 来嘞” 格式，语义和单用“来”“嘞” 相同。这种格式当是“没 + VP/AP + 来” 与“没 + VP/AP + 嘞” 叠加的结果（邢向东 2015），如吴堡话：

（39）我每（我们）还没啦吃饭来嘞。

（40）十月份儿了天还没冷来嘞。

“了” 与“不” 共现，表示原有的事态或原定计划发生了改变。其格式是“不 + VP（着）/AP + 了”。例如：

（41）二嫂不给媛媛看孩伢儿着了（神木）。

（42）（原定明天去呼市）我明儿不走呼市了。（丰镇）

“嘞” 与“不” 共现，格式是“不 + VP/AP +（着）嘞”，表示对将然事件或已然事件的否定。例如：

(43) 孩儿中学刚毕业，还不找对象着嘞（还不找对象呢）。(吴堡)

(44) 他不买菜的嘞（他还不买菜呢）。(定襄)

(45) 小花还不会做饭着嘞。(吴堡)

(46) 枣儿还不红的嘞（枣儿还没红呢）。(定襄)

3. 将来时标记与否定词的共现

在部分吕梁片、五台片方言中，将来时标记可以同“不”共现。例如：

(47) 那些管不下，不管去也（[咱们] 管不了他们，不会管了）。(绥德)

(48) 天气慢慢不冷去也（天气慢慢就不冷了）。(绥德)

(49) 甲：这疼上没完了。乙：没事儿，过几天就不疼也。(浑源)

(50) 你这个儿闹得孩子不会说话也（你这样弄会让孩子不会说话的）。(浑源)

尽管否定句中用“也”并不普遍，但晋语询问将然事件的反复问格式却是“VP/AP 也不”，问对方是否要做某事。例如：

(51) 你榆林去也不（你去榆林吗）？(吴堡)

(52) 你这阵儿吃也不？(武乡)

(53) 买梨儿也（不要不要买梨）？(文水)

值得强调的是，否定词与时制标记共现时基本上都有省略式，即只保留否定词与时制标记，省略中间的动词、形容词。省略式的成立从一个角度证明，时制标记的存在是客观事实。例如：

(54) 不 VP/AP 去来 > 不去来

(55) 没 VP/AP 来 > 没来。

(56) 没 VP/AP 嘞 > 没嘞。

(57) 没 VP/AP 来嘞 > 没来嘞。

（58）不 VP/AP 了 > 不了。

（59）不 VP/AP（着）嘞 > 不嘞。

（60）不 VP/AP 也 > 不也。

四　晋语时制范畴的性质和类型

1. 晋语时制范畴的性质

“时典型地表示事件在时间上不同的定位。”（霍凯特 1986［1958］：295）据研究，“时”有绝对时与相对时之分，绝对时决定于 ET 与 ST 的关系，相对时决定于 ET 与 RT 的关系。不论绝对时还是相对时，无标记的 RT 总是说话的时刻（ST）。

吕叔湘先生（1982［1948］）已经区分了绝对时和相对时。吕先生指出：“我们不一定老是拿说话的此刻作基点，有时我们把基点放在过去……同样，基点也可以移往未来……因此我们要把‘三时’的观念改造过，把‘基点时’‘基点前时’‘基点后时’称为‘三时’。基点包括说话的此刻，就称为‘绝对基点’；基点不包含说话的此刻，就称为‘相对基点。’”（吕叔湘 1982［1948］：219－220）

吕先生关于“相对基点”和“把‘三时’的观念改造过”的论述，对于考察晋语的时制问题，具有极其重要的指导意义。就我们的观察来看，晋语的“来、了、嘞、也”在表过去、现在、将来事件时，一般情况下是以 ST 作为参照时间（尤其是在对话中），但有时候（现在时较多见）RT 则有可能不是说话时，由句中其他成分指明。

2. 晋语时制系统的类型

晋语的时制系统及其下位类型在时轴上的分布，可图示如下：

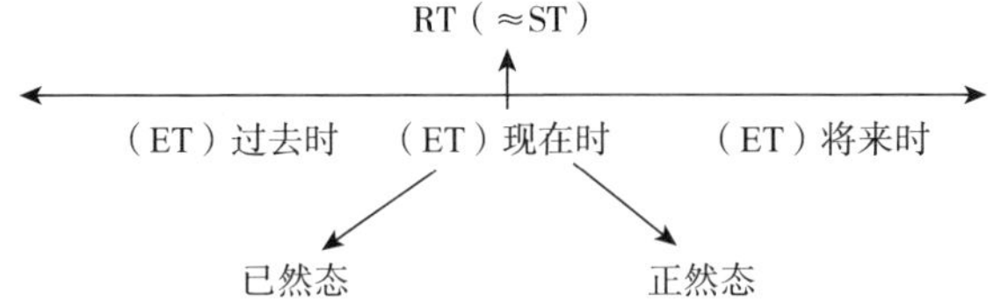

3. 时标记与语气词的关系

时制标记位于句末，经常同句中的时间名词共现，它们大多数时候具有强制性。也就是说，晋语中表达事件的时间关系时，首选句末的时制标记，其次才是时间名词。

晋语的时制标记大都同时具有表语气的功能。根据表语气功能的强弱，可以将它们分为两类：一类是“来、也”，另一类是“了、嘞”。前者以表时功能为主，后者表时功能和表语气功能平分秋色，有时甚至以语气作用为主。这从它们之间的排列顺序可以看出来。五台片、吕梁片方言的时制标记“来了”“来嘞”的形成，也可以从这个特点出发来认识。

综上，晋语中“时—体—情态”之间既有区别又相纠葛的状态，正如许多语言一样，并不是孤立的现象。

（作者单位：陕西师范大学文学院/语言资源开发研究中心；原刊于《方言》2020 年第 1 期）

汉语方言入声音节的类型学观察

李 兵 常 敏

引 言

本文考察汉语方言入声音节的类型学特点。汉语里的入声音节是一种音节结构类型，主要与音节的韵部结构有关。入声音节的韵部由音节核元音和音节尾塞音构成，用 VS 表示（V＝元音，S＝塞音）。音节是大于音段的音系结构单位。音节是抽象的结构模板，独立于具体的音段；语音层面上的音节是音段音节化的结果。在音节化过程中，音段依据其内在属性（如响度等级），分别映射至音节模板的不同终端位置上（音节核、音节首、音节尾）。音节的抽象模板和音节化过程的假设是音节类型分析的音系基础。在语音层面上，入声音节是以不同的塞音结尾的闭音节。抽象的音节结构模板是类型（type），语音层面上具体的音节是样本（token）。在入声音节方面，汉语各个方言的主要差别之一在于样本数的不同。在具体方言里，入声音节的全部样本构成这个方言的入声音节系统。不同方言入声音节系统之间呈现出具有类型学意义的倾向。

本研究涉及汉语620个方言的入声音节系统。本文提供的数据大多以已发表的文献及学位论文为基础，涉及闽语、粤语、赣语、客家话、晋语、吴语、徽语、平话、江淮官话、西南官话和畲话。其中少数方言的语言材料是在笔者的田野调查中获得、核实或补充的。620个方言的方言区归属如表1所示。

表1　620个方言的方言区归属（数字表示方言数）

单位：个

吴	118	晋	98	赣	93	粤	89	江淮官话	63	儋州话	1
闽	55	客家	70	平话	25	徽	5	西南官话	2	付马话	1

一　入声音节系统之间在入声音节数量方面的差异

各方言入声音节系统的成员数量不等，甚至差异甚大。若不考虑音节首音，在620个方言里，入声音节的数量在1～21个之间。如表2所示。

表2　入声音节系统内成员（样本）数量

单位：个

入声音节系统成员数量	系统（方言）数量	方言代表
21	3	四塘平话（林亦、余瑾，2009）
20	2	宾阳王灵镇平话（莫海文，2011）
19	7	崇左江州蔗园话（朱艳娥，2007）
18	10	柳城大埔镇话（刘磊，2015）
17	17	玉林城里话（周烈婷，2000）
16	15	钦州话（林钦娟，2008）
15	27	南昌话（熊正辉，1989）
14	20	汕头话（李新魁，1994）
13	19	泉州话（周长楫，2006）
12	21	台山话（侯精一，2002）
11	21	余干话（陈昌仪，1991）
10	23	顺德话（李立林，2010）
9	26	宜春话（陈昌仪，1991）
8	51	辉县盘上话（王晓培，2015）
7	51	万载高乡村话（刘纶鑫，2001）
6	54	浙南洞头话（曾蓉蓉，2008）
5	51	绩溪话（赵日新，1989）
4	46	常熟话（鲍明炜，1998）
3	39	柳州话（刘村汉，1995）
2	97	合肥话（石绍浪，2007）
1	20	平遥话（侯精一、温端政，1993）

表 2 显示，若不考虑只包含一个入声音节的方言数量，620 个方言中，入声音节系统数量和入声音节系统的成员数量之间大体上呈反比例关系：入声音节系统的成员数越多，方言数越少；入声音节系统的成员数越少，方言数越多。

二　入声音节的结构类型、分布范围及类型学特点

对 620 个入声音节韵部系统的考察结果显示，汉语方言入声音节系统呈现具有类型学意义的关联，主要表现在两个方面：一是入声音节韵尾塞音系统之间的类型学关联；二是元音的音系维向与韵尾塞音的出现与否和韵尾塞音的语音特点之间的类型学关联。下面分别介绍。

（一）入声音节尾塞音系统差异以及不同类型系统之间的蕴涵关系

跨方言的观察显示，入声音节有 -p、-t、-k、-ʔ 四个韵尾塞音。如果不考虑音节首音，依据入声音节系统里韵尾塞音的数量，620 个入声音节系统可以分为 4 个类型，每个类型里包括数量不等的尾塞音系统：

4-塞音系统类型：[-p-t-k-ʔ]（一个系统）

3-塞音系统类型：[-p-t-k]，[-p-t-ʔ]，[-p-k-ʔ]，[-t-k-ʔ]（四个系统）

2-塞音系统类型：[-p-t]，[-p-k]，[-p-ʔ]，[-t-k]，[-t-ʔ]，[-k-ʔ]（六个系统）

1-塞音系统类型：[-t]，[-k]，[-ʔ]（三个系统）

尾塞音系统在 620 个方言的分布如表 3 所示。

表 3　620 个方言里不同类型尾塞音系统的分布（数字表示方言数）

单位：个

尾塞音系统	[-p-t-k-ʔ]	[-p-t-k]	[-p-t-ʔ]	[-p-k-ʔ]	[-t-k-ʔ]	[-t-ʔ]	[-t-k]	[-k-ʔ]
方言数	25	118	10	2	2	26	25	10
尾塞音系统	[-p-k]	[-p-ʔ]	[-p-t]	[-ʔ]	[-k]	[-t]	[-p]	
方言数	6	3	1	382	8	2	0	

表 3 显示，除了 4-塞音系统类型仅包含 1 个尾塞音系统外，其他 13 个尾塞音系统在 1-、2-和 3-塞音系统类型内部的分布也并不均匀。从

尾塞音系统的内部结构看，-p比较特殊。随着尾塞音系统里尾塞音数量的减少，-p作为尾塞音的概率大大减小。另一方面，-p的出现大多以-t和-k的出现或-t和-ʔ的出现为前提，仅由-p单独组成的1-塞音系统不存在。因此，在同一类型范围内，我们可以构建含有-p的尾塞音系统和其他尾塞音系统之间的蕴涵关系：在同一系统类型内，含有-p的系统的存在蕴含着由其他尾塞音组成的系统的存在。这个蕴涵关系不可逆。

（二）元音的音系维向与尾塞音之间的关系

元音的音系维向主要有舌位的高低、前后，唇状的展圆，单-双、口-鼻、元音的长短、松紧，是否擦化，展舌-卷舌和舌根位置，等等（Ladefoged 和 Maddieson，1996）。入声音节韵尾塞音的发音部位特征以及韵尾塞音出现与否与元音的一些基本音系维向存在着一定的类型学关联。

1. 元音的音系高度和尾塞音之间的关系

元音的音系高度（phonological height）是元音的基本维向之一。音系高度需要区别性特征来定义，并不等同于元音发音的实际舌位高低或开口度。具体语言的元音系统究竟区分几个音系高度，需要具体研究。除了普通话，目前关于其他方言音系高度的论述不多。Cheng（1973a，1973b）、Duanmu（2000）等认为普通话元音系统区分三个音系高度。

普通话单元音系统如（1）所示。

（1）普通话单元音系统（方括号里的是音位变体）

音系高度	区别特征	元音
高元音	[+高]	i y ɿ ʅ u
中元音	[-高，-低]	[e] ɤ [o]
低元音	[+低]	[a] A [ɑ]

以 Cheng（1973a）和 Duanmu（2000）定义的普通话元音音系高度为参照，我们假设其他大多数方言的元音系统区分三个音系高度，如（2）所示。

（2）其他方言单元音系统

音系高度	区别特征	元　音
高元音	[+高]	i ɪ y ɿ ʅ ɨ u
中元音	[-高，-低]	e ɛ ə ɤ o ɔ
低元音	[+低]	æ A ɐ ɑ

620 个入声音节系统中三个音系高度的元音与尾塞音的组合情况如表 4 所示。

表 4　三个音系高度上的元音和尾塞音的组合与分布（数字表示方言数）

单位：个

尾塞音系统	音系高度						
	高、中、低元音	中、低元音	中元音	低元音	高、中元音	高、低元音	高元音
4 - 塞音系统（25）	25	0	0	0	0	0	0
3 - 塞音系统（132）	131	1	0	0	0	0	0
2 - 塞音系统（71）	69	2	0	0	0	0	0
1 - 塞音系统（392）	149	218	19	3	2	1	0
总数（620）	374	221	19	3	2	1	0

表 4 显示，$V_{高、中、低}+S$ 系统和 $V_{中、低}+S$ 系统分布很广；而 $V_{高、低}+S$ 系统的分布范围很小；在考察的 620 个入声音节系统里，没有发现只有 $V_{高}+S$ 的系统。跨方言的观察发现，如果入声音节系统允许高元音和尾塞音组合构成入声音节，那么，这个系统一定允许中、低元音和尾塞音组合构成入声音节。

据此，我们做出类型学概括：在同一入声音节系统内，如果没有入声音节 $V_{中}+S$ 或 $V_{低}+S$，这个系统则没有入声音节 $V_{高}+S$。入声音节 $V_{高}+S$ 的存在以入声音节 $V_{中}+S$ 或 $V_{低}+S$ 的存在为基础；如果我们把中、低元音归为非高元音（-高），我们得到以下蕴涵关系：

$$V_{+高}+S \rightarrow V_{-高}+S$$

从目前了解的各个方言的描写材料看，这个蕴涵关系是不可逆的。

2. 舌位前后不同的元音与不同发音部位尾塞音的组合

对 620 个入声音节系统的考察表明，同一音系高度的元音，其舌位前后与尾塞音的出现与否以及与尾塞音发音部位之间未呈现明显的关联。以同属粤语的东莞万江话和钦州新立话为例进行说明。万江话入声音节系统中，后元音 u 不与 -k 组合，即 * uk（李立林，2010），而新立话中，高前元音 i 不与 -k 共现，即 * ik（黄昭艳，2008），与万江话的情况恰恰相反。

关于元音的舌位前后与尾塞音的不同发音部位之间是否存在关联，还需要进一步观察和分析。

3. 元音的唇状和尾塞音的有无及之间的关联

尾塞音 -p 的出现与否和元音的唇状这一音系维向密切相关。在 165 个有 -p 的尾塞音系统里，展唇元音和 -p 的组合很普遍，但圆唇元音和 -p 的组合则很少见。据此，我们建立以下蕴涵关系：若一个入声音节系统允许圆唇元音 +p 组合构成入声音节，那么这个系统一定允许与其对应的同一音系高度上的展唇元音 +p 组合构成入声音节，即

$$V_{+圆唇}+p \rightarrow V_{-圆唇}+p$$

4. 双元音、鼻（化）元音和长短元音与尾塞音的同现

在考察的 620 个方言中，只允许双元音与塞音组合，不允许单元音和塞音组合的入声音节系统不存在。据此，我们建立蕴涵关系：如果系统有由双元音充当音节核的入声音节，那么，这个系统一定有由单元音充当音节核的入声音节，即 $-V_1V_2S \rightarrow -VS$，反之则不成立。

620 个系统中，只有鼻（化）元音 + 塞音，没有口元音 + 塞音的入声音节系统不存在。据此，我们可以建立蕴涵关系：若一个入声音节系统允许鼻（化）元音和特定部位的塞音组合构成入声音节，那么这个系统一定允许与鼻（化）元音相同音系高度的口元音和塞音组合构成入声音节，即 $\tilde{V}S \rightarrow VS$，反之则不成立。

最后简要说明长元音在入声音节里的情况。若一个入声音节系统允许长元音和特定部位塞音组成构成入声音节，那么，这个系统一定允许与其对应的音系高度相同的短元音和特定部位塞音组成构成入声音节，即 $-VVS \rightarrow -VS$，这一蕴涵关系不可逆。

三　入声音节的出现频率

除了分布之外，出现频率（frequency of occurrence）是类型学观察的另一个主要方面。我们认为，特定入声音节在某一方言里构成的语素数量就是入声音节的出现频率。我们统计了 18 部《方言词典》和 110 部（篇）《同音字汇》（共 128 个方言）收录的由元音和尾塞音组合构成的语素数

量，以及不同音系高度的元音和不同部位尾塞音组合构成的语素的出现频率。统计结果如表 5 所示。

表 5　128 个方言尾塞音与不同音系高度元音组合的语素数量

单位：个

ip	it	ik	iʔ	up	ut	uk	uʔ
1029	1849	370	3663	18	876	1755	2526
ep ~ ɛp	et ~ ɛt	ek ~ ɛk	eʔ ~ ɛʔ	op ~ ɔp	ot ~ ɔt	ok ~ ɔk	oʔ ~ ɔʔ
349	906	2588	5650	53	379	3687	8000
əp ~ ɤp	ət ~ ɤt	ək ~ ɤk	əʔ ~ ɤʔ	ap	at	ak	aʔ
135	524	288	8513	2452	3450	3083	9122

表 5 表明，出现频率由高到低的入声音节的依次是：aʔ（9122）> əʔ ~ ɤʔ(8513) > oʔ ~ ɔʔ(8000) > eʔ ~ ɛʔ(5650) > ok ~ ɔk(3687) > iʔ(3663) > at(3450) > ak(3083) > ek ~ ɛk(2588) > uʔ(2526) > ap(2452) > it (1849) > uk(1755) > ip(1029) > et ~ ɛt(906) > ut(876) > ət ~ ɤt(524) > ot ~ ɔt(379) > ik(370) > ep ~ ɛp(349) > ək ~ ɤk(288) > əp ~ ɤp(135) op ~ ɔp（53）> up(18)。分布范围较大的入声音节的出现频率较高，如 ap，而分布范围较小的入声音节的出现频率较低，如 op ~ up。a + 尾塞音的组合出现频率最高。

四　讨论和结语

汉语各方言在入声音节系统（系统内部结构和具体入声音节的数量）、分布范围以及出现频率三个方面呈现出明显的类型学特点。现将入声音节韵部系统及韵部系统内元音和尾塞音组合所呈现出的（准）蕴涵共性总结如下。

（1）含有［-p］的系统和其他系统之间的蕴涵关系：在同一类型内，含有［-p］的尾塞音系统的存在蕴含着由其他尾塞音组成的系统存在，并且肯定包括 t 或 k。该蕴涵关系不可逆。

（2）特定的入声音节系统里，不同音系维向上的元音与尾塞音的组合：在同一系统内，如果高元音可以与尾塞音组合，那么，非高元音一定可以和尾塞音组合，即 $-V_{高}S \rightarrow -V_{非高}S$。

（3）如果系统里有由双元音作音节核的入声音节，那么，这个系统里一定有由单元音作音节核的入声音节，即 $-V_1V_2S \rightarrow -VS$，反之不成立。

（4）若一个入声音节系统里由有鼻（化）元音和塞音构成的入声音节，那么这个系统里一定有由和鼻（化）元音音系高度相同的口元音与相应塞音构成的入声音节，即 $\tilde{V}S \rightarrow VS$，反之不成立。

（5）若一个入声音节系统允许长元音和塞音构成入声音节，那么，这个系统一定允许其对应的音系高度相同的短元音和塞音构成的入声音节，即 $-VVS \rightarrow -VS$，反之则不成立。

汉语方言入声音节的类型学特点可能具有多重意义。首先，这些类型学事实可能有着历时意义。在620个方言里，如果不考虑仅有一个入声音节的方言数量（20个），方言里入声音节数量越多，那么这样的方言数量就越少。这与汉语入声韵趋于舒化的演变方向或倾向（王力，1985：505～514）相吻合。其次，有助于进一步了解汉语的音节结构。类型事实说明，汉语音节的韵部是可以分析的。再次，从音段结构角度看，入声音节的类型特点提出了诸多研究课题。例如，缺失的“圆唇元音＋p”型音节里元音的［＋圆唇性］和－［p］的［＋双唇性］问题。最后，也是更加重要的，入声音节的类型特点可能是观察语音－音系相互作用的最佳窗口。

（作者单位：南开大学外国语学院；原刊于《中国语文》2020年第2期）

论汉语词汇语法化与用字变化的互动关系

李运富　孙　倩

汉语词汇语法化“通常指语言中意义实在的词转化为无实在意义、表语法功能的成分这样一种过程或现象，中国传统的语言学称之为‘实词虚化’。”宽泛一点理解，意义实在的实词演变为意义较虚的实词，或者意义较虚的虚词进一步演变为意义更虚的虚词，应该也可以看作语法化现象。西方语言学界很少论及字形对语法化所起的作用，这大概是由表音文字的特点所决定的。汉语词汇语法化使词语的词汇意义不断磨损，语法意义逐渐增强。据江蓝生、戴昭铭、李小军等研究发现，语法化同时会导致语音弱化、分化、强化，进而派生出大量新词，而汉语字词关系的理想状态总是希望“一音义对应一字形”、字形与音义之间是有理据的，音义的变化会打破记录字形与词语的大致象似性，推动用字的重新选择、改造、调整等。所以音变、义变与形变之间的影响并非单向的，记录字形也参与语法化的过程，语法化与用字变化二者可彼此互动。

一　汉语词汇语法化对用字变化的影响

汉字的构形是以词语的音义作为理据的，形与音义之间有着密切的联系，语法化引起的语义磨损、语音变化、语法功能的增强，使得字形与音义的关系日益疏离，从而推动记录字形的变化。词汇意义的减弱使记录字形的构件难以提示词义信息，书写时进行省减、变异，用字呈现音化、代号化的发展趋势，也为大量借字的行用创造条件。语法化引起词语的语音变化，尤其是语音弱化，促使字形为更好提示当时读音做出系列调整。语法化同时使词语的语法意义得到增强，由一个范畴进入另一个范畴，通过强化字形的表义成分，适应语法功能的变化，也使词语倾向于优选能提示语法意义的字形。字形将语法化的成果固化下来，反过来，通过用字的演变可以推断语法化完成的时代。

1. 语义磨损引起的用字变化

由实词或意义较实的虚词语法化而来的虚词，对源词具有较强的依附性，通常不另造专字记录，而是兼用源词本字记录。但语法化使词语的词汇意义不断磨损，与源词的意义联系越来越疏离，源词本字逐渐成为兼记虚词的代号，字形的表义成分日趋累赘，为求省便，用字者对虚词产生阶段的用字进行省减，从而引起记录字形的磨蚀。尤其是部分义音合体字的表义构件被省减，仅保留示音构件记录词语，从而推动虚词用字朝音化趋势演变。许多虚词的源词由借字记录，语法化也可能使这些词语的用字出现省减构件的情况，这使用字更加变成记音符号。

词汇意义的磨蚀淡化了字词的形义关联，为虚词大量借用音同音近字创造了条件，也使音同音近字久借不归，甚至行用开来成为可能。如汉语量词多数由实词语法化而来，它们在成为量词之初多数保留着源词的语义特征，但随着词义泛化程度越来越高，称量对象范围的不断扩大，量词与源词本字之间的形义联系松脱，这就使量词对用字表义功能的要求没那么高。如量词“叶”最初兼用源词本字“葉”或其异体“篥”，后改用“页”字。

通常来说，对汉字构形理据越熟悉，出现误写误用的可能性就越小，对汉字的构形理据越陌生，汉字分析、书写的主观性就越强，出现变异的可能性便越大。由语法化派生出的新词意义日渐虚化、空灵，与源词本字、借字形义联系渐趋疏远，用字者无法重建虚词与字形的意义联系时，有的便通过变形音化强化字形的示音功能。如战国简牍将量词“两”字中间部分变形音化成“羊”等。

语法化后，词汇意义高度空灵，难以据义构形，选用一个音同音近字记录词语无疑是最为经济便捷的用字方式。无论是省减赘余的表义构件、变形音化，还是假借音同音近字，都是与虚词词汇意义减弱的特点相适应的，所以整体而言，虚词的用字呈现明显的音化趋势。由词汇意义磨损引起的用字变化，反过来使词汇意义进一步削弱，加速语法化的进程。

2. 语音弱化引起的用字变化

语法化演变过程中常常伴随音变，包括语音弱化、分化、强化等不同情况，其中以语音弱化最为常见，如声韵调的缩减和脱落，都是朝着发音省力的趋势发展的，虚化程度越深，离源词本字的读音越远，江蓝生、戴昭铭、李小军等学者对此都有论述。语法化之所以引起语音弱化，是因为语音形式与语义表达之间存在大致的象似性，语义磨损会导致该语言成分显著性下降，进而在口语中变得含糊，音系形式发生变化，如缩减或变为其他发音更省力的音系形式。汉字是记录汉语的书写符号，语法化引发字形与弱化语音间的不适切，因而语音的变化会推动词语用字的调整。

语音弱化有多种形式，包括变为其他音类、音系形式的减省、合音等类型。按照语音的正常演变规律，多数音类是不大可能变为完全不同的其他音类的，但这类现象存在于语法化引起的音变现象中，有的音类变化推动了用字的改换。语音弱化最常见的现象是音系形式的减省，包括声母、韵头或韵尾的缩减等，有的音系形式甚至弱化成零形式。合音也是语音弱化的表现形式之一，与音系形式省减掉音节的某些音素不同，合音是将本属两个语气词的音节融合成一个音节，为体现汉语一字对应一音节的用字规律，词语的用字也由两个字符改换成单个字符。如“胡不”合音作“盍”，“了哟”合音作“喽”等。

值得说明的是，语法化引起的音变并不都会引起用字的变化，但如果词语的用字发生了变化，尤其是出现了新的记音字，就可以推论词语的读音很可能发生了变化。根据用字的变化，可以推断词汇语法化发生和完成的时间。这是因为语法化引起的音变，模糊了字词之间的固有对应关系，仓促不知本字的情况下，借用口语中同音的字和专造反映弱化语音的字进行记录，这才导致了用字的变化。

3. 语法意义增强引起的用字变化

语法化使词语词汇意义磨损的同时，也让它进入新的语法范畴，语法意义和语法功能得到增强。因此，通过各种手段分化或另造语法专字，凸显强化的语法意义，就是常见的现象了。字形的强化无疑使词语的语用功能从形式上得到固化，用字者通过字形便能推理词语的语法功能，也使词语的主观性得到增强。

汉语量词分为物量词（名量词）和动量词，它们多由实词语法化而来。刘世儒将物量词分为陪伴量词、称量量词以及介于二者之间的陪伴-称量量词，他指出陪伴词的作用只在陪伴名物，不是核算分量的，它是纯然的语法范畴，同实际称量的数量没有关系。为适应物量词语法范畴的改变，称量对象较为专门的量词，它们的记录字形出现陪伴对象化的演变趋势，将量词的陪伴对象转化成记录字形的表义构件，这种改变使实词的语义信息部分消失，陪伴对象作为量词的语义要素得到固化。如量词“艘”的用字由“椶”演变为“艘”等。

汉语词语有的词汇意义较为空灵，甚至纯粹作为显性的语气标记而存在，带有鲜明的语气意义和感情色彩，为凸显特殊的语用功能，从先秦起，就有为凸显词语语法意义而专造的新字，这些专用字多以“口、言、欠”等作为义符。如由代词语法化产生的助词“夫”多借用“夫”记录，唐宋增义符“言”造“詄”字。

有些记录语气词的专用字是经过非专用字的试用后才产生的，说明用字形提示语法意义是制约虚词用字的优选原则。如对近代新生语气词的记录，有的在历史上曾使用多种字形，但后来大都增加“口”旁另造专字来记录。如由“罢”字本义“完结”语法化产生用于句末表商量、请求、推测的语气词“吧”等。

二　记录字形对汉语词汇语法化的反作用

汉字的发展演变受语言音义制约的同时，也有着自身独特的发展变化和使用规律，甚至如孙常叙所说：“（汉字）在一定条件下，有的可能对它所写的词起反作用，使词的音或义发生变化。”人们在改换用字的过程中有意无意地也改变了字词的对应理据，从而可能推动词的音义发生变化，其中的有些变化可能促进或者促退词汇语法化。前面已经提到新造和使用虚词专用字可以强化和固化词汇语法化功能，这里不再赘述。

1. 字形讹误可能掩盖词汇语法化真相

文本传抄刊刻过程中发生书写变异或字形讹误是常见的现象。有的字形讹误导致甲字与乙字的形体混同，产生认读的错觉，原本属于甲字的记录职能顺势转移到乙字身上，逐渐沿误成习，积非成是，而通过乙字的形体结构很难看出与词语音义之间的理据关联，结果导致语符跟字符对应关系变得模糊，甚至掩盖词汇语法化的真相，产生字词关系错觉。如语气词“呰”的记录字形“呰”讹变为“些”，而“些”字构件的功能无法与语气词“呰”的音义联系起来，所以后来对语气词“呰”的语法化过程不太清楚，而把“些”看作独立的语气词，并就其来源做出各种猜测。

2. 字形变异可能导致产生新的词汇语法化成分

记录字形对词汇语法化的反作用，可能还表现为通过字形的变异产生新词新义，也就是说变异字形和原形最初记录相同的词语，后来或改变变异字形的读音，使其区别原字形的记录职能，结果导致新词新义的产生。如量词“个”的产生就与字形变异有关，“介”在省减作“个”以后，“介”依旧存在量词的用法，但二者的读音开始分化，结果等于产生了新的量词“个”。

3. 字形变换可能导致语法化成分反向词汇化

已经语法化的成分由于使用者误解误用，可能导致字词关系的重新分析，有的语法化成分甚至会反向词汇化。这实际上可以看作用字对语法化的一种阻碍和促退。如“猗”本用作语气词，与“涟”不存在构词联系，但使用者可能对“猗”的语气词用法较为陌生，加上文字类化的作用，后来常常把“猗”写作“漪”，于是误以为它与“涟”构成双音词“涟漪”表示水面微波，并重新分析出实词的用法。

三　研究词汇语法化应适当关注用字变化

汉字是记录汉语的书写符号，汉语的音义对记录形体具有决定作用，但汉语字词关系绝非简单的记录与被记录的关系，形体与音义之间也存在互动影响，这是汉字区别于表音文字的鲜明特点。因此，我们认为研究汉语词汇语法化演变时需要结合汉语的实际情况，从汉语字词关系互动的角度重视字形在语法化演变中所起的实际作用，将字形作为影响汉语词汇语法化演变进程的重要因素，才能客观描述语法化的演变历程，全面反映汉语词音义变化的实际情况。

汉语的记录字形与音义之间存在一定对应关系，当变化的音义与原记录字形出现某种不对应时，用字者会通过各种手段调整、优化记录字形，使字形与音义呈现大致的象似性，字形的调整有的使词语意义进一步弱化，有的增强词语的语用功能，有的推动新词新义的派生分化，从而巩固语法化的成果，加速语法化的进程。记录字形提示的信息与变化音义间的不匹配，某种程度上推动着语法化演变不断深化。经语法化产生的词语，词义逐渐泛化，与源词的联系日益疏远，源词的用字也难以约束新词，加上新的虚词意义抽象空泛，故用字常变换，多假借、多省减，导致同词异字、同字异词现象大量存在；往往同一虚词对应多个记录字形，同一记录字形对应多个虚词，使在共时平面和历时平面都出现大量异形或异词现象，加剧了汉语字词关系的复杂程度。

黄德宽指出："因为汉字，汉语历史资料积累成为一个庞大的资源宝库；也因为汉字，汉语的研究变得极为复杂和困难，许多问题的研究极易走入歧途。因此，当代中国语言学理论体系的建构，应努力促进文字学与语言学研究的结合。"词汇语法化与用字变化的互动现象，造成字词关系复杂，不仅给文本的准确释读带来某些障碍，也常使词汇语法化的研究陷入误区。如"吗"是现代汉语最重要的疑问语气词之一，对于它的来源和形音义的演变，经过吕叔湘、太田辰夫、王力、黄国营、江蓝生、孙锡信、吴福祥、钟兆华、刘子瑜、冯春田、曹广顺、杨永龙等学者的接力研究才算大体弄清楚。问题如此复杂，正是由于该词历时用字变化多端，字词关系纵横交织，致使其语法化过程不甚清晰。

通过以上论述可以看出，语法化给汉语字词关系带来深刻的影响，词汇语法化的实现既有词汇意义的磨损、语法意义的增强，也有语音弱化现象，还有字形的调整和变化，语音、语义、字形要素都曾参与语法化演变。因此，研究词汇语法化问题，不能局限于语言本身，还应该适当关注有关词语的用字变化，以及用字变化可能给语法化本身和语法化研究所带来的影响。

（作者单位：郑州大学文学院，北京师范大学文学院；
原刊于《北京师范大学学报》2020年第2期）

城市语言管理与城市语言文明建设

徐大明

改革开放以来，大规模、高速度的城市化进程带来了语言方面的新常态。从言语社区的视角来分析，大量的新城市、新市镇尚未发展成成熟的言语社区，大批新市民尚未获得融入言语社区的机会和能力，原有的城市言语社区则面对人口和环境改变的挑战。缺乏言语社区的规范作用，城市语言生活出现了一系列问题，包括言语交流的问题，也包括语言文明的问题。（Xu，2015；王玲、陈新仁，2019）

一 城市语言问题

中国的高速度的城市化不仅体现人口城市化率的变化上，也体现在城市数量的增加方面。短短四十余年时间，中国城市的数目增加在三倍以上，城镇个数增长则十倍以上，还出现了多个千万级人口的特大城市。与此同时，城市化和城市建设成为带动经济发展的主要模式，城镇地区对国内生产总值的贡献已经超过80%。在当前和今后一段时期，城市化将继续推进经济的发展，国家把都市圈和城市群的建设也纳入了发展蓝图。大批新城市的涌现和原有城市的规模扩大，城区人口的高度集中和人口密度的增加，都对城市环境和城市管理提出了挑战，其中自然包括语言管理的问题。

如多位学者所指出，社会交际中言语行为的低俗化问题和“官宣”文本中的文法文体错误问题，已经开始拖累我们社会的进步。许多问题可以归结到语言能力的层次，而语言能力提升的先决条件是相应的语言意识提高。在许多情况下，我们没有意识到我们语言能力的局限性。在面临突发公共事件时，我们可能会发现我们没有应对的预案；或可能有而不完整，或可能其中缺乏必要的语言方面的内容。（李宇明，2020）与此相类似的是，我们的许多干部和群众没有意识到语言文明的问题。我们的学界对语言文明研究得还不够，我们的语言管理还存在着语言文明的盲区。

二　言语社区规范

言语社区是社会和谐的一种模式。言语社区是在传统的地理和经济社区的基础上形成的社会语言结构，也可以说是一种社会文化的体现。从社会功能角度来看，言语社区是社会成员通过长期实践而逐渐形成的一种交际整合的解决方案。在稳定的社会当中，数代同居一地的人群，即使没有明确的权威机构的干预，也会约定俗成地形成当地言语互动规范，这也就是言语社区的实质。（徐大明，2004；Xu，2015）

如上所述，大规模的人口流动和城市人口的快速集聚带来了管理问题，其中就包含语言管理问题。从社会语言学的角度，这些问题可以分析为言语社区解体和言语社区缺位的问题。在缺乏人口流动的社会中，一般存在一个个成熟的言语社区，这些言语社区镶嵌在经济地理社区中，支撑着社会的信息整合，也维系着语言文化认同。因此，每个言语社区都有一些约定俗成的语言应用规范，包括语境规范、语用规范、礼貌规范、避讳规范等。社区成员自幼养成的语言习惯，几乎成为不自觉的行为模式；对于不符合社区规范的行为，社区成员往往会有震惊、抵制、反对的态度，进而会采取干涉、制止乃至惩罚的举动。因此，言语社区是一个说话人的社会组织，具有任何社会组织所具有的监督和管制功能。但是，在非流动性社会中，言语社区与经济文化社区基本重合，所以，有关的语言规范问题，因融入社会生活的各种情景之中，不会被单独提出来作为语言问题来考虑和处理。然而，在人口流动、社区重组的背景下，人们来到新的居住和工作地点，未了解或未适应当地言语社区的规范，继续实践在自己成长社区中所习得的一些与之不同的语言规范，因此而造成了交际失误、失礼失范，甚至导致矛盾冲突等情况。而且，在新社区中，来自不同地区的新成员较多的情况下，难以形成主流规范，或者出现对立的几种行为模式，更是成为产生社会矛盾的条件。有些社会问题和管理问题，以语言问题的表象出现，不能指望仅仅从语言层次来解决问题。但是，另有一些是可以从语言方面着手的，通过解决语言问题而避免的社会问题，则需要特别引起语言文字工作者的注意（甘柏兹，2001）。

在此次防疫期间，特别是在政府下达不同程度的“封城”令以后，社会治安情况大大改善，犯罪率大大降低，这一点各国情况基本一致。简单地说，人们不上街，就减少了摩擦、冲突和人身侵害的犯罪。另有未确认的某国报道说，强制“居家”措施实施以来，家庭内的冲突，如夫妻打斗则有所增加。可以想见的是，在有限的空间增加人际互动是容易产生摩擦和冲突的。城市的公共空间，特别是比较拥挤的空间，如果没有严格的管理，就会成为争抢、骚乱和犯罪的发生条件。城市的公共空间也包括语言的空间，成为语言生活和语言管理的一部分内容。

早期的语言生活研究把个人的语言生活区分为三部分：家庭、工作和外出语言生活。以此为据，从城市语言管理的视角，城市居民的外出环境就是语言公共空间了。这些空间可以包括街道广场、商店商场、银行医院、公共交通工具等场所。在这些场所，没有起码的公共秩序，就可能出现混乱状态和治安问题。公共秩序的规定和维持是管理机构的责任，公众的支持和合作则是秩序得以实现的必要条件。

读者恐怕早已熟悉一些国人因在国外公共场合大声说话而遭非议的报道了。这里值得指出的是，其中一些情况是有明文规定的，另一些则是不成文的社区规范。我们目前关心的是，今后在我们的国家、我们的城市、我们的社区，关于特定公共场合的言语行为，要不要立法，要不要有何时保持沉默，何时可以说话但以何种方式说话，以及什么话可以说，什么话不可以说的明文规定或约定。再举个防疫期间的例子，在小区封闭管理的情况下，入门时对门卫的“哲学三问”大家一般都有问必答，甚至有的小区还自设区别内外成员的“口令”，等等，这些都可以看作言语社区行为，或者说是言语社区形成的表象。

语言管理理论的一个重要突破是，有效的管理不仅是自上而下的单向行动，而且还是自下而上的响应和支持。我国在全国性的居家防疫行动中所体现的上下一致，以及群众支持政府指令的情况恰恰体现了这种管理模式。怎样把语言管理也像防疫管理那样做成全民的行动是一个重要的课题。但是，其中至少包括政府的语言文字工作和言语社区自觉、自发的行动两方面的内容。

三 语言文明建设与创建文明城市

城市语言文明建设可以配合我国当前开展的建设社会主义精神文明工作而展开。其中，自 20 世纪 90 年代开始的“创建全国文明城市”活动，可以成为它最为紧密相关的工作。目前开展的“创建全国文明城市”的活动中已经包括一些城市语言文明建设的内容，但是，还需要进一步明确和拓展。

其一“廉洁高效的政务环境”，其中包括的语言内容大有研究的空间。政务工作的有关语言内容很丰富，其中比较重要的，恐怕就是在开展各种政务工作当中执行党中央十七届六中全会提出的“大力推广和规范使用国家通用语言文字，科学保护各民族语言文字”的指示。还有就是怎样通过具体的语言使用来达到廉洁高效的工作状态，怎样通过改进语言使用和建设语言规范来提高工作效率，怎样通过反对和打击有利贪污受贿等腐败活动的语言活动来配合反腐倡廉工作。另外，近来引起争议的一些政府机构的宣传工作的语言使用情况也值得引起注意。

其二“民主公正的法治环境”，其中也包括丰富而且关键性的语言内容。国家的基本语言政策有立法保障，执行这些法律自然是法治环境的重要部分。此外，还需要考虑的是立法和执法中的语言运用的问题。目前已经提出来的法律语言学问题包括法律文本的语法和表述严谨性的问题，但是容易忽视的是涉及语言事务的法律概念的界定问题，这一问题往往缺乏明确的内容和科学的依据。例如，以语言文字方式造成的伤害、侵权等犯罪行为往往没有明确的成文界定。不同地区和城市，可以考虑根据本地情况制定一些法律法规来细化已有的语言法律内容，还可以考虑制定一些禁止民族歧视、社会歧视以及其他破坏和谐的言语行为的法规。同时，比较重要的是，要有明确的执法程序和违法标准。

其三“公平诚信的市场环境”，自从“语言经济”的语言战略提出以来，语言服务的市场价值开始得到重视，“语言产业”也开始蓬勃发展。但目前还比较缺乏的是，在商业化的语言服务和语言产品上体现“公平诚信”的原则。在过去语言意识比较薄弱的情况下，作为附加值部分的语言服务往往受到服务业界的忽视，作为主要服务内容的语言服务也缺乏质量标准。在改善城市语言环境的工作中，可以考虑的是制定语言服务的行业规范和标准。与此同时，当前快速发展的语言科技产品的市场认证需要进一步完善，其质量标准和安全标准需要语言学的论证依据。

其四“健康向上的人文环境”所包括的语言内容可以有各种有利身心健康语言活动。例如，在防疫活动中，有关医疗和卫生知识的科普宣传需要语言支持，有关部门发布了术语解释、多语词汇对照表，在特定医疗和防疫情状下设置机器翻译和人工翻译，等等。除此之外，上文所提到的，哪些城市场合禁止说话、避免说话、低声说话等环境标准的建设内容亦属于此。在公共场合中，去除低俗语言，推荐礼貌用语。目前对礼貌语言的研究一般缺乏语用指导。在公共空间，何种情形需要使用请托语，以及何种情况需要致谢、道歉，使用什么致谢语、什么道歉语等都需要明确，做到有例可循、有规有矩。

其五“有利于青少年健康成长的社会环境”所涉及的语言内容自然包括怎样为青少年创造良好的语言环境，怎样让他们不接触少接触不文明的语言样板，怎样从小养成使用礼貌语言的习惯，怎样保护他们不受到霸凌（包括语言方面的欺辱），等等，都是城市社会环境中的重要内容。

其六“舒适便利的生活环境”和“安全稳定的社会环境”都可以从言语社区的角度来认识。一个成熟的城市言语社区，社区成员对于不同生活场合、交易场合、社交场合都有语言使用的预期和期待。对于不同身份、不同角色的熟识的人和陌生人都有共同接受的称呼语、问候语，对于怎样进行交易，怎样投诉，怎样解决争端，怎样避免冲突等情况，都有一些有例可循、行之有效的言语手段、表达方式和熟语套话。在尚未形成的言语社区中，这些可以进行有意识的设计和建设。

其七“可持续发展的生态环境”是指物质方面的城市环境，从中仍然可以找到与语言文字的关系。关于“可持续发展的生态环境”，可以想到的是过度的语言文字使用造成的“语言景观”的污染，这是一个问题。从保护生态环境工作方面来看，语言文字工作可以像助力防疫工作一样为科普和宣传工作提供语言文字方面的支持。

“创建文明城市”是城市间的一场竞赛。除了上述八个“环境”之外，还需要有“扎实有效的创建活动”。而有语言文字工作者可以协助城市管理者设计以语言文明为主题的创建活动，例如，从当地方言中清除一些不文明内容的活动，推广当地特色的社会称谓语、问候语活动，“制定小区语言文明公约”活动，等等。

四 语言文明研究课题

有关研究指出，语言是人类文明的一个体现。但是，至今这仍然是一个相对模糊的命题，需要进一步澄清的是，哪些语言行为是人类文明的高端，哪些又是相对低级的发展阶段的表现。面对当前的语言文明建设的任务，还需要具体地定义“文明语言”的内涵。已有的语言学研究和语言管理的实践为我们提供了一部分答案。但是，这些答案还缺乏一个有深度的理论性解释，许多研究结果和语言管理的实践还出现相互矛盾的情况。例如，语言规划或语言管理作为对社会生活的一种干预，是否必要，是否产生正确的效应，仍然是未取得共识的问题。再例如，所谓“不良语言”，一方面受到语言规范主义者的谴责，另一方面却似乎得到“语言自然主义者”的支持。后者引用一些使用骂詈语产生健康效益的实验结果，提出及对“语言自律”的建议。

目前我们仍然需要一个有关语言文明和文明语言的理论，该理论需要回答下述问题：（1）为什么人类语言是人类文明的体现？为什么还会有“不文明”的语言表现？（2）怎样界定“语言文明”和“文明语言”？前者是否为后者提供评价标准？（3）所谓“文明的语言行为”是否有普适性，或者完全是由社会文化机制决定相对标准？（4）城市语言文明与乡村语言文明有什么区别？（5）在多大程度上语言文明是自发产生的？在多大程度上是语言管理的结果？结合我国国情以及当前的形势，我们还需要进一步诠释什么是符合社会主义精神文明内涵的语言文明，以及城市语言文明建设的迫切性问题。有关理论问题的探讨可以是无止境的，我们也不必期望立即获得最终的答案。但是，语言文明建设的必要性和紧迫性应该成为首先论证的内容。

我国城市语言文字工作取得的成果和经验表明，在制定了规范标准的情况下，通过宣传动员和督促检查的方式，逐步推进规范标准的实现，这是一个比较有效的模式。上文已经建议配合创建文明城市的工作来制定文明语言规范。这些规范可以是政府的明文规定，也可以是语言应用标准的推荐使用。目前有待开展的研究工作有：一是怎样因地制宜地制定言语互动的社区规范；二是怎样提升社区成员参与制定和维护社区语言规范的积极性。

在制定社区言语互动规范的过程中，言语社区调查可以起到发现潜在规范以及发掘其中蕴含的语言文明的作用。言语社区调查还有助于解决如何增强社区成员的语言文明意识的问题。以防疫工作为例，一旦群众认识到有关工作符合自身的切身利益，就会积极参与。语言文明怎样有利城市生活和环境，不文明的语言生活带来何种危害，都是需要深入探讨的问题。语言生活管理需要语言规划理论的指导，同时也需要充分了解和认识语言生活的现实状况。社会语言学的调查研究与语言规划研究的进一步结合是其中的一个步骤。

（作者单位：南京大学中国语言战略研究中心；《云南师范大学学报》2020 年第 3 期）

新时代对外汉语教学研究：取向与问题

李　泉

引　言

国际汉语教学发展到了一个新时代。随着中国的国际化程度日益加深，汉语的国际地位和国际需求不断提升。海外学习汉语的人数总体上在持续增长，学习层次和目标需求多元化，学习群体呈现低龄化，并且有越来越多的国家将汉语纳入中小学国民教育体系。与此同时，近十几年来，在中国政府的大力推进下，以孔子学院为代表的汉语教学“走出去”的趋势仍在发展。可以说，国际汉语教学开启了一个普及化的新时代。在这种背景下，国内语言学界特别是对外汉语教学界有义务、有责任思考：在汉语教学国际化的新时代，中国能为海外的汉语教学提供哪些可供借鉴的教学经验和方式、教学理念和理论、教学模式和方法以及教学标准和资源？

走过70年的对外汉语教学，在教学实践、理论研究和学科建设等方面取得了可喜的成就。20世纪50～70年代的汉语教学和研究，为后来对外汉语教学发展奠定了良好基础。80～90年代对外汉语教学大发展，教材编写、水平测试、偏误分析、文化教学、语言习得、教学理论研究等取得了广泛的成就。21世纪以来，研究视野更加开阔、领域更加拓展。2005年世界汉语大会的召开，标志着国家汉语教学发展战略和工作重心转向海外，孔子学院教学、汉语教学本土化、教材国别化、汉语国际教育专业硕士点建设等成为热点研究领域；而国内对外汉语教学则更加处于缺乏目标和方向感的自发自为状态，有被边缘化倾向。这是否意味着对外汉语教学到了一个“生存和发展”的新节点？

对外汉语教学和研究应更新观念。不仅当下存在某种危机，回视对外汉语教学的发展历程，在感叹取得诸多成就的同时，有些隐忧依旧难以释怀。比如，20 世纪 80 年代以来，几乎没有教学改革的声音和行动，这不应是学科建设的常态。再如，在语言文字生活方式已发生重大变化的信息化时代，对外汉语教学的语言文字标准是否也应与时俱进？拼音是否应提升为对外汉语教学的“第二文字”，是否可以确立汉字和拼音双轮驱动的教学理念？更为遗憾的是，多年来，我们似乎有意无意把英语为代表的第二语言（“二语”）教学理论，视为对外汉语教学研究的依据，忽略了汉语的独特性，这种研究的价值取向和范式取向是否也需要扭转？

新时代和新节点上，无论是基于自身发展的需要，还是着眼于服务海外汉语教学的需要，对外汉语教学界都应比以往任何时候更加关注汉语汉字教学自身的问题，更加坚定走适合汉语特点的教学之路的道路自信，更加坚定建构既体现“二语”教学共性又体现汉语“二语”教学个性的教学法体系的理论自信。基于以上认识，本文拟探讨对外汉语教学与研究的内容与标准的取向问题及当前应特别关注的一些问题，这些问题涉及对外汉语教学与研究的走向，影响教学的质量和效益，乃至关乎汉语国际化的进程。当然，本文更重要的意图在于抛砖引玉、活跃思想，以期形成更加关注对外汉语教学理论与实践自身问题的共识，以新的面貌和成就迎接新的机遇和挑战。

一　新时代对外汉语教学：研究取向

1. 对外汉语教学研究的问题取向

21 世纪以来，对外汉语教学研究的内容和方法更加多元化，视角和领域更加宽广，成果数量大幅增多，在国内学术界的影响力不断提升。但总体上看，对外汉语教学研究缺乏新形势下学科发展和建设的顶层设计，缺乏对既往教学和研究的路径、内容及方法的检讨，缺乏能够为海外汉语教学提供更加合适的汉语教学模式、理论和方法的思考和行动，缺乏能够为国际“二语”教学界提供有特色的教学模式、理论和方法的思考与行动。

2. 学科研究的取向应以我为主

以对外汉语教学自身问题为主的研究取向，要求更多地关注汉语汉字特点及其教学规律的探索，而不能“老谈隔壁人家的事情”。20 世纪 50 ~ 70 年代的对外汉语教学，由于更多地关注对外汉语教学自身的问题，因而在探索适合汉语“二语”教学的路径、寻求对外汉语教学理念和方法方面取得了不少成就（钟梫，1979/1993）。20 世纪 80 年代以来，对外汉语教学在探索具有汉语和汉语教学特点的教学理论方面也做出了努力，提出总体设计理论、“结构、功能、文化”相结合的原则、知识文化和交际文化的概念等。21 世纪以来，仍有一些学者在探索有汉语特色的教学法理论方面做出了可喜的贡献，但总的来看，尚未形成主流趋势。至今未见明确形成对外汉语教学与研究要“摆脱印欧语二语教学理论束缚”这样的观念。

3. 科学研究的前沿应该出自国际汉语教学界

多年来，我们对学科研究的方向和重点问题似乎不够明确，走有汉语汉字特色的教学之路和研究之路的集体意识不强、努力不够、成果不多，其热情远不如对待国外的“这个法、那个框架”那么高。这不符合汉语国际化背景下的国际汉语教学界，特别是从事汉语教学历史不长的地区和国家对中国对外汉语教学界的期待，他们更想了解汉语教学的特殊性在哪里又该如何应对，哪些理念、原则、模式和方法更适合汉语教学。而国际“二语”教学界也许更想知道：汉语“二语”教学有哪些原创理论和方法，对国际“二语”教学有哪些独特的理论贡献？而不是想知道他们的理论和方法在汉语教学中的应用及效果，至少这不是主要的。国际汉语教学研究的前沿课题和前沿成果应该出自国际汉语教学界，出自基于汉语汉字研究及其教学实践。

4. 研究目标是探索有汉语特色的教学理论

汉语是缺乏形态而有声调的语言，“汉语句子的构造原则跟词组的构造原则基本上是一致的”；汉语语法的基本特点是“次序不同，意义不同；分段不同，意义不同；关系不同，意义不同”、“汉字、音节、语素形成三位一体的‘字’”。可以说，学汉字就是在学汉语，而学字母不是在学语言；汉字是语素文字，字音需一个一个记忆，但汉字的认读可以借助汉语拼音。所有这些特点都预示：对外汉语教学必须走自己的路子，而不能照搬其他“二语”教学的路子。进一步说，指望从拼音文字的“二语”教学理论和方法中，找到适合汉语教学的理论和方法过于理想化。语言和文字类型不同于印欧等语言和文字的汉语汉字，其“二语”教学应该有一些独特的理论和方法。

5. 对国外的理论应有所吸收、有所扬弃

毫无疑问，我们需要不断介绍和学习国外的“二语”教学理论和方法，但那应是吸收和借鉴，而不是照搬和套用。国外的理论和方法不都是天经地义地正确，至少不会都适合汉语的情况。因此，应结合汉语的实际有所吸收、有所摒弃，最好能有所创新和发展。在这一点上，赵元任对待其他“二语”教学理论和方法的态度与做法值得学习。比如，在他的教学理论和实践中特别强调口语教学的重要性，这充分体现了“直接法”所强调的学习“活的语言”的理念。

二　新时代对外汉语教学：问题反思

1. “语文并进”不是对外汉语教学最优模式

零起点开始的汉语教学走什么样的路径，关乎汉语教学全局和整体效益。所谓教学路子大体相当于语言教学模式，主要体现为对教学目标的规划和对教学内容的设计。有关对外汉语教学的目标，多年来并没有太大分歧，问题出在对教学内容的设计上。国内几十年来占主流地位的“语文并进”教学模式，既教语音、语法、语句，也教汉字和汉语词汇，且汉字基本上是随文学字，不是按汉字自身的教学规律和由简到繁的顺序教学，致使入门阶段的汉语教学任务繁重，口语长进慢，汉字没教好。根本原因在于“语文并进”的教学路子不符合汉语教学的实际，没有充分认识到汉字不表语音等特点及其给口语学习带来的巨大障碍，没有充分认识到拼音在口语教学中可以发挥准文字的功能，没有规避汉字的短处，没有发挥拼音的长处，是一种扬短避长的设计。

2. “语文分开”是汉语独有的教学模式

初级阶段的对外汉语教学应该体现汉语汉字及其作为第二语言教学的特点。对此，业界前辈至少在 20 世纪 50 年代就注意到了这一点，并且一开始就采用了“语文分开（先语后文）”的教学模式。“语文分开”既考虑到了汉字学习的困难及对口语教学的制约，又考虑到了汉语拼音在汉语教学初期的优势，是基于语言文字特点而建构的汉语独有的教学模式。“语文分开”对初级汉语教学来说，规避了以汉字教口语的弊端，分解了入门阶段的难点，发挥了用拼音教口语的便利和长处，是教学内容和教学资源避短扬长的合理配置。

3. 现有课程体系未突出对外汉语教学特点

由于初级汉语教学采用了“语文并进”的路子，几十年来，对外汉语课程设置体系总体上采取的也是拼音文字的语言“二语”教学课程设置的路子，伴随着语音、语法、词汇和汉字齐头并进的综合课的，就是初中高各级口语、听力、阅读、写作等课程的教学，且相关的教材都是以汉字书写为主，忽略了汉语教学的特殊性。具体表现为：没有利用拼音开设口语课；基本不单独开设汉语虚词课；基本不单独开设汉字课；没有单独开设汉语书面语课程；没有开设地方普通话和当地方言选修课（李泉，2017）。进一步说，几十年来，对外汉语教学的课程设置体系没有将汉语教学的内容、技能培养和教学资源进行合理配置。

4. 拼音的教学功能未能得到根本释放

无论是基于信息化时代的需要，还是基于拓展国际汉语教学学科建设的需要，都可以看出，拼音的汉语教学功能没有得到根本释放，仍主要停留在注音识字层面上。事实上，手机微信、电脑打字基本上离不开拼音的支持，拼音成了人们在虚拟世界的“首选的文字”，汉字成了“提取的文字”。如此来看，在信息化时代，应该考虑将汉语拼音提升为书写汉语的“第二文字”；而着眼于国际汉语教学的实际需要，就更当如此。李宇明（2006）指出：“汉语拼音在汉语国际传播中的作用，应引起足够重视。实事求是讲，外国人掌握汉字有相当大困难。只是汉族人在国内交流，仅有汉字也许就够了。如果要汉语走向世界，如果要汉语助国家走向世界，只有汉字恐怕不够。”

5. 对外汉语教学存在的其他问题例析

除以上影响汉语教学和研究走向、格局和方式等宏观性问题值得探讨外，教学实践中的一些理念和做法同样值得反思：（1）对于欧美学习者来说，洋腔洋调是教师没教好、学生没学好，还是初中级阶段的常态现象？除非影响意思表达的儿化和轻声外，花很多精力教儿化和轻声有多大必要，仅仅靠教能否解决问题？（2）教材中同义词、近义词（如“每天”与“天天”、“二”跟“两”）辨析是否符合“二语”教学的实际，有无效果，效果多大？（3）语法教学中，脱离语境的诸如“刚”与“刚刚”、“到底”和“究竟”之类的异同辨析有多大价值和效果？（4）在键盘时代，汉字的书写教学应占何种地位，达到何种要求？是把更多的精力花在笔画、笔顺的正确和书写字形美观上，还是花在教授打字和选字上？这些问题都值得认真研究。

同样值得反思和研究的理论与实践问题还有：（1）汉语作为“二语”教学存不存在和需不需要教学“本位”？存在和需要一个什么样的更适合对外汉语教学的“本位”，这也是值得讨论的。（2）汉语没有形态而有声调，且基本上是一字一音节，便于安排韵律，那么汉语是否更适合背诵的语言？

三　结语与余言

汉语国际化不仅是一个趋势，也是一个正在不断深化的现实。海外汉语教学进入了一个多元化发展和不断被纳入国民教育体系的新时代，国内的对外汉语教学正处于生存关键期和发展机遇期。为此，对外汉语教学界应全面反思几十年来在学科建设和学术研究中的成败得失；在国际汉语教学发展的新时代，进一步明晰学科发展和建设的方向、路径和目标。这应是新形势下国内对外汉语教学顶层设计方面的核心与前沿性课题。

新时代对外汉语教学研究的取向与目标：（1）介绍国外“二语”教学理论和方法，目的是借鉴，是为我所用，而不是简单地以其为标准来盲从和套用。（2）学科研究应以对外汉语教学的特点与自身存在的问题为主。（3）追踪国际“二语”教学研究的前沿无可厚非，但对外汉语教学研究的学术前沿应该在海内外的汉语教学界，应该出自对外汉语汉字教学自身的问题。（4）对外汉语教学研究目标是探索有汉语特色的教学理论。对此先贤和时贤已有言在先，并进行了开拓性的研究工作。但迄今业界对这一目标的集体意识不强，着力不够，成果不多。（5）与其追踪别人，不如盯紧自己。

新时代对外汉语教学和研究需反思的主要问题有：（1）对外汉语教学界几十年一以贯之的“语文并进”是拼音文字的“二语”教学模式，对汉语“二语”教学来说，不是扬长避短的最优模式。（2）“语文分开”是避免汉字短处，发挥拼音长处的尤佳模式，也是汉语“二语”教学独有的模式。这一模式也是当前对外汉语教学研究的前沿课题，应通过教学试验和实证研究，重新确立该模式在汉语“二语”教学中的核心地位。（3）现有对外汉语课程体系没有突出汉语语法、汉语书面语等的特点，没有与汉语生态相关联，应进行新的规划研究，开始诸如全拼音口语课程、汉字作为文字教学课程、汉语虚词教学课程等（李泉，2017）。（4）全面反思现有的课堂教学、教材编写、语言要素教学等的理念和方法。与时俱进，更新观念和做法，坚定对外汉语教学研究的学术自信和理论自信，挖掘、探索和创新更加适合汉语汉字教学的理念、理论和方法，促进汉语的国际化进程。

（作者单位：中国人民大学国际文化交流学院；原刊于《语言教学与研究》2020 年第 1 期）

论点摘编

《“六经”与“轴心时代”的思想和文学突破》

傅道彬

傅道彬在《复旦学报》2020 年第 2 期撰文指出：“六经”是中国轴心时代的文化代表，“六经”的产生经过了从文献到经典的发展历程，实现了中国古典文化的思想突破和文学跨越。“六经”的形成是一个漫长的历史积累和选择升华的过程。从传说的唐尧、虞舜到夏、商、周漫长的历史积淀之后，在“轴心时代”特殊的时代氛围和历史土壤上，经典完成了化蛹成蝶的思想升华，而最终成为中华民族的经典文本。在经典产生的过程中，孔子是具有里程碑意义的人物。经典时代的建立，是以孔子对“六经”进行大规模的文献整理和思想阐释为标志的。孔子是经典的整理者、传承者，也是经典的创立者、实践者，“六经”传承几乎都与孔子相关。从“六经皆史”到“六经皆文”再到“六经皆诗”的理论转变，体现着经典的经学、历史学和文学的多重解读的历史过程。“六经皆诗”的理论要求我们以文学的目光审视经典，打通经学与史学、史学与文学的阻隔，回到经典文本的历史现场，领略早期中国文学的艺术风貌，体味中国文学创立时期的精神气象。“六经”是一种历史书写，也是一种文学书写。“六经”的意义不仅是经学的思想的，也是文学的审美的；“六经”是中国文化的思想武库，也是中国文学的艺术土壤。

（作者单位：首都师范大学文学院）

《从贵族仪轨到布衣文本——晚周〈诗〉学功能演变考论》

程苏东

程苏东在《文学遗产》2020 年第 2 期撰文指出：作为礼乐文明的载体，《诗》是宗周贵族文化的产物，它可歌、可诵、可赋、可言，展演方式非常多样化，特别是作为“游戏”的赋诗，更以其对于仪式的戏仿而成为外交宴享中极为重要的沟通方式。不过，无论是意在彰显仪式规格的歌诗，有助于讽谏的诵诗，还是娱宾而兼沟通的赋诗，《诗》的文本义整体上保持稳定，《诗》也由此建立起其公共经典的文化地位。随着周人宗法制的崩坏，《诗》的仪式功能逐渐湮没，其古言、古事也一度被视作不切时用的迂阔之学，《诗》的经典地位一度面临危机。继贵族而起的布衣士人在对于《诗》的传习中，开始深入发掘《诗》文与儒学义理之间的相关性，并将这种相关性落实到他们的文本书写之中，建立起一种“缀合式征引”的书写传统。在持续而广泛的征引之中，《诗》的阐释向度不断得以扩充与革新，而其作为孔门圣典的地位也得以确立。在后世《诗》学史的视域中，这种引《诗》方式破坏了《诗》文本意义的整体性与稳定性，故常为学者所诟病。但如果在晚周社会知识分化与转型的视域中观察，则正是这种趋合时义的用《诗》方式维持了《诗》的活跃度，并由此建立起一系列新的《诗》学阐释体系。

（作者单位：北京大学中文系）

《汉赋“象体”论》

许　结

许结在《文学评论》2020 年第 1 期撰文指出：陈绎曾论汉赋之“体

物”法更多地赋予了其创作论的意义，并使“体物”论得以具体化与技法化。“象体”虽然是陈氏论汉赋“体物”法的一种，然与他“体”比较，由于以语言特色以呈象，所以最具有汉赋创作的风貌与特征。陈绎曾所称“象体”法，既有汉赋“体象”的广阔背景，又是汉赋“体物”方法的一种，前者可观其法的基础性与重要性，后者当视为“体物”论的一环，其中包含了赋学史由赋用、赋体到赋法的变迁。陈绎曾论汉赋的“象体”说，是一种以技法分析汉赋写作的追述式批评。陈绎曾论汉赋“体物”不仅在于对“体物”论的具体化，而且还着眼于赋法的技术化，这又与魏晋以降尤其是唐宋时代科举考赋的工具化密切相关。在陈氏诸多“体物”法中，“象体”法是基于汉语言特征的，虽可追溯到《诗》《骚》文学传统，但以“体状”而“明象”，且臻于“体象”之境的解说，却最能揭示汉赋“体物”的本质，其为“赋体物”论本身也拓展了探寻的空间。“相如长于象体”则昭示了西汉赋基于诵读与修辞技艺的原生态写作风格。在汉赋“体物”论的范畴中，“象体”与“比体”最能反映赋体的语言表达方式，然从汉赋的创作历史来看，其由“象体”到“比体”的变化，又喻示了赋体艺术自身的发展与演进。

（作者单位：南京大学文学院）

《〈柏梁台诗〉的文本性质、撰作时代及其文学史意义再探》

郭永秉

郭永秉在《文史》2020年第4期撰文指出：《柏梁台诗》传统上被认为是一种联句文本，但其实原诗并非二十六句联句，而是一首完整的、内部分成三个自然意群的七言诗。结合诗歌的体式和内容方面的特点，与出土文献中有关七言诗的对比分析，可知《柏梁台诗》很可能是西汉中期的闾里书师编纂的具有蒙学教育作用的俗文学作品，本不与柏梁台宴饮作诗的本事相关，后来可能被附会为东方朔的作品收入《东方朔别传》，意在表现东方朔的敏捷和文采。大约在东晋以后，因为多重因素影响，《柏梁台诗》被人为拆解成联句，并仿照《大言赋》起头部分增改了诗的小序，制造出南北朝文人知识系统中汉武帝与群臣柏梁台联句的典实，广为诗文援引化用。南朝刘宋以后君臣联句活动的兴起也与《柏梁台诗》文本形式、性质的变化有密切关联。《柏梁台诗》虽非联句之祖，但在七言发展史上是目前可见最早的一篇完整纯七言诗，从全诗的句式结构、后三字表现的内容虚实角度看，《柏梁台诗》已经颇为成熟，在七言诗的发展史上具有重要地位和独特价值，相较单句单行、句句韵的早期七言的基本特征而言，《柏梁台诗》已有明显的发展，从句子之间的意脉关联和上下句式照应的角度，已能看到后来七言句句韵的主流形式特征。

（作者单位：复旦大学出土文献与古文字研究中心）

《论陶诗的力量》

刘　奕

刘奕在《中华文史论丛》2020 年第 2 期撰文指出：陶诗同时具有承载包容和超拔绝俗两种力量，这源于其人格上旷达深静、疏淡朴拙与忧愤沉郁、耿介峻洁二者的融合。表现在诗歌上，可以从三个方面观察其力量的存现。其一是从风格上的“左思风力”来审视。陶诗中有一种峻拔高洁的风格，这种风格即陶渊明不合流俗之气，也就是“左思风力”的直接表现。陶渊明的诗歌质朴自然，是骨鲠其内、风荡其中的质朴自然，唯其有风力，所以能质能厚能自然；反之，越是质朴深厚，其骨越硬，其气越盛，二者是相辅相成、呼吸相通的关系，而非主次并列相加的关系。其二是从“介”与“拙”的自我认同与自我描绘来看。陶渊明孤独，根源于他的介与拙。拙是他的天然厚质，介则是他的德行抉择。陶渊明的拙和介交相为用。陶渊明作品的拙，展示的主要是一种承载性、包容性的力量，而介的力量感，则是“渊渟岳峙”式的，深沉而高耸；其三是陶诗的力量主要体现在用字上是准确厚重，造句是朴拙与高奇，安章则是顿挫曲折。贯串三方面的是一个基本特征，即平实朴拙与沉郁耿介的交织互生。前者提供承载包容之力，后者提供超拔绝俗之力。二者的关系是相融相生，使质朴中深藏兀傲，愤懑时不失深厚，这才是陶诗力量的最显著特色。

（作者单位：上海大学中文系）

《佛教文献所载往还书启的文本及其归属——从萧子良的一篇“佚文”谈起》

李　猛

李猛在《中华文史论丛》2020 年第 3 期撰文指出：《弘明集》卷一一载萧子良与孔稚珪几次书信往还，其中普遍被认定的孔稚珪第三启，实为萧子良对孔稚珪第二启的回复。究其混淆之因，乃早期刻本藏经于孔氏第二启开头的“十一月二十九日州民御史中丞孔稚珪启”与“珪启”两处的差异，至明吴惟明刻本妄改文本、妄加标题，误导此后的辑佚、整理与研究。此外，因江南系统大藏经的第一启末之“谨启”与“事以闻”被割裂开，导致该启与第二启的尾首切分均误，故两启的文本须重新写定。实际上，佛教文献所载类似往还书启、表笺等文书甚多，故而在研究中要注意选用早期写刻本藏经，并核对文本尤其是首末题署等关键信息，以避免类似混淆文本与归属之情况。

（作者单位：复旦大学中文系）

《敦煌本〈观无量寿经〉及其注疏残卷缀合研究》

张涌泉　方晓迪

张涌泉、方晓迪在《中国典籍与文化》2020 年第 2 期撰文指出：敦煌文献是学界研究的热点，具有极高的学术价值和研究价值。文章运用现代缀合的方法，通过从内容、行款、书风、笔迹等不同角度的细致对比和深入分析，在已知的第 112 号《观无量寿经》及其注疏写本当中，披沙拣金，去芜存菁，将第 16 号《观无量寿经》及其注疏残卷或残片缀合为 6 组。使这些失散的吉光片羽得以重新聚合。这些扎实细密的研究有助于我们对相关写卷的性质，以及具体出处、抄写年代等作出更为客观、准确的判断。在敦煌文献的整理研究方法上，具有一定的启迪和示范作用。

（作者单位：浙江师范大学人文学院）

《五句体与连章诗——杜甫〈曲江三章章五句〉体式发微》

程章灿

程章灿在《北京大学学报》2020 年第 1 期撰文指出：杜甫对曲江怀有深厚的情感，他一生创作了 13 首咏曲江诗，作于天宝十一载的《曲江三章章五句》，是杜甫第一次以“曲江”为题写景抒情，在其曲江题材诗歌创作史上具有独特的意义。此诗七言成句、五句成章、三章成篇，前三句逐句用韵，后二句仅一韵，其命题及章句格式颇为独特。不仅是杜甫自创的“连章体”，而且是最为严格意义上的“连章诗”。其命题格式脱胎于《诗小序》，章句格式则源自《诗经》以及《前溪歌》、《白纻歌》等南朝乐府民歌，尤其是《乐府诗集》卷 55 所载张率《白纻歌》等作品。作为一种诗歌体式，“五句体”早在宋代就已经引起诗学家的重视。但总体来看，自宋以来，仿作这种“五句体”的诗人并不多。今天仍然流行于鄂、湘、渝、陕、豫、皖、赣等地，如豫西南地区的“五句体”山歌，就是七言五句，称为“赶五句”或“排歌”，与杜诗一脉相承。杜甫自觉运用其高超的结构艺术，通过奇偶变化，以表面的不平衡达到深层的平衡，《曲江三章章五句》堪称典型。此诗是杜诗题目中唯一称章者，也是杜诗中唯一首名副其实的连章体诗。后人对此诗的评说和拟学，帮助其实现了经典化。学界使用连章体诗概念多有泛化和误解。“连章诗”的概念有必要精确界定，而不能随意扩大、滥用。

（作者单位：南京大学文学院）

《韩愈狠重文风的形成与元和时期的文武关系》

刘　宁

刘宁在《文学遗产》2020 年第 1 期撰文指出：韩愈不少诗文作品，具有推重强力乃至暴力之美的狠重风格，表现出迥异于文人风雅的美学趣味。这种狠重风格的作品，就其构思而言，都是奇特甚至奇怪的，但单纯从“怪奇”“奇险”等角度来认识这些作品，并不完满。韩愈狠重风格的强力之美，来自一种介乎神人之间的英雄气魄。其狠重文风对暴力血腥的推重，与英雄史诗中的笔墨多有近似，这在《诗》《骚》以来的中国汉族文学中罕有呈现。韩愈狠重文风的形成，有其个性因素的影响，但时代社会的因素更值得关注。韩愈早年的艺术创新多集中于“怪奇”一面，狠重风格在宪宗元和朝以后才得到充分发展。宪宗信任宰辅、坚决削藩。韩愈元和时期在尊王攘夷、坚决镇压藩镇之乱以及弘扬儒道、攘斥佛老等问题上，态度坚决强硬，并积极参与平定藩镇叛乱的军事行动，其狠重文风的成熟与政教追求的日趋刚猛相同步。宪宗倚重文臣加强统治，极大地激发了元和士人允文允武的热情。韩愈虽是读书进身的文士，其在元和年间同样表现出发扬蹈厉、文武兼资的追求。但元和时期文臣相对于武将的政治优势，并无制度上的根本保障，只能依靠君主的信任来维持，在现实战争的压力下，其实非常脆弱，这种复杂的文武矛盾使士人言武难免矫激与奋厉。韩愈狠重文风的暴力血腥之嗜，在很大程度上，是这种矫激奋厉之气与诗人褊急性情合力作用的结果。

（作者单位：中国社会科学院文学研究所）

《家族图谱与家世记忆——柳宗元自撰家族墓志碑铭文的文化蕴涵》

李芳民

李芳民在《文学遗产》2021 年第 2 期撰文指出：柳宗元为其家族亲属所撰写的墓志碑铭文，在其所撰墓志碑铭文总数中所占比例，远高于同时代的其他几位著名文人。柳宗元所撰家族亲属墓志碑铭文所涉及之人物，也具有很强的广泛性。其中既有本门之直系近亲，也有同族之他房别支，既有母系亲属，也有妻妾子女及妻属之岳家，可以说构成了一个人数众多的家族图谱。这些墓志碑铭文中不但有对家族人物仕宦经历、政治活动、社会交往以及生活面貌的生动记述，还包含作者对其家族历史的深情追忆。从这些墓志碑铭文可以看出，柳氏家族以儒家道德为立身之根本，通过传习儒家经典以陶冶道德与品性，又以砥砺名行、立朝有节而显示人格操守的家风传统，这正是中古士族重视家族宗风特征之体现。同时，还可以看出柳氏家族为了维护家族优良门风的稳定性，在仕宦婚姻、子女教育与品德修养等方面呈现出的特点。柳宗元自撰家族墓志碑铭文留下了一份难得的由家族成员亲自书写的中古士族家族之“私家档案”，这对于研究中古士族的家族特点，具有重要的价值。由于自唐以后士族无可避免地走向衰落，因而柳文中悲凉、凄怆之情感特点，也可以被看作中古士族走向衰落的历史映射，是他们面对无可奈何的命运所唱出的一曲感伤挽歌，同样也具有重要的价值与意义。

（作者单位：西北大学文学院）

《新见〈大唐安优婆姨塔铭〉汉文部分释读》*

李　浩

李浩在《文献》2020 年第 3 期撰文指出：新见《大唐故安优婆姨塔铭

* 此标题原为《新见唐代安优婆姨塔铭汉文部分释读》。

（并序）》，是一方入华粟特人的塔铭，该塔铭由汉文和粟特文两部分组成。汉文部分共11行（包括题目），粟特文共17行。通过对汉文部分考释可知，塔铭的主人出于昭武九姓的安国，但已经内迁到凉州姑臧，其族群当属活跃于丝绸之路上的粟特人。其居住地长安外郭城群贤坊地近西市，是唐代旅京外族人集中居住区。与常见的粟特人信奉祆教或摩尼教等三夷教不同，将铭文中“普别二法”“一乘”等概念，联系隋唐时期佛教发展史实，并征之以新出文献和文物，可推测此优婆姨当为三阶教信徒。她虽然是在家修行者，但没有依据世俗法安葬，而是与其他信徒一起，集中在三阶教创始人信行葬地附近埋葬，葬俗或属当时佛教的林塔葬。

（作者单位：西北大学中国文化研究中心）

《唐诗选本对小家的影响》

莫砺锋

莫砺锋在《文学评论》2020年第4期撰文指出：唐诗选本对唐代诗人的知名度及唐诗作品的经典化有着极大的影响，但主要体现在小家身上。所谓“小家”，是相对于“大家”而言，只是一个约定俗成的名称，并不具有严格的标准。小家的作品留存很少，不足以自成一集，在《全唐诗》之类总集编成之前，小家之作主要依靠入选选本得以存世。历代的唐诗选本入选的小家相当多，其中有许多诗人原来声名不显，或作品甚少，只因受到选家青睐，才免除了湮灭无闻的命运。有些小家作品稍多，风格也较为多样，选本对他们的影响主要体现在突出其代表作以及主导风格。选本对小家的作品有多方面的影响，如同诗异题的取舍、名篇异文的取舍、诗人风格的认定等。选本对小家也有负面影响，如在选录过程中有时会产生作者、诗题的张冠李戴，或文本的讹误失真，以至于以讹传讹，曲解诗意，影响唐诗的正常传播。选本对唐诗名篇最严重的负面影响是由异文取舍之不当导致对作品主旨的严重歪曲。但从总体上看，在长达千年的唐诗接受史上，选本对小家作品的保存、传播以及小家名声的免于湮没起着相当积极的影响。尤其重要的是，小家在唐诗史上的地位之确立，选本起着决定性的影响。历代唐诗选本对于唐诗小家有着至关重要的影响，是构成唐诗接受史的重要因素。

（作者单位：南京大学文学院）

《梅尧臣、苏舜钦边塞诗的角色想象与诗史意义》

王启玮

王启玮在《文学遗产》2020 年第 2 期撰文指出：宋仁宗朝，宋夏战争激起边塞诗的写作热潮。梅尧臣、苏舜钦尤具参与感，各以“通儒—幕僚”“烈士—武将”两类虚构的“文化人格—政治角色”为中心，将边塞诗汇成风格独特的文本系统。梅注《孙子》，欲入边幕，其边塞诗因幕僚思维和儒者认同，一则重视析理建策，关注幕僚群体，二则承载悲悯情怀和通儒理想。苏作边塞诗鉴于宋将无能，由烈士向慕导向武将想象，发扬中古边塞诗的抒情传统，形成公私话语的背反。梅顾虑儒者论兵，苏反思烈士人格，又可见政治文化的影响。梅、苏的边事书写不仅集中显示两人诗风的差异，亦标志宋代边塞诗形成自身特色，这表现为写作内容的现实指向、心态的时代性及范式革新。在北宋中期，文人吟咏武事的面貌不仅取决于个体的性情与思维，还和当时的诗歌传统及政治文化语境密切相关。前代边塞诗，虚构如乐府系统，普遍表现战将形象和英雄情结，实写则如边幕文士，多描摹异域风土、军旅生活。梅的幕僚角色书写显然不同于二者，继杜甫之后拓宽了边塞和论兵题材相融互渗的写作路向。苏作的雄壮豪气、淋漓妙墨、峥嵘肝胆则能与其“万户封侯骨”交相辉映，汇成刚健昂藏的诗人形象，而这正是苏氏对仁宗朝诗坛最为突出的贡献。

（作者单位：北京大学中文系）

《“苏辛变体”在12—14世纪初词坛的运行》

沈松勤

沈松勤在《文艺研究》2020年第6期撰文指出：对于公元1126～1320年近两个世纪的词史，词学界通常以政治上的朝代史为框架，按“南宋词史”、“金源词史”或“金元词史”分而治之，并强调金源地理环境决定金源词人的天禀及其创作的独特性。实际上，这一时期虽然先后出现宋金对峙、蒙古灭金和宋与蒙古对抗、元灭南宋的历史变迁，导致词人处于不同的王朝和地域，苏辛体派却南北呼应，联袂采纳和践行“苏辛变体”的规范体系，在体用、体格和体气上，合力谱写同源同质的变体历史；而且，“苏辛变体”也未因金朝或南宋的灭亡而终止，直至元朝统一南北后的近半个世纪，才渐渐失去原有的高亢之音而暂告退隐。无论南方还是金源，苏辛体派中的词人个性虽各具特征，但士大夫人品与词品互为表里，却是他们共同遵循的规范原则。其规范体系运行，孕育了“苏辛变体”，使之在花间体派莹冰晖露、不着迹象的“正体”与姜张体派词语尔雅、恪守音律的新“正体”以外，别具一格，为载负时代精神、展示词人个性提供了更自由、更宽广的性能和空间。这也提醒我们，以政治上的朝代史为框架书写断代词史以及指导这一书写的“朝代词史观”，有重新审视和修正的必要。

（作者单位：杭州师范大学人文学院）

《幻象与真我：宋代览镜诗与诗人自我形象的塑造》

侯体健

侯体健在《文艺研究》2020年第8期撰文指出：览镜诗出现于六朝，在初盛唐时完成了脱离宫体、回归自我的转变，于中唐时确立了新的典范。宋代览镜诗延续中唐范型，又有所发展，“镜中像”“现实我”“理想我”出现了更为繁复多维的对应关系。宋人将自省品格、书卷气息、思辨精神带入览镜诗中，通过描摹各类“镜中像”凸显出诗人多样的自我形象。宋人览镜由日常行为转而为诗歌题材，走向审美自觉，依赖于诗中所表现出的强烈时间意识。作者们将肉体的衰病与天地改易、家国迁转打并一处，将览镜与诗酒人生紧密关联，然后通过镜像将自我对象化，将衰病书写审美化，从而消解现实的愁苦病痛。宋代览镜诗既是宋诗题材日常化的具体体现，也是观察宋调品格的独特视角。中晚唐览镜诗以鲜明的日常性品格和超越性情怀确立了新的诗学典范，并在宋代得到继承和发扬。由“镜中像”而诞生自我形象的丰富群落中，数南宋诗人陆游和刘克庄的作品最具代表性。宋代览镜诗确实与科举士大夫的生活境遇密切相关，摹写镜像，抒发情感，其内涵特点的生成都关联着士大夫的日常心理。自宋而后，览镜诗的创作依然代不乏人，不过总体特征和精神指向已经跳不出宋人览镜诗的范围。一种指向未来的近世型士人生活，在宋代已经确立。

（作者单位：复旦大学中国古代文学研究中心、中文系）

《北宋仁、徽两朝的“太平叙事”与宋人文化记忆》

夏丽丽

夏丽丽在《中华文史论丛》2020 年第 3 期撰文指出：在南宋人的集体记忆中，宋仁宗、徽宗两朝分别代表了北宋两种“太平叙事”。一方面，邵雍的《伊川击壤集》堪称仁宗朝的“太平吟”，而推崇仁宗“嘉祐之治”的宋代士大夫在后世更将其朝盛赞为“几至三代”的“本朝盛时”。另一方面，徽宗朝堂所时兴的“太平文体”在文献层面建构出“太平盛世”的人为景观，其内容包括宋徽宗的宫词创作、朝臣的应制帖子词，以及与宣和御画相映衬的君臣题诗。宋徽宗追求“丰亨豫大”的帝都中心观，而恭俭的宋仁宗则代表了天下无事的太平治世，两者在后世的形象对比，实则反映了宋人的文化记忆对北宋盛世的事后反思与理想化追述。宋人之所以能够平行建构出以宋仁宗、宋徽宗两朝为代表的两种“太平叙事”，正得益于一种带有“诗性智慧”的文化记忆术。正是宋人的文化记忆完成了对北宋历史的情节化建构与焦点转换，这才出现了后人对北宋盛世的事后反思与理想化追述，而南宋人的纪事诗文与历史书写便是其表达媒介或曰“编码”。作为“太平叙事”的执笔者，宋代士大夫或许最终掌握了比君主更大的话语权，在把本朝历史升格为“太平世”的同时，也将褒贬之辞隐含在“诗史”纪事与“春秋史笔”之中。

（作者单位：普林斯顿大学东亚研究系）

《南宋行记中的身份、权力与风景——解读周必大〈泛舟游山录〉》

李　贵

李贵在《复旦学报》2020年第1期撰文指出：《泛舟游山录》是周必大奉祠闲居期间的作品，书中所体现的身份、权力和风景之关系皆与其祠禄官身份相关。他利用个体的文化资本，透过文化取景框，用互文和对话的方法，将自然观察与文史考证相结合，笔势流走，虚实相生，在特定的文化场域中塑造了行走的、诉诸理性的人文化风景。风景起源于身份，既是权力的产物，也是权力的体现。南宋日记体行记是作者们对现实世界的“文学制图”，是从空间维度塑造中国的关键文本，需要通过探索文本的外部联系和内部修辞，重绘文本的“认知绘图”。周必大以祠禄官的身份，呈现出强烈的信息意识，其信息收集渠道具有丰富多样和及时有效的特点。周必大以退居士大夫的文化权力和审美能力“制造”了他眼中的风景。他旅行的方式是边读边走、边走边读，带着对目的地的“前理解”上路。通过私人日记的再现，他将风景私人化、时间化，从而实现对风景的挽留和占有。日记体行记融合时间移动、空间移动和内心省思，其观看方式、风景书写和身份认同既存有当日的现实气息，又带有历史进程的印记，承载着自我发现和集体记忆。

（作者单位：上海师范大学人文学院）

《论元代全真教传记的文体功能》

吴光正

吴光正在《文学评论》2020 年第 1 期撰文指出：元代全真教掀起了波澜壮阔的传记书写风潮，这一书写风潮确立了全真教的神灵谱系，是宗教神话与宗教仪式的完美结合；这一书写风潮也确立了全真教修持、弘法、济世的典范，宗教传记因而成为信徒入道之阶梯、修真之轨范。从宗教实践与文体学的角度辨析全真教传记的文体功能，有利于我们认识道教文学文本的特质，从而纠正学界将道教传记视为小说的认识错误。作为全真教宗教实践的重要组成部分，元代全真教传记书写遵循一般世俗传记规则的同时，又有着特殊的写作语境和文体功能。全真教采用了以文学传教的策略，不仅其诗词创作是宗教信仰、宗教经验、宗教情感的表达，而且其传记书写也一般取材于全真高道的诗文别集和相关碑铭。元代全真传记书写具有强烈的教派属性，其叙事不仅是真实的而且是神圣的，其叙事不仅记录教派历史而且建构教派认同，既区别于一般世俗传记，又与所谓的“小说”迥然有别。

（作者单位：武汉大学中国宗教文学与宗教文献研究中心）

《元末明初浙东诗学与〈诗经〉传统》

马　昕

马昕在《北京大学学报》2020 年第 4 期撰文指出：元末明初浙东文人推崇《诗经》的价值，借助《诗经》文本及其相关理论，建立了一套标榜风雅的诗学思想，唤醒了《诗经》的理论活力。其标志有四：首先，他们以《诗经》为最高标准评价历代诗歌，将汉魏诗和唐诗树立为《诗经》的“代言人”，模仿《诗经》作四言诗，弘扬古体而贬斥律体，却在师其意与师其词之间出现了纠缠；其次，他们以《毛诗》“正变说”为框架，或以时代政治盛衰解释诗歌变化，或将个人道德修养融入时代政治盛衰之中，或将政治盛衰偷换为文体变迁，从而实现对“正变说”的遵循、突破与背离；再次，他们发扬了《毛诗序》中的“讽谏说”，借诗歌批判现实，表现下位者诉求，并与永嘉事功之学和吴中文学传统相连接；最后，他们在宋元以来理学思想影响下，重道而轻文，受“发乎情，止乎礼义”之说的启发，由明道、言情二途追求朴质诗风。浙东文人利用《诗经》及其相关理论建立了一套独特的诗学体系，将《诗经》的文学传统重新激活，使其具备全新的思想活力。这是他们在元末明初这个特殊的时代，为古典诗学思想做出的最重要也最独特的贡献。

（作者单位：中国社会科学院文学研究所）

《王世贞诗文集的文献学考察》

魏宏远

魏宏远在《文学遗产》2020年第1期撰文指出：王世贞著述宏富，明清以来对其诗文集多以碎片化的方式接受。随着《弇州山人四部稿》《弇州山人续稿》《弇山堂别集》被收入《四库全书》，王世贞诗文集的主体面目才得以呈现。但不仅一些目录学著述中，诗文集之各单行本与全集不断离合派生，不同文本之间关系复杂，而且传记文献或诗文集序跋对其行状、年谱、碑志，其诗文集的种类、卷数，其亲属及其同时代者，等等，都未厘清。其中，尤以诗文卷数最为模糊，或言之不详，或著录舛误。一些丛书及选本通过建构新语境，对诗文集予以重新理解和接受，这种理解和接受容易形成以“部分王世贞”替代“整体王世贞”的现象，呈现出不断被“文人化”的过程。王世贞少时意图以诗文“量多”来获得文化资本，作品不断衍生，却因文本“失控”以及接受者及其本人对诗文集理解错位而造成多文本性和重复性，“削稿”、初稿和未定稿流传于世，诗文集种类、卷数、版本以及作品间的关系极其复杂。目前王世贞存世诗文集约五百四十八卷，其选编、评点和整理的作品规模宏大，尚需进一步搜集和整理。

（作者单位：兰州大学文学院）

《援史学入诗学：胡应麟〈诗薮〉的诗学历史化》

许建业

许建业在《文学遗产》2020 年第 4 期撰文指出：明代中后期，诗学论述和诗话撰作都趋于体系化和学术化，其中以“博综该洽、体例周备”著称的胡应麟《诗薮》，堪为代表。胡应麟既用历史的眼光审视诗歌发展进程，同时也吸收了传统史学的研治方法，从而借助丰富的诗学材料，建构出宏大的诗歌通史。重新审视《诗薮》的编写特点可知，其以朝代名目定卷的分期意识及对“唐上”和“载籍”的表志编写，亦透出历史编纂的底色。至于在历史发展观念方面，《诗薮》有如下特点：以“气运”作为诗学发展的重要原因；认为世道、君主、文运之间互相观照，完成为“气运”大道所驱动的“诠释循环”；运用“十二消息卦”和“正闰”的变化来演示“盛衰循环”的轨迹。胡应麟秉承了“会通”的史学精神，推尊孔子的“道问学”，从文献典籍出发，重整“四部”、更定“九流”，梳理和建立“文学知识的源流和体系”。此外，《诗薮》之“诗学历史化”也是诗话体系化、学术化的一大特色，在检视和辨析诗论与学术发展的关系中，梳理出更具诠释力和概括力的诗学脉络。这在诗话体撰作以至诗学发展上具有标志意义。

（作者单位：复旦大学古籍整理研究所）

《试论中国诗歌由古典向近代的演变问题——以徐渭诗歌的非古典特征为例》

廖可斌

廖可斌在《文学遗产》2020 年第 5 期撰文指出：古代文学不等于古典文学，是中国古代诗歌由古典向近代转化的历史过程中的重要环节，而文学艺术创作是否具有跨越时代的审美特征，主要取决于它所处的时代环境及创作者个人禀赋。徐渭就是明代中晚期最具纯粹的文学艺术气质和最富独创精神的诗人和书画家之一，他的诗作偏爱描写世俗生活，甚至是丑陋的事物，消解神圣化的叙事主题，主张回到现实生活本身，寻求主体精神的自由和超越。其诗歌意象具有强烈的主观色彩，突破了古典诗歌的自足性、封闭性结构，追求日常生活的真实性以及形式上的相对自由。这是一种富于创造性的实践，在一定意义上可视为近现代诗歌的先声。徐渭的诗歌已具有一系列显著的非古典或曰近代性特征，因受时代的局限性，还不能完全摆脱强大的古典诗歌传统之影响，但如仅仅用古典诗歌的审美标准来分析和评价徐渭诗歌，就难免有隔靴搔痒之嫌。这些具有一定近现代（新）文学特征的诗文，为分析古今诗歌演变轨迹提供了典型样本，帮助今人更好地认识中国古代文学的整体面貌及其丰富性、复杂性。

（作者单位：北京大学中文系）

《“义激猴王”的校勘、义理与小说史语境》

李小龙

李小龙在《文学遗产》2020 年第 5 期撰文指出：《西游记》中“猪八戒义激猴王”中之“义激”是清人的擅改，明代版本正文均作“义释”，但仍为校勘者的修改。据明本目录及插图图题可确定，其原文当作“义识”，正文所用的“义释”可能是同音致误，此误或许源于小说史经典情境的影响。此处词的不同其实指向的是《西游记》校勘者对情节意义呈现的判断，因此，此词之辨析对作品义理的梳理与建构有着重要的标定意义。《西游记》明刊诸本的校刊者之所以不解“义识”而将其改为“义释”，不仅仅是二词音同，其背后还有着更复杂的语境，即后起的《西游记》对已成经典的《三国志演义》的追模。就我们所讨论的内容而言，“义识猴王”的桥段并没有达到妇孺皆知的程度，所以校刊者不明其义，可能认为此处有误字；之所以改为“义释”，则因为“义释”是早在《三国志演义》中便已建立起来的经典化情境。“义激”似乎是对猪八戒使用激将法的概括，却并不妥当；而“义识”为“因义而识”的意思，与作品情节逻辑吻合。“义激”与“义识”二词的择用，在深层意义上体现出对孙悟空回归取经队伍心理动因的认知。如果将此异文放回小说史语境，会发现其中隐藏着《西游记》校刊者希望以《三国志演义》“义释”或“智激”的经典情境为《西游记》经典化张本的考量。

（作者单位：北京师范大学文学院）

《“曲祖”之誉：〈琵琶记〉在明代的经典化》

朱万曙

朱万曙在《文学评论》2020年第4期撰文指出：作为戏曲经典的《琵琶记》，从明永乐年间《瑞安县志》的“实为词曲之祖”到嘉靖年间魏良辅在《曲律》中“自为曲祖”的推许，再到崇祯年间凌濛初“世人推为南曲之祖”的称赞，《琵琶记》在明代戏曲中至尊至高的地位已显而易见，其中，既有帝王的赞赏，亦有文人的批评。前者由于其在封建社会中拥有至高无上的权威性，无疑直接确立了《琵琶记》在诸多戏曲作品中的地位，也使《琵琶记》格外受到文人的关注；后者则对《琵琶记》从不同视角、不同层面展开了批评乃至争论，既有对本事问题的溯源和“新说”，又有对作品地位的讨论，如对《西厢记》《琵琶记》《拜月亭》的“优劣论”等，这些批评与争论无疑形成了“聚焦效应”，推动了《琵琶记》的经典化。与此同时，连续不断、版本多样的刊刻复制使《琵琶记》传播极为广泛，接受者成倍递增，自然就提升了其影响力。除此之外，文人圈子的演出、欣赏和民间的搬演十分广泛，也提高了《琵琶记》的关注度，从而使其经典地位不断得到认可与巩固。从纵向和横向两个维度考察可知，《琵琶记》在明代就已经完成经典化是不争的事实。

（作者单位：中国人民大学文学院）

《金批〈西厢〉中的“无”字及其“绮语谈禅”解谜探源》

康保成

康保成在《文学评论》2020年第5期撰文指出：金圣叹在《读〈第六才子书西厢记〉法》中反复强调《西厢记》是一“无”字，对此一“无”字，前辈时贤众说纷纭。实际上，《西厢记》、金圣叹、禅三者之间关系复杂，对此“无”字的讨论，便不能脱离《西厢记》本身和金圣叹对《西厢记》的具体评点及其对禅宗公案的大量征引。“无”字的第一义可概括为“以文说禅”，是《西厢记》本身的禅意和金圣叹对《西厢记》禅意的挖掘和阐释；其第二义则为“以禅说文”，将禅宗“空”“无”的概念运用于对《西厢记》艺术手法的条分缕析，是金圣叹对《西厢记》表现手法和艺术境界的高度概括，既和“不着一字，尽得风流”“羚羊挂角，无迹可求”等文学范畴有密切联系，也和李贽的“化工”说以及唐以来“绮语谈禅”的文学传统一脉相承。金圣叹希望通过八十一则的《读法》，使读者按照他的指引读懂《西厢记》、欣赏《西厢记》，然而，无论是“以文说禅”还是“以禅说文”，本身均有难以规避之弊端。人生如梦的佛学理念，不立文字、绕路说禅的语言风格，对于《金批〈西厢〉》也产生了不容忽视的负面影响。

（作者单位：湖北大学文学院）

《唐宋古文典型在清初的重构》

郭英德

郭英德在《中国社会科学》2021 年第 5 期撰文指出：清初五十余年，众多士人旗帜鲜明地选择了唐宋古文作为文人归趋、文体正统、文章规范和文法渊薮，在观念上倡导唐宋古文风范，并重新建构了唐宋古文典型。这一典型具有三大形态特征：就本体论而言，因“源于道”而致文道合一；就生成论而言，因“生于心”而为情至之文；就创作论而言，因“精于法”而成文章巨观。唐宋古文既以平易朴淡见长，就极有可能滋生“空疏浅薄之弊”，鉴于此，清初士人提出了“取法乎上，根本经术”与“反对模拟，自成一家”两种纠正方案，从而实现内外兼修、培本固元。在官方的主张与清初士人的大力推布下，到康熙前中期，以唐宋古文为典型的“雅驯”“醇雅”之文学品格已成为士人们的共同追求，此种有目的的唐宋古文典型的建构，在清初士人看来，是“关系天下国家之故”的文化事业，足以在当代发挥守望文明、传薪文化的重要功能。因此在与社会文化互动中重新建构的唐宋古文典型，契合清初学术思潮的总体走向，成为经世致用的书写载体，既足以彰显士人承续文明的精神期望，又足以辅助朝廷推行文教的文化政策，因而既势所必然也理所当然成为“文体”之“正”。

（作者单位：北京师范大学文学院）

《〈四库全书总目〉“明人”观与明诗文批评》

何宗美

何宗美在《文学遗产》2021 年第 1 期撰文指出：《四库全书总目》的

“明人”观，反映了清代官方及官学的明代观，其核心是对明代思想的批判，尤对以“空谈相胜”的社会风气和刻书及版本的批判较多。四库馆臣将1100余种明别集纳入官学褒贬体系，而乾隆四十一年（1776）颁布的三道谕旨则是《四库全书》及《四库全书总目》对待明人问题的一个分水岭，其取舍、定位的主要标准即是“明人”观，体现在明别集提要中就是“文以人重”的批评原则，该原则体现的是人品决定论的文学批评思想，这种思想的实质：一是清代官学制约下的文学批评思想，二是“春秋笔法”著述传统对文学批评的介入。这样就完成了明别集在《四库全书》体系中内在逻辑的建立，四库馆臣也由此构建其明代诗文体系和明代诗文批评体系。《四库全书总目》既厘清了明诗文体系，又建构了明诗文批评体系。“明人”观虽然是对明人的消极评判，但其意义并非消极，而是为系统研究明代诗文和明代诗文批评开拓了新的路径，启发我们认识一个深刻触及明代文学之“明代性”的重要道理，立足于明人看明文，这是它不可忽视的价值所在。明代文学最经典的作品，或许并不是明人创作的文学作品，而是创作文学作品的明人本身。以明人之研究促进明诗、明文之理解，或将使明代文学研究别开生面。

（作者单位：西南大学文学院）

《〈四库全书〉提要文本系统例说》

许超杰

许超杰在《文献》2020年第6期撰文指出：《四库全书》提要文本存在颇多差异，前人往往将其归结为不同时期对提要文本的修订。但这就忽略了一个问题，即一则提要可能具有多种提要稿，即不同的源文本，而不同的源文本也产生了不同的提要文本系统。本文以《孝经大义》《孝经注疏》《周易旁注前图》《革除遗事》等为例，指出提要文本之间巨大的差异并非由流传、修订产生，而是由提要稿依据底本不同所致；进而指出存在不同分纂官分别为同一种书的不同版本撰写的分纂稿、不同分纂官为同一种书的同一版本撰写的分纂稿、同一分纂官为同一种书的不同版本撰写的多种分纂稿等三种产生不同源文本的情况。提要文本系统的提出有利于推进《四库全书》提要研究的立体化与精细化，进一步深化《四库全书》提要研究。

（作者单位：湖南大学岳麓书院）

《“清词中兴”意涵新论》

孙克强

孙克强在《复旦学报》2021 年第 1 期撰文指出：“清词中兴”作为词史上的重要命题，从清末至今都是词学研究界的主流认识。词学史上的“清词中兴”可分为两类：一是主要着眼于“中兴”的历史时期标志；二是主要着眼于“中兴”的意涵特征，以改变明代以来的词风作为变的标志。其中，前者将整个清朝作为“中兴”的主体，对后世的影响十分深远，当代对“清词中兴”的认识即是沿袭此种观念；后者则是以“阳羡派”和“浙西派”的崛起作为“中兴”的起点与标志。二者分歧的关键在于对清朝建立之初至阳羡、浙西立派的三十余年词坛风气的不同认识与评价。“清词中兴”意涵可以归纳为三点：首先，清词开拓了新的词境，用特定的方式表现特定时代的独特感受，创立了清人特有的品格与气质；其次，清人从意格与形式两个方面完成了尊体观念的落实；最后，清词在创作过程中实现了与批评理论的结合，虽取法时代、取法对象多有不同，但均具备创作风格、特色与词学主张、理论相一致的特征。民国时期的新派词学家对清词基本持否定态度，将其视作没有生命活力的躯壳，但无论哪种观点，都认可了清词与南宋词的高度关联。

（作者单位：南开大学文学院中文系）

《词学批评学的现代发生与“三大体系”建设》

彭玉平

彭玉平在《文学遗产》2021 年第 1 期撰文指出：所谓“词学批评学”，是指在词学学科之中采用现代著述方式，自创理论或借鉴某种理论，对词史的发生与发展进行历史性的源流梳理，并总结词史发展规律的学问，亦即以独具之理论对词史进行系统批评之学。“词学批评学”的提出是将龙榆生提出的“词史之学”与“批评之学”相结合的结果，核心就是努力建构一种词学观念与词史发展的融通之学。陈廷焯、王国维与况周颐各以自己独特的词学思想来勾勒、评骘词史，直接促成了词学批评学的现代发生。在此过程中，现代词学批评学的学科体系逐渐被建构起来，但词学家的理论锋芒和批评个性也受到了一定程度的削弱。追溯词学批评学从萌芽、发展到成熟的过程，标志着 20 世纪的词学家对中国现代词学理论体系的深入探索与初步建构，这对当下中国文学研究的创造性转化与创新性发展以及“三大体系”的建设，具有积极的现实意义。

（作者单位：中山大学中文系）

《〈五百家注音辩昌黎先生集〉版本考辨》

郝润华

郝润华在《古典文献研究》2020 年第 1 期撰文指出：南宋宁宗庆元年间，福建建安魏仲举刊刻《五百家注音辨昌黎先生集》，以集解形式收录樊汝霖、韩醇、文谠等三百七十八家相关著述，极具文学和文献价值。此书现存所有版本如下：南京图书馆藏庆元六年刻本，学界多据附录《韩文考异》和佚木记认为是坊间翻刻，但从丁丙《善本书室藏书志》记述来看，或可推定为魏仲举初刻本；上海图书馆藏乾隆二十八年富仁轩刻本，从题识和流传可判断实为乾隆四十九年翻刻本，所谓“体仁阁本”不见经传，或为民间坊刻；《四库全书》本，从卷帙判断其底本所谓“内府藏本”并非《天禄琳琅书目》所载昭仁殿藏宋刻五十九卷本，而是地方进呈的正集四十卷本，很可能是乾隆二十八年富仁轩本，该本经四库馆臣精加校勘后，具备一定的文献版本价值；西北大学图书馆藏、上海图书馆藏多种乾隆四十九年本，从版式和行款均可确定是乾隆二十八年江西富仁轩刻本的翻刻本；日本刻本依次有五山版“旧刊本”、南北朝刻本和继承五山版的古活字本，根据行款和刻书时间可以推定三者实为同一版本，底本当为宋本或宋翻刻本。综合考察可知《五百家注音辨昌黎先生集》存在两个版本系统。第一个是南宋魏仲举初刻五十九卷本系统，即正集四十卷、外集十卷、引用书目一卷、序传碑记一卷、《韩文类谱》七卷，后续版本的附录内容和校勘情况略有不同，版本源流为：（初刻）天禄琳琅本→乾隆二十八年本→《四库全书》本/乾隆四十九年本。第二个是日本刻本系统，仅有正集四十卷，但文字内容比较完整，与南京图书馆藏初刻本有所差异，可供参校。

（作者单位：西北大学文学院）

《“窜句脱文”及“错误一致原理”与通俗小说版本谱系考察——古典文献基本原理例说之一》

赵　益

赵益在《文献》2020 年第 6 期撰文指出：“窜句脱文”现象在西方校勘学中称为 homoeoteleuton，在中国校勘学中则称为“涉上下文而脱”。中国古代通俗小说当中的“窜句脱文”抄误类型最具代表性。这种现象蕴含的“错误一致原理”是考察版本谱系的重要路径和法门，从中可以发现很多深层次的问题。当然，必须注意该原理的适用范围。原理意识是当下本土文献研究中较为缺乏的环节。增强文献研究的比较意识和原理意识，是中国古典文献学基本原理建设的应有之义。文献学如何从“经验之学”“记问之学”上升到规律性认知，尚有很长的探索之路要走。

（作者单位：南京大学文学院）

《毛氏汲古阁本〈说文解字〉版本源流考》

董婧宸

董婧宸在《文史》2020年第3辑撰文指出：毛氏汲古阁本《说文解字》是清代前期影响最大的“始一终亥”本《说文解字》。汲古阁本有前后印本的差异，反映出毛晋、毛扆父子在不同阶段的校勘依据和校改情况。汲古阁本祖出赵均抄大字本《说文解字》，但赵均抄本并非出自宋刊本，而是赵均以半页七行的行款，参考其父赵宧光旧藏的宋晚修本《说文》篆次，据万历年间通行的明刻白口左右双边本《五音韵谱》抄录篆形及正文而成。毛晋生前已据赵均抄本（或其录副本）抄录写样，并据其旧藏的宋早修本《说文》，参用他书校改并刊成部分书版。康熙后期，在朱彝尊的劝说下，毛扆于康熙四十三年（1704）印行汲古阁本《说文》。时毛扆对毛晋的校刊情况已不甚了解，加上毛扆并无宋本《说文》，故多取《说文解字系传》校改。毛初印甲本和初印乙本，自毛扆于康熙四十三年至四十四年在毛试印本上的校改而出，除点画外，正文校改不多。毛剜改初修印本，自毛扆于康熙五十二年（1713）的校改而出，有二百余处正文校改，并增刻六页附录。乾隆初年毛本书板转售扬州马氏，剜改后印本始出。在《说文》版本中，以汲古阁本为代表的大字本《说文》，底色实为明刻《五音韵谱》，并吸收了《说文》《说文解字系传》及其他字书、韵书校改，文本面貌复杂。

（作者单位：北京师范大学民俗典籍文字研究中心）

《“活的”文献：古典文献学新探》

冯国栋

冯国栋在《中国社会科学》2020 年第 11 期撰文指出：在用古典文献学为其他学科提供可靠文本与资料的同时，还应充分考虑本学科自身的特点与学术追求。古典文献学研究的对象应该是文献本身，而不仅仅是整理文献的方法与技术，其学术目标是通过一系列的方法与手段，去除文献文本中的“讹误错乱”，建立一个唯一的有秩序的权威文本。作为“治书之学”的古典文献学较少关注文献文本之外的问题，应该探讨文献所具有的文本性、物质性、历史性与社会性等多重特性，纵向分析文献的历史性，横向揭示文献的社会性，将文献的内部研究与外部研究结合起来，尝试建立一种“活的”文献研究范式。由于文献本身并不是均质的、透明的，并不能毫不费力地通过它们看到真实的过去。特定的政治、经济、社会因素制约、形塑着文献的生产，反过来，文献也对政治、社会、文化形成形塑，二者处于相互形塑的辩证互动之中。因此，只有把文献的内与外研究结合起来，在重视文本校订、文献形态描述的基础上发掘文献的社会功能，将文献研究与社会、文化研究相结合，将文献学与其他学科相联结，才能对文献做出更为全面的把握。

（作者单位：浙江大学古籍研究所）

《论中国文艺批评标准的正偏结构》

林 岗

林岗在《文艺研究》2020 年第 10 期撰文指出：中国的文艺批评标准存在一个正偏结构。从古至今的文艺批评皆立足于对正与偏的分梳和辨别，以判定哪些是值得弘扬的主流趣味，哪些是可以给予容身之地的旁流趣味。文艺批评正偏结构的形成和持久影响与中华文明的基本性格之间存在深度契合。在这个文明传统中，被现代批评理论视为具有充分独立性的诗和文，首先被置于辅助礼乐教化的位置，然后才被置于抒发个人情志的位置。中国的文明传统从奠基期开始就将诗文纳入礼乐教化，作为羽翼良政美治、作育君子的组成部分，但同时又给个体性的情志抒发留下一扇半开的门。这个传统一直影响至今。在中国现代批评传统里，文艺批评也依然存在一个正偏结构。新文学运动之后的现当代文学形成了强大的现实主义文学传统，这个传统讲求关怀现实、感时忧国的现实主义精神，同时，它也把浪漫主义手法包含进来，作为补充结构。当代批评中同样存在正偏格局。但批评标准所考究的正与偏，并不完全等于文艺创作的优与劣。文艺作品的优与劣，或者说作品经典化的确定，与其说是批评辨识正偏的结果，不如说是跨越世代的读者反复阅读的结果。

（作者单位：中山大学中文系）

《文学理论体系：文化结构、现代性、审美与文学传统》

南 帆

南帆在《文学评论》2020 年第 6 期撰文指出：文学理论体系的构建涉

及四个问题。一是文化结构问题。尽管文学批评史上种种命题持续产生，但是，这一切并非通向一个终极版文学的理论，而是很大程度上来自特定时代诸多学科共同构成的文化结构，因而要更多地考虑时代的种种需求是如何传递到文学理论的问题。二是现今文学理论置身于“现代性”结构之中的问题。现代“文学”概念的形成是现代知识转换的结果。正因为中国现代文学对于启蒙和民族国家等“现代性”主题做出了独特的回应，同时又参与了“现代性”批判，才促成了现代“文学”概念的形成。三是在“现代性”平台上，审美是文学发出的主要声音问题。席勒的审美自由与马尔库塞的“新感性”均是从主体的意义上论述审美的解放理想，尚不能代替社会科学的其他关注，因此我们没有理由形成审美的“独断”，社会文化之中包含审美与诸多学科之间的博弈。四是传统是现代社会论争最激烈的一个领域问题。文学传统背后的民族文化与民族国家形象密切相连，因此需要讨论文学传统与“现代性”之间的复杂关系。本文认为，文学理论体系追求的是强大的整体阐释能力，而非以庞大的体量与规模作为成熟的标志，只有将上述四大因素纳入互动视野考察，文学理论体系才能构建为一个充满辩证精神的活体。

（作者单位：福建社会科学院）

《文艺评论话语建设的学术基础》

张伯江

张伯江在《中国文艺评论》2020 年第 3 期撰文指出：新时代文艺评论的话语体系建构和传播力提升问题，应该结合“构建中国特色哲学社会科学学科体系、学术体系和话语体系”的整体任务来认识。中国文学研究作为人文科学里的一个基础学科，无论在学科基础，还是在学术思想与研究方法方面，都有很多值得反思的深层次问题，直接关系着话语体系建设的质量。具体而言，理论性文学艺术的学科体系仍需理据性论证，具有相对稳定的学术理念与研究方法的学术体系未见成形，话语体系的建设在融通各种理论资源、挖掘民族性标识性概念和推动传统文化创造性转化与创新性发展方面还有很多工作可做。理论文学的学术研究和面向文艺创作的批评实践应该结合起来，共同促进话语体系建构和传播力的提升。

新时代文艺评论话语体系与文艺批评话语模式建设，应该既体现理论的融通，又体现方法的融通，还实现风格的融通。此外，也要善于提炼标识性概念，不仅要着重提炼传统民族性概念，还要注重提炼易于为国际社会所理解和接受的新概念、新范畴、新表述。只要我们扎扎实实建设好科学、务实的理论文学学科体系，构建起融通中国与世界的强有力的文学艺术学术体系，一个成熟的具有广泛传播力的时代性中国特色文艺评论话语体系就会应运而生，文艺创作“为时代画像、为时代立传、为时代明德”的方向就有了理论上的依据。

（作者单位：中国社会科学院文学研究所）

《世界的文学性与文学的世界性》

成中英

成中英在《深圳大学学报》2020 年第 4 期撰文指出：世界是人的世界，是文化世界。哲学代表理性精神，文学代表人文精神，二者是构成文化的两个最基本因素。文就是事物的纹理，文学代表一种具体表达内部状态的形式。文学和人性有内在关联。无论从自身来讲，还是从社会功能来讲，文学都是用语言表现和传达具体事实、事态，包括人性事实、状态，即人性之真的。而人性之真本身就有追求善的能力。文学的目的，就在于经过感性的经验把人生的问题表达出来。文学不仅是透过人对世界的表达，也是通过这种表达成为人生与世界的一部分。因此，伟大的文学作品，也可以向人们灌输哲学的概念，哲学也可以用文学的语言来表达。世界有文学性，而文学也构成了一个世界。这个世界是以虚构的方式，或把真实故事进行改造，直接影响人的感受和对世界的认识。文学的世界，假设了世界文化的活动。本文所言的文学，把道德的善的自觉和追求表现包含在里面，因为无论从文学的社会功能来讲，还是从文学的自身来讲，都主要表现人性之真。文学是用文字语言来达到、表现具体事实、内外事实以及两者相互关联的方式，用以达到正心之性，用人文手段传播人性，促使人心的自觉，趋向一种善的自我实现。世界永远是哲学的文学思考根源，文学和哲学永远是创造世界的力量。人在寻求世界根源和创造新世界的过程中，逐渐提升人的存在价值，逐步实现人的存在的美和善。

（作者单位：美国夏威夷大学哲学系）

《当代中国文论研究的观念与方法问题》

赖大仁

赖大仁在《文学评论》2020 年第 3 期撰文指出：对当代中国文论的变革发展，我们有必要提升到文学理论研究的观念与方法层面进行总结与反思，主要涉及五个问题。一是其研究对象，是否仍然需要坚持以文学为中心？二是其研究向度，究竟应当向内还是向外？三是其研究基点，到底是以理论为中心还是以实践为导向？四是其研究路径，有无必要坚持本质论或是转向知识论？五是其研究方法，从论证、描述到阐释应当如何认识？对于第一个问题，本文认为，无论文学的内部与外部关系发生了怎样的变化，当代文论研究都应当坚持以文学为中心。对于第二个问题，本文认为，在当今开放性研究格局中，应克服过去那种过于狭小封闭的局限、向外拓宽视野，但文学理论研究的主导方面仍应为向内研究，以经典性文学现象为中心。对于第三个问题，本文认为：需要形成辩证的认识，一方面认识到文学理论观念的建构需通过对文学现象的说明和阐释来实现，因此必须紧跟文学现象；另一方面，文学理论还要“引”，应适当超越现实，用超越性理论思维对文学的“应然”发展加以展望。对于第四个问题，本文认为，应该把本质论与知识论结合起来，并注意不能把本质论上升为本质主义。对于第五个问题，本文认为，应当把论证、描述与阐释结合起来，并格外突出阐释在文学研究中的重要性。

（作者单位：江西师范大学文学院）

《两种“艺术生产”：马克思“艺术生产”理论新探》

姚文放

姚文放在《中国社会科学》2020 年第 6 期撰文指出：马克思从政治经济学角度对“艺术生产”进行了研究，在其“当艺术生产一旦作为艺术生产出现”的观点中，他通过希腊人的艺术生产与现代人的艺术生产的比较，提出两种“艺术生产”概念。第一个概念指作为人类精神生产方式的一般艺术活动，它体现着一般艺术规律和审美特征，对于物质生产和社会发展具有相对独立性；第二个概念指作为资本主义生产体系中的精神生产部门所进行的生产劳动，它将精神产品作为商品形式以创造剩余价值，实现资本增值。而后，马克思对资本主义经济体系进行生产劳动与非生产劳动的区分，将作为精神生产方式的艺术活动划归为非生产劳动，从资本主义生产体系中剥离和超拔出来，观照其独立的意义，揭示其特殊的本质。继而，作者提出正是由于这种剥离，才为马克思提供了理论空间，使其能够从艺术生产作为对世界的特殊掌握方式、艺术生产的自由本质、艺术生产的“间接”功能和艺术生产的审美价值取向四个方面进一步做出经典性论述。最后，马克思对“真正的艺术生产”做出了界定。指出它首先是一种观念的生产。其次，生产的目的是满足审美的需要。最后，真正的艺术生产张扬人的个性。总之，作者认为两种“艺术生产”相互对立又辩证统一，互补互动又相反相成。

（作者单位：扬州大学文学院）

《论艺术制作》

冯宪光

冯宪光在《马克思主义美学研究》2020 年第 1 辑撰文指出：习近平总书记在《在文艺工作座谈会上的讲话》提到“精品之所以‘精’，就在于其思想精深、艺术精湛、制作精良”。作者认为，讲话中，习近平总书记提出艺术品“制作精良”的观点，不仅是马克思主义文艺理论中国化关于艺术的新思想，而且强调了重视艺术制作的新问题，把制作工艺作为艺术创作、艺术品、艺术存在的一种核心要素，发掘艺术的物质交换社会实践的审美文化性质。继而，作者从三个层面上阐述了艺术制作的重要意义。首先，把艺术制作作为艺术要素这一说法具有理论建设意义。对艺术制作的研究能够进一步肯定艺术品的存在，是内在审美意识物态化的实体存在的事实，深化对实践美学的唯物主义基础的理解，打破了一直以来“实践美学是唯心主义美学”的错误观点。其次，对艺术制作的研究也能够加深对制作媒介工具的艺术工艺学的研究，直接拓展对艺术和艺术史的认识，把艺术品形式研究摆在突出地位。最后，新时代下，艺术品的传播也越来越引起了重视和关注，加之艺术制作的工具媒介自身就具有一定传播功能，是制作功能与传播功能的结合。因此，研究艺术制作问题对于深入研究互联网传播时代的艺术工艺制作的展示和传播的功能，具有不可忽视的意义。

（作者单位：四川大学文学与传播学院）

《〈资本论〉与文学经典的思想对话》

郗　戈

郗戈在《文学评论》2020 年第 1 期撰文指出：马克思理论著作中的政治经济学论述与西方文学经典之间存在互文性。在《资本论》及手稿中，马克思大量借鉴《浮士德》《神曲》《鲁滨孙漂流记》等文学著作中的人物形象、文学意象。这不仅是出于丰富表达、美化文风的单纯修辞学考虑，而且还因为这些文本中蕴含着时代精神，同时借此也能够开启政治经济学批判与世界文学的思想对话，走向一种“超学科”“超文体”的思想形态。首先，马克思指出资本主义社会矛盾与未来走向的观点与浮士德辩证意象之间存在着深刻的隐喻关系，由此铸就了政治经济学批判的核心隐喻。而但丁《神曲》式的决绝批判则塑造了政治经济学批判的理论真诚态度。其次，马克思揭示了“鲁滨孙神话”这种将现代社会发展归功为“孤立个人”的神话幻象，并通过这一故事诠释其对资本主义社会的形成发展与最终超越的“双重预感”。最后，作者指出，资本主义社会现实的复杂性和差异性导致无法用单一的论述方式去表达现象，因此，为了深刻把握社会现实，马克思必须逾越哲学、政治经济学和文学之间的学科分化和文体文类界限，而《资本论》及其手稿也正是因为在文学与哲学之间“越界”和“对话”才能在思想理论上呈现出“整体性”。

（作者单位：中国人民大学马克思主义学院）

《通向审美复位的新异化理论——法兰克福学派美学传统的观念论根源及其克服》

汪尧翀

汪尧翀在《文学评论》2020 年第 3 期撰文指出：批判理论的“整体论”取向，要求在规范根基上论证认知、道德及审美分化理据及其统一性。哈贝马斯倡导“范式转型”，以“主体间性”视野重释认知及道德的规范基础，但审美活动的主体根据无法被还原为符合“主体间性”规范的知识理据。这表明批判理论不仅未能完成“范式转型”，而且仍受制于德国观念论的核心问题，即康德与黑格尔之争。尤其在审美领域，无论经典批判理论还是沟通及承认范式，均借助观念论美学模式的权威，在美学建构上确立起征用“艺术自律”批判潜能的共通视域，即系统美学既显示了法兰克福学派美学传统在“范式转型”中的自我更新，又预示了其衰落的必然性。语言范式的兴起试图承认、沟通与纠正范式关于语言理解的偏颇，指示出批判理论内部另一支语言哲学传统，后者的创造性根源在于本雅明。在语言范式的启发下，本雅明的思想显示出克服观念论模式的历史唯物主义内核，可被再系统化为一门新异化理论。新异化理论从主体/自然批判出发，以语言批判的整体论视野诊断人与自然全面异化的危机症候，赋予了文学语言（艺术）作为审美批判的正当性与合理性。可以说，新异化理论重新引导了批判理论之于审美领域的规范论证，为审美复位提供了具体方案。

（作者单位：中国社会科学院文学研究所）

《“年代错位”与多重时间性：朗西埃论历史叙事的“诗学程序”》

王　曦

王曦在《文艺研究》2020 年第 5 期撰文指出：“年代错位”是朗西埃最重要的范畴之一。为提出一种反历史主义的时间性观念，朗西埃为这一古老术语赋予了全新内涵：它不再指文本中消极的时代错误，而是指对于多重时间性的历史叙事的理论自觉。本文从朗西埃对“年代错位”范畴的正向建构入手，就以下三个层次展开论述：第一，交代由朗西埃重新裁断的欧洲学术史上一桩拉伯雷研究的公案，探讨西方文学 - 史学批评如何通过“年代错位”的“定罪”来排除不符合时代精神的事物；第二，考察朗西埃所言的时间性、叙事话语与历史之真的复杂关系，在他看来，特定诗学程序与“天意”历史观的联姻奠定了西方本质主义进步史观，造就了事物的历史存在及其时代“场所”之间的线性对应关系；第三，依托朗西埃自身思想的发展历程，阐释正向建构“年代错位”概念的理论意图与政治立场，即恢复历史叙事的多重时间性，由此探讨那些同某一时间节点“实际状况”不符的概念/名词如何作为历史存在的潜流，真实地提供了历史发展的动力。总体来看，“年代错位”范畴所显示的独特时间观，是理解历史－政治维度与文学－艺术维度在朗西埃思想中联结的关键。这一范畴彰显出朗西埃在处理马克思历史哲学遗产时的重要主张，较充分地论证了新型历史主体的合法性议题，并最终为无产阶级何以岔出历史、造就历史提供了一种方案。

（作者单位：南京大学文学院）

《论中国诗学主体精神的创新建构——从元典阐释与原点问题出发的理论思考》

韩经太

韩经太在《文学遗产》2020 年第 5 期撰文指出：推动中华优秀传统文化的创造性转化、创新性发展，是新时代中国学术的重要使命。而基于中华诗词艺术之于中华民族精神生活的特殊养成经验，发掘源远流长的中华审美文化传统所孕育的中国诗学主体精神之历史建构经验，通古今之变而实现创新建构，乃此新时代学术课题的题中应有之义。中国诗学主体精神创新建构的原点问题是：（1）创新阐释“开山的纲领”，对诸如“上以风化下，下以风刺上”及“温柔敦厚而不愚”等经典命题进行重新解读，在先秦与秦汉的大历史视域下，聚焦个性怀抱与公共关怀相互生成的机制问题，思考艺术自由的社会保障机制和个性主体的公共关怀精神；（2）申论孔子“吾与点也”之意，探究程朱之阐释理路而引入孔子“尧舜其犹病诸”之批评理性，剖析苏轼“高风绝尘”之说而发掘陶渊明之典型意义，提炼农耕文明和耕读文化交织而成的田园诗情画意，以阐发“诗意栖居”之当代范式；（3）推敲关乎“众妙之门”的先哲言说，通过发掘《老子》命名言说之主体智慧，确认以终极探索的深邃眼光发现生活真实之美的言说原则，从而确立“人类命运共同体”话语体系的“中国言说精神”。

（作者单位：北京语言大学文学院）

《〈文心雕龙〉文字发展观与美学观探微》

党圣元

党圣元在《文艺研究》2020 年第 12 期撰文指出：《文心雕龙》较早全面总结并深刻阐述了汉字与中国文学的关系，包括汉字的发生、发展、功用、特性、审美诸方面与中国文学的相互影响。刘勰受《说文解字》影响而提炼出“易卦—结绳—文字”的文字发生原理，并在此基础上生发出他的汉字美学观和汉字文学批评说。他认为，文字是“言语”和“文章”的载体，其发明与使用是为君王教化服务的；文字是随时代发展的，他在前人基础上进一步梳理了先秦至东汉文字发展的脉络，较前人更加注重文字的时代性以及文字与文学的关系；汉字是形、音、义三者具备的语言系统，其形与音决定了文章的“形文”与“声文”，并对字义产生影响，形塑了具有民族特色的中国古代文体，如汉字的“形”影响了诗歌、骈文、对联等文体，汉字的“音”对韵文产生了重要影响。从“形文”着眼，刘勰还就“练字”提出具体的审美要求和创作实践要求，包括“避诡异”“省联边”“权重出”“调单复”四项，亦即字形的生僻、偏旁的重复、字形的重复以及笔画的不和谐，均会对文章全篇的美感产生影响。刘勰的汉字美学观和汉字文学批评说，濡染了中华文脉和美学精神的斑斓色彩，并在相当程度上形塑了传统诗文评的批评意识和话语特征。

（作者单位：陕西师范大学人文社会科学高等研究院）

《中国古代文学批评的分析性思维》

沙红兵

沙红兵在《中国社会科学》2020 年第 12 期撰文指出：在中西比较的参照系下，直观感悟已成为概括中国古代文学批评方法与特点的标签之一。其实，中国古代文学批评既不缺乏也不可能离开分析性思维。这种分析性思维没有采取西方科学－哲学传统的纯智性、纯理论的形式，而是深植于古代社会、历史环境，与传统哲学、文化思维方式整体关联，具有自身的多元探索与表现形态。它既是逻辑思维，也是情境思维，是与感悟性、直觉性对应与关联的一种思维方式。起源于先秦诸子的“推”“止”结合的分析性思维对古代文学批评有着深远影响。魏晋南朝时期，出现了较为纯粹意义上的文学范畴的体认与提取，如“风骨”“神思”等，这些范畴是更为严密、更为理性的理论与批评活动的结晶，标志着由知觉到理解、由经验到判断的分析性思维的深化；骈体文学的繁盛，把横向对待、蔓衍的分析性思维推到极致，文学批评中讲求克服片面和将对待两方面结合与中和的效果。唐宋以后散体古文流行，线性贯通、推进的分析性思维也得到发展，如文章创作论中的“起承转合”说，就典型地体现了线性分析性思维。分析性思维还参与到文学批评的系统性建构中，让系统处于潜在或开放状态，参与到文学情境的想象与悟解中，与直观感悟共存共融。

（作者单位：广州大学文学院）

《萨德与康德：谁更激进?》

马云龙

马云龙在《文艺研究》2020 年第 12 期撰文指出：进入 20 世纪之后，作品长期被禁的萨德侯爵激起了许多哲学家的强烈兴趣。萨德不是一个人，而是一个普遍的人性问题。虽然他既不是一个优秀的小说家，也不是一个够格的哲学家，但二者在他身上的结合给后人留下了巨大的阐释空间，尤其是当我们把康德变成了他的参照之后。

霍克海默和阿多诺将臭名昭著的萨德与一尘不染的康德联系起来，断言萨德笔下那些为了快乐而肆无忌惮的浪荡子绝不只是一些变态的人渣，而是康德意义上的自由、自主的理性主义者，隐喻了在启蒙运动中诞生的摆脱了所有监护的资产阶级主体。这种比较是要展示源于启蒙运动的理性主义如何走向了反动的非理性主义，并让康德为资本主义残酷无情的技术理性主义负责。而拉康对这种将康德判定为替罪羊的资本主义批判不感兴趣，他的核心命题是，指认萨德是一个康德主义者是远远不够的，最重要的是要指认康德是一个萨德主义者，比萨德更萨德。他感兴趣的是康德伦理革命的最终结局和一直被人们否认的前提：如果满足自己的欲望就是主体必须履行的义务，事情就该当如何？如果道德律本身反转成了欲望，情况就会怎么样？

（作者单位：中国人民大学文学院）

《后人类状况与文学理论新变》

王　峰

王峰在《文艺争鸣》2020 年第 9 期撰文指出：我们处在一个非常特殊的时代，基因技术和人工智能技术则对准人类的身体和大脑，技术开始不满足于外部的机械性的进展，而是转换到人的身体和大脑内部，对人进行全面的分解模仿，并在某个层面上对人的身体和大脑进行增强，甚至超越功能性增加而对身体和大脑进行功能替代。如此等等表明，我们身处一个新的世代，从人类纪转向后人类纪的世代。在后人类纪时代，整个科技水平和时代文化发生了巨变，与这一特定文化和特定叙事结合紧密的文学理论必然出现新的变化，形成新的理论趋向。首先是世界观念的转变，表现为从人类中心主义转向超越人类中心主义。这种世界观念的转变将彻底给文学理论带来新的变化，我们会看到在后人类状况中，人们关心文学的方式必将跟人类中心主义时代完全不同，事实和虚构相结合的后人类状况才成为一个有机的结合体。由此我们发现，虚构建构事实并形成事实，同时事实也恰好坐落在后人类的科幻叙事当中，不断衍生为周遭事实，并且在这个事实当中铸造出坚不可摧的文化状态，以及塑造出我们与之相适应的心灵状况。进而，我们必须调整文化考察坐标，转换概念系统，按照转换过的新系统、新坐标去重新观照我们面对的后人类文化状况，同时我们也依赖这一新系统去反省此前的文化状况，寻找历史脉络，发现新的历史逻辑。这不仅是一种虚假的理论构想，而且是一种塑造方向的实践性的理论行动。

（作者单位：华东师范大学文学院）

《“听觉性”的在场——论大众文化装置范式中的声音景观》

李　健

李健在《南京社会科学》2021 年第 2 期撰文指出：声音景观是近一个时期以来，人文社科领域颇受瞩目的跨学科议题之一。作为大众文化装置范式的有机构件，它的出场方式及隐匿机制，皆可由“听觉性”这一核心概念体现出来，这一概念揭橥了声音景观作为大众文化装置范式有机构件的在场效应及隐匿机制。因此对于声音景观的考察，绝不仅仅是面向物质性的听觉对象而言的，它还是一项针对听觉性何以能够及如何在场问题所展开的文化研究。依托现代媒介技术，声音充分展现出革命性的面向，并作为一种“景观”深刻揭示了大众文化装置范式的现代性隐喻，同时与大众文化的视觉性面向构成一种难以割裂的交互关系。大众文化装置范式的这种视听交互特征，又是与视听空间的再生产互为表里的。在很大程度上，它正是借此规范着各种文类的文本生产机制，以商品输出的形式令不同形态的声音景观弥漫到人类日常生活的每个角落，这集中体现了声音景观在当代大众文化中的在场效应。想进一步把握其听觉性的在场效应，则需要在大众文化的文本生产机制之中，进行更细致的个案研究。这无疑也是今后声音和听觉研究最值得深入探讨的领域。

（作者单位：南京大学艺术学院）

《视觉研究中知觉心理学间接知觉论的贡献》

殷曼楟

殷曼楟在《社会科学辑刊》2021 年第 2 期撰文指出：在当代视觉及图像研究中，视觉怀疑主义与视觉建构论是影响颇深的观点。但如果想要继续追问一种自然而然的视觉性建构何以可能，除了考虑外部力量外，或许还应考虑到两个因素：一是主体生理心理层面的条件，二是这种视觉建构论的解释模式是如何形成的。对于上述问题，以 19 世纪中叶知觉心理学家赫姆霍茨为代表的间接知觉论解释模式值得关注。赫姆霍茨基于眼科学与神经科学的成果，着力于解释从视网膜刺激到诸如体积、空间感等视知觉的形成过程，主张观看者有关所见对象之意义、性质等种种观念与外部世界对象之间并无必然联系，并提出了一种视神经信息处理过程的解释模型。赫姆霍茨的理论与 18 世纪经验主义者贝克莱的视觉理论尽管不一致，但也有其内在渊源。而维特根斯坦对“看”与“看作”的分析不但提供了语言学视域下视觉研究的一个案例，而且从他的论述中，我们也可看到间接知觉论模式下将视觉问题转换为艺术符号问题的底层因素。间接知觉论模式的影响轨迹越来越倾向于符号论的解释方向，而多少忽视了视觉本身。不过不应排除“看作”中的视觉因素，正如麦金在讨论维特根斯坦视觉研究时所认为的：维特根斯坦尽管仍是将“看作”视为“识别”，但“看作”应被理解为“不是纯粹的视觉现象，而是部分感知与部分思考的”。

（作者单位：南京大学哲学系）

《“辩证意象”：前卫艺术的理想类型——本雅明后期艺术批评观念探析》

常培杰

常培杰在《文艺研究》2020 年第 9 期撰文指出：20 世纪 30 年代，本雅明的思想基调从观念论转向辩证唯物主义。与之相应，其艺术批评观念的主导概念从“灵晕”转为“辩证意象”。辩证意象是本雅明依据“星丛”认识论构建的艺术模型。它循“停顿的辩证法”原则讽喻地构建自身，打破了灵晕要求的有机内在结构和整一审美表象。它以辩证唯物主义为认识论基础，意在唤起无产阶级的觉醒、促发革命行动、反对纳粹政治，蕴含着丰富的意识形态批判潜能。本雅明这一概念的提出与布莱希特的史诗剧理论关系密切，其根本在于前者的语言哲学。在本雅明的理论体系中，辩证意象是前卫艺术的理想类型，史诗剧则是辩证意象的范例。结合整个20世纪艺术的发展逻辑，本雅明美学思想的转变对应着艺术领域的整体嬗变：从强调艺术自身的形式构建、认为艺术与生活有严格区隔的自律艺术，走向形式开放、媒介融合、互动参与的前卫艺术。本雅明较早揭示了这一现象，且在以布莱希特为中介的马克思主义的影响下，逐渐抛弃自律艺术，走向具有鲜明介入色彩的前卫艺术。本雅明对灵晕消逝的揭示与批判，以及对前卫艺术的研究与推崇，契合了20世纪艺术发展的总体趋向。他阐述的以辩证唯物主义为认识论基础的辩证意象，是前卫艺术的理想类型，具有鲜明的意识形态批判效果。

（作者单位：中国人民大学文学院）

《新媒介文艺生产论》

单小曦

单小曦在《文艺理论研究》2021年第2期撰文指出：《新媒介文艺生产论》一书立足从书写－印刷文化向数字文化变革这一千年巨变的社会文化现实，聚焦人工智能文艺、数字交互艺术、虚拟现实电影、自媒体艺术短视频、“SCP基金会”文艺现象、新媒介时代文学写作等新媒介文艺活动，提出并论证了许多理论原创观点和理论新命题，并形成了关于新媒介文艺生产论的新颖理论体系和合理逻辑构架，对构建中国特色文艺理论的话语体系做出了贡献。这些原创性的观点和命题主要有：文艺媒介系统生产，媒介文艺学对语言符号论文论的改造，新媒介文艺生产力论，新媒介文艺生产关系论，新媒介文艺生产的智能化，新媒介文艺生产的场景化，新媒介文艺生产的身体实践，新媒介文艺生产的神话性，新媒介文艺生产的超文本集体叙事，“媒介说”文艺观，合作式新媒介文艺批评，由网络生成性尺度、技术性 - 艺术性 - 商业性融合尺度、跨媒介及跨艺类尺度、“虚拟世界”开拓尺度、“数字此在”对存在意义领悟尺度构成的网络文学评价多尺度系统，等等。它们有序组构成了一个颇具特色的文论话语体系。本书把马克思主义文艺生产论推进到了新媒介文艺生产论阶段，是一部适应新媒介文艺现实需要和推动当代文论建设的理论研究范本。

（作者单位：杭州师范大学文学院）

《作为理论的文学与间在解释学——为“没有文学的文学理论”一辩》

金惠敏

金惠敏在《文艺争鸣》2021 年第 3 期撰文指出：“没有文学的文学理论”这一概念或命题提出于 2004 年，之后经过不断的讨论和争论而成为 21 世纪文论不可忽略的代表性言说之一，其意并非像字面那么拗口和怪异，简单说来就是，通过反对文学研究界根深叶茂的现代性的文学性理论，即一种自主性的美学，旨在发展一种文学的社会批判美学。因而围绕这一理论的争论主要是在一个审美泛化的社会里要不要坚守以及如何看待文学性的问题。这一问题可以从三个层面得到理解。第一，文学理论并非简单的文学理论，而是研究具有审美特性的广泛社会呈现，它本身应当有基于审美的广泛延展性。第二，并不存在绝对意义上指向内部的唯美主义或是纯文学等绝对概念。胡塞尔和梅洛・庞蒂等人的哲学说明了文学与外在对象的交互特质，它不直接表征外在世界却总是与外界发生联系。第三，进入 21 世纪的第二个十年，随着全球化的日益展开和中国作为大国的崛起以及相应的文化自信的强化和提升，这一命题进入中西关系解释学的讨论范围，于是它又焕发出新的理论潜能：它反对与文学性相对应地将民族文学他者化、本质化的做法，而提倡一种既“各美其美”又“美美与共”的交往诗学或间在解释学。

（作者单位：四川大学文学与新闻学院）

《从“情感按摩”到“情感结构”：现代性焦虑下的田园想象——以“李子柒短视频”为例》

曾一果　时　静

曾一果、时静在《福建师范大学学报》2020 年第 2 期撰文指出：现代社会是一个不断加速的社会，每位个体都被迫卷入效率和速度竞争的加速世界之中。这一加速导致了人的异化，并产生了普遍的现代性焦虑。然而，现代人也在采取各种方法对抗社会加速以缓解焦虑，本文所考察的“李子柒现象”便是如此。李子柒用短视频，艺术化地重构和再造“田园生活”，对处在焦虑中的大众有层次地进行感官愉悦的“视觉按摩”、深入人心的“话语按摩”、诗情画意的“审美按摩”，激活和唤醒了他们对业已消逝的乡村田园世界之情感，并努力在新社会语境中建构人们对过去世界的“新情感结构”。这一基于雷蒙德·威廉斯情感结构的“新情感结构”为人们提供了摆脱现代性焦虑的一种途径，其内涵包括了：展现乡村美好，激发重返家园的怀旧的“新乡愁”；融合传统生活和独立女性身份，在陌生化社会中建构融合传统与现代于一身的“古风新女性”；将传统手艺以当代媒介形式进行呈现重塑文化“新传统”。不过，李子柒视频依然是基于消费主义而构建的，迎合了当代大众的文化焦虑与情感诉求，其所建构的符号世界无法真正解决当代大众的现实困境，不过是进行情感按摩和符号消费的“田园乌托邦”。

（作者单位：暨南大学新闻与传播学院）

《以媒介变革为契机的“爱欲生产力”的解放——对中国网络文学发展动因的再认识》

邵燕君

邵燕君在《文艺研究》2020 年第 10 期撰文指出：网络文学的核心特质是“爽”，持续的关于网文的正义在于“爽文学观”与“精英文学观”的冲突，过度强调价值观引导的精英文学观容易扼杀网文的活力与创造力。马克库塞对于“爱欲”的阐释，构成了理解网络文学的新视角。马尔库塞提倡以“爱欲解放”反对通过“额外压抑”来进行“延长统治”的资本主义，以“消遣”这一自由、休闲活动来跳出“内心禁欲”，对抗消费主义所规定的异化的休闲观。在中国文学史上，五四时期的消遣文学受到了载道的纯文学的压抑，而当代中国语境中的法兰克福学派传统，有对这一“消遣”观念进行了“提前压抑”。而中国网络文学的发展动因是一场以媒介革命为契机的“爱欲生产力”的解放，普通读者的文学消费权获得前所未有的满足，创作能量也被极大激发。对“网络文学”概念的定义不能回避商业性，而与爱欲劳动相关的商业性必须是粉丝经济。“以爽为本”的网络文学可定义为以互联网为媒介的“新消遣文学”。相对于五四新文学定义的“消遣文学”，“新消遣文学”基于互联网的新媒介属性，具有“自由享受”和“自由创作”的积极面向。在理想的网络空间，文学可以按照现实原则和快乐原则分成两大类。每个人都可以自由地登录不同的文学空间，也需理解、遵循不同空间的文学原则。

（作者单位：北京大学文学院）

《〈狮子吼月刊〉与大后方抗战文化建设》

谭桂林

谭桂林在《文艺研究》2021年第1期上撰文指出：《狮子吼月刊》的创刊加强了佛教界与新文化界之间的联系，它所倡导的战时佛教通讯员运动，在打击敌寇、汉奸的疯狂行为与荒谬理论上做出了贡献。该刊积极提供版面来设立与佛教文艺相关的栏目，为投身抗战前线的爱好文学的青年僧人提供发表作品的园地。这些作品歌颂了佛教团体中的抗日英烈，通过反映、描写抗战前线中普通僧侣的事迹，给现代佛教刊物乃至佛教改革带来了勃勃生气。佛教徒积极参与并引导思想文化界的讨论，也显示出抗战时期大后方抗战文化建设的多元化与包容性。《狮子吼月刊》具有的远大志向与敏锐眼光，是现代佛教文化与五四新文化精神结合的产物。

（作者单位：南京师范大学文学院）

《从戏剧冲突到命运冲突——曹禺剧作的诗性生成》

刘　勇

刘勇在《中国文学批评》2020年第2期上撰文指出：半个多世纪以来，曹禺的剧作之所以能成为人们“说不尽”的话题，除了因为曹禺善于构织紧张剧烈的戏剧冲突之外，还与他的剧作从一开始就以极大的兴趣关注着人的命运有关。从《雷雨》到《日出》，再到《原野》，曹禺始终关注的，是对宇宙神秘性的探索和对人类命运的思考，这也使得曹禺的剧作始终带有一种辽阔、深远、悠长的诗意和诗性。剧中有诗，这一点正是曹禺最贴近外来话剧本源，又最贴近中国传统京剧的地方。从这个角度理解曹禺和现代话剧一百年的发展，我们才能更加准确地理解曹禺对于中国现代话剧，乃至中国现代文学的重要价值。

（作者单位：北京师范大学文学院）

《1926 年：鲁迅国民性话语的展开——以“马上日记”为中心》

董炳月

董炳月在《文艺研究》2021 年第 4 期上撰文指出：鲁迅 1926 年撰写的 12 篇杂文“马上日记”，是继《狂人日记》之后探索日记文体可能性的又一次尝试。这个杂文系列展现了杂文的即时性、现实性、个人性、针对性等特征。受日本学者安冈秀夫《从小说看来的支那民族性》一书的影响，“马上日记”展开了对中国国民性的批判和反思。鲁迅将安冈对“支那民族性”的体系性、批判性认识传达给中国读者，就“面子”（体面）与“淫风炽盛”两大问题对安冈的观点进行了阐发或驳斥。鲁迅并未否定安冈对中国国民性的认识，但在方法论层面批评其“穿凿附会”与“粗疏”。安冈的中国国民性论曾受到史密斯、威廉士等欧美学者的相关论述的影响，因此鲁迅与安冈的对话包含着多种视角之间的冲突。国民性认识甚至影响到 1926 年鲁迅对《阿 Q 正传》的再阐释。

（作者单位：中国社会科学院大学文学院）

《“狂人”的越境之旅——从周树人与“狂人”相遇到他的〈狂人日记〉》

李冬木

李冬木在《文学评论》2020 年第 5 期上撰文指出：周树人在留学时期

与“狂人”相遇到他创作《狂人日记》成为“鲁迅”的精神历程，历来是研究界关注的焦点。但对其从《摩罗诗力说》到《狂人日记》之间的叙述仍然存在空白，而由文艺作品翻译、创作和批评所搭建的与周树人相伴并且互动的“狂人越境之旅”，则刚好构成了二者之间的精神衔接。该文呈现了周树人在这一历程当中的遭遇：“果戈理”和三种《狂人日记》的现场，“尼采”话语下的“高尔基”和“安特莱夫”，起始于“契诃夫”的“精神诱拐结构”，“狂人美学”的确立过程，乃至“明治俄罗斯文学”的精神和创作实践意义。最后认为，周树人通过翻译，实现了超越语际意义的“狂人”之“境”的移植。《狂人日记》是“狂人”越境的精神抵达，也是37岁的周树人携同既往的新的一页的开始。

（作者单位：日本佛教大学文学部）

《分行与五四时期新诗形式的建构》

王泽龙

王泽龙在《文学评论》2021年第2期上撰文指出：分行是中国现代诗歌的一个重要形式标志，是现代诗歌取代连书型书写传统的古典诗歌最为直观的形态特征之一。现代诗歌分行的滥觞，接受了西方科学思潮与现代媒介传播的影响，借鉴了西方现代诗歌书面呈现形式，新式标点符号的使用，参与了现代诗歌分行的形式建构；分行与现代诗歌节奏的形成密切相关，诗行的变化是诗歌节奏变动的形象图谱；分行是现代诗歌视觉图像美感的主要呈现形态，拓展了诗歌艺术视觉感官空间；分行顺应了现代汉语主谓结构的叙事形态，是体现现代诗歌结构意义的重要手段，是现代诗歌自由体建构的主要方式，是诗歌现代转型，走向形式自由与思想解放的重要途径。对五四时期新诗分行的理论考察与艺术实践的探讨，有助于我们深入认识中国诗歌形式现代变革的路径选择，对中国新诗艺术发展具有不可忽视的意义。

（作者单位：华中师范大学文学院、诗歌研究中心）

《家构模式·文本旨意·艺术范式——〈寒夜〉新探》

陈思广

陈思广在《首都师范大学学报》2020 年第 4 期上撰文指出：《寒夜》通过对汪文宣、曾树生及汪母三人的性格、身份及命运的展示，旨在告诉人们，汪文宣的家庭境遇与他的个人悲剧命运是必然的。在家构模式中，女强妻 + 男弱夫 + 个性婆婆 + 自尊心强，是一种极危险的组构模式。由于在夫—妻—婆三者关系中，相互的循环链较为脆弱，仅以血亲或情感相连而非一以贯通，因此，这一家构模式与人物各自的自尊心，会使家庭成员之间矛盾丛生且具有持久性和尖锐性，婚姻也极不稳定，必然会在大概率上使男弱夫成为这一模式最坏结局的不幸承受者。这一艺术范式的生成，源自 1944 年冬巴金决定创作《寒夜》以帮助赵家璧重建出版社；友人缪崇群、王鲁彦、陈范予等人患肺病而死的悲惨境遇，以及另一位朋友的太太及萧珊等新型女性的影子，使巴金以之为原型塑造出汪文宣与曾树生这两个典型人物；师法契诃夫及《小人小事》《憩园》等小说的创作思路，奠定了《寒夜》的基调与氛围；而曹禺《原野》的人物模式最终塑造了《寒夜》艺术范式的人物形象。

（作者单位：四川大学文学与新闻学院）

《“百来篇外国作品”寻绎——留日生周树人文学阅读视域下的“文之觉”》

姜异新

姜异新在《鲁迅研究月刊》2020 年第 1、2 期上撰文指出：青年留日生周树人的外国文学阅读活动一直为研究者所瞩目，然而对于这一问题的研究仍处于不断探索中，该文详细搜罗、考证出了鲁迅在留日时期以异国语言为工具所阅读的“百来篇外国作品”，特别是短篇小说，以及零星的诗歌、散文和文人传记。但周树人通过外语阅读的外国作品远远超过了百来篇，数目惊人，分析概括周树人早期外国作品阅读活动的样态与特点，我们能从中看到他不断融合、扩展的文学视界，广泛互联的精神沟通，乃至个人对于虚构文学的鉴赏尺度、嗜好偏见，等等，从而为揭开鲁迅文学自身经验隐匿的生成提供有效的支撑。异域文学中包孕的文化营养、呈现的不同思维方式、多样的心灵轨迹，拓展了鲁迅思考生命存在的维度，也带来了品味各民族文化性格的路径，最终养成了其既有主体性又有合一性的人类关怀视野和文化包容意识，成就了十年后的中国现代小说家鲁迅之创作。

（作者单位：北京鲁迅博物馆研究室）

《“党同伐异”：厦门鲁迅与国民革命》

邱焕星

邱焕星在《文艺研究》2020 年第 1 期上撰文指出：厦门之于鲁迅并非只是中转站和消沉地，而是他从思想革命者转向国民革命同路人的最终完成地。鲁迅最初到厦门时情绪低落，但因北伐胜利而政治热情高涨，并表现出强烈的“党同伐异”倾向：一方面认同广州政府和国民党左派；另一方面则将同属新文化阵营的顾颉刚斥为反动的研究系人员，甚至在“女师学潮”和“厦大学潮”上表现出了悖论态度。总体来看，厦门时期鲁迅的“党同伐异”是一个从朋党到政党、从文化到政治的革命强化阶段，由此“暴力的批判”开始变成“批判的暴力”，这导致鲁迅后来转向了“横站”的新知识分子革命伦理。选择“横站”实际表征了革命同路人的困境，他们无力领导结构性的社会变革，只能依附革命政党和其他主体阶级起到某种从属性的作用，鲁迅作为革命的艺术家，似乎也只能如此。

（作者单位：中国海洋大学文学与新闻传播学院）

《枪、银顶针与“古怪的天意”——从鲁大海形象修订重审〈雷雨〉作者意图与悲剧性质》

祝宇红

祝宇红在《中国现代文学研究丛刊》2020 年第 11 期上撰文指出：《雷雨》1934 年发表之后，曹禺在几十年间有过多次修订。本文借鉴西方现代校勘学的作者意图理论，通过梳理《雷雨》版本沿革、校勘多个作者修订版本，聚焦作为旁观者或代言人的鲁大海这一人物的作者修订历程，揭示《雷雨》创作伊始作者意图中宿命悲剧、社会问题意识、现实主义手法之间的内在矛盾。这些矛盾既体现了年轻的曹禺创作意图的内在张力和不够成熟之处，也体现了他将希腊宿命悲剧翻新重写为现代悲剧的魄力与天赋，以及独特的情感构型能力，而这两者往往是一体两面的。在此后历次修改过程中，曹禺的修订意图并不仅仅是追随时代精神，同时还试图解决最初戏剧结构中的矛盾。

（作者单位：同济大学人文学院）

《文学史分期的节点与共和国文学发展的连续性》

张福贵

张福贵在《文艺争鸣》2021 年第 2 期上撰文指出：中国当代文学的分期是以一些重大的政治事件为始终的，重大政治事件对整个文学大趋势、文学主流，从文学观念、文学主题、形象谱系、审美风尚、作家身份、出版媒介乃至发展机制等方面都构成了重大影响，从而促使文学发生了整体的变化，考察中国当代文学，要把它放在整个中国社会和思想文化发展史中去把握，甚至要放在世界文学发展史中去定性。七十年中国当代文学，是一个多有变化而又相对稳定的文学时代，是一个多样一体而不是一个多元一体的文学发展过程。从 1970 年代到 1980 年代，中国当代文学虽有明显变化，但是文学主体没有发生本质性的变化。《在延安文艺座谈会上的讲话》精神始终是共和国文学的基本纲领，不仅存在于“主旋律文学”之中，也存在于文学史教科书和文学教育之中。总体而言，七十年中国当代文学史基本上是一个完整的“文学时代”，即共和国文学时代。

（作者单位：吉林大学中国文化研究所、吉林大学文学院）

《当代文学史料问题的多维视野考察》

吴　俊

吴俊在《文学评论》2020 年第 6 期上撰文指出：史料的学术场域主要在历史层面，当代文学史料问题是将当代文学研究历史化的一种表征，是将当代文学研究的学术语境置入文学史的一般范畴。当代文学史料的成立，即史料意义上的当代文学的成立——当代文学才从批评进入了历史、进入了理论、进入了学术性的研究范畴，也就是从感性和经验领域跃入了理性思维和抽象观念领域，当代文学也才拥有了制度性的现代学科身份。论文从多个层面提出当代文学史料研究的重大问题，并着眼于专业学术、社会发展现状、国家政治、网络技术等综合条件，探讨解决问题的方向和路径。作者指出，当代文学史料问题的凸显，主要源于学科建设的需求和学科意识的自觉，从文献学、国家文学制度、网络新媒介等多维视野考察，当代文学史料研究既面临问题和困难的严重挑战，也拥有独特的资源支持和解决问题、克服困难、应对挑战的能力与方法。

（作者单位：南京大学文学院）

《重读路遥〈平凡的世界〉》

许子东

许子东在《当代作家评论》2021 年第 1 期上撰文指出：《平凡的世界》在 20 世纪 80 年代中后期并未引起文坛的足够关注，却在二三十年后，越来越引起了青年读者（也包括专业评论家）的关注，其中至少有两个原因：第一是中国文学读者群体的变化；第二是人们对 70 年代和 80 年代关系的重新思考。就前者而言，20 世纪 80 年代中后期，当代小说的读者主要是城市里中学以上文化程度的人；到了 21 世纪，大量乡村小镇青年已中学毕业，也已进入城市，成为新时代文学读者的主流。在这种情况下，“乡下人进城”就比“城里人下乡”能够获得更多读者的共鸣。就后者而言，80 年代文学强调“新时期”，激烈否定“文革”，但是《平凡的世界》却突出 70 年代中后期中国政治生态的微妙延续性。偏偏这两个历史时期的复杂关系，是近年来包括中国文学界在内的多个领域中的一个热门话题，《平凡的世界》描写的正是“革命”与“改革”交接期的政治生态。路遥的小说，非常写实、非常平静地叙述了“革命”后期普通农民的生存状态、心态，一步一步、一天一天描写他们从集体化生产体制走向家庭联产承包体制的详细过程，《平凡的世界》记录了 20 世纪“中国故事”中的一个重要转折点。

（作者单位：香港大学中文学院、华东师范大学）

《文学是对人和生活的态度性反应——论路遥与托尔斯泰的文学关系》

李建军

李建军在《中国社会科学》2020 年第 8 期上撰文指出：托尔斯泰是路

遥崇敬和效法的作家，他悉心阅读这位俄罗斯大师的所有重要小说作品，从中吸纳了丰富的经验。他通过阅读托尔斯泰的“文学书简”来了解其文学思想，提高自己的文学认知和文学修养。托尔斯泰强调“态度”的意义，视之为影响文学写作的决定性因素。路遥认同这一观点，并用它来指导自己的小说创作。通过梳理托尔斯泰和路遥的文学观点、分析其写作经验，可以发现：他们在塑造自我形象的理念、热爱人和生活的精神、以同情和肯定的态度塑造人物三个方面，存在垂直向度的影响关系和平行向度的相似性。这彰显出一些基本认知和判断，即文学是对人和生活的态度性反应。没有积极而正确的态度，就不可能有积极意义的写作，也不可能创造出伟大的作品。对于试图摆脱困境、创造高峰的中国当代文学来讲，托尔斯泰和路遥的经验具有特别重要的启示意义，值得深刻领会和充分吸纳。

（作者单位：中国社会科学院文学研究所）

《弈光庄之蝶，海若陆菊人？——贾平凹〈暂坐〉〈废都〉〈山本〉对读记》*

郜元宝

郜元宝在《西北大学学报》2020 年第 5 期上撰文指出：贾平凹新作《暂坐》与以往两部长篇《废都》《山本》具有多重互文关系，是他继《废都》《山本》之后第三部以女性欲念统领全局的作品。但《暂坐》并非简单延续《废都》《山本》的文脉，也并非《废都》《山本》的机械叠加，其中透露了贾平凹情感观念与小说技艺的若干微妙变化。《废都》中的庄之蝶变身为《暂坐》中的羿光，喻示男性主导的文化界由启蒙时代的忧郁、颓废、自恋，转入后启蒙时代的谦卑、务实、淡定，女性欲念则表现出《废都》依赖男性、《山本》掌控男性到《暂坐》摆脱男性三种不同

---

* 题目中“弈光”应为“羿光”。——编辑注

形态，由此呈明近三十年历史剧变中精英群体之社会地位与精神姿态的此消彼长。

（作者单位：复旦大学中文系）

《艺术辩证法与“伟大的传统”——论阿来〈云中记〉》

吴义勤

吴义勤在《扬子江评论》2020 年第 3 期上撰文指出：从《尘埃落定》开始，阿来即表现出与生俱来的文学气质，他的世界观、人生观、生命观、自然观，以及他书写的灵魂、宗教、历史、文化、自然都具有独一无二的小说品质，阿来新作《云中记》是能代表这个时代的文学创作高度的伟大作品。作家在此写出了灵魂的力量、信仰的力量、生命的力量，写出了一种由微弱到光亮的人性之光，借以照亮地震带来的“至暗时刻”，照亮这个广阔的世界和自己对这个时刻这个世界的书写。作家的心灵、精神状态，决定了他眼里的现实，决定了他对现实思考的广度、深度、高度和表现的方法、路径、风格，以及所能达到的高度和境界。就此而言，《云中记》更重要的意义在于，它开启了一种回应灾难的视界，一种文学尤其是长篇小说应该具有的境界。《云中记》是“美丽和丰富的生命体验与表达”，书写着忧郁、鲜亮的生命之韧性、圣洁和美丽。

（作者单位：南京大学中国新文学研究中心）

《人民文艺的“历史多质性”与女性形象叙事：重读〈白毛女〉》

贺桂梅

贺桂梅在《文艺理论与批评》2020 年第 1 期上指出：从 1940 年代的

歌剧到1950年代的电影，再到1960年代的芭蕾舞剧，白毛女始终是那一时期最受瞩目的人物形象之一。白毛女形象不仅是中国女性的化身，也是革命中国人民的代表，这使这个人物形象的具象性中包含了高度的抽象性。论文从歌剧《白毛女》故事生成过程中三种女性形象的重读出发，结合同一时期“中国人民文艺丛书”中的其他女性叙事，揭示了1940～1950年代人民政治实践统合多元社会力量以确立革命领导权的内在历史逻辑。以“白毛女”为代表的女性群体形象中，个人的（特殊的）、性别的、阶级的问题共同在“新中国”这一政治主体想象中获得相应的文化表达。这些女性形象中糅合了多种彼此平衡而非对抗的新生活愿景，最终通过“新女性”的叙事与表达，使新的政治主体“人民”和新的民族主体“新中国”具体地显现出来。该文从人民文艺实践所塑造的“白毛女”这一人物形象的分析中凸显了人民政治的内在历史视野。

（作者单位：北京大学中文系）

《边界危机：“当代文学史漫议”》

李　杨

李杨在《中国现代文学研究丛刊》2020年第5期上撰文指出：“中国当代文学史”的写作与教学一直存在多个盲区。如1950～1970年代的“人民文艺”，1990年代以后兴起的影视艺术、科幻小说、网络写作、非虚构写作等。究其原因，“当代文学史”遵循的是出版于1930年代中期的《中国新文学大系（1917～1927）》所开创和奠定的现代文学史观。这一文学史观从诞生之日起就失去了概括和描述“新文学”的能力，始终无法与当代中国文艺建立起有效的关联。对“中国当代文学史”进行有效反思，必须通过对“文学史”乃至“文学”的“问题化”与“历史化”，对其进行“知识考古”和“知识谱系学”的追踪。

（作者单位：北京大学中文系）

《人学是文学：人工智能写作与算法治理》

黄　平

黄平在《小说评论》2020 年第 5 期上撰文指出：微软的人工智能程序小冰进行文学创作的现象，是人的主体性在当下遭遇极度危机的深刻体现，它预示着控制论的抽象统治，正在走向人工智能与生物科学的综合，一种控制论视野下的生命政治由此诞生。即便我们可以站在人工智能文学这一边，默认科层化的文学与学术规则，以这类填补空白的“新现象”“热点现象”来争取资助，并就此以技术政治为未必自知的理论基点，以批判人类中心主义的方式，将“人”隶属于“机器”，但这套学术机器本身，也是更大的机器系统的组成部分。因而，从“机器”那种理性的荒诞中突围，以德国浪漫派的“个人”，马克思机器论的“阶级”，海德格尔存在主义的“民族”这三个基本要素来整合并完成对于“机器”系统的支配，则变得尤其重要。当然，这并非新问题，而是根植于 20 世纪的难题，勾连着漫长的历史探索。

（作者单位：华东师范大学中文系）

《关于现实主义的思考》

李松睿

李松睿在《小说评论》2020 年第 1 ~6 期撰文指出：现实主义是 20 世纪最具歧义、争讼不断的文学概念之一。在它的旗帜之下，诞生了无数的经典作品，深刻地塑造了人们对于文学的理解，并成为人们情感结构中的重要组成部分。在某些特殊的社会语境下，它对其他文学形式的挤压，造成现实主义往往成了某种僵化、过时事物的象征；此外，现实主义小说以反映论的方式对社会生活进行模仿，也使它勾连着那些逝去的年代，于人群中制造了分裂，在让很多人追怀感念的同时，也让另外一些人想起不堪回首的往事。更为重要的是，它没有像充满战乱和动荡的20世纪所产生的大多数文学流派那样，如流星般闪亮之后，就很快沉入黑暗之中，而是始终伴随着文学的演进过程，并不时成为某个时段文学讨论的核心话题，其影响至今不绝。现实主义总试图把错综复杂的事物全盘吸纳到自己营造的文学世界中来：从波澜壮阔的时代变迁，到幽微精深的内心世界；从影响千万人命运的政治决断，到日常生活中的琐碎细节；从当下的现实生活，到前方的未来远景；等等。这种全方位把握社会生活的努力，使得现实主义小说早已突破了由情节、结构、语言以及意象等构成的文学疆界，直接与社会现实勾连在一起，甚至在某种程度上，改变了我们身处其间的世界。因此，只要现实主义的内在精神还是对真实的追求，那么不管后者的内涵如何改变，艺术的形式怎样更迭，我们就能在不停变换的面具背后，重新发现现实主义的灵魂。

（作者单位：中国艺术研究院）

《劳动者如何歌其事？——论解放区群众文艺的生产机制》

路　杨

路杨在《文学评论》2020年第5期上撰文指出：1944年，从“秧歌下乡”到“乡下秧歌”，解放区文艺实践开始有意识地发掘与激活农民自身的文化主体性。在刘志仁、杜芝栋这样的“群众艺术家”那里，文艺活动根植于本乡本土的劳动生活内部，展现出强大的组织能力。以“《穷人乐》方向”为代表，乡村戏剧从生活实感中发现形式，提供了一种可参与的文艺生产空间，以农民的自我教育与共同成长演示出一种民主生活的雏形。该文围绕解放区的新秧歌与乡村戏剧实践，考察乡村文艺组织的在地性与“文艺创作者／劳动者”身份的统一，将文艺实践与生产实践相结合，构造一种劳动、生活与政治相联动的一体化图景。在战争局势与现实结构的复杂变动中，这一理想性的群众文艺机制也将显现出其问题与限度，尤其是在革命期待的政治共同体与乡村社群之间的距离越来越清晰地显影出来，“翻身者”脱离了土地和劳动后遭遇主体性危机之时，“群众文艺”还能否继续构造文艺与劳动生活之间的有机关联，便成了一个突出问题。

（作者单位：中央民族大学文学院）

《瓷盘里的中国——十九世纪英国柳树图案瓷器故事的中国缘起及其早期演变》

侯铁军

侯铁军在《外国文学评论》2020 年第 3 期撰文指出：通过研究十九世纪上半叶英国最早的三种柳树图案瓷器故事，可以揭示一个近两百年来被忽视的受中国文化影响的重要英国文化案例。英国柳树图案瓷器故事 1838 年版与 1849 年版的作者，均从德庇时的著述和译文中汲取了大量有关中国文化和文学的素材，但 1851 年版的作者不但公然否认故事的中国背景，还采用西式的契约方案将剧中人从无法自我救赎的东方悲剧循环中释放出来，最终将原本为英国瓷盘写就的中国故事，改写为一个标榜西方文明、宣扬帝国工业成就的英国故事。十九世纪英国柳树图案瓷器故事为后世的英国文学表达利益诉求贡献了历久弥新的叙事传统。通过研究这一传统的中国缘起及其早期演变，本文试图还原十九世纪英国人在建构传统时对中国素材的借鉴、挪用和否认，揭示其背后暗藏的帝国心态。

（作者单位：景德镇陶瓷大学外国语学院）

《欲海狂涛中的导航图——〈仙后〉的节制伦理与宗教地图学探究》

郭方云

郭方云在《外国文学评论》2020 年第 3 期撰文指出：《仙后》第二卷第七章中该恩勇闯玛门地狱的宗教图示，并非破碎无序的动态空间乱象，而是伦理学与宗教地图学相得益彰的艺术结晶。在节制伦理的导航图引领及信仰的北极星和英勇罗盘的宗教导引系统的协助下，该恩在航行中成功跨越了玛门地狱中的黄金屋、大金链和金苹果三大欲望障碍，重述了“圣经”三大考验及三次渡海异象的基督教经典母题。依靠寓意深刻的宗教空间叙事，斯宾塞不仅深入探究了英西新大陆角力、利用节制德行武器丑化敌手与放纵自我物欲的伦理悖论、天主教与新教事关财富获取及自由意志的重大教义之争等时代议题，而且构建了“基督精兵”的骑士精神图腾、外向型海洋文化的开放精神与克己复礼的伦理诉求之间的观念冲突，以及颇具宗教文化诗学内涵的航海、航图、航向三位一体的空间奇喻。

（作者单位：西南大学外国语学院、西南大学莎士比亚研究中心、西南大学外国语言学与外语教育研究中心）

《巴赫金：圣愚文化与狂欢化理论》

王志耕

王志耕在《外国文学评论》2020 年第 1 期指出：研究者们在探讨巴赫金狂欢化理论来源的时候，极少关注这种理论模式与俄罗斯本土文化的联系，而实际上，俄罗斯独特的圣愚文化中固有的反讽模式潜在地影响了巴赫金理论的形成，尽管他并未就此展开论述。俄罗斯的圣愚作为一种“自我贬抑”而内在神圣的现象，以其与天神之笑相对立的笑，成为现实事件的“闯入式话语”，并进而形成文本叙事狂欢化的结构。在巴赫金的理论框架之内，这种闯入的姿态构成了一种“高级外位性”，即主动激活事件，使事件具有了狂欢化的审美特性。

（作者单位：南开大学文学院、北京师范大学文艺学研究中心）

《虚假的力量：兼论艾柯小说的主题》

张　琦

张琦在《当代外国文学》2020年第1期撰文指出：在《虚假的力量》《悠游小说林》《傅科摆》等不同类型的文本中，艾柯反复书写了一个主题：假与真。作为后现代理论重要的演绎者，艾柯的观点在当代西方批评话语中具有一定的代表性。本文通过分析《虚假的力量》以及《傅科摆》等小说，对艾柯的阐述提出两点疑问以供讨论：（1）人类生活中的各种事件、观念固然不可避免落在文本上，并受写作者的影响，但文本性是否就是认识事物的全部？（2）由此延伸出来的对“真”的质疑，考量视角是否有局限，而结论又是否忽略了应有的衡量标准？

（作者单位：南京大学外国文学研究所）

《〈尤利西斯〉的数字诗学》

张治超

张治超在《国外文学》2021年第1期指出：20世纪初的爱尔兰作家们往往会赋予作品里的数字以某种特殊意义，以数字为象征暗示作品的意义和内涵，詹姆斯·乔伊斯就是这样一位作家。乔伊斯对数字及其背后含义的兴趣，既体现于他的个人生活，又体现于他的小说创作。在不同语境下，乔伊斯小说里的数字11基本上体现出罪恶、死亡和新生三种不同象征含义。小说的形式和细节设计强化了11的象征含义，它尤其暗示了《尤利西斯》里斯蒂芬和布卢姆二人之间的神秘关联。不过，《尤利西斯》里的数字象征艺术并非乔伊斯的首创，他很大程度上继承了基督教神学、数字命理学和古典文学的数字象征传统。

（作者单位：安徽师范大学文学院）

《羞耻的能动性：〈无声告白〉中的情感书写与华裔主体性建构》

汪小玲　李星星

汪小玲、李星星在《当代外国文学》2021 年第 1 期中撰文指出：《无声告白》中充满了情感书写，蕴含着情感能动性。本文以小说中华裔主人公遭遇种族歧视后产生的羞耻感为主线，探讨白人凝视与族裔羞耻的关系，分析主人公试图通过自我否定融入主流社会的失败，论证羞耻情感所蕴含的能动性。羞耻激发了华裔主体性，将负面情感转化为抨击种族主义、反抗白人凝视的力量，并强化族裔认同进而改善了族裔间关系。

（作者单位：上海外国语大学英语学院）

《索因卡〈反常的季节〉中的社会政治想象》

宋志明

宋志明在《外国文学评论》2020 年第 4 期撰文指出：尼日利亚作家沃莱·索因卡的长篇小说《反常的季节》描绘了一个公社制的乌托邦，并把神话结构和季节的周期性循环嵌入文本叙事，但这种创造性的叙事方式没有很好地与小说的政治主题相融合，政治理想稀薄、抽象，并与丰富的宗教、神话、仪式种类以及从传统中抽象出的“再生哲学”等因素相分离，理想社会的建构最终消解为一种象征性的神话拯救，社会再生的力量被寄托于大自然的周期性循环。尽管被批评为一部“失败之作”，但这部左翼小说表明马克思主义的意识形态和共产主义制度曾经是非洲社会道路的选项之一，展示了非洲知识分子为寻求社会变革而进行探索的另一种方向。

（作者单位：北京师范大学汉语文化学院）

《俄罗斯文学和历史文献中的“看东方”》

刘亚丁

刘亚丁在《俄罗斯文艺》2021年第1期撰文指出：目前的文献尚不能提供古斯拉夫人多神教神话中具有比较完整的东方崇拜的可靠材料。12世纪的《往年纪事》表明，在俄罗斯人接受基督教之后，已然形成了包括东方在内的半神话半实在的“全世界观”。“东方”在接受东正教之后的古罗斯乃吉祥之地。12世纪丹尼尔的《游记》和15世纪阿法那西·尼基金《游三海》叙述了俄罗斯人直接观照东方的经验。近代以来，塔吉谢夫的俄罗斯史著作，借助转述古希腊的文献进行间接的东方观表达；外交人员、东正教人士的文书、信报告具体描绘了他们所观察到的东方。19世纪以来卡拉姆津的《俄罗斯国家史》提供了有关东方的信息，俄罗斯精英分子的浪漫主义作品折射出了东方元素，托尔斯泰则在克服精神危机后以东方的古贤来佐证自己的觉悟。在20世纪和21世纪的文学作品中，作家们也展开了东方想象。俄罗斯人观照东方的不同视角与其观念有关，其中“俯视者”应该是受到了“莫斯科—第三罗马”说余绪的影响。

（作者单位：四川大学中国俗文化研究所、四川大学文学与新闻学院）

《“打破镜来，与汝相见”——夏目漱石〈门〉中的镜子意象与禅宗救赎》

解 璞

解璞在《外国文学》2021年第2期撰文指出：《门》是夏目漱石最具宗教色彩的作品，参禅情节堪称其点睛之笔。在参禅前后，镜子意象相应出现，这与宗助夫妇的自我认识及禅宗思想密切相关，但学界尚未对此深入考察。本文从宗助夫妇对镜的场景入手，考察其苦恼的本质，并结合当时的禅宗语境，探讨“打破镜来，与汝相见”带来的救赎，揭示小六作为救赎契机的关键作用。从镜与禅这一全新角度重释经典，不仅可以重审其中的救赎问题，而且还可以发现《门》作为夏目漱石文学创作转折点的重要意义。

（作者单位：北京大学外国语学院日语系）

《印度神话之历史性解读：湿婆篇》

姜景奎

姜景奎在《南亚东南亚研究》2020 年第 3 期撰文指出：印度教是种一神信仰多神崇拜的宗教。一神信仰，是就信徒的终极追求层面而言的，具哲学渊源；多神崇拜，是就信徒的现实生活层面而言的，与神话相关。印度神话主要指印度教三大神体系神话。梵天、毗湿奴、湿婆是三大主神。梵天主创造，为创造之神，妻子是主文艺的萨拉斯瓦蒂女神；毗湿奴主护持，为护持之神，妻子是主财富的拉克希米女神；湿婆主毁灭，为毁灭之神，妻子是主惩恶的帕尔瓦蒂女神。本文以湿婆为中心展开讨论。庙宇林立的印度，神像比比皆是，代表毗湿奴的是毗湿奴人形形象，代表梵天的是梵天人形形象，但代表湿婆的却通常是林伽或林伽与约尼的合体形象，而且该形象几乎遍及所有印度教信仰地区和族群，成为印度文化的一大奇特之处。根据“史诗”“往世书”，湿婆和帕尔瓦蒂生有两子，长子是战神室建陀，次子是智神伽内什；湿婆长居北印度克什米尔地区，帕尔瓦蒂长居东印度孟加拉地区，室建陀长居南印度达罗毗荼地区，伽内什长居西印度马哈拉施特拉地区。如此，湿婆一家“四分五裂”，成为印度文化的又一奇特之处。湿婆最早出于印度河文明时期的三面瑜伽尊者，属于纯粹的达罗毗荼人血统；后被强行与雅利安神楼陀罗合为一体，并屈娶雅利安女子为妻，被迫“漂白”，成为达罗毗荼人与雅利安人的混合体。印度教徒以林伽或林伽、约尼合体代表湿婆，乃雅利安人征服达罗毗荼人的某种体现。一家四口分居四地，也有其“历史”缘由。实际上，湿婆“身世”反映了印度达罗毗荼人族群与印度雅利安人族群的碰撞和融合，揭示了印度主体文化形成的历史形态。

（作者单位：北京大学外国语学院）

《从潘多拉的“盒子”到“游走”的子宫——古希腊人观念中的女性身体》

刘 淳

刘淳在《国外文学》2020年第4期撰文指出：赫西俄德在其作品中认为，潘多拉是人世间第一个女人，给人间带来了无穷的灾祸和不幸。潘多拉带到人间的“盒子”，在希腊文原文中是指一种容器，对该词的解读，学者们提出了不同的看法。本文通过对古希腊医学对女性身体和子宫的解释，佐证了将潘多拉的“盒子”解读为女性身体的观点，并联系其他古希腊文本中记载的神话故事及实物材料，剖析古希腊社会中关于性别和生育的观念。

（作者单位：北京大学外国语学院英语系）

《想象视野：〈白虎〉中的异国形象与文化定位》

杨晓霞 赵 洁

杨晓霞、赵洁在《当代外国文学》2020年第2期撰文指出：《白虎》于2008年获得布克奖，是阿拉文德·阿迪加的代表作品，也是了解当代印度的必读之作。为了观照当今印度的社会现状与国际处境，作者在《白虎》中塑造了代表着先进文明的西方形象和与时俱进的东方形象。然而，作者并未以二元对立的态度进行他国书写，而是在矛盾的心态和复杂的立场背后，以想象的方式策略性地建构了他国的文化形象，并以此来定位印度的文化现实。通过对印度民族差异的凸显，作者实际想要完成的是文化寻根与精神重构的历史探索。

（作者单位：深圳大学人文学院）

《“哈米沙”现象：丝路文学交流个案研究》

黎跃进　玛依努尔·玉奴斯

黎跃进和玛依努尔·玉奴斯在《天津师范大学学报》2020 年第 2 期撰文指出：“哈米沙”（Hamisa，意为“五卷诗”）是中古东方文学中一种独特的文学现象，是丝绸之路文学交流的经典个案。它起始于 12 世纪波斯诗人尼扎米创作的《五卷诗》，随后有大批诗人模仿尼扎米《五卷诗》的题材和形式，创作“哈米沙”。其中，霍斯陆、贾米、纳瓦依的创作最为成功，他们的创作又拥有大量的模仿者，从而形成一种遍及中亚、西亚、南亚的独特的文学传统。这一现象是丝绸之路多种文化交流的结果，也蕴含着阿拉伯和中亚游牧民族以及伊斯兰信仰的文化精神。“哈米沙”现象对于中亚和西亚诸民族文学的发展具有重要意义，这一诗歌创作传统持续 800 余年，超越了国家、民族和语言的界限，产生了国际性的影响。

（作者单位：天津师范大学文学院、天津师范大学跨文化与世界文学研究院，新疆社会科学院）

《“火中取子”：佛教医王耆婆图像的跨文化呈现》

陈　明

陈明在《世界宗教文化》2020 年第 5 期撰文指出：天竺大医耆婆是古

代印度佛教医学的代表，有“医王”“药王”等尊称。本文全面搜集与耆婆相关的“火中取子”故事的图像资料，分析其图像与文本的相互关系；并从跨文化的视域，梳理耆婆图像的传播与流变，旨在进一步理解古代丝绸之路的医学文化交流的多元性和复杂性。

（作者单位：北京大学东方文学研究中心、北京大学外国语学院南亚学系）

《民族主义的祛魅——印度布克奖小说的人文主义反思》

尹　晶

尹晶在《国外文学》2021 年第 1 期撰文指出：20 世纪 80 年代后，印度布克奖小说《午夜之子》、《微物之神》、《继承失落的人》和《白老虎》纷纷对发端于西方人文主义传统的印度民族主义展开了批判性反思。这些布克奖小说对印度民族主义及其民族－国家观念进行了祛魅，对塑造它们的错位文化想象进行了剖析，并对后民族主体和共同体进行了尝试性建构。但这些小说家均出身中产阶级，而源于欧洲的小说形式本身又与中产阶级有着难解之缘，这导致他们未能真正地从底层人视角出发，建构出超越殖民认同的后民族主体，探索出能够真正融合宗教、语言、种姓等差异的后民族共同体。因此，这种批判性反思不仅揭露了印度民族主义的局限性，也间接暴露了其思想之源西方人文主义传统的局限性。

（作者单位：北京科技大学外国语学院）

《〈一千零一夜〉的中国形象与文化误读》

林丰民

林丰民在《国外文学》2020 年第 4 期撰文指出：《一千零一夜》的总

体框架故事、卡麦尔·扎曼与布杜尔公主的故事以及阿拉丁神灯的故事的主人公都是中国人，这几个故事中的中国与中国人形象总体上是积极的、和善意的，其背后的原因在于：（1）中国与阿拉伯在古代历史上基本没有重大的军事冲突；（2）阿拉伯世界距离中国遥远，让阿拉伯人对中国产生一种朦胧美；（3）中阿在古代存在一定的交往，特别是汉唐时代有不少的商业交往，这也让部分阿拉伯人了解到中国的物产丰富、经济发达。另外，这些中国形象也在一定程度上反映了阿拉伯人对中国文化的误读与想象，具体表现在对婚礼习俗、宫廷礼仪、帝王专制等方面，这些文化的误读与想象本质上是阿拉伯自我对中国他者的一种投射。

（作者单位：北京大学东方文学研究中心、北京大学外国语学院）

《“悲伤的时辰似乎如此漫长”——〈罗密欧与朱丽叶〉中的“钟表时间”》

尹兰曦

尹兰曦在《外国文学研究》2020 年第 4 期撰文指出：《罗密欧与朱丽叶》中存在大量的时间表述用语，莎士比亚通过区分戏剧人物对不同计时方式的使用，既在还原历史语境的意义上展现了文艺复兴时期新旧时间观念的碰撞，也在超越历史现实的层面上对时间修辞进行了整体性反思。细致考察该剧如何征用文艺复兴文化结构之中的“钟表时间”可以发现，在彰显“钟表”所象征的强烈个体主义意识、信息的高度精确性以及科学自信力这三重文化内涵的同时，莎士比亚亦超脱出由“钟表”意象衍生出的、以“机械”和“循环”为特征的“机械隐喻”模式，通过保留人物丰富的时间官能感受和肯定“此在性”生存内涵的方式，对抗理性时代迫近而导致的人的异化，从而开拓了有关时间修辞的美学想象空间。

（作者单位：南开大学）

《论汉学家之于英美现代主义运动的意义——以阿瑟·韦利为例》

杨莉馨

杨莉馨在《社会科学文摘》2021 年第 1 期撰文指出：在汉学家与英美现代主义者之间的互动关联被低估的背景下，本文以 20 世纪英国汉学家阿瑟·韦利为中心，探讨其汉学译介对英美现代主义运动的助推作用。作为英国传统汉学向现代汉学转型中的关键人物，韦利的翻译理念和实践与西方反思启蒙现代性的美学现代性相互依存，体现出鲜明的革新色彩和现代特征，因而其汉学研究既深受英美现代主义影响，又为其发展提供了来自异域的鲜活资源。韦利对中国道家哲学的重视，对中国诗文中人与自然和谐境界的赞美，促进了英美现代主义运动在价值层面的新追求；他对谢赫“气韵生动”等美学原则的阐发，不仅声援了英美现代主义文艺的精神主义追求，亦使“韵律”成为其重要的形式特征。

（作者单位：南京师范大学文学院）

《论俄罗斯后现代主义文学成因中的俄苏本土文化因素》

刘胤逵

刘胤逵在《俄罗斯文艺》2021 年第 1 期撰文指出：俄罗斯后现代主义是本土传统文化、西方同类现象以及 20 世纪俄苏文化综合作用下的产物。它形成了两大主要思潮——新巴洛克和莫斯科概念主义。鉴于以往研究中学界对于前两种成因的论述较为充分，因此本文尝试从 20 世纪俄苏文化的角度入手，分析俄罗斯后现代主义文学成因中的俄苏本土文化因素，以期能够弥补以往此类研究中的缺憾。

（作者单位：首都师范大学文学院）

《列维纳斯伦理视野中的陀思妥耶夫斯基》

俞　航

俞航在《俄罗斯文艺》2020 年第 3 期撰文指出：列维纳斯在陀思妥耶夫斯基的作品《卡拉马佐夫兄弟》中具有伦理意义的宣称“我们中间的每个人在所有人面前在所有方面都是有罪的，我则尤甚”里，找到了建构全新的自我 - 他者关系的基点。但列维纳斯的伦理学对“面容”的探讨又与陀思妥耶夫斯基基于东正教教义的观点不同。陀思妥耶夫斯基重视具有神性的“面容”与美的形象之间的联系，而列维纳斯则强调“面容”所体现的他者的绝对性。在研究陀思妥耶夫斯基对列维纳斯伦理学影响的同时，通过后者的哲学视野对陀思妥耶夫斯基的文学创作从伦理维度进行阐释，将有助于揭示陀氏作品中的伦理内涵。

（作者单位：广西师范大学文学院）

《复杂句式的扁平化——纪念朱德熙先生百年诞辰》

张伯江

张伯江在《中国语文》2021 年第 1 期上撰文指出：朱德熙先生的语法研究，在复杂句式的歧义分化方面显示了很高的水准。文章选取《语法讲义》中几个代表性句式，结合学界对汉语语法的新认识，做进一步的推演和讨论。论及的句式有：（1）“我知道你去过了”三种意思涉及的不同来历；（2）包含动词“给”的复杂句式的切分问题；（3）由动词“有”组成的连谓结构的不同性质；（4）“他的老师当得好”是看成准定语现象还是话题现象；（5）两组形同实异的“主谓结构做状态补语”现象反映了什么事实。通过句法易位的办法可以看到复杂句式是怎样由松散的“零句”整合而成的。用事实说明，汉语句法以“扁平性”为常态，而立体的递归性层次结构只是一定语用条件下的自然推导，不是汉语句法的强制性要求。

（作者单位：中国社会科学院语言研究所）

《动主名谓句——为朱德熙先生百年诞辰而作》

沈家煊

沈家煊在《中国语文》2021 年第 1 期撰文指出：“动主名谓句”指主语为动词、谓语为名词的句子。文章以摆事实为主，分别从语义和形式上对《儒林外史》、金宇澄《繁花》、王跃文《苍黄》收集约 360 条“动主名谓句”做分类描述，说明这类句子对构建汉语语法体系的重要性，并附带再次探讨了并置为本、递系为本的汉语造句法精神。

（作者单位：中国社会科学院语言研究所）

《吴语汤溪方言古阳声韵和入声韵的演变——介绍一种无辅尾的韵母系统》

曹志耘

曹志耘在《中国语文》2020 年第 3 期撰文指出：吴语汤溪方言韵母系统演变剧烈，古阳声韵和入声韵已彻底丢失鼻音韵尾和塞音韵尾，也无鼻化韵，成为一种无辅尾的韵母系统。文章整理分析汤溪话韵母的古今演变规律，认为低元音是导致鼻尾消失的动因，咸山宕江四摄和梗摄二等的鼻尾先丢失，深臻曾梗除二等外通五摄后丢失。相应的古阳声韵与入声韵之间有严格的“同变”关系。辅音韵尾消失以后，主要依靠韵母系统内部的调整、细分和多样化来增强语音的区别度。

（作者单位：浙江师范大学人文学院）

《汉语形容词论元结构的再分析》

郭　洁　顾　阳

郭洁、顾阳在《当代语言学》2020 年第 2 期撰文指出：对论元结构的研究一直是句法理论研究的核心问题之一。文章基于汉语语料，从句法、词汇语义和形态的角度探讨谓词性形容词的论元结构，重点考察二元形容词，提出并论证以下观点。（1）汉语一元形容词可通过句法上的施用语投射引介出一个非核心论元而构建成二元形容词，这些形容词分为两类：一类为心理形容词，施用语“对”引介出一个非核心论元，这类形容词有相应的二元心理动词；另一类为评价形容词，施用语“对”引介出一个表达受益或受损对象的非核心论元，这类形容词没有对应的动词。(2) 一元形容词首先与一个抽象动词“感到”或“表现”合并形成动词短语，然后与施用语“对”合并，衍生出二元谓词性形容词。(3) 表述恒定属性的形容词，不涉及任何对象，其论元结构中没有施用语投射，是典型的一元形容词。通过考察形容词做谓语的句法表现，文章深入分析了形容词的论元结构及在句法结构中引介论元的可能性和限制性，阐明了与结构关系相关联的词汇语义关系及现代汉语运用句法手段衍生新词的过程，这从一个侧面反映出汉语强分析性的参数特征。

[作者单位：北京外国语大学《外语教学与研究》编辑部，香港中文大学（深圳）]

《再谈“从综合到分析”》

蒋绍愚

蒋绍愚在《语文研究》2021 年第 1 期撰文指出：“从综合到分析”是汉语发展史上的一个重要问题。文章对通常所说的“从综合到分析”作了分析，认为“由一个字变为几个字”有几种不同的情况。(1)“沐→洗发”“城→筑城”是词的语义结构的历史变化，是从综合到分析。(2)“死国→为国死”“李牧诛→李牧被诛”是词的语义关系/语法关系表达的历史变化，是从无标记到有标记。(3)“死之→打死他”和上述两种都不同，“打”是外加的，既不是从综合到分析，也不是从无标记到有标记。

（作者单位：北京大学中文系）

《汉语“有”字句和存在命题》

李旭平

李旭平在《当代语言学》2020 年 2 期撰文指出：汉语“有”字句的

语义以及它所表达的存在命题具有某些特点。文章认为，汉语的“有”字句采用“领属策略”，而不是“BE 策略”表示存在命题。领有动词“有”表示存在时，存在名词仍需遵循“有定效应”，即在该结构中只有弱限定词短语才能被允准。基于其辖域特点、非透明性以及能否获得下限解读或确数解读等方面的特点，文章认为，“有”字句中存在名词具有谓词性特点。文章进一步提出，汉语的领有动词“有”是一个“并入动词”，可以通过“并入”机制和存在性谓词短语实现“合并”。就其语义来说，汉语的“有”字存在句不仅预设了个体的存在，而且还引介了某种存在关系。此种存在关系可以是关系名词本身所蕴含的，也可以是非关系性名词被赋予的某种控制关系。

（作者单位：浙江大学中文系）

《上古汉语清鼻音声母音位化构拟新探》

边田钢

边田钢在《中国语文》2021 年第 2 期撰文指出：关于上古汉语音系有无清鼻音及其有几套等问题，前人多有争论。就目前所掌握的例证与音系内部逻辑来看，可将前人所拟的多套声母音位化构拟为一套（＊＊sN－＞＊hN－＞）＊N－，通过条件音变解释其分化演变机制。由于空气动力差异，锐、钝两部位清鼻音呈现出显著的分化路径差异。各部位清鼻音通过条件音变分化为中古清口音声母。协同发音、词汇扩散还造成了部分例外音变。

（作者单位：浙江大学汉语史研究中心/中文系）

《楚系出土文献所见*n-、*l-不分现象及其源流与成因考》

叶玉英

叶玉英在《中国语文》2020年第4期撰文指出：以往的研究对n-、l-不分的现象只追溯到五代。文章梳理了楚系金文、楚简以及部分保留楚人用字习惯的汉代简帛文字资料，如马王堆帛书、银雀山汉简等出土文献中泥母与以母交替的例子，发现在战国至汉初的楚方音里*n-被读成*l-。这种现象在汉语史的各个阶段都存在，只是有的是l-被读成n-。汉语史上n-、l-一直都是两个独立的音位。n-、l-不分只是局部现象。这大概是不同时代、地域的人们对鼻化度的感知差异及发音习惯不同造成的。

（作者单位：厦门大学人文学院中文系）

《上海话塞音和塞擦音的时间结构》

凌　锋

凌锋在《中国语文》2020年第3期上的撰文，以吴语上海话的塞音和塞擦音为研究对象，根据声学特征的差异，分别测量和计算了12个相关的时间参数。结果显示，区分清送气音和清不送气音最显著的参数是Ⅱ型摩擦清声段时长，区分清不送气音和浊音最显著的是Ⅱ型摩擦浊声段时长，区分清送气音和浊音最显著的是Ⅱ型摩擦清声段时长，而区分塞音和塞擦音最显著的是Ⅰ型摩擦时长。考察结果表明，在传统的清浊和送气两个特征基础上进行的塞音四分体系并不完备，还应该进一步区分持阻段和除阻段的不同发声态。除阻段的清浊与送气是重叠关系，也不一定必然与持阻段清浊特征保持一致。

（作者单位：上海大学文学院）

《语言单位的义项非独立观》

刘丹青

刘丹青在《世界汉语教学》2021 年第 4 期撰文指出：以词（实词、虚词）和构式两种语言单位为例，分析义项之间的影响和制约关系，质疑传统理论通常持有的“义项独立观”（每个义项都是独立意义单位，多义单位在具体语境中只能有一个义项得到实现，其他义项处于隐性或被抑制的状态）。本文对此提出义项非独立观，认为义项即使在具体语境中也并不一定是独立的。语言单位的基本义/中心义较具独立性，而派生义项往往与基本义有单向在线联系或在线依存关系，听话人可能通过接受基本义再实时转化出派生义项。屈折形态的多范畴性、双关、交际歧义等不属于义项非独立现象。派生义常常保留基本义的物性结构，在组合、搭配关系方面常常沿用基本义的模式而并不一定呈现派生义应有的组合搭配模式。重新分析和库藏裂变会影响义项的独立性。文章最后分析了义项非独立观在共时层面、历时层面和跨语言层面所具有的重要理论意义。

（作者单位：深圳大学人文学院）

《当代汉字应用热点问题回顾与思考》

王立军

王立军在《语言文字应用》2020 年第 2 期撰文指出：新中国成立 70 年来，语言文字事业取得了辉煌成绩。社会各界普遍关注汉字的应用问题，在汉字应用的各大领域都先后出现了一些讨论的热点。诸如通用印刷汉字字形的优化、繁体字字形的标准、简繁对应关系的明晰化、类推简化的范围等问题，至今仍未能取得高度共识。王立军从出版印刷领域的视角出发，结合当前社会语文生活的快速变化带来的机遇和挑战，回顾了学界对这些问题的探索并进行了重新思考。王立军认为，通用印刷汉字字形的优化问题期待社会各界都能本着科学求实的精神和负责任的态度共同参与，求同存异，共同推动汉字字形的规范化、标准化进程；针对繁体字字形的标准问题提出了基于《辞源》用字的古籍印刷通用字形整理指导原则；针对简繁对应关系的明晰化问题指出，即使影响简繁对应关系清晰度的简化字，也只是个体现象，不会动摇整个简化字方案的根基，更不会动摇以简化字为国家通用规范汉字的基本政策；对于类推简化的范围问题不应拘泥于“表外字不再类推”，而应通过科学手段动态监测语文生活的变化，对《通用规范汉字表》的收字进行适时调整。出版印刷领域在汉字规范应用方面具有很强的示范作用，解决好这个领域的难点问题，必将有力促进全社会汉字应用水平的整体提升。

（作者单位：北京师范大学民俗典籍文字研究中心）

《城市语言规划问题》

李宇明

李宇明在《同济大学学报》2021 年第 1 期撰文指出：语言是城市规划的重要内容。其一，政府的工作语言、公关语言和大众交际构成了城市基本的语言信息交际状况，以国家通用语言为主导的“多言多语制”是其基本的语言面貌。其二，地方语言文化、语言景观、语言艺术在丰富城市文化生活、打造城市文化名片、塑造城市文化风韵、陶冶城市文化精神方面起着关键作用。其三，语言产业是城市经济的重要组成部分，特别是在数据成为生产要素的新时代，语言数据在新基建、泛在语言智能、智慧城市建设中发挥着重要作用，要重视语言职业，发展语言产业，占有信息时代高地，获得数字经济发展的数据先机。其四，语言服务是城市管理、城市服务的重要部分，也是为市民提供的重要公共产品。特别是由信息沟通、语言抚慰和语情监测为主要内容的应急语言服务，事关城市应对公共突发事件的能力，应当引起足够重视，解决好应急语言服务的法制、体制、机制问题。城市语言规划本质上是城市语言能力规划，需要培植语言人才，建构语言信息和语言文化设施，发展语言技术，积累语言资源，并通过法制来科学调配城市语言能力，最大限度地获取语言城市发展的经济与文化红利。

（作者单位：北京语言大学语言资源高精尖创新中心）

《汉语语法化研究的几点思考》

吴福祥

吴福祥在《汉语学报》2020 年第 3 期上的撰文，从普通语言学角度介绍语法化的若干基本概念和主要发现，并结合汉语实际讨论汉语语法化研究的若干视角和方法问题，总结了目前汉语语法化研究存在的不足。并指出未来的汉语语法化研究应在如下方面进一步坚守和深化。应坚持理论语言学取向而不是汉语语言学取向，应基于汉语语法化的研究来进行语法化理论的思考和探索，从而丰富和完善语法化的普遍理论；应采用语言类型学的眼光将某个特定的汉语语法化演变置于历时类型学的框架中，放在人类语言演变的大背景下来审视；应拥有区域语言学视角，在共时模式和历时演变等方面与东南亚语言进行比较；应用比较方言学方法寻绎出特定结构语法化的路径，从而加深对汉语语法化演变的理解。汉语历史语法学界若能在继承和弘扬汉语史研究的优良传统、学习和借鉴国外语法化研究中的先进理论和方法的基础上，进一步拓展研究视野，调整研究框架，汉语语法化研究在 21 世纪会有更大的突破和更多的成就。

（作者单位：北京语言大学语言科学院/历史语言学研究中心）

《世界少儿汉语教学研究：回顾与展望》

邵 滨 富 聪

邵滨、富聪在《汉语学习》2020 年第 5 期上的撰文，对世界少儿汉语教学研究进行了回顾与展望，发现汉语学习低龄化已成为世界汉语教学发展的重要趋势。总结了世界少儿汉语教学研究具有的特点：研究对象的国别基本与各国汉语教育发展同步；少儿汉语研究涉及教材种类丰富，中国教材占主流；教学法研究方面，游戏、儿歌教学法占主导；教学理论研究方面，沟通交际理论占主流。并提出少儿汉语教学研究应重视以下方面：培养符合各国基础教育标准的少儿汉语教师；开发适合少儿学习心理特点的教材及配套资源；探索符合少儿语言学习特点尤其是汉语学习特点的教法、模式；开展与心理学、心理语言学、“二语”习得领域相关的跨学科研究；针对具有典型性的案例开展研究；探索少儿汉语网络及在线平台教学；深入研究少儿汉语传播规律。

（作者单位：中央民族大学国际教育学院，北京大学对外汉语教育学院）

《论擦音在中国语言中的类型及其主要来源》

燕海雄

燕海雄在《民族语文》2020 年第 5 期上撰文指出：擦音在中国境内语言音系中极为常见，但分布不均衡。在 148 个中国境内语言或方言中，大部分语言有 4 个至 8 个擦音，南岛语的擦音最少，汉语次之，藏缅语最多。从调音部位看，齿龈擦音最多，其次是唇齿擦音、软腭擦音以及龈腭擦音等。从发声类型来看，不送气清擦音最为常见，不送气浊擦音较为常见，送气清擦音少见。擦音在不同语言中充当前置辅音的作用差异较大，并表现出倾向性较强的等级序列。擦音从古到今发生了较大变化，存在不同的历史层次。现代汉藏语言中的擦音：一部分是古音的保留，有的来自早期的擦音，有的来自早期的塞音；另一部分是在音系演化过程中逐渐新生的。不管是基本辅音位置上的塞音，还是前置辅音位置上的塞音，在从古到今的发展历程中都存在一个逐渐弱化（擦音化）并脱落的过程，其中前置辅音位置上的擦音化现象表现得更为常见。新生擦音主要来源于早期的塞音，即唇齿擦音来源于早期的双唇塞音，齿龈擦音来源于早期的齿龈塞音，软腭擦音来源于早期的软腭塞音，并随着音节结构的演化，逐渐汇入声门擦音而最终走向脱落。

（作者单位：中国人民大学文学院）

《时间名词“现在”的来源及中国化》

朱冠明

朱冠明在《汉语学报》2021 年第 1 期上撰文指出：现代汉语常用的时间名词“现在”是一个来自汉译佛典的借词，并探讨了其从借词发展成为现代汉语常用词的独特中国化途径。“现在”在佛经翻译中对译梵文原典是同义并列结构。“现在”在中古佛典中就具有了时间名词的用法，但从中古至明代中期千余年的中土文献中见不到“现在”的用例，直到明末才又见于文献，并在清代中期完成了它的中国化历程而彻底融入了汉语。“现在”的中国化途径代表了一种不同于以往认识的佛典语言中国化方式，说明源自佛经翻译的外来语言成分有很多，它们融入汉语即中国化的途径，绝不仅仅只是以往认识到的那一种模式。佛典语言到底有多少种中国化的途径，各语言成分选用何种中国化途径，各种途径之间的差异的决定性因素是什么，等等，这些问题都要在更多的个案研究基础上来寻找答案。

（作者单位：中国人民大学文学院）

《汉语史研究与多重证据法》

董志翘

董志翘在《文献语言学》2020 年第 1 期上撰文指出：王国维提出的史学研究“二重证据法”，对 20 世纪中国学术研究产生了巨大的影响。这一研究方法迅速扩展到人类学、民族学、文学、语言学等研究领域，而且还被不少学者根据不同实践与理解，发展为“三重证据法”。汉语史研究，实际上也是一种专门史的研究。近年来，汉语史研究中运用“三重证据法”（这里的“三”也可以理解为表示多的意思）者日益增多，比如，取出土文献语料、传世文献语料与域外汉文文献语料（即类似陈寅恪先生所云“异族之故书”）相互印证，取出土文献语料、传世文献语料与现代口语方言（即类似黄现璠先生所云“口述史料”、饶宗颐先生所云“田野调查”）相互印证，取出土文献语料、传世文献语料与相关异国语语料（类似叶舒宪先生所云“人类学视野”）相互印证，等等。

（作者单位：南京师范大学文学院）

《侗台语亲疏关系的计算分析》

韦远诚

韦远诚在《广西民族大学学报》2020 年第 4 期上撰文指出：就侗台语群的内部分类及亲疏关系而言，侗台语主体上分为台语和侗水语两个部分，台语内部又分为北部、西南语两个小支；标话、拉珈语、临高语混同黎语集聚成群，它们的地位归属还需要依靠其他证据来确定。韦远诚以权威词表的 1527 条同源语素作为分类特征，对其进行二元量化及科学计算，为侗台语勾勒了一株具有 24 个代表点的邻接树和一幅系统发生图，进而借助聚类分析及层级分析获得了侗台语亲疏关系的结论。侗台语亲疏关系这一课题，从小样本到大样本，从定性研究到定量研究，从语言本体到学科交叉，不但在材料及方法上有所创新，而且在广度和深度上也不断拓展。相较于依靠个人知识和研究经验判断语言关系的做法，此次对同源语素进行量化计算的方法更为科学、有效，因此，对佪台语亲疏关系的研究结论也更具说服力。

（作者单位：广西民族大学文学院）

《汉语心理动词与言说动词的双向演变》

苏　颖

苏颖在《中国语文》2020 年第 3 期上撰文指出：汉语心理动词与言说动词之间有“主体的心理 > 主体的言说”“主体的言说 > 主体的心理”“主体的心理 > 诱发该心理的言语行为”“主体的言语行为 > 在对方身上产生的心理效应”两个方向、四个类别的演变。两类动词的互通性也反映在汉字构形和双音节词的组合上。心理动词和言说动词之间之所以能发生双向演变，是因为它们的语义组织有着本质上的相似性。“言为心声”和“意内言外”是发生双向演变的认知基础，演变通过“隐喻”和“转喻”实现，心理动词向言说动词转变一般有形式上的标记。从语言共性的角度看，从心理动词到言说动词的演变已经被跨语言的事实所证明，至于反方向的演变是否具有人类语言的共性，还有待于进一步观察和研究。

（作者单位：中国社会科学院语言研究所，中国社会科学院辞书编纂研究中心）

《基于词汇声学距离的语言计算分类实验》

冉启斌

冉启斌在《民族语文》2020 年第 3 期上撰文指出：可以采用“动态时

间规整（DTW）”算法直接计算出有声词汇之间的声学距离，从而对语言进行计算分类。采用这种新的方法对 8 个民族语言变体和 9 种汉语方言进行计算分析，结果显示使用76 个核心词、对应词项两两比较的方法，计算效果最好。尝试将得到的语言距离矩阵放入系统发生学软件中进行分析，结果显示其操作的技术具有可行性。依据词汇声学距离进行语言距离计算具有以下优点：一是距离计算更为直接，不需要将词汇的语音形式进行音标或其他编码的转写；二是距离计算更为客观，可以避免语音转写过程中采用不同标写方案带来的人为主观差异。由词汇声学距离计算可以得到语言距离矩阵，这表明只要获得语言中一定数量的有声词汇材料，就可以实现对这些语言的完全自动分类。依据词汇声学距离的语言距离矩阵也可以被运用于系统发生学等分析中，因此这一研究方法具有多方面的应用前景。

（作者单位：南开大学文学院）

图书在版编目(CIP)数据

中国文学研究文摘. 2021年. 第1辑 : 总第1辑 / 谷鹏飞主编. -- 北京 : 社会科学文献出版社, 2022.5
ISBN 978-7-5228-0266-4

Ⅰ. ①中… Ⅱ. ①谷… Ⅲ. ①中国文学-文学研究-文集 Ⅳ. ①I206-53

中国版本图书馆CIP数据核字(2022)第104303号

中国文学研究文摘(2021年第1辑 总第1辑)

主　　编 / 谷鹏飞
执行主编 / 杨遇青　陈然兴

出 版 人 / 王利民
责任编辑 / 吴　超
责任印制 / 王京美

出　　版 / 社会科学文献出版社 · 人文分社 (010) 59367215
地址: 北京市北三环中路甲29号院华龙大厦　邮编: 100029
网址: www.ssap.com.cn
发　　行 / 社会科学文献出版社 (010) 59367028
印　　装 / 三河市龙林印务有限公司

规　　格 / 开　本: 787mm × 1092mm　1/16
印　张: 29.25　字　数: 461千字
版　　次 / 2022年5月第1版　2022年5月第1次印刷
书　　号 / ISBN 978-7-5228-0266-4
定　　价 / 188.00元

读者服务电话: 4008918866